Ewa Aukett

Stunde der
DRACHEN
ZWISCHEN DEN WELTEN

BookRix GmbH & Co. KG
81669 München

Verlag:
BookRix GmbH & Co. KG
Sankt-Martin-Straße 53-55
81669 München
Deutschland

Texte: Ewa Aukett
Bildmaterialien: Coverdesign von Alexander Kopainski
(www.kopainski-artwork.weebly.com);
Bildmaterialien Karten-Illustration: Alexander Kopainski,
Augen: Accord / shutterstock.com
Lektorat / Korrektorat: Sandra Nyklasz, Dr. Andreas Fischer

Alle Rechte vorbehalten.

Tag der Veröffentlichung: 25.02.2015

http://www.bookrix.de/-ewa.aukett

ISBN: 978-3-7368-8291-1

BookRix TB erscheint in der Verlagshaus Monsenstein
und Vannerdat OHG Münster

BookRix-Edition, Impressumanmerkung
Wir freuen uns, dass Du Dich für den Kauf dieses Buches
entschieden hast. Komme doch wieder zu BookRix.de um
das Buch zu bewerten, Dich mit anderen Lesern auszutau-
schen oder selbst Autor zu werden.

Wir danken Dir für Deine Unterstützung unserer Book-
Rix-Community.

Danke ...

... meinen wunderbaren TestleserInnen:
Agnes, Andrea, Any,
Carmen, Christin, Christina,
Farina, Gabi, Gabi, Gaby,
Gila, Isabel, Janine,
Kirsten, Liesel, Lydia,
Margit, Marion, Monika,
Rudolf, Saskia, Selma,
Silke, Simona, Ste,
Svatia, Tamara
und
meine Ma :)

... und dem tollen Team von BookRix:
Alex, Andreas, Gunnar, Heike, Julia, Lisa, Marc, Nils,
Sandra

Ihr seid Inspiration und Motivation.
Ihr seid der Grund niemals aufzugeben.
Danke.

Personen

Lee
- Zeitreisende
- Seelenwanderin

Royce McCallahan
- sijrevanischer Krieger
- Clanherr der McCallahans
- der letzte Spross seiner Blutlinie

Wulf
- sijrevanischer Krieger
- Hauptmann des Clans
- Royces väterlicher Freund

Graeman
- sijrevanischer Krieger
- Hauptmann des Clans

Malissa
- Köchin und gute Seele des Clans

Braga
- Stallmeister
- Angehöriger des Nordvolkes
- Malissas Mann

Edda
- Kräuterfrau und Heilerin
- Seherin und Hexe
- war sowohl Royces Amme als auch die seines Vaters

Calaen
- Dienstmagd
- einzige Überlebende eines blutigen Überfalls

Eadan
- Küchen- und Dienstmagd

Vates
- Druide, Heiler, Seher

Gallowain
- Hauptmann der Söldner aus Fallcoar (Hauptstadt der südlich gelegenen Lowlands)

Tòmas Fitard
- Kriegsfürst und Herr über die östlichen Lande
- führt seit Jahren eine blutige Fehde gegen die McCallahans

Prolog

Deutschland im Januar
Gegenwart

Eisig war der Wind, der ihr ins Gesicht schlug. Er zerrte an ihren Kleidern wie ein Kind, das versuchte, um jeden Preis die Aufmerksamkeit seiner Mutter zu erhaschen.

Auf ihren Armen richteten sich die Härchen auf. Ein Nebeneffekt der Gänsehaut, die sie erschaudern ließ.

Sie fühlte sich seltsam, fast ein wenig euphorisch.

Fröstelnd zog sie die Schultern hoch, als die nächste Böe sie erfasste. Ein unangenehmes und zugleich wohliges Prickeln wie von tausend winzigen Nadelstichen malträtierte ihre zarte Haut.

Es war kalt, richtig kalt.

Tief unter ihr dröhnte das Rauschen der tosenden Wassermassen, die sich durch das Flussbett wälzten, jeden Gedanken und jedes Gefühl betäubend. Bedrohlich und mitleidlos versprachen sie den sicheren Tod.

Als sie hinabblickte in die Dunkelheit, verspürte sie die vertraute Sehnsucht. Sie hatte sich sorgfältig auf diesen Tag vorbereitet, doch in die Gewissheit, die sie über so lange Zeit empfunden hatte, mischte sich plötzlich der Hauch eines Zweifels.

War das wirklich ihr Weg?

Vielleicht gab es doch noch eine andere Möglichkeit.

Lächelnd schloss sie die Augen und die kalte Nachtluft strömte fast schon schmerzhaft in ihre Lungen. Die Lethargie und Furcht, die sie all die Monate geradezu erstickt hatten, all der Zorn, der sie in den letzten Tagen erfüllt hatte ... für einen Moment schien es sie von innen heraus zerreißen zu wollen.

Sie schüttelte den Kopf.

Nein, ihre Entscheidung stand fest und es gab kein Zurück.

Die Unsicherheit verschwand ... einfach so.

Erleichtert hob sie das Kinn und blickte zum dunklen Firmament hinauf.

Nie war der Himmel so klar gewesen.

Nie hatten die Sterne so hell geleuchtet und der Mond so bleich und beeindruckend auf sie herabgesehen.

Ihr Lächeln vertiefte sich.

Ein warmes Gefühl stieg in ihr auf und tröstete sie. Sie wusste nicht, wie sie es benennen sollte. Es war wie die Erwartung dessen, was danach kam ... ähnlich einer Umarmung. Fast wie früher, wenn sie eine lange Reise beendet und sich auf daheim gefreut hatte.

Sie hatte bereits viel zu lang gezögert.

Worauf hatte sie gewartet?

Es war Zeit ... schon so lange Zeit.

Ihre Hände glitten über das kalte Metall des Brückengeländers. Sie fühlte die Risse in dem alten, brüchigen Lack und die abblätternde Farbe unter ihren Fingern.

Der Lärm der Stadt, der Menschen und der Autos rückte in weite Ferne.

Hinter ihr lag eine Welt, die sie verstoßen hatte. Eine Welt, der sie selbst nun den Rücken kehrte.

Dies war der richtige Weg.

Es war ihr Weg … und es war Zeit, sich von diesem Leben zu lösen, das schon so lange keines mehr war.

So viele Enttäuschungen, so viel Schmerz, den Worte und Taten ihr bereitet hatten. So viele Menschen, von denen sie einst dachte, sie wären Freunde, und die sie schmählich im Stich gelassen hatten, als sie sie am dringendsten gebraucht hätte.

Nein.

Es gab keinen Weg zurück.

Doch es gab einen nach vorn.

Den Kopf hoch erhoben, schloss sie erneut die Augen und atmete tief ein. Die eisige Luft füllte ihre Lungen und der Geschmack von Schnee benetzte ihre Zunge.

Zeit zu gehen.

Ein Finger nach dem anderen löste sich vom Brückengeländer.

Sie spürte den Wind, der an ihren Kleidern zerrte.

Sie lächelte.

Es fühlte sich an wie … nach Hause zu gehen.

Langsam lehnte sie sich vor. Der Beton unter ihren Füßen wich zurück und die Nacht umfing ihre Gestalt in einer zärtlichen Umarmung.

Kälte wich lauer Wärme, seidenweich und tröstend.

Schwerelos schien sie dahinzugleiten, schwebend in der Sphäre des Augenblicks.

Ihre Lider hoben sich und sie blickte dem silbrig glänzenden Wasser entgegen, in dessen Wirbeln sich das Mondlicht brach.

Schneller, immer schneller.

Sie würde frei sein … endlich frei sein!

Ihr Fall war stumm und ihr Körper versank im Tumult der nahen Stadt lautlos in der wogenden Finsternis. Schatten huschten vor ihren Augen und nebelige Schleier verwirrten ihre Sinne.

Unnachgiebig flocht der Fluss sie in seinen eisigen Griff ein, und als ihr Herz in dieser Welt den letzten Schlag tat, lag ein friedliches Lächeln auf ihren Lippen.

1. Kapitel

Die Kreuzung am alten Handelsweg, Sijrevan
Im Nebelung (November), Anno 1585

Mühsam öffnete sie die Augen einen Spaltbreit. Das helle
Licht brannte sich erbarmungslos in ihren verschwomme-
nen Blick und sie kniff gequält die Lider aufeinander.

Wo war sie?

Etwas klopfte beharrlich gegen ihre schmerzende
Schulter.

War die Nacht schon wieder vorbei?

Sie wollte nicht ... nicht jetzt.

Eben noch war da dieser Traum gewesen, wunderschön
und voller Glück. Weitläufige, grüne Wiesen, ein endlos
blauer Himmel und die Sonne, die ihre Haut wärmte ... und
hinter ihr eine breite Brust, gegen die sie gesunken war.

Arme, die sie umfingen.

Sie war daheim gewesen.

Wer weckte sie nun?

Ihre Eltern?

Ihre Geschwister?

Bilder in ihrem Kopf ... ein lächelndes Gesicht, umrahmt von braunem Haar ... eingebettet in eine Wolke
aus wattigem Weich. Dunkle Schatten unter den sanften,
liebevollen Augen ... bleiche Haut und ein letzter Gruß.
Etwas bohrte sich in ihre Brust und hinterließ einen brennenden Schmerz tief in ihrem Herzen.

Wer war das?

Blinzelnd und eine Hand vor das Gesicht gehoben, kämpfte sie sich in die Gegenwart und sah nichts außer einem eintönigen, hellen Grau, das sie umgab. Nur langsam klärte sich ihr Blick und ein riesiger, schemenhafter Umriss manifestierte sich vor ihr zu einer Art behaartem Ungetüm.

Entsetzt riss sie die Augen auf und versuchte, vor dem Monstrum zurückzuweichen. Unsanft stieß sie mit dem Rücken gegen etwas Hartes, Unnachgiebiges und zuckte zusammen.

Ihr Kopf ruckte herum.

Kälte!

Eisige, nasse Kälte, die sie einhüllte wie eine weiche Decke. Eine ziemlich frostige Decke. Plötzlich holte sie die Wirklichkeit ein und die Realität stürmte mit Gewalt über sie hinweg.

Sie fror.

Ihre Finger fühlten sich an, als säße sie in einem Trog voller Eis. Zitternd holte sie Luft. Ihr Blick zuckte fort von dem Scheusal vor ihr und strich über das, was sie umgab. Eine weiße, hügelige Landschaft und dazu ein grauer Himmel, soweit das Auge reichte … faszinierend und wunderschön.

So viel Weite, so viel Licht.

Die Umgebung fühlte sich vage vertraut an, auf merkwürdige Art und Weise … als wäre sie lange nicht hier gewesen. Dennoch war sie sich sicher, das alles hier zum ersten Mal zu sehen.

Wo war sie?

Verwundert blickte sie sich um.

Warum saß sie mitten in einer Schneewehe und lehnte sich gegen einen alten, knorrigen Baum?

„Bist du also endlich erwacht, Junge?"

Irritiert über die Worte und den seltsamen Dialekt, den er sprach, runzelte sie die Stirn und erkannte schließlich das mürrische Gesicht eines bärtigen Mannes unter einer gigantischen Fellmütze, die ihn fast völlig verbarg.

Ihr Ungetüm war also ein Mensch!

Seine Kleidung war – gelinde gesagt – merkwürdig.

Ein dunkelbrauner, zotteliger Mantel, der aus Tierfellen zusammengenäht worden war, lag über seinen Schultern. Hässliche Stiefel aus undefinierbaren, ledrigen Häuten bedeckten seine Füße bis zu den Waden und ein wollener Rock endete kurz über den Knien nackter, stark behaarter Beine.

Wer war das?

Und *was* war er?

Ihr schwindelte.

Blinzelnd lenkte sie ihren Blick auf sich selbst.

Schmuddelige, graue Hosen bedeckten ihre Beine und ein dicker Pullover aus kratziger, brauner Wolle hüllte ihren restlichen Körper ein. Alles war schmutzig ... von einer dünnen, trockenen Schicht Dreck bedeckt.

Sie fühlte sich merkwürdig in dieser unförmigen Kleidung, die sie verunstaltete, ihr jedoch keinen Schutz gegen die Kälte bot. Zu verwirrt, um einen Ton von sich zu geben, blieb sie sitzen.

Wo zum Teufel war sie?

Dies war nicht ... war nicht ... ja, *was* eigentlich?

Sie presste eine Hand gegen ihre Schläfe.

Ihr Schädel dröhnte.

Seltsame Bilder wechselten sich mit unverständlichen Erinnerungsfetzen in ihrem Kopf ab.

Was war passiert?

Warum saß sie hier barfuß im Schnee?

Und wer war dieser Fremde, der aussah, als hätte er mit seinen eigenen Händen einem Bären das Fell abgezogen und es sich als Mantel um die Schultern gelegt?

Ein Schaudern überlief sie und das lag nicht nur daran, dass sie so entsetzlich fror. Irgendetwas lief hier ganz fürchterlich falsch.

Gleichgültig, was für ein Ort dies war oder wer dieser Mann war ... sie gehörte hier nicht hin.

Warum nur konnte sie sich dann nicht erinnern, wie sie hierhergekommen war?

Träumte sie immer noch?

War das alles gar nicht real?

Sie streckte einen Arm aus und berührte den Schnee. Er war real. Kalt und nass. Er raubte ihr die Wärme und das Leben. Das Zittern, das sie gefangen hielt, wurde schlimmer.

Sie blinzelte.

Unmöglich!

Ihre nackten Füße fühlten sich an wie Eisklötze und vermutlich würde sie sich eine Blasenentzündung holen, wenn sie hier noch länger sitzen blieb.

Dennoch war sie unfähig, sich zu bewegen.

Alles hier fühlte sich fremd und falsch an.

WO war sie?

„Kannst du mich verstehen, Junge?"

Verstört betrachtete sie den Hünen, der sich in diesem Augenblick über sie beugte und ihr ungefragt eine Felldecke um die Schultern legte.

Verstehen?

Ja, sie konnte verstehen, was er sagte.

Allerdings war sie nicht sicher, ob er auch *sie* verstehen würde. Der Fremde griff nach ihren Armen und zog sie vom Boden hoch. Ihre Beine protestierten einen Moment, ehe sie ihr Gleichgewicht fand und mit wackligen Knien stehen blieb.

Vielleicht gehörte sie doch hierher und sie hatte es nur vergessen, so, wie sie offenbar auch alles Andere vergessen hatte – woher sie kam, wer sie war, ihren Namen, ihr ganzes Leben …

Neben all der Andersartigkeit ihres Gegenübers und einer Landschaft, die unnahbar und ablehnend wirkte, stieg eine eigenwillige Erkenntnis in ihr auf.

Obwohl sie mit beiden Füßen im kalten Schnee stand und ihre Kleidung fast gänzlich durchtränkt war von der Nässe des Winters, spürte sie plötzlich Hitze in sich aufsteigen. Eine Hitze, die unter ihren Fußsohlen begann und sich durch ihre Adern zu wühlen schien … und mit der Wärme kam ein ganz neues Gefühl.

Fast schon unpassend und gleichzeitig so intensiv, dass es sie erneut schwindelte.

Zuhause.

So fremd diese Welt ihr auf den ersten Blick sein mochte, irgendetwas daran war ihr dennoch vertraut. Es war ihr auf eine Weise vertraut, die sie nicht zu beschreiben vermochte. Wie ein tiefes, vibrierendes Grollen, das sich seinen Weg durch ihr Blut bahnte und mit dem Schlagen ihres Herzens verschmolz.

Ihr Gegenüber gab einen unartikulierten Laut von sich.

Sie musste den Kopf in den Nacken legen, um ihm ins Gesicht zu sehen. Trotz des finsteren Stirnrunzelns und der zusammengepressten Lippen lag ein nachsichtiger Zug um seine braunen Augen.

Augen, die sie mit einer Mischung aus Neugier und Argwohn betrachteten – und die auf die gleiche Weise vertraut wirkten wie alles um sie herum.

Was war hier los?

„Wo bin ich?", hörte sie sich plötzlich fragen.

Eine seiner buschigen Brauen rutschte unter das verfilzte Haupthaar. Er wirkte belustigt und fast ein wenig verwundert.

Ihre Zähne schlugen hörbar aufeinander.

Wieso fror sie immer noch, obwohl ihr warm war?

„Also hast du doch eine Stimme. Ich fürchtete schon, in der Kälte wärest du stumm geworden."

Er schlang die Decke mit geübten Griffen fest um ihren klammen Leib.

„Es grenzt an ein Wunder, dass du noch lebst. Hätte ich dich nicht zufällig gefunden, wärest du schon bald Gevatter Tod begegnet."

Seine Art zu sprechen war seltsam … irgendwie *altmodisch*. Sie starrte ihn einen Augenblick nachdenklich an und ließ den Blick an ihm und seinem gewaltigen Pferd vorbei über die Landschaft schweifen.

„Wo bin ich?", wiederholte sie ihre Frage, als hätte sie seine Worte gar nicht gehört. Die Stirn des Riesen legte sich in tiefe Falten. Ein Anflug von Skepsis zeigte sich in seinen Augen.

„Du befindest dich auf den Ländereien von Master Royce", gab er bedächtig zurück und beobachtete mit unverkennbarer Anspannung ihre Reaktion.

Sie zuckte mit den Schultern.

Sollte ihr der Name irgendetwas sagen?

Worauf auch immer er zu warten schien, sie hatte keine Ahnung, was es war. Stattdessen erwiderte sie fragend seinen Blick. Seine dunklen Brauen zogen sich fast schon drohend zusammen.

„Du befindest dich im sijrevanischen Hochland, Bursche. Dies ist kein Ort für jemanden wie dich. Wenn Fitard dich gefunden hätte, säße dein Kopf vielleicht schon nicht mehr auf deinem Hals. Obschon der Tod noch der angenehmste Weg wäre, eine Begegnung mit ihm zu beenden."

Sie starrte ihn nur stumm an.

Sijrevanisches Hochland?

Fitard?

Was zum Henker erzählte er ihr da?

„Wie ist dein Name?", wollte der Riese wissen.

Ihr geistesabwesender Gesichtsausdruck vertiefte sich.

„Mein Name?", wiederholte sie fragend.

Er musterte sie von Kopf bis Fuß, als begänne er ernsthaft, an ihrem Verstand zu zweifeln.

„Ja, wie ruft man dich?" Er deutete auf sich selbst. „Mein Name ist Wulf."

„Oh." Sie verstand durchaus, was er meinte, das Problem war nur, sie kannte die Antwort nicht. „Ich ... weiß es nicht."

„Du kennst deinen eigenen Namen nicht?"

Den Kopf schief gelegt, zuckte sie mit den Schultern.

„Ich weiß nicht einmal, wie ich hergekommen bin."

Das Misstrauen in seinem Blick wuchs von einem Moment auf den anderen. Er betrachtete sie für ein paar endlos scheinende Sekunden stumm, ehe er sich nachdenklich über den Bart strich.

„Das wird meinem Herrn nicht gefallen." Wulf schüttelte den Kopf. Als sie sich die Decke enger um die Schultern zog, weil die Kälte sie mit heftigem Zittern überrannte und auch die restliche Wärme in ihrem Inneren vertrieb, trat er einen Schritt zurück und deutete auf den riesigen Gaul. „Nun gut, darüber müssen wir uns später sorgen. Reiten wir zur Feste, du bist halb erfroren und brauchst eine warme Mahlzeit. Lord Royce wird eine Lösung für dieses Rätsel finden."

***

Der Bursche, der seit einer Weile vor ihm auf dem Pferd saß, schien eingeschlafen zu sein.

Wulf schüttelte zerstreut den Kopf.

Er konnte dem Schicksal danken, dass er an diesem Abend den alten Handelsweg entlanggeritten war und nicht seine übliche Route genommen hatte.

Neben der knorrigen Eiche, die dort schon in jenen Tagen, als Wulf noch selbst ein junger Knirps gewesen war, gestanden hatte, lag der schmächtige Bursche zusammengerollt im Schnee, als wollte er dem Baum ein wenig Wärme abgewinnen.

Seine Lippen waren bereits blass, fast schon blau gewesen. Die ersten Zeichen, die der eisige Tod bei seinen Opfern hinterließ, ehe er ihnen im Schlaf die Seele raubte.

Als Wulf vom Pferd gestiegen und zu ihm gegangen war, hatte er nicht wirklich damit gerechnet, dass der Bursche noch atmen würde.

Umso erstaunter war er gewesen, als doch noch Leben in ihm gewesen war.

Es hatte Wulf einige Mühe gekostet, den Jungen wach zu bekommen. Der Fremde hatte einen wahrlich seltsamen Anblick geboten.

Eine dünne Schicht getrockneten Schlammes bedeckte ihn von Kopf bis Fuß, was schon merkwürdig genug anmutete. Weder war zu erkennen, welche Farbe das kurze, verfilzte Haar hatte, noch konnte er in der Miene des Burschen lesen.

Dass er offensichtlich nicht mehr wusste, wer er war und woher er kam, würde Royce nicht gefallen. Das Clanoberhaupt der McCallahans war seit den Vorkommnissen des vergangenen Sommers ausgesprochen kleinmütig gegenüber Fremden.

Eine Handvoll feindlicher Krieger hatte ein Gehöft, das sich an der Grenze zu Fitards Reich befand, dem Erdboden gleichgemacht. Nur die junge Calaen, Tochter des dort so gewaltsam verstorbenen Landbestellers, hatte das Gemetzel überlebt, weil sie sich in einer Erdhöhle verborgen gehalten hatte.

Damals war auch ein Fremder ohne Erinnerungen aufgetaucht und hatte sich auf diese Weise das Vertrauen der Bauernfamilie erschlichen. Ein fataler Fehler, der zwölf Menschen das Leben gekostet hatte.

Wulf bezweifelte, dass Fitard zweimal die gleiche Finte gebrauchen würde, um ihnen eine Falle zu stellen. Das Erschrecken und die Verwirrung im Blick des Findlings im Sattel vor ihm waren für Wulf durchaus überzeugend gewesen, ebenso wie die blauen Lippen und die halb erfrorenen Gliedmaßen.

Gleichwohl würde er den Burschen unter Beobachtung behalten.

Aus dem schmalen Oval seines verdreckten Gesichts leuchteten große, blaue Augen und das gute Gebiss des Burschen ließ darauf schließen, dass er keinen Hunger gelitten hatte. Mit diesem Aussehen entsprach er exakt Fitards Vorliebe für hübsche, junge Männer.

Ob er jedoch tatsächlich einer seiner Gespielen war, würde vorerst ungeklärt bleiben … zumindest, solange der Junge sich an nichts zu erinnern schien.

Es würde sich zeigen, ob er die Wahrheit sprach und sein Gedächtnis wirklich so lückenhaft war.

Auch wenn Wulf sich für sein übereiltes Handeln den Unmut seines Herrn zuziehen würde, war der Bursche im Schoß des Clans besser aufgehoben als in der eisigen Kälte des sijrevanischen Winters.

Die bleierne Müdigkeit war eine trügerische Gefahr, die manchen Wanderer schon das Leben gekostet hatte. Das dieses halbe Kind, das offensichtlich bereits geraume Zeit schlafend im Schnee verbracht hatte, noch lebte, grenzte schon fast an ein Wunder und es widersprach der Taktik, die Fitard beim letzten Mal angewandt hatte.

Alles Andere … musste Royce klären.

Eine gefühlte Ewigkeit später war endlich die Feste der McCallahans in der Ferne zu erkennen. Vor Wulfs Gesicht bildete sich eine helle Atemwolke, als er erleichtert die Luft ausstieß.

Dunkel und eigensinnig erhob sich Callahan-Castle auf den Klippen von Glenchalls über die weiße, hügelige Landschaft und das Nordmeer.

Ein beeindruckender Anblick und einer, der in Wulf eine angenehme Wärme auslöste. Hier war er daheim.

Niemand wusste mit Bestimmtheit, wie lange diese Trutzburg bereits am Rand der Steilküste gethront und sowohl den Stürmen des Meeres als auch dem Unbill der Welt die Stirn geboten hatte.

Die dicken Mauern hatten mehr gesehen als jeder Alb, und hätten sie zu reden vermocht, hätten sie vermutlich schauerliche Geschichten zu erzählen gewusst.

Die Feste seines Clans war ebenso kraftvoll und störrisch wie die Menschen, die in ihr lebten.

Wulf trieb seinen Hengst weiter der Heimat entgegen.

Ein kalter Wind strich vom Meer herüber und er konnte das Donnern der Brandung hören, die gegen die felsigen Klippen schlug. Ein tiefes Gefühl der Dankbarkeit erfüllte ihn beim Anblick der hohen Mauern.

In den vergangenen Jahren hatte er viele Verluste zu beklagen gehabt, doch Callahan-Castle war stets sein Heim gewesen. Auch Wulf war einst als Findling hier aufgenommen worden. Ohne Wissen, wer seine Eltern waren oder woher er kam – nicht mal der Hauch einer Erinnerung war ihm geblieben.

Wie der Bursche vor ihm hatte auch er nicht wirklich hierhergepasst. Dennoch hatte der Clan der McCallahans ihn wie einen Sohn in seiner Mitte willkommengeheißen und Wulf war bereit, alles für dieses Land und diese Menschen zu riskieren.

Tief sog er die Luft in seine Brust.

Sie waren fast zu Hause und er konnte den Duft des Holzes, das im Kamin in der Halle brannte, beinahe schon riechen. Noch vor Anbruch der Dunkelheit würden sie das Tor passieren und sich in Sicherheit wiegen können.

Wenn Royce sich von seinem ersten Wutanfall erholt hatte, würde ihm vielleicht eine annehmbare Lösung dafür einfallen, was sie mit dem Findling machen sollten. So unmenschlich war selbst der Clanherr nicht, dass er den jungen Burschen einfach in die kalte Nacht hinausjagen würde.

Allerdings würde Royce Antworten verlangen … und er war nicht zimperlich, wenn es darum ging, sie zu bekommen.

***

Ein unsanftes Schütteln riss sie aus ihren wirren Träumen. Erschrocken zuckte sie zusammen, schlug die Augen auf und wankte.

Die Welt um sie herum drehte sich.

Für den Bruchteil einer Sekunde schien sie schwerelos in der Luft zu schweben.

Dann schlug sie heftig auf dem kalten, hartgefrorenen Boden auf und ihre Zähne gruben sich in die Unterlippe. Sie schmeckte Blut, aber das war nichts im Vergleich zu den Schmerzen, die ihre ganze linke Körperhälfte einen Augenblick lang zu lähmen schienen.

Stöhnend setzte sie sich auf, rieb sich über Hüfte und Oberschenkel und hob langsam den Blick.

Eine dünne Schicht Schnee bedeckte den Boden um sie herum. Sie bemerkte den Geruch von Heu und warmem Tierhaar. Ein maroder Holzzaun, dahinter Stroh und eine Überdachung … ein Stall.

Das Schnauben von Pferden. Eine Ziege, die ihr charakteristisches Meckern von sich gab … von irgendwo erklang das Geräusch eines Reisigbesens, der über Stein fegte.

Leder knarzte und sie vernahm das leise Klimpern von Metall. Neben ihr im Schnee landeten zwei Stiefel mit haarigen Beinen darüber. Als sie hochsah, warf ihr Wulf einen vergnügten Blick zu, schmiss die Decke, die mit ihr zu Boden gegangen war, über den Sattel und führte sein Pferd zum Stall.

„Das Absteigen solltest du noch üben", bemerkte er mit schadenfrohem Grinsen.

Sie runzelte die Stirn.

Hatte er sie runtergeworfen oder war sie einfach nur gefallen?

Wortlos presste sie die Lippen aufeinander, verkniff sich die freche Antwort, die ihr auf der Zunge lag, und erhob sich. Ihr Blick huschte von dem Stall, vor dem sie angekommen waren, weiter über eine große, von Mauern eingeschlossene Fläche.

Da war ein riesiges Tor, dessen Flügel in diesem Moment von zwei kräftigen Männern zugeschoben wurden, die ähnlich wild aussahen wie Wulf.

Schräg gegenüber, neben einem verwitterten, kahlen Baum, stand eine Art Podest, auf dem zwei mannshohe Holzpflöcke emporragten. Ketten hingen daran und ihr Stirnrunzeln vertiefte sich. Einen Moment lang fragte sie sich, ob dieses Ding den Zweck erfüllte, den sie befürchtete.

Abgelenkt von all den Eindrücken, vergaß sie den Pranger im nächsten Moment wieder. Ein zweiter, versteinerter Bau stand daneben. Ihm folgten einige kleine Hütten, die sich wie ängstliche Tiere an die Mauer schmiegten. Bedeckt von Strohdächern, kroch heller Rauch aus den Schornsteinen.

Was war das hier?

Dass sie offenbar ihren Zielort erreicht hatten, zeigte die Tatsache, dass Wulf sein Pferd zum Stall geführt hatte.

Aber wo waren sie genau?

Diese Mauern waren wirklich hoch ... sehr hoch.

Ein paar wenige, einfach gekleidete Menschen, die mit Bündeln und Eimern den Hof durchquerten, starrten sie aus düsteren Gesichtern an.

Neugier und Furcht loderte in ihren Blicken, gepaart mit demselben Misstrauen, das sie bereits bei Wulf bemerkt hatte. Aber da war noch mehr – eine kaum verhohlene Feindseligkeit, die sie sich nicht erklären konnte.

Unbehaglich schlug sie sich den restlichen Schnee von ihren Hosen und wandte sich zu Wulf um. Sie sah nur noch sein Pferd, das von einem jungen Burschen in den Stall geführt wurde. Als sie ihren unfreiwilligen Reisegefährten entdeckte, hielt er auf der obersten Stufe einer gewaltigen, steinernen Treppe inne und gab ihr ein Zeichen, ihm zu folgen.

Sie erstarrte.

Ihr Blick glitt hinter ihm über Steine aus grauen Felsquadern. Sie bemerkte eine riesige Eichentür und endlos scheinende Mauern, die in den Himmel emporragten. Mit offenem Mund und weit aufgerissenen Augen legte sie den Kopf in den Nacken.

Ihr Atem stockte, während sie die riesige Burg anstarrte, die sich vor ihr erhob.

Das konnte unmöglich wahr sein!

Verwirrung und Fassungslosigkeit vermischten sich mit einer bizarren Begeisterung, die so gar nicht zu dem Chaos in ihrem Kopf passte. Nur entfernt nahm sie die argwöhnischen Blicke ihres Begleiters wahr.

Eine Hand auf den Mund gepresst, um ihr Erschrecken nicht laut hinauszuschreien, fühlte sie sich, als würde sie in einen Abgrund stürzen.

Erinnerungen prasselten auf sie nieder, wie ein in sich zusammenfallendes Kartenhaus.

Das war nicht richtig.

Es war unmöglich... absolut unmöglich!

War sie verrückt geworden?

Träumte sie das alles?

Sie sah mit eigenen Augen, was hier vor sich ging, und wollte es dennoch nicht glauben. Gleichgültig, wie sehr ein Teil von ihr auch darauf hoffen mochte ... das hier war keine Halluzination.

Das war real ... sie konnte es fühlen und schmecken. Die Kälte, die immer wieder mit eisigen Klauen nach ihr griff, das schmerzhafte Pochen der Prellungen, die sie sich bei dem Sturz vom Pferd zugezogen hatte.

Sie nahm die Anwesenheit all dieser Menschen wahr.

Sie spürte die Wärme, die von der Burg ausging.

Sie roch den Winter, die Tiere, die Stallungen.

Der metallene Geschmack von Blut benetzte immer noch ihre Zunge.

Für den Moment mochte sie ihre Erinnerungen eingebüßt und sogar ihren Namen vergessen haben, aber sie wusste *eines* mit absoluter Gewissheit: sie gehörte in das einundzwanzigste Jahrhundert ... und da war sie nicht mehr!

Sekundenlang war sie versucht, das mit einem hysterischen Lachen als schlechten Scherz abzutun. Gleich würde jemand kommen und ihr sagen, sie sei bei der versteckten Kamera.

Es gab Mittelaltermärkte, Schausteller, riesige Events ... Menschen, die diese mittelalterliche Welt nachspielten und darin völlig aufgingen. Sie hatte davon gelesen, sie war fasziniert gewesen von der Leidenschaft dieser Menschen, aber sie hätte sich niemals selbst in dieser Welt verlieren wollen.

Vielleicht war es das ... eine wilde Show, ein gewaltiger Spaß.

Vielleicht war alles nur ein Scherz.

Sie atmete tief ein.

Nein!

Das *hier* war kein Spiel, keine *Gaukelei* ... das hier war echt!

Es gab keine Kameras.

Niemanden, der gleich um die Ecke schauen und ihr sagen würde, dass alles nur ein Witz sei. Diese Menschen hier kannten das, was ihr durch den Kopf ging, nicht einmal vom Namen her.

Sie waren alle echt.

Ihr schwindelte und sie spürte Übelkeit in sich aufsteigen.

Was war mit ihr passiert?

Das ergab keinen Sinn!

Sie presste eine Hand gegen die pochende Schläfe.

Ihr Verstand weigerte sich hartnäckig, diese völlig verschobene Realität zu akzeptieren.

Dennoch gab es nur eine einzige Erklärung, so unlogisch und wirr diese auch sein mochte.

Aber ... war das wirklich möglich?

Sie hatte in Romanen davon gelesen. Wilde, abenteuerliche Geschichten ... Science-Fiction ... ein netter Zeitvertreib und doch reine Fantasie.

Es war eine angenehme Zerstreuung, sich spaßeshalber Gedanken über das „*Was wäre, wenn* ...?" zu machen. Jeder wusste, dass so etwas wie Zeitreisen undenkbar war.

Die meisten seriösen Wissenschaftler reagierten auf dieses Thema wohl eher mit einem müden Lächeln, als ernsthaft eine Diskussion darüber führen zu wollen.

Sie selbst hätte niemals geglaubt, dass es möglich sein könnte ... bis jetzt.

Das hier war nicht mehr *ihre* Welt.

Sijrevanisches Hochland ... *was* war das?

WO war das?

Unter anderen Umständen hätte sie auf Schottland getippt.

Die weite, hügelige Landschaft, die karge Vegetation. Die Art, wie Wulf und die anderen Menschen hier sich kleideten.

Doch der Name Sijrevan war ihr völlig fremd. Es müsste irgendetwas in ihr anklingen lassen, so schlecht konnte nicht einmal *sie* in der Schule gewesen sein.

Selbst Schottland wäre schon mehr als seltsam.

Sie stammte nicht von hier, dessen war sie sich absolut sicher.

Wie war sie hierhergekommen und warum ... warum fühlte es sich so unglaublich *vertraut* an?

Lieber Himmel!

Sie presste die Augenlider aufeinander und schüttelte den Kopf. In ihr war ein heilloses Durcheinander. Unzählige Bildfetzen und Erinnerungen, die auf sie einstürmten, und nichts, was sie wirklich zuordnen konnte.

Wulf, diese Menschen, dieser *„Master Royce"* ... die seltsame Art und Weise, wie Wulf sprach. All das deutete darauf hin, dass sie sich nicht einmal mehr im einundzwanzigsten Jahrhundert befand.

Woher kam dieses unwirkliche Gefühl, nicht mehr dort zu sein, wo sie hingehörte?

Hatte sie sich vielleicht den Kopf angestoßen?

Träumte sie das alles nur?

Warum fühlte es sich dann so real an?

So kalt und hart?

Wieso wurde sie den Eindruck nicht los, dass sie sich um mehrere Jahrhunderte in die Vergangenheit bewegt hatte?

Noch dazu an einen Ort, der ihr völlig fremd war?

Was zur Hölle tat sie hier und *wie* war sie hierhergekommen?

Schwer atmend drängte sie den Aufschrei zurück, der in ihrer Kehle emporstieg. Sie wollte heulen und schreien, sie wollte aufwachen und sich daheim, in ihrem Bett liegend, wiederfinden ... durchgeschwitzt und verwirrt von einem grauenhaften Albtraum.

Doch das hier war kein Traum.

Also musste sie den Kopf klar bekommen, irgendwie Ordnung in das Chaos ihrer Gedanken bringen. Zitternd drückte sie beide Handballen gegen die Schläfen.

Logisch denken!

Fast hätte sie laut aufgelacht.

Logisch?! Wie sollte hier noch Logik greifen?

Sosehr sie sich wünschte, das alles wäre nur eine Halluzination, so bewusst war sie sich der Wahrheit.

„Was ist mit dir, Junge?"

Wulfs Stimme drang wie aus weiter Ferne an ihr Ohr, doch als sie die Augen öffnete, stand er direkt vor ihr und maß sie mit nachdenklichem Blick. Sie öffnete und schloss den Mund wie ein Fisch, unfähig zu einer Antwort. Mit einem gequälten Laut krümmte sie sich, als hätte ihr jemand in den Magen geschlagen, und ging in die Hocke.

Sie fühlte sich, als risse ihr Inneres in zwei Teile, und die Welt um sie herum wurde merklich heller.

„Was für ein Tag ist heute?", fragte sie heiser.

Wulfs Antwort ließ einen Moment auf sich warten. Mit verblüfft hochgezogenen Brauen sah er auf sie hinab.

„Wir schreiben den achtzehnten Tag im Nebelung", gab er zurück. Er hätte genauso gut chinesisch reden können, sie hatte keine Ahnung, was er da sagte. Mutlos starrte sie auf den Boden vor sich.

Was war Nebelung?

Warum gebrauchte er so viele seltsame Wörter? Und wieso zum Teufel verstand sie ihn überhaupt, wenn sie doch eigentlich nicht in dieses Land gehörte?

„Welches Jahr?"

Die Frage war heraus, ehe sie es verhindern konnte. Auch wenn sie ihn nicht ansah, so wusste sie doch, dass er sie beäugte, als käme sie von einem anderen Planeten.

„Welches Jahr?", wiederholte er befremdet.

Sie hob den Kopf und er sah mindestens so durcheinander aus, wie sie sich fühlte. Vielleicht verstand er ihre Worte ebenso wenig wie sie die seinen. Kopfschüttelnd senkte sie den Blick und starrte vor sich hin, ohne wirklich etwas zu sehen.

Wie sollte sie sich in einer Welt verständigen, die ihr so fremd war?

Warum war sie hierhergekommen?

Sie gehörte nicht an diesen Ort, nicht in diese Zeit, und auch wenn sie nicht genau wusste, in welchem Jahr sie gelandet war, erkannte sie doch, dass es eine Zeit war, die ihr nicht wirklich gefiel. Fünf- oder sechshundert Jahre vor ihrer eigenen, vielleicht mehr, vielleicht weniger.

Hier gab es weder Autos noch Flugzeuge, keinen Kühlschrank und kein Telefon.

Wie konnte es sein, dass sie sich in einer anderen Zeit wiederfand, in der man so etwas wie Fernseher, wasserspülende Toiletten und elektrische Zahnbürsten nicht kannte?

Wie sollte sie hier klarkommen?

Warum geschah das alles mit ihr?

Die Arme um den Oberkörper geschlungen, wiegte sie sich auf den Fersen vor und zurück, während ihr Verstand hektisch arbeitete und versuchte, sich an Bruchstücke zu erinnern.

Da war etwas.

Bilder, Laute, eine andere Sprache. Gerüche, die etwas in ihr anklingen ließen. Ein Gefühl von Einsamkeit und Verzweiflung ... tiefe Trauer über den Verlust eines geliebten Menschen.

Sie war so allein gewesen. Allein in einer fremden Welt, die nie ihre eigene gewesen war. Sie war gestürzt.

Wasser überall.

Verblüfft schnappte sie nach Luft und starrte mit offenem Mund in den Schnee, als eine Einsicht sie überkam.

War es wirklich möglich, dass sie ihre Welt deshalb verlassen hatte?

Geschah *das* mit jemandem, der aufgab?

So wie sie?

Sie erinnerte sich.

Sie hatte sich das Leben genommen, weil sie in ihrer eigenen Welt nicht mehr zurechtgekommen war. Sie war gegangen, weil der Schmerz sie schier zerrissen hatte.

Sie erinnerte sich!

Daran, wie die Einsamkeit sie erstickt hatte, dass ihr Leben keinen Sinn mehr besaß und es niemanden gab, dem sie fehlen würde. Wie sie den Entschluss gefasst hatte, sich von der Brücke in den Fluss zu stürzen und ihr Dasein zu beenden.

Aber sie war nicht gestorben.

Aus irgendeinem unerfindlichen Grund war sie durch die Zeit gereist und hier gelandet, in einem Jahrhundert, das ihr unbekannt war, und in einem Land, das sie nicht einmal aus dem Erdkundebuch kannte … einem Land, das ihr dennoch seltsam vertraut schien.

„Scheiße!"

Kopfschüttelnd schlug sie die Hände vors Gesicht.

***

Wulf beugte sich über das zitternde, blasse Bündel, das auf dem Boden kauerte und dessen Gesicht hinter den kalten, weißen Händen verborgen war.

Er hatte den entsetzten Blick des Burschen wohl bemerkt.

Für einen Moment hatte er schon geglaubt, der Junge hätte begriffen, dass er in Feindeshand gelandet war. Doch in seinen Augen war etwas Anderes gewesen. Etwas, das Wulf sich nicht erklären konnte.

Das Quietschen der mächtigen Eichenpforte ließ ihn den Kopf heben und er sah Royce mit hochgezogenen Brauen im Portal der Burg stehen. Mit einem unwilligen Laut wandte er sich zu seinem Herrn um und ging zu ihm hinauf.

Der Clanführer war ein groß gewachsener Mann.

Als er jünger gewesen war, hatten die Frauen ihn umschwärmt. Er hatte als gute Partie gegolten, sein fröhliches Lachen und seine unbeschwerte Art hatten jeden in seiner Umgebung angesteckt und es gab kaum jemanden, der nicht seine Nähe suchte.

Doch die letzten Jahre voller Kämpfe und Verluste hatten auch vor ihm nicht haltgemacht. Sorgenfalten gruben sich in seine Miene und eine unerklärliche Düsternis hielt ihn umfangen. Nachdem sein Vater und seine Brüder in den Schlachten mit Fitard gefallen waren, war das Verderben über die Burg hereingebrochen. Es war mit ihnen allen bergab gegangen, doch erst der Freitod seiner Mutter hatte Royce endgültig seines Lachens beraubt.

Vor fünfzehn Jahren hatte er aus Gründen der Vernunft und der Hoffnung geheiratet. Lady Araenna aus dem Clan der MacBalbraith.

Eine Frau, die ihn nie gewollt hatte.

Sie hatten sich arrangiert. Es war ein Bündnis gewesen, das den Clan der McCallahans wieder ans Licht hatte führen sollen. Ein Bündnis mit den Alben.

Es war ein Trugschluss gewesen.

Royces Erzfeind Fitard war es gelungen, auch Araenna und ihren Sohn töten zu lassen. Das war der Tag gewesen, an dem die letzte Wärme das Clanoberhaupt verlassen und einer tiefe Verbitterung Platz gemacht hatte.

Seither hatte Wulf ihn nie wieder wirklich fröhlich erlebt. Nach dem Überfall im Sommer war es ruhig geworden. Fitards Männer schienen sich zurückgezogen zu haben. Doch jeder Krieger des Clans wusste, dass es nur die Ruhe vor dem Sturm war.

Irgendwann würden die Kämpfe erneut ausbrechen, mit ungleich stärkerer Wucht, und niemand wusste, was danach sein würde. Sie waren zu Wenige … der Clan schenkte nur noch gut hundert Highlandern ein Heim.

Die meisten Krieger waren schon über den Zenit ihres Lebens hinaus, andere waren zu jung. Viele waren in den letzten Monaten mit ihren Familien in die Lowlands abgewandert.

Fort von Tod und Verderben.

Fort von Armut und Entbehrung.

Royce hatte nie jemandem einen Vorwurf gemacht. Doch jeder Mann, der ging, war ein schmerzlicher Verlust für alle, die blieben … jeder hinterließ eine Lücke, die sie nicht zu schließen wussten. Ihre Reihen lichteten sich und Fitard würde sie irgendwann überrennen.

„Wen bringst du uns da mit in dieser Kälte, Wulf?"

Royce musterte voller Argwohn das Häufchen Elend, das mitten im Hof hockte.

„Einen Findling", erwiderte Wulf. Er ignorierte das Aufblitzen im Blick seines Herrn. „Ich fand ihn am alten Handelsweg. Er schlief im Schnee unter der verwitterten Eiche. Er wäre erfroren, hätte ich ihn nicht seiner Ruhe beraubt."

„Einen Findling?!" Royces Nasenflügel blähten sich und Wulf sah ihm an, dass er gegen das Verlangen kämpfte, seinen Hauptmann und Waffenbruder anzubrüllen. Seine Stimme klang schroff. „Wer ist er?"

Wulf schüttelte den Kopf und zuckte mit den Schultern.

Reglos sah er dabei zu, wie sich das Gesicht seines Herrn weiter verfinsterte. Dennoch hielt er dem bohrenden Blick stand.

Er war schon ein Krieger dieses Clans gewesen, als Royce noch in Felle gewickelt in den Armen seiner Amme gelegen hatte. Für ihn war Royce nicht nur Clanherr – er war wie ein Sohn. Er hatte ihn ausgebildet und ihm sein ganzes Leben lang zur Seite gestanden. Royce wusste, dass er nichts tun würde, das dem Clan schaden konnte.

„Er behauptet, sich an nichts erinnern zu können", erklärte Wulf. „Nicht einmal seinen Namen scheint er noch zu kennen."

***

Royces Brauen schoben sich zusammen und seine Augen verdunkelten sich, während er den Burschen im Hof missmutig betrachtete.

„Du wirst im Alter weich, Wulf. Du hättest ihn liegen lassen sollen. Seine Anwesenheit bedeutet nur ein Maul mehr, das wir nicht zu stopfen wissen." Ärgerlich musterte er seinen väterlichen Freund und Waffenbruder, ehe er wieder zu dem Fremden hinabsah. Sosehr er Wulf schätzte, so sehr missbilligte er dessen Handeln. „Es ist bereits ein harter Winter. Unsere Vorratskammern sind nur spärlich befüllt und du schleppst einen Findling an."

Wulfs Miene blieb unbewegt.

„Dessen bin ich mir durchaus bewusst, Royce", entgegnete er nachsichtig. „Doch ist an ihm irgendetwas anders. Ich kann es dir nicht erklären, aber ich wusste, ich darf ihn nicht der Kälte des Winters überlassen. Wir müssen uns unsere Menschlichkeit bewahren."

Ihre Blicke begegneten sich und Royce schüttelte den Kopf.

„Er hätte nichts gespürt. Er wäre im Schlaf gestorben", gab er ungerührt zurück.

Im Grunde seines Herzens stimmte er mit Wulf überein.

Ihn dort im Schnee sterben zu lassen, wäre unmenschlich gewesen. Eine Tat, die zu ihren Feinden gepasst hätte, aber nicht zu den Menschen ihres Clans. Ihr Volk war stets gastfreundlich gewesen, doch die Zeiten waren schlecht und das Essen wurde knapp.

Sie konnten es sich nicht leisten, ritterlich zu sein.

Die Händler hatten sich im Herbst nicht sehen lassen und die immer wieder aufflackernden Kämpfe des vergangenen Sommers hatten seinen Landbestellern nicht genug Zeit gegeben, um sich ausreichend um die Felder zu bemühen.

Die Ernte war wenig ertragreich gewesen und das Wild schien sich aus den Highlands zurückzuziehen. Es war schwer genug, seinem eigenen Volk genug Nahrung zu bieten, geschweige denn irgendwelchen Fremden.

„Wo kommt er her?", fragte Royce, ohne Wulfs starre Miene weiter zu beachten. Die unnachgiebige Dickköpfigkeit seines Waffenbruders war wie eine Mauer, gegen die niemand anzurennen wusste.

Der riesige Krieger zuckte mit den Schultern.

„Ich weiß es nicht", gab er zurück. „Der Bursche selbst konnte es mir nicht sagen. Jedoch ... als wir hier eintrafen, fragte er mich, welchen Tag wir hätten und welches Jahr ... er spricht eine seltsame Mundart. Ich glaube nicht, dass er aus dieser Gegend stammt."

Über die Schulter hinweg sah er zu dem Burschen hinüber, der sich mit wackeligen Beinen vom Boden erhob und verstört umsah.

„Er könnte einer von Fitards Spähern sein ... oder einer seiner Gespielen", warf Royce ein.

Gereizt betrachtete er die schmale, zitternde Gestalt.

Unter all dem Dreck, der ihn bedeckte, erkannte Royce ein ovales Gesicht, große Augen, eine schmale Nase und volle Lippen. Das kurze Haar stand in wirren Büscheln von seinem Kopf ab und war völlig verklebt.

Er war schmal gebaut, mit breiten Hüften und relativ groß, wenn er auch das Maß eines Highlanders nicht erreichte. Ja, er würde genau in Fitards Beuteschema passen.

„Ich teile deine Bedenken", entgegnete Wulf und sah seinem Herrn ins Gesicht. „Allerdings ist mir unerklärlich, warum er sich an nichts erinnert."

„Vielleicht ist es Teil seines Plans und er ist ein Meister der Täuschung, dessen Künsten du erlegen bist."

„Es war keine Lüge in seinem Blick", widersprach Wulf.

Royce schüttelte geringschätzig den Kopf. Seine Augen musterten weiterhin prüfend den Fremden, der sich nun stolpernd in ihre Richtung bewegte.

Wulf hatte recht.

Irgendetwas war anders an diesem Burschen.

Er war anders.

Schon die Art, wie er sich bewegte, sprach etwas in Royce an, das er nicht einzuordnen wusste. Auch wenn der Junge gerade über seine eigenen Füße zu stolpern schien, haftete ihm etwas Katzenhaftes an.

Ihn anzusehen, rief ein Gefühl in Royce hervor, das völlig widersinnig war und sich tief in sein Inneres grub. Etwas zog ihn hin zu diesem Burschen und übermannte ihn mit einer seltsamen Art von Schwäche, die er nicht verstand und die ihm nicht im Mindesten behagte.

Als ihre Blicke sich begegneten, schien die Welt um ihn herum für einen winzigen Moment heller zu werden. Ein warmes Pulsieren erfüllte ihn und schien sich einen Weg durch sein Blut zu bahnen.

Bei allen Göttern ... was war das?

Wütend riss er sich von dem Anblick des Burschen los.

„Kein Name und keine Erinnerungen", bemerkte Royce mit dunklem Grollen in der Stimme, „welch passender Zufall!"

Ein letzter Blick zu dem Fremden ließ ihn unmerklich schaudern und er wandte sich gereizt ab. Wulf wartete immer noch auf seine Entscheidung. Schlecht gelaunt nickte Royce in Richtung Halle.

„Bring ihn rein. Ich will mit ihm reden."

Ohne eine Antwort seines Waffenbruders abzuwarten, wandte Royce sich ab und verschwand im Inneren des Haupthauses.

Resigniert drehte sich Wulf dem Burschen zu, ging ihm zwei Stufen entgegen und ergriff seinen Arm. Als er den Kopf hob und Wulf ansah, waren seine blauen Augen groß vor Furcht.

„Wir sind hier sicher."

In einem Anflug von Besorgnis versuchte Wulf, den Burschen zu beruhigen.

Allerdings fragte er sich im gleichen Moment, ob das für den Jungen tatsächlich ebenso galt wie für ihn.

Er hatte Royces Blick gesehen und da war etwas gewesen, das ihm nicht behagte.

***

Tief durchatmend nickte sie und ließ sich stumm die monströse Treppe heraufziehen. Sie war noch zu entsetzt über die Erkenntnis, die sie wie ein Hammerschlag getroffen hatte.

Es gab einfach keine logische Erklärung, warum sie auf diese Weise eine zweite Chance erhielt. Für den Moment blieb ihr jedoch keine andere Wahl, als sich mit der Situation zu arrangieren.

Sie brauchte eine Denkpause.

Je mehr sie darüber grübelte und nach einer Antwort suchte, desto näher schien sie dem Wahnsinn zu kommen. Doch ungeachtet ihrer unheimlichen Situation fühlte sie, dass es wichtig war, einen klaren Kopf zu bewahren. Sie konnte unmöglich kundtun, dass sie durch die Zeit gereist war.

Vermutlich würde man sie sofort auf den nächsten Scheiterhaufen führen, um sie zu verbrennen … und das war vermutlich noch eine der angenehmeren Todesvarianten, die sie in dieser Welt erwarten konnte.

Bedrückt folgte sie Wulf die Stufen hinauf zu der großen Eichenpforte. Er hatte gesagt, es sei Zeit, seinem *„Lord Royce"* gegenüberzutreten. Wenn das der Mann auf der Treppe gewesen war, dann konnte das alles oder nichts bedeuten.

Als sie das Innere der Burg betraten, benötigte sie einen Moment, ehe ihre Augen sich an das Zwielicht gewöhnt hatten. Tatsächlich spürte sie die Weite der Halle mehr, als dass sie sie sah. Im nächsten Moment protestierten all ihre anderen Sinne gleichzeitig.

Wohlige Wärme ging von dem Feuer in dem gigantischen Steinkamin aus, der die Halle zu ihrer Rechten beherrschte. Eine Wärme, die sie zu umarmen schien und in eine Wolke aus Gerüchen hüllte, die ihr den Atem raubten.

Sie hustete.

Blinzelnd sah sie sich um.

An dem übergroßen Eichentisch, der vor dem gewaltigen Kamin stand, saß eine Gruppe von etwa dreißig Männern. Vereinzelte Frauen eilten geschäftig umher und verteilten Schüsseln.

In einer Ecke entdeckte sie ein paar Kinder und ältere Frauen, die bei ihrem Eintritt von ihren Handarbeiten aufschauten. Misstrauen und Argwohn, wo auch immer sie hinsah.

Obgleich das Innere der Burg auf den ersten Blick heimeliger wirkte, als das graue Äußere vermuten ließ, bildeten Schmutz und Gestank eine überwältigende Mischung, die ihr die Sinne vernebelte.

Es roch nach Abfall, altem Schweiß und einem undefinierbaren Allerlei von verfaulenden Dingen, die sie lieber nicht identifizieren wollte. Sekundenlang kämpfte sie gegen die Übelkeit, die sie zu überfallen drohte.

Auf dem Boden der Halle, der mit altem, verdrecktem Stroh bedeckt war, sammelten sich Unrat und Knochenreste. Ein paar riesige, zottelige Hunde balgten durch den hohen Saal und stürzten sich auf die Brocken, die jene Männer ihnen achtlos hinwarfen, die an dem Eichentisch vor dem Kamin saßen und ihre Mahlzeit einnahmen.

Sie unterdrückte ein Würgen und war dankbar, dass Wulf sie an der offenen Tür stehen ließ, ohne ihr Entsetzen zu bemerken. Für diese Menschen war dieses Leben vermutlich völlig normal … ebenso wie der Geruch … nur sie war angewidert von den hygienischen Umständen.

Fassungslos sah sie sich um.

Das war noch schlimmer, als sie befürchtet hatte.

Wären Schmutz und Gestank nicht gewesen, hätte sie die Halle, die offenbar als Wohn- und Essbereich diente, als durchaus anheimelnd empfunden. Es war ihr unmöglich zu verstehen, wie diese Menschen so leben konnten.

Was war hier vorgefallen?

Riesige Teppiche an den Wänden und über dem Kamin bezeugten, dass diese Burg definitiv schon bessere Tage gesehen hatte. An der Mauer zu ihrer Linken führte eine breite Treppe, aus schwerem Stein gehauen, in das obere Stockwerk. Durch eine Holztür am Ende der Halle erhaschte sie den Blick in die Küche, als eine Frau mit dampfendem Essen heraustrat.

Ihr Magen schien sich einmal mehr um sich selbst zu drehen. Der schmackhafte Duft der Mahlzeit drang durch den süßlichen Geruch des Unrats zu ihr und verstärkte das Würgen in ihrer Kehle. Allein der Gedanke, in diesem Raum zu essen, bereitete ihr einen fast körperlichen Widerwillen.

Die Welle des Ekels überrollte sie erneut und sie schloss für einen Moment die Augen. Sie durfte sich nicht die Blöße geben und sich vor all diesen Menschen übergeben, deren Blicke sie bereits jetzt durchbohrten.

Allerdings bereitete es ihr große Mühe, den galligen Geschmack in ihrem Mund zu verdrängen.

Als sie wieder aufsah, bemerkte sie, dass Wulf ihr einen besorgten Blick schenkte. Sie spannte sich und war schlagartig alarmiert. In dieser fremden Welt war er im Augenblick die einzige solide Konstante.

Wenigstens für den Moment schien er wie ein Verbündeter.

Warum sah er sie so an?

Was hatte sie nicht mitbekommen?

Neben ihm bemerkte sie den Mann, mit dem er bereits vor der Tür gesprochen hatte. Er war nicht ganz so groß wie Wulf und um einige Jahre jünger. Braunes, lockiges Haar reichte ihm bis auf die Schultern, ein Bart schmückte sein Gesicht und er taxierte sie aus diesen unergründlichen Augen, die geradewegs bis in ihre Seele zu blicken schienen.

Hitze rollte wie flüssige Lava durch ihre Adern.

Sein attraktives Gesicht war unfreundlich, geprägt von Argwohn und unverhohlener Ablehnung. Wenn das tatsächlich Wulfs Herr war, und danach sah er aus, dann würde ihr Aufenthalt wohl kürzer als erwartet ausfallen.

Plötzlich verspürte sie einen Anflug von Panik.

Wenn man sie fortschickte, wohin sollte sie dann gehen?

Dieser Ort mochte zwar keine Luxusherberge sein, aber im Augenblick war es ihre einzige Zuflucht. Weder konnte noch wollte sie wieder hinaus in diese eisige Kälte.

Sie fühlte sich plötzlich hilflos ausgeliefert und die Blicke, mit denen der Fremde sie geradewegs zu durchbohren schien, machten es nicht besser.

Obgleich sein Auftreten sie auf seltsame Weise verwirrte, spürte sie auch eine ängstliche Beklemmung in sich aufsteigen. Mit einer herrischen Handbewegung gab er ihr ein Zeichen.

„Komm her", befahl er mit grollender Stimme.

Sie war wie erstarrt, als er zu ihr sprach, und ihre Pupillen weiteten sich. Ein Schaudern überlief sie und eine Welle aus widersprüchlichen Empfindungen rollte über sie hinweg. Vor ihren Augen tanzten bunte Punkte und in ihrem Kopf drehte sich die ganze Welt.

Es war, als würde sie in einen Strudel geraten, der sie wie eine leblose Puppe herumwirbelte. Erinnerungsfetzen überrollten sie und ihr Blick wurde nebelig.

Da war eine Stimme … sie kannte diese Stimme … warm und vertraut … liebevoll und besorgt … *„Lee"*.

War das ihr Name?

Sie erinnerte sich an Fetzen, daran, wie jemand zu ihr gesprochen hatte … ihre Mutter?

Es fühlte sich gut an … behütet und geborgen.

Der Nebel verflog und sie betrachtete aufgelöst seine faszinierenden Gesichtszüge, die sich zusehends verfinsterten. Seine Miene war grimmig, während er sie musterte. Zwischen den dunklen Augenbrauen entstand eine steile Falte.

„Hast du mich nicht verstanden?"

Sein Blick war hart und sie spürte, wie sich das Gefühl von Hitze in ihr mit eisiger Kälte vereinte.

Stille breitete sich in der Halle aus.

Gespräche verstummten wie auf Kommando und selbst die Hunde verkrochen sich in eine Ecke. Alle Augen richteten sich plötzlich auf sie, die allein vor der Tür zum Hof stand. Unfähig, sich zu rühren, blinzelte sie zwei-, dreimal und spürte, wie ihr das Blut in die Wangen schoss.

Es waren nur wenige Schritte, die sie zu Wulfs Herrn hätte gehen müssen, aber sie war nicht in der Lage, sich zu bewegen. Am ganzen Körper zitternd irrte ihr Blick unstet über die Gesichter der Menschen.

Stattdessen stolperte sie furchtsam einen Schritt zurück. Sie sah das verärgerte Stirnrunzeln des Fremden, und wie er leise mit Wulf sprach. Der Krieger mit dem wilden Bart wandte sich ihr zu und war mit schnellen Schritten bei ihr.

Seine Finger schlossen sich fest, aber nicht schmerzhaft um ihren Unterarm. Es fühlte sich eher tröstlich als drohend an. Sie konnte spüren, wie alles Blut aus ihrem Gesicht wich und sie sich von einem Augenblick auf den anderen elend und krank fühlte.

„Ich bringe dich in die Bibliothek", sagte er. „Lord Royce wird dort mit dir sprechen."

„Ich gehöre nicht hierher", flüsterte sie rau.

Wulf schenkte ihr ein schiefes Grinsen.

„*Das* ist uns auch schon aufgefallen, Junge", gab er zurück.

Sie wandten sich nach rechts und folgten dem angsteinflößenden Fremden in einen schwach beleuchteten Durchgang.

Fort von den Menschen, dem Gestank und dem Schmutz.

Hinter Wulf betrat sie einen Raum, der mit Regalen gefüllt war, die dicht beieinander standen. Trotz der dicken Staubschicht, die sie selbst auf den beiden Sesseln entdeckte, war es hier wenigstens nur der Geruch von Papier und alten Büchern, der ihr in die Nase stieg.

„Setz dich."

Lord Royce deutete auf einen mit rotem Samt bezogenen Sessel und sah sie abwartend an. Sie erwiderte seinen bohrenden Blick unsicher und blinzelte nervös. Seine dunklen Augenbrauen zogen sich missbilligend zusammen, als sie sich immer noch nicht rührte.

„Niemand wird dir hier ein Leid zufügen", bemerkte er.

Verschämt biss sie sich auf die Lippe und trat zögernd einen Schritt näher.

„Lass uns allein, Wulf!"

Verstört sah sie zu, wie der große Krieger nickte und wortlos das Zimmer verließ. Sie war allein mit seinem Herrn. Das Herz hämmerte so wild in ihrer Kehle, dass sie meinte, er könnte es hören.

Sie schluckte hektisch.

„Setz dich", wiederholte er seine Aufforderung.

Kopfschüttelnd starrte sie ihn aus weit aufgerissenen Augen an.

Wie sprach man jemanden wie ihn an?

Sir? Eure Hoheit?

Sagte man *Sie* oder *Ihr*? Verdammt, sie hatte unzählige historische Romane gelesen, aber sie hatte keine Ahnung, in welchem Jahrhundert man zum gebräuchlichen Sie gewechselt hatte.

Sie konnte ihn unmöglich duzen, oder?

„Ich … werde nur alles schmutzig machen", entgegnete sie leise.

Er schnaubte verächtlich und ließ sich achtlos in den zweiten Sessel fallen.

„Dann bleib stehen."

Einen endlos scheinenden Moment betrachtete er ihr Gesicht und sie starrte ihn fasziniert an. Diese Augen … verlegen senkte sie den Blick.

Als er wieder sprach, klang er ganz ruhig.

„Wie ist dein Name?"

Sie war sicher, dass Wulf ihm bereits gesagt hatte, dass sie sich nicht erinnerte. Entweder glaubte er ihm nicht – oder ihr. Die zweite Möglichkeit schien irgendwie naheliegender.

Sich räuspernd, zuckte sie mit den Schultern.

Sie wollte ihm gegenüber so ehrlich wie möglich sein und dazu gehörte auch, ihm in die Augen zu blicken … aber er machte sie auf eine geradezu unangenehme Weise nervös.

„Ich … bin nicht sicher … Sir", erwiderte sie wahrheitsgemäß und sah vorsichtig auf. Sie wusste weder, ob die Anredeform korrekt war, noch, ob er sie gleich als Lügnerin bezichtigen würde. Sie blieb auf der Hut.

Sein Blick brachte sie aus dem Konzept.

Warum sah er sie so an?

Graugrün … seine Augen waren graugrün … und wunderschön.

Was ging ihr da durch den Kopf?

Verschämt sah sie zu Boden, als er sie nachdenklich musterte. Er blieb misstrauisch, aber offensichtlich wollte er ihr die Möglichkeit geben, sich selbst zu äußern. Tief durchatmend versuchte sie, sich zu entspannen, und hob das Kinn, um sich seinem durchdringenden Blick zu stellen. Sie wurde das Gefühl nicht los, er könnte bis in ihre Seele hineinsehen.

„Du weißt, wo du bist?"

Sie zuckte mit den Schultern und schüttelte gleichzeitig den Kopf.

„Wulf nannte es die Ländereien von Master Royce", erwiderte sie leise. Zeit, alles auf eine Karte zu setzen. „Ich nehme an, das seid Ihr."

Die Mundwinkel ihres Gegenübers zuckten kaum wahrnehmbar.

„Nun, das ist wahr." Seine Stimme war warm und einladend. Lee unterdrückte ein Seufzen und hätte sich am liebsten selbst geohrfeigt. „Es sind meine Ländereien ... oder vielmehr die meiner Familie. Mein Name ist Royce McCallahan, Sohn des Iain McCallahan, Clanherr über zweihundert Seelen – und *du* bist nun Gast unseres Hauses." Den Kopf schief gelegt, musterte er sie eindringlich. „Wulf sagte, dass deine Erinnerungen lückenhaft seien ... erzähl mir von dem, *woran* du dich erinnerst."

Sie presste sich die Fingernägel in die Handinnenflächen und versuchte, ihre Gedanken zusammenzuhalten.

„Ich bin nicht sicher ... es sind nur Bruchstücke, aber ich glaube, man nannte mich Lee", begann sie mit wackeliger Stimme. „In meinem Kopf sind viele merkwürdige Bilder, die mich verwirren."

Sie schluckte.

Es gefiel ihr nicht, die Tatsachen dermaßen schwammig auszulegen, aber sie konnte ihm schlecht die Wahrheit erzählen, ganz davon zu schweigen, dass er ein zusätzliches Chaos in ihr auslöste, das sie nicht einzuordnen wusste.

„Lee?" Royce schien zu überlegen, woher dieser Name wohl stammte, dann zuckte er die Schultern. „Du sprichst nicht wie ein Leibeigener ... du klingst gebildet", stellte er fest. „Kannst du dich erinnern, wo du warst, ehe Wulf dich inmitten dieser Schneewehe gefunden hat?"

„Nein, Sir."

Sie schüttelte den Kopf.

Den Blick gesenkt, damit er nicht ihr schlechtes Gewissen sah, bemerkte sie, dass ihre Finger nervös gegen ihre Schenkel trommelten.

„In meinem Kopf ist keine Erinnerung daran. Ich weiß nicht, wie ich dort gelandet oder von wo ich gekommen bin."

Es war keine Lüge ... nur nicht die ganze Wahrheit.

Immerhin hatte sie tatsächlich keine Ahnung davon, wie das alles hatte passieren können, und sie müsste schon ziemlich verrückt sein, ihm zu erzählen, dass sie aus der Zukunft kam.

Wenn sie nicht mit einem großen, schartigen Schwert durchbohrt werden oder das Kaminfeuer unter ihrem Hintern würde spüren wollen, sollte sie über gewisse Dinge einfach den Mund halten.

2. Kapitel

Callahan-Castle, Sijrevan
Im Nebelung, Anno 1585

Royce betrachtete den schmalen, hochgewachsenen Jüngling, der ihm sichtlich aufgeregt gegenüberstand. Lee hielt den Kopf gesenkt, aber es war nicht zu übersehen gewesen, dass die Augen des Burschen verdächtig geglänzt hatten.

In einem hatte Wulf recht: es war keine Lüge in seinem Blick gewesen. Möglicherweise wusste er wirklich nicht, woher er kam.

Wie verdrießlich mochte es sein, seinen Erinnerungen nachzujagen?

Widerwillig musste Royce sich eingestehen, dass seine Fragerei nicht unbedingt hilfreich war. Andererseits hatte die Vergangenheit ihn gelehrt, nicht mehr unbedarft sein Vertrauen an jemanden zu verschenken, den er nicht kannte.

Die Zeiten waren hart und das Leben ungerecht. An Wunder glaubte er schon lange nicht mehr und das Auftauchen dieses Fremden war mehr als seltsam. Sie mussten ihn im Auge behalten.

„Nun gut." Er musterte Lee von oben bis unten. „Wulf hat für dich Obdach erbeten und du darfst bleiben."

Der Bursche sah auf und in dem Blau seiner Iris lag ein so tiefer Ausdruck von Erleichterung, dass es Royce einen Stich versetzte.

Verärgert bemerkte er, dass ihn der absonderliche Wunsch überkam, sein Gegenüber zu berühren. Es war ihm fremd, einem Menschen Mut zusprechen zu wollen, den er nicht kannte, und noch befremdlicher war die Erkenntnis, dass dieser Bursche Empfindungen in ihm auslöste, die ihm ein solches Unbehagen bereiteten.

Deutlich grimmiger als beabsichtigt fielen aus diesem Grund auch seine nächsten Worte aus.

„Solltest du dir irgendetwas zuschulden kommen lassen oder sollte sich herausstellen, dass du für jemanden spionierst … wirst du meine Klinge zu spüren bekommen. Wenn du versuchst, uns mit Lug und Trug zu blenden, werde ich dich in Stücken zurück an deinen wahren Herrn senden."

Die Augen des Burschen wurden groß. Sein Mund öffnete sich, als wollte er widersprechen, und schloss sich zu einem zitternden Spalt. Das Verlangen, diese vollen, viel zu zart geschwungenen Lippen zu kosten, ließ Royce wütend aus seinem Sessel emporschnellen. Lee machte, deutlich eingeschüchtert und mit bleichem Gesicht, einen hastigen Schritt nach hinten.

„Ja, Sir."

Seine Stimme war nur ein heiseres Flüstern, das in Royces Ohren deutlich zu sinnlich klang und sein Blut wild durch die Adern pulsieren ließ. Er wandte dem Jungen den Rücken zu und fuhr sich mit einer Hand über das Gesicht.

Bei den Göttern, was war los mit ihm?

„Lee also … der Name ist so gut wie jeder andere", stellte er knapp fest und machte eine unwillige Handbewegung. „Du kannst gehen. Wulf soll dich zu Malissa bringen, sie kann noch Hilfe gebrauchen. Für Unterkunft und Essen wirst du arbeiten müssen." Über die Schulter warf er dem Burschen einen letzten Blick zu. „Verschwinde!"

***

Lee wusste nicht, was sie gesagt hatte, kurz bevor sie hastig den Raum verließ, aber es war ihr gleichgültig. Er hatte ihr Angst gemacht.

Noch mehr Angst machten ihr allerdings ihre eigenen Gefühle und dieser seltsame Ausdruck in seinen Augen. Ihr war der Blick nicht entgangen, mit dem er ihren Mund betrachtet und wie seine Augen kurz ihre Gestalt gestreift hatten.

Schlimmer noch war allerdings die Tatsache, wie nachhaltig ihr eigener Körper darauf reagierte.

Ihr war durchaus bewusst, dass man sie für einen Mann hielt. Dieser Umstand war vermutlich von Vorteil und bot ihr einen gewissen Schutz. Allerdings verhinderte diese Tatsache nicht, dass sie sich viel zu intensiv von Royce angezogen fühlte und ein schon fast schmerzhaftes Ziehen durch ihren Körper schoss.

Was war los mit ihr?

Das war doch nicht sie!

Sie musste unter allen Umständen vermeiden, allein mit ihm zu sein. Es fiel ihr deutlich leichter, seine männliche Ausstrahlung zu ignorieren, wenn sich andere Leute um sie herum befanden.

Einer Flucht gleich, entfernte sie sich raschen Schrittes von der Bibliothek und lief den Gang zurück, durch den sie Royce vor wenigen Minuten gefolgt war. Kurz bevor sie die Halle erreichte, sah sie Wulfs wuchtige Gestalt im Türrahmen erscheinen.

Erleichtert ging sie ihm entgegen und bemerkte, dass er seinen Fellmantel endlich abgelegt hatte. Allerdings änderte das nichts daran, dass er ein wirklich großer Kerl mit wildem Bartwuchs und verfilztem Haupthaar war.

Er erinnerte sie an die Riesen aus den Märchenbüchern, die sie als Kind so gern gelesen hatte. Ihr Herz setzte einen Schlag aus, bevor es heftig weiterpochte.

Die Details ihres bisherigen Lebens kehrten also langsam zurück. Das ließ zumindest darauf hoffen, dass sie sich bald an noch mehr erinnern würde.

„Du hast überlebt", stellte er trocken fest und zwinkerte ihr amüsiert zu, als sie vor ihm stehen blieb. „Wo ist Lord Royce?"

„Noch in der Bibliothek", gab sie zurück und deutete hinter sich. „Er hat gesagt, ich darf bleiben. Aber ich soll mich bei Malissa melden, um dort zu helfen."

„Gut." Wulf betrachtete sie einen Moment versonnen. „Hat er dir einen Namen gegeben?"

„Nein … aber *ich* erinnere mich an einen Namen … *Lee*. Ich weiß nicht, ob es meiner ist. Sir Royce … er sagte, der Name sei so gut wie jeder andere", setzte sie mit schiefem Lächeln hinzu.

Wulf nickte bedächtig.

„Gut, dann *Lee*."

Im Gestrüpp seines Bartes blitzten ein paar Zähne auf, als er sie kurz angrinste.

„Folge mir, Lee, ich bringe dich zu Malissa. Sie ist die gute Seele unseres Hauses, aber sie führt eine harte Hand. Bemühe dich und faulenze nicht, wenn du für sie arbeitest … denn den Kochlöffel schwingt sie ebenfalls mit harter Hand."

***

Als der Tag sich dem Ende neigte, spürte Lee jeden einzelnen Knochen in ihrem Leib.

Malissa war eine rundliche, mütterlich wirkende Frau mittleren Alters, deren sanftmütiges Äußeres über ihren

scharfsinnigen Verstand und ihre eiserne Unnachgie-
bigkeit hinwegtäuschte. Das braune Haar war von vielen
grauen Strähnen durchzogen und ernste, grüne Augen
hatten Lee lange stumm gemustert, nachdem Wulf sie mit
einigen knappen Worten bei Malissa abgeladen hatte.

Ein seltsamer Ausdruck hatte auf ihrem Gesicht gelegen, während sie Lee betrachtet hatte, aber sie hatte keinen Ton von sich gegeben. Schließlich hatte sie Lee einen
Besen und einen Eimer gereicht und ihr aufgetragen, die
Halle von dem alten Stroh und Dreck zu befreien.

Dankbar, eine Beschäftigung zu haben und somit versuchen zu können, den vielen verwirrenden Dingen zu entkommen, die ihr ständig durch den Kopf schossen, hatte
sie sich in die Arbeit gestürzt.

Es hatte Stunden gedauert, den Schmutz und Unrat so-
wie den damit verbundenen Gestank aus der Halle zu ent-
fernen, aber sie hatte es geschafft. Dass sie sich dabei nicht
übergeben hatte, hatte sie mit einem gewissen Stolz erfüllt.

Dem Kreisen ihrer Gedanken hatte es dennoch keinen
Abbruch getan. Das unablässige Gegrübel über das, was
geschehen war, hatte sie zwar zu keinem befriedigenden
Ergebnis gebracht, aber ihr langsam einen schmerzenden
Schädel verursacht.

Für die unzähligen Fragen in ihrem Kopf gab es weiterhin keine Antworten … damit musste sie sich vorerst
abfinden und das Beste aus der Situation machen. Nachdem sie sich diese wenig stimmige Erkenntnis lang genug
vorgebetet hatte, begannen die Strapazen sie endlich zu er-
schöpfen und ihre Überlegungen zu unterbrechen.

Nach getaner Arbeit und mit dem Gefühl, etwas Sinnvolles geschafft zu haben, kehrte sie zu Malissa zurück, um
die nächste Aufgabe übertragen zu bekommen. Diese wies

sie an, sich die Finger zu waschen und anschließend Gemüse zu putzen. Mit einem krummen Messer in der einen und der gefühlt tausendsten Rübe in der anderen Hand saß sie da und wäre fast eingeschlafen, als Malissa ihr sanft eine Hand auf die Schulter legte.

„Lass gut sein für heute, Lee." Sie nahm ihr Werkzeug und Gemüse ab und legte beides beiseite. Ein nachsichtiges Lächeln lag auf ihrem Gesicht. „Du hast mir bekundet, dass du arbeiten kannst und willst. Du hast dir deine Mahlzeit verdient."

Malissa schob eine Schüssel mit dampfendem Eintopf vor sie. Mit einem leisen Danke machte sich Lee heißhungrig darüber her. Selten hatte ihr ein einfacher Gemüseeintopf so gut geschmeckt wie dieser.

„Ich zeige dir später, wo du deine Lagerstatt für die Nacht aufschlagen kannst." Nachdenklich betrachtete Malissa sie. „Solange du dich für einen Burschen ausgibst, kann ich dich nicht bei den anderen Küchenmägden unterbringen."

Lee verschluckte sich fast an ihrem Essen, spürte, wie ihr Gesicht alle Farbe verlor, und hob bestürzt den Kopf. Malissa sah sie an, das Lächeln war verschwunden, aber ihr Blick blieb aufrichtig.

„Warte nicht zu lange, um dich unserem Herrn zu offenbaren", stellte sie ernst fest, „du hast nichts zu befürchten, solange es zu keiner Lüge wird und nur deinem Schutz dient."

„Ich … es ist nur…", nach einer Erklärung ringend, brach Lee ab und Malissa hob beschwichtigend eine Hand.

„Du musst dich nicht erklären", gab sie zurück. „Ich verstehe deine Beweggründe, Lee. Ich mag hier nur die Köchin sein, aber ich bin nicht auf den Kopf gefallen."

Sie zwinkerte ihr zu und wurde unvermittelt wieder ernst.

„Obgleich es vielleicht nicht so verkehrt sein mag, wenn du deine Maskerade noch ein Weilchen aufrechterhältst. Die Söldner aus Fallcoar werden in Kürze eintreffen … jene, die sich kaufen lassen und nicht aus Treue gegenüber unserem Herrn an seiner Seite stehen. Ich traue ihnen nicht und sie sind bereits eine ständige Gefahr für *meine* Mädchen." Sie deutete auf die Schüssel. „Iss auf und ich zeige dir, wo du dich zur Nacht betten kannst."

***

Das Stroh in der grob zusammengenähten Matratze piekste sie an allen möglichen und unmöglichen Stellen. Unruhig wälzte sich Lee auf die Seite und starrte in das Halbdunkel, das sich in der Halle ausgebreitet hatte.

Fröstelnd zog sie die Felldecke enger um ihren Körper.

Ihr Nachtlager befand sich in einer nicht direkt einsehbaren Nische unterhalb der Steintreppe, die von der Halle ins Obergeschoss führte. Direkt hinter ihr in der Wand gab es eine alte Tür, die offenbar schon lange nicht mehr benutzt worden war. Vermutlich der Zugang zu irgendeiner vergessenen Kammer. Die Eisenbeschläge waren vom Rost zerfressen und von Spinnweben bedeckt.

Nachdem Malissa ihr gezeigt hatte, wo sie sich waschen und erleichtern konnte, war Lee völlig erschöpft auf ihr künftiges *Bett* gefallen und hatte die Augen geschlossen.

Eigentlich hatte sie geglaubt, sofort einzuschlafen.

Während die letzten Menschen noch durch die Halle gegangen, aufgeräumt und begonnen hatten, sich auf die Nacht vorzubereiten, war sie ein paarmal weggenickt. Doch seit der letzte Krieger den weitläufigen Saal verlassen hatte und das Feuer im Kamin heruntergebrannt war, kam sie nicht zur Ruhe.

Sie spürte die körperliche Erschöpfung, die Prellungen von ihrem unsanften Sturz, den Muskelkater von der ungewohnten Arbeit. Ihre Augenlider waren schwer wie Blei und Lee fühlte sich völlig verausgabt. Sie sehnte sich nach nichts Anderem als nach ein bisschen Schlaf, doch in ihrem Kopf tobte ein hysterisches Chaos.

Sie drehte sich auf den Rücken und starrte den behauenen Stein an, der die Nische über ihr begrenzte. Nach allem, was heute geschehen war, war es kein Wunder, dass sie Schwierigkeiten hatte, dem Kreisen ihrer Gedanken Einhalt zu gebieten.

Immerhin war sie durch die Zeit gereist und nicht nur in einem anderen Jahrhundert, sondern auch in einer anderen Welt gelandet. Im Grunde konnte sie von Glück reden, dass die Menschen hier trotz ihres offensichtlichen Argwohns so gastfreundlich waren.

Eine Antwort auf die essenzielle Frage, die sie den ganzen Tag beschäftigt hatte, war ihr dennoch nicht eingefallen.

Wie war sie hierhergekommen?

Ihre Erinnerungen waren nach wie vor lückenhaft.

Klar war nur, sie hatte sich unglücklich gefühlt in ihrem alten Leben. Sie war einsam gewesen. Dieses Gefühl, nicht dazuzugehören und fehl am Platz zu sein, war ihr ständiger Begleiter gewesen.

Schwach erinnerte sie sich an einen einzigen Menschen … ihre Mutter.

Sie war krank gewesen und Lee hatte sie gepflegt. Nachdem sie gestorben war, schien die Einsamkeit, die Lee vorher schon so oft empfunden hatte, sie regelrecht zu ersticken.

Seufzend rollte sie sich auf die andere Seite. Sie starrte einen Moment lang die Umrisse der Tür an, ehe sie frustriert auf die Matratze einboxte, weil sich erneut ein Halm zwischen den Fasern hervordrängelte und sie in den Hals stach.

Wut und Bitterkeit tobten in ihr.

Sich nicht klar an Details zu erinnern, war noch schlimmer, als sich gar nicht zu erinnern.

Dass sie sich trotz der Leere und Traurigkeit, die der Verlust ihrer Mutter in ihr hervorrief, immer noch nicht an deren Gesicht oder Namen erinnern konnte, machte ihr das Atmen schwer.

Dabei gab es so viele andere Einzelheiten, die sich voller Klarheit in ihr Bewusstsein drängten.

Wie das Leben in ihrer eigenen Welt gewesen war, an den Komfort, den es gegeben hatte ... Strom, der sie mit Licht versorgte ... fließendes Wasser ... Heizkörper, die sie wärmten.

Hier konnte sie nicht einmal *duschen* gehen.

Wenn sie zur Toilette wollte, musste sie entweder einen Nachttopf benutzen oder sich in der Kälte in irgendwelche Büsche schlagen. Beides war nicht besonders angenehm für jemanden, der ein solches Leben nicht gewohnt war.

Sie hatte zuletzt nachts auf einer Brücke gestanden.

Es war kalt gewesen.

Der Wind hatte an ihren Kleidern gezerrt und ihr das Haar ins Gesicht geweht. Hinter ihr waren der Lärm und die anonyme Eintönigkeit der Stadt in weite Ferne gerückt.

Zum ersten Mal in ihrem Leben war sie sich des Weges, der vor ihr lag, absolut sicher gewesen ... sie hatte nur nicht mit *dem* gerechnet, was danach kam.

Wenn sie ehrlich war, hatte sie mit gar nichts gerechnet. Sie war kein gläubiger Mensch, für sie gab es keine Engel und kein Himmelstor, keinen Garten Eden.

Doch wach zu werden und sich in einer völlig anderen Welt wiederzufinden, hätte sie niemals erwartet.

Vielleicht war es ihr vorbestimmt, hier zu sein.

Vielleicht würde sie irgendwann eine Erklärung dafür bekommen, warum ihr das alles auf eine sehr merkwürdige Weise vertraut schien, obwohl sie es noch nie zuvor gesehen hatte.

Zitternd drehte sie sich wieder auf den Rücken und wandte ihren Blick zu dem riesigen Kamin. Ein letzter Rest Glut knisterte in dem monströsen Ungetüm. Ob sie es wagen konnte, etwas Holz nachzulegen?

Ihr war fürchterlich kalt.

Zähneknirschend schüttelte sie den Kopf und zog die Decke noch enger um sich. Sie war hier Gast. Sich einfach etwas zu nehmen, das ihr nicht gehörte, sah man vielleicht nicht so gern.

Allerdings hatte sie auch auf keiner piksigen Matratze aus Stroh liegen oder unförmige Kleider tragen wollen. Aber aus irgendeinem Grund war sie hier ... und aus genau dem gleichen Grund trug sie eine Bandage, die ihre Brüste plattdrückte und sie als vermeintlichen Burschen tarnte.

Vielleicht war das einfach ihre zweite Chance.

Vielleicht gab es so etwas wie ein *Ende* gar nicht.

Vielleicht sprang man von einem Leben zum anderen.

Sie hatte über Reinkarnation gelesen, Dokumentationen im Fernsehen gesehen ... darüber, dass Menschen unter Hypnose von ihren früheren Leben berichteten und sich an Details erinnern konnten, sogar an Namen. Aber sie alle hatten auch von ihrer Geburt und ihrem Tod erzählt.

Keiner von ihnen hatte sich zuvor ohne diese Rückführung an Details erinnern können. Nur Eines war ihnen gemeinsam gewesen: sie alle hatten diese Sehnsucht in sich verspürt. Die Sehnsucht nach einer anderen Zeit … einer anderen Welt.

Warum konnte *sie* sich so bewusst an ihr früheres Leben erinnern?

Das ergab alles keinen Sinn.

Noch weniger Sinn machte die Tatsache, dass sie – obwohl ihr Sijrevan mit seinen Menschen und dieser Burg fremd und unbekannt war – trotzdem dieses merkwürdige Gefühl verspürte, endlich heimgekehrt zu sein.

So, wie sie auf der Brücke gewusst hatte, dass sie das Richtige tat, so spürte sie nun, dass sie ihr Ziel fast erreicht hatte.

Es fehlte nur noch eine Kleinigkeit.

Etwas, das sie vollständig machte.

Kopfschüttelnd hob sie die Arme und presste die Handballen auf ihre Augen. Sie musste endlich aufhören zu grübeln. Ihre Gedanken kreisten um zu viele Dinge, die sich einfach nicht rational erklären ließen … die sie vielleicht niemals verstehen würde.

Hinzu kamen all die neuen Eindrücke, die sie verwirrten.

All die Menschen, die plötzlich Teil ihres Lebens waren.

Wulf, der sie der Kälte entrissen und ihr damit zweifellos das Leben gerettet hatte. Ein großer, brummiger Kerl, der einen etwas sonderbaren Humor zu besitzen schien. Er war ihr gegenüber von Anfang an freundlich gewesen und es auch geblieben, als sie sich so sonderbar benommen hatte. Er hatte etwas Väterliches, etwas sehr Vertrautes an sich. Man konnte gar nicht anders als ihn gernzuhaben.

Sie war sicher, dass er ihr zugehört hätte, wenn sie sich ihm offenbart hätte … er würde ihr auch zuhören, wenn sie ihm von diesen seltsamen Gedanken erzählte, von ihren Erinnerungen und ihrem alten Leben. Allerdings bezweifelte sie, dass er ihr Glauben schenken würde. Niemand würde ihr diese Geschichte abnehmen.

Nicht einmal Malissa, die trotz ihrer Strenge ein sehr gütiger Mensch war. Wobei Lee den Worten von Wulf durchaus glaubte, dass Malissa den Kochlöffel mit harter Hand schwang – in ihrer Küche führte sie ein wirklich strenges Regiment.

Lee hatte noch nie eine so sauber geschrubbte Arbeitsplatte gesehen wie in dem weitläufigen Raum, in dem die gute Seele der Burg ihre Mädchen zwischen Kartoffeln und Rüben herumscheuchte.

Aber trotz ihrer burschikosen Art war Malissa ein Mensch, der Verantwortung übernahm … sie hatte Lee nicht ohne Grund geraten, ihre Verkleidung aufrechtzuerhalten. Obwohl sie selbst sich von dem Schmutz und der unförmigen Kleidung nicht hatte beirren lassen, war ihre Sorge um Lees Wohl ehrlich gewesen. Und Lee spürte, dass Malissa ihr eines Tages zu einer wichtigen Verbündeten werden könnte.

Verbündete … warum dieses Wort?

Waren Verbündete wirklich nötig?

Okay, wenn sie es genauer betrachtete, war die Antwort vermutlich ja. Ihr Zusammentreffen mit Royce … *Lord* Royce, *Sir* Royce … hatte ihr aufgezeigt, dass nicht jeder sie mit offenen Armen empfing.

Es war seltsam gewesen mit ihm.

Er war seltsam.

Das Schlimmste war, dass sie sich auf sehr besorgniserregende Art und Weise zu diesem Mann hingezogen fühlte, den sie nicht kannte. Etwas an ihm war … vertraut … vertrauter noch als bei Wulf.

Während sie heute Stroh und Dreck aus der Halle hinausgeschaufelt hatte, hatte sie genug Zeit gehabt, sich über ihre Gefühle und Empfindungen klar zu werden. Es schmeckte ihr nicht, was dabei herauskam, aber sie war ehrlich genug zu sich selbst, um sich damit auseinanderzusetzen.

Er war sexy, aufregend und attraktiv … und er würde ihr vermutlich das Gesicht nach hinten drehen, wenn sie Malissas Aufforderung nachkam und ihm offenbarte, dass sie alle mit ihrem Auftreten getäuscht hatte.

Trotzdem – kein Mann hatte in ihrem alten Leben je diese Art von Gefühlen in ihr ausgelöst.

Niemand hatte ihren Puls so zum Rasen gebracht und ihr Herz so wild schlagen lassen. Sie fühlte sich auf fast schon unanständige Weise zu ihm hingezogen.

Das Dumme war, dass sie sich damit angreifbar machte.

Obgleich sie weniger seine Klinge fürchtete als seine Worte, wollte sie sich nicht verletzen lassen … von ihm am allerwenigsten.

Als sie die Arme sinken ließ, tanzten helle Punkte vor ihren Augen und sie konnte einen Moment lang gar nichts mehr um sich herum erkennen.

Das alles war wie ein schlechter Traum und sie ertappte sich nicht zum ersten Mal dabei, dass sie sich wünschte, daraus zu erwachen. Aber weder schlief noch träumte sie.

Stattdessen befand sie sich in einer fremden Welt, die sie verwirrte und ängstigte, mit Menschen, die ihr mit Misstrauen begegneten und ein emotionales Chaos in ihr hervorriefen.

Ganz gleich, wie sehr sie sich den Kopf zerbrechen mochte, es würde nichts ändern. Ihr blieb keine andere Wahl, als sich zu arrangieren und zu versuchen, hier irgendwie Fuß zu fassen.

Lee wandte den Kopf, als ein Geräusch sie aus ihren Gedanken riss. Zwei der großen, zotteligen Hunde, die sich am Tag noch um die Knochen gestritten hatten, trotteten durch die Dunkelheit auf sie zu.

Sie schluckte nervös.

Eine Erinnerung blitzte in ihrem Kopf auf … sie hatte sich immer einen eigenen Hund gewünscht, aber nie einen bekommen. Nun, da zwei dieser Riesengeschöpfe auf sie zukamen, hätte sie ein bisschen mehr Erfahrung im Umgang mit diesen Tieren gebrauchen können.

Das Beste war vermutlich, ruhig zu bleiben und nicht in Panik zu verfallen. Ihr Herz setzte trotzdem einen Schlag aus, als einer der Beiden ihre Hand beschnüffelte und seine nasse Nase sich anschließend in ihr Haar drückte.

Er gab ein kurzes Grunzen von sich, ehe er es sich laut stöhnend neben ihrer Matratze bequem machte und den Kopf auf dem Boden ablegte.

Ein erleichtertes Kichern stieg in Lee auf.

Sie spürte, wie die Matratze sich unter dem Gewicht des zweiten Hundes durchdrückte. Verunsichert rutschte sie mit den Beinen bis zur Wand und konnte im nächsten Augenblick fühlen, wie er es sich neben ihr bequem machte. Sein schwerer Schädel landete auf ihrem Bauch und er schnaufte zufrieden.

Sie ließ ihre Finger zu seinem Kopf wandern und konnte das lange, raue Fell spüren. Als sie ihn streichelte, drückte er sich noch enger an sie.

Plötzlich war Lee von einer tiefen Wärme erfüllt.

Eine Hand gegen die Lippen gepresst, schloss sie die Augen und versuchte, nicht länger gegen die Tränen anzukämpfen, die schon so lange nach einem Ventil suchten. Heiß und salzig liefen sie ihr über die Wangen und benetzten das Stroh unter ihrem Kopf.

So furchteinflößend die gewaltigen Tiere auf den ersten Blick gewirkt hatten, so behütet und geborgen fühlte sie sich auf einmal in ihrer Nähe. Und dieses Gefühl von Zuneigung und Ruhe, das sie in ihr weckten, löste eine letzte Sperre in ihr.

Erinnerungen fluteten über sie hinweg wie die Wellen, in die sie sich gestürzt hatte.

Sie war ein stilles Kind gewesen. Stets in sich gekehrt und auf den ersten Blick eher schüchtern.

Ihr Vater hatte sie nicht gewollt.

Sie war eine Enttäuschung für ihn ... nicht der Sohn, den er sich erhofft hatte – und nach ihrer Geburt war ihre Mutter unfähig, einem weiteren Kind das Leben zu schenken.

Er hatte Lee immer spüren lassen, dass er *sie* dafür verantwortlich machte und wie sehr er ihren Anblick verabscheute ... jeden Tag.

Trotzdem hatte sie jahrelang danach gestrebt, ihm zu gefallen. Sie war fleißig gewesen. Sie hatte die besten Noten heimgebracht und immer hart gearbeitet, nur, um seine Anerkennung zu bekommen, seinen Stolz ... ein einziges Mal das Gefühl zu haben, von ihm geliebt zu werden.

Es war vergebens gewesen.

Ihre Mutter war ganz anders gewesen.

Liebevoll und charmant, sie hatten so oft gemeinsam gelacht, gemeinsam geweint. All die Liebe, die Lees Vater ihr verwehrt hatte, hatte *sie* ihr geschenkt ... Christin ... *das* war ihr Name gewesen.

Lee schluchzte leise.

Sie erinnerte sich wieder.

Die Augen so blau wie der Himmel an einem Sommertag und in ihre dunklen Haare hatte die Sonne immer rote Lichter gezaubert.

So oft hatte Lee auf ihrem Schoß gesessen und sich von ihr in den Schlaf wiegen lassen. Sie hatte sich an sie geschmiegt und ihre Wärme genossen, ihre Liebe, ihre Zuneigung ... und ihr Vater hatte mit Eifersucht und Kälte reagiert.

Er hatte verlangt, dass sie diese Art von Zuneigungsbekundungen unterließen, und Lees Mutter hatte sich irgendwann, um der Ruhe willen, gefügt.

Dafür hatte Lee ihn gehasst.

Ihre Kindheit war unspektakulär verlaufen und geprägt von dem ständigen Willen, sich zu beweisen. Irgendwann als Teenager hatte sie aufgegeben. Ihre Leistungen fielen ab und sie hatte nur noch mittelmäßige Noten heimgebracht.

Vieren und Fünfen hatten ihn so wenig interessiert wie die Einsen in den Jahren zuvor.

Sie hatten ihre Leben aneinander vorbei geführt, obwohl sie unter dem gleichen Dach gelebt hatten.

Es war ein einsames Leben für Lee gewesen. Sie hatte sich nie wirklich daheim gefühlt oder dazugehört. Es war immer gewesen, als fehlte ein Stück von ihr ... als wäre sie unvollständig gewesen.

Wirkliche, echte Freunde waren schwer zu finden gewesen ... die meisten hatten sie nur für kurze Zeit begleitet, ehe sie sich wieder aus den Augen verloren hatten. So etwas wie eine *beste Freundin* hatte es für Lee nie gegeben.

Dennoch war sie erwachsen geworden. Sie hatte etwas gelernt, sich einen Job besorgt und versucht, auf eigenen Beinen zu stehen.

Als ihr Vater gestorben war, war Lee ebenso traurig wie erleichtert gewesen. Sie war zurück zu ihrer Mutter gezogen.

Doch die Zeit, die dann folgte, war hart gewesen.

Christin war krank geworden. Sehr schnell und sehr schwer. Darmkrebs ... der Diagnose waren ein grässliches Leiden und ein qualvolles Sterben gefolgt. Lee hatte versucht, für sie stark zu sein und ihren Alltag irgendwie zu meistern.

Zumindest eine Weile.

Doch dann hatte sie die Asche ihrer Mutter beerdigt, so kurz, nachdem sie bereits den Vater verloren hatte. Sie hatte ihren Job nicht mehr richtig machen können und war von Tag zu Tag unglücklicher geworden. Ihr Boss hatte zu nörgeln begonnen, die Kollegen hatten angefangen zu hetzen.

Sie hatte irgendwann die Fassung verloren und alle angeschrien, was für mitleidlose, kalte Zombies sie seien. Danach war die Kündigung gekommen ... kein Job bedeutete kein Geld und Lee hatte den Entschluss gefasst, dass es nichts mehr in dieser Welt gab, das für sie von Bedeutung war.

Sie hatte kein Zuhause mehr besessen.

Christin war ihr Zuhause gewesen, doch sie war fort.

Es hatte keine Verwandten gegeben, keine wirklichen Freunde.

Also hatte sie ihr Hab und Gut verkauft, ihre Schulden bezahlt und sich mit nichts als dem, was sie am Leib getragen hatte, von ihrem alten Dasein verabschiedet.

Es hatte keinen Abschiedsbrief gegeben – an wen auch und wozu?

Sie war über das Brückengeländer gestiegen und gesprungen. Sie konnte nicht schwimmen, es waren fünfzig Meter in die Tiefe ... es hätte ein schneller Tod sein sollen. Schnell und sicher.

Dann hatte Wulf sie gefunden.

Statt irgendwo im Jenseits zu hocken und friedlich auf einer Wolke herumzulungern, war sie in einer Welt angekommen, deren Geschichte und Menschen sie nicht kannte und deren Kultur ihr fremd war.

Warum auch immer, aber offenbar bot das Schicksal ihr die Möglichkeit, es diesmal anders zu machen.

Nun lag sie hier, mit zwei Hunden an ihrer Seite, von denen einer sich an sie drückte und vertrauensvoll seinen Kopf an ihren Bauch schmiegte.

Zum ersten Mal fühlte sie sich daheim.

***

Leises Kettengeklirr und der Klang von Metall, das aufeinanderschlug, rissen sie aus einem unruhigen Schlaf. Blinzelnd schlug sie die Augen auf und starrte auf grauen Stein.

Sie hatte geträumt.

Zu ihrem Verdruss konnte sie sich nicht mehr an Einzelheiten erinnern, aber es hatte sich wirklich gut angefühlt.

Gähnend rieb sich Lee die Augen und hatte für einen Moment Mühe, sich zu orientieren, ehe ihr wieder einfiel, wo sie war. Als sie sich auf den Rücken drehen wollte, gab der Hund hinter ihr ein protestierendes Brummen von sich.

Sie verharrte kurz und erinnerte sich, dass sie in der vergangenen Nacht zwei Bettgenossen bekommen hatte. Einer davon war ziemlich schwer gewesen und hatte sie während der Nacht immer weiter Richtung Wand gedrängt.

Allerdings hatte ihr vierbeiniger Mitschläfer trotz seiner gewaltigen Ausmaße zumindest den Effekt gehabt, dass sie nicht mehr hatte frieren müssen.

Ein Backofen war nichts dagegen.

Lee schlug die Felldecke zur Seite und unterdrückte ein Stöhnen. Die Arbeit des vergangenen Tages hatte ihr einen heftigen Muskelkater beschert, der sich nun in Armen und Beinen bemerkbar machte, und die wenig bequeme Position, in der sie die Nacht verbracht hatte, tat ihr Übriges dazu.

Das konnte ja heiter werden!

Langsam setzte sie sich auf, kroch über Hund Nummer eins hinweg, der immer noch unbeweglich auf ihrer Matratze lag, und überquerte, mehr krabbelnd als aufrecht gehend, den vor dem Bett liegenden Hund Nummer zwei. Er hob nur kurz den Kopf, gähnte sie mit seinem riesigen Maul an und legte sich wieder hin.

Belustigt schüttelte sie den Kopf und sah sich um.

Die Halle war bis auf sie und die Hunde leer. Nur spärlich drang das dürftige Licht des Morgens durch die schmalen Fenster, die sich links und rechts der Eingangspforte befanden. Irritiert runzelte sie die Stirn. Offenbar war die

Nacht noch gar nicht um und sie hatte sich zu früh von ihrem Lager erhoben.

Unruhig blickte sie zurück zu ihrer Matratze. Ihr Beischläfer hatte die Gunst des Augenblicks genutzt und es sich gemütlich gemacht ... *da* würde sie heute jedenfalls keinen Platz mehr bekommen.

Erneut schlug Metall gegen Metall.

Neugierig sah sie zu der Eichentür hinüber, die einen Spalt offenstand. Der Lärm, der sie geweckt hatte, kam eindeutig von dort draußen.

Was war da los um diese Zeit?

Langsam schlich sie den Geräuschen entgegen, schob die schwere Tür etwas weiter auf und linste in den anbrechenden Tag hinaus. Ihre Augen brauchten einen Moment, um im Dämmerlicht etwas zu erkennen. Dann fiel ihr Blick auf einen riesigen Krieger, der mit dem Rücken zu ihr im Hof stand. Zwei Männer bewegten sich leichtfüßig vor ihm auf und ab, während sie ihn mit ihren Schwertern bedrohten.

Sein Kilt war zerrissen und auf seinem nackten Rücken sickerte Blut aus einer Schnittwunde. Lee bemerkte das schweißnasse Haar in seinem Nacken und sein schweres Atmen.

Er war deutlich angeschlagen.

War das ein Übungskampf?

Auf dem Boden neben ihm sah sie ein Kurzschwert liegen, der rechte Arm des Kriegers hing nutzlos herab, während er mit der linken Hand einen gewaltigen Knüppel aus Holz umklammert hielt.

Stirnrunzelnd trat sie einen Schritt näher an die Tür.

Es war offensichtlich, dass er am Ende seiner Kräfte war ... das mussten doch auch seine Trainingspartner sehen, oder?

Sie musterte die beiden anderen Männer, die Hosen statt Kilts trugen.

War das üblich?

Jeder Mann, den sie gestern in der Halle oder im Hof gesehen hatte, hatte einen Kilt getragen … und sie hatte den Eindruck gehabt, dass keiner von ihnen jemals freiwillig auf die traditionelle Kleidung verzichtete, ganz gleich, wie kalt der Winter auch sein mochte.

Als beide Männer gleichzeitig auf den Krieger losgingen, wich dieser zur Seite aus und setzte sich gegen die Angriffe zur Wehr. Obgleich er den rechten Arm offenbar nicht mehr bewegen konnte, gelang es ihm dennoch, die Hiebe abzublocken.

Allerdings fragte sich Lee, wie lange das noch gutgehen würde.

Sie sah, wie Holz splitterte, als eines der Schwerter an seinem Knüppel entlangglitt und eine tiefe Kerbe hineingrub.

Das war keine faire Auseinandersetzung.

Natürlich ging sie das hier eigentlich nichts an, aber war das wirklich gewollt? Sie blickte sich im Hof um, doch nirgends war auch nur eine Menschenseele zu sehen. Selbst aus den kleinen Hütten, die sich an die Außenmauer schmiegten, drangen kein Laut und kein Leben.

Die Männer umrundeten einander. Zwei gegen einen war einfach unfair und Lee wollte sich schon bemerkbar machen, als der Krieger plötzlich im Licht stand und sie erkannte, wer es war.

Ihr Herz setzte einen Schlag aus.

Wulf!

Plötzlich war sie hellwach.

Was war da los?

Das konnten doch unmöglich seine eigenen Krieger sein, die ihn so zurichteten ... er war verletzt, er benutzte nur noch einen Arm und war ihnen mit seinem Holzstab deutlich unterlegen.

Alarmiert biss sie sich auf die Unterlippe, trat hektisch einen Schritt zurück und starrte in das Zwielicht, das in der dunklen Halle herrschte.

Warum half ihm niemand?

Sie konnte doch nicht die Einzige sein, die den Lärm ihres Kampfes hörte! Wo waren die Anderen?

Unruhig sah sie sich um.

Da sie keine Ahnung hatte, wo Royce oder Malissa ihr Nachtquartier hatten, wusste sie auch nicht, wen sie aufscheuchen konnte, um Hilfe zu holen.

„Hallo?!"

Ihr Rufen hallte von den Wänden zurück, doch nirgendwo rührte sich etwas.

„HALLO!"

Nichts. Sekunden wurden zu endlosen Augenblicken. Stille und Schweigen waren ihre einzigen Antworten und kein Mensch würde Wulf zu Hilfe eilen.

Sie riskierte einen weiteren Blick durch den Türspalt und das Herz hämmerte schmerzhaft in ihrer Brust, während sie erkannte, dass Wulf mehr und mehr an Boden verlor. Fahrig sah sie sich um und ihre Augen blieben an den unzähligen Waffen hängen, die demonstrativ neben der Pforte an der Wand lehnten.

Es war ein buntes Sammelsurium aus Metall, Holz und Leder ... und den größten Teil dieser Waffenkollektion vermochte sie vermutlich nicht zu benennen. Da lagen Äxte, Beile, Schwerter und Dolche.

Sie hatte keine Ahnung, wie man ein Schwert führte.

Die riesige, zweischneidige Axt, die an der Wand lehnte, war fast so groß wie sie selbst und Lee bezweifelte, dass sie dieses Monstrum von der Stelle bewegen konnte.

Sie kratzte sich hektisch am Kopf.

Wulf war ein großer, kräftiger Mann und sie schätzte ihn nicht als jemanden ein, der sich nicht gegen zwei Männer zu wehren wusste. Doch er war angeschlagen, er blutete … vielleicht war es das, was ihm die Kraft raubte. Er würde es nicht schaffen, in diesem Zustand zwei Männer zu überwältigen.

Vielleicht konnte sie ihm Zeit verschaffen.

Vielleicht … vielleicht konnte sie einen seiner Gegner ablenken. Wenn er einen nach dem anderen ausschalten konnte und sich nicht mehr gegen beide zur Wehr setzen musste … in den Filmen, die sie gesehen hatte, war ihr das alles gar nicht so kompliziert vorgekommen.

Sie trat zu den Waffen, griff sich ein Schwert und versuchte, es anzuheben. Es war schwer, viel schwerer als sie erwartet hatte. Sie würde dieses Ding nicht länger als ein paar Sekunden hochheben können, geschweige denn, dass sie auch nur den Hauch einer Chance hatte, es zu bewegen.

Mit einem leisen Stöhnen ließ sie es wieder zu Boden sinken und klaubte kurzentschlossen zwei Dolche auf. Die aufkeimende Furcht zurückdrängend, lief sie wieder zur Tür. Ihr Puls raste und Lee spürte, wie das Adrenalin sich in ihr auszubreiten begann, während sie die schwere Pforte aufschob.

Was tust du?

Tief durchatmend starrte sie zu den Männern hinab.

Sie hatte keinen Plan und nicht die geringste Ahnung, was sie sich eigentlich dabei dachte. Aber sie wusste, das war Wulfs einzige Chance.

Entschlossen setzte sie sich in Bewegung und erstarrte im nächsten Moment zu einer unbeweglichen Statue, als sich von hinten eine Hand auf ihren Mund legte.

Ein großer, warmer Körper drängte sich an sie. Er roch nach Stroh und Pferden und irgendwie ... männlich.

Allerdings verdrängte das Gefühl der kalten Klinge an ihrem Hals jeden anderen Gedanken. Der erschrockene Aufschrei, der in ihrer Kehle emporkroch, blieb ungehört stecken und sekundenlang war sie wie gelähmt.

Ihr Gehirn schien nur mit Verzögerung wieder seine Arbeit aufzunehmen und die Situation zu analysieren, während ihr Pulsschlag in einem wahnwitzigen Takt gegen ihre Schläfen hämmerte. Kalte Angst brach ihr aus allen Poren und vermischte sich mit dem Adrenalin, das sie durchströmte ... ihr schwindelte.

„Was gedenkst du mit den Messern in deiner Hand zu tun?"

Das dunkle Flüstern eines Mannes streifte warm ihr Ohr und sorgte dafür, dass die Härchen auf ihren Armen sich aufstellten.

Sie spürte, wie ihr der Schweiß ausbrach.

Malissa hatte von Söldnern gesprochen, Männern, denen sie nicht vertraute.

Verdammt, sie war zur falschen Zeit am falschen Ort!

Für eine Sekunde überlegte sie, ob sie die Chance hätte, mit den Dolchen zuzustechen, ehe die Klinge an ihrem Hals tiefer schnitt ... doch der Druck, den der Mann auf ihre Kehle ausübte, wurde sekündlich stärker und sie bezweifelte, dass sie ihn überhaupt treffen würde. Wahrscheinlicher war, dass er sie im gleichen Augenblick getötet hätte, in dem sie ausholte.

Lee schluckte schwer und die warmen Finger rutschten zu ihrem Kinn, um ihr die Möglichkeit zu geben, seine Frage zu beantworten und ihren Kopf weiter nach hinten zu strecken. In ihren Ohren rauschte das Blut so laut, dass sie ihre eigenen Worte kaum verstand.

„Ich … ich wollte hinausgehen und Wulf helfen."

„Du willst Wulf helfen?"

Die Frage klang fast schon erstaunt und in ihr keimte ein Funken Hoffnung auf, dass es einer der heimischen Krieger war, der hinter ihr stand.

„Ja … er wird angegriffen … wenn ich einen der Männer ablenke, dann kann er den anderen außer Gefecht setzen."

Sie hätte am liebsten noch ein patziges „Warum kümmerst du dich nicht darum?" hinterhergeschoben, aber sie wagte ohnehin kaum zu sprechen, während die Schneide des Messers an ihrem Hals lag.

Im Grunde rechnete sie jeden Augenblick damit, dass die Klinge ihr Fleisch zerteilte. Eine falsche Bewegung und es war ihre letzte. Sie wagte kaum noch zu schlucken.

„Du kannst kämpfen?"

Er rückte näher. Seine Stimme bekam einen unheilvollen Unterton. Lees Haut brannte und etwas floss warm und klebrig an ihrem Hals herunter.

Ihr stockte der Atem.

Er würde ihr die Kehle durchschneiden!

Sie spürte, wie heiße Tränen in ihre Augen schossen, und unterdrückte nur noch mühsam den Drang, sich gegen ihren Peiniger zur Wehr zu setzen.

„Nein … ich dachte, ich kann ihm vielleicht Zeit verschaffen … nur einen Augenblick."

„Warum du?"

Die Stimme klang zornig und Lee zuckte zusammen. Sie spürte, wie das Messer tiefer schnitt. Der höllische Schmerz traf sie unvorbereitet, die Tränen liefen ihr haltlos über die Wangen und sie schluchzte leise auf.

Zum ersten Mal begriff sie, was Todesangst bedeutete.

„Weil sonst niemand wach ist", gab sie zurück. Ihr war gleichgültig, dass er ihr Weinen hörte … sie wollte nicht sterben. „Ich weiß nicht, wo die Anderen sind."

„Warum willst du Wulf helfen? Du kennst ihn nicht. Was sind deine Beweggründe?"

Was war das für eine seltsame Frage?

Warum interessierte das diesen Kerl überhaupt, wenn er sie doch ohnehin töten würde?

Die Schneide bewegte sich an ihrem Hals und das Blut floss viel zu schnell und zu heiß über ihre Haut. Ihrer Kehle entrang sich ein deutlich vernehmbares Aufheulen, als sie ihm mit wesentlich lauterer Stimme antwortete als gewollt.

„Er hat mir das Leben gerettet. Ich kann doch nicht einfach zusehen, wie sie ihn töten!"

Das Messer verschwand so plötzlich, wie es gekommen war, und das Klirren der Schwerter verstummte. Wulf und seine beiden Gegner standen im Hof und starrten irritiert zu ihnen hinauf.

Lee war wie eingefroren.

Während das Blut unaufhaltsam aus ihrem Hals zu sickern schien und sich mit den Tränen vermischte, die über ihr Kinn nach unten liefen, begann sie, am ganzen Körper zu zittern. Selbst ihre Zähne schlugen aufeinander.

Neben ihr trat Royce aus der Dunkelheit.

Sie starrte ihn aus weit aufgerissenen Augen an.

In seinen Fingern lag ein unterarmlanger, schmaler Dolch, an dessen Klinge ihr Blut klebte, und in seinen funkelnden Augen lag eine Mischung aus tiefstem Misstrauen und unverhohlenem Zorn. Unfähig, den Blick von ihm zu wenden oder sich zu rühren, stand sie da und spürte deutlicher denn je seine Verachtung.

Ihr Hals brannte wie die Hölle und die Furcht, die sie gestern schon vor ihm verspürt hatte, verdichtete sich zu purer Angst. Sie hatte geahnt, dass er gefährlich war, aber sie war sich nicht bewusst gewesen, wie leicht es für ihn wäre, ihrem Leben ein Ende zu bereiten.

Wie hatte sie sich in irgendwelche romantischen Phantastereien verstricken können?

Er war kein *Gentleman.*

Er würde sie ohne zu zögern umbringen.

Übelkeit machte sich in ihr breit.

„Niemand wird ihn töten. Das ist sein morgendlicher Übungskampf", stellte Royce fest.

Zögernd zwang sie ihren Blick zu Wulf, der durchgeschwitzt, aber bis auf den Schnitt auf seinem Rücken offenbar unversehrt zwischen den beiden Kriegern stand. Mit dem rechten Arm langte er nach dem Kurzschwert und kam ein paar Schritte auf sie zu.

Das war alles nur Show gewesen?

Lee bemerkte, dass seine Gegner mit blauen Flecken und Kratzern übersät waren und der jüngere der beiden einen nicht minder blutigen Schnitt an seinem rechten Oberarm davongetragen hatte. Highlander waren offensichtlich ein wenig *schroffer* in ihrem Umgang und blutende Verletzungen während des Trainings gewohnt.

Wulfs Stirn legte sich in Falten, und als er mit weiteren raumgreifenden Schritten auf sie zukam, hielt ihn Royce mit einer abgehackten Geste auf. Der Clanherr wandte sich zu ihr um und musterte sie von oben bis unten. Die Abscheu in seinem Blick war kaum zu ertragen.

„Du wirst niemanden retten, indem du dich selbst zum Opfer machst." Royces Blick bohrte sich in ihre Augen und er trat einen Schritt näher. „Ich werde dich lehren zu kämpfen, Lee. Aber wenn du in meiner Nähe noch einmal heulst wie ein verwöhntes Weib, werde ich dir mein Schwert in die Brust rammen und deinem elenden Dasein ein Ende bereiten."

Sie knirschte lautlos mit den Zähnen.

Wenn der wüsste!

Erneut wollten die Tränen sie übermannen, aber die Blöße wollte sie sich vor ihm nicht noch einmal geben. Die Nase hochziehend, wischte sie sich möglichst jungenhaft mit den Ärmeln ihres Pullovers über das Gesicht und versuchte, das peinigende Pochen an ihrer malträtierten Kehle zu ignorieren.

„Ja, Sir", krächzte sie mit heiserer Stimme. Seine Augen huschten über ihren Hals. Sie wollte gar nicht wissen, wie sie aussah. Allerdings hatte sie für einen Moment das Gefühl, so etwas wie den Anflug eines schlechten Gewissens in seinem Blick zu erkennen.

„Komm mit!"

Schlecht gelaunt ging er an ihr vorbei und betrat hinter Lee die Halle. Sie bemerkte noch Wulfs besorgtes Kopfschütteln, ehe sie sich hastig umdrehte und dem Clanherrn folgte.

Nachdem sie die Messer wieder zu den anderen Waffen in der Halle gelegt hatte, eilte sie hinter Royce die Treppe hinauf und folgte ihm in die dunkle Nische, in die er verschwand. Dort öffnete er eine massive Eichentür und Lee trat in die dahinterliegenden Kammer.

Sie fand sich in einem geräumigen Schlafzimmer wieder, das von einem riesigen Himmelbett dominiert wurde.

Sein Schlafzimmer!

Schlagartig wurde ihr heiß.

Unbehagen machte sich in ihr breit. Für den Bruchteil einer Sekunde war sie überzeugt, er hätte die Wahrheit herausgefunden und würde sie nun auf sein Bett werfen, um ihr zu zeigen, was er von Lügnern hielt. Stattdessen ging er daran vorbei und trat durch eine weitere Tür. Sie folgte ihm zögernd in ein Badezimmer.

Ein Zuber stand mittig darin, flankiert von einem Wandschirm, hinter dem sich, in einer Nische der Außenwand eingelassen, eine zwar vorsintflutliche, aber auf den ersten Blick offenbar funktionsfähige Toilette verbarg.

Sie war irritiert von so viel unerwarteter Fortschrittlichkeit. Das war kein Vergleich zu dem wenig appetitlich aussehenden Nachttopf, den Malissa ihr am Vorabend angeboten hatte.

Zumindest schien es doch noch Hoffnung auf ein bisschen Komfort zu geben, wenn bereits Glasscheiben in den Fensternischen und altertümliche Klosetts existierten.

Sie selbst hatte am Vorabend am Rand der Klippen hinter einem Busch gesessen, weil sie dieses tönerne, stinkende Ungetüm nicht hatte benutzen wollen, das Malissa ihr gezeigt hatte. Das Ding hatte so widerlich ausgesehen, dass sie es lieber riskiert hatte, sich den nackten Hintern zu verkühlen.

Royce deutete auf den Schemel neben dem Fenster und befahl ihr wortlos, sich zu setzen. Während er an einen kleinen Schrank trat und dort herumkramte, ließ sie sich auf den Hocker sinken und kämpfte unvermutet gegen die Vorstellung in ihrem Kopf, wie sein gut geformter Körper wohl in dem warmen Wasser aussah, wenn er badete … oder wie sich seine Haut unter ihren Fingern anfühlen mochte.

Betreten kniff sie die Augen zusammen und wäre am liebsten im Erdboden versunken. Eine beschämende Hitze breitete sich auf ihren Wangen aus.

War sie denn des Wahnsinns?

„Hast du Schmerzen?"

Sein Atem streifte ihre Lippen, als er die Frage viel zu dicht an ihrem Gesicht stellte. Sie schlug die Augen auf und begegnete seinem Blick, sein Mund war nur Zentimeter von ihrem eigenen entfernt.

Das Herz schlug ihr bis zur Kehle.

Sekundenlang starrten sie einander wortlos an, ehe ihr Verstand wieder einsetzte. Blinzelnd schüttelte sie den Kopf und sah rasch auf ihre Hände hinunter. Die Schamesröte brannte sich bis in ihre Ohren.

„Es ist nicht so schlimm."

Er gab nur ein unwilliges Knurren von sich, ehe er ihren Kopf unsanft an den Haaren nach hinten zog und einen nassen Lappen auf ihren Hals drückte. Scharf zog sie die Luft zwischen den zusammengebissenen Zähnen durch und kämpfte gegen das Verlangen, Royce mit Wucht vors Schienbein zu treten.

Verflucht, das tat weh!

Dennoch verharrte sie bewegungslos in dieser Position, bis er das Tuch wegnahm und damit begann, die Wunde zu säubern. Das war noch schlimmer, als sie sich vorgestellt hatte. Sie starrte mit brennenden Augen die Decke über sich an, darum bemüht, nicht erneut in Tränen auszubrechen.

Der Blick, mit dem er sie zwischendurch musterte, behagte ihr ebenso wenig wie die unangenehme Behandlung. Doch was auch immer er da tat, es wurde nach einer Weile besser und der Schmerz von irgendetwas betäubt, das er ihr zum Schluss auf die Kehle schmierte.

„Es wird heilen", bemerkte er schließlich nach einer gefühlten Ewigkeit und langte nach einer sauberen Binde, die er ihr um den Hals legte. Sie gab keinen Mucks von sich, obwohl er den Verband so eng zog, dass sie für einen Moment sicher war, er wollte sie damit erdrosseln. „In ein paar Tagen wirst du nichts mehr spüren."

Mit grimmiger Miene entfernte er sich raschen Schrittes von ihr, als wäre ihre Anwesenheit ihm zuwider. Sie spürte, wie sie auf dem Hocker in sich zusammensackte, und benannte sich in Gedanken mit diversen Schimpfworten, während sie ihm auf den Hintern starrte, der unter seinem Kilt nur zu erahnen war.

Mit hochroten Wangen stierte sie ihre Hände an.

„Gib Malissa Bescheid, sobald sie auf ist. Sie soll Proviant packen. Wir machen uns auf den Weg, wenn die Sonne aufgegangen ist."

Lee hob den Blick und musterte seinen breiten Rücken.

„Auf welchen Weg?"

Über die Schulter warf er ihr einen undefinierbaren Blick zu. Seine Augenbrauen zogen sich zusammen und nicht zum ersten Mal fühlte sie sich in seiner Nähe klein und wertlos.

Allerdings verspürte sie plötzlich auch so etwas wie bockigen Trotz. Ohne den Blick abzuwenden, sah sie ihn an. Ihr Kinn schob sich vor.

Royces Augen wurden schmal.

Als er sprach, klang er jedoch ruhig und gelassen.

„Ich gab mein Wort, dass ich dich lehren werde zu kämpfen… aber nicht hier. Ich muss zur Jagd und du wirst mich begleiten. Nach meinem Dafürhalten wird es auch für dich angenehmer sein, wenn meine Krieger dein Training *nicht* zum Anlass nehmen, ihre Späße zu treiben. Wenn du gelernt hast, ein Schwert zu führen, werde ich dich prüfen. Du wirst dich beweisen müssen, Lee. Es muss sich erst noch zeigen, ob du würdig bist, unserem Clan anzugehören."

***

Das monotone Schaukeln machte sie schläfrig.

Lee blinzelte.

Sie konnte sich nicht erinnern, je allein auf einem Pferd gesessen zu haben… und so, wie ihr Hintern sich anfühlte, der auch nicht.

Beim Aufsteigen war sie fast auf der anderen Seite von dem Gaul wieder heruntergestürzt. Royces Hand hatte ihr Bein mit eisernem Griff umklammert und sie gehalten, wo sie war. Der Blick, den er ihr dabei zugeworfen hatte, hätte eigentlich ihr Blut in den Adern gefrieren lassen müssen.

Stattdessen war sie von einer Hitzewelle überrollt worden, die jeden Gletscher zum Schmelzen gebracht hätte. Ihre Wangen hatten geglüht und ihre Finger gezittert, als sie sich zurechtgesetzt hatte.

Sie war frustriert.

Je mehr sie versuchte, ihre Gefühle unter Kontrolle zu bekommen, desto weniger gelang es ihr. Wenn er ihr zu nahe kam, versuchte sie, ihn zu ignorieren. Aber genauso gut hätte sie versuchen können, das Atmen einzustellen.

Es war einfach unmöglich, sich auf irgendetwas Anderes zu konzentrieren ... und das Schlimmste war, dass es ihm offensichtlich nicht entging und seine ohnehin schon miese Laune sich dadurch noch weiter verschlechterte.

Ausgestattet mit zwei Taschen, in die Malissa ihnen Proviant gepackt hatte, und zwei Fellbündeln, die ihnen als Nachtlager dienen sollten, hatten sie sich mit ihren Pferden und einem Lastenpony auf den Weg gemacht. Der Tag war noch nicht ansatzweise hell gewesen, als bereits hunderte Meter zwischen ihnen und den wenigen Hütten gelegen hatten, die vor der Mauer von Callahan-Castle die Landschaft besiedelten.

Vom Sonnenaufgang, den Royce als Aufbruchzeit genannt hatte, hatte Lee jedenfalls nichts zu sehen bekommen. Allerdings hing der Himmel auch voller grauer Wolken, aus denen es schon seit einer gefühlten Ewigkeit auf sie herabschneite.

Was sie am Ende dieser Reise erwartete, war Lee schleierhaft und sie wagte es nicht, eine entsprechende Frage in Royces Richtung zu stellen. Vermutlich würde sie ohnehin keine Antwort erhalten.

Während die karge Landschaft ungesehen an ihr vorüberglitt, grübelte sie fortwährend darüber nach, was er möglicherweise alles tun würde, wenn sie ihm irgendwann eröffnete, dass sie gar kein Bursche war.

Leider spuckte ihr Verstand dabei jede Menge unangenehmer und ziemlich schmerzhafter Todesarten aus, denen eine aufwändige Folter voranging. Vielleicht war es besser, die Maskerade aufrechtzuerhalten und irgendwann das Weite zu suchen ... gesünder war es ganz sicher.

Schaudernd zog sie den Fellmantel, den Royce ihr vor Reiseantritt zugeworfen hatte, enger um ihre Schultern. Vor ihrem Gesicht verwandelten sich die Atemwölkchen langsam in dichten Nebel und schienen als Eiskristalle zu Boden zu schweben.

Lee unterdrückte einen Seufzer.

Das anhaltende Schweigen und die schneidende Kälte zerrten ebenso an ihren Nerven wie das pausenlose Schneegestöber. Wie Royce in diesem Wirrwarr aus wild durcheinanderwirbelnden Flocken überhaupt noch etwas sehen und sich orientieren konnte, war ihr ein Rätsel. Sie selbst erkannte allenfalls noch die Umrisse einiger Baumreihen, die sich irgendwo in der Ferne abzuzeichnen schienen.

Allerdings verfinsterte sich die griesgrämige Stimmung ihres Begleiters unübersehbar mit jedem weiteren Meter. Als wäre ihre Anwesenheit ihm zunehmend lästig.

Sie konnte es ihm nicht einmal verübeln.

Er hielt sie für einen Kerl und vermutlich war ihm der Gedanke nicht gerade recht, dass *ebendieser Bursche* auf ihn abfuhr.

Wenn in ihrer Welt Intoleranz schon ein Problem darstellte, wer wusste dann, wie konservativ und verbohrt die Menschen hier so waren?

Aber warum schickte er sie nicht einfach zurück?

Sie würde ihm bei der Jagd ohnehin keine Hilfe sein ... und es war fraglich, ob ihr das, worin er sie trainieren wollte, tatsächlich lag.

Möglicherweise stellte sie sich so ungeschickt an, dass sie sich eher einen Finger abhackte als ein Schwert zu führen. Gereizt raffte sie den Fellmantel enger um sich.

Die Chancen, sich irgendwelche Körperteile abzuschneiden, schwanden mit jedem weiteren Minusgrad und wichen zunehmend der wesentlich wahrscheinlicheren Möglichkeit, diverse Gliedmaßen durch Erfrierungen zu verlieren.

Im Augenblick war sie nicht einmal sicher, ob sie an ihrem Ziel überhaupt noch in der Lage sein würde, von dem Gaul herunterzusteigen.

Unruhig betrachtete sie Royces breiten Rücken.

Vielleicht brachte er sie auch einfach nur hinaus in die Wildnis, um ihr irgendwo ungestört den Hals durchzuschneiden, ohne dabei Zeugen zu haben.

Sie zog eine Grimasse und schüttelte den Kopf.

Die Phantasie ging mit ihr durch. Nicht gerade förderlich für ihren ohnehin schon überreizten Zustand.

Wenn sie ehrlich war, bezweifelte sie doch sehr, dass es irgendjemanden interessiert hätte, wenn er ihr tatsächlich seinen Dolch ins Herz stoßen würde ... sie war nur irgendeine Fremde, jemand, den niemand kannte und niemand vermisste.

Im Grunde konnte er mit ihr machen, was er wollte.

3. Kapitel

Das Jagdgebiet der McCallahan-Ländereien, Sijrevan
Im Nebelung, Anno 1585

Die Mittagszeit lag lange hinter ihnen, als sie die ersten Bäume erreichten. Vor ihnen erhob sich ein dichter werdendes Waldstück, das sich an den Fuß eines Ausläufers der kargen und wenig einladenden Rough Hills schmiegte.

Weit hinten am Horizont sah er die höchsten Spitzen der Bergkette in den Wolken verschwinden.

„Wir sind gleich da", stellte Royce fest.

Über die Schulter warf er Lee einen prüfenden Blick zu. Es war offensichtlich, dass der Bursche das Reiten nicht gewohnt war und ihm alles wehtat. Royce hielt ihm allerdings zugute, dass er sich während der ganzen Reise nicht einmal beklagt oder um eine Pause gebeten hatte.

Selbst den eisigen Temperaturen versuchte er tapfer zu trotzen. Als wollte er seine offen gezeigte Schwäche vom Morgen wieder wettmachen, indem er stoisch alles ertrug, was ihm widerfuhr.

Royce verkniff sich ein schadenfrohes Grinsen.

Der Ritt hierher war noch der leichteste Teil dieses *Ausflugs*. In den nächsten Tagen würde er Lee das Letzte abverlangen und der Bursche würde sich noch wünschen, nicht in dieser Schneewehe von Wulf aufgelesen worden zu sein.

Den Blick nach vorn gewandt, schüttelte er den Kopf.

Wulf!

Ehe er mit Lee aufgebrochen war, hatte er noch einen Streit mit seinem alten Freund gehabt. Der Krieger war besorgt gewesen, dass Royce den Burschen überforderte. Er hatte ihn getadelt, weil seine Klinge den Hals des Jungen verletzt und das Blut den Kragen seines Pullovers durchtränkt hatte.

Bei all der Freundschaft und trotz der Jahre, die sie einander kannten und vertrauten, hatte die plötzliche Fürsorge seines Waffenbruders ein sehr unangenehmes Gefühl in Royce erzeugt.

Er war eifersüchtig gewesen.

Er hatte noch nie zuvor Eifersucht empfunden ... und das Schlimme war, er wusste nicht einmal, warum er eifersüchtig war.

Entsprechend unwirsch war seine Antwort gegenüber Wulf ausgefallen. Die Schuldgefühle tobten in ihm, aber Schuld bedeutete Schwäche und als Clanherr stand ihm keine Schwäche zu.

So wenig, wie Royce diese verwirrenden Empfindungen zustanden, die Lee seit seiner Ankunft auf Callahan-Castle in ihm heraufbeschwor. Er wusste nicht, woran es lag, dass dieser Bursche auch in ihm diesen Drang weckte, ihn beschützen zu wollen.

Ein Teil von Royce hatte versucht, sich mit dem Schnitt in Lees Kehle davon zu befreien. Aber es war nur ein Kratzer ... hätte er der Wut freien Lauf gelassen, die er am frühen Morgen empfunden hatte, wäre der Bursche nun auf einem Lager aus Stroh und Reisig gebettet und würde dem Feuer anheimgegeben.

Es hatte ihn viel Kraft gekostet, nicht zu tun, wonach es ihn für einen endlos währenden Augenblick verlangt hatte.

Stattdessen hatte er Wulf vorgeworfen, weich und alt zu werden ... und er hatte seinen Waffenbruder voller Hohn gefragt, worin sich sein Interesse an dem Jungen begründe. Der Blick, mit dem Wulf ihn angesehen hatte, war bitter gewesen.

Natürlich wusste Royce, dass er ihn mit seinen Worten verletzt hatte. Natürlich wusste er, dass Wulfs Interesse nicht körperlicher Natur war.

Royce ahnte, was er in Lee sah.

Welche Erinnerungen der Bursche auslöste.

Aber der Clanherr war voll dunkler Wut.

Sie waren im Zorn auseinandergegangen und in Royce war ein schales Gefühl der Unzufriedenheit geblieben.

Spätestens in dem Moment, als er Lee beim Aufsteigen geholfen hatte und merkte, dass der Bursche ihn auf so seltsame Weise ansah, hatte seine Laune den Tiefpunkt erreicht.

Er war wütend, wirklich wütend.

Es war, als könnte der Bursche in ihn hineinblicken und etwas von dem Chaos erkennen, das in Royce herrschte. Nichts wollte er weniger, als für einen Fremden wie ein offenes Buch zu sein.

Während Wulf stellvertretend für Royce in der Feste verblieb und über die Burg und den Clan wachte, hatte er selbst den Burschen angetrieben und durch die Kälte reiten lassen. Er hatte ihnen keine Rast zugestanden und stattdessen darüber gegrübelt, ob es nicht sinnvoller war, Lees Leben einfach zu beenden.

Er konnte keine Männer in seinem Clan gebrauchen, die unfähig waren, ein Schwert zu führen ... verweichlicht und schwach. Wäre es nicht schier unmöglich gewesen, hätte er alle Frauen seines Clans gelehrt, sich zu verteidigen. Doch die wenigsten von ihnen ahnten auch nur, wie sie ein Messer zu führen hatten.

Wer nicht kämpfen konnte, war ein leichtes Ziel.

Jede Frau und jedes Kind war durch diese Schwäche dazu verdammt, durch den Feind zu fallen.

Seinem eigenen Weib war diese Bestimmtheit zum Verhängnis geworden und nur die Götter wussten, welche Schmähungen sie vor ihrem Tod hatte erfahren müssen.

Mühsam drängte er die Erinnerungen an Araenna und seinen Sohn zurück.

Gerade in dieser Jahreszeit fühlte er sich von den Mauern seines Heims geradezu erstickt. Er war froh, ihnen für eine Weile entkommen zu sein. Die Gedanken an seine Familie verfinsterten die Welt um ihn herum.

Die Aussicht auf die Jagd war für ihn nicht nur Mittel zum Zweck, sondern bot auch Ablenkung. Hier draußen konnte er wieder atmen und sich frei fühlen.

Frei von der Schuld, die er seit Jahren mit sich trug.

Tief durchatmend sog er den Geruch der ersten Baumreihen, die sie passierten, in sich auf. Ganz gleich, wer Lee war … Royce würde ihn lehren zu kämpfen, er würde einen Krieger aus diesem Jungen machen – koste es, was es wolle.

***

Die dicht an dicht stehenden Bäume verdunkelten langsam aber sicher den Himmel über ihnen und Lee hatte den Eindruck, die düstere Stimmung ihrer Umgebung würde sich auch auf Royce übertragen, der schweigend und mit grimmigem Blick vor ihr her ritt.

Sie hätte zu gern gewusst, woran er dachte. Aber so wenig wie zuvor die Frage nach ihrem Ziel stand ihr nun die nach seinen persönlichen Gedanken zu. Seinem griesgrämigen Gesichtsausdruck nach zu urteilen, war es nichts wirklich Gutes und sie hoffte nach wie vor, dass es nicht mit ihr zusammenhing.

Sie setzte sich im Sattel zurecht.

Wenn er immer noch wütend gewesen wäre, hätte er schon lange die Möglichkeit gehabt, sie einfach zu beseitigen. Die letzten Stunden hatten ihr genug Zeit zum Grübeln gelassen und es wäre unlogisch, wenn er sie jetzt noch würde umbringen wollen.

Dass er sie bislang nicht irgendwo im Wald verscharrt hatte, ließ nur darauf schließen, dass er ihr noch eine Chance gab. Allerdings hatte sie sich vorgenommen, sich ihm gegenüber künftig so neutral wie möglich zu verhalten.

Sie war entschlossen, den vermeintlichen jungen Mann so lange zu mimen, wie es nötig war, und diese Menschen hinter sich zu lassen, sobald sie wusste, welcher Arbeit sie hier ohne Hilfe nachgehen konnte.

Das Schicksal hatte ihr eine zweite Chance gegeben und die würde sie nutzen, wenn auch so weit entfernt von Royce, wie es ihre Mittel zuließen.

Es gab immer einen Weg.

Blieb nur zu hoffen, dass Malissa sie nicht verriet.

Das Dickicht um sie herum wuchs weiter und schaffte zunehmend Platz für eine unangenehme Düsternis, während der Tag sich dem Ende neigte.

Royce gab ein stummes Zeichen.

Zum Glück reagierte die Stute von selbst, denn Lee war schleierhaft, wie sie das Tier dazu hätte bringen sollen, anzuhalten. Schwungvoll und elegant sprang Royce aus dem Sattel und bedeutete ihr, es ihm nachzutun.

Sie schluckte kurz und hart.

Dann beugte sie sich vor, hob mühsam das rechte Bein über den Pferderücken und gab sich für einen Moment der widersinnigen Hoffnung hin, das Kunststück mit annehmbarer Anmut zu schaffen. Im nächsten Augenblick verlor sie den Halt und landete rücklings im Schnee.

Leise stöhnend setzte sie sich auf.

Der zweite Sturz innerhalb von zwei Tagen, aber immerhin war der Untergrund diesmal weich genug und sie musste nicht mit weiteren blauen Flecken rechnen.

Das würde definitiv nicht ihr Lieblingssport werden.

„Daran solltest du noch arbeiten", stellte Royce unverblümt fest.

Er trat neben sie, packte ihren Arm und zog sie auf die Füße. Nach dem langen Ritt fiel es ihr schwer, ihr Gleichgewicht wiederzufinden. Sie schwankte und stolperte versehentlich gegen ihn. Als sie endlich einigermaßen sicher auf ihren Beinen stand, starrte er sie durchdringend an.

„Wir müssen zu Fuß weiter … bist du bereit?"

Seine Stimme klang rau.

Er war ihr viel zu nah.

Eine Gänsehaut überzog ihre Arme und die Härchen stellten sich auf. Zähneknirschend, die Lippen fest aufeinandergepresst, nickte sie knapp. Mit möglichst gelassener Miene rückte sie von ihm ab.

„Gewiss."

Royce ließ sie los, lief zurück zu seinem Hengst und band das Lastenpony am Sattel des Tieres fest. Dann griff er nach den Zügeln und ging voran.

Sie folgte ihnen stumm und mit schweren Beinen, während die Stute gemächlich hinter ihr her trottete. Mit mahlendem Kiefer versuchte Lee, den Aufruhr in ihrem Inneren nicht weiter zu beachten.

Sie wusste, was mit ihr los war.

Er gefiel ihr.

Er gefiel ihr viel zu gut.

War das ein Wunder?

Ein großer, attraktiver Mann mit einer Stimme, die in ihrem Kopf widerhallte und ein Gefühl verursachte, als würde Samt über nackte Haut streichen. Seit dem ersten Zusammentreffen mit ihm kämpfte sie die ganz und gar nicht jugendfreien Bilder in ihrem Kopf nieder. Zum ersten Mal fiel es ihr schwer, vor einem anderen Menschen ihre Gefühle zu verbergen.

So war sie normalerweise nicht.

Sie zeigte nicht, wenn sie traurig oder aufgewühlt war, sie blieb kühl und distanziert. Sie blieb auf Abstand.

Doch genau diese emotionale Mauer, die sie sorgsam um sich errichtet hatte und die niemand außer ihrer Mutter hatte überwinden können, diese Mauer, hinter der sie sich schon so lang versteckte, war in seiner Nähe wirkungslos.

Wäre sie in ihrer Welt gewesen, wäre das alles einfacher gewesen … sie hätte ausweichen können oder heimfahren und eine eiskalte Dusche nehmen. Hier gab es nichts – keinen Rückzugsort, keine Distanz, keine Fluchtmöglichkeit.

Kopfschüttelnd stapfte sie hinter ihm durch den Schnee.

Sie hatte schon genug Probleme. Sie konnte keine weiteren gebrauchen, indem sie ihren Hormonen freien Lauf ließ und sich einem Kerl an den Hals warf … erst recht nicht hier, wo gewisse Dinge unerreichbar waren.

Dinge wie Antibabypillen, Kondome, medizinische Versorgung – oder eine Papiertüte, die man sich über den Kopf ziehen konnte.

Lee unterdrückte ein Seufzen und versuchte, ihre Gedanken wieder auf die Gegenwart zu lenken. Es musste irgendeinen Grund geben, warum sie hier *gelandet* war … warum sie in dieser Welt erwacht war, mit einem neuen Leben, vielleicht sogar einer Zukunft, und sich trotzdem an ihre Vergangenheit erinnern konnte.

Doch für den Moment blieb ihr keine andere Wahl, als sich mit der Situation zu arrangieren, ganz gleich, wie bizarr sie ihr erschien.

Wortlos und mit steigender Frustration wanderte sie weiter in Royces Fußabdrücken. Ihr Gegrübel brachte ihr gar nichts, vor allem keine Antworten. Sie musste endlich lernen, von einem Augenblick auf den anderen zu leben, auch wenn das eine völlig neue Erfahrung war.

Die Anzahl der Bäume wurde innerhalb kürzester Zeit so hoch und sie standen so dicht beieinander, dass kein Durchkommen mehr möglich zu sein schien. Tatsächlich hatte Lee sekundenlang den Eindruck, als versuchten die ineinander verschlungenen Äste, sie daran zu hindern, sich weiter vorwärts zu bewegen.

Blätter strichen ihr fast schon unangenehm über Gesicht und Hals wie Finger, die an ihr entlangtasteten. Selbst die Stute, die ihr bislang wie ein Lamm gefolgt war, schien einen Moment lang irritiert und zögerte merklich.

Das Unwohlsein zurückdrängend, zog Lee sie weiter. Dann traten sie plötzlich auf eine kleine, runde Lichtung, die aussah, als wäre sie künstlich in diese undurchdringlichen Wälder hineingestampft worden.

Sie befanden sich am Fuß der Hügelkette, die von hier unten wesentlich gewaltiger aussah als aus der Ferne.

Links von ihnen lag ein Weiher, in dem das Wasser leise dahinplätscherte und von dessen Oberfläche Dampf aufstieg. Sie vermutete eine heiße Quelle, die den kleinen Tümpel speiste. Das erklärte vermutlich auch, warum im Umkreis von gut zehn Metern um den Weiher kein Schnee lag und das Gras hier zwar eine braungrüne Farbe besaß, aber in kräftigen Büscheln den Boden bedeckte.

Erleichtert atmete Lee auf.

Ganz gleich, wo sie hier waren, sie war dankbar, den Wald endlich hinter sich gelassen zu haben. Auf den letzten Metern war es ihr dort drin ganz schön mulmig zumute gewesen und aus den Augenwinkeln hatte sie ständige Bewegungen bemerkt, die bei genauerem Hinsehen verschwunden waren. Mit der Lichtung kam nicht nur das Tageslicht zurück, sondern auch das Gefühl, wieder atmen zu können.

Sie sah zu dem grauen Himmel hinauf, der sich über den Baumwipfeln öffnete. Offenbar war es doch erst später Nachmittag und nicht bereits Abend, wie sie im Wald gemutmaßt hatte. Zwar dämmerte es langsam, aber es war nicht vergleichsweise so dunkel wie zwischen den Bäumen.

„Wir sind da", bemerkte Royce und sah sich zu ihr um. Mit dem Kinn deutete er auf die Stute. „Sattle Osla ab und lass sie grasen."

Tief durchatmend kam sie Royces Beispiel nach und zäumte ihre Stute mit ungeschickten Fingern ab, bevor sie die Gurte des Sattels löste.

Ehe sie es verhindern konnte, trottete die Stute los, um von dem harten Gras zu kosten. Im gleichen Moment knallte der riesige Sattel gegen Lees Brust.

Sie keuchte leise.

Für eine endlos scheinende Sekunde fürchtete sie, mit dem ledernen Ungetüm in ihren Armen einfach umzufallen.

Sie hatte nicht geahnt, wie schwer dieses Ding war, und eine Welle aus Mitgefühl für ihre tierischen Reisebegleiter überschwemmte sie. Den Reitsitz *und* einen erwachsenen Menschen auf ihren Rücken zu tragen, musste wirklich anstrengend sein.

Sie betrachtete das Pferd vor sich.

Arme Osla.

Ihre Stute war deutlich kleiner als Royces Hengst und hatte dennoch den ganzen Tag dieses monströse Ding geschleppt ... plus ihre Reiterin.

Osla hob den Kopf und sah zu Lee hinüber, als spürte sie ihren Blick auf sich. Hübsch war sie, kräftig gebaut, mit hellbraunem Fell und den beiden weißen Vorderbeinen. Vorne an ihren dicken, weichen Lippen war ein weißer Fleck, als hätte sie am Milchtopf genippt.

Lee zog die Nase kraus.

Zugegeben, sie hatte nicht viel Ahnung von Pferden.

Vermutlich waren die Tiere zäher, als ihr bewusst war ... dennoch empfand sie das Gewicht des Sattels als enorme Belastung. Mühsam den Sitz an sich drückend, wandte sie sich schließlich zu Royce um und stutzte.

Er war weg.

Irritiert drehte sie sich einmal um sich selbst, doch alles, was sie sah, waren die Pferde, die friedlich auf der Lichtung grasten, und das Gepäck, das in wenigen Metern Entfernung auf dem Boden lag.

Er konnte sich doch nicht einfach in Luft aufgelöst haben!

Fröstelnd zog sie die Schultern hoch, als ein kalter Windhauch ihr in den Kragen fuhr. Mit einem unangenehmen Gefühl im Magen sah sie zu den Baumreihen hinüber, die die Lichtung zur Hälfte umschlossen.

Sie schluckte.

Dieses Gefühl, beobachtet zu werden, verspürte sie heute nicht zum ersten Mal, allerdings war es noch nie zuvor so intensiv gewesen. Angestrengt starrte sie in das undurchdringliche, dunkle Dickicht. Es war unmöglich, irgendetwas zu erkennen, und dennoch ... für einen Moment hatte sie den flüchtigen Eindruck von zwei dunklen Augen, die zurückstarrten.

Gebannt und irgendwie ... vertraut.

„Wir schlagen unser Lager in der Höhle auf."

Royces Stimme ließ sie erschrocken zusammenfahren. Fast wäre ihr der Sattel aus den Fingern geglitten. Sie konnte ihn gerade noch festhalten und sah alarmiert zu ihrem Reisebegleiter hinüber, der wie aus dem Nichts aufgetaucht war.

Verdammt, wo kam der plötzlich her?

Ohne ihr Beachtung zu schenken, ging er zu den Bündeln, die noch am Boden lagen, und hob einen Teil davon auf. Erst dann sah er sie an. Ein flüchtiges Stirnrunzeln legte sich auf seine Gesicht, dann deutete er auffordernd mit dem Kopf auf die Felsen hinter sich.

„Komm ... oder willst du den Sattel den ganzen Tag tragen?"

Sie zog die Schultern hoch, ehe sie ihm folgte.

Ein letzter Blick zurück zeigte ihr nichts weiter als das friedliche Bild der grasenden Pferde und eine schier undurchdringliche Wand aus Bäumen, in denen lediglich die Schatten lauerten und ihren überreizten Sinnen etwas vorgaukelten.

Da war niemand.

Vermutlich war es irgendein Tier gewesen, das sie aus der Dunkelheit des Waldes heraus beobachtet hatte.

Sich Royce zuwendend, sah sie ihn unbeirrt auf eine Felswand zusteuern und stutzte, als er im nächsten Moment hinter einem kaum sichtbaren Vorsprung verschwand. Als sie näherkam, erkannte sie eine Art natürlichen Sichtschutz aus Fels, der den Eingang einer Höhle verdeckte.

Sie trat an der Kante vorbei und starrte in die Dunkelheit, die dahinterlag. Die Unterkunft war nicht nur gut versteckt sondern auch windgeschützt. Es dauerte einen Moment, ehe sich ihre Augen an das Dämmerlicht im Inneren der Grotte gewöhnt hatten.

Sie erfasste einen großen, natürlichen Hohlraum, der sich weit in den Fels hinein öffnete und in dessen vorderem Abschnitt sie eine kalte Feuerstelle erkannte.

Irgendwo im Halbdunkel hörte sie Royce rumoren. Er schien sich weitaus problemloser in diesem Zwielicht zurechtzufinden.

„Setz den Sattel ab", hörte sie ihn sagen. „Ich will das Lager bereiten, ehe wir mit dem Training beginnen."

Fast hätte sie laut aufgestöhnt.

So froh sie auch war, dass sie ihr Ziel endlich erreicht hatten, so sehr widerstrebte ihr der Gedanke an das bevorstehende Training.

Es war schon fast dunkel.

Sie war völlig verkrampft von dem langen Ritt und wollte nichts mehr, als sich hinzulegen und die schmerzenden Glieder einen Moment ausruhen zu lassen. Statt-dessen würde sie mit Waffen herumhantieren, von deren Gebrauch sie keine Ahnung hatte. Sie könnte von Glück reden, wenn Royce ihr nicht irgendwelche Körperteile ab-hacken würde.

Wie lang würde es wohl dauern, bis sie aufflog?

Ihr fehlten die körperliche Kraft und das Geschick, das er vermutlich von einem Mann erwartete. Es war nicht so einfach, sich als jemand auszugeben, der man nicht war, und ihre eingeschnürten Brüste waren da noch das kleinste Problem. Dennoch nickte sie stumm und ging mit schlurfendem Schritt zu einem Platz nahe der Feuerstelle.

Sie fühlte sich entsetzlich müde.

Nach der wenig erholsamen Nacht und dem Schreck in der Morgendämmerung forderten der ausgedehnte Ritt und die Kälte nun langsam aber sicher den Tribut. Wie sie in diesem Zustand noch ein Schwert führen sollte, war ihr schleierhaft.

Sie ließ den Sattel zu Boden sinken.

Erschöpft kratzte sie sich am Ohr und spürte den Dreck unter ihren Fingernägeln. Was hätte sie nicht für ein lan-ges, ausgiebiges Bad gegeben! Am Vorabend hatte sie ver-sucht, sich mit kaltem Wasser notdürftig zu waschen, aber das war kein Vergleich zu einer ordentlichen Dusche.

Sie blieb hocken und schloss für einen Moment die Au-gen.

Wie sehr sie den Komfort ihrer Welt vermisste … schäu-mendes Duschgel, duftendes Shampoo, frische Zahnpasta, einen Rasierer für die Beine.

Sie vermied es seit dem Vorabend tunlichst, die Haare auf ihrem Kopf zu berühren, die ebenfalls völlig verdreckt waren und sich anfühlten, als wären sie schon ewig nicht mehr Teil von ihr. Zwar bröckelte nicht mehr bei jeder Bewegung der getrocknete Lehm von ihr herunter, aber von so etwas wie Wohlgefühl war Lee Meilen entfernt.

Blinzelnd sah sie zu Royce hinüber, der die Bündel aufschnürte und begann, Felldecken auf dem Boden auszubreiten. Ihr Blick fiel auf das zusammengeschnürte Gestänge, das wenige Meter neben ihm lag. Lange, stabile Äste, die gemeinsam mit ein paar grob gewebten Tüchern eine Art Trage bildeten.

Die Lippen gekräuselt, dachte sie an das Begleitpferd, das Royce mit sich geführt hatte. Ein mittelgroßes, stämmiges Pony mit struppigem, braunem Fell. Genügsam und nett … und sehr kräftig.

Der Gedanke, dass sie bei ihrer Rückreise mit seiner Hilfe ein totes Tier auf der Trage transportieren würden, behagte Lee nicht besonders. Allerdings war ihr durchaus bewusst, dass die Uhren in dieser Welt anders tickten. Hier ging man nicht in den Supermarkt, um einzukaufen … hier gab es keine Milch im Tetra-Pak, keine Sojasprossen und kein Tofu.

Sie hatte noch nie etwas getötet.

Okay, von ein paar Fliegen und Spinnen vielleicht abgesehen. Aber auf die Jagd zu gehen und das, was man dabei erlegte, dann zu essen … das war eine ganz andere Hausnummer.

Royce trat schweigend neben sie, nahm den Sattel an sich und musterte sie von oben bis unten.

„Hör auf, Maulaffen feilzuhalten, wir müssen uns für die Nacht einrichten und ein Feuer schüren."

Lee nickte wortlos und wäre fast über ihre eigenen Füße gestolpert. Ihr entging weder der düstere Blick noch das tiefe Stirnrunzeln, mit dem er sie bedachte. Seinem Gesicht war deutlich abzulesen, dass er sie für den absoluten Verlierer hielt, aber im Augenblick war ihr das herzlich egal.

Jeder Muskel in ihrem Körper protestierte, wenn sie sich bewegte. Sie wünschte sich nichts mehr als ein bisschen Ruhe und Schlaf ... er konnte getrost spüren, dass seine Pläne ihr nicht zusagten, selbst wenn das nichts änderte.

Sie sah, wie sein Blick zu dem verkohlten Fleck in der Mitte ihrer Unterkunft wanderte. Holz und Stroh lagen daneben. Lee runzelte die Stirn.

Entweder war diese Stelle so frequentiert, dass hier deshalb immer Vorrat lagerte, oder die Kälte hatte alles konserviert. Als Royce nach dem Beutel an seinem Gürtel griff und ihn an Lee weiterreichte, schaute sie ihn verständnislos an.

„Mach das Feuer an, während ich den Rest hole."

Ehe sie reagieren konnte, war er schon wieder in die Kälte hinausgeeilt. Sekundenlang stierte sie den Beutel in ihrer Hand an, bevor sie sich neben die Feuerstelle hockte.

Feuer machen.

Sie öffnete den Beutel, schüttete den Inhalt in ihre Hand und betrachtete unschlüssig die ihr fremden Utensilien. Sie hatte noch nie ein Feuer entzündet.

In der Welt, in der sie eigentlich zu Hause war, gab es weitaus komfortablere Möglichkeiten – allerdings war wohl kaum zu erwarten, dass sie hier an eine Packung Streichhölzer kam ... oder ein Feuerzeug.

Sie schnaubte genervt.

Seit der Steinzeit waren Menschen in der Lage, Feuer zu machen, und nun saß sie hier und hatte keine Ahnung. Die Zeit, aus der *sie* stammte, brachte zwar viele Annehmlichkeiten, aber bereitete niemanden auf das nackte Überleben und existenzielle Notwendigkeiten vor.

Wenn in ihrer Welt irgendwelche Katastrophen geschahen, dann kamen Feuerwehr und Polizei – wenn nötig auch ein Krankenwagen. Sie durfte gar nicht darüber grübeln, was passierte, wenn sie *hier* krank würde.

Tief durchatmend versuchte sie, die unangenehmen Gedanken zu verdrängen und sich ins Gedächtnis zu rufen, was aus dem Geschichts- und Biologieunterricht in der Schule hängengeblieben war.

Vorsichtig schlug sie die Steinchen gegeneinander.

Okay, immerhin ... ein paar Funken schaffte sie schon ... vielleicht stellte sie sich gar nicht so ungeschickt an. Als sie sich zweimal schmerzhaft gegen die Finger schlug, verflog ihre erste Euphorie.

Wie sie auf diese Weise ein Feuer entfachen sollte, war ihr ein Rätsel.

***

Royce blieb im Höhleneingang stehen und sah dem Burschen einen Moment lang stumm zu. Nachdem er sich ein paarmal mit dem scharfen Feuerstein Striemen in die Hände geschlagen hatte, statt den Funkenstein zu treffen, trat Royce neben ihn, legte die Tasche mit dem Proviant ab und nahm ihm die Steine weg. Nach zwei gekonnten Treffern begann das Stroh zu qualmen und schließlich loderten die ersten Flammen auf.

„Leg Holz nach, damit es nicht wieder ausgeht."

Wortlos tat Lee, was Royce gesagt hatte.

Der Gesichtsausdruck des Jungen sprach Bände.

Dass er nicht einmal in der Lage war, ein Feuer zu entzünden, nagte mit offensichtlichem Missmut an ihm.

Royce unterdrückte einen Seufzer, mit diesem *Kind* lag noch ein hartes Stück Arbeit vor ihm. Für einen Augenblick überlegte er, ob er ihm ein paar aufmunternde Worte schenken sollte, entschied sich aber doch dagegen. Das würde es nicht besser machen.

Der Junge musste lernen ... er musste mehr lernen, als Royce bislang geahnt hatte.

Kopfschüttelnd sichtete er das Bündel, das Malissa ihnen geschnürt hatte. Brot und gepökeltes Fleisch, ein wenig Trockenobst. Für ein paar Tage würde es reichen, aber sie mussten dringend Beute machen.

Er sah zu Lee hinüber, der Holz auf das Feuer gelegt hatte und nun mit einem Ast vorsichtig in der Glut herumstocherte. Irgendwie bezweifelte Royce, dass der Bursche sich bei der Jagd oder im Training viel besser anstellen würde als mit den Feuersteinen.

Wenn er ehrlich war, wurde er nicht schlau aus ihm.

Obwohl Lee sich zu benehmen und auszudrücken wusste, schien er die einfachsten Dinge nicht zu beherrschen. Vermutlich der uneheliche Sprössling irgendeines Adeligen aus der Hauptstadt in den Lowlands ... ein Bursche, der nie wirklich für das hatte arbeiten müssen, was er brauchte. Vielleicht tat es ihm ganz gut, auf diese Weise endlich zum Mann zu werden.

Nachdem sie das Lager aufgeschlagen hatten, richteten sie ihre Schlafstätten aus den Fellen und aßen etwas von dem getrockneten Obst, das Malissa ihnen als Wegzehrung mitgegeben hatte. Schließlich stand Royce auf und gab Lee ein Zeichen, ihm zu folgen.

Nur mühsam kam der Junge auf die Beine.

Man sah ihm die Erschöpfung deutlich an, dennoch schlurfte er hinter Royce her und trat in die kühle Nachtluft hinaus.

Es war dunkel geworden und das Licht des Feuers reichte kaum fünf Fuß weit in die verschneite Landschaft. Irgendwo in der Nähe schnaubten die Pferde und Royce trat neben das letzte Bündel, das er vorhin hier draußen zurückgelassen hatte.

Als er sich erhob und zu Lee umwandte, drückte er dem Burschen ein schmales Schwert aus Holz in die Finger. Lees Augen wirkten riesig in dem schmutzigen Oval seines Gesichts und nicht zum ersten Mal kämpfte Royce einen Moment lang mit den sehr widersprüchlichen Gefühlen, die dieser Mensch in ihm auslöste.

Er hatte sich noch nie so merkwürdig gefühlt.

Ständig kämpfte er gegen den Wunsch, Lee beschützen zu wollen und alles Schlechte dieser Welt von ihm fernzuhalten. Je mehr Royce allerdings versuchte, diesem Verlangen entgegenzuwirken, desto stärker schien es sich in ihm einzunisten.

Seit der Bursche am Tag zuvor auf der Burg eingetroffen war, hatte er etwas in Royce geweckt, das er lange in sich begraben hatte. Etwas, das er noch nie für einen anderen Mann empfunden hatte und ihn in kein sehr angenehmes Gefühlschaos stürzte.

Nach dem Tod seiner Frau Araenna hatte er sich zu niemandem mehr auf diese Weise hingezogen gefühlt. Es war nicht so, dass ihre Ehe von Leidenschaft geprägt gewesen wäre, sie war ein strategischer Schachzug, der seinem Clan einen mächtigen Verbündeten hatte schenken sollen.

Er hatte sie besitzen wollen und dennoch war das, was ihn in Lees Nähe überkam, anders ... ungleich intensiver.

Als seine Frau Araenna guter Hoffnung gewesen war, war die wenige körperliche Anziehung zwischen ihnen völlig zum Erliegen gekommen. Royce hatte es als gegeben hingenommen und sich seine Zerstreuung auf anderem Wege gesucht. Es gab weit willigere Frauen als sein Eheweib ... Frauen, die nicht so prüde und kalt waren.

Als Fitards Truppen die Burg während seiner Abwesenheit gestürmt hatten, waren Araenna und ihr gemeinsamer Sohn ums Leben gekommen. Sie waren gestorben, während er sich mit seinen Männern auf Patrouille befunden und andere Frauen das Lager mit ihm geteilt hatten.

Die Vorwürfe, die Araennas Familie ihm danach machte, waren nichts im Vergleich zu seinen eigenen. Wäre er seinen Verpflichtungen nachgekommen, wie er es bei ihrer Hochzeit gelobt hatte, wäre nicht all das Unglück über sie hereingebrochen ... es war *seine* Schuld.

Er hatte sie in seinen Clan geholt und damit ihr Ende besiegelt.

Im Nachhinein war ihm klar geworden, dass ihn Araennas Tod viel mehr gekostet hatte als befürchtet. Sie hatten nicht nur ihren größten Verbündeten verloren, sie hatten mit jedem Jahr und jedem Kampf mehr Verluste zu beklagen gehabt als je zuvor.

Es war, als hätte ein Fluch sie alle getroffen.

Wütend auf sich selbst hatte Royce seinem alten Leben abgeschworen – und somit auch jeglichen Vergnügungen. Er wollte Buße tun für die Schuld, die er sich selbst am Tod der beiden Menschen zuschrieb, die er hätte beschützen müssen.

Dass dieser Fremde nun einen Instinkt in ihm ansprach, dem er lange kein Gehör geschenkt hatte, war mehr als beunruhigend … zumal auch der Bursche seine Verunsicherung zu spüren schien.

Eine Tatsache, die Royce angreifbar machte und ihn zutiefst verärgerte.

Weder besaß er irgendein Recht darauf, sich zu amüsieren, noch wollte er dieses Versprechen gegenüber sich selbst brechen – und ganz sicher war er nicht interessiert an einem anderen Mann.

Er musterte Lee einen Moment lang nachdenklich und sein Gegenüber erwiderte den Blick mit deutlicher Irritation.

Royce holte tief Luft.

Wulf hätte den Burschen einfach im Schnee liegen lassen sollen.

Es war ein Fehler gewesen, ihn mitzubringen.

Sein Gespür sagte ihm eines mit absoluter Gewissheit: Lee bedeutete Ärger!

Vielleicht hätte er ihm heute Morgen doch einfach die Kehle durchschneiden sollen.

Sich zur Ruhe zwingend, versuchte Royce, sich auf das Wesentliche zu konzentrieren.

„Ehe ich dich lehre zu kämpfen, musst du lernen, dich zu verteidigen", erklärte er. „Ehe du lernst, dich zu verteidigen, musst du lernen auszuweichen. Bevor du deine Finger in unserem ersten Kampf verlierst, trainieren wir mit hölzernen Übungsschwertern." Seine Augen verengten sich. „Hoffe nicht, ich würde dich aus diesem Grund schonen."

Mit der Linken deutete er auf den Schnee.

„Roll dich ab."

Die Augenbrauen hochgezogen, starrte Lee ihn nur verständnislos an.

War der Junge wirklich so dumm oder wollte er einfach nur nicht gehorchen?

Royce nahm sich das zweite Holzschwert, das in dem Bündel lag, und warf Lee einen langen Blick zu. Als er dem Jungen wieder gegenübertrat, wich dieser unmerklich einen Schritt zurück und ging in eine Haltung über, die ihm vermutlich selbst nicht einmal bewusst war.

Royce legte den Kopf schief.

Lees linker Fuß trug das Hauptgewicht und der rechte war ein Stück nach hinten versetzt. Diese Position war ebenso gut für ein Ausweichmanöver wie für einen Angriff geeignet.

Das war interessant!

Er betrachtete Lees Miene und erkannte Verwirrung in seinem Blick. Vielleicht waren noch ein paar Instinkte in dem Burschen, die er ebenso vergessen hatte wie den Rest seines Lebens.

Als Royce plötzlich mit hochgerissenem Schwert vorwärts stürmte und dabei losbrüllte, riss der Junge die Augen auf, wich zur Seite aus und warf sich in den Schnee.

Er rollte einmal durch das kalte Weiß, ehe er geschmeidig auf die Füße kam und sich mit fassungslosem Gesichtsausdruck umsah.

***

„Was zum …"

Royce gab ihr keine Zeit, sich über sich selbst zu wundern, stattdessen stürmte er abermals auf sie zu und schwang das Holzschwert, als wollte er sie damit in zwei Teile zerschneiden.

Mit einem Anflug von Panik riss sie den eigenen Arm hoch und Royce rannte in sie hinein. Sie konnte spüren, wie sie den Boden unter den Füßen verlor und durch die Luft katapultiert wurde.

Dann schlug sie so heftig mit dem Rücken auf dem Boden auf, dass ihr ganzer Körper in purem Schmerz aufzuschreien schien. Unfähig einzuatmen, lag sie da und starrte in den sternenlosen Nachthimmel hinauf. Für einen Moment war sie sicher, dass sie hier sterben würde.

Ebenso plötzlich, wie sie nicht mehr hatte atmen können, strömte die Luft wieder in ihre Lungen und die Schockstarre, in die sie sekundenlang verfallen war, löste sich.

Ihr schwindelte.

Nie hatte sie sich lebendiger gefühlt als in dieser Sekunde und nie hatte sie sich gefühlt, als wäre sie von einem Dampfhammer getroffen worden.

Lees Augenlider flatterten und die Welt um sie herum drehte sich einen Moment lang.

Als Royces Schatten sich über sie schob und auch das letzte bisschen Licht auslöschte, sah sie zu ihm hoch. Da er mit dem Rücken zur Höhle stand, konnte sie nichts von seinem Gesicht erkennen.

„Ein Teil von dir erinnert sich offenbar noch sehr gut an das, was nötig ist, um zu überleben", bemerkte er in fast sanftem Ton. Das Holzschwert lag locker in seiner Hand, während er breitbeinig über ihr emporragte.

Lee schluckte trocken.

Die Position, in der sie vor ihm lag, machte sie angreifbar und verschaffte ihm einen Vorteil.

Sie stutzte.

WAS ging ihr da durch den Kopf?

Sie hatte keine Ahnung vom Kämpfen und trotzdem schien ein Teil von ihr gerade genau zu wissen, was sie zu tun hatte. Als er ein gewaltiges Knurren von sich gab und das Schwert mit beiden Händen auf sie hinabsausen ließ, klemmte sie blitzschnell ihre Beine um seine rechte Wade, rollte sich mit einem Ruck nach links und kippte Royce wie einen umknickenden Grashalm aus seinem festen Stand.

Sein Holzschwert verfehlte ihr Gesicht um wenige Zentimeter, bohrte sich in den Schnee und ihr Reisebegleiter ging mit einem fast schon erstaunten Laut zu Boden.

Erschrocken rappelte sich Lee ein Stück auf und kroch auf allen Vieren von Royce weg.

Was zur Hölle?!?!

Wie konnte das sein?

Was hatte sie sich dabei gedacht?

Wie hatte sie das gemacht?

Entgeistert starrte sie zu dem Clanführer hinüber, der sich aufsetzte und den Schnee aus seinem Haar wischte. Sein Gesicht lag immer noch im Dunkeln.

Ihr Herz pumpte das Blut rauschend durch ihre Schläfen und für einen Moment war sich Lee sicher, sie würde gleich ohnmächtig werden.

Sie hatte Royce angegriffen!

Sie hatte einen sijrevanischen Krieger zu Fall gebracht!

Er würde ihr den Schädel einschlagen ... ganz sicher!!!

Sie war erledigt.

„Ich habe dich unterschätzt", stellte er fest.

Auf das Holzschwert gestützt, erhob er sich und Lee tat es ihm gleich. Ihre Hände zitterten und sie spürte, wie die Angst sich erneut in ihr breitmachte.

In ihrem Kopf hämmerte ihr Puls gegen die Schädeldecke und die Welt um sie herum schien plötzlich viel heller zu sein.

Übelkeit stieg in ihr auf.

Mit weit aufgerissenen Augen starrte sie Royce an, der sich langsam auf sie zubewegte. Beschwichtigend hob sie die Hände.

„Es ... es tut mir leid, ich weiß nicht ... ich ... ich verstehe nicht, was mit mir passiert ..." Kopfschüttelnd brach sie ab und schloss die Augen.

Welchen Sinn hatte das alles noch?

Wozu hatte sie diese zweite Chance bekommen, wenn sie hier nun doch sterben würde?

Ungeweinte Tränen brannten unter ihren Lidern und sie wollte nichts mehr, als dieser Situation zu entkommen. Aber es gab kein Entkommen. Ihre Schultern sackten nach unten. Als sie die Augen einen Spaltbreit öffnete, sah sie Royces dunkle Gestalt vor sich stehen, unbeweglich und bedrohlich.

Die Verzweiflung in ihr wich einem unerwarteten Anflug von Trotz. Er hatte doch gesagt, sie sollte lernen, sich zu verteidigen ... genau genommen machte sie ja nur, was er befohlen hatte. Er hatte gar kein Recht dazu, sich zu beschweren oder ihr eine Lektion zu erteilen.

Das Kinn vorgereckt, starrte sie in die Schatten, die über seinem Gesicht lagen. Sie fühlte sich nicht halb so mutig, wie sie sich einzureden versuchte. Allerdings wollte sie auch nicht schon wieder aufgeben.

Sie hatte ihr altes Leben beendet, weil sie voller Angst und Verzweiflung gewesen war. Sie hatte alles hingeworfen, statt Rückgrat zu zeigen und sich dem zu stellen, was sie erwartet hatte.

Das Schicksal – oder was auch immer – hatte ihr eine zweite Chance gegeben, indem sie in diese Welt geschickt worden war … das musste doch einen Grund haben! Und wäre es nur der, dass sie endlich lernte, für sich selbst einzustehen.

Als Royce sich bewegte, zuckte sie erschrocken zusammen. Doch er griff sie weder an noch kam er näher. Stattdessen wandte er sich halb der Höhle zu und der schwache Lichtschein erhellte einen Teil seines Gesichts.

Er wirkte amüsiert.

„Genug für heute", bemerkte er leise. „Wir setzen unseren Übungskampf morgen fort."

***

Widerstrebend öffnete Lee die Augen und fühlte sich einen Moment lang vom Morgenlicht geblendet, das durch den Höhleneingang hereinfiel. Als sie den Kopf ein wenig hob, sah sie Royces kräftige Gestalt ein paar Meter entfernt neben dem Feuer liegen.

Sein ruhiger Atem erfüllte die Höhle.

Einen Seufzer unterdrückend, legte sie sich zurück auf den Sattel und zog die Decke aus Fellen ein Stückchen höher. Sie fühlte sich ziemlich erschöpft, wenn auch auf angenehme Art. Möglicherweise war der kleine Kampf gestern gar nicht so verkehrt gewesen.

Zu ihrem Erstaunen war Royce danach in keiner Weise verärgert gewesen, wie sie zuerst befürchtet hatte – tatsächlich schien er eher belustigt gewesen zu sein. Allerdings hatten sie auch nicht weiter darüber gesprochen.

Für Lee war das nichts als Anfängerglück gewesen. Noch einmal würde er ihr die Chance nicht einräumen, ihn auf diese Weise zu überrumpeln.

Sie gähnte.

Die Blessuren vom Vortag waren vermutlich nicht zu vergleichen mit dem, was sie heute erwartete. Wenn sie mit blauen Flecken davonkam, konnte sie wahrscheinlich dankbar sein. Allerdings hatte er, kurz bevor Lee weggenickt war, auch gemeint, sie würden heute erst einmal auf die Jagd gehen.

Kleine, süße Hasen mit Schlingen zu fangen oder mit Pfeilen zu durchbohren, entsprach nun nicht gerade Lees Vorstellung vom Beginn eines perfekten Tages. Allerdings würde es schwierig werden, Royce zu erklären, dass sie normalerweise kaum Fleisch aß.

Die Aussicht, hier draußen ersatzweise ein paar Beeren zu finden oder etwas anderes Essbares, das *nicht* atmete, war zu dieser Jahreszeit wohl relativ schlecht.

Der Gedanke daran, dass sie ihre Essgewohnheiten grundsätzlich würde überdenken müssen, bereitete ihr ein flaues Gefühl im Magen. Sicherlich waren diese Menschen weit genügsamer als in ihrer Zeit und einen fetten Sonntagsbraten gab es hier voraussichtlich auch nur zu besonderen Anlässen, aber ihr würden noch ganz andere Dinge fehlen … Schokolade zum Beispiel oder Gummibärchen.

Ein herber Verlust!

Sie konnte hören, wie Royce munter wurde und sich auf seinem Lager bewegte.

Zeit, aufzustehen.

Ehe er überhaupt die Decke von sich geworfen hatte, war Lee schon auf den Beinen und versuchte, den Muskelkater zu ignorieren, der unerwartet über sie herfiel. Sie musste sich in die Büsche schlagen, bevor Royce es tat.

Eilig hastete sie in die Kälte hinaus und verschwand in das Dickicht des Waldes.

***

Während er den Knochen des Rebhuhns abnagte, beobachtete Royce durch die Flammen des Feuers hindurch den Knaben, der ihm gegenübersaß. Lee hockte mit gekreuzten Beinen auf seinem Platz und fummelte mit spitzen Fingern an dem gebratenen Fleisch herum, als würde der Anblick ihm Ekel bereiten.

„Warum isst du nichts?", wollte Royce wissen.

Der Bursche hob den Kopf und sein Blick wirkte geradezu ertappt. Leichte Röte breitete sich auf den schmutzigen Wangen aus.

Sich räuspernd, zuckte er hilflos mit den Schultern.

„Ich … esse nicht so viel Fleisch", erwiderte Lee.

Stirnrunzelnd musterte Royce den Jungen.

War das sein Ernst?

Dieses Rebhuhn machte kaum *einen* Mann wirklich satt, von zweien ganz zu schweigen.

Worauf wartete dieser Bursche?

Dass ihm Milch und Honig in den Rachen flossen?

Royce schüttelte den Kopf.

Wie auch immer, ihm konnte gleich sein, wie Lee seinen Hunger stillte … wenn *er* das Fleisch nicht wollte, dann würde Royce es für sich beanspruchen. Entschlossen stand er auf, ging zu Lee und nahm ihm kurzerhand das Brett mit dem halben Rebhuhn aus der Hand.

Der Blick, den der Junge seiner unberührten Mahlzeit hinterhersandte, wirkte nicht mehr ganz so überzeugt. Royce musterte ihn von oben herab.

„Willst du das Fleisch oder nicht?"

Für einen Moment stritten die widersprüchlichsten Gefühle in Lees Gesicht, dann schüttelte er mit einem energischen Räuspern den Kopf.

„Nein, kein Fleisch für mich", entschied er.

Schulterzuckend packte Royce eine Keule und biss herzhaft hinein, während er zu seinem Platz zurückging.

„Umso mehr bleibt mir", meinte er mit vollem Mund.

Er hatte keine Ahnung, was mit Lee war – aber wenn der Junge glaubte, ohne Essen auszukommen, dann sollte er es versuchen. Spätestens in zwei Tagen würde sich seine Meinung ändern.

Als sie heute Morgen zur Jagd aufgebrochen waren, hatte Royce schon ein merkwürdiges Gefühl verspürt, was seinen Begleiter betraf. Der Widerwille, mit dem der Bursche ihm gefolgt war, hätte kaum offensichtlicher sein können.

Sie hatten Fallen aufgestellt … um genau zu sein, hatte *er* die Fallen aufgestellt und Lee hatte neben ihm gestanden mit einer Miene, die voller Abscheu war.

Royce hatte ihn ignoriert.

Hier draußen gab es nicht viel.

Um diese Jahreszeit waren weder Beeren noch Pilze zu finden und Royce war dankbar für jedes Stück Wild, das er erlegen konnte. Die Kornspeicher seines Clans waren über diesen Winter nicht halb so gut gefüllt wie in den Jahren zuvor.

Die Ernten waren mager gewesen, auch dank der immer wieder aufkommenden Scharmützel mit Fitard und seinen Männern.

Der Vorfall im Sommer hatte ihnen allen zugesetzt. Viele Landbesteller waren in die Lowlands abgewandert. Je länger der Winter andauerte, desto schwieriger würde es werden, all die Menschen, die Callahan-Castle bewohnten, mit Nahrung zu versorgen.

Wenn er einige Kaninchen und Eichhörnchen mit seinen Fallen fing, dann wäre das schon ein Anfang.

Dass er mit Lee an seiner Seite jedoch ein Wildschwein oder etwas Rotwild würde aufscheuchen können, bezweifelte er.

Der Bursche schien, trotz eines durchaus passablen Talents im Kampf, nicht wirklich geeignet zu sein, mit einer Waffe umzugehen. Wenn er schon nicht in der Lage war, ein Tier kurz und schmerzlos zu töten, wie wollte er eines Tages dem Feind gegenüberstehen und sein Leben gegen dessen Angriffe verteidigen?

Hier draußen in der Wildnis gab es eine einzige Regel: *Der Stärkste überlebt!*

Daran hatten die Highlander sich immer gehalten.

Sie nahmen sich, was sie brauchten – nicht mehr und nicht weniger. Schon ein Kratzer konnte hier über Leben und Tod entscheiden. Die Natur war unbarmherzig … das war der Lauf der Dinge.

Doch auf dem Schlachtfeld ging es um weit mehr.

Man kämpfte nicht nur, um sein eigenes Leben zu schützen, man kämpfte gemeinsam mit seinen Männern … Seite an Seite.

Lee würde nicht lange genug leben, wenn er seine Einstellung nicht überdachte.

4. Kapitel

Die Lichtung in den Wäldern, Sijrevan
Im Nebelung, Anno 1585

Den Schwertgriff mit beiden Händen umklammernd, richtete Royce die Schneide zum Himmel und hielt die Waffe auf Brusthöhe fest. Auffordernd nickte er Lee zu.

Sie musterte ihn konzentriert und ahmte seine Haltung nach, so gut sie konnte. Obwohl das Holzschwert nicht so viel wog wie eines aus Eisen, spürte sie dennoch längst das Gewicht in ihren Armen.

Ihre Schultern schmerzten heftig und ihr ganzer Körper fühlte sich an, als wäre er ein einziger, blauer Fleck. Es gab keine Stelle, die in den letzten paar Stunden nicht auf den Boden geknallt oder von einem schweren Stück Holz getroffen worden war.

Sie hatte keine Ahnung, seit wie vielen Stunden sie bereits trainierten, aber es fühlte sich an wie eine Ewigkeit.

Abrollen, wieder auf die Beine kommen, abrollen … immer wieder wies er sie auf einen sicheren Stand oder die korrekte Haltung hin … jedes Mal protestierten sämtliche Muskeln in ihrem Körper, wenn Royce auf sie eindrosch.

Mehrfach hatte er ihre Oberarme mit seinem Holzschwert getroffen und die Wucht, die in seinen Schlägen steckte, brannte sich stets aufs Neue durch ihre malträtierten Sehnen. Er selbst zeigte nicht die geringsten Ermüdungserscheinungen.

Zu ihrem eigenen Erstaunen stellte sie sich tatsächlich geschickter an als erwartet. Wenn sie ehrlich war – und das fiel ihr im Moment besonders schwer – schenkte es ihr sogar ein Gefühl von Vertrautheit und – sie wollte es kaum glauben – Spaß. Obwohl sie müde und erschöpft war und ihre Kräfte deutlich nachließen, empfand sie allen Ernstes ein gewisses morbides Vergnügen.

Sie korrigierte automatisch die Stellung ihrer Füße, als Royce zu ihr trat. Er schob ihre Schultern eine Winzigkeit zurück, hob ihren Ellenbogen ein wenig an und platzierte ihre Hände korrekt am Griff des Schwertes.

Sie spürte, wie ihre Ohren warm wurden. Während er ihr noch erklärte, was sie tun sollte, starrte sie ihn einen Moment lang verwundert an, ohne wirklich zu verstehen, was er da eigentlich schwatzte.

Er hatte wirklich eine schöne Nase, ebenmäßig und gut geformt. Aber besonders beeindruckend waren seine Augen, umrahmt von einem Kranz schwarzer Wimpern und unzähligen, feinen Fältchen, konnte sie nicht entscheiden, ob sie mehr grau oder doch eher grün waren.

Als er sie ansah, tauchten ihre Blicke für einen Moment ineinander und sekundenlang hatte sie das gleiche Gefühl wie bei ihrem Sprung von der Brücke.

Sie schwebte schwerelos in der Luft.

Dann breitete sich die Hitze so rasant in ihren Wangen aus und kroch durch jede Ader ihres Körpers, dass sie spüren konnte, wie kleine Schweißperlen ihr auf die Stirn traten.

Verwirrt senkte sie das Kinn auf die Brust und konzentrierte sich darauf, ihren Blick auf das Schwert zu richten, das sie in den Fingern hielt.

War sie denn von allen guten Geistern verlassen?

Was tust du da?

Sie konnte ihn doch nicht anglotzen wie ein verliebter Teenager!

Sein Räuspern klang unnatürlich laut in ihren Ohren und sie spürte, dass er sich von ihr entfernte. Nicht zum ersten Mal kämpfte sie gegen das Verlangen, ihm zu folgen und sich an ihn zu drücken. Ihre Haut brannte immer noch dort, wo er ihre Finger berührt hatte.

Still verfluchte sie die vertrackte Situation, in der sie sich befand, während ein unangenehmes Bedauern über sie hinwegschwappte.

Malissas Worte kamen ihr in den Sinn ... dass sie Royce nicht zu fürchten brauchte, aber er eine Lüge nicht billigen würde.

Frustration machte sich in ihr breit.

In Wirklichkeit fürchtete sich Lee mehr vor dem, was passieren würde, *wenn* sie sich ihm offenbarte. Ihr war nicht entgangen, wie er sie zwischendurch ansah. Weder bildete sie sich ein, dass da etwas zwischen ihnen war, noch, dass er es nicht auch spürte.

Bislang stand allerdings die Tatsache zwischen ihnen, dass er sie für einen Mann hielt ... und ob er wirklich bereit war, es einfach hinzunehmen, wenn sie ihm die Wahrheit offenbarte, war in ihren Augen gar nicht gesichert.

Vielleicht hatte sie schon viel zu lang gewartet.

Vielleicht würde er sie wütend an den nächsten Baum binden, um sie irgendwelchen wilden Tieren zu überlassen.

Tief durchatmend schüttelte sie den Kopf.

Es war müßig, sich darüber Gedanken zu machen.

Sie hatte diese Diskussion in ihrem Kopf schon einmal geführt … der einzige Ausweg, der ihr letztlich blieb, war der, sich als vermeintlicher Mann ein Leben an einem anderen Ort aufzubauen. Das war definitiv sicherer, als irgendeinen Übergriff zu riskieren.

Malissa mochte als Clanmitglied nichts zu befürchten haben, aber Lee war fremd … ob nun als Mann oder Frau.

Sie war in einer Welt voller Krieger gelandet.

Testosterongeladene Männer, die mit Schwertern aufeinander einschlugen und vermutlich ihr erlegtes Wild auch roh verspeisten, wenn es sein musste.

Hier gab es keine Emanzipation, keinen Feminismus. Hier hatten Frauen sich in die ihnen zugedachten Rollen zu fügen und waren nichts weiter als Menschen zweiter Wahl.

Wenn Royce herausbekam, dass sie ihn belog und ihn nicht davon abgehalten hatte, sie auszubilden, würde er ihr vermutlich eigenhändig den Kopf abschlagen.

Lee schluckte.

In ihrem alten Leben hatte sie nach dem Tod ihrer Mutter jeglicher Mut verlassen. Sie hatte sich ängstlich, ohne einen Sinn in ihrem Dasein zu erkennen, von der Brücke gestürzt.

Sie war feige gewesen.

Aber *hier* war sie anders … so fremd und seltsam die Situation war, sie hatte sich nie lebendiger und stärker gefühlt.

Sie hatte sich noch nie so *zu Hause* gefühlt!

Royce kam unvermittelt auf sie zugestürmt. Sein ohrenbetäubendes Brüllen ließ sie eingeschüchtert zurücktaumeln. Er folgte ihrem Ausweichversuch mit einem gewaltigen

Ausfallschritt und sein Schwert beschrieb einen perfekten Kreis in der Luft.

Sie sah die Holzklinge auf sich zurasen.

Auch wenn sie wusste, dass es nicht ihr Fleisch zerteilen würde, wäre die Kraft, die in dem Hieb lag, trotzdem nicht weniger schmerzhaft.

Sie riss die eigene Waffe hoch und bewegte sich instinktiv einen Schritt auf ihren Trainingspartner zu.

Als die Klingen aufeinanderschlugen, klang es dumpf und schwer. Ein lähmendes Zittern durchströmte Lees Arme und sie spürte, dass die Kraft aus ihr wich wie Luft aus einem Ballon.

Das Schwert entglitt fast ihren Fingern und sie stöhnte vor Schmerz auf. Sie war so gut wie am Ende.

Jede Chance, die sie sich auch nur ansatzweise ausgemalt hatte, sich gegen ihn zur Wehr zu setzen, verpuffte einfach im Nichts. Sie würde niemals über die Stärke verfügen, ihn zu überwältigen.

Statt sich ihm weiterhin entgegenzustemmen, stolperte sie zwei Schritte zurück, doch Royce, der seinen eigenen Schwung offenbar überschätzt hatte, wurde von der Hiebbewegung nach vorn und auf Lee zugetragen.

Er kam ihr bedrohlich nah.

Sie handelte instinktiv und ohne nachzudenken.

Hastig ließ sie sich zu Boden fallen und rollte sich zur Seite. Tatsächlich schien er einen Moment leichtfüßig über sie hinwegzuschweben.

Dann blieb er mit seinem Fellstiefel an ihrem Knöchel hängen und stürzte.

Lee stöhnte gequält auf, als sein Ellenbogen sich in ihre Seite bohrte und sein Knie ihren Oberschenkel traf. Er mochte zwar keine empfindlichen Weichteile getroffen haben, aber halb von ihm begraben, waren ihr die nächsten blauen Flecken und Prellungen sicher.

Als er sich endlich von ihr herunterrollte, drang ein leises, kehliges Lachen an ihr Ohr. Sie hob den Kopf und musterte ihn überrascht.

Das vergnügte Lächeln auf seinem Gesicht berührte etwas in ihr und für Sekunden fühlte sie sich ertappt. Doch da war etwas Anderes in seinem Blick. Sie starrte ihn an, als würde sie ihn zum ersten Mal sehen, und gleichzeitig fühlte es sich an, als würde sie diesen Menschen schon ein ganzes Leben lang kennen.

Jede Linie, jedes Fältchen, jedes Haar, alles war ihr so vertraut wie ihr eigenes Spiegelbild. Sie wusste mit absoluter Gewissheit, dass sie ihn bis zum gestrigen Tag noch nie gesehen hatte ... und mit der gleichen Gewissheit wurde ihr klar, dass sie diesen Mann schon ihr Leben lang kannte.

Wärme durchflutete sie von den Zehen bis zu den Haarwurzeln. Ein beängstigender Gedanke formte sich in ihrem Kopf, und während sie aufstand, klopfte sie sich nervös den Schnee von der Kleidung.

Du hast ihn gesucht.

Unmöglich!

Sie hatte doch gar nicht von ihm gewusst.

Das durfte einfach nicht sein!

Du hast ihn gefunden.

Ja, aber ... das machte alles nur noch komplizierter.

„Deine Parade war gar nicht schlecht", bemerkte Royce gutgelaunt. Er schien ihrer Verlegenheit nicht die geringste Beachtung zu schenken. Aus dem Augenwinkel sah sie, wie er aufstand. Sein Holzschwert klopfte schwungvoll gegen das ihre. „Los, lass uns weitermachen, du bist gewandt."

Du liebst ihn.

***

Sie war verschwitzt, hungrig und unendlich müde, als Royce endlich davon sprach, die Fallen auf Beute zu kontrollieren. Sie hatte nur erleichtert genickt, als er in das Dickicht des Waldes verschwunden war.

In den letzten Stunden hatte sie nichts Anderes getan, als zu fallen, zu schlagen und seinen Hieben auszuweichen. Es hatte sie abgelenkt von den verrückten Gedanken in ihrem Kopf und jede Schramme, die sie davontrug, lenkte sie von weiteren Grübeleien ab.

So erschöpft sie sich nun fühlte, so erfüllt war sie von einer unbeschreiblichen Freude … vollgepumpt mit Endorphinen sozusagen.

Auch, wenn ihre Arme schmerzten von den ganzen Schlägen, die sie abbekommen hatten, hatte sie noch nie so viel Spaß gehabt. An den Muskelkater, der sich mit zunehmender Geschwindigkeit in jeder Faser ihres Körpers breitmachte, verschwendete sie lieber keinen weiteren Gedanken.

Nachdem sie tief in die Büsche verschwunden war, um sich zu erleichtern, hatte sie sich am Wasser kurz Gesicht und Hände im lauwarmen Weiher gewaschen. Für einen winzigen Augenblick war sie versucht gewesen, die Zeit zu nutzen, in der Royce fort war, und zu baden. Aber dann hatte sie der Mut verlassen und sie war in die Höhle zurückgekehrt.

Während sie Holz auf das heruntergebrannte Feuer schichtete, hockte sie im beginnenden Halbdunkel und starrte in die Glut.

Sie fror.

Vorsichtig rückte sie näher an die Flammen und rieb sich über die Arme. Sie versuchte immer noch zu verdrängen, was ihr Unterbewusstsein ihr einzureden versuchte.

So seltsam all das hier war, so unmöglich waren die Überlegungen, die ihr verwirrtes Hirn ausspuckte.

Gefühle für jemanden zu empfinden, der einem im Grunde fremd war, konnte nur die Folge ihres Sturzes sein. Vermutlich hatte sie sich doch irgendwo den Schädel angeschlagen und war sich dessen nur nicht bewusst.

Vielleicht war dies alles nur das Ergebnis einer Gehirnerschütterung und sie lag irgendwo in einem sterilen, unpersönlichen Krankenhausbett.

Lee rutschte näher an das Feuer.

Okay, wem machte sie etwas vor?

Im Traum würde sie weder die Hitze der Flammen spüren, noch würde ihr der Geruch ihres eigenen, trocknenden Schweißes in die Nase stechen. Ihr Nasenrücken kräuselte sich.

Was hätte sie nicht für eine Dusche gegeben!

Sie hätte in den Weiher steigen sollen.

Allerdings befürchtete sie, dass Royce sie bei einem Bad überraschen könnte. Nichts wollte sie weniger, als ihre Tarnung auffliegen zu lassen und einer Lüge überführt zu werden.

Erschöpft schloss sie für einen Moment die Augen.

***

Aufgebracht trat Royce in die Höhle und musterte den Burschen, der neben dem Feuer hockte. Lee hatte seine Arme um die Knie geschlungen, den Kopf darauf abgelegt und die Augen geschlossen. Während er in der Wärme der Flammen ein Nickerchen hielt, hatte Royce in der Kälte der beginnenden Nacht feststellen müssen, dass er betrogen wurde.

Er trat neben seinen Begleiter, betrachtete ihn einen Moment lang und gab Lee schließlich einen kräftigen Stoß mit dem Fuß. Sich einmal überschlagend, rollte der Bursche quer durch die Höhle und rappelte sich dann mit verwirrtem Gesichtsausdruck auf.

„Hast du mir nichts zu sagen?", wollte Royce wissen.

Seine Stimmte grollte vor Wut.

Lee starrte ihn nur verständnislos an, dann zuckte der Hauch einer Erkenntnis über sein Gesicht und seine Wangen färbten sich rot.

Der Zorn in Royce erhielt neue Nahrung und es kostete ihn einige Mühe, nicht seinen Dolch zu ziehen, um Lees Leben ein Ende zu bereiten.

„Ich weiß nicht, was Ihr meint, Sir", erwiderte der Bursche mit brüchiger Stimme.

Das war genug!

Wutentbrannt warf Royce die zwei Kaninchenkadaver neben dem Feuer zu Boden, war mit wenigen Schritten bei Lee und zog ihn am Kragen seines Pullovers auf die Füße. Die blauen Augen wurden groß und starrten Royce an.

Er zückte sein Messer und hielt es Lee an den Hals, knapp oberhalb des Verbandes, der immer noch die erste Wunde verdeckte, die er Royce zu verdanken hatte.

„Du hast meine Fallen sabotiert!" Royce knirschte mit den Zähnen. „Weißt du, was man mit Männern wie dir macht? Man hackt ihnen die Hände ab und entmannt sie, um sie ausbluten zu lassen!"

Lees heftiges Kopfschütteln ärgerte Royce nur noch mehr.

Er sollte ihm den Dolch in die Brust rammen.

„Aber ich habe nichts getan", beteuerte der Junge mit heller Stimme. Nicht zum ersten Mal klang er wie ein Mädchen, wenn er in Panik war. „Ich war den ganzen Tag hier, ich war bei Euch. Ich habe doch keine Ahnung vom Fallenstellen."

In dem Punkt log er vermutlich nicht einmal. Der Bursche hatte von ziemlich wenig wirklich eine Ahnung.

Royces Kiefer mahlten.

Wenn er es genau betrachtete, hatte Lee recht – er war tatsächlich den ganzen Tag in seiner Nähe gewesen. Die wenigen Momente, in denen er ausgetreten und sich in den Büschen erleichtert hatte, waren zu kurz, um die Fallen zu erreichen und zu zerstören.

Aber da waren keine Spuren gewesen. Der sachte Schneefall der letzten Stunden hatte alles unter einer Decke aus unschuldigem Weiß begraben.

Wenn Lee es also nicht gewesen war, wer dann?

Das ergab alles keinen Sinn.

Erneut gruben sich seine Finger in den Stoff von Lees Pullover und die Spitze seines Dolches drückte sich gegen die Kehle des Jungen. Er starrte ihm in die Augen und brachte sein Gesicht nahe an Lees.

„Wenn ich herausfinde, dass du mich belügst, werden nicht einmal die Götter dir noch eine Hilfe sein!" Ein feiner Geruch stieg ihm zu Kopf, der auf angenehme Weise unangenehm und gleichzeitig verwirrend war. Royce rümpfte die Nase. „Geh und wasch dich. Du stinkst wie ein toter Iltis!"

Das Feuer verbreitete wohlige Wärme.

Royce teilte einen kleinen Laib Brot auf, den Malissa ihnen eingepackt hatte. Zusammen mit dem wenigen Kaninchenfleisch, das auf zwei Spießen über dem Feuer schmorte, würden sie nicht wirklich satt werden.

Es sei denn, Lee bevorzugte, nur das Brot zu essen, weil er abermals meinte, das Fleisch nicht zu brauchen.

Dann bestand zumindest für Royce die Chance, sich ohne knurrenden Magen zur Nacht zu betten.

Er wandte den Kopf und sah zu Lee hinaus, der am Rand des Weihers hockte. Mit den Händen schöpfte er Wasser empor und versuchte, sich unbeholfen zu waschen.

Royce schüttelte den Kopf.

Was sollte das?

Auf diese Weise würde er den Gestank nicht loswerden, den er verbreitete. Ganz davon zu schweigen, dass der Schweiß auch in seiner Kleidung klebte.

Entschlossen stand Royce auf, verließ die Höhle und trat geräuschlos hinter Lee. Für einen Moment betrachtete er dessen krampfhafte Ansätze, sich nicht mehr als nötig zu waschen.

War er einfach nur wasserscheu oder tatsächlich unfähig zu allem?

Er konnte nicht jagen, kein Feuer machen, besaß keine Kraft. Royce war es so leid, dass dieser Bursche alles, abgesehen vom Training, nur halbherzig vollzog und er ihm ständig behilflich sein musste.

Einmal nur wollte er ihn außerhalb des Trainings ebenso verbissen und voller Elan erleben wie mit dem Schwert. Verärgert hob Royce den Fuß und stieß Lee mit Schwung gegen das verlängerte Rückgrat.

Mit einem überraschten Laut auf den Lippen verschwand der Bursche im warmen Nass.

Für einen Augenblick war er wie vom Erdboden verschluckt. Schließlich tauchte er in fünf Schritt Entfernung prustend und hustend wieder auf. Während das Wasser ihm bis zur Hüfte reichte, lief ihm der Schlamm, der sich plötzlich löste, in Rinnsalen über den Nacken.

Royce lachte laut und herzhaft.

Das hatte ihm gefehlt!

Nach der Anspannung des ganzen Tages brauchte er ein Ventil, um seiner Frustration Platz zu machen … und Lee, der mit ein Grund für seinen Zustand war, hatte dieses Bad mehr als verdient.

„Du hast es nötig", stellte Royce fest. „Wasch dich endlich richtig."

Er musterte den Hinterkopf des Burschen. Unter all dem Dreck war zum ersten Mal die Farbe seines Haares zu erkennen.

„Ein Nordmann, was? Dein Haar ist so hell wie der Weizen im Sommer."

Gutgelaunt sah er dabei zu, wie Lee sich erschrocken an den Schädel griff und mit deutlicher Verblüffung zu Royce umdrehte. Auch das Gesicht des Burschen war von Bächen aus nassem Schlamm bedeckt.

Royce musterte ihn erheitert und spürte dann, wie das Lachen auf seinen Lippen langsam gefror.

Träumte er?

***

Sie könnte fühlen, wie der Dreck ihr in regelrechten Bächen über das Gesicht lief und im Ausschnitt des nassen Pullovers verschwand. Sich das Wasser aus dem Augen wischend, warf sie Royce einen vorwurfsvollen Blick zu.

In ihren Klamotten hatte sie eigentlich nicht baden wollen. Sie konnte von Glück reden, dass dieser Tümpel nicht so tief war und ihr das Wasser nur bis zu den Hüften reichte. Irgendwie hatte sie ihre Zweifel, dass er ihr hinterhergesprungen wäre, um sie zu retten, wenn sie nach Luft japsend um sich geschlagen hätte.

Sein dröhnendes Lachen verstummte so plötzlich wie seine gute Laune zu verschwinden schien. Er blinzelte ein paarmal irritiert, dann zog er seinen Dolch aus dem Gürtel und kam mit ausgreifenden Schritten ins Wasser gelaufen.

Lee spürte Panik in sich aufsteigen.

Was nun?

WAS nun?

Sie hatte sich nichts zuschulden kommen lassen.

Als er mit dem Messer auf sie zustürmte, huschte ihr Blick hektisch über die Umgebung. Sie würde es niemals schaffen, ans Ufer zu waten und ihm zu entkommen … und irgendwie bezweifelte sie, dass sie plötzlich schwimmen konnte.

Sie konnte ihm nicht ausweichen – also blieb sie resigniert stehen, wo sie war, und sah ihm entgegen. Wenn er sie jetzt doch umbringen wollte, dann sollte er es endlich tun.

Sie war es leid, ständig Angst vor ihm haben zu müssen.

Er blieb vor ihr stehen und starrte einen Augenblick mit undefinierbarem Gesichtsausdruck auf sie herunter. Dann verkrallte er seine Finger in ihrem Halsausschnitt und seine rechte Hand drückte die Messerspitze an ihre Kehle.

Ihr wurde die Luft knapp.

In ihrem Kopf schien sich ein Schalter umzulegen.

Zum ersten Mal in ihrem Leben mischten sich Wut und Trotz in ihre Angst. Ihre Arme zuckten nach oben und mit beiden Händen griff sie nach Royces Handgelenken. Sie würde sich nicht widerstandslos von ihm abstechen lassen.

Sie spürte das Zittern, das ihn überrollte.

Was war mit ihm los?

„Wer bist du?"

Was?!

Der Zorn in seiner Stimme jagte eine Gänsehaut über ihren ganzen Körper und der Ausdruck in seinem Gesicht, die Wut und Enttäuschung, die sie darin las, steigerte ihre Furcht.

Ihre Sinne schärften sich auf seltsame Weise und sie starrte ihn wortlos an. Das Licht schien plötzlich heller und das Rauschen des Wassers hallte in ihrem Kopf wider.

Wovon sprach er?

„WER bist du?" Er schrie sie an.

Seine linke Hand umklammerte ihren Hals, drückte ihr die Luft ab. Lee schwindelte. Für einen Sekundenbruchteil war sie davon überzeugt, er hätte sie erwürgt, ehe er ihr den Dolch ins Herz rammte.

Sie spürte, wie ihre Muskeln erschlafften und ihre Hände nach unten fielen. Dann glitt die Klinge tiefer und hinterließ einen langen, brennenden Schnitt unterhalb ihrer Kehle. Sie zerteilte mühelos den Stoff ihres durchtränkten Pullovers und der darunterliegenden Bandage.

Die Zeit blieb stehen.

***

Royce riss die Stofffetzen auseinander und starrte den halbnackten Oberkörper an, als könnte er nicht fassen, was er da sah.

Dieser *Bursche* hatte Brüste!

Seine linke Hand ließ ihren Hals los und verharrte bewegungslos wenige Zentimeter vor ihrem rechten Busen. Er war versucht, sie zu berühren, wollte sicher sein, dass das, was er erblickte, auch tatsächlich echt war.

Er wollte wissen, ob sie sich so perfekt in seine Handfläche schmiegen würden, wie es ihrem Aussehen nach schien. Dann ließ er die Hand sinken und sah Lee ins Gesicht.

Ein Mädchen!

Er schluckte hart.

Ihre Haut war aschfahl.

Die Augen wirkten riesig in dem schmalen Gesicht und schwammen in Tränen, der Unterkiefer mahlte und die Lippen zitterten. Jetzt verstand er, warum dieser *Bursche* so weibisch war ... warum er keine Kraft hatte und die Schläge und Tritte ihm jedes Mal den Boden unter den Füßen verlieren ließen.

Bei den Göttern! Er hatte eine Frau geschlagen!

Etwas schrie in Royce auf, erleichtert und gleichzeitig gequält. Er wollte Lee an sich ziehen, sie berühren und in den Armen halten, auch, weil seine Triebe immer noch die seinen waren.

Aber wenn er sie jetzt anfasste, verlöre er seine mühsam aufrechterhaltene Selbstbeherrschung und würde über sie herfallen ... hier und jetzt, ohne Rücksicht darauf, ob sie es auch wollte.

Er war kein Mann, der einer Frau seinen Willen aufzwang.

Er hatte sich nie mit Gewalt genommen, was ihm nicht zustand.

Tief durchatmend zwang er seinen Blick von ihr fort, wandte sich ab und watete aus dem warmen Wasser hinaus. Am Ufer blieb er einen Moment lang unschlüssig stehen. Über die Schulter sah er zu ihr zurück.

Wut und Schuld tobten in ihm.

Warum hatte er es nicht früher erkannt?

Warum hatte sie gelogen?

Sie stand immer noch reglos an der gleichen Stelle, der Pullover klaffte auseinander und gab nicht nur den Blick auf ihre schönen Brüste frei, sondern auch auf den langen, blutenden Schnitt, den sein Messer von der Vertiefung unterhalb ihrer Kehle bis fast zum Bauchnabel hinterlassen hatte.

„Das Abendessen ist fertig."

***

Er war schon längst aus ihrem Sichtfeld verschwunden, als endlich wieder Leben in sie kam. Sie schlang die Arme um den halbentblößten Oberkörper und sank mit einem leisen Schluchzen in den Weiher hinein.

Die Gefühle, die sich in den wenigen Tagen in ihr angestaut hatten, brachen mit einem erlösenden Heulkrampf aus ihr heraus. Minutenlang saß sie mit zuckenden Schultern im warmen Wasser, während sie endlich den Tränen freien Lauf ließ.

Es dauerte eine gefühlte Ewigkeit, ehe sie sich etwas beruhigt hatte und wieder einigermaßen klar denken konnte. Dieser Zwischenfall war an Peinlichkeit nicht mehr zu übertreffen. Dass ihre Täuschung auf diese Weise aufgeflogen war, beschämte sie.

Dennoch verspürte sie auch so etwas wie Erleichterung.

Er hatte sie nicht umgebracht, obwohl er die Wahrheit nun kannte.

Sie musste sich nicht länger verstecken.

Lee zog die Nase hoch.

Malissa hatte gemeint, von Royce hätte sie nichts zu befürchten. Sie hatte gesehen, wie er sie angestarrt hatte, und die Erinnerung an den Moment, als er die Hand gesenkt hatte und seine Finger so dicht vor ihrer Brust geschwebt waren, trieb ihr immer noch die Schamesröte in die Wangen.

Das Problem war vermutlich weniger *er* als *sie*.

Ihr ganzer Körper hatte sich danach verzehrt, dass er sie berührte, und sie war nur einen Wimpernschlag davon entfernt gewesen, sich ihm entgegenzulehnen, um seine Finger auf ihrer Haut zu spüren.

Sie war so nicht.

Sie war immer zurückhaltend gewesen, was Männer betraf. Sie hatte sich noch nie einem Mann an den Hals geworfen.

Verflixt, er warf ihr ganzes Denken über den Haufen!

Mit einem Seufzer richtete sie sich auf und zwang sich, die ganze Situation so pragmatisch wie möglich zu sehen. Jetzt, da sie ohnehin schon völlig durchnässt war, konnte sie das unfreiwillige Bad auch nutzen.

Sie streifte sich im Halbdunkel ihre Kleidung ab, wusch die Hose und den zerfetzten Pullover, und legte beides auf einen Stein am Ufer. Dann befreite sie Haare und Körper von dem restlichen Schmutz, indem sie sich in das warme Wasser sinken ließ. Sie schrubbte ihren Körper mit der Bandage ab, die ihre gequetschten Brüste bedeckt hatte.

Irgendwann war ihre Haut rot vom Gerubbel ihres provisorischen Waschlappens, aber sie fühlte sich zum ersten Mal wieder wirklich sauber.

Die erneute Konfrontation mit ihm ließ sich dennoch nicht länger aufschieben. Sie krabbelte ans Ufer, streifte sich die jetzt unangenehm kalten, nassen Kleider über und raffte den Pullover vor der Brust zusammen. Den brennenden Schnitt auf ihrer Haut ignorierte sie ebenso wie die Kälte, die sich in Windeseile in ihr ausbreitete.

Weglaufen war keine Alternative, also wollte sie wenigstens versuchen, sich zu erklären … und vielleicht auch zu entschuldigen.

Als sie in die Höhle trat, zerteilte Royce gerade den gebratenen Hasen und schob wortlos ein Brett mit Fleisch in ihre Richtung, ohne sie anzusehen. Daneben lag ein Stück Brot. Mit einem leisen Danke hockte sich Lee zu ihm und starrte einen Moment gedankenverloren auf ihre Mahlzeit hinab.

Ihr Magen knurrte vernehmlich und der Duft des gebratenen Fleisches ließ ihr zum ersten Mal das Wasser im Mund zusammenlaufen, dennoch brachte sie keinen Bissen herunter.

Er saß da in seinen eigenen feuchten Kleidern und beachtete sie nicht weiter. Doch sie konnte nicht so tun, als wäre nichts geschehen.

„Darf ich etwas sagen?", fragte sie leise in die Stille hinein.

„Ich kann dich wohl kaum daran hindern", gab er beißend zurück. Seine offene Feindseligkeit ließ sie ein Stück in sich zusammensinken.

„Es tut mir leid."

„Du entschuldigst dich zu viel." Sie sah auf und erkannte deutlich die Verärgerung in seinem Gesicht. Aber immerhin schaute er nicht mehr aus, als wollte er ihr sein Messer in den Hals rammen. „Wenn du dich als Mann ausgibst, musst du dir das abgewöhnen."

„Ich weiß", erwiderte sie zaghaft. „Es tut mir leid, dass ich Euch nicht die Wahrheit gesagt habe."

Er hob abwehrend eine Hand.

„Du musst dich nicht erklären …"

„Doch." Eindringlich sah sie ihm in die Augen und hielt seinem unversöhnlichen Blick stand. „Bitte."

Er gab ein grimmiges Murren von sich, das mit einigem guten Willen nach einer Zustimmung klang. Sie wählte ihre nächsten Worte mit Bedacht. Trotzdem konnte sie nicht verhindern, dass ihre Stimme zitterte.

„Als Wulf mich gefunden hat, war ich zu verwirrt, um zu begreifen, was um mich herum vor sich ging." Lee biss sich auf die Unterlippe. „Als ich schließlich verstand, dass man mich für einen Burschen hielt, schien es mir am sichersten zu sein, alle in diesem Glauben zu lassen. Ich wusste nicht, wo ich war. Ich hatte keine Ahnung, woher ich kam oder wem ich vertrauen konnte."

Sie senkte den Kopf und ihre Hand schloss sich noch fester um den Schnitt in ihrem Pullover.

„Malissa erzählte mir, dass Söldner kommen werden. Sie sagte, dass sie ihnen nicht traue – und ich hoffte, mich auf diese Weise schützen zu können."

„Ich verstehe deine Beweggründe", warf er ein, „aber denkst du wirklich, dass *ich* dir noch vertraue? Wie kann ich dir glauben, dass du wirklich nicht weißt, wer du bist oder woher du kommst? Wie soll ich wissen, dass es nicht doch *du* warst, die meine Fallen sabotierte, und dass du mich nicht weiterhin anlügst?"

Sie spürte, wie ihr die Tränen in die Augen schossen, und hielt den Blick gesenkt. Seine Stimme klang ruhig und gelassen und der warme Ton löste eine ungeahnte Sehnsucht in ihr aus.

Noch nie hatte sie sich so elend gefühlt.

Sie wollte keinen Streit mit ihm. Lieber hätte sie sich erneut während des Trainings *verprügeln* lassen.

Wenn sie die Zeit doch nur hätte zurückdrehen können!

„Ich erwarte kein Vertrauen von Euch, oder dass Ihr mir glaubt", entgegnete Lee. „Ich weiß nicht, wie ich herkam oder warum. Aber die Dinge, an die ich mich erinnere, sind zu fremd, zu anders, als dass Ihr mir Glauben schenken könntet."

Für einen Moment war die Stille zwischen ihnen fast greifbar.

„Warum versuchst du es nicht einfach?" Royces Stirn hatte sich in Falten gelegt, als sie den Kopf hob. „Denkst du, ich begreife es nicht?"

Sie sah ihm in die Augen und schüttelte den Kopf.

„Das ist es nicht", flüsterte sie. „Ich fürchte nur, Ihr würdet mich für etwas halten, das ich nicht bin."

***

„Ich dachte, du wärest ein Mann, ist das nicht bereits genug?"

Er kam nicht umhin, ihr diesen Vorwurf zu machen. Doch obgleich sie es mehr als verdiente, verspürte er einen Anflug von schlechtem Gewissen, als Lee zusammenzuckte und aussah, als habe er ihr die Faust ins Gesicht geschlagen.

Royce unterdrückte einen Seufzer.

Diese ganze Situation war zu seltsam und neu, er musste sich erst selbst damit arrangieren … und es war nicht gerade hilfreich zu wissen, dass sich unter dem mühsam von ihr zusammengehaltenen Pullover ihre nackten Brüste befanden.

Bei den Göttern … er war ein Mann und kein Heiliger!

Es war lange her, dass eine Frau ihm so nah gewesen war, und diese seltsame Manie, die er seit dem ersten Augenblick in ihrer Nähe empfunden und bis zur Enthüllung der Wahrheit sorgfältig versucht hatte zu ignorieren, brannte sich wie flüssiges Feuer einen Weg durch seine Adern.

Seine jahrelange Abstinenz hatte ihn weder zum Mönch werden lassen, noch war er einst ein Kostverächter gewesen. Nun, da er wusste, dass sich kein Männerkörper unter ihrer Kleidung verbarg, begriff er auch, warum er in solcher Intensität auf sie reagierte.

Ganz offensichtlich funktionierten seine niederen Instinkte besser als sein Verstand.

Mühsam versuchte Royce, seine Gedanken auf unverfängliche Themen zu konzentrieren, und deutete auf ihr kurzes Haar.

„Allein die helle Farbe deines Schopfes spricht dafür, dass du kein Kind Sijrevans bist. Dein Haar hat die Farbe des Sommerweizens … das habe ich zuletzt bei den Nordmännern gesehen, die in meiner Kindheit an unserer Küste landeten. Meinethalben versuche dich in einer Erläuterung. Ob ich dir glaube, werden wir sehen. Was hast du zu verlieren?"

Der Blick, mit dem sie ihn ansah, ging ihm durch Mark und Bein. Hätte er ihr in diesem Moment seinen Dolch ins Herz gestoßen, hätte der Schmerz in ihren Augen kaum größer sein können.

Für einen Moment war ihm elend zumute.

Warum – bei allen Göttern – war es *sein* Gewissen, das sich mit Vehemenz meldete?

Sie hatte *ihn* belogen, nicht umgekehrt!

***

Unsicher erwiderte sie den auffordernden Blick, den er ihr zuwarf. Sie hatte eine zweite Chance bekommen und wollte diesmal nicht einfach alles hinwerfen … sie wollte dieses Leben nicht auch noch verlieren.

Zum ersten Mal hatte sie das Gefühl, dass sie etwas Sinnvolles tat und nicht nur eine Last war.

Sie fühlte sich kostbar.

Nachdenklich musterte sie Royce.

Sie schätzte ihn nicht als jemanden ein, der sofort nach der Inquisition schrie, wenn ihm jemand etwas Verrücktes erzählte.

Bisher war er immer ehrlich zu ihr gewesen, auch wenn sein Handeln bisweilen unüberlegt und ziemlich rau war.

Konnte sie es tatsächlich wagen?

Seine warmen, leuchtenden Augen musterten sie prüfend.

Nicht zum ersten Mal fühlte Lee sich nackt und bloßgestellt – als könnte er bis in ihre Seele blicken. Doch war da auch etwas Anderes, etwas, das so tief ging, dass ihr Verstand nicht in der Lage war, es zu erfassen.

Wenn er es riskierte, erneut belogen zu werden, nachdem sie ihn schon einmal hintergangen hatte, warum sollte sie dann nicht riskieren, die Wahrheit zu sagen, ganz gleich, wie unglaublich es für ihn klingen mochte?

Sie musste nicht alles erzählen, keine Details – es wäre ohnehin schon unbegreiflich genug für ihn. Nervös straffte sie die Schultern und räusperte sich umständlich.

„Ich … erinnere mich nur an Bruchstücke. Daran, dass ich aus einer Welt komme, die fern von hier liegt. Das Leben dort ist ganz anders als hier. Dinge, die für Euch selbstverständlich sind, waren mir dort fremd. Feuer zu machen, habe ich nie gelernt, noch nie zuvor saß ich auf einem Pferd."

Er nickte, als würde er begreifen, was sie da sagte.

„Wie bist du über weite Strecken gereist? Wie hast du dein Essen ohne Feuer bereitet?"

„Ich … ich weiß nicht, wie ich es erklären soll. Es gab Wagen … große Wagen, die keine Pferde benötigten, die sie zogen … und es gab andere Wärmequellen, kein offenes Feuer mehr."

„Wagen ohne Pferde?" Seine Stimme klang genauso ungläubig, wie sein Gesicht aussah. Royces schüttelte irritiert den Kopf und strich sich über den Bart. „Erzähl weiter", bat er. „Warum bist du fortgegangen?"

„Alle, die ich geliebt hatte, waren gestorben und Menschen, von denen ich glaubte, sie wären mir vertraut, ließen mich allein." Sie zuckte die Schultern. „Ich wollte so nicht mehr leben."

„Also bist du fortgereist."

Fahrig fuhr sie sich mit den Fingern durch das feuchte Haar.

„So kann man das nicht sagen."

Lee schluckte hart an dem zähen Kloß in ihrem Hals.

Er würde ihr niemals wieder ein Wort glauben, wenn sie ihm jetzt auch noch den Rest erzählte. Sie konnte es ja selbst immer noch nicht begreifen. Doch ihn anzulügen, kam einfach nicht infrage – nicht mehr.

Sie sah ihm in die Augen.

„Ich … ich wollte mir das Leben nehmen."

Er stutzte sichtlich.

„Dich selbst töten?"

„Ja." Keine Lügen mehr. „Ich sprang. Ich sprang aus großer Höhe in einen Fluss, und als ich wieder erwachte, war ich hier, mitten in einer Schneewehe … und Wulf hat mich geweckt."

Sprachlos starrte Royce sie an.

Sie wusste, das, was sie ihm da erzählte, klang einfach zu verrückt, um von ihm als Wahrheit akzeptiert zu werden. Wagen, die ohne Pferde fuhren, Hitze ohne Feuer – und nun auch noch ein Sprung in einen Fluss, der sie hierher katapultierte.

Er würde sie für eine Wahnsinnige halten.

Während er sie stumm anglotzte, versuchte sie, seinem bohrenden Blick standzuhalten. Ihr Kinn zitterte. Sie hätte ihn anlügen können, aber sie spürte, dass sie sich diesen Fehler nicht noch einmal erlauben durfte.

Keine Lügen mehr!

„Ich weiß, dass Ihr mir nicht glaubt. Ich kann es aber nicht anders erklären, weil es das ist, woran ich mich erinnere und was für mich wahr ist."

Er blieb stumm und sah sie nur an.

Sein Schweigen war schlimmer, als wenn er sie angebrüllt hätte. Nach einer gefühlten Ewigkeit wandte er sich räuspernd dem Feuer zu und schüttelte fast schon ein bisschen fassungslos den Kopf.

„Du hast recht, das klingt alles *sehr* seltsam."

Sie verzog die Lippen zu einem schiefen Lächeln.

„Ihr denkt, ich bin verrückt."

Sein Schulterzucken war mehr zu erahnen als zu sehen.

„Ich glaube, du hast dir den Kopf angeschlagen und denkst, das, an was du dich erinnerst, sei tatsächlich wahr. Es fällt mir schwer, es dir gleich zu tun."

Lee ließ die Schultern sinken.

Was hatte sie auch erwartet?

Sie war ein aufgeklärter Mensch des einundzwanzigsten Jahrhunderts. Für sie war das schon alles mysteriös.

Unmöglich, dass ein Mann seiner Zeit ihr diese verrückte Geschichte abnahm.

Sie konnte froh sein, dass er nur glaubte, sie wäre auf den Kopf gefallen und würde phantasieren, und sie nicht direkt an den nächsten Baum band, um sie bei lebendigem Leib anzuzünden.

Royce deutete auf das Brett mit ihrer Mahlzeit.

„Iss auf, Lee. Danach werde ich dein Wams nähen und wir sollten schlafen. Morgen trainieren wir weiter."

Ihr Herz machte einen Hüpfer und sie spürte, wie Erleichterung sich in ihr breitmachte.

„Ihr wollt mich weiterhin lehren zu kämpfen?"

Er stocherte mit einem Ast in der Glut herum.

„Ich ermutige dich sogar, deine Verkleidung zu behalten", entgegnete er. „Wulf werde ich darüber informieren, wer du wirklich bist. Du hast von ihm nichts zu befürchten, auch wenn deine Täuschung ihn vermutlich erzürnt ... er hasst Unehrlichkeit. Dennoch halte ich es für sinnvoll, dass du lernst, wie man sein Leben schützt. Irgendwann wirst du es brauchen, gleichgültig ob als Mann oder Frau ... und als Frau wirst du geschickter und wendiger sein müssen, um das auszugleichen, was dir an Kraft fehlt."

***

Seine Entscheidung, sie auch künftig trainieren zu wollen, hatte Lee überrascht und erleichtert. Nach der ungeplanten Enthüllung der Wahrheit hatte sie nicht wirklich damit gerechnet, dass er überhaupt noch ein Wort mit ihr wechseln würde. Tatsächlich war sie sogar ziemlich erstaunt, dass er sie ermutigte, ihre Maskerade aufrechtzuerhalten.

So peinlich der Vorfall gewesen war, so befreit fühlte sie sich, weil das Versteckspiel vorüber war. Wenigstens hatten jetzt ihre Grübeleien ein Ende, ob und wie sie sich weiter als Mann in dieser Welt bewegen sollte.

Royce hatte sie weder umgebracht, noch war er über sie hergefallen. Genau genommen hatte sie einen unerwarteten Verbündeten bekommen, mit dem sie niemals gerechnet hätte.

Lee atmete tief durch und betrachtete das fettige Brett auf ihren Knien. Es hatte Brot und gebratenes Kaninchen gegeben. In ihrer alten Welt hätte sie sich geweigert, Fleisch zu essen … es war gegen ihre Überzeugung gewesen.

Doch ihr Hunger war größer gewesen als ihre Skrupel.

Tatsächlich saß sie satt und zufrieden auf ihrem Lager und wünschte sich im Anschluss an die schmackhafte Mahlzeit nichts mehr als einen Moment der Ruhe. Die gereizte Stimmung zwischen Royce und ihr war einer angenehmen, entspannten Stille gewichen.

Sie gähnte und sah überrascht auf, als er ein Stück näher rückte und ihr die offene Hand hinhielt. Er schüttelte den Kopf, als sie ihm das Brett reichen wollte.

„Nein, gib mir dein Wams. Ich werde den Schnitt flicken."

Unvermittelt schoss ihr das Blut in die Wangen und sie blinzelte verblüfft. Plötzlich war sie wieder hellwach und Royces Gesichtsausdruck nach zu urteilen, ahnte er, was ihr durch den Kopf ging.

Eine seiner dunklen Brauen hob sich spöttisch und sie senkte verlegen das Kinn auf die Brust, ohne ihn aus den Augen zu lassen.

„Denkst du nicht, ich habe schon alles gesehen, was du darunter verbirgst?", stellte er trocken fest.

Eine Woge der Scham flutete über sie hinweg. Sie konnte sich nur zu genau erinnern, wie es gewesen war, ihm halbnackt gegenüberzustehen, und was sie, trotz des peinlichen Momentes, alles gewollt hatte.

Er rollte mit den Augen und wandte sich halb ab.

„Gib es mir … ich schau auch nicht hin. Ich will danach nur endlich schlafen."

Seine Hand streckte sich ihr immer noch auffordernd entgegen.

Natürlich hatte er recht, der Pullover musste genäht werden und sie konnte ihn nicht ständig vor der Brust zusammenraffen. Dennoch kostete es sie große Überwindung, die kratzige Wolle von ihren Schultern zu streifen und in seine Hand fallen zu lassen, ob er ihr nun dabei zusah oder eben nicht.

Mit vor der Brust verschränkten Armen, den Oberkörper nach vorn gebeugt, hockte sie unbeweglich auf ihrem Platz. Ihre Augen verfolgten die Bewegungen seiner Finger, während sie ihn dabei beobachtete, wie er mit einer Nadel aus Knochen und grobem Garn rasch und geschickt den Schnitt wieder zusammennähte.

Das Knistern des Feuers und die Wärme lullten sie ein.

Sie war erschöpft und müde.

Das Training und die Anstrengung des vergangenen Tages, die Aufregung über Royces Angriff und ihre Entblößung … sie spürte, wie sie immer müder wurde.

Unter schweren Lidern musterte sie den Mann, der ihr gegenüberhockte, seine halbnackten Arme und Beine.

Ob er so groß und warm war, wie er aussah?

Sie fühlte sich angenehm entspannt in seiner Nähe. Seine Anwesenheit erfüllte sie mit wohliger Ruhe und leise Sehnsucht breitete sich in ihr aus.

Lee seufzte.

Das Frösteln ignorierend, das kalt ihren Rücken heraufkroch, konzentrierte sie ihren Blick wieder auf seine Finger. Sie hätte niemals erwartet, dass er mit Nadel und Faden umgehen konnte. Wenn sie ehrlich war, hätte sie darauf gewettet, dass er eher der Typ fürs *Grobe* war.

Ihre Augen schlossen sich bis auf einen schmalen Spalt.

Während er noch nähte, konnte sie einen Moment dösen. Es würde gar nicht auffallen und sie hatte nichts zu befürchten.

Er würde auf sie aufpassen.

Sie war hier sicher.

„LEE!"

Verwirrt hob sie den Kopf und starrte Royce an, der direkt vor ihr hockte. Offenbar war sie eingeschlafen.

Er hielt ihr einen groben, braunen Wollfetzen hin, den sie erst nach einer gefühlten Ewigkeit als ihren Pullover erkannte.

Warum hatte er ihren Pullover?

„Wie schlimm ist deine Verletzung?"

Sie fühlte sich schlaftrunken und fast ein wenig benebelt. Als sie ihn ansah, nickte er mit dem Kopf in ihre Richtung und betrachtete den Schnitt, der unterhalb ihrer Kehle begann.

Sie ließ die Arme sinken, musterte die oberflächliche Wunde, die zwischen ihren Brüsten hindurchführte, und strich mit einem Finger die verkrustete Linie entlang.

„Nicht so schlimm", erwiderte sie achselzuckend. „Es blutet nicht mal mehr."

Als er nichts sagte, hob sie den Kopf und bemerkte, dass er ihren unverhüllten Oberkörper anstarrte. Seine Augen waren dunkel und den Ausdruck darin musste sie nicht hinterfragen, um instinktiv zu wissen, was gerade in ihm vorging.

Hitze rollte über sie hinweg.

Ihre Unterlippe zitterte.

Die flackernde Wärme, die ihr in die Wangen schoss, breitete sich in Sekundenschnelle in ihrem ganzen Körper aus. Sie spürte, wie ihr Atem sich beschleunigte und ihre Haut zu prickeln begann. Von einem Augenblick auf den anderen hatte sich die Müdigkeit verflüchtigt.

Royce hätte schon völlig blind sein müssen, um nicht zu bemerken, wie die Knospen ihrer Brüste fest wurden und sich unter seinem durchdringenden Blick verführerisch aufrichteten. Seine Hand zitterte deutlich, als er ihr zögernd den Pullover reichte.

„Zieh dich an", verlangte er.

Seine Stimme klang brüchig und rau. Er rang offenbar um Fassung, konnte aber auch den Blick nicht von ihr wenden. Sein Starren machte sie nervös und steigerte sich zu einem intensiven Ziehen in ihrem Unterleib.

Sie musste ihm einfach nur gehorchen und den Pullover nehmen.

Lee streckte den Arm aus.

Ihre Finger berührten seine Hand.

Sie spürte, wie kochende Lava durch ihre Adern pumpte und der Funke, den die Berührung seiner Haut in ihr auslöste, sich als fauchendes Feuer einen Weg suchte.

Er ließ den Pullover fallen und durchbrach in einer einzelnen fließenden Bewegung die kurze Distanz zwischen ihnen. Sie hätte vor Erleichterung fast laut aufgestöhnt, als er sie an sich zog und ihre empfindlichen Brüste den Stoff seines Hemdes berührten.

Warme, sinnliche Lippen, die sich auf ihre legten. Er raubte ihr den Atem und erstickte den euphorischen Schluchzer, den sein Kuss in ihr auslöste. Mit einem lustvollen Seufzer drängte sie sich an ihn und begegnete seiner gierig forschenden Zunge mit nicht weniger Ungestüm.

Ihre Finger strichen über sein Haar, wühlten sich in die weichen Locken und krallten sich fest. Sie spürte, wie sich seine Hände auf ihren nackten Rücken legten, wie sich seine Finger einen Weg zu ihren Brüsten suchten und sie sanft festhielten.

Sie keuchte leise.

Als wollte er ihr antworten, drang ein grollendes Knurren aus seiner Brust. Er trieb sie rücklings auf die Felle, auf denen sie gesessen hatte, und sie spürte, wie sich seine ungeduldige Hand in den Bund ihrer feuchten Hose schob.

Scham und Lust tobten in ihr.

Seine Lippen ließen von ihr ab, als er den Kopf hob. Sie spürte seine Finger, die über ihren Venushügel strichen. Zitternd starrte sie ihn an. Erwartungsvoll und ein wenig ängstlich.

Ihre Blicke trafen sich und Lee schnappte keuchend nach Luft, als Royce unvermittelt einen Finger in ihr versenkte. Ihr Körper bebte und sie war erfüllt von einem ihr völlig fremden Gefühl.

Instinktiv hob sie ihm das Becken entgegen.

Es war so fremd, auf diese Weise berührt zu werden, und dennoch ... die Zähne in die Unterlippe gegraben, atmete sie flatternd aus ... es war so schön!

Sie seufzte enttäuscht, als er sich aus ihr zurückzog und begann, ihre Hose über ihre Hüften nach unten zu schieben. Ein letztes kurzes Aufflackern ihres Verstandes ließ sie halbherzig den Kopf schütteln, doch seine Lippen, die sich nun um ihre Brustwarze schlossen, ließen jeden Gedanken in ihrem Kopf verpuffen.

Nie hatte sie sich so lebendig gefühlt.

Sie war voller Hitze, voller Gier.

Seine Finger hinterließen eine warme Spur an ihren Flanken, glitten über ihre nackte Haut. Er streichelte ihre Taille hinauf und legte seine Hände um ihre Brüste. Hingebungsvoll küsste er ihre harten Brustwarzen und die sanfte Nässe seiner Zunge steigerte das Ziehen in Lees Unterleib.

Stöhnend drückte sie den Hinterkopf in die weichen Felle. Ihre Finger krallten sich erneut in seine dunklen Locken und sie presste seinen Kopf auf ihre Brust. Sie hatte nicht geahnt, wie gut es sich anfühlen würde. Ihr lautes Atmen erfüllte die Höhle, als seine Zunge die harte Knospe umspielte.

Wie ein Maler ließ er seine Finger eine unsichtbare Linie über ihren Leib zeichnen. Er streichelte ihre Brüste, strich mit dem Daumen über ihren Bauch und umkreiste ihren Nabel. Zärtlich bahnten sich seine Finger einen Weg über ihre Haut.

Als er das goldene Dreieck zwischen ihren Beinen berührte und erneut mit zwei Fingern über die feuchten Hautfalten strich, öffnete sie instinktiv ihre Schenkel.

Sie glühte vor Lust.

Alles in ihr schrie danach, ihn ganz zu fühlen und sich diesem Mann hinzugeben. Berauscht von ihrer eigenen Erregung dauerte es einen Moment, bis sie den kühlen Luftzug bemerkte, der ihre Haut beruhigte.

Royce hatte sich aufgerichtet.

Er hockte zwischen ihren Beinen und sah auf sie hinab.

Scham und Wollust waren eine seltsame Kombination. Sie fühlte sich ihm preisgegeben, während er sich hastig sein Hemd über den Kopf streifte, und fühlte sich gleichzeitig so stark und unbesiegbar wie noch nie in ihrem Leben.

Sein breiter Brustkorb war von einer feinen Schicht dunkler Haare bedeckt, die sich nach unten hin verjüngte. Als er die Hose von seinen Hüften schob, sandte der Anblick seines erregten Körpers ungeahnte Wellen durch ihren Leib. Muskeln, von deren Existenz sie nicht einmal etwas geahnt hatte, kontrahierten zwischen ihren Schenkeln.

Als er noch das letzte Stück Stoff von sich warf, setzte sie sich auf und griff nach ihm. Er erstarrte und blickte fast ungläubig auf sie hinab, als sie begann, sein Fleisch zu streicheln. Unter halb gesenkten Lidern beobachtete sie seine Reaktion.

Er sah merkwürdig aus, verwirrt irgendwie.

Sie hatte das noch nie getan.

Mochte er es?

Lee war irritiert.

Vielleicht gefiel es ihm nicht.

Sie wusste nicht, ob das, was sie sich herausnahm, wirklich wünschenswert war, sie kannte sich nur in der Theorie aus.

„Soll ich aufhören?", fragte sie verunsichert.

Wortlos schüttelte er den Kopf und warf ihr einen geradezu auffordernden Blick zu. Offenbar gefiel es ihm also doch.

Mutig geworden durch seinen erregten Gesichtsausdruck, begann sie, ihn zu massieren und zu streicheln. Sie sah seine Bauchmuskeln, die sich anspannten, und spürte das warme Pulsieren zwischen ihren Fingern.

Die Augen geschlossen, kniete er vor ihr und ließ sie gewähren, als ihre Finger sein Glied umschlossen. Forsch beugte sie sich vor und leckte sanft mit ihrer Zunge über die Spitze, auf der ein glitzernder Tropfen thronte.

Sie war überrascht.

Seine Haut war so zart. Ganz glatt an der Eichel und samtigweich der feste Schaft zwischen ihren Fingern. Er schmeckte salzig, ein wenig bitter, aber nicht unangenehm. Neugierig betrachtete sie ihn.

Die dunkelrote Spitze, der wulstige Rand seiner Vorhaut, die sich unter der Eichel aufgerollt hatte, der Schaft mit den hervortretenden Adern.

Er war wirklich schön ... und er gehörte ihr.

Royce keuchte hörbar auf, als sie die Lippen um die warme Spitze schloss. Hitze erfasste sie, während sein Fleisch ihren Mund füllte.

Fast schon grob griffen seine Finger in ihr kurzes Haar und krallten sich darin fest. Seine Nasenflügel bebten, als sie zu ihm aufschaute. Er sah fast schon wütend aus, aber seine Bewegungen waren nicht schmerzhaft, nur bestimmt.

„Lee."

Seine Stimme war tonlos, nur ein heiseres Flüstern. Er zog ihren Kopf zurück und widerwillig löste sie ihre Lippen von ihm.

Er drückte sie in die Felle.

Sein Blick huschte einen Moment forschend über ihren nackten Körper und sie fühlte sich ihm auf angenehme Weise ausgeliefert.

Dann senkte sich sein Körper auf ihren.

Ein überwältigendes Gefühl, endlich seine heiße Haut an ihrer zu spüren, zu fühlen, wie sein Gewicht sie in die Felle drückte und seine Erektion sich schwer an ihre weichen, feuchten Lippen schmiegte.

Instinktiv spreizte sie ihre Schenkel und drückte ihr Schambein gegen seines. Mit leicht geöffneten Lippen starrte sie ihn an. In ihrem Kopf war kein Platz mehr für Vernunft oder Scham. Nie war ihr so bewusst gewesen wie jetzt, dass sie vom ersten Moment an nur diesen Mann gewollt hatte. Sie war der Erfüllung ihrer Träume näher denn je.

Ihre Hände wanderten über seine Schultern und ihre Augen folgten ihnen. Er hatte eine schöne glatte Haut, die hie und da von Narben durchbrochen war. Vielleicht würde er ihr irgendwann die Geschichten dazu erzählen.

Sie lächelte verklärt.

Sein sanfter Kuss ließ sich die letzten Gedanken in ihrem Kopf verflüchtigen. Gewaltig drängte er sich zwischen ihre Schenkel und sie spürte, wie seine Eichel sich sanft aber bestimmt zwischen ihre Schamlippen drückte.

Das Ziehen in ihrem Unterleib vervielfachte sich und Hitze breitete sich in ihrem ganzen Körper aus. Seine Hände legten sich auf ihre Brüste und er strich mit den Fingern über die harten Knospen.

Quälend langsam drang er eine Winzigkeit in sie ein. Hitze strömte ihr aus jeder Pore und schien ihren ganzen Körper zu verflüssigen.

Lee stöhnte und hob ihm das Becken entgegen.

Royces Lippen liebkosten ihren Mund und seine Zunge begann sinnlich, ihre eigene zu umkreisen. Er verharrte in ihr, nur für einen Augenblick, und zog sich schließlich aus ihr zurück.

Sie schnappte nach Luft.

Die Muskeln in ihrem Unterleib spielten verrückt und sie begann zu zittern. Er lächelte an ihren Lippen, hob den Kopf und sah sie an. Seine Finger glitten zwischen ihre Schenkel, streichelten zärtlich über die Nässe ihrer Hautfalten.

Sie seufzte laut.

„Noch nicht", flüsterte er rau, küsste sie auf die Wange und ließ seine Lippen an ihrem Hals entlanggleiten. Als er eine Stelle unter ihrem Ohr berührte, zuckte sie zusammen. Es war, als würde ein Stromstoß durch ihren Körper jagen. Unter blinzelnden Lidern bemerkte sie, wie er sie forschend musterte und nach einem kurzen Blick in ihr erhitztes Gesicht mit seiner Zunge über die gleiche Stelle strich.

Gänsehaut überzog ihren ganzen Körper.

„Bitte." Sie stöhnte laut auf.

„Was möchtest du?", fragte er leise. Ihre Finger wanderten von seinen Schultern über seinen Rücken und blieben schließlich auf seinem gut geformten Hinterteil liegen. Vorsichtig vergrub sie die Fingernägel in seinem Fleisch und zog ihn an sich.

„Sag mir, was ich tun soll", raunte er heiser an ihrem Ohr.

Er schob sich wieder näher und sie spürte die dicke Spitze seines Gliedes, die sich verführerisch zwischen ihre Schamlippen presste und bewegungslos verharrte, ohne in sie einzudringen. Ihre Wangen brannten.

„Ich will dich … in mir", hauchte sie kaum wahrnehmbar.

Er hielt ihren Blick fest.

Groß und fest drängte er sich zwischen ihre Lippen, erfüllte sie mit der Wärme seines Fleisches und glitt weiter in sie hinein. Nur eine Winzigkeit, die Lee hemmungslos aufstöhnen ließ.

Es war ein ebenso fremdes wie vertrautes Gefühl, ihn zu spüren. Überrascht starrte sie ihn an, als ihre Muskeln sich um ihn schlossen und ihn am weiteren Vordringen zu hindern versuchten.

Ein erregendes Kräftemessen, das die Hitze in ihr um ein Vielfaches steigerte. Ihre Beine zitterten und ihre Fingernägel krallten sich in seine Hinterbacken. Sie beobachtete ihn erregt und mit einem weiteren Grollen, das tief aus seiner Brust drang, griff er nach ihren Schultern.

Sein Blick hielt sie fest und sein Becken zuckte mit einem einzigen harten Stoß nach vorn.

Sie zuckte kurz zusammen, als er auf den winzigen Widerstand in ihrem Inneren stieß und ihn durchbrach. Angstvoll presste sie die Augenlider aufeinander.

Es brannte und gleichzeitig füllte er sie so vollständig aus, dass ihr schwindelte.

Keuchend klammerte sie sich an ihn, unschlüssig, ob sie vor Glück weinen oder vor Schmerz aufheulen sollte.

Ihr Inneres schmiegte sich eng um die erregende Härte seines Fleisches.

Als sie die Augen aufschlug, sah sie die Bestürzung auf seinem Gesicht. Er verharrte bewegungslos über ihr und der kurze Schmerz verging so rasch, wie er gekommen war. Wärme breitete sich in ihr aus. Mit einem verlegenen Lächeln legte sie eine Hand auf seine Wange.

„Mach weiter", flüsterte sie atemlos.

Seine Nasenflügel bebten, als er sich ein Stück aus ihr zurückzog und erneut in sie eindrang. Seine Beine drückten sich gegen die Innenseiten ihrer Schenkel, sein Becken traf auf ihres und er war so tief in ihr, dass es fast schon unangenehm war.

Schwer atmend versuchte sie, die unzähligen, verwirrenden Empfindungen zu erfassen, die auf sie niederprasselten. Der sanfte Schmerz, den sein langsames Vordringen in ihr auslöste. Die Lust, die es mit sich führte, die Hitze, die sie von innen regelrecht zu verbrennen schien.

Sie spürte seine Haut an ihrer.

Heiß und feucht.

Feine Schweißtropfen bildeten sich auf seiner Stirn. Sein Blick war konzentriert auf ihr Gesicht gerichtet, während er sich abermals aus ihr zurückzog.

Seine Arme zitterten und sie erkannte, dass er ihr zuliebe seine eigene Gier zügelte.

Sie fühlte sich wie bei ihrem ersten Drink zu viel. Berauscht und schwindelig … nein, das war besser – intensiver und so viel klarer.

Mit einem Lächeln vergrub sie die Finger in seinen Haaren und zog seinen Kopf zu sich herunter. Als ihre Lippen sich berührten, schloss sie die Augen und ließ sich von der Welle aus Euphorie und Glück davontreiben.

Sein Mund presste sich brennend auf ihren, seine Hände schoben sich unter ihren Rücken und drückten sie an seinen großen, starken Körper. Lee fühlte sich schwerelos und leicht.

Haut an Haut.

Hitze und Feuer.

In ihrem Unterleib entzündeten die Flammen ein wildes Inferno, während sein Atem im Rhythmus seiner tiefen Stöße ihre Haut streifte.

Unanständige, schmatzende Geräusche und das nasse Klatschen ihrer aufeinandertreffenden Körper erfüllten den felsigen Raum um sie herum mit obszönen Echos. Seine Zunge strich über ihre Lippen, ehe er sanft daran knabberte.

Als sie die Augen aufschlug, begegnete sie seinem sinnlichen Blick. Sie starrten einander an, während seine Bewegungen sich steigerten und seine Stöße immer heftiger und schneller wurden.

Eine unangenehme, brennende Hitze vermischte sich mit einem heftigen Ziehen in ihrem Unterleib. Ihre Fingernägel gruben sich in seine Pobacken.

Sie zitterte.

Etwas geschah mit ihr, das sie nicht verstand. Etwas, das ihren Verstand auslöschte und sie in zuckendes Fleisch verwandelte.

Unartikulierte Laute von sich gebend, verkrampfte Royce sich plötzlich und drückte sie so fest zu Boden, dass es wehtat. Sein Körper spannte sich, seine Finger gruben sich in ihre Oberarme und sie konnte spüren, wie er in ihr anschwoll.

Flüssige Wärme breitete sich in ihrem Unterleib aus.

Bebend klammerte sie sich an ihn.

Für einen letzten Augenblick schien es sie regelrecht zu zerreißen, dann sackte Royce über ihr zusammen und blieb schwer atmend auf ihr liegen.

Sie spürte, wie die Festigkeit seiner Erektion verschwand und warmer Nässe Platz machte. Seine Lippen strichen über ihre verschwitzte Haut.

Lee atmete tief ein und starrte einen Moment an den Fels über sich. Sie fühlte sich warm und geborgen, es war wunderschön gewesen. Doch sie spürte, dass sie nicht das gleiche Ziel erreicht hatte wie er.

Nur langsam ließ der Rausch nach, der sie gefangen gehalten hatte, und sie versank in dämmriger Schläfrigkeit.

5. Kapitel

Die Höhle in den Rough Hills, Sijrevan
Im Nebelung, Anno 1585

Schwer atmend vergrub er sein Gesicht in ihrer Halsbeuge und kam nur langsam wieder zur Besinnung. Nach und nach sickerte in seinen Verstand, was seine Lust zuvor verdrängt hatte. Tief sog er ihren Geruch in sich auf, ehe er den Kopf hob und in ihr erschöpftes Gesicht sah.

Aus großen, leuchtenden Augen erwiderte sie seinen Blick. Eine innige Vertrautheit lag darin, gepaart mit verlegener Scheu, die so gar nicht zu dem passte, was sie eben noch geteilt hatten.

Ihre Hand hob sich und sie wollte ihm offenbar eine Strähne aus dem Gesicht streichen. Royce hielt ihre Finger fest. Stumm den Kopf schüttelnd, zwang er sich dazu, sich hochzustemmen und ihren warmen, weichen Körper zu verlassen. Als er sich ein Stück von ihr entfernt hatte, ließ sie irritiert die Hand sinken.

Ihm entging nicht der verletzte Ausdruck in ihrem Gesicht, während er sich wortlos auf die Felle setzte. Er drehte ihr den Rücken zu und fuhr sich mit beiden Händen durch die Haare.

Nach diesem wirklich wunderbaren Moment, den sie miteinander geteilt hatten, war sein Verhalten vermutlich wie ein unerwarteter Bottich voll kaltem Wasser für sie.

Aber er war verwirrt.

Zutiefst verwirrt.

Er konnte hören, wie sie sich aufsetzte.

Aus dem Augenwinkel sah er, wie sie die Knie anzog, mit den Armen umschlang und ihn unsicher musterte. Sie verzog nervös den Mund.

Royce spürte, dass sie sich um Fassung bemühte und ihm gegenüber keine Schwäche zeigen wollte. Ein Räuspern erklang, ehe sie ihre Stimme so weit unter Kontrolle gebracht hatte, dass sie die Frage stellen konnte, die ihr scheinbar auf der Zunge brannte.

„Habe ich etwas falsch gemacht?"

Royces Kopf fuhr zu ihr herum und ein ärgerlicher Blick traf sie. Im gleichen Moment tat ihm sein Verhalten schon wieder leid. Sie sah so verletzlich aus, wie sie ihm da gegenübersaß. Seine Züge glätteten sich ein wenig und er wandte sich ihr ganz zu.

Es fiel ihm schwer, ihr in die Augen zu sehen, wenn sie so nackt vor ihm saß. Sein Körper reagierte wie von selbst auf diese Nymphe und bei allem, was ihm heilig war – er wollte nichts mehr, als sie noch einmal zu besitzen.

Am Morgen noch hatte er sie für einen Mann gehalten.

Er hatte sie trainiert und war ihr gegenüber alles andere als zimperlich gewesen. Als würde das seinem Gewissen nicht schon genug zu schaffen machen, hatte er nun auch noch die Kontrolle über sich selbst verloren.

„Nein", erwiderte er kopfschüttelnd. „Dennoch hätte ich mir nicht nehmen dürfen, was mir nicht zusteht."

Lee schüttelte sichtlich verwirrt den Kopf.

„Ich verstehe nicht."

Seine dunklen Augenbrauen zogen sich zusammen und er runzelte die Stirn.

Bei den Göttern, war sie wirklich so naiv?

„Lee, du warst noch Jungfrau!"

Sie sah ihn nur verständnislos an und erwiderte seinen bohrenden Blick mit zusammengezogenen Brauen.

Royce seufzte.

Wie sollte er ihr erklären, welche Konsequenzen das mit sich führte, wenn sie sich offensichtlich nicht bewusst darüber war, welche Schmach er über sie gebracht hatte?

Warum nur war sie so anders?

Sie hatte sich gegeben wie eine Frau voller Wissen und dann stellte sich heraus, dass sie unberührt gewesen war.

Wenn er doch nur mehr über sie wüsste! Er brauchte endlich Klarheit, wer sie war und woher sie kam.

„Wie alt bist du?"

„Ich ... bin nicht sicher. Vierundzwanzig oder so ... glaube ich."

Vierundzwanzig?

„Das ist bemerkenswert", stellte er konsterniert fest, „in diesem Alter sind die meisten Frauen schon verheiratet."

Er holte tief Luft und straffte die Schultern. Sein Blick huschte über ihre nackte Gestalt. Er fühlte sich zerrissen. Sosehr er sich für das, was er getan hatte, selbst verfluchte, so sehr wollte er sie an sich ziehen, um es zu wiederholen.

Verärgert konzentrierte er seinen Blick auf ihr Gesicht.

„Ich bin dreizehn Jahre älter als du. Ich werde meiner Verantwortung dir gegenüber nachkommen. Sobald wir zurück sind, werde ich diese Angelegenheit in Ordnung bringen." Er räusperte sich umständlich. „Es tut mir leid, was ich getan habe."

Sie schluckte zwei- oder dreimal und er wollte schon aufstehen, als sie sich erneut räusperte.

„Mir nicht", flüsterte sie schließlich mit spröder Stimme. Ihre Wangen leuchteten hellrot und sie wich immer wieder verschämt seinem Blick aus. „Es war sehr schön."

Mit geblähten Nasenflügeln starrte er sie an.

Was sagte sie denn da?

Das Beben in seinen Lenden wurde stärker.

„Habe ich dir nicht wehgetan?", wollte er leise wissen.

Lee schüttelte den Kopf.

Als er nichts weiter sagte, hob sie den Blick und sah ihn an. Seine Finger hoben sich wie von selbst zu ihrem Gesicht und zeichneten die Konturen ihrer Augenbrauen nach. Dann wanderte er mit dem Daumen über ihre Lippen, die sich unter dem sanften Druck leicht öffneten. Sie fuhr mit der Zungenspitze über die Unterlippe.

Er hörte das Blut in seinen Ohren rauschen.

Er hatte schon genug Schaden angerichtet!

Frustriert seufzte er auf, schüttelte den Kopf und stand auf, um sich anzukleiden. Es war ein Fehler gewesen, sich ihr auf diese Weise zu nähern, ganz gleich, wie sehr sie ihn ebenfalls gewollt hatte.

Er hatte sie für einen Burschen gehalten! Er war im Grunde voller Erleichterung gewesen, als er feststellte, dass er auch nach jahrelanger Abstinenz immer noch Frauen bevorzugte ... aber sie war *Jungfrau*.

Sie war rein gewesen.

Die Tatsache, dass sie in diesem Alter noch nicht verheiratet war, konnte nur eine Bedeutung haben: sie stammte aus guter Familie und *er* hatte sie entehrt.

„Zieh dich an", meinte er schließlich, als sie ihn mit einem kühnen Blick musterte, in dem kaum verhohlene Enttäuschung lag. „Wir müssen unser Training fortsetzen."

Eilig verließ er die Höhle und zog es vor, barfuß durch den kalten Schnee zu stapfen, um sich an dem Weiher das Gesicht zu waschen. In ihrer Anwesenheit traute er nicht einmal mehr sich selbst.

Was eben geschehen war, sprach eine deutliche Sprache dafür, dass er sich nicht im Griff hatte. Wenn er noch eine Sekunde länger in ihrer Nähe bliebe, würde er es wieder und wieder tun und sie nehmen, bis sie nicht mal mehr in der Lage wäre zu sitzen.

***

Hastig grabschte Lee nach ihren Kleidern und bedeckte ihren rasch abkühlenden Körper mit dem groben Wollstoff, der immer noch nicht richtig trocken war. Sie kämpfte mit der nagenden Enttäuschung, die sich in ihr breitmachte.

Mit ihm zu schlafen war wunderschön gewesen. Kein Anderer hätte ihr das gegeben und sie bereute nicht eine Sekunde lang, dass er es war, der sie zur Frau gemacht hatte.

Verdammt, warum jetzt noch trainieren?

Sie war müde und erschöpft. Sie wollte schlafen, *er* hatte schlafen wollen. Aber angesichts der merkwürdigen Stimmung, in der er sie verlassen hatte, wollte sie ihm nicht widersprechen.

Ihr war nicht entgangen, dass er wieder erregt gewesen war, als er aufstand und sich anzog. Sie begriff nur nicht, warum er sich lieber erneut mit Holzschwertern duellierte, statt das zu wiederholen, was ihm doch offenbar auch gefallen hatte.

Natürlich war ihr bewusst, dass er gerade der erste Mann in ihrem Leben gewesen war – sie hatte allerdings einen Moment benötigt, um zu begreifen, was dieser Umstand für *ihn* bedeuten mochte.

In ihrer Zeit ging man wesentlich sorgloser mit der eigenen Jungfräulichkeit um.

Es war kein kostbares Gut, das es bis zur Hochzeit zu bewahren galt. Mit einem Lächeln zog sie sich den kratzigen Pullover über den Kopf.

Sie hatte nur deshalb noch nie zuvor mit einem Mann geschlafen, weil ihr keiner so gefallen hatte wie er. Lieber war sie Single geblieben, als mit jemandem zusammen zu sein, der für sie nur ein guter Freund gewesen wäre.

Sie hatte immer auf diesen besonderen Moment gewartet, in dem sie wusste: *diesen oder keinen.*

Ihr Lächeln vertiefte sich.

Sie schmeckte immer noch seine Lippen auf ihrem Mund und genoss die Erinnerung an das Gefühl, wie er in ihr gewesen war. Sie hatte nicht geahnt, wie schön es sein konnte, und sie bezweifelte, dass ihr ein Mann ihrer Zeit dieses besondere Erlebnis hätte schenken können.

Mit ihm zu schlafen war unglaublich und sie fühlte sich, als könnte sie Bäume ausreißen. Allerdings befürchtete sie, dass Royce es nicht so rasch auf eine Wiederholung würde ankommen lassen.

Für sie hätte es kein schöneres erstes Mal geben können und sie hoffte, trotz seiner Verbohrtheit, dass es nicht bei diesem einen Mal blieb.

Widerwillig warf sie sich eines der Felle über, das sie warm halten sollte, und nahm das Holzschwert an sich. Ihr blieb keine andere Wahl als sich zu fügen.

Zugegeben, sie war doch etwas peinlich berührt über ihr eigenes Verhalten, das sie an den Tag gelegt hatte ... aber wenn sie ehrlich war, tat ihr nichts davon leid. Sie hätte es wieder gewagt ... doch der Knackpunkt war, ob Royce sie von sich stieß, wenn sie sich ihm aus eigenem Antrieb näherte.

Sie wollte keine Zurückweisung.

Als sie aus der Höhle in die dunkle Nacht hinaustrat, hatte Royce einen Kreis im Schnee gezogen. Er war immer noch barfuß, scharrte mit den Zehen über den kalten Boden und gab ihr ein Zeichen, ihm gegenüber Stellung aufzunehmen.

Ihren fragenden Blick auf seine bloßen Füße ließ er unbeantwortet, stattdessen griff er sie unversehens an, kaum, dass sie ihren Platz erreicht hatte. Mit einer fließenden Bewegung wich sie ihm aus, drehte sich um die eigene Achse und schlug ihm das Schwert gegen den Rücken.

Er wirbelte herum und flankte auf sie zu. Als sie versuchte, einen Haken zu schlagen, prallte er mit seinem vollen Gewicht gegen sie und riss sie von den Füßen. Sie schlug mit solcher Wucht rücklings auf den Boden auf, dass es ihr die Luft aus den Lungen presste.

Sie keuchte und rang für einen Moment verzweifelt nach Sauerstoff, ohne wirklich atmen zu können. Unterdessen sprang er auf und sein Holzschwert legte sich über ihre Kehle.

Ihr schwindelte und zwischen den bunten Lichtpunkten vor ihren Augen erkannte sie sein freches Grinsen, während er auf sie hinabsah.

„Obacht, Lee, das wäre dein Tod. Unterschätze niemals deinen Gegner!"

Sie antwortete nicht, sondern schlug das Schwert von sich, rollte auf die Seite und hustete haltlos, als endlich wieder Luft in ihre Lungen strömte. Seine Miene wirkte fast schon ein wenig besorgt, als er sie prüfend musterte. Mit einem Ruck zog er sie vom Boden hoch und richtete sie auf. Lee rang immer noch nach Atem, doch es wurde merklich besser, nun, da sie stand.

Sein Blick war grimmig und nicht zum ersten Mal verspürte sie so etwas wie trotzige Wut in sich aufsteigen. Vorsorglich senkte Lee das Kinn auf die Brust. Er musste nicht in ihrem Gesicht lesen, was sich in ihrem Kopf abspielte.

„Wäre dir das in Gegenwart eines Gegners widerfahren, hätte er dir die Kehle durchgeschnitten", warf Royce ihr vor.

Sie funkelte ihn zornig an, als sie den Kopf hob.

Ihr war bewusst, dass ihre Reaktion ihn überraschte … bislang war sie eher ruhig und zurückhaltend gewesen. Er war der Lehrer, sie die Schülerin … was Royce sagte, war Gesetz.

Aber sie hatte die Nase voll von seinen *Gesetzen.*

Er stutzte merklich und Lee verspürte so etwas wie Befriedigung, ihn auf diese Weise zu irritieren. Nicht nur die letzten Tage hatten etwas in ihr verändert. Mit ihm zu schlafen hatte Emotionen in ihr ausgelöst, die sie gern geteilt hätte. Sie fühlte sich überfordert und allein gelassen … und es machte sie wütend, weil er so lieblos damit umging.

„Dann werde ich wohl weiter üben müssen, damit mir das nicht noch einmal passiert", gab sie zurück. In ihrer Stimme lag ein drohender Unterton. Dass sich plötzlich Belustigung in seinem Gesicht breit machte, schürte ihren Ärger zusätzlich.

Ohne ihr Zeit zur Erholung zu geben, griff er sie erneut an. Doch diesmal machte sich das vorausgehende Training trotz ihrer Erschöpfung endlich bezahlt.

Sie parierte seinen Angriff und ging nun auf ihn los. Mochte sie ungeachtet ihrer hochgewachsenen Gestalt zwar kaum über die Kraft eines Mannes verfügen, so waren ihre Schläge dennoch hart, und jeder Einzelne traf sein Ziel.

Ihr blieb keine Zeit, sich über sich selbst zu wundern, denn nachdem sie minutenlang verbissen gekämpft hatten, war Royce für einen Augenblick unaufmerksam. Während sein Schwert mit einem surrenden Geräusch über ihrem Kopf durch die Luft schnitt, ging sie in die Knie, streckte ein Bein vor und riss ihm beide Füße gleichzeitig weg.

Der Länge nach schlug er neben ihr in den Schnee.

Lee sprang im gleichen Augenblick schon auf seinen Brustkorb. Sie war am Ende ihrer Kräfte, und wenn er ihr nur noch einen Schlag versetzte, würde sie einfach umfallen und nicht mehr aufstehen.

Einen Fuß auf seinen Schwertarm gestellt und ihn damit entwaffnend, legte sie ihm das eigene Schwert an die Kehle und sah ihn mit erhitzten Wangen an.

„Unterschätze niemals deinen Gegner", wiederholte sie seine großspurigen Worte von vorhin. Royce grinste, ließ sein Schwert los und packte ihren Fuß. Zu spät begriff sie, was er plante.

Mit einem zornigen Aufschrei landete sie rücklings im kalten Nass und Royce drückte sie mit seinem Gewicht auf den Boden. Sie fluchte wenig damenhaft und starrte ihn wütend an, während sie sich wie eine Schlange unter ihm wand, um seinem Griff zu entkommen.

„Schachmatt", bemerkte er rau.

Seine Finger strichen über ihre Wange und sein Blick ließ sie von einem Moment auf den anderen vergessen, dass sie eben noch trainiert hatten.

Ihr Herz raste.

Als er den Kopf senkte, um ihren Mund mit seinen Lippen zu verschließen, entrang sich ihr ein erleichterter Seufzer. Royce lachte leise. Sein Atem strömte warm in ihren Mund und ihr Blut pulsierte aufgeregt durch jede Ader ihres Körpers.

Flüssiges Glück breitete sich wohlig wärmend in ihr aus und ließ sie die Enttäuschung vergessen, die sich in der letzten halben Stunde in Wut verwandelt hatte. Er war immer noch bei ihr ... er wollte sie.

Unbeachtet ließ sie das Schwert zu Boden rutschen, fuhr mit den Händen in Royces Nacken und hielt ihn fest. Unter ihnen schmolz der Schnee und Lee spürte, wie sich seine Erektion durch den dicken Stoff ihrer Kleidung gegen sie presste.

Als er seine Lippen von ihren löste, um sich zu erheben, hätte sie vor Frustration fast aufgeschrien. Doch statt wie erwartet wieder Abstand zu ihr zu suchen, zog Royce sie mit sich auf die Füße und sie folgte ihm in die Höhle.

Er ließ ihre Finger los, ging zu der Feuerstelle hinüber und warf Holz in die fast heruntergebrannte Glut. Verlegen blieb sie stehen, wo sie war, trommelte mit ihren Fingern und beobachtete nervös sein Treiben.

Schließlich drehte er sich zu ihr um und starrte sie im Halbdunkel an. Ohne seinen Blick von ihr zu lösen, griff er in den Ausschnitt seines Hemdes und begann es sich über den Kopf zu ziehen.

Fasziniert beobachtete sie das Spiel seiner gewaltigen Muskeln und sah mit wachsender Neugier dabei zu, wie er den Gürtel seiner Hose löste. Der Stoff glitt über die schlanken Hüften nach unten. Was sich schon abgezeichnet und gegen sie gedrückt hatte, reckte sich ihr nun voller Verlangen entgegen.

Lee spürte die Hitze, die sich in ihrem Schoß ausbreitete, während sie ihn betrachtete. Das lodernde Feuer warf einen warmen, goldenen Schein auf seine nackte Haut und zeichnete die Konturen seines Körpers nach. Sie konnte kaum glauben, dass er bereit war, all das erneut mit ihr zu teilen.

Er war so unglaublich schön.

„Zieh dich aus", raunte er ihr zu. Sie schnappte hörbar nach Luft und begegnete seinem Blick. Verlangen lag in seinen Augen und ein sinnliches Versprechen. Ohne ihn aus den Augen zu lassen, zog sie sich den Pullover über den Kopf und hörte ihn scharf einatmen, während er ihren nackten Oberkörper betrachtete.

Den Kopf gesenkt, warf sie ihm unter schweren Lidern einen, wie sie hoffte, begehrlichen Blick zu, während sie die Kordel löste. Ihre Hose rutschte zu Boden und sie stieg heraus. Fast schon ein wenig erstaunt sah sie, wie sein Körper abermals auf ihren Anblick reagierte, und spürte plötzlich die Macht, die sie über ihn hatte.

Ihre Brustwarzen verhärteten sich und sie sah abwartend den Mann an, der zwei Schritte von ihr entfernt stand und sie wortlos musterte. Gänsehaut bildete sich auf ihren Armen, als der Wind in die Höhle hineinfuhr und über ihren Körper strich.

Ganz langsam setzte Royce sich in Bewegung, kam zu ihr herüber und blieb vor ihr stehen, ohne sie zu berühren. Aus dunklen Augen sah sie zu ihm auf und spürte, wie sie zu zittern begann.

„Hast du Angst?", wollte er mit leiser Stimme wissen. Sie schüttelte stumm den Kopf. „Warum zitterst du dann?"

„Mir ist kalt", entgegnete sie heiser.

Er nickte kaum wahrnehmbar, senkte den Kopf und begann sie zu küssen. Es war nicht so wild und ungestüm wie beim letzten Mal. Seine Zunge strich sanft durch ihren Mund, schien ihren Geschmack kosten zu wollen und jeden Winkel zu erkunden.

Sie spürte, wie seine Finger nach ihren kalten Händen griffen und sie auf seine Brust legten. Das Haar kitzelte und sie strich über seinen breiten Brustkorb. Seine Haut war warm und weich.

Seine Lippen lösten sich von ihrem Mund, der sanfte Druck seiner Finger ließ sie den Kopf zur Seite legen und abermals begann er, die Stelle unter ihrem Ohr zu liebkosen. Lächelnd schloss Lee die Augen.

Ganz gleich, was er mit ihr tat … Hauptsache, er hörte nie wieder damit auf.

***

Royce hob den Kopf und betrachtete sie stumm, während seine Finger über ihre nackte Haut strichen. Im Gegensatz zu den anderen Frauen von Sijrevan war Lee sehr groß.

Schmal gebaut zwar, doch mit einladenden Hüften und wohlgeformten Proportionen. Ihre Brüste waren weich und fest, die passende Größe für seine Hände, und nicht länger eingequetscht unter einem Tuch.

Ihre Knospen reckten sich ihm begehrlich entgegen und versonnen strich er mit beiden Daumen darüber. Es erregte ihn zu sehen, wie ihr Brustkorb sich beim Atmen hob und ihr Körper von sanfter Röte überzogen wurde. Royce zog sie näher. Er wollte ihre nackte Haut spüren, ihren Duft riechen und die Hitze fühlen, die sich in ihr ausbreitete.

Sie bewegte sich deutlich erregt, als sein warmer Körper sich an ihren kalten, nackten Leib drückte und seine harte Erektion gegen ihren Bauch drängte. Ihre Hand rutschte nach unten und ihre Finger schlossen sich fast schon begierig um sein pochendes Glied.

Für einen Moment rang er nach Luft.

Eine Frau wie sie hatte er noch nicht erlebt. Als sie ihn zu massieren begann, schoss ihm das Blut in die Lenden und sein Becken zuckte nach vorn. Er wollte sie so sehr, dass es schmerzte.

Wie konnte eine Jungfrau so leidenschaftlich und strebsam sein? Woher wusste sie, ihm solche Wonnen zu bereiten?

Lee war anders, als die Frauen seiner Welt es sonst waren. Nicht schüchtern und zurückhaltend … nicht pikiert über etwaige Wünsche, die er noch nicht einmal geäußert hatte … zumindest nicht, was diesen Teil ihres Lebens betraf.

Er fühlte sich beglückt, dass er der erste Mann zwischen ihren Schenkeln war. Kein wertvolleres Geschenk hätte sie ihm übergeben können.

Ihre Lider hoben sich flatternd und sie blickte ihn geradezu ermutigend an, als wollte sie ihn auffordern, sich ganz ihren weichen Händen hinzugeben. Royce verkniff sich ein Lächeln.

Ja, sie *war* anders und der Gedanke, sich rasche Erleichterung zu verschaffen, mehr als verlockend. Aber er wollte alles von ihr.

Ihr erstes Mal war schnell gewesen, voller Leidenschaft und Übermut. Dieses Mal sollte es für sie unvergesslich werden.

Den Kopf gesenkt, fuhr er mit der Zungenspitze über ihren Hals. Diese Stelle, die sie besonders zu stimulieren schien, wurde ihm zunehmend vertrauter. Ein Zittern überlief ihren Körper und er bemerkte, wie sich die Härchen auf ihren Armen aufrichteten.

Royce drehte sich mit ihr um, schob sie zum Feuer hinüber und drängte sie auf die Lagerstatt aus Fell hinab. Fast schon willenlos legte sie sich hin und warf ihm einen fiebrigen Blick zu. Genüsslich machte er es sich neben ihr bequem und zeichnete unsichtbare Kreise auf der hellen, weichen Haut ihrer Brüste.

Langsam strich er mit zwei Fingern über den dunklen Hof ihrer Knospen und beobachtete aufmerksam, wie die Spitzen sich ihm erregt entgegenhoben. Lee bewegte sich voller Unruhe und Royce verkniff sich ein Grinsen.

Sacht beugte er sich über sie und umschloss eine der harten Brustwarzen mit seinen Lippen. Hingebungsvoll fuhr er mit der Zunge darüber, zog sie zwischen seine Zähne und saugte sanft daran. Ihr kehliges Stöhnen klang eindeutig lüstern.

Unter halb gesenkten Lidern sah sie ihn an, ihre Hand berührte sein Gesicht und ihre Finger legten sich auf seine Wange. Für einen Moment wurde Royce von einer solchen Welle widersprüchlicher Gefühle überrollt, dass es ihm kurz den Atem verschlug.

Er hatte jegliche Art von Zuneigung tief in sich vergraben, seit man damals seine Frau und seinen Sohn brutal erschlagen am Tor des Burgwalls vorgefunden hatte.

Er hatte es nicht verdient, glücklich zu sein.

Doch nun durchbrach Lee diese Mauer im Augenblick eines Wimpernschlages und griff nach seinem Herzen. Widerstand regte sich in ihm.

Royce senkte den Kopf und legte die Stirn an ihre Brust, sorgsam darauf bedacht, ihr keinen Einblick in sich selbst zu gewähren. Seine Finger gruben sich in ihre Schultern und er presste sie wenig zärtlich mit seinem Gewicht auf den Boden.

Plötzlich war er wütend.

Es war so ungerecht.

Er wollte sie nehmen und nie wieder loslassen und sie ganz und gar seiner Macht ausgeliefert sehen. Sie sollte *ihm* gehören, nicht umgekehrt.

Wäre er noch der gleiche Mann wie vor zehn Jahren, hätte er dem Ansturm an Gefühlen, den sie in ihm auslöste, nur zu gern nachgegeben … aber er war nicht mehr der Royce von einst. Er war nicht der naive Bursche, der auf das große Glück vertraut hatte.

Er konnte sein Herz nicht miteinbeziehen.

Er wollte ihren Körper, er wollte sie besitzen und jederzeit Anspruch auf sie erheben, aber er wollte keine Gefühle.

In seinem Leben gab es keinen Platz für Zuneigung.

Lees Finger glitten in seinen Nacken. Liebevoll, suchend und fast schon beschwichtigend strich sie über seine Haut, als wartete sie auf eine Erklärung für seine plötzliche Anspannung. Sie spürte offenbar, dass etwas nicht stimmte, aber sie bedrängte ihn nicht.

Royce hob den Kopf und musterte sie.

Ihr Blick war klar wie ein Bachlauf im Sommer und für einen Moment schien er sich regelrecht darin zu verlieren. Es wäre so einfach, diesem endlos scheinenden Abgrund nachzugeben und loszulassen … es wäre so einfach, das zu nehmen, was sie ihm so vorbehaltlos schenkte.

Er schluckte.

Sie war wunderschön und sie hatte so viel Besseres verdient, ganz gleich, wer sie war. Seine Augenbrauen zogen sich zusammen und gerade, als er sich hochstemmen wollte, um diesem erneuten Treiben ein Ende zu bereiten, griff sie mit beiden Händen sein Gesicht, zog seinen Kopf zu sich und berührte seinen Mund mit ihren Lippen.

Seufzend schlang er ihr die Arme um den Leib und zog sie an sich. Er genoss es, wie sich ihr Busen an seine behaarte Brust schmiegte, wie ihre Zunge neugierig seinen Mund erforschte und ihr Becken sich ihm so bereitwillig entgegenhob. Sie ließ ihn vergessen, was er eigentlich *nicht* tun wollte.

Mit ihr fühlte sich sein Leben plötzlich wieder gut an … vollständig und perfekt. Lee war weich und willig, sie war nicht abgestoßen von ihm. Sie zu berühren war neu und doch so vertraut. Eine Erfahrung, die ihn verwirrte und die er dennoch über alle Maßen genoss. Es war für ihn unfassbar, dass sie sich ihm mit der gleichen Leidenschaft hingab, die auch er empfand.

***

Ihre Hände glitten über seinen Körper, strichen seinen Rücken hinab und umfassten seine Pobacken. Für einen Moment pressten sich ihre Nägel in seine Haut und der leichte Schmerz schien seine Erregung noch zu steigern. Sie ließ ihre Finger über seine Hüften nach vorn gleiten, liebkoste ihn sanft und hob sich ihm seufzend entgegen. Mit einem deutlichen Knurren griff er nach ihren Händen, verschränkte ihre Finger mit seinen und drückte sie über ihrem Kopf in die Felle.

Dann spreizte er ihre Beine mit seinen Schenkeln und glitt widerstandslos in sie hinein. Lee stöhnte überrascht auf und Royce verharrte einen Moment regungslos. Er füllte sie mit samtener Härte aus und sie spürte das lockige Haar, das sich gegen ihre zarten, feuchten Schamlippen drückte.

Schwer atmend löste er seinen Mund von ihrem und suchte ihren Blick. Sie fühlte sich wie hypnotisiert, und als er begann, sich langsam in der Nässe ihres Schoßes zu bewegen, zogen sich die Muskeln in ihrem Unterleib heftig zusammen. Ohne den kurzen Schmerz, der sie beim letzten Mal hatte zusammenzucken lassen, war sie augenblicklich entflammt.

Sanft strich er ihr das Haar aus dem Gesicht und seine Augen schienen jede Regung in ihren Zügen zu verfolgen.

Mit leicht geöffneten Lippen versuchte sie, seinem Blick standzuhalten, aber es fiel ihr schwer, überhaupt bei Verstand zu bleiben. Sie zitterte, ihr Atem ging flacher und ihre Augenlider flatterten. Sie zog die Beine an und strich mit den Fußsohlen über seine Schenkel, um ihn noch tiefer in sich zu spüren.

Royce gab einen unartikulierten Laut von sich und seine Bewegungen wurden heftiger, schneller. Die Stöße härter und tiefer. Die pure Lust zeichnete sich deutlich in seinem Gesicht ab. Sie schenkte ihm ein schamloses Lächeln, schloss die Augen und legte den Kopf in den Nacken, während ihre Hände seinen Rücken entlangstrichen und auf seinen Hüften liegen blieben.

Royce senkte den Kopf und hinterließ eine Spur feuchter, heißer Küsse auf ihrem Hals und zwischen ihren Brüsten. Er liebkoste die verheilenden Schnitte, die er ihr zugefügt hatte. Ohne sich aus ihr zurückzuziehen, hob er sie ein Stück hoch, schob seine Knie unter ihr Gesäß und richtete den Oberkörper auf.

Ihre Schultern ruhten auf den Fellen und ihre Finger strichen über seine Oberschenkel, während sie mit verhangenem Blick vor ihm lag und er sich langsam vor- und zurückbewegte. Kleine, wohlige Laute entrangen sich ihrer Kehle, die seine Leidenschaft noch weiter anzutreiben schienen.

Er starrte sie an, als könnte er sich nicht sattsehen an dem Bild, das sie ihm bot. Wie sie bereitwillig vor ihm lag und sich ganz und gar der Freude hingab, die sie einander bereiteten.

Das Tempo drosselnd, ließ er seine Finger über die Vorderseite ihres Körpers gleiten und begann sanft, die festen Brustwarzen zwischen Daumen und Zeigefinger zu reiben. Ihr ganzer Körper krampfte und sein drängender Penis bohrte sich tief in ihren Leib. Sie stöhnte qualvoll auf und zitterte, ihr Kopf ruckte von einer Seite zur anderen.

Was sie da fühlte, war noch intensiver als beim ersten Mal. Royce ließ seine Hände tiefer gleiten und Lee gab sich ganz dem Gefühl seiner kühlen Finger auf ihrer heißen Haut hin. Er strich über ihren Bauch, umkreiste den Bauchnabel und wanderte hinab zu dem goldenen Dreieck zwischen ihren Beinen.

Als er das Zentrum ihrer Lust berührte und die empfindliche Perle zwischen ihren Beinen sanft umkreiste, riss sie die Augen auf. Hitze schoss durch ihren ganzen Körper und jeder Muskel zog sich zusammen. Sie konnte fühlen, wie sein hartes Glied in ihr anschwoll und sie dehnte.

Flüssige Wärme breitete sich in ihr aus.

Schweißperlen strömten aus ihrer Haut und ein Beben überrollte sie mit unglaublicher Intensität. Sich aufbäumend, warf Lee den Kopf nach hinten, ihre Finger krallten sich in die Unterlage aus Fellen.

Dann explodierten helle Lichter in ihrem Kopf und ließen sie fast das Bewusstsein verlieren.

Royce zog sich ein letztes Mal zurück und glitt fast aus ihr heraus. Dann stieß er quälend langsam und so tief in sie hinein, dass sie sicher war, er würde sie durchbohren. Ein ekstatisches Zucken rollte über sie hinweg und zitternd klammerte sie sich an seinen großen, verschwitzten Körper.

***

Sie schrie seinen Namen und die Umklammerung ihrer Beine hätte einem Eber das Rückgrat brechen können. Eng und heiß umschloss sie sein erregtes Glied und ihr heftiger Liebestaumel schenkte ihm ein Gefühl völliger Inbesitznahme. Knurrend und grollend zog er sie auf seinen Schoß, schlang die Arme um sie und ergoss sich mit seinen letzten, heftigen Stößen in die Tiefe ihres Leibes.

Aneinandergeklammert und immer noch miteinander verschmolzen, verharrten sie bewegungslos in dieser Position. Ihr heftiges Atmen ging in einen langsameren, gleichtönenden Rhythmus über. Nach einem endlos scheinenden Augenblick hob Lee vorsichtig den Kopf und sah Royce an, dessen Hände immer noch auf ihrem Rücken lagen und sie an ihn drückten.

Ungläubig den Kopf schüttelnd, musterte Royce die Frau, die auf ihm saß. Er spürte, wie seine Lust einer angenehm bleiernen Schwere wich und ihr Körper versuchte, ihn zu halten.

„Hätte ich dich nicht selbst zur Frau gemacht, könnte ich nicht glauben, dass du vor mir noch keinem anderen Mann beigewohnt hast. Du bist die feurigste Sirene, die mir je begegnet ist."

Offenbar von einem Gefühl der Scham ergriffen, überzog heiße Röte ihre Wangen. Seine Finger strichen genüsslich über ihre Kehrseite, wanderten den Rücken hinab, und jede Hand blieb auf einer Backe ihres Hinterns liegen.

Er grub die Finger in ihr Fleisch.

Die Muskeln in ihrem Unterleib zogen sich zusammen und massierten kurz sein schlaffes Glied. Er hätte sie zu gern erneut genommen, aber er war keine zwanzig mehr und trotz der langen Enthaltsamkeit benötigte er nun doch eine Pause.

Vorsichtig hob er sie von seinem Schoß, verließ die Wärme ihres Körpers und schob Lee auf das Lager zurück. Die Enttäuschung zeigte sich so deutlich in ihrem Gesicht, dass ihm ein lautes Lachen aus der Kehle drang.

Royce strich mit der Hand über ihre Wange, zwang sie zurück in die Felle und legte sich neben sie. Ein Bein besitzergreifend über ihre Schenkel gelegt, stützte er sich auf seinen Ellenbogen und musterte sie zufrieden.

„Schenk mir einen Moment der Erholung", raunte er. Zwinkernd setzte er hinzu: „Ich kann mich ohnehin in deiner Gegenwart nicht lang genug beherrschen, um die Finger von dir zu lassen."

Seine Worte zauberten ihr ein leuchtendes Lächeln ins Gesicht und Lee hob die Hand, um sie auf seine Brust zu legen. Ihr war deutlich anzusehen, was sie fühlte, und es versetzte ihm einen unangenehmen Stich. Sosehr es ihm widerstrebte, er musste dem von vornherein Einhalt gebieten.

Sein finsteres Stirnrunzeln ließ sie in der Bewegung innehalten.

„Du wirst dich doch nicht in mich verlieben?", wollte er unvermittelt wissen. „Solcherlei Gefühlen solltest du dich nicht hingeben, ich tue es auch nicht."

***

Hätte er ihr sein Holzschwert in den Leib gerammt, wäre der brennende Schmerz kaum qualvoller gewesen. Dennoch versuchte sie sich nichts anmerken zu lassen und schüttelte stattdessen stumm den Kopf. Mühsam zwang sie sich zu einem unechten Lächeln. Mit einem zufriedenen Nicken machte Royce es sich neben ihr bequem und schloss die Augen.

Lees Mundwinkel sanken hinab und sie starrte wie versteinert an die Höhlendecke. Von einer Sekunde auf die andere war sie von ihrem himmelhohen Ross heruntergestürzt und unsanft auf dem Boden der harten Realität gelandet.

Tatsächlich hatte sie sich einen Moment lang ihrer romantischen Hoffnung hingegeben, dass das, was zwischen ihnen war, nicht nur sie mit einem besonderen Zauber erfüllte.

Das Gefühl, ungewollt und verstoßen zu sein, kehrte mit aller Macht in sie zurück. Etwas, das ihr aus ihrem alten Leben nur allzu vertraut war. Nach diesem wunderschönen Zusammensein mit Royce hatte sie sich in falschen Hoffnungen gewiegt. Sie war überzeugt gewesen, er wäre von ihr ebenso fasziniert wie sie von ihm.

Sie biss die Zähne zusammen und kämpfte gegen die Tränen, die heiß in ihren Augen brannten. Er durfte niemals erfahren, dass sie sich in ihn verliebt hatte.

Verdammt!

Es war dumm von ihr zu glauben, dass sie der kalten Realität entkommen könnte.

Es war dumm von ihr zu denken, dass es in dieser Zeit und dieser Welt anders wäre als dort, wo sie herkam.

Dabei konnte sie von Glück reden. In ihrer Zeit wäre Royce am nächsten Morgen aufgestanden, hätte sich angezogen und wäre auf Nimmerwiedersehen verschwunden.

Sie unterdrückte den Impuls, sich der Enttäuschung hinzugeben, die wie ein unbeweglicher, zäher Klumpen in ihrer Kehle saß und darauf wartete, dass sie ihren Widerstand aufgab.

Vorsichtig setzte sie sich auf, warf Royce einen prüfenden Blick zu und bemerkte seinen ruhigen, regelmäßigen Atem. Wie er dort lag, die Hände hinter dem Kopf verschränkt und nackt auf den Fellen, zog er sie immer noch an wie eine Motte das Licht.

Sie wollte ihn so sehr, dass die Sehnsucht sich wie körperlicher Entzug anfühlte. Dennoch war sie sich darüber bewusst, dass sie mehr sein wollte als nur ein nettes Zwischenspiel. Die schiere Aussichtslosigkeit ihrer Situation ärgerte sie maßlos.

Für einen Moment war sie tatsächlich so naiv gewesen zu glauben, dass er sich vielleicht in sie verlieben könnte. Mit einem Ruck stand sie auf und zog sich ihren Pullover an.

Es war ein Fehler, Gefühle zu investieren.

Das war in dieser Welt und dieser Zeit nicht anders als in ihrer eigenen. Männer und Frauen konnten nur in den wenigsten Fällen Liebe füreinander empfinden. Einer war immer der Verlierer ... und in diesem Fall war sie es.

Lee presste die Lippen aufeinander.

Nein, sie würde das nicht zulassen. Sie würde ihm nicht zeigen, was sie empfand oder wie sehr er sie verletzte. Sie würde nehmen, was er ihr bot, und ihr eigenes Leben führen. Das konnte hier genauso gut funktionieren wie in ihrer eigenen Welt. Die Tränen brannten wie Eis auf ihren Wangen und wütend wischte sie das salzige Nass weg.

Wie hatte sie nur so dämlich sein können?

***

Royce öffnete die Augen und sah ihr einen Moment lang schweigend dabei zu, wie sie sich anzog.

„Wo willst du hin?"

Sie zuckte sichtlich zusammen, als seine Stimme hinter ihr laut wurde, und warf ihm einen flüchtigen Blick zu, den er nicht zu deuten wusste.

„Ich muss austreten", gab sie steif zurück. „Außerdem will ich schauen, ob wieder jemand an den Fallen war ... denn ich war es nicht."

Er wusste, dass sie log, und er spürte, dass etwas nicht stimmte. Eine seiner Augenbrauen hob sich spöttisch.

„Du weißt, wie man Fallen legt?"

Ihr Unterkiefer mahlte. Sie war wütend, das war deutlich zu erkennen.

„Nein, aber ich habe gesehen, wie du sie angebracht hast ... wenn sie ausgelöst sind, werde ich das wohl erkennen. Außerdem will ich mich umsehen, ob ich irgendwo etwas Essbares finde. Beeren, Wurzeln ... ein bisschen Arsen."

Zwischen Royces Brauen bildeten sich zwei steile Falten.

„Was ist Arsen?"

Sie zuckte wortlos die Schultern und blieb ihm die Antwort schuldig. Dann band sie mit übertriebener Heftigkeit die Schnüre ihrer Hose zusammen und zog sich die Fellstiefel über die Füße. Royce setzte sich auf und beobachtete sie prüfend.

„Lee?"

„*WAS?*"

Sie stieß das Wort in einem solch patzigen Ton aus, dass er aufstand und einen Schritt auf sie zu machte. Langsam dämmerte ihm, was mit ihr los war. Er hob die Hand, um sie zu berühren, aber sie tat einen hastigen Schritt nach hinten und wich ihm aus.

Nachdenklich betrachtete er sie.

„Du bist wütend auf mich", stellte er fest. „Weil ich dir riet, dich nicht in mich zu verlieben."

An ihrer Miene war deutlich abzulesen, dass er ins Schwarze getroffen hatte. Dennoch schüttelte sie heftig den Kopf. Ihr Zähneknirschen war unüberhörbar und ihr Kinn schob sich trotzig vor. Sie war sich nicht einmal ansatzweise bewusst, wie anziehend sie in diesem Moment entgegen seines eigenen aufkommenden Ärgers auf ihn wirkte.

„Ich will dich nicht verletzen, Lee. Es ist nur zu deinem Besten. Ich kann dir nicht geben, was du dir von mir erhoffen magst. Das bedeutet aber keineswegs, dass ich nicht gleichwohl meiner Verantwortung nachkomme."

Ihre erhobenen Hände ließen ihn verstummen.

„Schon gut." In ihrer Stimme lag ein deutliches Zittern und plötzlich fühlte Royce, tief in sich verborgen, sein schlechtes Gewissen aufflackern. Sie räusperte sich und schüttelte wieder den Kopf. „Du musst mir gar nichts erklären. Da, wo ich herkomme, nehmen Männer sich gerne, was sie wollen, ohne zu fragen."

Er brauchte einen Moment, um zu begreifen, was sie da gesagt hatte. Mit zwei Schritten war er bei ihr und packte sie zornig an den Armen.

„Du unterstellst mir, ich hätte dich gebrandmarkt?" Seine Stimme war so laut und die Wut in seinem Blick offenbar so deutlich, dass sie blass wurde. Lee stemmte eine Hand gegen seine nackte Brust. Er konnte ihre Finger auf seiner Haut spüren. Erregung mischte sich in den Ärger, den er empfand.

„Das habe ich nicht gesagt, nur dass es dort Männer gibt, die niemandem Rechenschaft ablegen müssen. Niemand fragt danach."

Royce war außer sich vor Zorn und hörte ihre Worte gar nicht mehr. Sie bezichtigte ihn der Schändung!

„Wenn du mich schon mit ihnen auf eine Stufe stellst, dann sollst du auch deinen Grund dafür bekommen." Grob warf er sie auf das Lager zurück, packte sich den Dolch, der neben dem Feuer lag, und schlitzte den Pullover an der Naht auf, die er vor wenigen Stunden noch selbst geflickt hatte.

Sie wehrte sich heftig und kaum weniger wütend als er.

Er achtete nicht auf ihr Wutgeschrei, ihre Schläge und Tritte, sondern riss den Stoff auseinander und schob ihr gleichzeitig die Hose herunter. Grob schob er sich zwischen ihre Beine, senkte den Kopf und biss unsanft in ihre Brust.

Lee zuckte heftig zusammen und ihre Finger krallten sich in sein Haar. Doch schon im nächsten Augenblick erlahmte ihr Widerstand und sie drückte stattdessen sein Gesicht an ihre Brust. Sie bebte. Trotz seiner groben Behandlung reagierte sie wie von selbst auf den Mann zwischen ihren Beinen.

Eigentlich hatte er ihr eine Lektion erteilen wollen. Er war nicht gewalttätig, er hatte in seinem ganzen Leben nie wissentlich eine Frau geschlagen oder sich einfach genommen, was er wollte. Er hatte Lee erschrecken wollen. Aber ihre Reaktion ließ ihn vergessen, was seine Absicht gewesen war.

Ihr lustvolles Stöhnen drang an sein Ohr. Während er intensiv an ihrer Brustwarze saugte, spreizte er ihre Beine, drängte sich zwischen ihre Schenkel und drang grob in sie ein. Einen Moment schien sie zu eng und er wusste, er tat ihr weh, dann war sie ganz bei ihm.

Warm und einladend empfing sie ihn.

**

Als sie sich ihm entgegenbog, zog er sie mit einem scharfen Knurren an sich. Ihre Beine legten sich wie von selbst um seine Hüften und sie konnte gar nicht anders, als laut aufzustöhnen. Die Heftigkeit, mit der er sie bedrängt hatte, hatte sie für einen winzigen Moment erschreckt und im nächsten in Flammen stehen lassen.

Sie wollte nichts mehr, als ihn zu spüren. Als er sich so rücksichtslos und alles andere als sanft in ihren Körper drückte, war sie sekundenlang schockiert von der unerwarteten Lust, die er damit in ihr auslöste. Er tat ihr nicht weh, er brachte eine Saite in ihr zum Klingen, die ihr völlig unbekannt gewesen war.

Royces Finger gruben sich in ihre Schultern, während er immer schneller und heftiger in sie hineinstieß. Lee stöhnte kehlig auf. Sie würde zahllose blaue Flecken und Striemen auf ihrer Haut behalten, weil er sie so heftig an sich presste, dass sie kaum noch Luft bekam. Das Ziehen in ihrem Unterleib wurde unerträglich und sie warf den Kopf zurück.

Ekstatisch trieben sie innerhalb weniger Augenblicke auf den Höhepunkt zu. Ungestüm beendete er den Akt, indem er bebend auf ihr zusammenbrach und sich mit einem letzten Stoß in ihr ergoss. Sekundenlang blieb er auf ihr liegen und sie spürte seinen heißen Atem in ihrer Halsbeuge, während ihr Pulsschlag sich nur langsam beruhigte.

Sie war immer noch aufs Höchste erregt und diesmal war er zu schnell fertig geworden, als dass sie ihm auf den Gipfel hätte folgen können. Die Stille zwischen ihnen wurde unangenehm und sie spürte, wie sein ganzer Körper sich unversehens anspannte.

Wortlos zog er sich aus ihr zurück, erhob sich und griff nach seiner Kleidung. Ohne ihr noch einen Blick zu gönnen, stürmte er aus der Höhle und ließ sie allein.

Lee blieb liegen, wo sie war.

Sie fühlte sich plötzlich leer.

Nur langsam setzte sie sich auf, sammelte die Fetzen ihrer Kleider zusammen und zog sich in eine dunkle Ecke der Höhle zurück. Es dauerte eine Weile, ehe sie wieder klar denken konnte und sich mit zitternden Fingern die Hose anzog. Sie hatte ihn gewollt, genauso grob und rücksichtslos, wie er sie genommen hatte. Und sie hatte es genossen, dass er sie überwältigt hatte.

Dennoch fühlte sie sich gedemütigt.

Nicht von seiner körperlichen Überlegenheit oder dem wilden Sex, mit dem er sie hatte bestrafen wollen. Aber die Lektion war in dem Augenblick angekommen, da er wortlos gegangen war ... er hatte sie gewollt und danach von sich gestoßen ... und Lee hatte sich selbst verraten.

Wem machte sie hier etwas vor?

Ihre Zeit unterschied sich nicht im Geringsten von dieser.

***

„Wir packen morgen zusammen und reiten zurück."

Es waren die ersten Worte, die Royce wieder an sie richtete, seit er mit den zwei frisch erlegten Kaninchen in die Höhle zurückgekehrt war. Während er seine Beute aufgespießt und zum Braten in das Feuer gehalten hatte, hatte er still dabei zugesehen, wie Lee sich ungeschickt daran machte, mit den von ihm zurückgelassenen Utensilien ihren zerfetzten Pullover zu flicken. Danach hatte sie die traurigen Reste aus brauner Wolle übergestreift, das Fell um ihre Schultern gelegt und sich wieder in die Ecke verzogen, in der sie nun immer noch saß.

Sie reagierte jetzt genauso wenig auf sein Geschwätz, wie auf seine schweigsame Rückkehr vor einer halben Stunde. Nach einem letzten Seitenblick, starrte er wieder stumm in die Flammen. Längst bereute er, was er gestern Nacht getan hatte.

Er war wütend über ihre Worte gewesen, aber er hatte kein Recht gehabt, so über sie herzufallen. Ganz gleich, wie sehr sie ihm mit ihren Worten die Fassung geraubt hatte. Er hatte kein Recht, tatsächlich das zu tun, was sie ihm vorgeworfen hatte.

Noch nie hatte er so sehr die Kontrolle verloren.

Kopfschüttelnd versuchte er, sich von den unangenehmen Gedanken freizumachen. Royce war, aufgewühlt und zornig über sich selbst, auf die Jagd gegangen – auch, um sein erhitztes Gemüt abzukühlen.

Allerdings war die Wut rasch verraucht und hatte einer unangenehmen Reue Platz gemacht. Er verabscheute zutiefst, was er sich hatte zuschulden kommen lassen, und er war sich nur allzu bewusst darüber, dass eine einfache Entschuldigung nichts wiedergutmachen würde.

Er mochte ihr vielleicht keinen körperlichen Schmerz zugefügt haben, doch ihr Vertrauen hatte er verloren. Das war ihm spätestens mit *dem* Blick klar geworden, der ihn traf, als er im Morgengrauen seine Beute in die Höhle getragen hatte.

Lee hatte in ihrer Ecke gehockt, das Fell um ihre Schultern gelegt, und ihn angeschwiegen. Sie blieb auch jetzt dort sitzen … so weit wie möglich von ihm entfernt.

Von ihm und von dem wärmenden Feuer.

Er stand auf, legte den Fleischspieß auf ein Brett und trat damit einen Schritt auf Lee zu. Es war nicht zu übersehen, wie ihr ganzer Körper sich anspannte und ihr Gesicht einen ruhelosen Ausdruck annahm, auch wenn sie es nach wie vor vermied, ihn anzusehen.

Vorsichtig und ohne sich ihr weiter zu nähern, stellte er die Mahlzeit zu ihren Füßen ab und hockte sich vor sie. Er fühlte sich elend, fast so furchtbar wie damals, als er Frau und Kind verloren hatte. Mit dem Unterschied, dass es diesmal seine eigene Hand gewesen war, die das Verbrechen an jemandem verübt hatte, der ihm anvertraut war.

Er musste irgendetwas tun.

„Ich kann nicht wiedergutmachen, was geschehen ist", murmelte er in die Stille hinein. Zum ersten Mal hob sie wirklich den Kopf und sah ihn an. Sie war blass und dunkle Ringe lagen unter ihren Augen. Ihr Anblick versetzte ihm einen weiteren Stich. „Es tut mir leid, auch wenn ich weiß, dass es mit Worten allein nicht vergolten ist." Lee nickte kaum wahrnehmbar, blieb aber stumm. Er deutete zum Feuer. „Meine Nähe ist dir unangenehm, dessen bin ich mir bewusst … dennoch bitte ich dich, ans Feuer zu rücken. Es ist kalt hier."

Sie schlang die Arme ein wenig fester um die Knie, senkte den Blick und schüttelte den Kopf. Als sie sprach, war ihre Stimme heiser. Ein verräterischer Beweis, dass sie lange geweint hatte, auch wenn in ihrem Gesicht nichts mehr darauf hinweisen mochte.

„Nein."

Royce verkniff sich jedes weitere Wort und nickte ihr zu. Er musste ihre Entscheidung akzeptieren und gestand ihr für den Moment zu, hier draußen jedes Recht auf sie verwirkt zu haben. Er konnte ihr keine Vorschriften machen.

Wenn sie morgen allerdings die Feste erreichten, würde sie seinen Weisungen wieder folgen müssen – ob es ihr gefiel oder nicht. Und er war sich ziemlich sicher, dass ihr die Entscheidung, die er während seines Beutezuges getroffen hatte, gewiss *nicht* gefallen würde.

In der Zwischenzeit konnte sie sich anderweitig nützlich machen. Das würde sie beide auf andere Gedanken bringen. Mit dem Kinn deutete er auf die Mahlzeit.

„Iss auf. Nach dem Essen brechen wir zur Jagd auf. Wir brauchen Fleisch für den Clan."

**

Lee rannte.

Sie rannte, wie sie noch nie gerannt war, und spürte, wie ihr Herz hämmernd durch ihre Brust tobte. Eigentlich fehlte ihr schon längst der Atem, um sich noch voranzubewegen, doch die Angst trieb sie weiter. Die Angst und das

Geräusch von trampelnden Hufen, die sich ihr mehr und mehr näherten.

Sie wagte es nicht, sich umzusehen, aus Furcht, zu stolpern und zu fallen, doch sie hörte das wütende Grunzen des zornigen Ebers direkt hinter sich. Ebenso, wie sie das Gefühl hatte, seinen fauligen Atem in ihrem Rücken zu spüren und die spitzen Enden seiner gewaltigen Hauer, die ihr bedrohlich nahe kamen.

Etwas zischte knapp an ihrem Oberarm vorbei und hinter ihr ertönte ein kurzes, erstauntes Quietschen, dann folgte ein dumpfer Aufprall. Schnee flog ihr gegen den Rücken und an ihr vorbei. Dann riss es sie so plötzlich von den Füßen, dass sie einen Moment schwerelos in der Luft zu schweben schien.

Im nächsten Augenblick landete sie im weichen Schnee und fühlte sich von wattigem, kaltem Weiß begraben. Das Geräusch der trampelnden Hufe und des geifernden Atmens verstummte mit einem schleifenden Seufzer.

Schwer atmend setzte sie sich auf und sah den riesigen Keiler tot im Schnee liegen. Zwei Meter hinter ihr. Zwischen seinen Augen steckte ein Armbrustbolzen und der Blick des Tieres war gebrochen. Dessen ungeachtet zuckten seine Beine, als wollte er immer noch weiterrennen.

Lees Magen drehte sich einmal um sich selbst und sie kämpfte gegen die Übelkeit, die von einer Sekunde auf die andere über sie hinwegflutete. Entsetzt wandte sie sich ab und blickte sich suchend nach Royce um, den sie zwischen all den Bäumen nicht sehen konnte.

Natürlich war sie dankbar, dass dieses furchteinflößende Exemplar eines Wildschweins nicht länger hinter ihr her hetzte. Andererseits weckte der Anblick des toten Tieres ein unangenehmes Schuldgefühl in ihr. Dass der Eber nun dort lag, hatte er nur ihr zu verdanken. Allerdings hatte sie gehofft, der Bolzen würde ihn sofort töten.

Sie schloss einen Moment die Augen und wünschte sich, sie hätte sich nicht auf Royces Vorschlag eingelassen und den Köder gespielt.

Dieses Bild würde sie nie wieder loswerden.

Es knackte vernehmlich im Unterholz vor ihr, und als Lee die Lider hob, sah sie Royce aus seiner Deckung treten. Die Armbrust hing über seiner Schulter und er zückte den Dolch an seinem Gürtel. Sein Blick streifte sie nur flüchtig, als sie sich erhob.

Er ging zu dem toten Wildschwein hinüber.

„Gut gemacht."

Das knappe Lob verlor jegliche positive Wirkung, als er sich neben den Keiler in den Schnee kniete und dem Tier seinen Dolch in die Brust stieß.

Das Zucken der Beine hörte endlich auf.

Im nächsten Augenblick schlitzte er das Schwein von der Kehle bis zum Becken auf. Blut und Eingeweide ergossen sich aus der klaffenden Wunde in den weißen Schnee. Würgend wandte Lee sich ab, stürzte zum nächsten Baum und erbrach ihr Frühstück.

Vor einer Stunde hatten sie den Keiler ausgemacht und seither beobachtet. Während Lee sich schon nach wenigen Minuten zu langweilen begann, schien Royce das Tier regelrecht zu studieren.

Irgendwann hatte er sie gebeten, näher zu schleichen, um den Keiler aus seiner Deckung zu locken. Naiv wie sie war, hatte sie getan, was er sagte. Natürlich war ihr klar gewesen, dass er das Schwein erlegen würde … aber mit dem, was danach passierte, hatte sie nicht gerechnet.

Wenn sie vorher gewusst hätte, welche Konsequenz das alles für *sie* hatte, hätte sie sich nicht auf diesen Mist eingelassen.

Das Schwein war so plötzlich in ihre Richtung gestürmt, dass sie in ihrem ersten Schreck schon fast gestürzt war. Sie hatte einfach nur Glück gehabt und das Wettrennen lediglich deshalb nicht verloren, weil der Eber sich kurzzeitig in dem Gestrüpp verfangen hatte, über das sie hinweggeflankt war.

Das hätte alles auch anders ausgehen können, und wenn sie ehrlich war, verfluchte sie Royce nicht zum ersten Mal an diesem Tag.

Sie seufzte leise.

Wäre es nach ihr gegangen, wären sie noch heute aufgebrochen, um zur Burg zurückzukehren. Sie wollte nichts mehr, als ihm endlich aus dem Weg gehen zu können.

Sie sehnte sich nach der ruhigen Nische unter der Treppe, in der sie sich auf der Strohmatratze zusammenrollen und dem Schmerz in ihrer Brust mehr Raum geben konnte.

Sie wollte allein sein.

Wenn sie ehrlich war, fühlte sie sich ganz ähnlich wie der tote Eber … mit einem Bolzen zwischen den Augen und vom Bauch bis zur Kehle aufgeschlitzt.

***

Es war ein kurzer und unruhiger Schlaf gewesen, in den sie irgendwann gefallen war.

Sie träumte von toten Wildschweinen und trampelnden Hufen in ihrem Rücken. Das waren die Nachwirkungen des vergangenen Tages.

Tatsächlich hatte sie das schwere Tier gemeinsam mit Royce zum Lager zurückgeschleift, wo er es sorgfältig gehäutet und begonnen hatte, die einzelnen Teile in Beutel zu verstauen. Ihr Magen hatte sich angefühlt, als hätte jemand einen riesigen Knoten hineingemacht. Obwohl längst nichts mehr vorhanden war, das sie hätte von sich geben können, war sie unfähig gewesen, dem Würgereiz zu entkommen, der sie den ganzen Tag über begleitet hatte.

Nachdem das tote Wildschwein in Teilen auf einer Holzpritsche verschnürt und in einer Ecke der Höhle vor möglichen tierischen Räubern gesichert worden war, hatte Lee die Mahlzeit am Abend verweigert.

Sie hatte keinen Bissen runtergebracht.

In ihrer eigenen Welt gab es Menschen, die aus Überzeugung kein Fleisch aßen ... sie hatte nachvollziehen können, warum jemand in einer so industrialisierten Welt die Massentierhaltung ablehnte.

Wenn sie allerdings ehrlich war, fühlte es sich hier im Moment auch nicht viel besser an. Natürlich war diese Zeit anders. Es wurde nicht wahllos abgeschlachtet, was einem über den Weg lief, um eine überbevölkerte Welt zu ernähren.

Diese Menschen wussten, was Hunger bedeutete, und ihre Hauptnahrungsquelle war der Ackerbau. Allerdings hatte Lee auch begriffen, dass die letzte Ernte mager gewesen war. Nicht nur mit ihrer eigenen Anwesenheit, sondern auch der mehrerer Söldner würden sich die Lager noch schneller leeren.

Royce hatte nur erlegt, was sie wirklich verbraucht hatten, und er nutzte alles an seiner Beute – vom Fell bis zu den Knochen. Trotzdem musste man wohl viel mehr Teil dieser Welt sein, als sie es war, um mit dieser Art des Tötens klarzukommen.

Bis auf die Jagd war der Tag ruhig verlaufen. Obwohl Royce am späten Nachmittag darauf bestanden hatte, dass sie ihr Training fortsetzten, hatten sie nicht viel geredet.

Lee hatte nur das Nötigste an Worten mit Royce gewechselt und verbissen ihren Umgang mit dem Schwert geprobt. Sie hatte sich in sachlicher Höflichkeit geübt und getan, als wäre nie etwas passiert. Das hatte ihr dabei geholfen, ihre eigene Enttäuschung zu kompensieren.

Sie hatte den ganzen Tag nichts zu sich genommen, das Abendessen verweigert und war kurz vor dem Schlafengehen schließlich ein Stück näher an das Feuer gerückt.

Royce selbst war auf seinen Platz vom Vorabend zurückgekehrt und hatte die Nacht dort verbracht. Zwiegespalten und von einer stummen Trauer erfüllt, hatte Lee lange wach gelegen. Der Morgen hatte bereits gegraut, als sie schließlich eingenickt war.

Abgesehen von den unangenehmen Träumen über ihn, war da noch mehr gewesen. Doch das Gefühl des Verlustes in ihr war so unangenehm, dass sie froh war, sich mit anderen Eindrücken ablenken zu können.

Lee schaute sich um.

Sein Platz war leer, die Felle fort und sie hörte die Pferde draußen schnauben. Offensichtlich war er dabei zu packen. Eilig erhob sie sich, rollte ihre eigene Unterlage zusammen und band das Paket wieder mühselig so zu, wie sie es vor fast vier Tagen in die Höhle getragen hatte.

Einen Moment starrte sie gedankenverloren auf den Knoten zwischen ihren Fingern. In den wenigen Tagen seit ihrer Ankunft war so viel geschehen und in den letzten sechsunddreißig Stunden hatten sich die Ereignisse regelrecht überschlagen.

Im Augenblick fühlte sie sich keinen Deut besser als an jenem Abend, da sie auf der Brücke gestanden und in die Tiefe geblickt hatte.

Die Chance, auf die sie nach ihrer Ankunft hier gehofft hatte, verwandelte sich in sinnlose Träumerei. Erneut machte sich eine betäubende Resignation in ihr breit, die ihr längst aus ihrem alten Leben vertraut war.

Das war alles nicht fair.

Als Royce die Höhle betrat, schreckte sie aus ihren Gedanken auf. Er blieb einen Moment unschlüssig stehen und sah zu ihr herüber.

„Wir können gleich aufbrechen", bemerkte er, ging zum Feuer hinüber und begann, Erde über die lodernde Glut zu verteilen. Die letzten kleinen Flammen erstickten und der Rauch verzog sich rasch.

Ohne darauf zu achten, ob sie ihm folgte, griff er nach dem Bündel, das sie geschnürt hatte, und ging wieder hinaus, um es auf ihrem Pferd zu verstauen.

Nur zögernd stand Lee auf und war für einen Moment versucht, einfach hierzubleiben.

Der Gedanke, sich nicht länger mit dieser unerträglichen Situation auseinandersetzen zu müssen, war verlockend. Allerdings war ihr klar, dass Royce ihr keine weiteren Freiheiten einräumen würde.

Sie wunderte sich ohnehin, dass er ihr trotziges Schweigen einfach hinnahm.

So kurz sie ihn erst kannte, so schätzte sie ihn doch nicht als jemanden ein, der dieses Verhalten lange tolerierte. Er war kein Mensch ihrer Zeit, hier handelte man anders, und irgendwann würde er Gehorsam verlangen. Zumal sie im Grunde nichts weiter war als eine seiner Untergebenen.

Ihr blieb keine Wahl, als sich zu fügen und ihr Schicksal anzunehmen, wie es war. Hier gab es kein Taxi, in das sie steigen und mit dem sie nach Hause fahren konnte, um sich dort tagelang die Augen aus dem Kopf zu weinen.

Seufzend folgte sie ihm in die Kälte hinaus.

6. Kapitel

Callahan-Castle, Sijrevan
   Im Nebelung, Anno 1585

„Ihr habt Beute gemacht", stellte Wulf mit einem Blick auf das Lastenpony fest.

Er hatte im Hof gestanden und seine Axt geschliffen, als Royce und Lee eingeritten waren. Nun landete eines der Bündel, die auf Royces Pferd verschnürt gewesen waren, schwer in seinen Armen.

Royces wortloses Nicken und Lees ausdruckslose Miene ließen keine Rückschlüsse darauf zu, wie erfolgreich ihre Reise verlaufen war. Die Spannung, die allerdings zwischen den beiden herrschte, war fast greifbar.

Wulf war nicht entgangen, dass Lee jeden Blickkontakt vermied. Dunkle Ringe lagen unter den Augen des Burschen. Nachdem Royce ihm gesagt hatte, er solle sich bei Malissa melden, war er stumm in die Feste verschwunden.

Seltsamerweise nahm Royce es ohne Tadel hin, dass Lees Pferd beladen und aufgezäumt zurückblieb und der Bursche unbehelligt von dannen zog.

Genauso schweigsam begann Wulfs Herr nun selbst, die Stute abzuhalftern und sie in den Stall zu schicken. Stirnrunzelnd sah der Krieger zu seinem Clanherrn hinüber. Zwischen seinen Brauen bildete sich eine steile Falte.

„Was ist geschehen?"

Royce warf ihm einen kurzen Blick zu.

Ihm war wohl bewusst, dass der alte Highlander keine Ruhe geben würde, bis er eine befriedigende Antwort auf seine Frage bekam.

„Es gab unerwartete *Schwierigkeiten*", entgegnete Royce.

„Was für Schwierigkeiten?"

„Hol den Druiden."

Verblüfft starrte Wulf sein Gegenüber an. Für einen Moment war er sprachlos, etwas, das ihm nur sehr selten widerfuhr.

„Wieso? Wofür ...?"

Royce unterbrach ihn mit einer energischen Geste und schüttelte den Kopf.

„Tu, was ich dir gesagt habe", herrschte er ihn an.

Mit einem gleichmütigen Schulterzucken lagerte Wulf das Bündel Felle neben dem Tor des Stalls, schwang sich auf den blanken Rücken seines eigenen Hengstes und machte sich ohne weitere Fragen auf den Weg.

Er würde seine Antworten schon noch bekommen.

***

Royce verstaute Sättel und Zaumzeug wieder an ihren vorgesehenen Plätzen, wies zwei Knechte an, das Fleisch zu Malissa zu bringen, und ging mit den frischen Fellen unter dem Arm langsam zur Feste hinüber.

Seine Laune hatte sich auf dem Ritt hierher merklich verschlechtert und Lees Schweigen hatte nicht dazu beigetragen, etwas an diesem Zustand zu ändern.

Die Entscheidung, die er in Bezug auf sie getroffen hatte, würde die ohnehin schon angespannte Situation zwischen ihnen weiter verschärfen. Es war nur eine Frage der Zeit, wann dieser Streit abermals eskalieren würde.

Mürrisch streifte er sich den Mantel über den Kopf, warf ihn über die Schulter und trat durch das große Tor in die Halle. Die bedrohliche Stimmung, die ihm auf der Schwelle seines Heims entgegenschlug, ließ ihn alarmiert innehalten. Seine Hand wanderte unweigerlich zu dem Dolch an seinem Gürtel, doch das Messer war fort.

Innerlich fluchend glitt Royces Blick über die versammelten Menschen.

Die gute Malissa stand mit bleichen Wangen in der Tür zur Küche, während hinter ihr die beiden Küchenmägde neugierig die Köpfe hervorreckten. Ein Teil der Alten und Kinder, die die Feste bevölkerten und oft in der Halle saßen, um Kleider zu flicken und andere kleine Arbeiten zu verrichten, hatte sich verstört in einer Ecke des großen Raumes zusammengerottet.

Zwei Schritte rechts von ihm verharrten die beiden Knechte mit dem frischen Wildschweinfleisch. Offenbar wussten sie nicht, was sie nun tun sollten, während eine große Gruppe fremder Söldner und heimischer Krieger sich an dem schweren Eichentisch versammelt hatte.

Hölzerne Schüsseln mit warmer Suppe dampften unbeachtet vor sich hin … niemand aß – stattdessen beobachteten sie grinsend und teilweise johlend, was zwischen den beiden Streithähnen passierte, die sich in der Mitte der Halle gegenüberstanden.

Lee starrte zitternd zu einem hochgewachsenen Mann mit schwarzem Haar und dunklen Augen hinauf. Der Söldner blutete aus einem schmalen Schnitt auf seiner linken Wange. Offensichtlich eine Wunde, die er Lee zu verdanken hatte, die in ihrer rechten Hand den Dolch fest umklammerte, den Royce an seinem Gürtel vermisst hatte.

Auf ihrer Wange zeichnete sich in brennendem Rot der Abdruck einer kettenbewehrten Hand ab.

Ärger stieg in Royce auf.

Es war unverkennbar, dass es einen Zusammenstoß zwischen ihr und dem jungen Söldner gegeben hatte, der just in diesem Moment sein Schwert aus der Scheide zog.

„Dir werde ich Manieren beibringen, Bursche", knurrte er.

Das Kinn auf die Brust gesenkt, taxierte Lee den vor ihr stehenden Mann und ihre Augen funkelten vor Wut. Auf ihrem Gesicht lag plötzlich ein Ausdruck, der sie völlig fremd erscheinen ließ.

Royce stieß die schwere Tür hinter sich ins Schloss.

Ganz gleich, was hier geschehen war, innerhalb dieser Mauern würde kein Blut im Kampf vergossen werden – dafür würde er Sorge tragen.

Gerade, als er sich in seiner Stellung als Clanherr bemerkbar machen wollte, positionierten sich links und rechts von Lee drei der großen Wolfshunde, die Royces Männer oft in den Kampf begleiteten.

Seine Augenbrauen zuckten überrascht nach oben.

Magath, der große, schwarze Rüde, trat einen winzigen Schritt weiter nach vorn. Dieser riesige Hund, dessen Narben und Schmisse von alten Kämpfen zeugten, fixierte Lees Gegner mit halbgesenktem Schädel und seinen irritierenden, gelben Augen.

Royce schüttelte verblüfft den Kopf.

Das Verhalten der Tiere war typisch, wenn sie ihr Rudel verteidigten oder wenn sie sich im Kampf befanden. Sie waren dazu ausgebildet, ihre menschlichen Hundeführer und ihre Artgenossen zu schützen.

Im Kampf funktionierten diese Hunde mit tödlicher Präzision. Allerdings hatte Royce dieses Verhalten niemals in den Mauern dieser Burg beobachtet.

Die Bewohner der Feste waren für sie normalerweise nicht Teil ihres Rudels und die Menschen hier gingen den Hunden in der Regel aus dem Weg.

Unter anderen Umständen hätte Royce darauf gewettet, dass die Frau, mit der er das Lager geteilt hatte, in diesem ungleichen Streit gegen den Söldner nur verlieren konnte. Sie war noch nicht so weit, gegen einen erfahrenen Kämpfer anzutreten.

Flankiert von den Wolfshunden, die sie – aus welchen Gründen auch immer – als eine der Ihren betrachteten, hatten sich die Chancen jedoch grundlegend gewandelt.

Allerdings änderte das nicht das Geringste an seinem eigenen Unwillen. Dies war *sein* Heim und niemand würde hier die Klingen kreuzen. Streitigkeiten wurden vor den schweren Eichentoren bei einem Übungskampf im Hof ausgetragen. Oder, bei einem Kampf auf Leben und Tod, auf den Feldern.

Die Unschuldigen dieses Clans sollten nicht auch noch mit dem Blut der Fallenden besudelt werden, indem sie einem Kampf beiwohnen mussten, den sie nicht wünschten.

Sie hatten in den vergangenen Jahren schon genug gelitten.

„Was ist hier los?"

Seine Stimme hallte laut durch den hohen Raum und wurde von den steinernen Wänden zurückgeworfen.

Der Blick des Söldners löste sich unwillig von Lee und blieb an dem Clanherrn hängen. Royce nahm die unhöfliche Musterung von Kopf bis Fuß gelassen hin.

„Dieser Knecht rannte in mich hinein und erachtete es nicht für notwendig, sich für sein Fehlverhalten zu entschuldigen. Nachdem ich es ihm mit der ihm zustehenden Ohrfeige vergolten habe, zog er seinen Dolch und stach damit nach mir. Ein solches Verhalten toleriere ich nicht."

„Ich habe mich entschuldigt", fauchte Lee leise.

Der Söldner sah sie an und ein hämisches Lächeln breitete sich auf seinem Gesicht aus.

„Das war keine angemessene Entschuldigung, Hundsfott. Wenn ich dir einen Arm abhacke, mag es angemessen sein."

Royce überwand die wenigen Meter mit langen Schritten und zwang sich zur Ruhe. Zwischen Lee – samt ihrer Meute – und dem jungen Söldner blieb er stehen.

Er musterte den ihm gegenüberstehenden Mann mit nachdenklichem Blick, dann gab er den Hunden ein stilles Zeichen.

Alle drei legten sich mit deutlichem Widerstreben nieder. Allerdings entfernten sie sich weder von Lee noch ließen sie ihren Gegner aus den Augen.

„Wer seid Ihr?", wollte Royce, an den Fremden gewandt, wissen.

Der Söldner kniff die Augen zu Schlitzen und richtete seine Feindseligkeit nun auf Royce, der ihn zu seinem offensichtlichen Verdruss um Haupteslänge überragte.

„Wir sind Söldner aus Fallcoar. Ich bin Gallowain, Hauptmann und Heerführer. Wir sind auf Geheiß von Sir Royce hier."

Er streckte das Kinn vor und bemühte sich offenbar darum, größer zu wirken, als er war. Royce traf ein hochmütiger Blick.

„Was geht es Euch an?"

„*Ich* bin Sir Royce und es ist *mein Clan*, dessen Gastfreundschaft Ihr genießt", entgegnete er mit stoischer Ruhe. Er wartete die aufkommende Überraschung in Gallowains Gesicht ab, ehe er hinzusetzte: „Zudem ist es *meine Braut*, die Ihr bedroht."

Sich zu einem Lächeln zwingend, starrte er den Hauptmann weiterhin an.

„Ihr könnt wählen, ob Ihr gegen *mich* kämpfen wollt oder die Angelegenheit auf sich beruhen lasst. Für mich stellt es sich dar, als hättet ihr beide bekommen, was ihr verdient habt." Aufmerksam musterte er Gallowain. „Seid Ihr hier fertig?"

Gespenstische Stille folgte seinen Worten.

Der Söldner steckte mit einem Ruck sein Schwert weg und senkte den Kopf. Seine Kiefer mahlten zitternd und Royce war sich wohl bewusst, dass der Mann vor Zorn tobte, obwohl er äußerlich den Anschein bewahrte, ruhig zu sein. Gallowain gab nur deshalb klein bei, weil die Anzahl der heimischen Krieger in dieser Halle deutlich höher war als die seiner eigenen Söldner.

„Gewiss, *Sir*. Verzeiht, *Lord* Royce. Vergebt mir, *Mylady*. Ich bin *untröstlich*." Es fiel ihm sichtlich schwer, die Worte auszusprechen, und die Unehrlichkeit, die darin lag, war nicht zu überhören.

Royce nickte ihm nur wortlos zu, drehte sich um und entwand den Dolch aus Lees kalten Fingern. Sie starrte ihn mit großen Augen an, Fassungslosigkeit zeichnete sich auf ihrem Gesicht ab. Seinem drohenden Blick gehorchend, ließ sie sich von ihm die Treppe zum oberen Stockwerk hinauflenken, ohne einen Ton von sich zu geben.

Erst, als sie vor der Tür zu seinen Gemächern stehenblieben, kam wieder Leben in sie. Sie holte Luft, um etwas zu sagen, doch der Griff seiner Hand um ihren Arm ließ sie vor Schmerz zusammenzucken.

Royce starrte sie eindringlich an.

„Du wirst mir jetzt keine Widerworte geben und keine Szene machen", zischte er zwischen zusammengebissenen Zähnen hervor. „Wir reden *hinter* dieser Tür, nicht in Anwesenheit Dritter. Ich bin der Herr dieses Clans und du wirst mir Folge leisten."

Es zuckte merklich in ihrem Gesicht, aber sie wagte nicht zu widersprechen. Sich zur Ruhe zwingend, öffnete er die Tür langsam, schob Lee hinein und legte mit einem Stoßseufzer den Riegel von innen vor.

***

Lee war ein paar Schritte in das Schlafzimmer gestolpert und stand nun mit starrem Rücken vor dem großen Bett.

Mit einem Anflug von Panik vermied sie es, den Platz anzustarren, der bei ihrem letzten Besuch hier bereits nervöse Phantasien in ihr ausgelöst hatte.

Stattdessen wartete sie darauf, dass Royce sich zu ihr umdrehte. Nachdem er sich einen Schritt von der Tür fortbewegt hatte, sah er sie über die Schulter hinweg an.

„Du hast großes Talent, dich selbst in Gefahr zu bringen", stellte er fest.

Als er sich ihr zuwandte, hielt er ihr zu ihrer Überraschung seinen Dolch hin. Ungläubig starrte sie auf Royces ausgestreckte Hand.

„Nimm ihn wieder an dich, wenn du willst. Du hast jedes Recht dazu, dich zu verteidigen."

Ihr Kinn zitterte einen Moment, dann ballte sie die Hände zu Fäusten und schüttelte trotzig den Kopf. Royce seufzte, wandte sich ab und legte den Dolch auf den kleinen Tisch, der neben dem Bett stand.

„Na schön, pack ihn später ein. Es ist deine Entscheidung. Obgleich du eigentlich keinen Schutz brauchst … die Hunde betrachten dich offenbar als Teil ihres Rudels und sind bereit, dich zu beschützen."

Lee starrte auf seinen Rücken.

Das war ihr nicht entgangen. Obgleich sie nicht verstand, warum die Hunde sich so verhalten hatten, hatte es ihr ein warmes Gefühl von Zuneigung geschenkt. Angenehmer als die Kälte, die sich zwischen Royce und ihr breitgemacht hatte.

„Warum hast du das gesagt?", wollte sie wissen.

Er ersparte ihnen die Albernheit zu fragen, was sie wohl meinte.

„Weil es der Wahrheit entspricht", erwiderte er und sah sie an. „Wulf begleitet den Druiden zur Burg, er wird mich heute noch mit dir vermählen." Sie starrte ihn aus weit aufgerissenen Augen an und ihr Mund öffnete sich zu einer Antwort. Dann schüttelte sie vehement den Kopf.

„Nein, das ist nicht nötig", stammelte sie. „Du musst mich nicht heiraten."

„Vielleicht mag es für dich nicht notwendig erscheinen, dennoch werde ich meiner Pflicht nachkommen", gab Royce zurück und machte einen Schritt in ihre Richtung. „Zweimal habe ich mich dir gegenüber ehrlos verhalten, ich werde das wiedergutzumachen wissen."

Sie las in seinem Blick, dass ihm seine Worte absolut ernst waren. Sprachlos betrachtete sie ihn und fragte sich, wie sie ihn vom Gegenteil überzeugen konnte.

Sie wollte ihn nicht heiraten!

Sie wollte keinen weiteren Mann in ihrem Leben, der sie kalt und herzlos behandelte.

Royce verstand ihr Schweigen offenbar falsch.

„Du brauchst nicht zu fürchten, ich wolle an meinen ehelichen Pflichten festhalten. Nichts liegt mir ferner, es sei denn, du wünschst meine Nähe. Gern hätte ich dir noch ein paar Tage Zeit geben, dich mit dem Gedanken eines gemeinsamen Lebens vertraut zu machen, doch dein Zusammenstoß mit dem jungen Söldner hat mir gezeigt, dass nur Wahrhaftigkeit zählt." Er musterte sie von oben bis unten. „Das Versteckspiel ist vorbei."

Lee war zu entsetzt, um überhaupt noch einen klaren Gedanken fassen zu können. Royce atmete tief durch, ehe er mit seiner offenbar sorgsam durchdachten Rede fortfuhr.

„Als meine Gemahlin wirst du dich entsprechend kleiden und nicht länger in Hosen herumstolzieren. Es sei denn, du trainierst, denn ich werde dich weiterhin lehren, zu kämpfen und ein Schwert zu führen. Ich will nicht, dass auch meine zweite Frau eines Tages mit durchschnittener Kehle dem Tod begegnet." Sie starrte ihn an und spürte, wie die Wut in ihr immer größer wurde. Sie hatte geahnt, dass Frauen nicht viele Rechte hatten, aber er konnte sie doch nicht gegen ihren Willen heiraten! „Du wirst dein Haar wachsen lassen und mir zur Seite stehen, sollten Gäste in unser Haus einkehren. Du hast die gleichen Rechte und Pflichten wie ich als Oberhaupt dieses Clans – leiste ihnen Folge."

Er trat an ihr vorbei und griff nach dem Türknauf. Als sie Luft holte, um lautstark ihr Veto einzulegen, warf er ihr einen unnachgiebigen Blick zu.

„Ich werde darüber nicht mit dir diskutieren, Lee. Es ist mein fester Entschluss und der einzige Schutz, den du von diesem Augenblick an in diesen Mauern hast. Du wirst dir den Respekt der Menschen hier erst verdienen müssen, nachdem sie sich von dir und deinem Betrug getäuscht sehen – allen voran Wulf, dem du dein Leben schuldest."

Er öffnete die Tür, trat hinaus und das Schloss fiel hinter ihm zu. Lee hetzte hinter ihm her und hämmerte gegen das Holz.

„Ich heirate dich nicht freiwillig", brüllte sie.

Sie bezweifelte, dass er sie noch hörte.

***

Die nächsten Stunden hatte Lee wie in dichten Nebel gehüllt erlebt. Royce war nach einer Weile mit einer der Mägde zurückgekehrt. Das Mädchen, Calaen, sollte ihr dabei helfen, sich zu waschen und anzukleiden, woraufhin Lee vehement protestiert und verkündet hatte, sie wäre durchaus in der Lage, sich selbst zu säubern.

Statt der Aufsicht über das Bad hatte Royce die junge Frau daraufhin angewiesen, für Lee eines der Kleider seiner ersten Frau als Brauttracht umzunähen.

Während zwei Knechte das warme Wasser für den Zuber heraufgeschleppt hatten, hatte Lee mit Calaen in Royces Schlafzimmer gestanden und war von dem Mädchen sorgfältig vermessen worden.

Zu Calaens Leidwesen hatte sich die Arbeit als nicht ganz so einfach erwiesen. Lee war nicht nur ein ganzes Stück größer als Royces erste Frau, sie war trotz ihrer schmalen Gestalt auch breitschultriger und verfügte über stärkere Hüften.

Zum Schluss waren sie beide frustriert gewesen.

Calaen, weil sie vor einer scheinbar unlösbaren Aufgabe gestanden hatte, genau *das* Kleid, das Royce ausgewählt hatte, in etwas zu verwandeln, das Lee passen würde.

Lee, weil sie sich wie ein fettes Walross gefühlt und zudem mit einer völlig irrationalen Eifersucht zu kämpfen hatte. Sie wollte nicht das abgelegte Kleid seiner Verflossenen tragen. Einer Frau, für die er vermutlich große Gefühle gehegt hatte.

Was war überhaupt mit dieser ersten Frau geschehen?

Warum war sie gestorben?

War sie einfach abgehauen, weil sie es mit diesem Tyrannen nicht mehr aushielt, und den falschen Leuten in die Hände gefallen?

Wenn Lee ehrlich war, ärgerte sie sich vor allem über sich selbst und darüber, dass sie nicht in der Lage war, ihre eigenen Gefühle außen vor zu lassen.

Zum Teufel!

Wieso hatte sie sich ausgerechnet in ihn verliebt?

In einen Kerl, den sie kaum kannte … nur weil er mit ihr geschlafen hatte. Das war so dämlich.

Sie war so dämlich!

Wenn er doch bloß nicht auf diese irrsinnige Idee gekommen wäre, sie heiraten zu wollen! Das war völlig überholt und altmodisch … okay, diese ganze Welt hier war altmodisch.

Hätte er ihr auch nur den Hauch von Zuneigung entgegengebracht, wäre der Gedanke an eine Ehe mit ihm durchaus reizvoll gewesen.

Wem machte sie etwas vor?

Sie war verliebt in ihn, natürlich wollte sie seine Frau werden. Sie hätte ihn in einem Kartoffelsack geheiratet, wenn es nötig gewesen wäre … aber er tat das alles nur aus Pflichtgefühl.

Pflichtgefühl!

Eine solche Ehe wollte sie nicht führen. Sie wollte ihn nicht heiraten, sie wollte keine Zeit mit ihm verbringen, sie wollte einfach nur ihre Ruhe.

Dass er ihr auch noch vor Augen führte, wie schmal die Taille seiner ersten Frau gewesen war, schürte ihren Zorn zusätzlich.

Calaen hatte in der letzten Stunde so manch patzige Reaktion von ihr ertragen müssen, obwohl das Mädchen die Letzte war, die irgendeine Schuld trug.

Nachdem das Kleid ausgelassen worden war und endlich zu passen schien, hatte Lee sich vor ein paar Minuten in den gefüllten Badezuber geflüchtet und war in das bereits abkühlende Wasser gestiegen. Sie brauchte ein bisschen Zeit für sich selbst, um wieder zur Vernunft zu kommen und ihre schlechte Laune nicht an einer Unbeteiligten auszulassen.

Abgesehen davon, konnte sie Calaens Geplapper über deren eigene Lebens- und Liebesgeschichte nicht mehr hören. Sie wollte nichts vom *ach so großen Glück* einer Anderen erfahren, während sie selbst noch mit ihrem eigenen Kummer kämpfte.

Herrgott, dieses Mädchen war gerade mal vierzehn!

Sie konnte sich nicht einmal mehr an Royces Frau erinnern – und für Lees Verständnis war sie ohnehin viel zu jung, um sich über Ehe und Familie Gedanken zu machen. Allerdings war ihr durchaus bewusst, dass diese Zeiten einfach anders waren und die Heranwachsenden hier weder Spielkonsolen noch Handys besaßen. In diesem Jahrhundert machte man sich zu einem wesentlich früheren Zeitpunkt Gedanken um seine Zukunft.

Weil das Wasser viel zu schnell an Temperatur verlor, schrubbte Lee eilig ihre Haut und wusch sich das Haar. Fröstelnd stieg sie schließlich aus dem Zuber und kehrte in die Kälte des Bades zurück. Während sie sich hastig mit einem grobgewebten Tuch abtrocknete, sehnte sie sich einmal mehr nach einer warmen Dusche und beheizten Bodenfliesen.

Komfort wusste man eben erst zu schätzen, wenn man ihn nicht mehr hatte.

Sie seufzte.

Von ihrer Jammerei würde es nicht besser werden. Ihr blieb gar keine andere Wahl, als sich mit dem zu arrangieren, was ihr zur Verfügung stand.

Gereizt rubbelte sie sich das kurze Haar trocken und stand schließlich unschlüssig vor dem Kleid, das über dem Paravent hing. Es bestand aus einem seidigen, weißen Stoff und umschloss ihren Oberkörper bis zur Taille, wo es in einen bauschigen Rock überging. Im Grunde ein sehr schönes Kleid … aber immer noch das Kleid seiner Frau.

Tief durchatmend und die erneut aufkeimende, schlechte Laune niederkämpfend, legte Lee das Handtuch beiseite und streifte widerstrebend das von Calaen umgenähte Kleid über.

Natürlich hatte das Mädchen ihr Möglichstes getan.

Dennoch fühlte sich Lee zunehmend unwohl, was zum einen am Kleid und zum anderen an der Tatsache lag, dass sie keine Unterwäsche trug.

Frustriert musterte sie sich selbst. Die Ärmel waren deutlich zu kurz und der Saum endete gute zehn Zentimeter über ihren Knöcheln, obwohl er knapp über den Boden hätte schleifen müssen.

Dafür war ihr Dekolleté hervorragend in Szene gesetzt. So hervorragend, dass Lee befürchtete, bei der falschen Bewegung oben ohne dazustehen. Nachdem man sie zuvor für einen Mann gehalten hatte, war sie nicht unbedingt erpicht darauf, die Menschen hier so deutlich und offensichtlich vom Gegenteil zu überzeugen.

Je länger sie darüber nachdachte, in diesem Kleid vor den Clan zu treten, desto größer wurde das Unbehagen in ihr.

Sie schluckte.

Die Kehle schnürte sich ihr plötzlich zu und ihre Augen brannten. Mühsam kämpfte sie die Tränen herunter. Sie würde nicht schon wieder heulen.

Davon würde es nicht besser werden.

Calaen klopfte zögerlich an die Tür und steckte den Kopf durch den Spalt.

„Kann ich Euch helfen, Mylady?"

Lee presste kurz die Lippen aufeinander und nickte zögerlich. Es war ungewohnt, auf diese Weise angesprochen zu werden. Es fühlte sich irgendwie falsch an. Sie war keine Lady.

Vor ein paar Tagen war sie als Bursche hier eingetroffen und hatte von der Existenz dieser Welt nicht einmal etwas geahnt.

Calaen eilte herbei und begann, die Bänder in Lees Rücken zu binden. Sich räuspernd, warf Lee ihr einen Blick über die Schulter zu.

„Denkst du, du kannst einen Schal oder so auftreiben? Irgendetwas, womit ich mich ein wenig … bedecken kann?", fragte sie unglücklich. Das Kleid schnürte sie unangenehm ein und sie fürchtete einen Moment lang, der Stoff würde reißen, wenn sie zu tief einatmete.

Lächelnd nickte Calaen und lief zurück ins Schlafzimmer. Lee folgte ihr. Mit gemischten Gefühlen sah sie dabei zu, wie das Mädchen an die Truhe neben dem Kamin trat, die voller wertvoller Kleider lag. Kleider, die offenbar kaum getragen seit geraumer Zeit darin verstaubten.

Die Kleider seiner ersten Frau.

Lee presste die Lippen aufeinander.

Künftig würde sie ständig mit Vergleichen konfrontiert werden.

Das lag offenbar in der Natur der Sache, wenn man die *Nummer zwei* war.

Nach etwas Sucherei fand Calaen ein langes und wirklich wunderschönes Tuch aus weißer Spitze, das sie um Lees Schultern drapierte. Leider blieb die erhoffte Erleichterung bei Lee aus.

Als sich im nächsten Moment die Tür öffnete und Royce den Raum betrat, spürte sie, wie ihr das Blut in die Wangen schoss.

Sein Blick verweilte für einen endlos scheinenden Moment auf ihrem prall verschnürten Busen und sie sah, wie schwer es ihm fiel, ihr wieder in die Augen zu schauen.

Eine merkwürdige Mischung aus Scham und Lust wogte über sie hinweg. Mit einem dienstbeflissenen Knicks verließ Calaen den Raum. Lee hätte ihr am liebsten hinterhergeschrien, sie solle bei ihr bleiben.

Hastig schnappte sie nach Luft.

„Bist du bereit?" Seine Stimme klang belegt.

Peinlich berührt zupfte sie an dem Tuch herum und bemühte sich, den für ihren Geschmack deutlich zu schamlosen Ausschnitt weiter zu bedecken.

„Selbst wenn ich Nein sage, wirst du vermutlich trotzdem auf diese Heirat bestehen", bemerkte sie nach einem Moment.

Er nickte stumm.

Leise seufzend ließ sie die Hand sinken und betrachtete unglücklich ihr Äußeres. Der Gedanke, Royce zu ehelichen, war nicht so unangenehm wie die Tatsache, in dieser Kostümierung vor Dutzende gaffender Männer zu treten. Sie wollte nicht von einem Typen wie Gallowain angeglotzt werden ... und auch nicht von allen anderen.

„Warum lässt du das Tuch nicht weg?", fragte er achselzuckend.

Lee schenkte ihm einen frostigen Blick.

„Weil ich ohnehin schon albern aussehe", fauchte sie. „Sieh mich an, ich schaue aus, als hätte ich meiner nicht vorhandenen kleinen Schwester ein Kleid gestohlen!"

Für einen Moment wirkte er, als hätte sie ihn geschlagen. Die Schultern gestrafft und den Rücken durchgedrückt, würgte er sich ein gekünsteltes Lächeln ab.

„Selbstverständlich wirst du als mein Weib eine neue Garderobe erhalten, die deinem Stand entspricht. Sobald die Händler hier eintreffen, werde ich dafür Sorge tragen. Ich bedaure, dass ich dir im Moment nichts Besseres bieten kann."

Lee fuhr sich mit einer Hand über das Gesicht und atmete tief durch. Großartig, nun hatte sie ihn auch noch in seiner männlichen Ehre verletzt.

Warum waren Männer bloß so kompliziert?

Drückte sie sich wirklich jedes Mal so missverständlich aus?

Ernüchtert sah sie ihm ins Gesicht.

„Versteh mich doch ... es geht nicht um eine neue Garderobe." In einer missmutigen Geste hob sie die Hände und schlug dann wütend auf den Rock ihres Kleides, als das Tuch erneut verrutschte. Sie war es leid, auszusehen wie ein Clown. „Eigentlich will ich dich nicht einmal heiraten. Aber wenn du darauf bestehst, dann wenigstens in einem Kleid, in dem ich mich wohlfühle… und nicht in etwas, womit ich aussehe, als hätte ich mich für ein Theaterstück kostümiert. Sieh mich an, Royce." Sie hob die Hände und zeigte ihm die zu kurzen Ärmel. „Es passt nicht… alles ist zu klein und zu kurz, obgleich Calaen sich wirklich bemüht hat. Herrgott, lieber heirate ich dich in einem langen Nachthemd und mit Blumen im Haar auf einer einsamen Lichtung, als mich von allen Anwohnern des Hauses und deinen seltsamen Söldnern anstarren zu lassen. Sie werden alle darauf warten, dass der Stoff jeden Moment nachgibt und ich nackt vor ihnen stehe."

„Ist das dein Ernst?"

Irritiert runzelte sie die Stirn.

„Was ist mein Ernst?"

Einen Moment starrte er sie schweigend an und es war nicht zu übersehen, dass es in seinem Kopf arbeitete.

„Bist du bereit, freiwillig und ohne jeden Zwang meine Frau zu werden, wenn ich dir diesen Wunsch erfülle?", wollte er wissen.

Ihr blieb für einen Moment der Mund offen stehen und sie sah ihn sprachlos an. Er war bereit zu einem Kompromiss?

„Diese Möglichkeit bietest du mir tatsächlich, wenn ich Ja sage?", fragte sie zurück.

„Du hast meine Frage nicht beantwortet", stellte er fest.

Ihr lag eine spitze Bemerkung auf der Zunge, aber Lee schluckte sie herunter. Wenn sie in diesem Aufzug nicht vor gut hundert geifernde Männer treten musste, dann war sie zu so einigem bereit.

Aus der Zwickmühle, ihn heiraten zu müssen, kam sie ohnehin nicht mehr heraus und ganz so unangenehm, wie sie tat, war ihr der Gedanke, sich an ihn zu binden, gar nicht. Vielleicht konnten sie über die Konditionen ihrer Ehe auch noch verhandeln?

Obgleich sie sein Versprechen, dass sie ihren ehelichen Pflichten nicht nachkommen musste, in gewisser Weise bedauerte, hielt sie es keineswegs nur für leere Worte. Vor zwei Tagen wäre sie ihm blindlings bis ans Ende der Welt gefolgt. Sie hätte ihn nackt im Schnee geheiratet, wenn es nötig gewesen wäre ... aber er hatte eine Entscheidung getroffen.

Wenn er zu Zugeständnissen bereit war, dann war sie es auch. Hauptsache, sie musste nicht in diesem Aufzug vor den Clan treten.

Lee gab sich einen Ruck.

„Ja, ich heirate dich ohne Murren, wenn du mir diesen Wunsch erfüllst ... lass mich nur dieses Kleid ausziehen."

„Du hast gesagt, du willst ein Nachthemd und Blumen im Haar." Sie betrachtete ihn prüfend. Es war ein Anflug der Leichtigkeit, mit der sie sich noch vor einem Tag begegnet waren – ein vorsichtiges Scherzen.

„Etwas in der Art", gab sie leise zurück. „Ich habe da so meine eigenen Vorstellungen."

Royce nickte.

„Ich schicke dir Calaen und Eadan. Berate dich mit ihnen. Vielleicht können sie es aus ein paar anderen Stücken zusammenschneidern." Er deutete auf die Truhe mit den Kleidern seiner Frau. „Nutzt, was ihr braucht. Um Mitternacht hole ich dich ab."

Ohne ihr die Zeit zu lassen, vielleicht doch noch ein Veto einzulegen, wandte er sich ab und verschwand. Lee hatte keine Ahnung, was er nun vorhatte und ob er tatsächlich die Hochzeit einfach auf einen späteren Zeitpunkt verlegte.

Dennoch machte sich warme Erleichterung in ihr breit.

***

Als Royce kurz nach Mitternacht sein Schlafzimmer betrat, fand er es leer vor. Stimmen drangen aus dem Badezimmer nebenan, und als er nach seiner Braut rief, öffnete sich die Tür. Die beiden Mägde knicksten lächelnd und verschwanden mit leisem Kichern hinaus in den Flur.

Lee trat in das Schlafzimmer.

Sie trug ein bodenlanges, fließendes Gewand aus weißer Seide und cremefarbenem Flachs, dessen gerader Ausschnitt die Schultern freigab, aber den Ansatz der vollen Brüste nur erahnen ließ.

Weite Ärmel, mit Spitze bestickt, bedeckten ihre Arme bis zu den Handgelenken. Das Oberteil schmiegte sich eng an ihren Körper, erst knapp unter der Brust lag der Stoff locker in weichen Falten und umspielte ihre schmale Gestalt wie ein Windhauch. Bei jedem Schritt zeichneten sich ihre Konturen ab, ohne mehr als nötig preiszugeben.

Es war einfach und schlicht und doch wirkte Lee darin eleganter und würdevoller als in dem umgenähten Kleid seiner ersten Frau. Der Schal, den sie schon am Nachmittag getragen hatte, lag locker über ihren bloßen Schultern.

Die Mädchen hatten ihr das kurze Haar mit viel Mühe gebändigt, es glatt an den Kopf gekämmt und einen lockeren Kranz aus getrockneten Getreidehalmen auf ihr Haupt gebettet. Dünne Pantoffeln bedeckten ihre Füße. Unsicher sah Lee ihn an und knetete ihre Finger.

Ihm wurde bewusst, dass er dastand und sie mit offenem Mund angaffte. Räuspernd bemühte er sich um ein wenig mehr Haltung.

„Du bist wunderschön."

Im gleichen Moment hätte er sich am liebsten auf die Zunge gebissen, aber die Worte waren schneller heraus, als sein Verstand es hätte verhindern können.

Natürlich war sie wunderschön, tausendmal schöner als in diesem zu klein geratenen Gewand vor wenigen Stunden. Auch, wenn dieser Ausschnitt nicht ansatzweise so üppig und einladend war.

Dennoch, er hatte ihr nichts von seinen Gefühlen offenbaren wollen. Es stand ihm nicht zu, sie zu verehren. Als er ihr in die Augen sah, strahlte sie ihn an und er vergaß, was er noch hatte sagen wollen.

Für einen Moment war sie eben jene fröhliche Braut, die er sich für einen solchen Tag immer ersehnt hatte. Selbst Araenna hatte ihm bei der Trauung mit griesgrämigem Gesicht gegenübergestanden.

Ihm wurde warm und er hätte seinen Schwertarm dafür hergegeben, Lee in diesem Moment an sich ziehen zu dürfen, um sie zu küssen.

Das Verlangen, ihr das Kleid von den Schultern zu streifen und sich auf seine Art zu entschuldigen, wurde einen Augenblick fast übermächtig.

Mit einem Ruck straffte er sich.

„Bist du bereit?", wiederholte er seine Frage vom Nachmittag. Er hielt ihr gedankenlos die Hand hin und registrierte mit einiger Verspätung, dass er sie trotz ihres Versprechens eigentlich immer noch zwang, diesen Schritt zu gehen.

Wie konnte er erwarten, dass sie ihm tatsächlich voller Zuversicht folgte?

Sie tat das hier nicht aus Zuneigung für ihn.

Zu seiner Überraschung legte sie ihre Finger dennoch in seine und nickte. In ihren Augen lag ein so intensives Leuchten, dass es ihm einen Moment den Atem raubte.

„Ja", flüsterte sie.

Er schluckte, hüllte sie in den Fellmantel, der sie gegen die Kälte der Nacht schützen sollte, und führte sie aus dem Schlafzimmer hinaus. Keine Menschenseele befand sich in der Halle, Stille erfüllte die große Burg.

Um diese Uhrzeit hatten sich fast alle Bewohner zur Nachtruhe begeben.

Dem Gesinde und den Söldnern hatte Royce zugestanden, dass sie am nächsten Tag zu Ehren seiner Vermählung das Wildschwein verspeisen und ein paar Fässer Met leeren dürften.

Die erste Feier seit einer gefühlten Ewigkeit.

Das Gerede und Getuschel würde deshalb nicht verstummen. Dass aus dem so unerwartet aufgetauchten Burschen plötzlich eine Frau geworden war, die den Clanherrn heiratete, würde auch in den nächsten Wochen und Monaten noch für reichlich Gesprächsstoff sorgen.

Doch eine Feier wäre Zerstreuung für alle und würde die Zweifler zumindest eine Weile gnädig stimmen.

***

Wulf erwartete sie vor dem großen Tor, das den äußeren Burgwall durchbrach.

Sein Blick war finster, als er Lee ansah.

Sie ahnte, dass er ihr die Lüge nicht so schnell verzeihen würde. Vielleicht würde er niemals wieder auf seine gewohnt freundliche Art mit ihr scherzen.

Royce hatte erzählt, dass er Wulf von ihrem früheren Leben berichtet hatte, doch der alte Krieger hatte nur den Kopf geschüttelt und den Worten keinen Glauben geschenkt.

Natürlich wunderte sie das nicht.

Lees Schultern sanken ein Stück hinab und sie betrachtete bedauernd seinen breiten Rücken, während er schweigend vor ihnen durch die kalte Nacht stapfte. Fröstelnd zog sie das Fell enger um die Schultern, ignorierte ihre kalten Füße und holte Luft, um etwas zu dem vor ihnen wandernden Mann zu sagen, doch der sanfte Druck von Royces Fingern hielt sie zurück.

Als sie ihn ansah, schüttelte er leicht den Kopf und Lee verstand, dass dies offenbar der falsche Zeitpunkt war, um Wulf um Verzeihung zu bitten.

Das Kinn auf die Brust gesenkt, folgte sie den beiden Männern zu einem Platz weit außerhalb der Burgmauern.

Auf einer sanften Anhöhe über den steilen Klippen stand ein einzelner, völlig verkrüppelter Baum. Sie konnte das Meeresrauschen hören und das Brechen der Wellen an den schroffen Felsenriffen, die in der Tiefe aus dem Wasser ragten.

Ein alter Mann mit langem, weißem Haar und einem mindestens ebenso langen Bart blickte ihnen entgegen. Auch ohne ihn zu kennen, war Lee klar, dass das der Druide sein musste, von dem Royce gesprochen hatte. Der Mann, der die Zeremonie vornahm und sie miteinander vermählte.

Sie verkniff sich ein Grinsen.

Dieser Mann entsprach so sehr dem Klischee eines weisen, alten Zauberers, das in ihrem Kopf verankert war, dass es schon fast albern wirkte. Die stechend hellgrauen Augen, die ihr entgegensahen und sie durchdringend musterten, ließen ihr belustigtes Lächeln allerdings ebenso rasch verschwinden, wie es gekommen war.

In seinem Blick lagen weder Güte noch Besonnenheit, sondern Schärfe und etwas, das an geheimen Wahnsinn grenzte. Er runzelte deutlich die Stirn, als sie näherkamen, und die buschigen, weißen Brauen zogen sich nachdenklich zusammen. Wortlos nickte er Wulf zu und wandte sich dann an Royce.

Vor dem Druiden blieben sie stehen.

Der warme Bariton, mit dem er zu sprechen begann, mochte so gar nicht zu dem stechenden Blick passen, mit dem er Lee eben noch beäugt hatte. Unwillkürlich rückte sie näher an den Mann an ihrer Seite und erwiderte den Druck von Royces Fingern, als er nach ihrer Hand griff.

Sie war plötzlich von einer unangenehmen Kälte erfüllt, die nicht vom Winter dieses Landes herrührte, sondern irgendwo tief in ihr selbst entstand.

„Royce McCallahan, Oberhaupt der McCallahans, Clanführer. Du bist willens und bereit, dieses Weib zu deiner Gemahlin zu nehmen?" Sein Blick streifte Lee nur kurz. „Du wirst ihr Mann und Verbündeter sein, euren Kindern ein Vater und Vorbild, du wirst sie schützen und für sie kämpfen."

„So ist mein Wille, so ist mein Wunsch", erwiderte Royce mit klarer Stimme.

Lee schluckte und versuchte, der Aufregung, die sie von einem Moment auf den anderen überfiel, Herr zu werden.

Der Druide wandte sich ihr zu und unterzog sie einem weiteren prüfenden Blick.

Sie zitterte.

„Lee, Mündel des Clans McCallahan, Braut des Clanführers. Du bist willens und bereit, diesen Mann zu deinem Gemahl zu nehmen? Du wirst ihm Frau und Vertraute sein, euren Kindern eine Mutter und Gelehrte, du wirst sie hüten und verteidigen."

Tief durchatmend streckte Lee das Kinn vor, begegnete dem durchdringenden Blick des Druiden mit offenem Trotz und sah dann Royce an.

„So ist mein Wille, so ist mein Wunsch."

Der Druide senkte den Kopf und stimmte einen seltsamen Singsang an. Die Augen auf Royce gerichtet, der ihrem Blick begegnete, hörte sie gar nicht mehr hin. Lee spürte die Tränen, die ihren Hals hinaufstiegen.

Sie wünschte sich nichts mehr, als all die bösen Worte, die zwischen ihnen gefallen waren, aus ihrem Gedächtnis zu löschen. Wut und Enttäuschung sollten endlich verschwinden, sie wollte ihm vertrauen können und spüren, dass er auch ihr vertraute.

Es war offensichtlich, dass Royce seit ihrer Rückkehr alles getan hatte, damit sie sich wohlfühlte. Er war ihr sogar in Bezug auf ihren Wunsch zu dieser Eheschließung entgegengekommen. Doch nach ihrem letzten Zusammenstoß und seinem sexuellen Übergriff lag dieser Vorfall wie ein dunkler Schatten über ihnen.

Bei all der *Normalität*, um die sie sich beide bemühten, würde diese Begebenheit so lange zwischen ihnen stehen, bis sie endlich darüber redeten.

Allerdings deutete sich bislang nicht an, dass Royce zu einem Gespräch bereit wäre. Lees Ärger und Zorn waren längst einer tiefen Trauer gewichen. Trauer und Mutlosigkeit, die sich in ihr festsetzten, als wollten sie sie nie wieder loslassen.

Ein Teil von ihr wollte sich Royce in die Arme werfen, vergessen, was geschehen war, und das nehmen, was er ihr gab. Sie wusste, es wäre ein Leichtes gewesen, aber alles, was sie in diesem neuen Leben noch besaß, war ihr Stolz.

Royce hatte ihr keine körperlichen Qualen zugefügt, doch die abweisende Art, mit der er ihr gegenüber danach begegnet war, verletzte sie mehr als alles Andere.

Im Augenblick fiel ihr nichts schwerer, als ihm seine Zurückweisungen zu verzeihen. Trotz all der Zugeständnisse und seiner Entschuldigung hatte er sich nie wirklich zu ihr gesetzt und hören wollen, was sie zu sagen hatte.

Wie gern hätte sie diese Ehe anders begonnen, doch die Angst, wieder von ihm weggestoßen zu werden, hielt sie davon ab, sich ihm noch einmal zu offenbaren.

Zu oft war sie schon von Menschen enttäuscht worden und jedes Mal tat es aufs Neue weh. Aber der Mann, der ihr das Herz geraubt hatte, besaß eine ganz andere Macht über sie … eines Tages würde er sie damit vernichten.

Eine Träne löste sich von ihren Wimpern und floss unbeachtet über ihre Wange. Sie sah das Bedauern in Royces Blick, der offensichtlich seine eigenen Rückschlüsse darauf zog, was in ihr vorging.

Verschämt senkte sie den Kopf.

Der Singsang des Druiden verstummte und Lee fühlte den unangenehmen Blick, mit dem er sie und Royce bedachte.

„Vor den Göttern unserer Welt seid ihr nun einander gleichgestellt. Mögen euch ein langes, gemeinsames Leben und eurer Vereinigung viele Nachkommen vergönnt sein."

Er hob die Hände über ihre geneigten Köpfe und seine Augen verengten sich unmerklich, als er Lee ansah. Sie starrte einen Moment lang irritiert zu Boden.

Sich räuspernd, verschränkte der Druide bedächtig die Arme vor der Brust und schob die Hände in die weiten Ärmel seines Mantels. Aufmerksam betrachtete er Lee, die seinen Blick zögernd erwiderte. Die unangenehme Schärfe war weitgehend aus seinen Augen verschwunden, dennoch fühlte sie sich zutiefst verunsichert.

„Du bist anders", stellte er unumwunden fest. „Du bist kein Kind dieser Welt und doch scheint es, als hätte das Leben selbst dich hierhergerufen."

Lee blinzelte hektisch und starrte ihn nur an.

Als Royce ihre Hand drückte und ein Stück näher zu ihr trat, hätte sie ihn am liebsten umarmt. Der Druide ließ sich davon nicht beirren. Er sah sie nur an. In seinen Augen lag eine fast wissenschaftliche Neugier, kein Vorwurf.

„Wer bist du?"

Sie zuckte die Schultern und schüttelte stumm den Kopf. Dieser Mann war ihr wirklich unheimlich und sie wollte ihm nichts von den Dingen erzählen, die sie Royce offenbart hatte.

Allerdings fühlte sie sich im Zwiespalt. Immerhin vertraute Royce ihm genug, um sich von ihm mit ihr vermählen zu lassen.

„Vates, sie kann sich nur an wenig erinnern", gab Royce an ihrer Stelle zurück. „Nicht einmal an ihren wirklichen

Namen. Sie hat mir erzählt, dass viele verwirrende Bilder in ihrem Kopf seien, die nicht zusammenpassen." Ihr einen Arm um die Schulter legend, zog er Lee ein Stück an seine Brust und sie schloss für einen Moment die Augen. Dieses Gefühl, von ihm gehalten zu werden, wollte sie sich auf ewig einprägen. „Wir warten darauf, dass die Erinnerungen irgendwann zurückkommen."

Der Druide nickte langsam.

„Ja. Das Licht, das sie umgibt, ist durchlässig und voll blinder Flecke, als schliefe ein Teil von ihr. Es ist, als wäre sie noch nicht wirklich angekommen. Etwas fehlt, das sie ganz und stark machen wird."

Sein Blick wurde verhangen.

Plötzlich flatterten seine Augenlider und er schüttelte seinen ganzen Körper. Lee zuckte zusammen. Sie wollte vor ihm zurückweichen, doch Royce hielt sie fest an seiner Seite.

Es war gruselig, wie Vates' Gesicht sich veränderte. Lee rückte enger an Royce, der mit grimmiger Miene neben ihr stand. Als sie fragen wollte, was mit dem Druiden sei, gab Vates ein langgezogenes Heulen von sich, das ihr durch und durch ging.

Er riss die Augen auf, den Kopf in den Nacken gelegt. Die Augäpfel waren verdreht, sodass sie nur noch das Weiße erkennen konnte, und seine Stimme hatte nichts mehr gemein mit dem warmen Bariton, der ihm noch vor wenigen Sekunden gehört hatte.

„Sie wird erwachen und vernichten. Sie wird Feuer und Tod in diese Welt tragen und doch ist sie dem Leben gleich, das sie in sich trägt."

***

Angespannt und mit steifem Rücken saß Lee auf dem kunstvoll gedrechselten Stuhl, der im Schlafzimmer neben dem Fenster stand.

Royce war schon vor einer gefühlten Ewigkeit ins Bad nebenan verschwunden, während sie nervös versuchte, den Gedanken daran zu verdrängen, dass ihre Hochzeitsnacht vor ihnen lag.

Eine Hochzeitsnacht, die eigentlich keine war.

Sie zweifelte nicht daran, dass er sein Versprechen, sich ihr nicht zu nähern, halten würde. Das Problem war, dass sie nicht wusste, ob ihr das gefiel. Trotz allem fühlte sie sich immer noch zu ihm hingezogen.

Sie hatten nur diese wenigen Momente geteilt. Sie sehnte sich danach, in seinen Armen zu liegen und von ihm berührt zu werden. Stattdessen fühlte sie sich verraten und ungerecht behandelt.

Sie vermisste ihn.

Die letzten Stunden hatten viele weitere Fragen in ihr aufgeworfen und in ihrem Kopf drehte sich alles.

Wie sollte es nun weitergehen?

Was erwartete er von dieser Ehe?

Sie mussten endlich miteinander reden. Sie wollte sich nicht ständig selbst fragen, worauf sie als Nächstes zu achten hatte, und sie wollte nicht jedes Wort auf die Goldwaage legen müssen.

Nachdem Vates wieder aus seinem tranceartigen Zustand erwacht war, hatten sich drei Augenpaare auf Lee geheftet und sie lange angesehen. Dann waren sie wortlos, in den Spuren von Vates und Wulf laufend, zur Burg zurückgewandert.

Wegen der leichten Schuhe und der viel zu dünnen Kleidung schlotternd vor Kälte, war Lee dankbar gewesen, als sie endlich die Wärme der Halle erreicht hatten. Sie hatte sich gefühlt, als wäre ihre Haut bereits mit einer dünnen Eisschicht überzogen und ihre Füße nichts weiter als zwei abgestorbene Klumpen Fleisch gewesen.

Der Fellmantel, den Royce ihr zuvor so sorgfältig um die Schultern gelegt hatte, hatte nur die gröbste Kälte abgehalten. Gegen das eisige Zittern, das aus ihrem Inneren kam, hatte er leider nicht geholfen.

Wulf war mit knappem Nicken davongestapft und zu seinem Lager verschwunden. Vates hatte, erhaben wie ein König, den Kopf gesenkt und sich in sein Gästequartier zurückgezogen. Kein Geplauder, keine Glückwünsche... sie waren zurückgekehrt, als wäre nichts geschehen.

Ziemlich frustriert war sie Royce schließlich in das Schlafzimmer gefolgt und hatte unschlüssig in der Tür gestanden. Die Zusammenkunft mit Vates und sein seltsames Verhalten hatten sie verwirrt.

Sie hatte Royce angestarrt und nicht mehr schweigen können.

„Was war das?"

Sekundenlang hatte er sie nur angesehen, ehe er seinen eigenen Fellmantel aufs Bett geworfen und mit den Schultern gezuckt hatte.

„Vates ist ein Seher. Er hatte eine Vision. Eine Vorhersage, die weitere Ungewissheit schüren soll... aber ich gebe nichts auf abergläubisches Geschwätz."

„Du vielleicht nicht."

„Man wird dich im Auge behalten", hatte Royce bekannt und sie auf merkwürdige Weise angesehen. „Zu seltsam wird alles für sie sein, was dich betrifft. Erst erscheinst du hier als Mann verkleidet und nun eine Prophezeiung, in der von Tod und Leben die Rede ist. Bleib wachsam, *Clanherrin*."

Er hatte ihr zugenickt und war ins Bad verschwunden, während sie grübelnd zurückgeblieben war und ihre wild durcheinanderwirbelnden Gedanken zu ordnen versucht hatte.

Einen Moment lang hatte sie sich fast dazu verleiten lassen zu lachen, als Vates die Augen verdreht hatte, doch sein Anblick hatte dafür gesorgt, dass es ihr im Halse steckenblieb.

Diese Welt war noch viel seltsamer, als sie bislang geglaubt hatte.

Mit einem Seufzer stand sie auf, streifte die nassen Schuhe von den Füßen und nahm den Kranz von ihrem Kopf. Der feuchte, kalte Saum des Kleides, das durch den Schnee geschleift war, strich unangenehm an ihren Knöcheln entlang und sie hätte viel für ein paar Jogginghosen und kuschelige Socken gegeben.

Nervös fuhr sie sich mit den Fingern durch das kurze Haar. Wirklich wohl fühlte sie sich nicht in ihrer Haut.

Clanherrin.

Sie nestelte an dem Schal, der um ihre Schultern lag, während sie langsam am Bett vorbeiwanderte. Das Misstrauen der meisten Menschen hier würde weiter wachsen, auch dank der Worte des Druiden.

Was ihre Beziehung zu ihrem Ehemann anging... sie hatte keine Ahnung, wie das funktionieren sollte.

Ihr *Ehemann.*

Mit einem bitteren Lächeln schüttelte sie den Kopf. In ihrer eigenen Zeit hatte sie als altmodisch gegolten, weil sie sich immer ein spießiges, traditionelles Leben gewünscht hatte. Einen Mann, der sie liebte, Kinder, die sie behüten und aufwachsen sehen konnte. Lee hätte sich gern als treusorgende und liebevolle Ehefrau gewähnt, die daheim mit dem Essen wartete.

Es war ihr nicht gelungen und sie hatte ihren Wunsch nach einem intakten Familienleben irgendwann begraben.

Ihr waren nur wenige Männer begegnet, die Interesse an ihr hatten, und nur einer, mit dem sie tatsächlich ein paar Mal ausgegangen war.

Sie hatte sogar einmal geglaubt, verliebt zu sein.

Da war dieses Flattern im Bauch gewesen und ein warmes Gefühl von Zuneigung, doch sie war nie bereit für diesen letzten, finalen Schritt. An dem Punkt, als Lee sich weigerte, mit ihm zu schlafen, hatte er ihr den Laufpass gegeben – und sie hatte sich tagelang die Augen aus dem Kopf geweint.

Sie hatte sich ständig gefragt, was falsch war mit ihr.

Andere Frauen warteten auch nicht auf die ganz große Liebe, die es ohnehin nicht zu geben schien. Trotzdem waren sie zufrieden mit ihrem Leben.

Mit über zwanzig noch Jungfrau zu sein, machte sie in ihrer Welt jedoch zu einem Kuriosum.

Eine frühere Schulfreundin hatte ihr irgendwann gesagt, sie sei zu romantisch und zu wählerisch. Es sei Zeit, ihre Ansprüche herunterzuschrauben, wenn sie noch jemanden abbekommen wollte.

Lee hielt sich weder für hässlich noch für wunderschön.

Selbst jemand mit ihrem durchschnittlichen Aussehen hätte vermutlich ein aufregenderes Liebesleben haben können. Doch sie hatte das nicht hören wollen.

In all der Zeit war sie immer der Meinung gewesen, sie müsste sich nicht an jeden dahergelaufenen Typ verschenken, nur um nicht allein zu sein.

Stattdessen hatte sie auf den Einen gewartet … den, der das Blut in ihren Ohren rauschen ließ und ihr schweißnasse Hände bescherte.

Sie wusste, es war die richtige Entscheidung gewesen, mit Royce zu schlafen. *Er* war der Mann, mit dem sie dieses erste Mal hatte erleben sollen. Der *Eine*, der ihr diesen besonderen Moment geschenkt hatte.

Kein Anderer hätte ihr das geben können, was er ihr gegeben hatte.

Eigentlich hätte sie zufrieden sein müssen.

Genaugenommen hatte sie tatsächlich das bekommen, was sie sich immer gewünscht hatte. Sie befand sich in einer traditionellen Beziehung mit einem Mann.

Verheiratet mit einem *echten* Kerl, rau und einnehmend, mit starken Muskeln und altmodischen Ansichten. Ein Kerl, der sein Fleisch fast roh verzehrte, sich mit anderen Kerlen schlug und den sie erst seit fünf Tagen kannte. Ein Kerl, dem sie sich vor achtundvierzig Stunden noch hemmungslos hingegeben hatte und dessen Berührungen sie bereits jetzt schmerzlich vermisste.

Zum ersten Mal in ihrem Leben hatte sie sich Hals über Kopf verliebt, wirklich verliebt … und ihr *Auserwählter* hatte ihr in aller Klarheit zu verstehen gegeben, dass Gefühle ein Fehler waren.

Er würde sie niemals zurücklieben.

Kerle wie er hatten keine Gefühle, das hatte er nicht nur gesagt, sondern ihr auch gezeigt.

Bedrückt schüttelte sie den Kopf.

Ihr war schleierhaft, wie diese Beziehung funktionieren sollte. Der Gedanke daran, dass sie ihr Leben künftig an der Seite eines Menschen führen würde, dem ihre Anwesenheit zuwider war, erschreckte sie zutiefst.

Es war nicht das erste Mal, dass sie sich so unwillkommen und ungeliebt fühlte. Ihr Vater war auch immer kalt und abweisend gewesen.

Vielleicht war das der Grund, warum sie selbst sich so schmerzlich nach Beständigkeit gesehnt hatte. Nach einem Mann, der sie liebte, und nach Kindern, denen sie all die Zuneigung schenken durfte, die sie verdienten.

Lee schluckte.

Möglicherweise war es Zeit, eine Entscheidung zu treffen. Sie musste wissen, woran sie war. Sie wollte nicht irgendwann voller Verzweiflung auch dieses Leben beenden, weil sie resignierte und wieder einmal feige vor ihrer Bestimmung floh.

Es durfte einfach nicht sein, dass das Schicksal ihr diese Chance gab, damit sie vom Regen in die Traufe stürzte. Da war es besser, ehrlich eine Grenze zu ziehen und sich zu arrangieren, als ständig abwägen zu müssen, was sie tun durfte und was nicht.

Auch für sie selbst war es an der Zeit, sich zu entscheiden.

Als Royce wieder in das Schlafgemach trat, stand Lee an der gegenüberliegenden Wand. Ihre mühsam von den Mädchen gerichtete Frisur war zerstört, nachdem sie gefühlte hundert Mal mit den Fingern hindurchgefahren war.

Sie fühlte sich elend, weil sie nicht wusste, wie sie ein sachliches Gespräch mit Royce beginnen sollte, wenn sie selbst emotional so aufgewühlt war.

„Solltest du die Befürchtung hegen, dass ich entgegen meines Versprechens auf den Vollzug unserer Verbindung bestehe, so kann ich dich beruhigen", bemerkte er.

Sie drehte sich zu ihm um und starrte ihn einen Moment verwirrt an. Sein Anblick brachte sie aus dem Konzept. Das feuchte Haar, das offen stehende Hemd und die darunter hervorblitzenden Haare, die seine Brust bedeckten.

Die Tatsache, dass sie sehr wohl wusste, was er unter seinem Kilt trug – nämlich nichts. Sie schüttelte den Kopf und versuchte, die verlockenden Bilder darin loszuwerden.

„Ja … nein …" Verlegen brach sie ab. „Ich meine, ich weiß natürlich, was du gesagt hast."

„Mir ist bewusst, dass du mir nicht traust", stellte Royce fest und trat neben das Bett. Als er sich das Hemd auszog, bewunderte sie das beeindruckende Spiel seiner Muskeln. „Dennoch werde ich dir mein Schlafgemach nicht überlassen. Es würde zu viele Fragen aufwerfen, die ich nicht gewillt bin zu beantworten."

Lee schüttelte erneut den Kopf und machte einen einzelnen Schritt in seine Richtung. Tiefe Sehnsucht schwappte wie eine warme Welle über sie hinweg.

„Das ist es nicht", flüsterte sie, räusperte sich und zwang sich dazu, seine nackte Brust nicht anzustarren. „Ich weiß, dass du dein Versprechen halten wirst."

Die Finger ineinander verschränkt, senkte sie den Blick und starrte einen Moment gedankenverloren auf ihre Zehen, die unter dem Saum des Kleides hervorblitzten. Es war unmöglich, sich in dem Zustand, in dem sie sich gerade befand, neben ihn zu legen und auch nur über Schlaf nachzudenken.

Unruhig hob sie das Kinn. Er stand immer noch wartend neben dem Bett und sah sie an.

Verflixt, warum musste er so verdammt gut aussehen?

Als wäre er geradewegs einem dieser schnulzigen Liebesromane entstiegen, die sie in ihrem alten Leben so gern gelesen hatte. Und warum war ihr eigener Körper so verräterisch und reagierte selbst dann auf seine Anwesenheit, wenn er sie nicht einmal berührte?

Es machte sie wütend, dass er trotz allem immer noch so nett zu ihr war. Er hätte einfach auf sein Recht bestehen können ... schließlich war er der Clanherr. Niemand würde ihr zu Hilfe eilen, wenn er sich einfach nahm, was er wollte.

„Warum tust du das alles?", wollte sie wissen. Zwischen seinen Augenbrauen bildete sich eine steile Falte und sie machte eine alles umfassende Geste. „Du hättest mich nicht heiraten müssen. Niemand hätte von dem erfahren, was zwischen uns geschehen ist."

Sein Gesicht verfinsterte sich von einem Moment auf den anderen und sie verfluchte sich im Stillen selbst.

Das waren genau die falschen Worte!

„*Ich* weiß es", gab er zurück. „Für mich ist das Grund genug."

„Aber du bist mir nichts schuldig", warf sie ein. „Ich habe mich dir freiwillig hingegeben und auch beim letzten Mal war es eigentlich nur deine Wut, die dich geleitet hat. Du hast mir keinen körperlichen Schmerz zugefügt."

Seine Schulterpartie spannte sichtlich. Es war deutlich zu sehen, wie unangenehm es ihm war, dass sie das Thema zur Sprache brachte.

„Was ich getan habe, ist unverzeihlich", entgegnete er mit frostiger Stimme. „Es wird nicht wieder vorkommen. Künftig werde ich dich mit dem dir gebührenden Respekt behandeln." Er deutete brüsk auf die hinter ihm liegende Kammer „Wenn du dich für die Nacht vorbereiten möchtest, so kannst du den Baderaum ungestört nutzen. Ich lege mich zur Ruhe, gute Nacht."

Ohne sie noch einmal anzusehen, wandte er sich ab, entledigte sich seiner restlichen Kleidung und schlüpfte nackt zwischen die Felle. Schweigend drehte er ihr den Rücken zu.

Für ihn war das Gespräch beendet.

Vor Frustration hätte Lee am liebsten laut aufgeschrien. So hatte sie sich diese *Aussprache* nicht vorgestellt. Sie wollte reden und aus der Welt schaffen, was zwischen ihnen stand, aber sie hatte nicht den Mut, die Diskussion weiterzuführen.

Mit geballten Fäusten zwang sie sich an dem Bett vorbei und ins Bad. Ihre Hände zitterten, als sie die Tür hinter sich ins Schloss drückte. Bemüht, ihre flatternden Nerven wieder unter Kontrolle zu bekommen, trat sie neben das schmale Fenster und lehnte den Kopf an den kühlen Stein.

Vielleicht war es einfach ihr Schicksal, dass sie kein Glück mit zwischenmenschlichen Beziehungen hatte. Der einzige Mensch, der sie angenommen hatte, wie sie war, war ihre Mutter gewesen … aber die war nicht mehr da.

Lee war allein – ganz gleich in welcher Welt.

Seufzend zog sie sich aus, wusch sich an dem Tischchen, auf dem ein Wasserkrug samt Waschschüssel stand, und überlegte einen Moment, ihr Kleid wieder anzuziehen.

Es widerstrebte ihr, sich erneut in dieses Gewand zu hüllen. Das war ihr Brautkleid und kein Nachthemd. Ganz davon abgesehen, dass der Saum immer noch nass und schwer vom Schnee war.

Nackt schlich sie zur Tür, öffnete sie einen Spaltbreit und lugte vorsichtig ins Schlafzimmer. Im Halbdunkel des schwachen Kaminfeuers konnte sie Royces Gestalt nur schwer ausmachen. Er schien zu schlafen und sein Brustkorb hob und senkte sich unter den regelmäßigen, ruhigen Atemzügen.

Sie fröstelte.

Die Kälte, die sich durch das heruntergebrannte Feuer breitmachte, verursachte ihr eine Gänsehaut. Wenn sie ins Bett wollte, sollte sie es sofort tun. Für den Bruchteil einer Sekunde überlegte sie, sich wenigstens mit dem Schal zu umhüllen, um einen Teil ihrer Blöße zu bedecken … aber dann war es ihr doch zu albern.

Selbst wenn er aufwachte, hatte sie nichts zu befürchten. Er hatte sie schon nackt gesehen und er würde sich ihr nur nähern, wenn sie danach verlangte. Falsche Scham war hier fehl am Platz.

Die Schultern gestrafft, nahm sie ihren Mut zusammen, verließ das Bad und schlich auf Zehenspitzen durchs Schlafzimmer.

„Bevor du dich hinlegst, wirf bitte noch Holz ins Feuer."

Wie vom Donner gerührt blieb sie stehen und starrte zum Bett hinüber. Sein Murmeln war kaum verständlich gewesen, aber doch deutlich genug, um ihn nicht zu überhören.

Lee zitterte.

Er hatte die Augen geschlossen, oder?

Hitze breitete sich auf ihren Wangen aus.

Peinlich berührt wandte sie sich dem Kamin zu, ging davor in die Knie und warf drei Holzscheite in die kaum noch sichtbaren Flammen. Einen Moment blieb sie hocken, wo sie war, und sah dabei zu, wie das Feuer gierig nach frischer Nahrung züngelte.

Das war gerade noch mal gutgegangen.

Rasch huschte sie zu ihrer Seite des Bettes hinüber, löschte die Kerze auf dem kleinen Tisch und kroch zwischen die Felle. Schlotternd versuchte sie sich darin einzuwickeln. Die Wärme kehrte zwar zügig in den Raum zurück, aber die Kälte in ihr selbst konnte es nicht vertreiben.

7. Kapitel

Es fiel ihr schwer, zur Ruhe zu kommen.

Während das Feuer angenehm knisterte und eine wohlige Wärme verbreitete, erfüllten Royces tiefe Atemzüge den Raum. Schlaflos rollte sie sich von einer Seite auf die andere und blieb schließlich, das Gesicht ihm zugewandt, auf der Seite liegen.

Eine Weile lang beäugte sie seine bloßen Schultern, den kräftigen Nacken, in dem sich die dunklen Haare lockten, und den Teil seines Rückens, der unter der Decke hervorlugte.

Die Erinnerung daran, wie sehr sie es genossen hatte, in seinen Armen zu liegen und bei ihm zu sein, überrollte sie von einer Sekunde auf die andere.

Sie hatte sich nie zuvor so vollständig gefühlt wie mit ihm. Ihr ganzes Leben war sie dem Verlangen nachgejagt, die Leere und Kälte in ihrem Inneren mit Wärme zu füllen. Bis zu ihrem Streit hatte er es geschafft, dass sie sich nicht mehr minderwertig und fehlerhaft fühlte. Selbst in den Momenten, als er sie noch für einen Mann gehalten hatte.

Doch nun war alles vorbei.

Das Kinn auf die Brust gezogen, kämpfte sie sekundenlang gegen die Tränen, ehe sie sich ihre Niederlage eingestehen musste. Die salzige Flüssigkeit brannte heiß auf ihren Wangen und Lee verkniff sich jeden Laut. Er sollte nicht hören, dass sie weinte. Neben all der Enttäuschung und dem Kummer, der in ihr rumorte, war da immer noch ein Rest von Trotz.

Sie würde ihn nicht anbetteln.

Sie würde ihn nicht bitten.

Komme, was da wolle ... sie hatte sich genug verbogen in ihrem alten Leben und es hatte ihr nichts gebracht außer weiteren Fehlschlägen. Wer immer nur klein beigab, wurde allenfalls mit Tritten belohnt, und das Gefühl, ungeliebt zu sein, war ihr mittlerweile nur allzu vertraut. Mit einem Ruck rollte sie sich zu einer Kugel zusammen und kniff die Lider fest aufeinander.

Verflixt, sie wollte nicht mehr weinen.

Sie wollte weder sein Mitleid noch seine Verachtung.

Der Schmerz würde vergehen und irgendwann einer betäubenden Resignation Platz machen. Genauso wie der Schlaf irgendwann kam.

Wenigstens schnarchte der Mann an ihrer Seite nicht.

Sie sollte die positiven Dinge sehen, statt über die negativen zu jammern. Ein lautes und vernehmliches Knurren erfüllte den ruhigen Raum. Genervt drückte sie eine Hand auf ihren leeren Magen.

Erst jetzt wurde ihr bewusst, dass sie den ganzen Tag noch nichts gegessen hatte. Der Aufbruch am frühen Morgen, dieser ganze verrückte Tag, an dem sie nur damit beschäftigt gewesen war, ein passendes Kleid für ihre Vermählung zu fertigen.

Sie hatte es schlichtweg vergessen.

Und nun lag sie hier und war hungrig ... hungrig nach Nahrung und ein bisschen menschlicher Zuwendung. Als

Royce sie an sich gezogen hatte, um Vates zu demonstrieren, dass sie nun zu ihm gehörte, hatte sie sich gewünscht, er würde sie nie wieder loslassen. Auf dem Rückweg hatte er nicht einmal mehr ihre Hand gehalten.

Wütend drückte sie das Gesicht in die Felle und gab einen unwilligen Laut von sich. Sie hätte jetzt gern auf irgendetwas eingeprügelt, um ihre Frustration loszuwerden und sich abzureagieren.

Die warme Hand an ihrer Schulter ließ ihren Kopf hochfahren und Royce blickte in ihr vom Weinen nasses Gesicht. Er wirkte beunruhigt, während er auf einen Ellenbogen gestützt auf sie hinabsah. Gerade, als er etwas sagen wollte, erwachte Lee aus ihrer eigenen Starre und tat, was sie nicht hatte tun wollen.

Instinktiv schlang sie ihm die Arme um den Hals, zog seinen Kopf zu sich und presste gierig ihre Lippen auf seinen Mund. Sie ertrug es keine Sekunde länger, hier zu liegen und ihn nicht berühren zu dürfen.

Nach einem Augenblick der Überraschung bemühte er sich halbherzig, von ihr abzurücken und sich aus ihrer Umklammerung zu befreien. Er rollte zurück auf seine Seite des Bettes und Lee ließ sich mit ihm ziehen.

Wütend schob sie die Felle beiseite, setzte sich auf seinen Bauch und richtete sich auf.

Atemlos und mit funkelnden Augen blickte sie in Royces Gesicht. Verwirrung und Ärger spiegelten sich in seiner Miene. Dennoch glitten seine Hände wie von selbst über ihre Beine hinauf und kamen auf ihren Oberschenkeln zum Liegen.

„Wenn du mich nicht willst, musst du mich wegstoßen", flüsterte sie rau.

Royce schluckte mühsam und Lee spürte deutlich, wie sehr er mit sich selbst rang. Sein Körper reagierte instinktiv auf sie und drückte sich gegen ihre Kehrseite. Sie lächelte verlegen. Sichtlich zerrissen schüttelte er den Kopf und nahm demonstrativ seine Hände von ihren Beinen.

Er kämpfte um Selbstbeherrschung.

„Ich habe nie behauptet, dich nicht zu wollen, Lee. Aber du weißt, wie es beim letzten Mal war", gab er stockend zurück.

Unter halbgesenkten Lidern warf sie ihm einen langen Blick zu. Ihre Zunge glitt über ihre trockenen Lippen und sie registrierte mit einiger Genugtuung, wie sich seine Bauchmuskeln unter ihr anspannten. Als sie mit den Fingern sanfte Kreise um seine Brustwarzen zeichnete, beobachtete sie fasziniert, wie sie sich aufstellten. Sein Körper reagierte also ganz ähnlich wie ihr eigener.

Sie hob den Blick und sah ihm in die Augen.

„Ja, ich erinnere mich", erwiderte sie leise. „Aber ich habe auch nicht vergessen, wie es davor war." Sie beugte sich zu ihm hinab und küsste sanft seinen Mund. „Ich ertrage es nicht länger, ohne dich zu sein."

Langsam ließ sie ihre Lippen über sein Kinn wandern, strich den Hals hinab und setzte eine Spur sanfter Küsse bis zu den empfindlichen Brustwarzen. Er zitterte. Seine Hände krallten sich in die Felle und er war offensichtlich bemüht, ihr nicht nachgeben zu wollen. Doch sosehr er sich in Widerspenstigkeit versuchte, verriet ihn sein Körper mit aller Deutlichkeit und Härte.

Lee verspürte Erleichterung und Euphorie, während ihre Wange sich in sein weiches Brusthaar schmiegte und ihre Hand der schmalen Spur aus feinen Locken folgte, die tiefer führte.

Sein erregtes Stöhnen war wie Musik in ihren Ohren, als ihre Hände über seinen Schoß strichen und ihre Finger sich um das feste Fleisch legten.

Seine Haut war samtig weich und warm.

Sie küsste ihn oberhalb des Bauchnabels, darunter und schließlich die glänzende Spitze seiner Lust. Sanft neckte sie ihn mit der Zunge und genoss die Macht, die sie plötzlich spürte.

Eine seiner Hände legte sich auf ihren Hinterkopf und krallte sich in ihr Haar. Lee lächelte. Es war unverkennbar, was er sich wünschte. Das Herz hämmerte in ihrer Brust und sie schloss für einen Moment die Augen, ehe sie ihre Lippen öffnete und sich die warme Spitze in ihren Mund schob.

Sein Stöhnen wurde lauter und unbeherrschter, eine Ader trat an seinem Hals hervor und für einen Augenblick befürchtete sie, er würde sie doch noch von sich stoßen. Dann drückte er sie so heftig an sich, dass sie einen Moment keine Luft bekam.

Ihr Mund wurde von der Hitze seines Fleisches regelrecht überflutet und trocknete von einer Sekunde auf die andere völlig aus. Erschrocken stemmte sie sich gegen Royces eisernen Griff. Er verkrampfte sich unter ihr und sie konnte sehen, wie seine Bauchmuskeln sich anspannten.

„Warte!" Sein Keuchen war kaum zu verstehen. Lee sah zu ihm hoch und begegnete seinem Blick. Seine Augen waren dunkel vor Leidenschaft und sein Gesicht verzerrt. „Warte."

Bewegungslos verharrte sie in ihrer Position und fühlte sich ihm auf seltsam erregende Weise preisgegeben.

Als ihre Finger über den Schaft strichen, schüttelte er den Kopf.

„Nicht", bat er. „Beweg dich nicht."

Etwas rann dickflüssig über ihre Zunge und hinterließ einen leicht herben Geschmack. Lee spürte, wie sie rot wurde, und ihr Schluckreflex setzte ein. Royce drückte den Hinterkopf in das Kissen und kniff die Augen zusammen.

„Beweg. Dich. Nicht."

Das Gefühl, das seine Worte in ihr auslösten, war unbeschreiblich. Plötzlich erkannte sie, dass er so wenig wie sie gegen das ankam, was zwischen ihnen war. Nun war *sie* die Starke, die Mutige ... es lag in ihrer Hand, was weiter geschah.

Wie im Rausch ignorierte sie seine Finger, die sich in ihr Haar krallten. Speichel sammelte sich in ihrem Gaumen und sie bewegte ihren Kopf tiefer. Royces ekstatisches Stöhnen entlockte ihr ein Lächeln. Ohne auf seine schwächer werdenden Proteste einzugehen, begann sie, ihn zu liebkosen.

Ihre Zunge strich über seine weiche Haut und ihre Lippen umschlossen seine Härte. Sie genoss das Gefühl, dass er in diesem Moment ganz ihr gehörte und wie sein Fleisch ihren Mund gänzlich füllte. Jede Ader, jede Hautfalte wurden von ihr gekostet.

Es dauerte nur wenige Augenblicke, bis er haltlos zu zittern begann und sein Samen sich in langen Schüben in ihren Mund ergoss. In ihr breitete sich kribbelnde Hitze aus und sammelte sich zwischen ihren Schenkeln.

Es war eine erregende Erfahrung, den cremigherben Geschmack seiner Erfüllung zu kosten. Sie hatte immer geglaubt, es wäre unangenehm oder würde Ekel in ihr hervorrufen, doch nichts davon war der Fall.

Als er schwer atmend vor ihr lag, ließ sie ihn langsam aus ihrem Mund gleiten und betrachtete ihn neugierig. Das warme Fleisch war bedeckt von Feuchtigkeit. Sacht strich sie mit den Fingern darüber und bemerkte lächelnd, wie sein Glied sich zuckend wieder aufrichtete.

Royce stöhnte. Als er die Augen öffnete und sie ansah, lag eine stille Bitte in seinem Blick.

Mit geröteten Wangen schob Lee sich höher und blieb auf allen Vieren über ihm hocken. Ihre Lippen berührten sanft die seinen und Royces Finger schlossen sich um ihre Brüste, während er ihren Kuss fast vorsichtig erwiderte.

„Setz dich auf mich", flüsterte er.

Sie biss ihm sacht in die Unterlippe, ehe sie sich behutsam auf ihn senkte. Royces Hand glitt nach unten und drückte sein erigiertes Glied zwischen ihre feuchten Labien. Langsam drang er in sie ein. Der Atem stockte ihr, als er ihr Inneres mit Hitze füllte.

Ihre Blicke trafen sich.

Lee fühlte sich von purem, flüssigem Glück durchflutet. Sie schloss die Augen, als die Muskeln in ihrem Unterleib ihn sehnsüchtig umklammerten. Für einen Moment hatte sie Mühe, ihn tiefer in sich aufzunehmen, dann gab ihr Fleisch endlich nach.

Atemlos ließ sie sich auf ihm nieder und fühlte sich auf erregende Weise von ihm erfüllt. Sie zuckte zusammen. Die Kontraktionen in ihrem Inneren raubten ihr fast die Sinne.

Royces Finger drückten sich erneut in ihre Brüste, eine scharfe Mischung aus Schmerz und Genuss. Mit kreisendem Becken legte sie ihre Hände auf seine und ließ den Kopf in den Nacken fallen.

Er gehörte ihr.

***

Neckend umkreiste er ihre Brustwarzen. Schließlich griff er nach Lees Händen, platzierte sie auf ihren Brüsten und sah zu, wie sie die Bewegungen seiner Daumen nachahmte.

Den Kopf nach hinten gelegt, wiegte sie sich mit geschlossenen Augen und rollenden Hüften auf seinem Schoß. Es fiel ihm schwer, sie gewähren zu lassen. Er wollte sie auf den Rücken drehen und selbst das Tempo bestimmen, so tief in sie eintauchen, dass er sich in ihr verlor.

Begierig starrte er sie an.

Ihre wippenden Brüste und die geröteten Wangen. Das Gefühl ihres nackten Körpers, der sich so lustvoll auf seinem bewegte.

Seine Hände wanderten über ihre weiche Haut. Die enge Nässe ihres Schoßes raubte ihm den Verstand. Seine Hüften zuckten nach vorn, als ihr Inneres ihn abermals fest umklammerte.

Royce biss die Zähne zusammen.

Er kämpfte mit seiner eigenen Gier.

Er wollte sehen, wie sie ihre Erfüllung fand, erleben, wie sie sich zuckend und geradezu ohnmächtig vor Lust an ihn klammerte. Mit bebenden Nasenflügeln legte er seine Hände auf ihre Hüften.

Noch nie hatte ihn der Anblick einer Frau so sehr erregt.

Noch nie hatte eine Frau ihn so überrascht.

Er setzte sich auf.

Seine Lippen umschlossen eine der harten Brustwarzen und Royce wurde mit einem entzückten Seufzer belohnt. Grinsend ließ er seine Hände über ihren Rücken nach oben wandern. Es war Zeit, dass er das Tempo bestimmte.

Sie fest umarmend, drückte er sie an sich und rollte sich mit ihr zur Seite. Als sie auf dem Rücken unter ihm lag, verharrte er bewegungslos zwischen ihren Schenkeln. Sie sah ihn an und ein beglücktes Lächeln erhellte ihr hübsches Gesicht.

Royce küsste sie zärtlich, während er sich langsam aus ihr zurückzog und im gleichen Tempo wieder in sie eindrang. Ihr lautes Stöhnen ließ ihn fast die Kontrolle verlieren.

Sich zur Ruhe zwingend, wanderten seine Lippen über die empfindliche Stelle an ihrem Hals und ihre Schenkel legten sich mit solcher Kraft um seine Hüften, dass es ihm einen Moment lang den Atem raubte.

Fiebrig hob er den Kopf und sah in ihr erhitztes Gesicht. Ihre Lider flatterten. Royce grinste selbstgefällig. Er würde nicht noch einmal die Kontrolle verlieren. Diesmal würde er alles richtig machen, ganz gleich, wie viel Zeit sie brauchte.

Lees Fingernägel hinterließen Kratzer auf seinen Schultern und sie winkelte die Beine an, um ihn noch tiefer zu spüren. Die hemmungslose Lust, mit der sie seinen Stößen begegnete, ließ ihn fast vergessen, dass er ihr Zeit geben wollte.

„Schneller", flüsterte sie.

Royce lachte heiser auf.

Das ließ er sich nicht zweimal sagen.

Feine Schweißperlen bildeten sich auf ihrer Stirn, ihr Kinn zitterte und ihre Augenbrauen zogen sich zusammen. Er spürte, wie die Hitze sich in ihm steigerte. Wie die Enge ihres Körpers seine Sinne benebelte. Die Geräusche ihrer schweißnassen Leiber erregten ihn.

Er starrte sie an. Er wollte sich nicht sattsehen an dem Ausdruck purer Verzückung auf ihrem Gesicht.

„Schau mich an", bat er rau. Lee schlug die Augen auf und begegnete seinem Blick. Sich selbst zur Ruhe zwingend, drang er tief in sie ein und bewegte sich nicht mehr. Sorgsam strich er ihr das feuchte Haar aus der Stirn. „Du wirst mich eines Tages hassen."

Verwirrt runzelte sie die Stirn, als würde sie ihn nicht richtig verstehen, dann schüttelte sie den Kopf und warf ihm einen seltsam entrückten Blick zu.

Ihre Finger glitten über seine Lippen, seine Wangen und verkrallten sich in seinem Haar. Sie zog seinen Kopf näher zu sich heran und Royce ließ es nur zu gern geschehen. Ihr warmer Atem streifte sein Kinn.

„Werde ich nicht", flüsterte sie lächelnd, „ich liebe dich."

Ihr Kuss war so intensiv, dass ihm schwindelte. Er schlang die Arme um sie und presste sie in die Felle. Sein Kuss war gierig und besitzergreifend.

Ihre Worte berührten etwas tief in ihm, das er lange verborgen gehalten hatte. Er wusste, er würde ihr nicht geben können, was sie verdiente … aber er würde ihr geben, wozu er in der Lage war.

Erregt steigerte er abermals das Tempo seiner Stöße.

Pure, alles verzehrende Hitze hüllte ihn ein. Ihr Fleisch drängte sich so eng um ihn, dass er sich endgültig in ihrer Vereinigung verlor. Als sie sich stöhnend an ihn klammerte und ihre Fingernägel sich schmerzhaft in seinen Rücken versenkten, riss der Höhepunkt ihn mit sich.

Er hörte sie seinen Namen rufen.

Helle Lichter explodierten unter seiner Schädeldecke und heißes Feuer hüllte ihn ein. Mit den letzten, heftigen Stößen ergoss sich sein Samen in ihren Schoß und Royce spürte, wie sie sich ihm bebend entgegenbog.

Schnaufend und zitternd sank er über ihr zusammen.

Niemals würde er zulassen, dass ein anderer Mann sie auf diese Weise berührte.

Sie gehörte ihm.

Eine wohlige Schwäche legte sich über ihn. Er verlor sich ganz und gar in dem Gefühl ihres weichen, nachgiebigen Leibes, den er unter seinem begrub. Nur ihr Atmen erfüllte noch den Raum.

Als er nach einer Weile den Kopf hob, lag sie mit selig lächelndem Gesicht da und hielt die Augen geschlossen. Ihre Beine hielten ihn umfangen und ließen auch nicht los, als er sich aus ihr zurückziehen wollte.

„Schläfst du oder wachst du?", fragte er leise. Sie hob die Hand und legte ihm einen Finger auf die Lippen, ohne die Augen zu öffnen.

„Nicht. Wenn ich gestorben bin, dann will ich dieses Gefühl genießen." Er lachte leise und das Beben seines Körpers ließ sie nun doch die Augen aufschlagen und ihn ansehen.

„Du bist ganz und gar nicht tot", stellte er fest. Mit einer Hand strich er langsam über ihre Brust und beobachtete interessiert, wie sich ihre Knospen sofort wieder verhärteten. „Ganz und gar nicht." Die Hitze in ihrem Schoß nahm unvermittelt zu und zu seinem eigenen Erstaunen reagierte sein eigener Körper instinktiv auf die gleiche Weise. Lee lachte leise, ihre Zunge strich über ihre Lippen, was ihn noch mehr erregte.

Er bewegte sich langsam zwischen ihren Beinen.

„Warum lachst du?"

Royce betrachtete die Röte, die ihre Wangen überzog und seine eigene Ruhelosigkeit noch weiter steigerte.

„Weil es sich gut anfühlt", erwiderte sie heiser. Ihr Blick war verhangen, aber dennoch klar. Sie bewegte ihr Becken und genoss es sichtlich, wie er sich zwischen ihre Schenkel drängte. Royce schüttelte mit einem Grinsen den Kopf, sank wieder auf sie hinab und nahm ihren Mund in Besitz.

Für Worte war auch später noch Zeit.

***

Lee erwachte mit schweren Gliedern und einem Gefühl tiefer Zufriedenheit. Lächelnd dachte sie zurück an die vergangene Nacht. Sie hatten sich lange geliebt, anfangs ungestüm und ungeduldig, dann immer behutsamer und zärtlicher. Irgendwann waren sie ineinander verschlungen eingeschlafen.

Einen Arm über das Gesicht gelegt, blinzelte sie gegen die Helligkeit an, die das Zimmer durchflutete. Nur zögernd schlug sie die Augen auf, ließ den Arm sinken und sah sich um. Der Platz zu ihrer Rechten war leer.

Als ihr Blick zu dem schmalen Fenster hinüberwanderte, durch dessen gewölbtes Glas helles Licht schien, war ihr klar, dass der Tag bereits weit fortgeschritten sein musste. Royce war offensichtlich längst aufgestanden und lag nicht mehr faul im Bett herum wie sie.

Sie grinste in sich hinein, rollte zu seiner Seite hinüber und drückte das Gesicht in die Felle, die immer noch seinen Duft trugen. Wenn sie die Augen schloss und tief einatmete, fühlte es sich fast an, als würde er sie umarmen. Gähnend drehte sie sich auf den Rücken und streckte Arme und Beine von sich.

Die vergangene Nacht war kurz gewesen.

Nach dem anfänglichen Zaudern hatte Royce seine Bedenken endlich über Bord geworfen und ihr Zusammensein ebenso genossen wie sie. Er war vorsichtig gewesen, als hätte er Angst gehabt, er könnte erwachen und feststellen, dass es nur ein Traum gewesen war, dem er sich hingegeben hatte.

Irgendwann gegen Morgen, als der Tag schon graute, war sie erwacht, weil er sanft ihre Wange streichelte und sie schweigend beobachtete. Sie ahnte, woran er dachte ... es tat ihr nicht leid, dass sie ihm ihre Gefühle offenbart hatte, auch wenn er die Worte, wie erwartet, nicht erwidert hatte.

Obgleich sie bislang kein klärendes Gespräch geführt hatten, fühlte sie sich nach ihrem Geständnis geradezu erleichtert.

Er allerdings haderte mit sich. Sie spürte, dass ein Teil von ihm auf das reagieren wollte, was sie ihm gesagt hatte, aber er konnte es einfach nicht.

Lee verzog den Mund zu einem schmalen Lächeln.

Vielleicht würden die Worte, die sie sich von ihm erhoffte, niemals über seine Lippen kommen ... und vielleicht war ihm das selbst in der letzten Nacht wirklich klar geworden.

Dennoch bestärkte sein nachdenklicher Blick sie darin, dass ihre Entscheidung, sich nicht länger zu verstecken, richtig gewesen war. An ihren Gefühlen konnte sie nicht rühren und er sollte wissen, was sie für ihn empfand.

Mit einem tiefen Seufzer schmiegte sie sich in die Felle und genoss den Augenblick der Ruhe.

„Schläfst du oder wachst du?"

Seine Stimme ließ sie die Augen aufschlagen. Er saß vornübergebeugt auf der Kante des Bettes und beobachtete sie. Lächelnd setzte sie sich auf. Sie hatte nicht gehört, wie er das Zimmer betreten hatte und zu ihr gekommen war.

Eine Hand in seinen Nacken gelegt, zog sie seinen Kopf zu sich heran, um ihm einen Kuss zu stehlen.

Er roch nach frischer Luft und Schnee.

Royces Lippen waren kühl und sein Bart kitzelte ihr Kinn. Leise seufzend gab sie sich ganz in die Umarmung, in die er sie hüllte. Ihre Finger wanderten seinen Hals hinab und seine Brust entlang. Als ihre Hände sich forsch einen Weg unter seinen Kilt suchen wollten, hielt er sie mit einem leisen Lachen auf und hob den Kopf.

„Du bist unersättlich", stellte er fest. Mit Daumen und Zeigefinger hielt er ihr Kinn fest und küsste sie sacht auf die Nasenspitze. „Zu meinem Bedauern muss ich standhaft bleiben, denn wir haben noch einen langen Tag vor uns. Du hast lange geschlafen, Clanherrin, der Morgen ist fast vorüber."

Mit glitzernden Augen sah er sie an, strich mit den Fingerknöcheln über ihre Wange und erhob sich vom Bett.

„Steh auf, Langschläferin. Es wird Zeit, dass du dich deiner Verantwortung stellst und deinem Volk gegenübertrittst." Als ihr Magen vernehmlich knurrte, grinste er breit. „Ja, essen musst du auch endlich etwas. Dieses Grollen ist bereits bis in den Hof zu hören. Du wirst noch die Burg zum Einsturz bringen."

Das sinnliche Lächeln auf ihren Lippen verschwand. Mit einem bedauernden Seufzer schwang sie die Beine aus dem Bett und blieb einen Moment unschlüssig sitzen.

Angesichts der Tatsache, dass sie in der Nacht nackt vom Bad zum Bett gelaufen war, blieb ihr nun keine andere Wahl, als auch nackt wieder zurückzugehen.

Royce, dem offenbar bewusst war, warum sie zauderte, stand mitten im Zimmer vor dem Kamin und grinste so breit, dass seine Mundwinkel in dem dichten Bart kaum noch zu erkennen waren.

Sie atmete tief ein, erhob sich so hoheitsvoll wie möglich und umrundete gemächlich das Bett.

Was er konnte, konnte sie auch!

Mit aufreizendem Hüftschwung ging sie an ihm vorbei und warf ihm einen lasziven Blick über die Schulter zu. Sein Lächeln verflüchtigte sich. Lee sah, wie sein Kehlkopf auf und ab hüpfte.

Plötzlich sah er nicht mehr ganz so cool und abgebrüht aus. Seine Nasenflügel bebten und sein Blick wanderte hemmungslos über ihre Gestalt, als wollte er jeden Zentimeter ihrer nackten Rundungen in sich aufsaugen.

Als er nach ihr greifen wollte, wich sie ihm kichernd aus und huschte in den angrenzenden Raum. Sie hörte noch sein enttäuschtes Murren, als sie die Tür lachend hinter sich schloss.

Hastig erledigte sie ihre Morgentoilette.

Sie fühlte sich beschwingt und leicht.

Zum ersten Mal in ihrem Leben spürte sie, was es wirklich bedeutete, Schmetterlinge im Bauch zu haben.

Das Grinsen saß wie festgewachsen auf ihren Lippen und für einen Moment fragte sie sich, wie lang dieser Zustand wohl andauern mochte. Kopfschüttelnd spritzte sie sich Wasser ins Gesicht. Sie wollte nicht über das Wenn und Aber nachdenken.

Es war besser, sich auf die guten Dinge zu konzentrieren, statt sich über mögliche Unannehmlichkeiten den Kopf zu zerbrechen. Diesmal war sie eindeutig im Vorteil. Das unvermeidliche Wissen, das der Umstand mit sich führte, aus einer anderen Zeit zu stammen, war vielleicht gar nicht so schlecht, wie sie bisher geglaubt hatte.

Gut, sie konnte kein Feuer machen und tat sich auch sonst in vielen Dingen schwer. Aber sie wusste, wie sie ihren Ehemann verführen konnte. Zumindest theoretisch kannte sie sich aus … Frauenzeitschriften waren voll von Tipps gewesen, wie man einem Mann den Kopf verdrehte und sich möglichst perfekt in Szene setzte. Sie würde nicht alles anwenden können und sich in vielen Dingen von ihren Instinkten leiten lassen … aber an der praktischen Erfahrung hatte sie durchaus schon Gefallen gefunden.

Der Rest würde sich von selbst ergeben.

Immerhin schien sie auch ein paar Talente an sich selbst zu entdecken, die ihr in ihrem alten Leben vermutlich niemals aufgefallen wären.

Am allerwenigsten hätte sie damit gerechnet, dass sie mit einem Schwert würde umgehen können. Eine erstaunliche Entdeckung.

Sie griff nach einem Tuch, um sich abzutrocknen. Vor ihr lag ein völlig neuer Weg und zum ersten Mal sah sie ihrem Leben wieder mit Zuversicht und Hoffnung entgegen.

Mangels anderer Garderobe schlüpfte sie erneut in das improvisierte Brautkleid, legte den Schal um ihre Schultern und versuchte, ihre Frisur zu richten. Schließlich gab sie entnervt auf. Ohne ordentliche Bürste bekäme sie ihre störrischen Haare nie in den Griff.

Außerdem wollte sie sich nicht für eine Miss-Wahl bewerben, also war im Grunde egal, in wie viele Richtungen sie ihr vom Kopf abstanden.

Royce wirkte geradezu erleichtert, sie bekleidet zu sehen, als sie wieder ins Zimmer trat. Er kam ihr entgegen, legte seine Hände auf ihre Schultern und musterte sie eindringlich. Abwartend sah sie ihm in die Augen.

„Alle sind gekommen, um dich zu sehen", stellte er fest. „Senke nicht den Blick, weiche ihnen nicht aus. Du bist nun mein Weib. Du bist die Clanherrin – dir gehören diese Burg und ihr Volk."

***

Über dem Feuer im riesigen Kamin brutzelten Teile des Wildschweins, das sie vor zwei Tagen erlegt hatten, und in der Halle warteten unzählige Menschen, von denen Lee den größten Teil nicht kannte.

Als sie unmittelbar hinter Royce die Treppe herunterkam, richteten sich dutzende Augenpaare auf die neue Herrin von Callahan-Castle. Neben der verständlichen Neugier verspürte sie allerdings auch verhaltenes Misstrauen, das ihr entgegenschlug.

Tief durchatmend blieb sie neben Royce stehen, als er vor die versammelte Menge trat und sich mit knappen Worten bei allen für die guten Wünsche und ihre Treue bedankte. Sie bemerkte Wulf, der irgendwo am anderen Ende stand und sie mit kühlem Blick taxierte.

Es war unverkennbar, dass er immer noch wütend auf sie war. Ihn so enttäuscht zu haben, löste eine unerwartete Reue in ihr aus.

Lee presste die Lippen zusammen. Ändern konnte sie an dieser Tatsache jetzt nichts. Sie hätte viel dafür gegeben, mit ihm reden zu können, doch Royce war der Ansicht, sie sollte Wulf Zeit geben … ob er ihr verzeihen würde, musste die Zeit zeigen.

Sie seufzte.

Am liebsten hätte sie sich in das nächste Loch verkrochen, doch Royces Worte klangen immer noch in ihren Ohren. Sacht lächelnd straffte sie die Schultern und versuchte, jedem offen in die Augen zu sehen, dessen Blick sie auffing.

Jedem außer Wulf.

Sie hatte sich das alles doch auch nicht ausgesucht. Es war einfach geschehen … und eigentlich war Wulf ja überhaupt schuld. Wenn er sie nicht für einen Burschen gehalten hätte …

Stille breitete sich um sie herum aus.

Lee spürte, wie ihr die Hitze in die Wangen stieg, als Royce sich zu ihr umdrehte und sämtliche Augen plötzlich auf sie gerichtet waren.

Jeder sah sie erwartungsvoll an.

Was?

Sie hatte Royces Rede nicht verfolgt, zu groß war der Ansturm an neuen Eindrücken, zu erdrückend die Aufregung.

„Ein paar Worte", forderte ihr Gemahl sie leise auf.

Lee schluckte.

Natürlich … als neue Clanherrin war auch sie dazu angehalten, einige Worte an ihr *Volk* zu richten. Der Pulsschlag, der gegen ihre Schläfen hämmerte, machte ihr das Denken schwer.

Panik stieg in ihr hoch und nur Royces warme Finger, die sich mit ihren verflochten, sorgten dafür, dass sie nicht einfach umfiel. Ihr Blick flackerte und sie versuchte flacher zu atmen, um ihr klopfendes Herz zu beruhigen.

Das war kein Rhetorikkurs, keine Ansammlung von perfekt geschulten Managern, bei denen sie sich keinen pathetischen Fauxpas erlauben durfte. Sie musste sich nur bedanken und ein paar nette Worte finden.

Sich räuspernd, strich sie ihr Kleid glatt und konzentrierte ihren Blick auf Wulfs finstere Miene. Egal, wie wütend er auf sie war, im Augenblick war er der einzige Mensch in dieser unübersichtlichen Masse an Gesichtern, der ihr ein wenig vertraut war.

„Ich bedanke mich … für eure Offenheit und die Gastfreundschaft, die ihr mir entgegengebracht habt." Das klang gut, ein Satz noch und sie war fertig. „Ich hoffe, ich werde eine gute Clanherrin sein."

Die Hitze in ihren Wangen vervielfachte sich, als sie sah, wie die Menschen einander irritierte Blick zuwarfen. Royce lenkte die Aufmerksamkeit wieder auf sich, indem er alle bat, mit ihnen zu essen, zu trinken und gemeinsam zu feiern. Bewegung kam in die Menschenmenge, jemand sprach einen Toast auf Royce und Lee aus.

Becher voll Met wurden aneinandergeschlagen und Jubelrufe ausgestoßen. Zustimmendes Gemurmel und Lachen wurden lauter und erfüllten schließlich die Halle. Irgendwo in der Menge begann ein Dudelsack zu spielen. Schon nach kurzer Zeit wurde gefeiert und Lees seltsame Ansprache war vergessen.

„Es tut mir leid", murmelte sie neben Royce.

Er sah sie an und schüttelte den Kopf.

„Du hast dich gut geschlagen", gab er zurück.

Sie folgte der Geste, mit der er auf die Menschen deutete, und erblickte Malissa, die mit zwei Knechten, die den Spieß drehten, am Feuer stand. Die Köchin schnitt Fleisch von den Keulen und verteilte es an die hungrigen Mäuler, die ihr Teller und Bretter entgegenstreckten.

Die Stimmung war ausgelassen und entspannt … und auch von Lee begann die letzte Unsicherheit zu weichen. Hinter Royce trat sie in die Menschenmenge und fühlte sich wie von Treibsand verschluckt.

Schon nach wenigen Metern verlor sie Royces Hand aus ihren Fingern. Mit einem mulmigen Gefühl im Magen blickte sie ihm nach. Er scherzte und lachte mit den Leuten, nickte, wenn ihm jemand auf die Schulter klopfte. Jeder schien ihm wohlwollend zu gratulieren.

Lee sah sich um.

Man lächelte ihr zu und sprach ihr Glückwünsche aus. Dennoch spürte sie, dass man ihr mit verhaltener Vorsicht begegnete.

Die Menschen mochten sie als Royces Frau akzeptieren, allerdings noch nicht als Clanherrin. Vielleicht hätte sie diesen letzten Satz anders formulieren sollen.

Lächelnd und den Leuten zunickend, ließ sie sich durch die Masse der Menschen treiben, ohne zu wissen, wo sie eigentlich hinwollte.

Neben dem Tor zum Hof sah sie Wulf stehen.

Er erwiderte ihren Blick grimmig. Seine Augenbrauen zogen sich zusammen und er wandte sich mit abweisender Miene von ihr ab, um sich auf den Weg zu Royce zu machen, der sich mit einigen Söldnern unterhielt.

All ihren Mut zusammennehmend, machte sie einen Schritt in seine Richtung und wurde im nächsten Moment von Hauptmann Gallowain aufgehalten, der ihr in den Weg trat.

Sie stockte.

Augenblicklich war der unangenehme Druck in ihrem Magen wieder da, der sie bereits bei ihrem ersten Zusammenstoß am Vortag überfallen hatte. Irgendetwas an ihm war falsch und jede Faser in ihr sträubte sich dagegen, auch nur ein Wort mit ihm zu wechseln.

Aber sich zu weigern, würde vermutlich zu noch mehr Komplikationen führen und sie wollte nichts weniger, als dass Royce sich wegen ihr mit diesem Mann auseinandersetzen musste. Sie brauchte keinen Babysitter.

„Mylady", begann er und nickte ihr zu.

Sie erwiderte den knappen Gruß so höflich wie möglich.

„Hauptmann Gallowain."

Es schnürte ihre Kehle zu, wie sein Blick über ihre Gestalt huschte. Gänsehaut überzog ihre Arme. Trotz der Wärme in dieser Menschenmenge wurde ihr plötzlich kalt.

„Nach wie vor bin ich untröstlich ob meines Verhaltens, Mylady. So kann ich mich doch nur nochmals in aller Form bei Euch entschuldigen."

Seine Worte klangen genauso unehrlich wie sein Blick es erahnen ließ. Lee biss die Zähne zusammen, nickte ihm möglichst höflich zu und versuchte, sich nicht anmerken zu lassen, wie sehr es ihr widerstrebte, hier mit ihm zusammenzustehen.

„Eine weitere Entschuldigung ist nicht notwendig, Sir Gallowain", erwiderte sie. „Es war offensichtlich ein Missverständnis."

Lächelnd legte er ihr eine Hand auf den Oberarm und sein Daumen strich wie zufällig an ihrer Brust entlang. Lee zuckte zusammen und erstarrte. Das konnte kein Zufall gewesen sein. Sie spürte, wie er sie abseits führte, und bemühte sich halbherzig um Widertand. Er stand viel zu dicht vor ihr.

„Gern werde ich Wiedergutmachung fordern", bemerkte er leise. Wie beiläufig strich er sich mit den Fingern über den gerade erst verschorften Schnitt auf seiner Wange. Seine dunklen Augen musterten sie von Kopf bis Fuß, ehe er ihr wieder ins Gesicht sah. „Ihr seid eine sehr schöne Frau. Nun, da ich so viel mehr von Euch erkennen kann als in der Tracht eines Burschen, gefällt mir hervorragend, was ich sehe und erahne."

Ein Zittern überlief sie und es war alles andere als angenehm. Hilfesuchend sah sie sich nach Royce um, doch der war in der sie umgebenden Menge aus Burgbewohnern, Kriegern und Söldnern verschwunden. Gallowain verwehrte ihr zudem einen möglichen Blick auf Wulf.

Allerdings entging ihm keineswegs, dass sie nach Hilfe Ausschau hielt. Sein Lächeln war so falsch wie seine schmeichelnden Worte.

„Ihr wollt doch nicht, dass meine Söldner ein Gemetzel unter Eurer Hochzeitsgesellschaft verursachen?", fragte er in beiläufigem Tonfall. Er sprach leise, gerade so, dass sie ihn noch verstand. Alle, die um sie herum waren, würden vermuten, dass sie sich lediglich über Belanglosigkeiten unterhielten. „Es wäre eine Schande, diesen Tag zu Euren Ehren so unangenehm zu gestalten, nicht wahr? Genießt Eure Feier ..." Er zog ihre Hand nach oben und seine Lippen berührten ihre Fingerknöchel. „Wir werden uns zu einem späteren Zeitpunkt erneut unterhalten."

Seine unheimlichen Augen bohrten sich in ihre eigenen, während er einen Kuss auf ihre Haut drückte. Die Härchen auf ihren Armen richteten sich auf. Der Blick, mit dem er sie bedachte, enthielt eine stille Warnung.

„Gedenkt nicht, Eurem Mann von unserer kleinen Unterredung zu erzählen. Gewiss wollt Ihr nicht so bald schon zur Witwe werden."

Mit einem tückischen Lächeln nickte er ihr zu, wandte sich ab und ließ sie stehen. Sie fühlte sich wie erstarrt, während er gelassen davonschlenderte.

Lee senkte den Blick und starrte auf ihre Hände.

Ihre Finger waren so verkrampft, dass die Knöchel weiß hervortraten. Es fiel ihr schwer, die Stellen, an denen er sie berührt hatte, nicht voller Ekel abzuwischen. Dennoch drückte sie ihre Hand unauffällig gegen den Stoff des Kleides und rieb daran.

Wenn sie Royce berichtete, dass einer seiner Söldner sie bedroht hatte, würde er eine solche Verfehlung sicher nicht einfach hinnehmen.

Doch Gallowains Worte waren keine leere Drohung.

Er war hier mit mehr als fünfzig Söldnern angerückt. Selbst, wenn er nicht gegen die gut hundert Krieger gewinnen konnte, die die Burg bewohnten, würde es doch ein Blutbad werden ... und zu viele Unschuldige würden dafür mit dem Leben bezahlen.

Er hatte genau eingeplant, dass sie es nicht riskieren würde, Royces Leben oder das seines Volkes aufs Spiel zu setzen. Obwohl sie die Rolle der Clanherrin gerade erst übernommen hatte, fühlte sie bereits jetzt die Last der Verantwortung, die plötzlich auf ihr lag.

Lee schloss einen Moment die Augen.

Ihr Kopf schwirrte und ihr war schwindelig. Sie war zu durcheinander, um logisch denken zu können und einen Ausweg aus dieser Situation zu sehen.

Ihr war bewusst, warum er darauf aus war, sie zu demütigen. Er hatte ihr den Schnitt in seinem Gesicht zu verdanken, der ihn nun verunzierte.

Sie hatte seinen Stolz in mehr als einer Hinsicht verletzt.

Männer und ihr merkwürdiges Ehrgefühl!

Nicht genug damit, dass ihn ein vermeintlicher Diener angegriffen hatte ... mit Royces Eröffnung vom Vortag war auch noch klar geworden, dass es eine Frau war.

Sie konnte nur ahnen, welche Herabsetzung das für Gallowain bedeuten mochte. Klar war nur, er würde alles dafür tun, um es ihr zurückzuzahlen.

Natürlich würde er sie nicht offen angreifen, aber es war nur eine Frage der Zeit, bis sie ihm allein über den Weg laufen würde. Sie wünschte, sie hätte wenigstens ihren Dolch dabeigehabt, doch der lag immer noch auf dem Tisch neben dem Bett.

Unruhig hob sie den Kopf.

Um sie herum redeten und lachten die Menschen. Es fiel ihr schwer, das unechte Lächeln zurück auf ihre Lippen zu zwingen. Irgendwo in der Nähe des großen Kamins stand Royce und sprach mit Malissa.

Sie hörte die beiden scherzen.

Plötzlich war die Einsamkeit wieder da. Sie stand hier inmitten von Menschen, die sie nicht kannte, und fühlte sich allein. Allein und schutzlos.

Eine Stimme meldete sich in ihrem Kopf.

Sie musste lernen, gegen einen Mann wie Gallowain anzukommen. Vielleicht war er ihr an körperlicher Kraft überlegen, aber dann musste sie dieses Defizit auf andere Weise ausgleichen. Sie durfte ihm keine Chance geben, das zu tun, was er beabsichtigte.

Wulf stand immer noch an der gleichen Stelle wie vorhin und beobachtete mit steinerner Miene und ohne jeden Funken Freude die Hochzeitsgesellschaft.

Sein Blick streifte Lee, glitt weiter und kehrte im gleichen Moment zu ihr zurück. Sein Stirnrunzeln vertiefte sich und er kniff die Augen zusammen.

Sie sah ihn an, schluckte und bemühte sich um ein beruhigendes Lächeln. Er durfte so wenig wie sein Herr erfahren, was Gallowain zu ihr gesagt hatte. Sie würde niemanden hier gefährden und dieses Problem allein erledigen.

Allerdings würde sie ihren Ehemann dazu bewegen müssen, das Training schon bald wieder aufzunehmen und ihr alles beizubringen, was nötig war.

„Versteckst du dich?", fragte Royce hinter ihr.

Lee wandte sich um und sah ihn an. Sein Lächeln verschwand und machte einem alarmierten Ausdruck in seinen Augen Platz.

„Was ist los?", wollte er wissen.

Sie schüttelte übereifrig den Kopf.

„Nichts ist los. Ich bin ein bisschen durcheinander, das ist alles." Mit einem verkrampften Lächeln trat sie an seine Seite und hakte sich übermäßig fröhlich bei ihm unter. „Lass uns etwas essen, bevor ich meine Zähne in irgendjemanden schlage ... mein leerer Magen macht mich verrückt."

***

Schlaflos lag sie im Bett und starrte grübelnd die unregelmäßigen Schatten an, die das Kaminfeuer an die Decke zeichnete.

Sie hatten bis zum späten Abend gefeiert.

Während Stunde um Stunde des Tages vergangen und der Met reichlich geflossen war, war das Misstrauen der Burg- und Dorfbewohner mit steigendem Alkoholpegel weniger geworden. Die Frotzeleien bezüglich ihrer anfänglichen Maskerade würde sie vermutlich noch eine Weile ertragen müssen, aber damit kam sie klar.

Gallowain und seine Männer waren am frühen Abend schließlich aufgebrochen, um die Grenzen zu den Ländereien eines gewissen Fitard auszukundschaften.

Sie hatte diesen Namen nicht zum ersten Mal gehört, aber wusste immer noch nicht, was es mit ihm auf sich hatte. Sicher war nur, dass er kein Busenfreund von Royce war.

Die Verabschiedung der Söldner war kurz und knapp gewesen. Nur Gallowains selbstgefälliges Grinsen hatte einmal mehr die Wut in ihr geschürt.

Ihr Ärger auf ihn war noch nicht verflogen und die Blicke, die sie immer wieder von ihm aufgefangen hatte, waren ihr zunehmend unangenehmer geworden.

Umso größer war ihre Erleichterung gewesen, als Royce bemerkte, dass die Söldner in frühestens drei bis vier Wochen zurückkehren würden.

Genug Zeit, um sich in das versprochene Training zu stürzen und zu lernen, sich gegen einen übermächtigen Gegner zu verteidigen.

Beim nächsten Mal würde sie dem Hauptmann nicht so unvorbereitet gegenüberstehen.

Lee hatte längst begriffen, dass hier nur der überlebte, der zu kämpfen wusste. Hier gab es keinen Gesetzgeber, der über Recht und Ordnung bestimmte. Bei einem Mann wie Gallowain halfen auch keine beschwichtigenden Worte, um ihn zur Vernunft zu bringen.

Diese Zeit war einfach anders.

Ihr blieb keine andere Wahl, als sich ihm zu stellen – notfalls bis zum Tod. Für jemanden wie sie, die in einer zivilisierten Welt groß geworden war, keine besonders angenehme Perspektive. Sie fürchtete sich vor dem Moment, da sie sich endgültig entscheiden musste, ob sie feige sterben wollte oder bereit war zu töten.

Royce bewegte sich neben ihr, murmelte etwas Unverständliches und zog sie ein Stück näher an sich heran. Leise seufzend schmiegte sie sich an seine nackte Brust und genoss die Wärme seines großen Körpers. Mit geschlossenen Augen lehnte sie die Stirn gegen sein Kinn. Er schenkte ihr eine angenehme, innere Ruhe und Zufriedenheit, wenn er bei ihr war.

Leider änderte das heute nichts an dem Chaos in ihrem Kopf. Ihre Gedanken wirbelten wild durcheinander und sprangen von einem Punkt zum anderen.

Wulf ging ihr genauso wenig aus dem Kopf wie Gallowain, wenn auch aus anderen Gründen. Obgleich er sogar einen Toast auf sie ausgebracht und seinen Krug mit Met gegen ihren gestoßen hatte, war er immer noch unversöhnlich gewesen.

Sie hatte versucht, mit ihm zu reden, aber er hatte nur unverständliche Worte in seinen Bart gemurmelt und mit deutlicher Ablehnung reagiert, indem er ihr den Rücken zugewandt hatte.

Irgendwann hatte sie aufgegeben.

Vermutlich war es wirklich, wie Royce gesagt hatte. Sie musste abwarten und hoffen, dass er ihr irgendwann verzeihen würde. Nachdem der letzte Gast – ein ziemlich mettrunkener Vates – sich zurückgezogen hatte, war sie Royce wieder in ihre gemeinsamen Gemächer gefolgt.

Der Versuch, endlich ein klärendes Gespräch zu führen, war von ihm im Keim erstickt worden, indem er sie mit seinen wilden Küssen zum Schweigen gebracht hatte. Sie hatte nur zu gern der Ablenkung nachgegeben und war mit ihm in das weiche Bett gesunken. Irgendwann war er wohlig knurrend und ermattet neben ihr eingeschlafen und sie hatte nicht weniger erschöpft neben ihm gelegen.

Doch die innere Unruhe ließ sie nicht los.

Gallowains leise Drohung hatte sich in ihrem Kopf eingenistet. Sie wollte nicht riskieren, Royce in Gefahr zu bringen, indem sie ihm von Gallowain erzählte. Also musste sie selbst lernen, dem Söldner die Stirn bieten zu können. Irgendwann würde der Tag kommen, da sie sich ihm stellen musste, und darauf wollte sie vorbereitet sein.

Ihr blieb keine andere Wahl.

Sie hatte gerade erst gelernt, dieses Leben mit all seinen mehr oder weniger angenehmen Seiten zu schätzen. Sie hatte begriffen, dass sie nicht gegen ihre Gefühle für Royce ankam. Sie war bereit, die Herausforderung anzunehmen.

Dieses Mal würde sie ihr Leben nicht so leichtfertig aufgeben … und sie würde es sich erst recht nicht von einem dahergelaufenen Söldner mit falschem Ehrgefühl nehmen lassen.

***

Der Morgen graute gerade, als Royce sie weckte, ihr Hose und Pullover zuwarf und sagte, sie solle zum Training kommen.

Übernächtigt und mit tiefen Ringen unter den Augen kam sie seiner Aufforderung nach. Allzu viel Schlaf hatte sie nicht bekommen, aber darüber zu jammern, hätte nichts geändert und ihre Entscheidung stand fest.

Sich von ihrem Mann ausbilden zu lassen, war ihre einzige Chance zu überleben.

Eine halbe Stunde später stand sie ihm gegenüber im Hof und nahm das Schwert an sich, das er ihr reichte. Diesmal war es aus Metall.

Die Zeiten mit dem ungefährlicheren Übungsschwert waren offensichtlich vorbei. Sie wog die Waffe nachdenklich in ihrer Hand.

„Warum ist es so leicht?", wollte sie wissen.

Das Schwert, das sie vor einer guten Woche in der Halle hatte hochheben wollen, hatte viel mehr gewogen.

Royce grinste sie an und neigte mit offensichtlicher Belustigung den Kopf, während er ihr ein kurzes Kettenhemd überstreifte. Sie fühlte sich unter einer halben Tonne Eisen begraben und wankte leicht.

Royce hielt sie fest. Im tiefen Glanz seiner Augen blitzte es schalkhaft auf.

„Erstaunlich", bemerkte er. „Manch erfahrenem Krieger fällt der Unterschied kaum auf." Er drehte das Schwert in ihren Fingern und sie betrachtete die filigranen, fremdartigen Schriftzeichen, die kaum sichtbar die mittlere Naht der Schneide zierten. „Das ist Albenstahl. Das härteste und zugleich leichteste Metall Sijrevans. Es war das Hochzeitsgeschenk der Familie meiner ersten Frau Araenna ... tu mir den Gefallen und verletz dich nicht selbst damit."

Lee versuchte, den Stachel der Eifersucht zu ignorieren, der sich brennend durch ihre Brust bohrte. Erst die Kleider seiner Frau, nun auch noch das Schwert ... Araenna.

Was war das überhaupt für ein Name?

Obwohl niemand hier über sie sprach und Lee immer noch keine Ahnung hatte, was mit ihr geschehen war, schien ihre Präsenz doch auffallend stark.

„Was ist mit ihr passiert?"

Die Frage war über ihre Lippen gekommen, bevor sie ihre Ausgangsposition erreicht hatte. Über die Schulter sah sie zu Royce zurück, der bereits in Stellung stand und nun die Stirn runzelte.

„Wen meinst du?", wollte er wissen.

„Deine Frau ... Araenna", erwiderte sie. „Du hast erwähnt, sie sei gestorben. Was ist passiert?"

Seine Miene verfinsterte sich von einem Moment auf den anderen und Lee war sich sicher, er würde ihr keine Antwort geben.

„Sie fand den Tod durch unseren Feind", entgegnete er widerstrebend.

„Du meinst Fitard?", wollte sie wissen.

Er nickte wortlos, wandte den Blick ab und schien mit sich selbst zu kämpfen. Es war mehr als offensichtlich, dass er mit ihr nicht über diese Dinge reden wollte.

Abwartend verharrte sie in ihrer Ausgangsposition und sah zu ihm hinüber. Sie wollte ihn nicht drängen, doch genauso wenig wollte sie dieses Thema ruhen lassen. Sie hatte ein Recht darauf, von Araenna zu erfahren, und ebenso wichtig erschien es ihr zu wissen, wer Fitard war und was er getan hatte.

Royce hob den Kopf und sah sie an.

„Seine Söldner haben meine Frau und meinen Sohn bei einem Überfall erschlagen."

Ihr Herz tat einen schmerzhaften Schlag gegen die Rippen.

Es hatte ein Kind gegeben!

Lee blickte zu Boden und kämpfte mit sich selbst. Er hatte nicht nur die Frau, die er liebte, verloren, sondern auch einen Sohn.

Wie grausam konnte das Schicksal sein?

Ganz gleich, wie heftig die Eifersucht an ihr nagte. Sie waren beide tot. Sie selbst hatte kein Recht, alte Wunden wieder aufzureißen.

„Das tut mir leid."

Sie hob den Kopf und schaute ihn an. Sein Gesicht war ebenso verschlossen wie sein Blick. Royce zuckte gleichmütig mit den Achseln.

„Es ist lange her." Mit dem Kinn nickte er in ihre Richtung. „Bist du so weit?"

***

Das Lärmen der Waffen wurde als vielfaches Echo von den Mauern zurückgeworfen. Royce hatte ihr seit dem Morgengrauen keine Pause gegönnt und sie kämpften verbissen gegeneinander.

Immer wieder gab er Anweisungen, korrigierte ihre Schläge, ihre Beinarbeit und ihre Paraden. Sie fühlte sich ähnlich wie vor ein paar Tagen an der Höhle. Ihr ganzer Körper war ein einziger blauer Fleck und jeder Muskel schrie nach Erlösung.

Statt wie Lee ein Schwert zu führen, kämpfte Royce mit einem einfachen Stab aus hartem Holz… und im Gegensatz zu ihr traf er sein anvisiertes Ziel mit fast schon unheimlicher Genauigkeit. Sie hatte nicht den Hauch einer Chance, ihm auch nur einen Kratzer zuzufügen.

Sosehr sie diese Tatsache frustrierte, so bewusst machte es ihr, wie gering die Aussicht auf einen Sieg gegen Gallowain war. Bis sie ihm als adäquater Gegner würde gegenübertreten können, hatte sie noch einen langen, harten Weg vor sich.

Irgendwann im Laufe des Morgens hatten sich die ersten Zuschauer eingefunden. Ein paar Knechte und Mägde, die den ungleichen Kampf zwar belächelt hatten, ihr aber gleichzeitig das Gefühl gaben, als waffenfähige Frau eine besondere Rolle einzunehmen.

Als allerdings die ersten Highlander dazustießen, hatte es sie aus dem Tritt gebracht. Die Gewissheit, dass erfahrene Krieger bei ihren stümperhaften Versuchen, sich gegen Royce zur Wehr zu setzen, zusahen, verunsicherte sie zutiefst.

Ihr Ehemann hatte diese Schwäche umgehend genutzt und sie mit einem gezielten Schlag gegen ihre Kniekehlen nicht nur aus dem Gleichgewicht gebracht, sondern gleich rücklings zu Boden geschickt.

Sein Blick war hart gewesen, als er ihr aufhalf und sie anschnauzte, sie solle sich auf das Wesentliche konzentrieren und lernen, alle anderen Dinge um sich herum auszublenden. Dennoch fiel es ihr schwer, nicht auf das Gelächter zu hören und die Belustigung zu ignorieren, die unter den anwesenden Männern herrschte, weil sie einer Frau beim Kampf zusahen.

Die Wut rumorte in ihr, nachdem sie sich aufgerappelt und den Schnee von ihrem Hintern gewischt hatte.

Nachdenklich runzelte sie die Stirn.

Bevor Royce zu seinem Platz zurückgegangen war, hatte er sie angeknurrt, ob sie alles vergessen habe, was er sie gelehrt hatte.

Lee stellte sich die gleiche Frage.

Was war los mit ihr?

Als sie noch als Bursche gegen ihn gekämpft hatte, war es ihr leichter gefallen, das Schwert zu führen. Sie hatte nicht damit gezögert, auf ihn einzudreschen. Zwischen damals und heute lagen nur wenige Tage.

Machte die Ehe sie träge? Jetzt schon?

Was hatte sich verändert?

Lag es daran, dass sie sich nicht mehr als Mann verkleidete?

War es die Tatsache, dass alle wussten, wer sie war?

„Willst du Maulaffen feilhalten oder kämpfst du heute noch, *Clanherrin*?"

Royce volltönende Stimme schallte durch den Hof und ein Raunen ging durch die Reihen der Männer. Zustimmende Rufe wurden laut.

Mit zusammengezogenen Augenbrauen hob sie den Kopf und sah zu ihm hinüber. Er stand mit offenstehendem Hemd und wehendem Kilt da, eine Hand in die Seite gestemmt, während er mit der anderen den Stab festhielt.

Ein herausforderndes Grinsen lag auf seinen Lippen und in seinen Augen blitzte es auf.

„Im Bett zeigst du dich weit feuriger, Weib!"

Sie spürte, wie ihr das Blut in die Wangen schoss. Hitze rollte über sie hinweg. Gelächter und anzügliche Pfiffe erklangen. Jemand klatschte.

Wie konnte er so etwas vor seinen Männern sagen?

Lee starrte ihn ungläubig an, doch er lachte nur und posierte wie ein Gockel vor den anderen Highlandern.

Zorn stieg in ihr empor.

Das, was zwischen ihnen war, ging niemanden etwas an! Er konnte Witze über ihre nicht vorhandenen Fechtkünste machen oder sich darüber amüsieren, dass sie heute keinen Schlag gelandet hatte. Aber diese Momente zu verunglimpfen, in denen sie sich nahe waren, die so besonders waren … vor all diesen Menschen – das ging zu weit!

Mit einem Schrei stürzte sie sich ihm entgegen.

Er drehte sich einmal um seine eigene Achse und der Stab in seiner Hand zielte auf ihre Beine, doch diesmal war sie vorbereitet.

Sie sprang über den Holzspeer hinweg und landete im nächsten Moment knapp zwei Meter neben ihm. Ihre Klinge sirrte durch die Luft und zerteilte mühelos den Stoff seines Hemdes. Der rechte Ärmel rutschte ein ganzes Stück herunter, als der Schnitt darin klaffte.

Plötzlich wirkte er nicht mehr ganz so überheblich.

Das belustigte Grinsen um seine Lippen blieb dennoch.

Der Stab wirbelte einmal neben ihm durch die Luft, um mit Kraft auf sie niederzusausen. Lee wusste, wenn er sie jetzt traf, würde er ihr vermutlich irgendeinen Knochen im Leib brechen und sie endgültig kampfunfähig machen.

In Sekundenbruchteilen musste sie die Entscheidung treffen – verteidigen oder ausweichen.

Brüllend vor Wut griff sie das Schwert mit beiden Händen, machte einen Ausfallschritt nach vorn und schlug zu. Ein Raunen ging durch die Reihen der Männer, als der Stahl durch das Holz schnitt wie durch Butter und den Stab knapp über Royces Händen entzweite. Mit einem unspektakulären Klappern fiel die zersplitterte Holzwaffe neben ihr zu Boden.

Schwer atmend, immer noch das Schwert umklammernd, starrte sie ihren Mann an. In seinem Gesicht lag ein selbstgefälliger Ausdruck.

Royce machte einen Schritt auf sie zu und blieb direkt vor ihr stehen.

„Ich wusste, dass du einen Grund brauchst, um deine Hemmungen zu überwinden", stellte er fest.

Verwirrt schüttelte sie den Kopf und er hob ihre Waffe mit zwei Fingern an. Der Albenstahl erschien ihr plötzlich viel heller und strahlender.

„Du hast dich die ganze Zeit zurückgehalten und meine Schläge eingesteckt, weil dein Inneres fürchtete, du könnest mich mit deinem Schwert verletzen." Ein Lächeln legte sich auf seine Lippen. „Ich weiß, dass du mehr kannst, als du dir selbst zutraust … und ich verspreche dir, künftig wirst du besser kämpfen."

Ihre Brauen zogen sich zusammen.

Aus schmalen Augen sah sie ihn an. Sie war immer noch wütend auf ihn. Sich aufrichtend, straffte sie die Schultern.

Fast berührten sich ihre Nasenspitzen, als sie näher an ihn heranrückte.

„Ich verspreche dir auch etwas: wenn du noch einmal intime Details unseres Liebeslebens herausposaunst, werde ich dich ganz sicher verletzen", fauchte sie.

Laut lachend zog Royce sie an sich und gab ihr einen Kuss. Ihre Wut verrauchte schneller, als es ihr gefiel.

„Ich gelobe, das wird nicht noch einmal geschehen, Mylady", entgegnete er leise. Sein Grinsen wurde noch eine Spur breiter. Sie bemerkte, wie es um ihre eigenen Mundwinkel zuckte. „Aber du hättest dein Gesicht sehen sollen."

Ihre Faust traf seine halbnackte Brust.

Der Ruf des Torwächters ließ sie aufblicken.

„Die Kramer kommen!"

Laut rumpelnd öffneten sich die Holzflügel und im nächsten Augenblick kam eine bunt bemalte Kutsche, die von zwei Ochsen gezogen wurde, durch das Tor hereingefahren. Als dem ersten Wagen weitere folgten, machte sich helle Aufregung unter den Menschen breit, die Royce und ihr zuvor so ruhig beim Training zugesehen hatten.

Lee fuhr sich mit dem Ärmel ihres Pullovers über das verschwitzte Gesicht, trat beiseite und sah sich überrascht um. Männer und Frauen in bunten, schillernden Gewändern entstiegen den Wagen und begrüßten sämtliche Anwesenden wie alte Freunde.

Gelächter erklang und auf das laute Rufen einer der Mägde hin öffnete sich das Eingangsportal zur Burg. Weitere Menschen strömten in den Hof. Das sonst so weitläufig wirkende Areal füllte sich mit Kutschen, Tieren und den Bewohnern der Feste. Innerhalb von Minuten fühlte sich Lee geradezu erdrückt von der Masse an Menschen, die sich hier versammelte.

Während Royce gutgelaunt irgendwo im Getümmel seiner Leute verschwand, suchte Lee sich einen Weg hinaus und rettete sich die Treppe zur Burg hinauf. Erleichtert, weil sie nicht mehr das Gefühl hatte, inmitten der Menschenmasse ersticken zu müssen, sah sie sich um. Dicht an dicht drängten sich die Anwohner um ein halbes Dutzend Wagen.

Die Reisenden waren inmitten der Massen mühelos zu erkennen. Ihre wild gemusterten und bunt schillernden Gewänder stachen aufreizend zwischen dem graubraunen Einerlei der Burgbewohner hervor.

Offensichtlich führte dieses fahrende Volk Waren mit sich, nach denen die Menschen hier sehnsüchtig die Hände streckten. Lee sah, wie prall gefüllte Leinensäcke und Ballen voller bunter Stoffe von den Wagen hinab und in die Masse der Menschen weitergereicht wurden.

„Wir haben lange auf die Händler gewartet."

Überrascht wandte sie den Kopf und konnte kaum glauben, dass Wulf neben sie getreten war.

Er sprach mit ihr?

Ein grimmiger Blick traf sie.

„Royce hat recht, du kämpfst gut."

Sie schluckte. Seine verschlossene Miene machte den Funken Hoffnung, er hätte ihr vielleicht vergeben, direkt wieder zunichte.

„Danke", erwiderte sie leise, „das war wohl eher Glück."

Er schnaubte unwillig, sah auf die Menschen herunter und schüttelte den Kopf.

„Das Glück lässt uns einen solchen Schlag nicht führen", stellte er fest. „Auch Talent reicht nicht, um einen Langstab dieser Stärke zu entzweien." Erneut legte sich sein Blick auf sie und diesmal war die Warnung darin unmöglich zu übersehen. „Man könnte meinen, du hast bereits früher gekämpft."

Ohne ihr die Gelegenheit zu einer Antwort zu geben, ging er die wenigen Stufen hinab und begab sich in das Getümmel. Frustriert sah sie ihm hinterher.

Wenn sie bis eben noch geglaubt hatte, zwischen ihnen könnte es wieder werden wie bei ihrer ersten Begegnung, dann hatte sie sich gründlich getäuscht.

Wulf war offenbar der Letzte, der ihr noch den Funken von Vertrauen entgegenbrachte. Kopfschüttelnd wandte sie sich ab und ging in die leere Burg.

8. Kapitel

Callahan-Castle, Sijrevan
Im Julmond (Dezember), Anno 1585

Die nächsten Tage und Wochen vergingen in gleichmütigem Rhythmus.

Vormittags stand Lee Ewigkeiten still, während Calaen und Eadan Stoffe an sie hielten, Farben und Materialien für sie aussuchten, sie gefühlte hundert Male neu vermessen wurde und unzählige Kleidungsstücke entstanden.

Royce hatte sich geweigert, ihren Einwänden Gehör zu schenken. Er wollte nichts davon wissen, dass zu viel Aufhebens um sie gemacht wurde oder sie all die Kleider gar nicht würde tragen können. Laut seinen Worten stand ihr als seiner Gemahlin eine passende Garderobe zu und die sollte sie bekommen. Auf weitere Diskussionen hatte er sich nicht eingelassen.

Tatsächlich musste sie zugeben, dass sich zumindest die Hosen und Hemden, die ihr nun auf den Leib geschneidert wurden, deutlich bequemer trugen und ihr mehr Bewegungsfreiheit erlaubten.

Wenn sie nachmittags ihre Übungskämpfe absolvierten, war sie wesentlich wendiger und weniger eingeschränkt als mit ihrer alten, zerschlissenen Kleidung.

Es war eine seltsame Zeit.

Einerseits fühlte sie sich wie eine Königin, andererseits kämpften sie mit Schwert, Speer und ohne Waffen, bis Lee kaum noch stehen konnte.

Schon beim abendlichen Mahl war sie oft nicht mehr bei der Sache und fiel anschließend so erschöpft in die Felle, dass sie meist sofort einschlief.

Dafür hielt Royce sie jeden Morgen im Bett länger auf und sie hatte bereits so manches Frühstück wegen ihm verpasst.

Nach mehr als vier Wochen hatten die beiden Mägde in Lees Augen ein echtes Wunder vollbracht. Sie besaß jetzt nicht nur eine sehr umfangreiche Garderobe, sondern vor allem Kleider, die ihr passten und gefielen.

So ungern sie es zugab, aber sie fühlte sich durchaus verwöhnt von ihrem Ehemann und fast tat es ihr leid, dass sie Nacht für Nacht wie tot neben ihm lag und unfähig war, sich auf ihre Weise für seine Großzügigkeit zu bedanken.

Morgen würden die Händler abreisen.

Die frischen Lebensmittel, die sie mitgebracht hatten, füllten die Lagerräume der Burg und für den Abend war eine Abschiedsfeier anberaumt. Es würde Musik und Tanz geben und sie wollten die Modraniht begehen, die tiefste Nacht des Winters, in der die sijrevanischen Highlander den Abschied des alten Jahres und den Beginn eines neuen feierten.

Ihre Übungskämpfe hatte Royce am Nachmittag dieses Tages abgebrochen, weil Gallowain mit seinen Söldnern zur Burg zurückgekehrt war. Lee hatte sich bei ihrem Eintreffen rasch in die schützenden Mauern zurückgezogen. Einem erneuten Zusammenstoß mit dem Hauptmann wollte sie möglichst lange aus dem Weg gehen.

Die letzten Wochen waren anstrengend gewesen und sie befürchtete, dass ihre Kräfte zu diesem Zeitpunkt einfach nicht reichten, um einem Übergriff Gallowains standzuhalten.

Sie war geschwächt und zudem hatte sie ständig das Gefühl, im Stehen einschlafen zu können.

Es war zum Mäusemelken! Sosehr sie sich in den letzten Wochen angestrengt hatte, so wenige Fortschritte schien sie zu machen. Als wäre da eine Mauer in ihr, die sie noch nicht bereit war zu überwinden.

Allerdings war sie sich auch ziemlich sicher, dass Wulfs beharrliche Anwesenheit bei den Kämpfen und das Misstrauen, mit dem er sie ständig im Auge behielt, ebenfalls dazu beitrugen, dass sie nicht in der Lage war, so zu kämpfen, wie sie es vielleicht getan hätte, wenn sie mit Royce allein gewesen wäre.

Nachdem sie sich im Bad erfrischt hatte, trat sie ans Fenster und beobachtete aus schmalen Augen das Treiben im Hof.

Die Söldner sattelten ihre Pferde ab.

Sie alle wirkten müde und erschöpft.

Alle bis auf Gallowain, der sichtlich erregt hin- und herlief, während er Royce und Wulf wild lamentierend von der Reise zu berichten schien. Was auch immer er ihnen erzählte, sie hoffte, dass er rasch zu seiner nächsten Patrouille aufbrach.

Je kürzer sich sein Aufenthalt hier gestaltete, desto besser.

Sie wandte sich ab, ging zurück ins Schlafzimmer und kroch ins Bett. Ein paar Minuten Ruhe konnten nicht schaden. Dies war einer der seltenen Momente während der letzten Wochen, in denen sie nicht in völliger Erschöpfung ins Bett fiel.

Sie robbte auf Royces Seite hinüber, kuschelte sich in die Felle und atmete tief seinen Geruch ein.

Bis heute hatten sie keine Zeit gefunden, wirklich miteinander zu reden, und sie hatte den Eindruck, dass es Royce ganz recht war, dass jenes Ereignis zwischen ihnen nicht mehr zur Sprache gekommen war.

Lee schloss die Augen und presste das Gesicht in eins der Felle. Ein Teil von ihr war mindestens genauso bequem wie er. Ihr Ärger über sein Verhalten nach dem Übergriff hatte sich bereits in ihrer Hochzeitsnacht in Wohlgefallen aufgelöst, dennoch gab es da dieses kleine, penetrante Verlangen, ein klärendes Gespräch mit ihm zu führen.

Irgendwann würde der Tag kommen, an dem sie sich wieder einmal über Belanglosigkeiten streiten würden, und einer von ihnen würde genau diesen Vorfall zur Sprache bringen, um dem Anderen damit wehzutun.

Sie wollte vermeiden, dass dieses Missverständnis eines Tages zu einem echten Problem wurde. Abgesehen davon würde es sich nicht in Luft auflösen, weil sie es ignorierten und sich mit angenehmeren Dingen ablenkten. Royce musste begreifen, dass sie ihm nie etwas hatte unterstellen wollen, aber dafür musste er verstehen, dass ihre Welt eine andere war als diese.

Seufzend drehte sie sich auf den Rücken und starrte die Stoffbahnen an, die das Dach des Himmelbettes bildeten. Wenn sie nur nicht so anfällig für Royces Reize wäre! In seiner Nähe fühlte sie sich ständig, als stünde sie unter Strom.

Während des Trainings hatte sie ihre verwirrenden Empfindungen noch einigermaßen unter Kontrolle und die Erschöpfung der letzten Tage hatte verhindert, dass sie nachts noch übereinander herfielen. Umso später verließen sie am Morgen danach oft das Bett.

Wenn sie in den vergangenen Wochen miteinander geredet hatten, dann waren es Belanglosigkeiten gewesen, manchmal kam auch Lees ungeklärte Herkunft zur Sprache.

Ihre wenigen Erzählungen über das, was in ihrer Welt passierte, entlockten Royce regelmäßig ein belustigtes Grinsen.

Im Gegenzug hatte sie mehr über das sijrevanische Hochland erfahren. Sie war irgendwo im 16. Jahrhundert gelandet. Als sie vor einem Monat angekommen war, hatte der Winter hier gerade Einzug gehalten. Nun stand ihnen schon die Modraniht – die sogenannte Mutternacht – bevor.

Diese Nacht war die dunkelste und längste des Jahres, die Wintersonnenwende, und damit das Ende des alten und der Beginn des neuen Jahres. An all diese neuen Festtage, Jahreszeiten und Monatsnamen musste sich Lee immer noch gewöhnen, aber sie spürte bereits, wie viel leichter es ihr fiel als noch vor ein paar Wochen.

Tatsächlich hatte sie sich mehrfach dabei erwischt, dass sie teilweise ganz ähnlich sprach wie Royce und die Anderen. Sie fühlte sich jeden Tag heimischer an diesem Ort.

Natürlich war Royce immer noch überzeugt, sie hätte sich den Kopf angestoßen und das, was sie von dem Ort erzählte, von dem sie stammte, wären nichts als Hirngespinste.

Doch davon ließ sie sich nicht beirren.

Wenn er sie nach weiteren Erinnerungen aushorchte, dann erzählte sie es ihm so ehrlich und verständlich wie möglich.

Oftmals schüttelte er jedoch nur den Kopf und lächelte milde. Sie hatte sich daran gewöhnt, dass er ihr nur die Hälfte glaubte und den Rest als irres Geschwätz abtat.

Anders war es gewesen, als sie vom Tod ihrer Eltern erzählte. Wie sie erst ihren Vater und schließlich ihre Mutter bis zu deren Tode gepflegt hatte und wie sehr es sie schmerzte, besonders ihre Mutter verloren zu haben.

Es hatte ihn bewegt und er hatte zum ersten Mal von seiner Familie erzählt – seinen Eltern und seinen Brüdern. Royce bemühte sich, es nicht zu zeigen, aber sie hatte deutlich gespürt, dass ihr Verlust ihn auch nach all den Jahren noch schmerzte.

Sie hatte ein paarmal versucht, ihn aufzuheitern, was damit endete, dass er rasch das Thema wechselte. Sobald ihm etwas unangenehm wurde, wich er ihren Fragen aus. Das betraf auch den Tod seiner Frau und seines Sohnes.

Stattdessen nutzte er diese Augenblicke, um zu betonen, wie wichtig es wäre, dass sie sich zu verteidigen wusste.

Wenn sie seine Reden zu nutzen versuchte, um auf ihre gemeinsame Zukunft zu sprechen zu kommen, blockte er meist ab oder beendete ihre Diskussionen, indem er sie mit seinen Verführungskünsten aus dem Konzept brachte.

Sie hatte keine Vorstellung davon, wie dieses Leben künftig funktionieren sollte. Das, was ihren Alltag in den letzten Wochen geprägt hatte, würde sich spätestens ab morgen ändern.

Sie konnten nicht ewig nur trainieren und sich in neue Kleider hüllen. Es würden andere Probleme auftauchen, der Alltag würde sie einholen … und irgendwann kamen sie gar nicht drum herum, auch über unangenehme Dinge zu reden. Zurzeit hatte sie allerdings das Gefühl, Royce wollte sich nur auf die schönen Momente konzentrieren und die Augen vor dem verschließen, was diese trüben könnte.

Lee streichelte mit einer Hand über ihren Körper und ließ sie auf ihrem Bauch liegen.

Bis auf Vates' Worte bei ihrer Vermählung, in der er ihrer Verbindung einen reichen Kindersegen gewünscht hatte, war dies auch eines der Themen, die nie zwischen ihnen zur Sprache gekommen waren.

Gut, Royce hatte bereits einen Sohn gehabt… und er hatte ihn verloren, was vermutlich ein noch größerer Verlust für ihn gewesen war als der Tod Araennas.

Aber auch ihm musste klar sein, dass ihre gemeinsamen sexuellen Begegnungen kaum ohne Folgen bleiben würden. Verhütung war hier zwar nicht gänzlich unbekannt, zwischen ihnen aber nie praktiziert worden.

Selbstverständlich wünschte sie sich Kinder.

Vielleicht trug sie sogar bereits eines in sich, aber sie hatte zunehmend den Eindruck, dass sie mit diesem Wunsch einen ziemlich einsamen Weg beschritt.

Hinzu kam eine stets gegenwärtige, nicht zu ignorierende Furcht in ihr.

So groß der Wunsch war, gemeinsames Leben mit Royce zu erschaffen, so viel Angst machte es ihr auch. Hier gab es keine Hebammen, wie sie sie kannte, keinen Ultraschall oder Fruchtwasseruntersuchungen.

Ehrlich gesagt bereitete ihr der Gedanke, in dieser Zeit ein Kind zur Welt zu bringen, sogar ziemliche Magenschmerzen.

***

Irritiert schlug sie die Augen auf.

Das Licht des Tages hatte sich fast völlig verabschiedet und nur das Feuer im Kamin erhellte den Raum mit warmem Schein.

Sie musste eingeschlafen sein.

Nun lag sie, in die Felle gekuschelt, auf der Seite und sah Royce neben sich sitzen, offenbar wartend, dass sie wach wurde.

„Wir müssen miteinander reden."

Seine Stimme war leise und begleitet von einem beunruhigenden Unterton. Alarmiert richtete sie sich auf und sah ihn an.

Ihr Wunsch nach einem klärenden Gespräch erfüllte sich offenbar schneller als gedacht.

„Ja, das sollten wir", gab sie zurück. „Aber ich habe vorher noch eine Bitte … du kannst dich natürlich weigern, sie mir zu erfüllen."

Royces Augenbrauen bogen sich nach oben, dann glätteten sich seine Züge und sein Blick strich anzüglich über ihre Gestalt.

„Gewiss."

Offenbar stand ihm bei dem Gedanken nach ihrer Bitte der Sinn nach etwas Anderem. Lee starrte auf seine Brust und versuchte, die Wärme zu ignorieren, die seine schamlose Musterung in ihr auslöste.

„Erzähl mir von Araenna", bat sie.

Als sie ihm erneut in die Augen sah, wirkte er so verschlossen wie eh und je, wenn sie versuchte, etwas anzusprechen, das ihm nicht zusagte. Nach einem Augenblick des Schweigens erhob er sich mit einem Ruck und begann im Zimmer auf und ab zu laufen. Fahrig strich er sich das Haar aus der Stirn.

„Warum willst du über sie reden?", fragte er.

Lee rutschte zur Bettkante, zog die Beine an und schlang die Arme um die Knie.

„Weil niemand sonst über sie redet", entgegnete sie. „Ich würde gern etwas mehr über sie erfahren. Immerhin war sie deine erste Frau." Sie zuckte mit den Schultern. „Ständig predigst du mir, wie wichtig es ist, dass ich lerne, mich zu verteidigen … dass sie nicht kämpfen konnte. Aber ich möchte wissen, wie sie war. Wie habt ihr zueinander gefunden? Wie sah sie aus?"

Kopfschüttelnd drehte er sich zu ihr um, seine Stirn war gefurcht und er wirkte fast schon ärgerlich.

„Warum interessieren dich diese Dinge?"

Lee unterdrückte einen Seufzer, weil er ihr ständig mit Gegenfragen antwortete. Sie schob sich über die Kante des Bettes, setzte die Füße auf den Boden und erhob sich. Mit zwei Schritten stand sie vor ihm und sah ihm in die Augen. Ihre Hand legte sich wie von selbst auf seine Wange.

„Weil *du* mich interessierst", gab sie zurück. „Ich möchte wissen, was dich bewegt und welche Ereignisse dich zu dem Mann gemacht haben, der du heute bist." Sie drückte ihm einen flüchtigen Kuss auf die Lippen, ließ ihn los und trat einen Schritt zurück. „Ich will wissen, warum meine Worte dich so erzürnt haben. Warum du denkst, dass ich dich irgendwann hassen könnte."

Royces Gesicht verfinsterte sich bei jedem ihrer Worte zusehends.

„Ich hatte gehofft, wir hätten unser Kriegsbeil begraben."

„Wir haben niemals Krieg geführt", stellte sie fest. „Aber wir haben die letzten Wochen auch nie wirklich miteinander gesprochen. Ich bin nicht voller Zorn dir gegenüber, dessen solltest du dir bewusst sein. Obwohl ich weiß, dass du es vielleicht niemals erwidern wirst, habe ich dir gestanden, was ich für dich empfinde. Ist es nicht verständlich, dass ich mehr über den Mann erfahren will, mit dem ich mein Leben teile?"

„Ich habe mich entschuldigt", bemerkte er kurz angebunden. Lee atmete tief durch und versuchte, ihre Ungeduld zurückzudrängen.

„Ich weiß, Royce, aber es geht nicht ums Verzeihen … ich will *verstehen*! Ich weiß, dass du wütend auf mich warst und mir eine Lektion erteilen wolltest. Du hast mir keinen körperlichen Schmerz zugefügt, aber du hast mich verletzt, als du einfach gegangen bist – dein Zorn und deine Ablehnung waren schlimmer als jede Pein, die du mir auf anderem Wege hättest zufügen können."

Sie schüttelte den Kopf.

„Ich habe dir nie zum Vorwurf machen wollen, dass du ein schlechter Mensch bist oder jemand, der sich einfach nimmt, was er will, ohne zu fragen. Mit meinen Worten habe ich dich nicht in deiner Ehre verletzen wollen. Ich kenne keinen anständigeren Mann als dich." Royce Stirnrunzeln vertiefte sich und sie beeilte sich weiterzureden, ohne ihn zu Wort kommen zu lassen. „In der Welt, die ich hinter mir gelassen habe, sind Beziehungen, in denen niemand sich zu etwas verpflichtet fühlen muss, völlig normal. Jeder hat seinen Spaß, niemand muss sich einem Zwang unterwerfen und man geht wieder seines Weges, um sich dem Nächsten hinzugeben. Ich habe aus diesem Grund nie von dir erwartet, dass du dich an mich binden sollst. In dieser Welt war es einfach anders."

Royces Nasenflügel bebten.

„Sagst du mir das jetzt, weil du wieder frei sein willst?"
Sein Gesicht war unbewegt. „Wolltest du mich deshalb
nicht heiraten, weil es für dich nur Spaß war, wie du es
nennst, und ohne jede Bedeutung?"

Lee verdrehte die Augen und stöhnte frustriert auf.
Nervös lief sie im Zimmer auf und ab.

„Nein – aber es gibt da ein anderes Problem zwischen
uns. Wir hören nur, was wir hören wollen", gab sie zurück.
„Ich möchte verstehen, was geschehen ist, Royce. Ich liebe
dich und auch, wenn ich anfangs gegen eine Ehe war, so
genieße ich es nun doch, deine Frau zu sein."

Sie blieb stehen, sah ihn offen an und entschied sich mit
tiefem Durchatmen dafür, ehrlich zu bleiben.

„So wie ich es jede Nacht und jeden Morgen genieße, in
deinen Armen zu liegen, Zeit mit dir zu verbringen, neben dir einzuschlafen und mit dir aufzuwachen. Du bist
der erste Mann in meinem Leben. Es gibt niemanden, den
ich an deiner statt an meiner Seite haben möchte. Ich habe
vorher so oft gehört, wie schmerzhaft und furchtbar dieses
erste Mal in den Armen eines Mannes ist … und dann hast
du mir diese wunderbaren Momente geschenkt und tust
es immer noch. Selbst jener Vorfall in der Höhle hat nichts
daran geändert. Ich begehre dich mit jedem Tag, der vergeht, ein bisschen mehr."

Unbeirrt davon, dass Royce schwer schluckte und die
Schultern durchdrückte, fuhr sie fort.

„Dennoch will ich keine Ehe, in der einer von uns unglücklich ist oder auch beide, nur weil wir nicht miteinander klarkommen." Als er einen Schritt in ihre Richtung
machen wollte, hielten ihre erhobenen Hände ihn zurück.
„Warte, hör mich bitte zu Ende an. Du hast mir gesagt, ich
solle mich nicht in dich verlieben."

Sie schluckte und spürte, dass es ihr zunehmend schwerer fiel, das Zittern in ihrer Stimme weiterhin zurückzuhalten.

„Es tat weh, diese Worte zu hören und sich zurückgewiesen zu fühlen. Die Welt, aus der ich komme, vermittelte mir stets genau diese Werte: Wer sich verliebt, der ist verletzlich und schwach. Zusammenhalt und gemeinsames Bestreben sind unerfüllbare Hoffnungen. Vertrauen in jemanden zu haben, ist töricht."

Lee unterdrückte ein Seufzen.

„Es ist gerade einmal einen Monat her, dass ich hier wie aus dem Nichts aufgetaucht bin. Ich verstehe nicht, warum und wieso, oder wie das passieren konnte. Doch ich ahne, dass mir das Schicksal – oder was auch immer – eine zweite Chance geboten hat, meinem Leben einen Sinn zu geben." Sie schluckte an dem Kloß, der plötzlich in ihrer Kehle saß. „Am ersten Tag, als Wulf mich fand und herbrachte, hast du mir Angst gemacht und gleichzeitig habe ich befürchtet, du würdest mich fortschicken. Als wir zu dieser Höhle unterwegs waren, habe ich dich noch mehr gefürchtet und das, was du mit mir tun würdest, wenn du die Wahrheit erfährst."

Den Kopf schief gelegt, lächelte sie ihm zärtlich zu, ehe sie ihre unruhige Wanderung wieder aufnahm.

„Du warst mir gegenüber großzügig und hast mir die Gelegenheit geboten, dir meine Beweggründe zu erklären. Du hast mir zugehört. Du hast Verständnis gezeigt, obgleich meine Geschichte in deinen Ohren mehr als verrückt klang ... und immer noch hörst du mir zu und lächelst nur, statt mich als Wahnsinnige zu beschimpfen. Ich habe gespürt, dass ich dir vertrauen konnte, dass du mich nicht als Hexe an den nächsten Baum bindest und bei lebendigem Leibe verbrennst. Ich habe es genossen, wie du mich angesehen hast, wie du mich berührt hast und wie sehr dein Lächeln mich mit Wärme erfüllt hat. Jeder Augenblick mit dir ist ein Geschenk für mich."

Neben der Kleidertruhe blieb sie stehen und wandte ihm offen das Gesicht zu. Er starrte sie wortlos an.

„Deine Worte, dass ich dir gegenüber keine Gefühle erwachen lassen sollte, haben mich verletzt und erzürnt. Ich bin kein Mensch, der sich leichtfertig an jemanden verschenkt. Auch aus diesem Grund habe ich mich in meiner alten Welt nie wirklich daheim gefühlt. Man nannte mich altmodisch und verklärt. Doch wenn ich nichts für dich empfunden hätte, wäre es niemals so weit gekommen." Lee schluckte erneut. „Selbst, als du mich mit Gewalt nehmen wolltest, hast du es nicht getan. Du warst rau und grob, aber deine Leidenschaft hat mich mitgerissen, statt mich abzustoßen. Dennoch war ich wütend und enttäuscht, weil du mir wehtun wolltest und weil du mich danach von dir gestoßen hast. An meinen Gefühlen für dich hat sich jedoch nie etwas geändert. Sie sind da und ich kann sie nicht einfach wegwischen wie eine lästige Fliege." Sie machte einen zögerlichen Schritt auf ihn zu. „Ich möchte nicht, dass du denkst, du musst Wiedergutmachung leisten oder du wärest mir etwas schuldig. Auch wenn du auf eine Ehe bestanden hast und ich damit nicht einverstanden war, war es nie so, dass mir deine Nähe zuwider gewesen wäre. Ich liebe dich und du bist immer gut zu mir gewesen, für mich ist das genug."

Royce sah sie einen Augenblick lang schweigend an, als wartete er darauf, dass sie noch mehr zu sagen hätte.

„Das war die längste Rede, die ich jemals aus dem Mund einer Frau gehört habe", stellte er schließlich fest. „Auch ich habe eine Frage an dich." Lee nickte. „Was genau wünschst du dir von unserer Verbindung?"

Sie atmete tief ein, seufzte und verschränkte die Arme vor der Brust. Ihre Augen glänzten, als sie zu Boden sah.

„Ich wünsche mir eine Ehe, wie sie sein sollte, wenn man aus Liebe geheiratet hat – nicht nur aus einer lästigen Pflicht heraus. Ich wünsche mir eine Verbindung, in der man zueinandersteht und die sich auch nach zehn Jahren noch so aufregend anfühlt wie der erste gemeinsame Augenblick in den Armen des Anderen."

Sie hob den Blick und sah ihn an. Unbeweglich und mit unergründlichem Gesichtsausdruck stand er da und starrte zurück. Dann schüttelte er widerstrebend den Kopf.

„Es ist mir nicht möglich, dir dieses Versprechen zu geben", entgegnete er.

Lee lächelte schief, schluckte mehrmals und bemühte sich, das Brennen ihrer Augen zu ignorieren. Sie nickte und blickte zu Boden. Royce überwand den Abstand zwischen ihnen mit langsamen Schritten und blieb reglos vor ihr stehen, bis sie wieder aufsah.

Ihre Augen schienen regelrecht auszutrocknen.

„Das, was du beschreibst, ist mir fremd." Ernst begegnete er ihrem Blick. „Aber ich werde mich bemühen, dir ein guter Mann zu sein, und versuchen, dir etwas von dem zu geben, worum du mich gebeten hast."

Das war viel mehr, als sie überhaupt erwartet hatte. Ihre Lippen teilten sich und sie fuhr sich unbewusst mit der Zungenspitze darüber. Royce atmete tief ein, sah zu Boden und brachte mit einem Schritt nach hinten mehr Abstand zwischen sie.

„Ich war zornig", bemerkte er, „damals in der Höhle. In meinen Ohren klangen deine Worte wie der Vorwurf, ich würde dich schänden. Auf keinen Fall will ich mich von dir auf eine Stufe mit solchen Männern stellen lassen." Er hob den Blick und sah sie an. „Araenna und ich wurden miteinander vermählt, weil unsere Verbindung tauglich war. Eine reine Zweckehe, ohne jede Zuneigung. Sie hat mich niemals geliebt. Meine Nähe war ihr zuwider, meine Berührungen ekelten sie an und seit dem Augenblick, da sie schwanger war, hat sie sich mir verweigert." Er zuckte mit den Achseln. „Ich habe es akzeptiert und gehofft, dass wir eines Tages in freundschaftlicher Zuneigung zueinanderfinden. Diese Hoffnung war vergebens."

Sein Blick schien durch Lee hindurchzugehen, als sähe er zurück in die Vergangenheit.

„Ich floh in jede Schlacht, die ich schlagen konnte. Ich war dankbar dafür, nicht bei ihr sein zu müssen. Meinen Sohn habe ich das erste Mal gesehen, als er drei Monate alt war. Er brüllte jedes Mal in meiner Nähe, als teilte er die Abneigung seiner Mutter. Es war schwer, ein wenig seiner Zuneigung zu gewinnen, aber es gelang mir dennoch und ich liebte ihn umso mehr." Er wandte sich dem Kamin zu und starrte in die Flammen. Vorsichtig trat sie neben ihn. „Er war ein Jahr alt, als ich ihn zuletzt sah. Ich zog erneut in den Kampf. Nur eine Handvoll Männer blieb zurück, um die Bewohner der Burg zu schützen. Ich war ein solcher Narr zu glauben, sie wären hier sicher."

Es zuckte um seine Mundwinkel.

„Ein Trupp von Fitards Söldnern fiel in die Feste ein. Sie schändeten im Dutzend mein Weib und schlitzten ihre Kehle auf. Danach erdolchten sie meinen Sohn und banden beide an die Tore des Burgwalls. Ich habe gelobt, Fitard eines Tages dafür bluten zu lassen, und ich war überzeugt, niemals wieder eine Frau an meiner Seite zu wissen."

Sich ihr zuwendend, sah er ihr in die Augen.

„Der Grund, warum ich dir das Kämpfen beibringe, liegt auch darin, dass ich nicht will, dass so etwas noch einmal passiert. Du sollst dich zur Wehr setzen können, auch gegen Gegner, die dir überlegen scheinen. Dass du mir immer wieder sagst, dass du mich liebst, ist für mich nicht zu verstehen. Ich habe deine Liebe nicht verdient, vor allem nicht nach dem, was ich getan habe."

Als Lee ihm ins Wort fallen wollte, war er es, der die Hand hob.

„Bitte, gewähre mir die gleiche Gelegenheit, mich zu erklären, wie ich dir. Ich kann dir nicht versprechen, dass ich deine Gefühle eines Tages in gleichem Maße erwidern werde. Aber ich kann dir versichern, dass du mir nicht gleichgültig bist, und das liegt nicht nur daran, dass du eine außerordentlich aufregende Geliebte bist und mich ständig aufs Neue überraschst. Du bist anders, als die Frauen in meiner Welt es sonst sind, es ist nicht üblich, dass Frauen die körperliche Liebe so offen genießen, wie du es tust."

Tief durchatmend drückte er den Rücken durch und trat näher an sie heran.

„Ich will dir ein guter Mann sein und deine Gedanken und Wünsche, wie eine Ehe sein sollte, sind mir durchaus willkommen. Es wäre schön, eines Tages in Ruhe und Frieden miteinander glücklich zu werden." Offen erwiderte er ihren Blick. „Meine Krieger und ich werden morgen gemeinsam mit den Söldnern ausziehen, um gegen Fitards Truppen zu kämpfen. Sie sammeln sich im östlichen Grenzgebiet und bereiten sich darauf vor, durch unser Land zu ziehen, um zu morden und zu plündern. Wulf wird mit einem Dutzend Männer hierbleiben, um die Feste zu schützen, und ich will, dass du dir von Wulf weiterhin das Kämpfen lehren lässt."

Diese Eröffnung kam unerwartet und Lee spürte eine unangenehme Kälte, die sich mit seinen Worten in ihr breitmachte.

Er würde sie verlassen.

„Hat Gallowain dir davon erzählt?", wollte sie wissen. Als er nickte, kratzte sie sich unschlüssig am Kopf, ehe sie sich zu einer Frage durchrang, die ihr auf der Seele brannte. „Du glaubst ihm?"

„Warum sollte ich das nicht tun?", fragte Royce zurück. Er beobachtete sie aus schmalen Augen. „Wieso fragst du?"

„Ich mag ihn nicht", gab sie zu, „und ich traue ihm nicht."

„Nun, er war dir gegenüber nicht unbedingt galant", warf Royce ein. „Die anderen Söldner jedoch bestätigen seine Worte und darunter gibt es durchaus ein paar, denen ich genug Vertrauen entgegenbringe ... sie arbeiten nicht zum ersten Mal für uns. Du musst nichts fürchten, Lee. Gallowain und seine Männer kommen mit uns. Ihr seid sicher in Wulfs Obhut." Er überwand die letzte Distanz zwischen ihnen und zog sie an sich. Ihr Puls raste, als er ihr einen Kuss raubte. „Ich würde nicht gehen, wenn es nicht wirklich notwendig wäre. Du wirst mir fehlen, sehr sogar."

Sie verdrängte den Gedanken an Gallowain und die Kälte, die sich in ihr breitzumachen versuchte. Auf Zehenspitzen verschränkte sie die Hände in seinem Nacken und fuhr mit den Fingern durch seine Locken.

Der Gedanke, dass sie einander tagelang nicht sehen würden, war mehr als befremdlich. Das war ihre erste

Trennung und es fühlte sich falsch an. Doch sie wollte diese letzten Augenblicke nicht von jemandem bestimmen lassen, dessen Anwesenheit sie kaum ertrug. Sie würde sich auf den Menschen konzentrieren, dem ihr Herz gehörte.

„Wie lang wirst du fort sein?", fragte sie an seinem Mund. Seine Hände glitten über ihren Rücken und drückten sie an ihn. Sehnsüchtig knabberte sie an seiner Unterlippe.

„Nicht zu lange, wie ich hoffe."

Ungeduldig hob er sie hoch und trug sie zum Bett hinüber.

***

Den ganzen Abend schon beäugte Gallowain sie unverhohlen über die Tische hinweg und starrte ihr ständig auf das Dekolleté.

Obgleich das dunkelrote Kleid mit dem züchtigen Ausschnitt und den langen Ärmeln ihren Körper fast vollständig vor seinen Blicken verbarg, fühlte sie sich auf unangenehme Weise bloßgestellt.

In dem unförmigen Pullover und den Hosen, in denen sie ihm bei ihrem ersten Zusammentreffen gegenübergestanden hatte, hatte sie sich deutlich sicherer gefühlt als jetzt.

Sie versuchte, ihn zu ignorieren, vermied es aber dennoch, allein zu sein. Wenn Royce gerade nicht in ihrer Nähe war, bemühte sie sich stets darum, sich bei Malissa oder Calaen aufzuhalten. Sie wollte einer neuerlichen verbalen Auseinandersetzung mit Gallowain aus dem Weg gehen und ebenso verhindern, den Dolch zum Einsatz zu bringen, der sich in einer Falte ihres Kleides verbarg.

Zwar schenkte die Waffe ihr eine gewisse Sicherheit und sie war durchaus gewillt, sie im Fall der Fälle einzusetzen, aber sie wollte einen weiteren Streit mit dem Hauptmann nicht forcieren.

Ihr Blick glitt suchend über die feiernden Menschen und blieb an Royce hängen, der neben dem Eichenportal stand und sich ernst mit Wulf unterhielt.

Der Gedanke, dass dies ihre letzten gemeinsamen Stunden waren, löste eine mehr als unerfreuliche Ahnung in ihr aus. Es war nicht nur die Tatsache, dass sie ohne ihn einsam sein würde. Viel mehr Sorgen bereitete es ihr, dass er mit Gallowain unterwegs war und Wulf nicht an seiner Seite sein würde, weil dieser die Aufgabe hatte, sich hier um alles zu kümmern. Sie hatte kein gutes Gefühl in Bezug auf die Söldner und ihren hitzköpfigen Hauptmann.

Vier Wochen wären unter anderen Umständen keine lange Zeit. Doch hier fühlten sie sich jetzt schon an wie eine Ewigkeit. Sie war bemüht, ihre Sorgen zu verdrängen und sich nicht ständig den Kopf darüber zu zerbrechen, was in dieser Zeit alles passieren konnte. Aber es fiel ihr schwer, Gallowain keine Falschheit zu unterstellen.

Sie traute diesem Mann nicht.

Royce hatte ihre Bedenken verständlicherweise als übertriebene Fürsorge abgetan und sie konnte ihm keine logischen Argumente liefern, die in seinen Augen Sinn ergeben hätten. Dass Lee mit Gallowain aneinandergeraten war, war für ihn noch nicht Grund genug, an der Pflichterfüllung des Söldners zu zweifeln.

Zwar erwartete er von diesen bezahlten Kriegern nicht die Loyalität, die ihm seine Highlander entgegenbrachten, aber er teilte auch nicht Lees unlogische Abneigung.

Seiner Meinung nach war ihre Ablehnung übertrieben und unnötig. Die Söldner erhielten für ihre Arbeit einen nicht unerheblichen Lohn, und wenn sie ihre Beschäftigung zu seiner Zufriedenheit ausgeführt hatten, würden sie sich anderen Gefilden zuwenden.

Ihr blieb gar keine Wahl, als die Entscheidung ihres Mannes hinzunehmen und darauf zu hoffen, dass er recht behielt und gesund zurückkehren würde.

In der Zwischenzeit würde sie sich intensiv mit ihren Aufgaben als Clanherrin auseinandersetzen und das Training mit Wulf fortführen. So gern sie sonst mit Royce die Klingen kreuzte, so groß war ihr Widerwille, seit sie wusste, dass ihr Lebensretter in den nächsten Wochen ihr Lehrer sein würde.

Sein Misstrauen und die offene Verachtung, mit der er ihr begegnete, schmerzten sie nach wie vor. Ihr stand keine besonders angenehme Zeit bevor und sie befürchtete, dass die Unstimmigkeiten zwischen ihnen sich in Royces Abwesenheit noch verschärfen würden.

Bedrückt schüttelte sie den Kopf.

In den wenigen Wochen an Royces Seite war eine besonders intensive Bindung zwischen ihrem Mann und ihr entstanden. Auch wenn sie auf Liebesbekundungen vergeblich hoffen mochte, spürte sie doch seine Zuneigung. Die nächste Zeit ohne ihn zu verbringen schien fast undenkbar.

Er hatte sie zu einem besseren Menschen gemacht, zu einem *stärkeren* Menschen ... und er hatte ihr ein Vertrauen geschenkt, das sie nicht erwartet hatte.

Es würde seltsam werden, ohne ihn im Bett zu liegen.

Es würde seltsam werden, ihre Tage ohne ihn zu planen.

Irgendwie fühlte es sich an, als stünde ihr die Amputation eines Körperteils bevor und sie müsste sich an den Gedanken gewöhnen, künftig ohne ein Bein oder einen

Arm durchs Leben zu gehen. Dieses Gefühl, nicht vollständig zu sein, das sie seit jeher begleitete, war durch ihn gemildert worden ... und nun kehrte es mit aller Macht zurück.

„So allein und in Gedanken", erklang eine tiefe Stimme hinter ihr.

Sie spürte, wie sich die Härchen in ihrem Nacken aufrichteten und Gänsehaut ihre Arme überzog. Für einen Moment war sie von ihren eigenen Grübeleien abgelenkt gewesen und hatte nicht darauf geachtet, dass Malissa sich von ihr entfernt hatte. Mit zusammengebissenen Zähnen wandte sie sich um und sah Gallowain vor sich stehen.

Er war zu nah.

Wortlos starrte sie ihn an.

Sie konnte fühlen, wie ihr Herzschlag gegen ihre Schläfen klopfte. Die rechte Hand in der verborgenen Tasche ihres Rockes versenkt, berührten ihre Finger den Griff des Dolches. Das mit Bändern umwickelte Leder schien ihr ein wenig ihrer Selbstsicherheit zurückzugeben.

Nicht zurückweichen!

Ein tückisches Lächeln machte sich auf Gallowains Gesicht breit. Ungefragt griff er nach ihrem linken Handgelenk und presste seine Lippen auf ihre verkrampften Fingerknöchel.

Der Versuch, ihm den Arm so unauffällig wie möglich zu entziehen, ohne Aufmerksamkeit zu erregen, scheiterte kläglich an seiner überlegenen Kraft und vertiefte Gallowains Lächeln.

„Ihr seid schöner denn je, Mylady", murmelte er. „Ich hoffte, Euch sehen zu dürfen." Seine dunklen Augen wurden schmal. „Habt Ihr an mich gedacht?"

„Ich beschäftige mich nicht mit bedeutungslosem Tand",
erwiderte sie kühl und musterte seine Hand, die immer
noch ihren Arm umklammerte. „Lasst mich los."

„Widerspenstige Frauen sind so überaus reizvoll", bemerkte er. Sein Blick glitt schamlos über ihre Gestalt. „Es
wird mir gefallen, Euch zu zähmen."

Er nahm ihre Hand, legte sie an seine Wange und zog
sie näher. Ohne sie aus den Augen zu lassen, strich er mit
seinen Fingern über ihr Kinn.

Lee zitterte.

Ihre Rechte krallte sich um den Dolch. Sie würde ihm
die Klinge in sein kaltes Herz rammen, wenn er nicht augenblicklich von ihr abließ.

Genug war genug.

„Ich werde Euch töten", fauchte sie.

Gallowain lachte laut auf und schüttelte den Kopf.

„Dessen bin ich sicher. Ich habe gehört, dass Euer Gemahl Euch das Kämpfen lehrt", entgegnete er. „Dennoch
wird es Euch nicht von Nutzen sein, meine Schöne."
Abrupt ließ er sie los und trat einen Schritt zurück. Ein
dunkles Versprechen lag in seinen schwarzen Augen. „Ich
schwöre dir, du wirst vor Wonne schreien, wenn ich mich
zwischen deine Schenkel dränge."

Lee schluckte hart.

Zum ersten Mal verspürte sie den Wunsch, jemandem
wissentlich Schmerzen zuzufügen und ihn leiden zu sehen.

Sie kochte vor Wut.

Glöckchen klirrten und fast hätte Lee mit dem Messer in
ihren Fingern zugestoßen. Eine der jungen Zigeunerinnen,
die das fahrende Händlervolk begleiteten, tanzte mit wiegen-
den Hüften um sie herum, ehe sie direkt vor Lee stehenblieb.

„Ich werde aus Eurer Hand lesen", tönte sie mit glockenheller Stimme.

Ein weicher, fremdartiger Akzent begleitete ihre Worte. Sie nahm Lees Finger, zog sie von Gallowain fort bis in die Mitte der Halle und betrachtete die Linien der Handinnenflächen. Ihr Gesicht wirkte hochkonzentriert und ihr erstaunlich starker Griff verhinderte, dass Lee sich ihr entziehen konnte.

Verärgert ließ sie die junge Frau gewähren.

Alles war besser als weiterhin Gallowains Anwesenheit ertragen zu müssen. Die Wut brodelte in ihr. Sie hätte ihm den Dolch in den Hals rammen sollen, als sie die Gelegenheit dazu hatte.

Erneut hatte er sie vorgeführt und sie fühlte sich auf unangenehme Weise von seinen Worten besudelt. Es war Zeit, mit Royce zu sprechen … dringend.

Er war in Gefahr.

Die Finger der Zigeunerin schlossen sich hart um Lees Handgelenk, als sie sich ihr entziehen und zu ihrem Mann gehen wollte. Wütend starrte Lee die junge Frau an, doch die lächelte nur und hob die Stimme, damit jeder im Raum sie hören konnte.

„Mehr als ein Mann verzehrt sich nach Euch und will das Lager mit Euch teilen. Ihr werdet Euch entscheiden müssen." Theatralisch legte sie eine bedeutungsschwangere Pause ein, um auch die Aufmerksamkeit der Letzten auf sich zu ziehen. „Es liegt ein Schatten über Euch, ich kann Eure Zukunft nicht sehen. Tod und Leben regieren in Eurer Gegenwart. Etwas wird kommen, etwas Großes."

Mit einem Ruck zog Lee ihre Hand zurück. Ihre Wangen glühten und sie spürte, wie der Zorn durch ihre Adern rollte. Die Zigeunerin zog sich mit einem fast schon verlegenen Knicks zurück.

Es war still geworden in der Halle.

Betroffene Mienen senkten sich mit betretenen Blicken und kaum jemand wagte es noch, sie offen anzusehen. Nur die Krieger und Söldner blickten zu ihr hinüber, mit hochgezogenen Augenbrauen und skeptischen Gesichtern. Blinzelnd wandte sie sich um und entdeckte Royce neben dem Portal. Wulf stand an seiner Seite und beide sahen aus, als hätte ihnen jemand in ihre Suppe gespuckt.

Das konnte doch alles nicht wahr sein.

Plötzlich fühlte sie sich verraten.

Trauten sie diesem abergläubische Geschwätz etwa auch?

Selbst Royce?

Trotzig schob sie das Kinn vor.

Gut, sollten sie denken, was sie wollten.

Mit einem zornigen Ruck wandte sie sich ab und schritt hocherhobenen Hauptes die Treppe hinauf. Dann sollten sie auch ihre Modraniht allein feiern.

Sie hatte die Nase voll von düsteren Prophezeiungen, dreisten Söldnern und unbegründetem Misstrauen.

***

Lee drückte die Tür ins Schloss und lehnte sich mit der Stirn gegen das kühle Holz.

Hatte sie wirklich geglaubt, hier ein ruhiges Leben führen zu können?

Sie war schon ziemlich naiv zu denken, dass alles weiterlaufen würde wie bisher … Friede, Freude, Eierkuchen.

Ihre romantischen Vorstellungen von diesem Leben stimmten nicht überein mit dem, was wirklich geschah.

Zu all den Merkwürdigkeiten, die ihr Leben ohnehin schon bestimmten, kam nun diese zweite düstere Vorhersage.

Sie war es leid, dass jeder dahergelaufene Idiot, der sich auf das Lesen von Körpersprache verstand, meinte, seine Wahrsagekünste an ihr ausprobieren zu müssen.

Wenn sie ein Mensch dieser abergläubischen Welt gewesen wäre, hätte sie vermutlich jedes bedeutungsschwangere Wort für voll genommen, aber mittlerweile war sie einfach nur noch genervt.

Lee spürte, wie ihre Augen brannten, als ihr plötzlich die Tränen kamen. Sie war enttäuscht von Royce, der sich offenbar ebenfalls von dem Gerede dieses Mädchens einlullen ließ. Sie hatte seinen Worten vertraut, als er meinte, er gäbe nichts auf wahnwitziges Geschwätz.

Und dieses Mädchen mit ihren Goldmünzen im Haar und den bunten Tüchern. Es hatte nicht viel gefehlt und Lee hätte ihren Groll auf Gallowain an ihr ausgelassen, obwohl sie sich mit ihrer Einlage im Grunde nur ein paar Silberlinge hatte verdienen wollen.

Vermutlich ahnte sie gar nicht, was sie mit ihrer Aufführung ausgelöst hatte.

Mit einem wütenden Schrei zog Lee den Dolch aus der Rockfalte und stieß ihn mit Wut in die Tür. Einmal mehr wünschte sie sich, sie hätte Gallowain das Eisen in sein Fleisch gerammt.

Er hätte es wahrhaft verdient.

Nachdem sie minutenlang unruhig im Zimmer auf- und abgewandert war, kam sie irgendwann vor dem Kamin zum Stillstand.

Die Arme vor der Brust verschränkt, starrte sie gedankenverloren in die Flammen. Ihr Zorn war verraucht, aber die innere Unruhe blieb.

Mehr als je zuvor alarmierte sie der Gedanke, dass Royce mit Gallowain und seinen Männern in den Kampf zog. Auch, wenn er fast doppelt so viele Krieger an seiner Seite hatte wie der Söldner, war sie sicher, dass Gallowain nichts Gutes im Schilde führte.

Ihre Befürchtungen und Ängste würde sie Royce allerdings niemals plausibel erklären können. Sie hatte bereits deutlich zu hören bekommen, was er von weiblicher Intuition hielt.

Als sich die Eichentür hinter ihr mit leisem Quietschen öffnete, wandte sie den Kopf und sah ihren Mann das Schlafzimmer betreten. Sein Gesicht blieb ausdruckslos, als er die Tür schloss und sekundenlang wortlos das Messer im Türblatt betrachtete.

Mit einem Ruck zog er es heraus und legte es auf dem Tisch neben dem Bett ab. Dann sah er Lee an.

Irgendetwas an ihm war anders als sonst.

Den Kopf schief gelegt, beäugte sie ihn.

Hatte er getrunken?

„Was ist mit dir und Gallowain, Lee?"

Sie blinzelte verärgert.

Wie meinte er das?

„Nenn meinen Namen nicht in einem Atemzug mit seinem", fauchte sie. Royce sah sie aus schmalen Augen an. Er machte einen Schritt auf sie zu und der Eindruck, dass er nicht mehr nüchtern war, verstärkte sich.

„Ist es wahr, was gesagt wird? Dass er dir den Hof macht und es dir gefällt?"

Heiße Röte schoss in ihre Wangen und ihre Augen weiteten sich empört. Ihre Arme sanken nach unten und die Hände ballten sich zu Fäusten.

Das war doch wohl die Höhe!

„Bitte was?!"

Royce tat einen weiteren Schritt auf sie zu, maß sie mit langem Blick von oben bis unten und ging an ihr vorbei zum Fenster hinüber. Er starrte hinaus in die Dunkelheit.

„Es ist offensichtlich, dass er um dich wirbt." In Anbetracht der Metwolke, die ihn begleitete, klang seine Stimme noch erstaunlich klar und fest. Wut kochte in Lee empor. „Ich habe gesehen, wie er dich begrüßte. Wie deine Hand an seiner Wange lag und er dich angesehen hat. Er will dich." Über die Schulter hinweg schaute er sie an. „Willst du ihn auch?"

Einen Moment lang blieb ihr einfach die Luft weg.

War das wirklich sein Ernst?

Sie hatte vor wenigen Stunden noch betont, dass sie ihn liebte, und nun mutmaßte er, dass an irgendwelchen Unterstellungen über sie etwas dran wäre?

Mit *Gallowain*?

Er müsste wissen, dass ihr nichts an diesem Menschen lag. Nach allem, worüber sie gesprochen hatten, nach all den Zweifeln, die sie an dem Söldner hatte laut werden lassen, hätte er solchen Worten keinen Glauben schenken dürfen – mit oder ohne Alkohol.

Sie konnte nur wortlos den Kopf schütteln und Royce ungläubig anstarren.

„Du hast gesagt, dass es in deiner Welt üblich ist, ohne Reue eine Bindung zu beenden und sich dem Nächsten zuzuwenden", bemerkte er.

Verbittert presste sie die Lippen aufeinander, ein zynisches Lächeln spielte um ihre Mundwinkel.

„Das ist alles, was dir im Gedächtnis geblieben ist?", fragte sie spitz. „Hast du nichts von alldem verstanden, was ich zu dir gesagt habe?"

Mit zwei Schritten war sie bei ihm, griff nach seinem Arm und zog ihn zu sich herum. Sein Blick war abweisend und es versetzte Lee einen mehr als schmerzhaften Stich, ihn so zu sehen.

„Bedeutet es dir gar nichts?"

„Du hast meine Frage nicht beantwortet", entgegnete er brüsk. Lees Unterlippe zitterte verdächtig, sie grub die Zähne hinein und trat einen Schritt zurück.

„Ich werde diese Frage nicht beantworten", gab sie bebend vor Wut zurück. „Wenn du mir *das* zutraust, dann habe ich dem nichts mehr hinzuzufügen."

„Es ist schwer für mich zu glauben, dass du nur *mich* willst. Besonders, da du dich offenbar wieder an so viele Dinge aus deinem alten Leben erinnerst." Royce biss die Zähne zusammen und betrachtete Lee mit mahlendem Kiefer. „Es ist deine freie Entscheidung, dir einen anderen Mann zu nehmen. Ich erwarte lediglich, dass du ehrlich zu mir bist."

Lee nickte. Ihre Augen brannten und maßlose Enttäuschung schwang in ihrer Stimme mit.

„Ich verstehe. Wer einmal lügt, dem glaubt man nicht mehr. So einfach ist das."

Royce schüttelte entnervt den Kopf.

„Lee, ich will nur die Wahrheit."

„Nein, das willst du nicht", entgegnete sie mit sich überschlagender Stimme. „Sonst würdest du mir diese

Frage gar nicht erst stellen. Wenn ich dir jetzt erzähle, dass dein Söldner mich schon vor Wochen bedroht hat und mich warnte, er würde dich töten, wenn ich dir gegenüber etwas davon erwähne, dann wirst du mir keinen Glauben schenken. Du willst nur hören, was du hören möchtest."

„Das ist doch Unsinn, Lee. Gallowain hat keinen Grund, dir zu drohen."

Sie lachte bitter auf.

„Ja, so dachte ich mir das."

Kopfschüttelnd ging sie zum Bett hinüber, griff nach den Fellen, die auf ihrer Seite lagen, zog sie vom Bett und warf sie vor den Kamin.

„Was soll das?", wollte er wissen.

„Ich werde das Lager nicht mehr mit dir teilen", entgegnete Lee. „Solange du mir kein Vertrauen entgegenbringst und tatsächlich glaubst, dass ich zu *dem* fähig bin, was du mir vorwirfst, will ich nicht mehr neben dir schlafen."

Er knirschte hörbar mit den Zähnen und ballte die Hände zu Fäusten.

„Schön", knurrte er unwillig. „Tu, was du willst. Es ist ein Segen, dass ich morgen aufbreche und wir einander nicht länger ertragen müssen."

Mit einem wütenden Schnauben ging er ins Bad und warf die Tür hinter sich zu. Lee zuckte zusammen und kämpfte mühsam gegen die Tränen.

Sie hätte vor Wut heulen können.

Dieser Streit brach ihr das Herz, aber sie würde nicht klein beigeben. Sie hatte sich nichts zuschulden kommen lassen. Sie würde ihn nicht anbetteln, dass er ihr doch bitte Glauben schenken sollte.

Mit steifen Bewegungen entledigte sie sich ihrer Kleidung, wickelte sich in die Felle und rollte sich auf ihrem Lager zusammen.

Das würde keine schöne Nacht werden.

***

Der Himmel färbte sich gerade erst in einem zwielichtigen Grau. Helle Atemwolken bildeten sich vor den Gesichtern der Männer, die sich an diesem Morgen zum Aufbruch bereit machten, und das unruhige Schnauben von Dutzenden Pferden klang unnatürlich laut in dem dunklen Hof der Feste.

Lee stand auf dem obersten Treppenabsatz vor den Toren zur Burg und hatte den Fellmantel eng um den Körper geschlungen.

Vor einer Minute hatte Wulf sich wortlos zu ihr gesellt.

Sie sahen schweigend dabei zu, wie Highlander und Söldner sich auf ihre Reise vorbereiteten. Pferde wurden aufgezäumt, Gepäck verschnürt und Proviant verpackt. Die Männer waren schweigsam.

Vereinzelt sah Lee, wie Frauen und Kinder sich von ihren Ehemännern und Vätern verabschiedeten.

Sie hätte sich auch gern verabschiedet.

Sie fühlte sich elend.

Royce und sie hatten seit ihrem Streit kein Wort mehr miteinander gewechselt. Als er sich in den frühen Morgenstunden von seinem Nachtlager erhoben hatte, war sie liegen geblieben und hatte so getan, als würde sie noch schlafen. Er war kaum zur Tür heraus gewesen, als sie sich aus den Fellen befreit hatte und ihm gefolgt war.

Keinen einzigen Blick hatte er ihr gegönnt.

Überhaupt benahm er sich, als wäre sie gar nicht da, und sie verübelte es ihm nicht einmal. Wahrscheinlich war er nicht weniger wütend als sie und ganz gleich, wie ungerecht sie sich von ihm behandelt fühlte, die Hauptschuld gab sie dem Mann, der jetzt auf seinem Pferd zum Fuß der Treppe geritten kam und ihr ein vergnügtes Lächeln schenkte.

Lee entging nicht, dass etliche Augenpaare sich auf ihn hefteten und aufmerksam auf seine Worte lauschten.

„Mylady, ich bin hocherfreut, dass Ihr gekommen seid, um mich zu verabschieden", meinte er. „Grämt Euch nicht, wir werden bald zurück sein. Ihr werdet mich vermissen."

„Wie einen eiternden Kropf", entgegnete sie mit schmalen Augen.

Gallowain lachte und stieg vom Pferd.

Ihr Herz hämmerte wütend gegen ihre Rippen, als er sich tatsächlich erdreistete, die Treppe heraufzukommen. Ehe er sich ihr auch nur nähern konnte, hatte sie den Dolch gezogen und zielte auf seine Kehle.

„Kommt noch einen Schritt näher, Gallowain, und ich vollende, was ich schon bei unserer ersten Begegnung hätte tun sollen."

Das überhebliche Lächeln auf seinen Lippen brach, abwehrend hob er die Hände.

„Ihr müsst nicht so deutlich werden", meinte er. „Versteht Ihr denn keinen Spaß, Mylady?"

Seine blasierte Miene wurde von einem nervösen Zucken durchbrochen und er senkte beschwichtigend den Blick, ehe er einen Schritt zurückwich.

„Spaß hätte ich, wenn sich mein Dolch in Euren hässlichen Hals bohren würde", knurrte sie. „Tut mir den Gefallen und werft Euch in das Schwert des nächsten Kriegers."

Gallowain stieg die Stufen langsam wieder hinab, in seinen Augen loderte kalte Wut.

„Ihr habt offensichtlich schlecht geschlafen", stellte er fest, merklich leiser fügte er hinzu: „Wenn ich wiederkomme, werde ich dafür sorgen, dass sich das ändert."

„Wenn Ihr tatsächlich zurückkehrt, werde ich Euch mit meinem Schwert erwarten", entgegnete sie.

Leises Lachen klang aus den Reihen der Krieger.

Das Gesicht des Hauptmanns glühte vor Wut. Er lachte unecht, schwang sich auf sein Pferd und warf ihr einen letzten hasserfüllten Blick zu. Dann riss er dem Tier brutal den Kopf herum, gab seinen Männern ein Zeichen und verließ mit seinem Söldnertrupp den Hof, um sich vor den Toren zu sammeln.

Die meisten Krieger des Callahan-Clans blieben noch zurück, zäumten weiter ihre Pferde auf und warfen Lee verstohlene Blicke zu. Sie wusste nicht, was die Highlander von ihrem Auftritt halten mochten, und es war ihr auch egal.

Sie würde sich Gallowains Unverschämtheiten nicht länger gefallen lassen. Zornig ließ sie den Dolch wieder in der Falte ihres Rockes verschwinden und starrte einen Moment grimmig in die Dunkelheit, in der Gallowain verschwunden war.

Noch nie hatte sie so viel Hass für einen anderen Menschen empfunden. Seltsamerweise schien dieses Gefühl etwas tief in ihr zu berühren, als erwachte eine neue, unbekannte Seite.

Royce führte seinen Hengst neben sich, als er auf die Treppe zukam und die ersten beiden Stufen erklomm.

„Drohst du mir auch mit deinem Dolch?", wollte er wissen.

Lee biss die Zähne zusammen, sie konnte nicht verhindern, dass ihre Augen feucht und ihre Kehle eng wurden.

„Du bist mein Mann", entgegnete sie gepresst. „Ich hatte nie einen Grund, dich zu fürchten, also muss ich mich auch nicht gegen dich verteidigen. Ist das jetzt anders?"

Er schluckte sichtbar. Seine Miene war grimmig, aber in seinem Blick lag Bedauern.

„Du bist mein Eheweib", erwiderte er. „Ich habe einen Eid geleistet und ich bin nach wie vor bereit, ihm Folge zu leisten."

Mit zitternden Fingern trat Lee ihm einen Schritt entgegen, legte ihm eine Hand auf die Wange und sah ihm in die Augen. Sie spürte, dass sie den Kampf gegen die Tränen verlieren würde.

„Warum fällt es dir so schwer, mir Glauben und Vertrauen zu schenken, wenn du doch der einzige Mann bist, dem mein Herz gehört?", fragte sie leise.

Sie sah, wie sein Kiefer arbeitete, als er die Zähne aufeinanderpresste und sie nur stumm ansah. Ihre Schultern sackten hinab, als sie die Hand fortnahm und den Kopf senkte, damit er nicht erkannte, wie die Tränen sich einen Weg über ihre Wangen suchten.

Er räusperte sich umständlich.

„Ich wünsche, dass du während meiner Abwesenheit weiterhin täglich mit Wulf trainierst. Er wird dich lehren, dich nicht nur zu verteidigen, sondern auch notfalls deinen Gegner zu töten."

Sie nickte knapp, blinzelte ein paarmal und warf ihm einen verstohlenen Blick zu.

„Wie du befiehlst."

„Ich weiß nicht, wann ich zurückkehre. Wir versuchen, zwischendurch Boten zu schicken, die euch über die Schlacht informieren. Bleibt wachsam."

Royce nickte Wulf zu, warf einen letzten langen Blick auf Lees gesenkten Kopf und wandte sich schließlich brüsk ab. Geschickt schwang er sich auf den großen Hengst und gab seinen Männern das Zeichen zum Aufbruch. Geordnetes Chaos und Lärm machten sich breit, dann setzten sich die Highlander mit ihren Reittieren in Bewegung und strömten zu den Toren.

Lee hob den Kopf und hatte einmal mehr das Gefühl, jemand legte ihr einen Strick um den Hals, der sich langsam zuzog. Eine riesige Hand schien nach ihrem Herz zu greifen und es zusammenzudrücken, während sie sah, wie Royce sich auf seinem Pferd von ihr entfernte.

Der Trupp hatte das Portal des Burgwalls noch nicht ganz erreicht, als die Pferde in einen leichten Galopp verfielen und fast hundert Krieger mit donnernden Hufen den Hof verließen. Ihr Anblick war ebenso beeindruckend wie beängstigend.

Mit einem Schluchzer warf Lee den Mantel von ihren Schultern, raffte den Rock hoch und eilte die Stufen zum Hof hinunter.

Sie achtete nicht auf Wulf, der ihren Namen rief, oder auf die Kälte, die ihr in die Haut schnitt.

Jeder Schlag ihres Herzens war voller Schmerz und etwas umklammerte ihre Brust mit solcher Gewalt, dass es ihr den Atem raubte. Sie rannte mit langen Schritten und voller Verzweiflung zum Burgtor und konnte nur noch dabei zusehen, wie die Krieger in der Ferne zu dem Söldnertrupp aufschlossen und in der Dunkelheit des fernen Horizonts verschwanden.

Irgendwo hinter ihr wurden Wulfs Schritte laut.

Ein Stromstoß jagte durch ihre Glieder und Lee sackte wie eine Marionette in sich zusammen, deren Fäden man durchtrennt hatte.

Mitten im Toreingang blieb sie hocken und starrte hinter den immer kleiner werdenden Reitern her.

Ihre Kehle trocknete von einer Sekunde auf die andere aus und die Zunge klebte ihr am Gaumen. Brennende Qual wogte durch ihren Körper und ihr Inneres schien wie von riesigen Klauen zerquetscht zu werden.

Sich krümmend, schlang sie die Arme um den Oberkörper und kippte nach vorn, bis ihre Stirn den hart gefrorenen Boden berührte. Heiße Tränen flossen über ihre Wangen und sie schluchzte verzweifelt auf.

Sie wollte schreien und konnte es nicht.

Ihre Kehle stand in hellen Flammen und das Atmen fiel ihr schwer.

Es war schlimmer als die Hoffnungslosigkeit, die sie damals übermannt hatte, ehe sie sich in den Fluss gestürzt hatte. Nichts hätte sie auf diesen Schlag vorbereiten können, den Royces Weggang in ihr auslöste.

Der Schmerz in ihr riss sie in zwei Hälften, die erst wieder heilen würden, wenn der Mann, den sie liebte, zurückkehren würde.

9. Kapitel

Callahan-Castle, Sijrevan
  Im Julmond, Anno 1585

Drei Tage konnten sich wie eine Ewigkeit anfühlen.

Müde schlug sie die Augen auf und starrte auf den Baldachin des Bettes. Ihr Magen gab ein leises, verzagtes Knurren von sich.

Drei Tage hatte sie sich in ihrer Verzweiflung und Trauer vergraben.

Wenn sie nicht geschlafen hatte, hatte sie geweint.

Wenn sie nicht geweint hatte, dann hatte sie geschlafen.

Sie hatte die Nahrungsaufnahme verweigert und lediglich von dem Wasser getrunken, das in einem Krug auf dem Tisch neben dem Bett stand.

Weder Wulf, der sie nach ihrem Zusammenbruch in ihr Zimmer getragen und zum ersten Mal wieder mit ihr gesprochen hatte, noch Malissa, die sie mehrfach aufgesucht hatte, waren in der Lage gewesen, sie aus diesem Loch zu reißen, das Royces Abreise in ihr hervorgerufen hatte.

Mit einer Hand strich sie sich über die Augen.

Sie waren wund vom vielen Weinen, und wenn Lee ehrlich war, fühlte sie sich immer noch ausgelaugt und kraftlos. Aber sie war nun bereit, sich wieder den Lebenden anzuschließen.

Es war Zeit weiterzumachen.

Sie konnte nicht wochenlang hier sitzen und sich in ihrem Selbstmitleid suhlen – davon wurde es letztlich nicht besser. Tief durchatmend warf sie die Felle von sich, ging in das Bad hinüber, um ihre Morgentoilette zu erledigen, und zog sich schließlich Hemd und Hose über.

Wenn sie sich wieder aus ihrem Schneckenhaus hervorwagte, dann doch wenigstens in bequemer Kleidung.

Abgesehen davon musste sie ihr Training fortsetzen.

Mehr denn je spürte sie, wie wichtig es war, Gallowain vorbereitet gegenübertreten zu können.

Sie wickelte sich ein Lederband um die Wade, versteckte den Dolch darin und schlüpfte in ein Paar weiche Stiefel.

Als sie die Tür des Schlafzimmers öffnete, verharrte sie überrascht auf der Schwelle. Unmittelbar vor ihr lagen die fünf Wolfshunde und richteten ihre Augen auf sie.

Schwanzwedelnd erhob sich der große, schwarze Rüde, der das Rudel anführte, und rieb seine Schnauze an ihrer Hüfte. Mit einem Seufzer ging Lee vor ihm in die Hocke, umarmte das riesenhafte Tier und presste ihr Gesicht in sein raues Fell.

Der Schmerz in ihrer Brust ließ eine Winzigkeit nach.

Er roch nach warmem Hund und kalter Erde und für sie war es in diesem Moment der angenehmste Duft, den sie sich vorstellen konnte.

Sie fühlte sich geborgen und beschützt.

Das Leben ging weiter.

In ein paar Wochen würde Royce zurück sein und dann galt es, dieses Missverständnis aus der Welt zu schaffen … und notfalls auch Gallowain, der vermutlich dem Zigeunermädchen ein paar Taler für ihren Auftritt zugesteckt hatte.

Lee kraulte jedes Tier kurz hinter den Ohren und schlich dann die Treppe hinab. Es war noch früh am Morgen. Keine Menschenseele befand sich in der Halle, offenbar schliefen noch alle.

Sie würde nur kurz in die Küche eilen, sich ein wenig Brot stibitzen und damit ihren knurrenden Magen beruhigen. Pfotengetrappel folgte ihr die Steinstufen hinab und im nächsten Moment öffnete sich die Tür zur Küche einen Spaltbreit.

Malissa steckte ihren Kopf hindurch.

„Mylady, Ihr seid schon wach?"

Sich eine wollene Decke um die Schultern schlingend, eilte sie zum Kamin hinüber und warf ein paar Feuerscheite in die heruntergebrannte Glut. Augenblicklich fraßen die Flammen sich durch das trockene Gehölz.

Lee gesellte sich zu ihr.

„Schon gut, Malissa." Sie legte ihr eine Hand auf den Arm. „Du musst für mich nicht den Kamin anheizen. Hast du vielleicht ein Stück Brot? Mir knurrt der Magen."

„Gewiss, Mylady. Wenn Ihr wünscht, kann ich Euch auch eine Mahlzeit zubereiten."

Sie wollte in die Küche verschwinden, doch Lee hielt ihren Arm fest und sah ihr in die Augen.

„Nenn mich nicht so. Bitte."

Malissas Blick war verwirrt.

„Verzeiht, Mylady. Was meint Ihr?"

Lee lächelte sie unglücklich an und zuckte mit den Schultern.

„Genau *das* ... dieses *Mylady,* und dass du mich behandelst wie eine Fremde. Ich bin kein anderer Mensch, nur weil ich Royce geheiratet habe oder die letzten Tage ein bisschen … von der Rolle gewesen bin."

Malissa stutzte, schien einen Moment über Lees Worte grübeln zu müssen und lächelte sie schließlich verschmitzt an. In ihren warmen, grünen Augen blitzte es auf.

„Ich verstehe … entschuldige, Lee. Es ist nur … du warst so seltsam, als Wulf dich vor drei Tagen in die Burg zurückbrachte. Ich habe dich nie zuvor so gesehen. Du warst einfach nicht mehr die Lee, die ich kannte. Jedes Mal, wenn ich dich in deinen Gemächern aufsuchte, warst du weit fort mit deinen Gedanken. Du hast durch mich hindurchgesehen, als wäre ich nicht da. Mir schien, das Mädchen, das hier vor einem Monat in den Hosen eines Burschen eingetroffen war, hatte sich einfach sang- und klanglos davongemacht und nur noch eine leere Hülle wäre zurückgeblieben. Verzeih, mir hätte klar sein müssen, dass du anders bist."

Sie drückte Lees Hand, gab sich einen sichtlichen Ruck und zog die jüngere Frau mit einem Seufzer an ihre Brust. Gerührt erwiderte Lee die herzliche Umarmung. Zum zweiten Mal an diesem Morgen schwappte ein wohliges Gefühl von Zuneigung über sie hinweg.

„Ich bin froh, dass du wieder da bist, Kind."

„Es tut mir leid, dass ich so seltsam war."

Malissa hielt sie auf Armlänge von sich und schaute ihr ins Gesicht. Mitgefühl lag in ihrem Blick.

„Liebeskummer kann nicht nur unser Herz, sondern auch unsere Seele brechen."

Mit einem tröstlichen Lächeln hakte sie sich bei Lee ein und führte sie zu der Tür hinüber, die in die Küche führte.

„Na schön, mein Mädchen. Gehen wir frühstücken."

Sie folgte Malissa in den angrenzenden Raum und half ihr dabei, Wasser aus dem kleinen Brunnen zu schöpfen, um es über dem Feuer zu erhitzen. Malissa bereitete ein Mahl aus Brot und kaltem Huhn vom Vorabend.

In wohliger Stimmung saßen sie zusammen, gossen sich einen Kräutertrunk auf und genossen ihren gemeinsamen Imbiss.

Während sie Malissa lauschte, die ihr von den alltäglichen Vorkommnissen der letzten drei Tage berichtete, fühlte sich Lee zunehmend entspannter.

Als Malissa eine Pause einlegte, um sich etwas Fleisch in den Mund zu stecken, schob Lee das leere Brett von sich und musterte die ältere Frau nachdenklich.

„Ich muss dich etwas fragen, Malissa."

Die Köchin hob den Blick und nickte aufmunternd.

„Nur zu."

„Royces erste Frau ... Araenna ... hast du sie gekannt?"

Malissas Kaubewegungen stockten kurz, dann nickte sie und schluckte. Ihr Lächeln war verschwunden.

„Ja ... ich kannte sie."

Abwartend sah Lee sie an, doch Malissa machte keine Anstalten weiterzureden.

„Wie war sie?"

Die Köchin zuckte mit den Schultern.

„Eine Albenfrau eben. Schön und unnahbar, stolz und ... kalt."

„Entschuldige ... aber was sind Alben?"

Malissa hob den Blick und sah Lee in die Augen.

„Sie sind uns nicht unähnlich. Äußerlich unterscheiden sie sich vor allem durch ihre Schönheit und Jugend." Die Köchin deutete auf ihre Ohren und berührte das obere Ende. „Ihre Lauscher sind ein wenig anders, sie sind länger und laufen spitz nach oben zu. Alben altern viel langsamer als wir, sie sind stark und gesund … du wirst keinem von ihnen begegnen, der im Winter mit Husten und Schnupfen das Bett hüten muss … und, was mitunter das Wichtigste ist, sie sind begnadete Kämpfer, schnell und wendig. Sie wären uns wertvolle Verbündete gewesen."

„Was ist passiert?"

„Araenna war nicht die Richtige", erwiderte Malissa. „Ich weiß, es gehört sich nicht, schlecht über Verstorbene zu sprechen, doch sie hat Royce nicht gutgetan."

„Was meinst du damit?"

„Es war keine Ehe, wie sie sein sollte – bar jeder Zuneigung, voller Kälte und Gleichgültigkeit. Er hätte sie niemals zu seiner Frau machen dürfen."

„Warum spricht nie jemand über sie?"

Malissa nahm die Bretter, auf denen ihre Mahlzeiten gelegen hatten, wandte sich ab und bearbeitete das Holz kräftig mit einem nassen Lappen. Sie zuckte scheinbar beiläufig mit den Schultern.

„Es war keine Zeit des Glücks und der Freude, als sie die Herrin dieses Clans war." Sie atmete schwer, als sie Lee über die Schulter ansah. „Niemand spricht es laut aus, denn Royce hat einen großen Verlust erlitten … doch Viele seines Volkes waren erleichtert, dass sie den Tod fand, auch wenn niemand ihr ein solch grausames Ende gewünscht hat."

Verblüfft starrte Lee sie an.

Damit hatte sie nun wirklich nicht gerechnet.

Obgleich Royce davon gesprochen hatte, dass es eine Zweckgemeinschaft gewesen sei, hatte sie geglaubt, dass sich zumindest so etwas wie freundschaftliche Zuneigung zwischen den beiden entwickelt und Araenna sich als gute Clanherrin präsentiert hatte.

Der Stachel der Eifersucht, der sich so hartnäckig in ihre Brust gebohrt hatte, wich einem fast schon beschämenden Gefühl von Erleichterung und stiller Schadenfreude.

Sie knirschte mit den Zähnen.

„Was hat sie getan, dass alle so wütend auf sie waren?"

Malissa schüttelte den Kopf.

„Nein, es war keine Wut. Es war Enttäuschung … und es war vielmehr das, was sie *nicht* getan hat." Nachdenklich legte sie die Bretter beiseite, kam zu Lee zurück und nahm auf einem Schemel Platz. Ihr Blick wurde abwesend, während sie sich erinnerte. „Als Royce sich damals entschied, einer Tochter der Alben von Caltheras den Hof zu machen, waren wir alle voller Hoffnung. Wenige Monate zuvor hatten Viele ihr Leben gelassen, die uns lieb und teuer gewesen waren. Viele gute Krieger waren in den Kämpfen gegen Fitard gefallen. Royces Vater, Lord Iain, fand den Tod durch die Klinge seines Feindes und Royce selbst wurde mit einundzwanzig Lenzen zum Clanherrn. Doch unser Volk, das einst groß und mächtig gewesen war und unter all den anderen Clans einflussreiche Verbündete hatte, begann zu zerbrechen."

Sie seufzte leise.

„Ein halbes Jahr nach dem Tod des Vaters starb Leod, der mittlere Bruder. Der Jüngste, Angus, weigerte sich, Royces Ratschlag zu befolgen und mit Frau und Kind fortzugehen. Im Sommer darauf starb auch er. Seine Frau und sein Kind waren von Fitards Söldnern hingerichtet worden, ehe Royce sie retten konnte." Kopfschüttelnd legte sie den feuchten Lappen auf den Tisch und begann, ihn sorgfältig zusammenzulegen. Offenbar brauchten ihre Hände Beschäftigung. „Royces Mutter Ragna war zu diesem

Zeitpunkt schon längst eine gebrochene Frau. Zwei Kinder hatte sie verloren und einen Mann – schließlich auch noch den Enkel. Royce war alles, was ihr geblieben war. Doch das Schicksal war ihr nicht gnädig gestimmt. Nach einem feindlichen Überfall, der ihr die letzte Ehre raubte, hatte sie sich von der Zinne der Burg hinabgeworfen. Zwei Tage währte die Qual ihres zerschmetterten Körpers, ehe der Tod sie endlich erlöste."

Traurig hob Malissa den Blick und sah Lee in die Augen.

„Royce war früher anders. Er war warmherzig und voller Leben, er lachte gern und oft. Doch die Schlachten und Verluste hatten ihn verändert. Er verlor jede Freude und alle Hoffnung. Stattdessen suchte er nach Verbündeten, um unseren Clan zu stärken. Einstige Weggefährten hatten sich abgewandt, aus Furcht, Fitards mordende Rotten würden auch sie überrennen. Also wanderte Royce gen Westen und reiste nach Caltheras, ins Land des Lichts. Beim Alben-Clan der MacBalbraith bat er um Gehör und nach langen Gesprächen einigte er sich mit dem Höchsten der Alben auf ein Bündnis. Die Tochter des Clans wurde ihm als Braut versprochen, und als er mit dieser Nachricht heimkehrte, waren wir alle wieder voller Zuversicht."

„Aber die hat sich nicht erfüllt", mutmaßte Lee.

Malissas Lächeln war leise und bedauernd.

„Nein." Sie seufzte. „Diese Verbindung stand unter keinem guten Stern und vermutlich haben nicht einmal die Götter gewollt, dass diese beiden sich vermählen. Araenna liebte einen Anderen. Einen jungen Krieger, der sie vom Hof ihrer Familie hierherbegleitet hatte. Er war ihr Leibwächter."

Überrascht ließ Lee die Luft aus ihren Lungen entweichen, die sie angehalten hatte.

„Warum hat sie ihn dann nicht geheiratet?"

„Er war nicht standesgemäß. Araennas Vater sah sie lieber mit einem menschlichen Lord vermählt als mit einem Alben, der seinem Volk diente. Als gute Tochter hatte sie zu gehorchen und so wurde sie entgegen ihrer eigenen Wünsche mit Royce verheiratet, um die Beziehungen der Clans zu stärken."

Versonnen drehte Malissa den Becher in ihren Fingern und starrte in die darin schwappende Flüssigkeit.

„Er war bemüht, eine gute Ehe zu führen und Araenna ein fürsorglicher Mann zu sein. Er war stets ein mustergültiger Sohn gewesen, sein ganzes Leben hatte er immer nur versucht, das Richtige zu tun. Familie war für Royce zu jener Zeit das Wichtigste auf dieser Welt ... und er war bereit, diesen letzten Schritt zu gehen, um damit seinen Clan zu stärken und zu schützen. Doch Araenna hatte ihn von Beginn an abgelehnt. Keine guten Voraussetzungen für eine Ehe. Als sich abzeichnete, dass sie ein Kind erwartete, verweigerte sie sich ihrem Ehemann endgültig."

Malissas Lippen pressten sich kurz zusammen, ehe sie weitersprach.

„Royce war wütend. Wohl wissend, was sie für ihren Leibwächter empfand, machte er ihn zu einem seiner Krieger und schickte ihn in die Schlacht gegen Fitard. Araennas *Rache* bestand darin, ihrem Sohn gleich nach seiner Geburt Angst vor Royce zu machen. Jedes Mal schrie der kleine Ainsley wie am Spieß, wenn Royce auch nur in seine Nähe kam. Er brauchte lange, um eine Beziehung zu dem Kind aufzubauen."

Die Köchin schluckte schwer, ehe sie den Blick hob und Lee erneut in die Augen sah.

„Ich bin immer noch überzeugt, dass Ainsley nicht Royces leiblicher Sohn war. Natürlich war er unter dem Namen der McCallahans geboren und Royce kein Mensch, der ein unschuldiges Kind verurteilte. Dennoch bin ich mir absolut sicher, dass der verstoßene Leibwächter der wahre Vater des Jungen war." Bedauernd starrte sie wieder in ihren Kräutertrunk. „Der junge Leibwächter – ich glaube, sein Name war Tillion – lief zu Fitards Söldnern über, ehe Araennas Sohn geboren wurde. Er war geschickt und stark und wurde so zu einem ihrer Anführer. Mitten in einer Schlacht, in der sich Royce mit seinen Kriegern an der Front befand, kehrte Tillion mit seinen Männern hierher zurück. Es gab keine Krieger in diesen Mauern, nur Bauern und einfache Gefolgsleute. Die meisten von uns flohen voller Angst, doch Araenna blieb. Sie war zuversichtlich, sie könnte Tillion aufhalten und mit ihm reden – diesen Krieg beenden. Sie hielt uns für feige und schreckhaft und verhöhnte uns für unsere Furcht."

Malissa schüttelte den Kopf.

„Sie verstand es wie niemand sonst, sich die Abscheu ihrer Mitmenschen zuzuziehen. Tillion war wie von Sinnen, als er sie mit ihrem Sohn vorfand. Er hatte sie monatelang nicht gesehen und glaubte, Araenna wäre nun doch, entgegen all ihrer Beteuerungen und Liebesschwüre, für Royce entflammt und hätte ihm einen Erben geschenkt. Lieber wollte er sie tot sehen als an der Seite eines Anderen und verbunden durch ein Halbblut."

Bekümmert legte Malissa die Stirn gegen ihre ineinander verflochtenen Finger und schloss die Augen.

„Seine Männer schändeten Araenna und brandmarkten sie als Verräterin. Dann töteten sie ihren Sohn und schlitzten ihr schließlich die Kehle auf. Als Zeichen ihrer Verachtung gegenüber dem Clan der McCallahans banden sie beide an die Tore des Burgwalls." Malissa hob den Kopf. Bedauern lag in ihrem Blick. „Niemand hat ihr einen solchen Tod gewünscht und erst recht nicht dem kleinen Ainsley, der ein unschuldiges Opfer aller Seiten war … aber keiner von uns hat Araennas Verlust wirklich betrauert. Der junge Krieger wurde zwei Tage später erhängt an der alten Eiche gefunden, an der Wulf dich damals aufgelesen hat. Tillion hatte seinem Leben ein Ende bereitet, weil er keinen Sinn mehr darin sah. Araennas Familie jedoch, die Alben von Caltheras, brachen mit den McCallahans. Man machte Royce verantwortlich und bis heute gibt es kein Verzeihen von ihnen. Obschon sie keinen Krieg mit uns führen, wie Fitard im Osten, wissen wir doch, dass wir die Grenzen ihres Reiches nicht überschreiten sollten."

Lee fühlte sich erschlagen von dem, was Malissa ihr erzählt hatte. Es machte sie traurig und wütend zugleich … und viele Eigenarten, die ihr an Royce bisher ein Rätsel gewesen waren, erklärten sich plötzlich von selbst.

„Verständlich, dass er mir nicht vertraut", bemerkte sie leise. Malissa griff nach ihrer Hand und drückte Lees Finger. Ihr Blick war gütig.

„Gib ihm Zeit, Mädchen. Er wird noch erkennen, was er an dir hat. Du hast ihm schon sein Lachen zurückgegeben, du wirst ihm auch wieder die Hoffnung schenken, die er verloren glaubte."

Lees Blick wurde verschwommen und sie konnte nicht verhindern, dass ihr eine Träne über die Wange lief. Verschämt wischte sie diese weg.

„Er glaubt, ich würde Gallowains Mätzchen Gehör schenken."

„Tust du es?", wollte Malissa wissen.

Empört sah Lee sie an.

„Nein!"

Ein sachtes Lächeln huschte über das Gesicht der Köchin. Lee atmete tief durch und kämpfte den Ärger herunter, der sich augenblicklich in ihr breitmachte.

„Nein", betonte sie abermals. „Kein Mensch ist mir so zuwider wie dieser Söldner. Ich wünschte, ich hätte ihm meinen Dolch ins Herz gestoßen, als ich die Gelegenheit dazu hatte."

„Gallowain ist nicht zu trauen", bemerkte Malissa mit ernstem Nicken. „Aber ihn zu töten, ist keine Lösung und würde nur einen Kampf mit seinen Söldnern nach sich ziehen. Gib Royce Zeit, er muss erst lernen, wie es ist, eine Frau zu haben, die sich nicht nach einem Anderen verzehrt, sondern nach ihm."

Lee spürte, wie ihre Wangen warm wurden. Ihr Gejammer war offenbar zu viel gewesen.

„Ich habe wohl ein bisschen übertrieben die letzten Tage", wandte sie ein.

Malissa wirkte deutlich erheitert.

„Schätzchen, die letzten Tage waren furchtbar für *dich*, doch voller Ruhe für uns. Bevor ihr euch im Streit getrennt habt, war euer Stöhnen und Keuchen durch die ganze Burg zu hören. Ich frage mich, wie lang Royce die Augen noch davor verschließen will, dass du nur ihn und keinen Anderen willst. Jeder hier hat das schon lange vor ihm begriffen. Laut genug wart ihr schließlich."

***

Ihre Wangen brannten immer noch lichterloh, als Lee die Küche verließ und Malissas breites Grinsen ihr noch mehr Schamesröte ins Gesicht trieb.

Die Tür im Rücken, blieb sie unschlüssig stehen und sah sich in der leeren Halle um. Der Morgen graute allmählich, doch immer noch lag eine fast schon gespenstische Stille über der Feste. Selbst die Hunde hatten sich wieder hingelegt und dösten.

Wenn Royce zurückkehrte, sollten sie vielleicht über eine Dämmung ihres Schlafzimmers nachdenken. Sosehr es Malissa erheitert hatte, so peinlich empfand es Lee, dass alle hier ihren Liebesspielen mit Royce hatten zuhören können.

Sie schloss einen Moment die Augen und schüttelte den Kopf. Sie sollte das Positive daran sehen. Immerhin wussten Dutzende anderer Menschen, dass sie ihren Mann liebte ... vielleicht konnte er irgendwann auch daran glauben.

Als sie die Lider öffnete und sich auf ein morgendliches Training mit Wulf vorbereiten wollte, fiel ihr Blick auf die Nische, in der sie die erste Nacht hier verbracht hatte. Jemand hatte die provisorische Matratze fortgeräumt und das Stroh beiseitegefegt. Nur ein paar wenige Halme lagen noch vor der alten, verwitterten Pforte.

Lee runzelte die Stirn.

Wohin führte diese Tür?

Sie hatte in den vergangenen Wochen nach und nach die Burg erkundet. Kein ganz einfaches Unterfangen bei der Größe dieser Feste.

Es gab die Gesindekammern im unteren Westflügel, die sich an die Wirtschaftsräume anschlossen. Auch Malissa und Calaen hatten dort ihren Rückzugsort. Gleich nebenan im Ostflügel, direkt hinter der Bibliothek, in der sie damals das erste Gespräch mit Royce geführt hatte, lagen die Rüstkammern. Daran schlossen sich die Quartiere der sijrevanischen Hauptmänner an. Wulf und Graeman – der zweite Highlander, der an Royces statt und als Wulfs Stellvertreter über die Menschen dieser Burg wachte, wenn der Clanherr und sein Waffenbruder nicht anwesend waren – teilten sich dort eine großzügige Kammer, die voller Gerümpel und alter Erinnerungsstücke überzuquellen schien.

Bei ihrem Streifzug hatte Lee sich nicht weiter hineingewagt, aus Angst, Wulf könnte sich in seiner Privatsphäre verletzt fühlen. Aber sie hätte zu gern gewusst, was sich dort alles verbarg. So nett Wulf anfangs gewesen war, so wenig wusste sie heute von ihm.

Royce hatte ihr kaum etwas erzählt. Sie wusste nur, dass Wulf vor langer Zeit verheiratet gewesen war, aber seine Frau verloren hatte.

In der oberen Etage wurde der Westflügel von ihrem eigenen Gemach beherrscht. Anschließend an ihr Schlafzimmer lagen einige leere Räume, bei denen sie sich bislang immer gefragt hatte, warum niemand sie bewohnte.

Nach Malissas Erzählung wurde ihr nun allerdings klar, dass es sich offenbar um die alten Quartiere von Royce und seinen Brüdern handeln musste. Zimmer, die der Familie vorbehalten waren ... vielleicht könnten *sie* diese Räume eines Tages mit Leben füllen.

Sowohl im Haupt- als auch im Ostflügel der Burg lagen weitere Kammern und Gemächer, allesamt den Highlandern und ihren Familien vorbehalten, die mit ihnen hier lebten und arbeiteten.

Allerdings musste sich Lee auch nach mehr als einem Monat eingestehen, dass es ihr immer noch schwerfiel, sich all diese Namen zu merken, die zum Teil sehr fremd in ihren Ohren klangen. Fast zweihundert Menschen bevölkerten die Feste. Vermutlich würde es noch Jahre dauern, bis sie jeden hier bei seinem Namen nennen konnte.

Unschlüssig trat sie näher an die Nische und musterte das alte Holz, das von einer grauen Patina überzogen war. Spinnweben hingen fingerdick an den Türangeln und in staubigen Lagen quer über das Türblatt.

Sowohl die Aufhängung als auch die Verriegelung wirkten alt und klobig … doch obwohl sie von Rost zerfressen zu sein schienen, hatte Lee nicht den Eindruck, dass sie so einfach nachgeben würden.

Vermutlich war diese Tür schon seit Jahren nicht mehr benutzt worden.

„Malissa?!"

Es dauerte nur einen winzigen Moment, bis die Köchin den Kopf durch die Küchentür steckte. Lee sah zu ihr hinüber und deutete auf die Tür, vor der sie stand.

„Wo führt die hin?"

Die ältere Frau kam näher, wischte sich die Hände an ihrer Schürze ab und musterte die Tür mit gerunzelter Stirn.

„Ich bin nicht sicher", erwiderte sie. „Ich glaube, seit ich hier lebe, ist sie noch nie geöffnet worden." Neugierig klopfte sie gegen das Holz. Es klang hohl. „Es muss ein Raum dahinter sein." Lee trat neben sie, wischte die Spinnweben beiseite und legte das Ohr ans Holz. Malissa klopfte ein zweites Mal.

„Klingt merkwürdig … als gäbe es ein Echo", bemerkte Lee.

Die Köchin versuchte, den verrosteten Riegel zu bewegen, doch er rührte sich keinen Millimeter. Entschlossen stemmte Malissa die Hände in die Hüften, ehe sie sich abwandte.

„Warte hier, Lee. Ich hole Braga, er wird wissen, was dahinter ist, oder kann uns zumindest helfen, die Tür zu öffnen."

Ehe Lee sie daran hindern konnte, lief die Köchin schon zum Hauptportal, schob einen der Eichenflügel auf und eilte in den Morgen hinaus, um ihren Mann von seiner Arbeit im Stall zu holen.

Unschlüssig überlegte Lee, ob es diesen Aufwand wert war. Vielleicht lag dahinter nur eine winzige Speisekammer oder ein profaner Wandschrank voll altem Trödel.

Andererseits war sie die Clanherrin. Als solche sollte sie sich doch in ihrem eigenen Heim bis in den kleinsten Winkel auskennen.

Braga war ein großer, schwerer Mann mit gewaltigem Bauch und einem rauschenden, weißen Bart. In ihrer eigenen Welt hätte er vermutlich ein Vermögen als Darsteller für einen namhaften Softdrink-Hersteller machen können, indem er sich als Weihnachtsmann-Double zur Verfügung gestellt hätte.

Hier war er vor allem ein sehr gemütlicher, gutmütiger und sanfter Zeitgenosse, dessen blankpolierte Glatze einen deutlichen Kontrast zu der wild wuchernden Gesichtsbehaarung bildete. Die buschigen Augenbrauen standen dem Bart in nichts nach und in Bragas dunkelblauen Augen lag immer ein schalkhaftes Funkeln.

Zwischen all den sijrevanischen Highlandern war er der einzige Nordmann. Er war schon als Jüngling hier gestrandet, und wäre ihm Malissa nicht vor gut zwanzig Jahren über den Weg gelaufen, hätte er sich vermutlich wieder auf den Weg in seine Heimat gemacht.

Doch ihretwegen war er geblieben.

Malissas Mann grüßte Lee mit einem freundlichen Händedruck, bei dem ihre Finger fast komplett in seiner gewaltigen Pranke verschwanden, und musterte dann die Tür, vor der sie stand.

„Freilich weiß ich, was dahinter liegt."

Seine kräftige, dunkle Stimme füllte die Halle mit Wärme. Lee grinste leicht. Sie mochte den Stallmeister von Callahan-Castle sehr. Nicht nur, weil er Malissas Gatte und ein sehr liebevoller Mensch war. Er machte keine Unterschiede zwischen den Menschen. Er duzte jeden, er scherzte mit allen und hätte vermutlich auch den Alben grienend auf die Schulter geklopft.

Bragas lauter Bariton hatte schon an manchen Tagen den Hof mit Gesang erfüllt. Obwohl sie seine nordischen Lieder nicht verstand, schenkten sie ihr immer dieses wohlige Gefühl. Aus diesem riesenhaften Kerl kamen Töne heraus, um die ihn jeder Opernsänger beneidet hätte.

Seine große Hand landete mit einem dumpfen Laut auf dem Holz der Tür und er beäugte die beiden Frauen, die vor ihm standen. Die buschigen Brauen bewegten sich eindrucksvoll und er bemühte sich um eine einschüchternde Miene.

„Dort geht es hinab in die Kerker von Callahan-Castle … wo die Geister unserer Feinde lauern."

Er senkte seine Stimme zu einem gruseligen Grollen und Malissa schlug mit ihrer Schürze nach ihm. Lee schüttelte belustigt den Kopf. Braga zuckte grinsend mit den Schultern, ehe er die Tür erneut musterte.

„Der Eingang ist schon seit Jahrzehnten verschlossen. Ich kann mich nicht erinnern, dass die Verliese je benutzt worden sind." Er wandte seinen Blick zu Lee. „Willst du, dass ich die Tür öffne?"

Sie nickte.

Kalte, muffige Luft schlug ihr entgegen.

Fröstelnd zog sie die Schultern hoch.

„Bei den Göttern … es gruselt mich."

Nicht zum ersten Mal war Lee froh, dass Malissa ihr in die Tiefen dieser Gruft gefolgt war. Die offensichtliche Furcht der Köchin machte es ihr seltsamerweise ein wenig leichter, ruhig zu bleiben und Stärke zu beweisen.

Sorgsam hielt sie die provisorische Fackel über ihren Kopf und beleuchtete den Weg, der vor ihnen lag.

Nachdem Braga – mit einiger Mühe und unter Zuhilfenahme einer Eisenstange – das völlig verrostete Schloss gelöst und die Tür aufgeschoben hatte, war der erste Anblick eher ernüchternd gewesen. Vor ihnen hatte sich ein etwa drei Quadratmeter großer, leerer Raum aufgetan, in dem sich nicht einmal Spinnweben angesammelt hatten. Dass sich nach links eine Treppe in die Tiefe wand, war ihnen erst beim zweiten Blick aufgefallen.

Von brennender Neugier getrieben, hatte sich Lee in der Halle kurzerhand einen Holzknüppel aus der Ansammlung diverser Schlagwaffen herausgefischt, ihn mit Stoff umwickelt und in dem Harz gebadet, das in der Küche stets über dem Feuer hing.

Sie hatte keine Ahnung, woher sie plötzlich gewusst hatte, wie man eine Fackel baute, aber sie hatte die aufgeregten Fragen in ihrem Kopf geflissentlich verdrängt. Darauf eine Antwort zu suchen, war ähnlich nutzlos wie die Erörterung des Umstandes, dass sie mit einer Waffe besser umzugehen wusste als mit Nadel und Faden.

Abgesehen davon zog sie etwas in die Tiefe und sie wollte unbedingt herausfinden, was sich dort unten befand. Sie war begierig darauf, weiter vorzudringen.

Mit der Lichtquelle in der Hand hatte sie sich schließlich auf den Weg gemacht. Braga hatte abgewunken und gemeint, er würde niemals durch diese engen Gänge passen. Tatsächlich hatte es ein paar Stellen gegeben, an denen er vermutlich Schwierigkeiten bekommen hätte.

Nach einem Moment des Zögerns war ihr stattdessen Malissa gefolgt, obwohl Lee nicht damit gerechnet hatte.

Der Abstieg war nicht ganz einfach gewesen. Die Treppenstufen waren in der Mitte stark ausgetreten. Ein deutliches Zeichen dafür, dass dieser Weg früher offenbar sehr oft benutzt worden war. Sie hatten aufpassen müssen, dass sie nicht ins Stolpern gerieten.

Es hatte eine gefühlte Ewigkeit gedauert, bis sie das Ende erreichten. Mehr als fünfzig Stufen hatte Lee gezählt, ehe sie festen, harten Lehmboden unter ihren Füßen gespürt hatte und ein weitläufiger Gang sich vor ihnen öffnete.

Die Wände bestanden aus großen, grauen Quadern, die viel älter aussahen als die Mauersteine, mit denen die Burg errichtet worden war.

Erstaunlicherweise bot der Gang selbst jede Menge Platz.

Sogar Braga, der mit seiner gewaltigen Statur auch Wulf noch überragte, hätte sich hier problemlos bewegen können, wenn er die Engstellen auf der Treppe überwunden hätte.

Unterwegs hatte sie mehrere Halterungen aus Eisen in den Wänden entdeckt. Vorrichtungen für Fackeln, die den Gang einst erhellt hatten.

Sie fragte sich, wer hier früher wohl eingesperrt worden war. Wenn Braga sich nicht einmal mehr erinnerte, musste es noch vor seiner Zeit gewesen sein. Er war schon seit mehr als drei Jahrzehnten Mitglied dieses Clans.

Sicherlich konnte Wulf ihr eine Antwort geben ... allerdings bezweifelte sie, dass er dazu bereit war.

Sie würde die Alten befragen müssen, wenn sie Näheres erfahren wollte.

Der Druide war möglicherweise alt genug, um ihr mit Gewissheit sagen zu können, was er noch wusste, aber ihn zu behelligen, verursachte ihr noch mehr Unbehagen als der Gedanke an Royces grimmigen Hauptmann.

Wenn sie ehrlich war, hätte sie sich fast gewünscht, Graeman wäre an Wulfs Stelle in der Burg verblieben. Doch sie hatte mittlerweile begriffen, dass Royce die Feste lieber in der Obhut seines ersten Stellvertreters zurückließ, während Graeman ihn mit seinem gewaltigen Schwert begleitete.

Zum einen lag das vermutlich daran, dass Graeman sicherlich zehn Jahre jünger war als Wulf. Dieser war auch nicht mehr ganz so flink und wendig wie der schwertschwingende Highlander mit den grauen Augen. Zum anderen verfügte Wulf über die nötige Besonnenheit und Erfahrung, eine Feste auch mit wenigen Kriegern noch verteidigen zu können.

„Lee ..."

Malissas zittrige Stimme riss sie aus ihren Gedanken und sie wandte sich überrascht zu der Köchin um, doch die deutete nach vorn und starrte mit weit aufgerissenen Augen in den Gang hinein.

Lee folgte ihrem Blick und erkannte tief in der Finsternis eine flatternde Bewegung.

Ihr Pulsschlag hämmerte in ihrer Kehle und machte Lee das Atmen schwer. Mit zusammengekniffenen Augen versuchte sie zu erahnen, was sich dort am Rande des Lichts regte.

Instinktiv griff sie in den Schaft ihres Stiefels und zog den Dolch hervor. Malissa gab ein entsetztes Stöhnen von sich. Lee spürte, wie die Köchin ihre Finger in den Stoff auf ihrem Rücken krallte und sich auf diese Weise zu beruhigen versuchte.

„Was ist das?"

„Ich weiß es nicht."

„Lass uns umkehren, Lee."

„Tut mir leid, aber ich muss wissen, was das ist."

Malissa zerrte fester an Lees Hemd und sie spürte, wie die Köchin sie unbeabsichtigt am Vorankommen hinderte. Dennoch schritt sie weiter aus.

Im nächsten Moment atmeten beide gleichzeitig erleichtert auf, als sie ein paar alte, zerfaserte Stofffetzen erkannten, die von einer der Halterungen herunterhingen und im Luftzug flatterten, der ihnen entgegenströmte.

Malissa lachte leise und Lee hob die Fackel höher. Über ihnen begann eine Gewölbedecke. Die Steine wurden dunkler und irgendwie feuchter, sie sahen auch nicht mehr aus wie grobe Quader, sondern wie reiner Fels – als hätte jemand einen Tunnel durch das Gestein getrieben.

Lee fröstelte.

Die Temperatur schien um mehrere Grad zu fallen.

Sie mussten ziemlich tief unter der Erde sein. Vermutlich drang die Feuchtigkeit vom Meer herein, das gegen die Klippen schlug, und auch dieser Luftzug rührte sicherlich von irgendeiner Öffnung her, die nach draußen führte.

Langsam schlich sie weiter, Malissa im Schlepptau, und sah sich aufmerksam um. Trotz der Erleichterung, die die flatternden Fetzen hinterlassen hatten, behielt sie den Dolch in der Hand.

Man wusste ja nie.

Ihr nächster Schritt warf ein plätscherndes Echo von den Wänden zurück. Als sie nach unten sah, bemerkte sie, dass der Lehmboden vor ihnen von Nässe bedeckt war. Offensichtlich war das die Erklärung für die Feuchtigkeit an den Wänden.

Zwei Meter weiter war rechts eine Tür zu erkennen.

Massiv und aus dunklem Holz. Lee trat näher. Auf Augenhöhe war eine viereckige Öffnung in die Tür eingelassen, die von einem rostigen Eisengitter versperrt wurde.

Das Herz hämmerte ihr mittlerweile bis unter die Schädeldecke. Auf Zehenspitzen warf sie einen Blick durch die Öffnung und erkannte dahinter einen Raum von unbestimmbarer Größe. An einer Wand befand sich ein Loch, das ebenfalls mit Gittern versehen war und wenig Licht hereinließ. Sie sah Lehmboden und den gleichen grob behauenen Stein, aus dem auch die Wände um sie herum bestanden.

Lee kniff die Augen zu schmalen Schlitzen zusammen. Links an der Wand hingen alte, rostige Ketten mit schweren Handfesseln an den Enden.

„Kannst du etwas erkennen?", wollte Malissa wissen.

Aufgewühlt sank Lee zurück auf die Fersen. Der Zweck dieses Raumes ließ keinen Zweifel zu. Dies waren tatsächlich die Kerker von Callahan-Castle.

„Eine Zelle", erwiderte sie. „Es gibt ein Loch in der Wand, vor dem Gitter sind. Die Mauer sieht sehr dick aus. Ich nehme an, dass die Räume hier unten alle in den Fels gehauen wurden und dort, wo das Licht hereinfällt, die Klippen liegen." Sie schwenkte die Fackel wieder in den Gang hinein und entdeckte weitere Türen. „Das würde auch die Feuchtigkeit hier unten erklären. Vermutlich wird die Gischt der sich brechenden Wellen durch die Fenster hereingetrieben."

Unbehaglich rieb sich Malissa über die Arme und raffte das Schultertuch enger um sich. Ihre Augen waren riesig in dem rundlichen Gesicht und alles Mütterliche war einer sichtbaren Besorgnis gewichen.

Lee unterdrückte einen Seufzer.

Sie hätte ihre Erkundungstour gerne weiter fortgesetzt, schon um herauszufinden, woher dieser Luftzug rührte. Doch es war mehr als deutlich, wie unwohl sich die Köchin fühlte und dass sie sich nichts mehr wünschte, als wieder in die Burg zurückzukehren.

Sie wollte Malissa dem nicht noch länger aussetzen. Es war schon mutig genug von ihr gewesen, sie überhaupt zu begleiten. Aufmunternd lächelte sie der älteren Frau zu und nickte in die Richtung, aus der sie gekommen waren.

„Komm, lass uns zurückgehen, wir haben vorerst genug gesehen."

***

„Wende deinem Gegner niemals den Rücken zu, es sei denn, er ist tot oder ihm fehlt sein Waffenarm."

Lee zog die Nase kraus und warf Wulf einen zweifelnden Blick zu.

„Ist eine Verletzung nicht schon Strafe genug?", wollte sie wissen.

„Kein feindlicher Krieger wird dir gegenüber Gnade walten lassen, erst recht nicht, weil du eine Frau bist." Das war auch für sie einleuchtend. „Wenn du dich in der Schlacht befindest, wird jeder, gleichgültig welcher Seite er angehört, alles daransetzen, sein eigenes Leben zu verteidigen. Du kannst nicht darauf hoffen, dass dein Feind nicht Rache üben will für eine Verletzung, die du ihm zugefügt hast. Auf dem Schlachtfeld gilt mehr denn je das Recht des Stärkeren. Töte oder du wirst getötet."

Sie nickte unbehaglich.

Obschon Wulfs erste Lektion an diesem Tag aus Theorie und trockenen Regeln bestand, hatte sie durchaus begriffen, dass auch dies Teil ihres Trainings sein musste.

Royce hatte sie die praktischen Grundregeln des Kampfes gelehrt, Wulf würde ihr nun die Strategien nahebringen, die sie lernen musste, um zu überleben. Sie musterte ihre Finger, die auf der Tischplatte lagen, und grübelte über seine Worte.

Schließlich hob sie den Blick und sah ihm in die Augen.

„Wie ist es, einen Menschen zu töten?", wollte sie mit leiser Stimme wissen.

Sekundenlang starrte er sie schweigend an, ehe er sich über seinen Bart strich und ihr gegenüber Platz nahm.

„Das erste Mal ist schwer", entgegnete er bedachtsam. Tief durchatmend verschränkte er die Finger miteinander. „Man versucht, diesen Augenblick hinauszuzögern. Man kämpft in der Hoffnung, dass der Andere aufgibt, denn man weiß, man wird ein Leben nehmen. Man wird eine Familie zerstören, Kindern ihren Vater rauben, einem Weib ihren Mann. Doch irgendwann muss man sich entscheiden – stirbt man selbst oder tötet man? Es ist kein gutes Gefühl, wenn das Eisen deines Schwertes in das Fleisch eines Menschen dringt und du in seinen Augen siehst, wie ein Leben endet."

Er zuckte mit den Schultern, hob das Kinn und sah sie an.

„Aber es wird leichter, wenn auch auf keine sehr angenehme Weise. Wenn du zum ersten Mal jemanden aus

Gründen wie Hass oder Rache tötest, wird es dir ein Gefühl von Erlösung schenken, aber niemals den Frieden, den du suchst. Es hat mir nie Freude bereitet, meinen Gegnern mit der Gewissheit gegenüberzutreten, dass ich einem Teil von ihnen das wertvollste Gut raube. Es ist ein notwendiges Übel, das unser Leben und der Krieg mit sich bringen. Natürlich gibt es Ausnahmen … es wird immer Menschen geben, denen das Töten Freude bereitet und die es genießen."

Lee holte Luft und stützte den Kopf in beide Hände.

Sie versuchte zu begreifen, was ein solcher Moment in einem Menschen bewirkte … was er vielleicht in *ihr* bewirken würde.

Sie wollte nicht töten.

Sie war ein Mensch des einundzwanzigsten Jahrhunderts. Es gab zivilisiertere Methoden, einen Streit beizulegen … aber Gallowain war eben *kein* Mensch ihrer Zeit. Ihn plagten die Skrupel nicht, mit denen sie sich auseinandersetzen musste.

Entweder wusste sie sich zur Wehr zu setzen, oder er würde Dinge mit ihr tun, von denen sie vermutlich nicht einmal in ihren schlimmsten Albträumen etwas geahnt hatte.

Nach ihrem Dafürhalten war er durchaus ein Mensch, dem das Töten gefiel. Sie wollte für den Ernstfall gerüstet sein. Glaubte man den Gerüchten, dass Royces Erzfeind Fitard sich abermals auf den Weg machte, um gegen den Clan der McCallahans zu kämpfen, dann würde ihnen allen ein Krieg bevorstehen.

„Wen willst *du* töten?", wollte Wulf nach einem Moment des Schweigens wissen.

Sie fühlte sich ertappt.

„Ich? Nein, nicht doch... ich frag nur aus Interesse", stammelte sie. Er zog eine Augenbraue hoch und schaute sie schweigend an. Sie senkte den Blick. „Gut... es mag vielleicht jemanden geben... den es betreffen könnte."

Tief durchatmend faltete sie ihre Hände.

„Ehrlich gesagt erschreckt es mich, dass ich überhaupt darüber nachdenke. Ich will niemanden töten. Ich will nicht das Blut eines anderen Menschen an meinen Fingern kleben haben. Aber ich weiß, er wird mir gegenüber keine Gnade walten lassen. Wenn ich mich schon verteidigen muss, dann notfalls auch bis aufs Blut."

„Wer ist der Glückliche?"

Zähneknirschend sah sie ihm in die Augen.

Er war wirklich hartnäckig.

Lee schluckte.

„Gallowain."

Wulf furchte die Stirn.

„Gallowain?"

Sie nickte.

„Was hat er getan?", wollte er wissen.

„Das Problem ist wohl eher, was *ich* getan habe", entgegnete sie mit schiefem Grinsen. „Hast du nicht gehört, dass ich ihn *entehrt* habe, indem ich sein Gesicht mit diesem Schnitt verunzierte?"

Wulf nickte.

„Die Gerüchte über euer erstes Zusammentreffen in der Halle sind mir wohl zu Ohren gekommen. Aber das liegt doch schon mehr als einen Monat zurück."

Sie erhob sich unruhig, verschränkte die Arme vor der Brust und wanderte angespannt vor dem großen Kamin auf und ab.

„Es war nicht der einzige Vorfall", bemerkte sie. „Nach meiner Hochzeit mit Royce, am Tag unserer Feier, sprach Gallowain mich erneut an. Erst hielt ich es für nettes Geplänkel, als würde er dieses erste Zusammentreffen abtun wollen. Ich nahm seine Entschuldigung an und wollte mich höflich zurückziehen, da wurde er anzüglich und respektlos. Als ich mich nach Royce umsah, drohte er plötzlich damit, dass seine Söldner ein Blutbad unter den Gästen anrichten würden, wenn ich meinen Mund nicht hielte. Ich ahnte, dass das nicht nur leere Worte waren, also tat ich, als wäre nichts geschehen."

„Hast du Royce davon erzählt?"

Über die Schulter sah sie zu Wulf hinüber, der immer noch am Tisch saß. Resigniert schüttelte sie den Kopf.

„Nein. Gallowain hat gedroht, er würde ihn töten, wenn ich ihm davon erzähle. Ich wusste, ich müsste damit auf meine Weise klarkommen. Mit Gallowain vernünftig reden zu wollen ist … ein sinnloses Unterfangen. Er versteht sich nur auf Gewalt und Macht."

„Deshalb willst du ihn töten", mutmaßte Wulf.

Lee schüttelte den Kopf.

„Es wäre mir lieber, ich müsste mir keine Gedanken darüber machen. Doch mir ist klar geworden, dass ich lernen muss, mich zu verteidigen. Mit Gallowain als Gegner werde ich keine Gnade erwarten können. Das hat er mir in der Modraniht nochmals deutlich zu verstehen gegeben."

Nachdenklich musterte Wulf sie.

„Ihr habt sehr vertraut gewirkt."

Verbittert verzog sie die Lippen zu einem freudlosen Lächeln.

„Ich weiß, er hat es geschickt verstanden, mich zu manipulieren und von den Umstehenden abzugrenzen. Obwohl wir uns gestritten haben, ist mir erst später klar geworden, wie es auf Außenstehende gewirkt haben muss. Er drückte meine Hand an seine Wange und niemand hat gehört, was er wirklich gesagt hat."

Sie würgte den galligen Geschmack in ihrer Kehle hinab.

„Ehe ich ihm meinen Dolch in seine Brust rammen konnte, war plötzlich dieses Mädchen da und verkündete, mir aus der Hand lesen zu wollen." Unruhig nahm sie wieder gegenüber von Wulf Platz und starrte auf die Tischplatte. „Die nächste düstere Prophezeiung, die über mir hängt, und dazu noch ihre Worte, dass zwei Männer um mich buhlen … was für ein *Zufall*! Royce und ich hatten Streit in der Nacht vor seiner Abreise. Er war betrunken und wütend. Er glaubte, Gallowain würde um mich werben und es würde mir gefallen."

„War es so?"

Sie hob den Blick und sah ihm in die Augen. Ihr Hals wurde eng bei dem Gedanken an Royce, und wie sie auseinander gegangen waren … und es war nur zu offensichtlich, dass auch Wulf ihr kein Wort glaubte.

„Gallowain hat mir gedroht, dass er mich schänden wird, wenn er die Gelegenheit dazu erhält. Soll mir das gefallen?"

Wie zur eigenen Antwort schüttelte sie den Kopf.

„Nein, die Gerüchte sind *nicht* wahr. Aber ich verstehe, warum Royce so wütend war. Ich habe ihm von meiner Welt erzählt, und woran ich mich erinnere. Davon, dass es Paare gibt, die ihre Bindung lösen, um sich einem anderen Partner zuzuwenden. Er war überzeugt, ich wäre auch so." Blinzelnd kämpfte sie gegen die aufsteigenden Tränen. Ihr Kinn zitterte. „Es ist bedeutungslos für ihn, dass ich ihn liebe. Erst heute hat Malissa mir davon berichtet, was zwischen Royce und Araenna war, und ich begreife, warum er mir nicht vertraut. Doch für mich ändert sich dadurch nichts. Ich will nicht, dass dieser Söldner aus falschem Ehrgefühl und blinder Wut einen Keil zwischen Royce und mich treibt."

Wulf schwieg und starrte vor sich hin, ohne sie anzusehen. Fröstelnd rieb sich Lee über die Arme und trat an das vergehende Feuer, um ein paar Holzscheite in die Glut zu werfen. Neben dem Kamin blieb sie stehen. Gedankenverloren blickte sie in die auflodernden Flammen.

Royce fehlte ihr.

Die Nächte ohne ihn waren lang und kalt. Sie hatte während ihrer dreitägigen Selbstmitleidsorgie genug Zeit gehabt, um ihren Streit zu bedauern und ihren Dickkopf zu verfluchen. Es hätte einen anderen Weg geben müssen, um ihm die Wahrheit klarzumachen.

Natürlich war es unfair, dass er ihr nicht vertraute und lieber den Gerüchten Glauben schenkte, sie würde sich für den Hauptmann interessieren. Nun begriff sie jedoch, warum es so war.

Dass sie die Nacht schlafend auf dem Boden verbracht hatte, war allerdings schlichtweg kindisch gewesen. Sie hätte diese letzten Stunden in seinen Armen verbringen sollen, das hätte sie beide milder gestimmt.

„Ist dir das ernst?", wollte Wulf wissen.

Zerstreut wandte sie sich zu ihm um und blickte ihn fragend an.

„Was meinst du?"

„Dass du Royce liebst?"

Sie konnte nicht verhindern, dass ein Lächeln um ihre Lippen zuckte. Diese Antwort war so leicht.

„Ja.“

„Warum?“

Irritiert runzelte sie die Stirn.

Was war das für eine Frage?

„Warum ich ihn liebe?“

Er nickte grimmig.

Lee zuckte mit den Schultern.

„Ich ... weiß es nicht. Es ist einfach so.“

„Du hast ihn gefürchtet, bei eurem ersten Zusammen-treffen“, wandte Wulf ein.

„Ich weiß. Alles war neu und verwirrend, nachdem du mich hergebracht hattest. Zuerst war mein Kopf leer und plötzlich wurde ich regelrecht erschlagen von den Bildern darin. Davon, was sie bedeuteten und was ich nicht be-griff. Ich war wie gelähmt ... und dann stand *er* da.“ Sie sah durch Wulf hindurch. „Diese Gefühle, die unerwartet auf mich einstürmten, wusste ich nicht zu deuten. Ich begriff nicht, was mit mir passiert war und warum mich Royces Anwesenheit so aus der Bahn warf. Erst nachdem ich mich ein wenig beruhigt und Zeit zum Nachdenken gefunden hatte, wurde mir klar, warum mein Herz in seiner Nähe so sehr klopfte.“

Wulfs Augen wurden schmal.

„Und dann hast du im passenden Moment deine Mas-kerade fallen lassen?“

Sie sah ihn an und erkannte den stummen Vorwurf in sei-nem Blick.

War das der Grund für seinen Ärger auf sie?

Glaubte Wulf, sie hätte das alles aus Kalkül getan?

„Nein“, erwiderte sie leise. „Ich habe sogar überlegt, von hier fortzugehen, als dieser angebliche *Mann*, den ihr alle in mir gesehen habt. Ich grübelte, ob ich mir anderweitig ein Leben aufbauen könnte. Gehen ohne zurückzublicken. Wer war ich denn? Ein Nichts, ein Niemand. Ich hatte keine Ahnung, wie ich überhaupt hergekommen war, keine Erklärung dafür, warum ich wie ein Mann gekleidet in dieser Schneewehe saß. Ich fürchtete mich vor dem, was passieren würde, wenn ich mich Royce offenbarte. Also zögerte ich es immer wieder hinaus."

Wulfs Augenbrauen zogen sich zusammen.

„Wenn du es ihm nicht erzählt hast, wie hat er es dann herausgefunden?"

„Er hat es dir nicht erzählt?"

„Nein."

Lee schnitt eine Grimasse.

„Er hat mich in den Weiher geworfen, weil ich stank."

Zum ersten Mal, seitdem die Wahrheit über ihre Identität ihm die Laune verhagelt hatte, rutschten Wulfs Augenbrauen nach oben und deutliche Belustigung zuckte um seine Mundwinkel.

Seine Schultern bebten, als er hustend ein ersticktes Lachen hinter seiner Hand verbarg. Lee verspürte ein sachtes Gefühl von Erleichterung. Selbst, wenn es nur Schadenfreude war, die er fühlte, war das besser als sein ständiger Ärger ihr gegenüber.

Achselzuckend sprach sie weiter.

„Obwohl ich ihm die Wahrheit verschwiegen hatte, war er mir gegenüber gerecht und anständig. Er war wütend auf mich, aber er hat mir trotzdem zugehört und mir nicht einfach die Kehle durchgeschnitten. Zum ersten Mal hatte ich das Gefühl, ich wäre willkommen und könnte mir hier vielleicht ein Zuhause aufbauen."

Betreten biss sie sich auf die Zunge.

„Es war nicht vorgesehen, dass das zwischen Royce und mir in einer Ehe endet. Ich wollte ihn nicht heiraten. Ich wollte nicht, dass er sich aus Pflichtgefühl an mich bindet, weil er dachte, er hätte mich entehrt." Sie schüttelte den Kopf, starrte zu Boden. „Ich wollte mich nicht in ihn verlieben, aber ich habe mich noch nie in meinem Leben so zu Hause gefühlt wie bei ihm. Seit er fort ist, ist es, als fehlte ein Stück von mir."

„Warum glaubte er, er hätte dich entehrt?"

Sie sah ihn an und zuckte mit den Schultern.

„Ich war noch Jungfrau bei unserem ersten Beisammensein."

Wulfs Augenbrauen verschwanden unter seinem Schopf und Lee spürte, wie ihre Wangen warm wurden.

Ein solch intimes Detail hatte sie ihm eigentlich nicht verraten wollen, aber sie hatte das Gefühl, es wäre wichtig, ihn darüber nicht im Unklaren zu lassen.

„Ich muss gestehen, das hatte ich nicht erwartet." Wulf fuhr sich mit einer Hand über den dichten Bart und schüttelte den Kopf. „Wenn ich ehrlich bin, war ich davon überzeugt, du hättest ein falsches Spiel gespielt."

„Das verstehe ich", erwiderte sie leise.

Er presste die Lippen aufeinander und musterte sie nachdenklich.

„Ich will nicht noch einmal erleben, wie eine Frau ihn zerreißt und fast vernichtet. Er ist der Letzte seiner Familie und er ist wie ein Sohn für mich."

Sie ging zurück und setzte sich zu ihm. Aufrichtig sah sie ihm in die Augen.

„Nichts liegt mir ferner, als diesem Clan zu schaden", beteuerte Lee. „Warum auch immer ich hergeführt wurde … dies ist jetzt auch *mein* Heim und *meine* Familie."

Seine Nasenflügel blähten sich und sein Blick war plötzlich ebenso distanziert wie zuvor.

„Du wirst dich in der Zukunft beweisen müssen", stellte er fest. Seine Stimme klang hart und unnachgiebig. „Zwei dunkle Prophezeiungen stehen über dir. Dieses Volk wird noch lange brauchen, ehe es dir vertraut. Ebenso wie ich. Geradeso wie Royce."

Er nickte ihr ohne ein weiteres Wort zu, stand auf und verließ die Halle.

Lee fühlte sich, als hätte er ihr einen Schlag in den Magen verpasst. Die Feindseligkeit war zurückgekehrt.

Fröstelnd schlang sie die Arme um sich, stand auf und ging die Treppe hinauf.

10. Kapitel

Callahan-Castle, Sijrevan
Im Hartung (Januar), Anno 1586

Sich allein durch diesen Gang zu bewegen, war beunruhigender, als sie erwartet hatte. Lee hob die Fackel höher über ihren Kopf und sah, wie die erste Zellentür zu ihrer Rechten aus der Dunkelheit auftauchte.

Vier Tage waren seit ihrem letzten Besuch hier unten verstrichen und der Jahreswechsel, wie sie ihn kannte, lag hinter ihnen. Genug Zeit, um sich mit anderen Dingen abzulenken und Wulfs brütendes Schweigen zu ertragen.

Zweimal hatte sie vergeblich den Versuch unternommen, wieder dort anzuknüpfen, wo ihr Gespräch geendet hatte. Ihre Konversation beschränkte sich allerdings auf Theorie und Praxis im Nahkampf. Nichtsdestotrotz war sie dankbar dafür, dass er sie nicht mehr mit den finsteren Blicken bedachte, die sie in den Wochen zuvor ständig auf sich gespürt hatte.

Während sie den Gang entlangwanderte, zählte Lee zwölf Zellentüren und hinter jeder von ihnen fand sie das gleiche Bild vor. Ein wenige Quadratmeter großer Raum mit einem Loch in der Wand und Gittern, die einem Gefangenen jede Flucht unmöglich machten. In den meisten hingen Ketten von den Wänden, in einem sogar von der Decke.

Sie hatte es bislang vermieden, Wulf wegen der Kerker zu befragen. Sie wusste nicht einzuschätzen, wie er auf ihre Entdeckung reagieren würde oder was er davon hielt, dass sie hier unten ungebeten herumschnüffelte.

Im Moment war sie nicht einmal sicher, ob Royce ihre Neugier begrüßt hätte. Vermutlich waren die Verliese nicht grundlos schon seit Jahrzehnten verschlossen ... aber sie war die Clanherrin. Anlass genug, im beginnenden Morgengrauen ihr Bett zu verlassen und die heimliche Erkundungstour fortzusetzen.

Diesmal hatte sie auf Malissas Begleitung verzichtet. Die Köchin hatte sich bei ihrem Besuch vor vier Tagen genug gefürchtet.

Wenn sie ehrlich war, fühlte Lee sich im Moment jedoch auch nicht besonders wohl hier unten. Ihr Verstand sagte ihr zwar, dass es für jedes noch so gruselige Phänomen eine logische Erklärung gab, aber ein weniger sachlicher Teil ihrer selbst machte sich gerade fast in die Hose vor Angst.

Der nächste Windhauch, der sie traf, löschte beinahe die Fackel in ihrer Hand.

Ein lautes, nasses Rasseln folgte, als würde irgendwo ein monströses Wesen tief einatmen. Lees Herz pochte aufgeregt gegen ihre Rippen und ihre Hände begannen zu zittern.

Vielleicht hätte sie doch irgendjemanden mitnehmen sollen. Sie verharrte in der nachfolgenden Stille und starrte in die Dunkelheit, die vom Licht des Feuers nicht durchbrochen wurde.

Nichts.

Tief durchatmend setzte sie einen Fuß vor den anderen und folgte dem Gang weiter.

Sie musste doch irgendwann das Ende erreicht haben, oder?

Zwölf Zellen waren doch mehr als genug ... es sei denn, dieser Clan hatte früher irgendwelchen barbarischen Sitten gefrönt.

Gab es Überlebende dieser Zeit?

Was war mit Fitard?

Was war zwischen ihm und den McCallahans vorgefallen?

Es musste irgendeinen Grund für diese Fehde geben.

Vielleicht sollte sie endlich Wulf fragen. Er lebte hier schon lang genug, um ihr Antworten geben zu können.

Überrascht entdeckte sie eine dreizehnte Tür auf der rechten Seite des Ganges, kurz bevor dieser endete. Bei näherem Hinsehen erkannte Lee, dass das Türblatt schräg in den Angeln hing und Licht durch die Öffnung fiel.

Nur zögernd ging sie weiter.

Plötzlich wurde es empfindlich kalt, der nächste Windstoß zerrte an ihrem Mantel und sie hörte das deutliche Tosen der Brandung, die gegen die Klippen brauste.

Als sie um die Ecke lugte, erblickte sie eine weitere Zelle. Diesmal allerdings prangte kein Loch in der Wand, wie bei den anderen Verliesen – es gab keine Wand. Sie konnte auf das Meer hinaussehen und spüren, wie die Gischt der sich brechenden Wellen bis hier hoch spritzte. Vermutlich überflutete das Wasser den halben Zellentrakt, wenn es stürmte.

Da hatte sie also endlich ihre logische Erklärung für Wind und Nässe. Lee schob ihre Fackel in die dafür vorgesehene Halterung an der Mauer und trat neugierig durch die Tür. Aufgeregt sah sie sich in der Zelle um.

Sie war nur halb so groß wie die anderen, was auch daran lag, das dort, wo die felsige Außenwand gewesen war, ein Teil der Zelle fehlte ... als hätte jemand dieses Stück einfach herausgerissen.

Den Hals gereckt, wagte sie sich weiter vor und erblickte in der Tiefe die felsigen Klippen aus dem Meer ragen. Die Kerker von Callahan-Castle waren offenbar direkt in das Gestein der Steilküste geschlagen worden. Allerdings erklärte das nicht dieses klaffende Loch, vor dem sie stand.

Sie runzelte die Stirn.

Weiter links erkannte Lee ein paar Meter unterhalb der Zelle etwas, das aussah wie eine in den Fels gehauene Treppe, die in die Tiefe führte. Vorsichtig schlich sie noch ein wenig näher an den Abgrund.

Tatsächlich konnte sie sehen, wie sich die Stufen eng an der Felswand nach unten wanden und schließlich auf einem schmalen Streifen steiniger Erde mündeten, der durch eine Art natürliches Vordach aus grauem Fels geschützt zu sein schien. Mit ein wenig Geschick wäre es ein Leichtes, von dieser Zelle aus die Treppe zu erreichen und auf diesem Weg die Burg zu verlassen.

War das ein alter Fluchtweg?

Sie kniff die Augen zu Schlitzen zusammen und ließ ihren Blick weiterschweifen. Mehrere hundert Meter entfernt glaubte sie einen zerborstenen Anleger an der Küste ausmachen zu können.

Hatte es hier einen Hafen gegeben?

Irritiert trat sie zurück in die Sicherheit der Zelle.

Offenbar waren hier noch einige Geheimnisse zu lüften.

„Was tust du hier?"

Mit einem kleinen Schrei fuhr sie herum und sah Wulf in der Tür stehen. Erschrocken presste sie eine Hand auf ihre Brust. Sein Blick war so finster wie nie zuvor und alles an ihm strahlte unverhohlenen Zorn aus.

Lee schluckte.

Es war ein Fehler gewesen, herzukommen und ihn nicht darüber zu informieren. Dennoch wollte sie jetzt nicht klein beigeben.

Verdammt, sie lebte seit mehr als einem Monat mit ihm unter einem Dach. Irgendwann musste doch auch er begreifen, dass sie nicht der Feind war.

Die Schultern gestrafft, drückte sie den Rücken durch und hielt seinem bohrenden Blick stand.

„Mich umsehen", antwortete sie.

„Das Betreten der Kerker ist allen untersagt", grollte er. Unwillig deutete er auf das Loch in der Wand. „Es ist zu gefährlich, hier herunterzukommen."

„Ich weiß nichts von einem Verbot", erwiderte Lee ungerührt und schob trotzig das Kinn vor. „Dies ist jetzt auch mein Heim und ich wollte wissen, was sich hier unten befindet."

Seine Nasenflügel bebten.

„Die Tür war nicht ohne Grund verschlossen. Warum hast du nicht gefragt?"

„Wen denn?", entgegnete sie spitz. „Royce ist nicht hier und du weigerst dich die meiste Zeit, überhaupt mit mir zu reden."

Wulf presste wütend die Lippen aufeinander.

Natürlich blieb er ihr eine Antwort schuldig, schließlich hatte sie recht.

„Wir gehen wieder hinauf", bestimmte er nach einem Augenblick des Schmollens. „Niemand darf hier sein."

Dem konnte sie nun nicht widersprechen. Dennoch setzte sie sich nur unwillig in Bewegung.

Das hatte ihr gerade noch gefehlt!

Ihr kleines Abenteuer fand nicht nur ein jähes Ende, es war auch noch *Wulf*, der sie dabei erwischt hatte, wie sie sich auf scheinbar verbotenem Terrain bewegte.

Aber sie würde sich von ihm und seiner ständig schlechten Laune nicht länger einschüchtern lassen. Sie war die *Clanherrin* und sie hatte ein Recht darauf, alles über diese Burg und ihre Geschichte zu erfahren.

Wie sonst sollte sie ihre Aufgabe erfüllen und die Verantwortung für all diese Menschen übernehmen?

Zögernd folgte sie Wulf zurück in den Gang und ließ zu, dass er die Fackel an sich nahm und vor ihr herlief.

„Warum ist das Betreten der Kerker verboten?", wollte sie wissen.

„Du hast in der letzten Zelle gestanden", brummte er vor ihr, „der Grund ist doch offensichtlich."

Lee verzog das Gesicht.

Für sie war das keineswegs so offensichtlich.

„Man hätte die Tür zumauern können. Auf die Weise hätte man Wind und Wetter ausgeschlossen."

Er blieb so abrupt stehen, dass sie fast in ihn hineingelaufen wäre. Als er sich zu ihr umwandte, warf das Feuer der Fackel unregelmäßige Schatten auf die kalten Felsen und Wulfs mürrische Miene.

Etwas Seltsames lag in seinen Augen, das sie nicht einordnen konnte. Für einen Moment machte er ihr tatsächlich Angst.

„Wozu?" In seiner Stimme klang fast so etwas wie ein Vorwurf mit. „Unser Clan macht schon lange keine Gefangenen mehr. Wir haben diese Kerker verschlossen, weil sie nur Leid über uns gebracht haben."

Sie starrte ihn an.

„Aber es hat Gefangene gegeben", stellte sie fest, „und du erinnerst dich noch daran." Brüsk drehte er ihr den Rücken zu und ging weiter. „Ist das der Grund für die Fehde mit Fitard?"

Erneut blieb er stehen. Der Blick, den er über seine Schulter warf, war voller Zorn.

„Was weißt du über Fitard?"

Lee zuckte mit den Schultern.

„Nur, dass er unser Feind ist … allerdings habe ich keine Ahnung, warum und wieso."

Er grunzte und stapfte voran.

„Dann belass es dabei."

„Das kann ich nicht", erwiderte sie, „ich bin ein Teil dieses Clans."

„Bist du nicht! Du bist nur mit einem von uns vermählt."

***

Sie hatte ihr Zeitgefühl verloren.

Dieser letzte Satz, den Wulf ihr an den Kopf geworfen hatte, hatte eine zwar nicht sichtbare, aber deshalb nicht weniger schmerzhafte Wunde in ihre Brust gerissen.

Es war ihr schwergefallen, ihm weiter durch den Gang zu folgen, und als sie endlich die Treppe hinter sich gelassen und die Halle wieder betreten hatten, war sie wortlos an ihm geschlüpft und hatte sich in ihr Schlafzimmer geflüchtet.

Sie war wütend auf ihn und gleichzeitig hatte sie mehr denn je das Gefühl, er hätte recht.

Vielleicht hatte sie sich etwas vorgemacht, weil sie sich zum ersten Mal in ihrem Leben wirklich daheim gefühlt hatte.

Wulf traute ihr nicht, weil er ihr Berechnung unterstellte. Als hätte sie sich bewusst in diesen Clan eingeschlichen und von Royce ehelichen lassen, um ihnen allen zu schaden.

Ihr Ehemann traute ihr nicht, weil er ein regelrechtes Trauma mit seiner ersten Frau erlebt hatte und überzeugt war, sie selbst wäre kein bisschen besser.

Bis auf Malissa – und vielleicht auch noch Braga – gab es für sie vermutlich auch sonst keine wirklichen Verbündeten innerhalb dieser Mauern. Sie war hier ebenso allein, wie sie es in ihrer eigenen Welt gewesen war, und sie machte sich etwas vor, wenn sie glaubte, wäre sie ein Teil dieses Clans.

Wulf hatte recht.

Sie war lediglich mit einem von ihnen vermählt.

Mehr als ein Monat war vergangen, seit sie hier angekommen war. Die Erinnerungen an ihr früheres Leben verblassten nur langsam und immer wieder ertappte sie sich dabei, wie sie diese Welt mit ihrer ursprünglichen verglich. Sie war immer noch nicht wirklich hier heimisch geworden.

Sie hatte sich mit dem arrangiert, was ihr zur Verfügung stand. Dennoch vermisste sie den Luxus einer warmen Dusche oder den Komfort einer elektrischen Zahnbürste. Nur weil sie mit dem Clanoberhaupt verheiratet war, musste sie sich immerhin nicht auf einem Nachttopf erleichtern, sondern konnte eine Toilette benutzen, auch, wenn dieses Modell vorsintflutlich war.

Natürlich waren die hygienischen Zustände nicht so katastrophal, wie sie anfangs befürchtet hatte.

Sie konnte sich waschen, pflegen und auf gewöhnungsbedürftige, aber doch effektive Art die Zähne mit einem kleinen Ast putzen. In den letzten Wochen hatte sie in Bezug auf einige Dinge umdenken müssen, aber sie hatte sich angepasst.

Trotz allem hatte sie immer das Gefühl, unvollständig zu sein. Royces Abwesenheit verschlimmerte diesen Zustand noch.

Nachdem sie sich die letzten Stunden in ihrem Bett verkrochen und ausgiebig gegrübelt hatte, war sie zu einem Entschluss gelangt.

Wenn Royce zurückkehrte, würde sie das Gespräch mit ihm suchen. Sosehr der Gedanke sie auch schmerzte, wenn er sie hier nicht mehr wollte, würde sie gehen und sich anderweitig ein Leben aufbauen.

Aus irgendeinem Grund hatte sie diese zweite Chance bekommen und sie hatte ihren Lebensmut wiedergefunden. Das war ein Geschenk, das sie nicht noch einmal leichtfertig wegwerfen würde.

Wenn auch Royce sie nicht als Mitglied seines Clans akzeptieren würde, dann würde sie dieses Leben eben auf ihre Weise führen. Mit oder ohne ihn ... ganz gleich, wie weh es tun würde.

Ihr Magen gab ein vernehmliches Knurren von sich und Lee schlug die Bettdecke beiseite. Sie würde sich in der Küche eine Mahlzeit gönnen und anschließend im Hof trainieren. Ihr war einerlei, ob Wulf ihr dabei weiterhin half oder nicht. Sie kam auch ohne ihn zurecht.

Seinen Standpunkt und seine Haltung ihr gegenüber hatte er mehr als deutlich klargemacht. Die Zeiten, in denen sie ihn um etwas bat, waren nun jedenfalls endgültig vorbei.

Sie eilte die Treppe hinab und wollte sich gerade der Küche zuwenden, als der Klang mehrerer Stimmen sie zurückhielt. Irritiert legte sie den Kopf schief.

Einer der Eichenflügel des Eingangsportals stand einen Spaltbreit offen und sie trat neugierig heran, um hindurchzuspähen.

Als sie die Männer im Hof erkannte, verwandelte sich ihr Magen in einen kalten Klumpen Eis. Sie erstarrte.

Gallowain war zurück ... und mit ihm mehr als zwanzig seiner Söldner, die nun mit ihren Pferden den Hof bevölkerten. Sie standen Wulf und drei seiner Krieger gegenüber und es sah nicht danach aus, als würden sie ein freundschaftliches Gespräch unter Kameraden führen.

Die Söldner wirkten müde und abgezehrt. An dieser seltsam unterschwelligen Bedrohung, die von ihnen ausging, änderte das jedoch nichts. Lee schob die Tür eine Winzigkeit weiter auf und versuchte zu lauschen.

„Du hast auch kein gutes Gefühl, oder?"

Malissas Stimme ließ sie erschrocken zusammenzucken. Noch im Herumdrehen glitten ihre Finger zu dem Stilett, das an ihrer Hüfte hing. Malissa verzog das Gesicht, als ihr Blick der Bewegung folgte.

Lee hob abwehrend eine Hand.

„Verzeih, du hast mich erschreckt."

„Das war nicht meine Absicht." Die Köchin nickte zu den Männern, die Lee durch den Türspalt beobachtet hatte. „Eines der Mädchen war bei Wulf, als die Söldner einritten. Sie sagt, Royce habe die Männer angeblich zurück zur Burg gesandt. Sie sollen Wulf und seine Krieger in die Schlacht schicken und an ihrer statt hierbleiben, um uns zu schützen."

Der Klumpen Eis in Lees Bauch verwandelte sich in Stein.

„Das glaube ich nicht", entfuhr es ihr.

„Wulf auch nicht", gab Malissa zurück. „Sie diskutieren schon eine ganze Weile dort draußen. Jeder hier weiß, dass Royce eine solche Nachricht niemals durch fremde Krieger würde überbringen lassen. Wulf wird das nicht akzeptieren."

Lee wandte sich erneut dem Türspalt zu und schob ihn noch weiter auf. Der Hauptmann der Highlander stand mit verschränkten Armen und unzugänglicher Miene da und schüttelte den Kopf, während Gallowain aufgebracht vor ihm auf und ab lief.

Es gefiel ihr ganz und gar nicht, wie der Söldner eine Hand auf sein Schwert legte und seine Finger immer wieder nervös den Griff umklammerten. Das Herz hämmerte ihr bis in die Kehle hinauf.

Plötzlich richteten sich die Härchen auf ihren Armen auf.

„Das ist eine Falle", entfuhr es ihr.

Die Köchin wurde einer Antwort enthoben, als im Hof Schwerter mit metallischem Klirren aneinanderschlugen. Alarmiert trat Malissa neben Lee. Für einen Moment waren sie beide wie gelähmt.

Ungläubig starrten sie in den Hof hinab, wo Wulf und Gallowain einander mit verkeilten Schwertern gegenüberstanden. Metall glitt über Metall, dann sprang Gallowain zurück und sein Schwert schnitt knapp über Wulfs Kopf durch die Luft.

Die restlichen Highlander, die zum Schutz der Feste zurückgelassen worden waren, sprangen nun mit gezückten Waffen vom Burgwall herunter. Augenblicklich gingen die Söldner auf sie los und innerhalb von Sekunden war die Ruhe gewaltigem Kampfeslärm gewichen.

Lee rang um Atem.

Die Zeiten der Mutmaßungen waren also vorbei. Gallowain zeigte endlich sein wahres Gesicht. Aber das hier war kein Spiel, sondern bitterer Ernst.

Sie packte Malissas Arm und schob die erschrockene Frau zurück in die Halle. Dann griff sie nach einem der Schwerter, die neben der Pforte an der Wand lehnten.

„Schließ die Türen hinter mir und bring alle in Sicherheit."

„Aber Lee ..."

„Tu, was ich dir sage!" Sie sah die Bestürzung in Malissas Blick und Reue machte sich in ihr breit. Einlenkend berührte sie den Arm der Anderen. „Verriegelt das Tor. Ganz gleich was geschieht, lasst sie nicht herein! Wenn alle Stricke reißen, flieht hinab in die Kerker, es gibt dort einen Durchbruch im Fels – mit ein wenig Geschick könnt ihr den Strand von dort aus erreichen."

„Lee?!"

Ihre Blicke trafen sich und sie musterte die Köchin eindringlich. In deren Augen las sie Angst. Lee straffte die Schultern, sie durfte der älteren Frau nicht zeigen, dass ihre eigenen Nerven blank lagen.

„Schütz dein Leben und das der Anderen!"

Ohne Malissa noch Gelegenheit zu einer Erwiderung zu geben, rannte Lee mit der Waffe in der Hand in den Hof hinaus und hörte erleichtert, wie das Portal hinter ihr ins Schloss fiel.

Sie hatte die Stufen noch nicht einmal erreicht, als der erste Gegner schon auf sie zustürmte. Es war ein junger Söldner, der ihr vor geraumer Zeit noch ständig ein jungenhaftes Lächeln geschenkt und mit ihr gescherzt hatte.

Er war kaum älter als sie selbst.

Nun war sein Blick leer und bar jeder Regung. Ohne Zögern ging er auf sie los und sein Schwert sauste zielstrebig auf sie hinab. Lee schwang ihre eigene Waffe nach oben, ließ sein Schwert daran herabgleiten und nutzte die Kraft seines Hiebes, um ihn an sich vorbeistolpern zu lassen.

Es war, wie Wulf gesagt hatte.

Ein Teil von ihr hoffte, er würde das Messer einfach fallen lassen und aufgeben, aber in seinem Gesicht erkannte sie deutlich, dass er nur auf eine Lücke in ihrer eigenen Verteidigung wartete, um sie zu töten.

Es gab keine Gnade.

Ihr Schwert zeichnete sirrend einen Kreis in die Luft, wirbelte um sie herum und grub sich in seinen Rücken. Mit einem Keuchen brach er vor ihr in die Knie. Die Waffe entglitt seinen Fingern und fiel lärmend zu Boden, dann sackte er leblos nach vorn und schlug auf den kalten Steinen auf.

Für Sekundenbruchteile war Lee von dem Entsetzen, das sie packte, wie gelähmt. Dieses Gefühl, als das Metall durch Fleisch glitt und sie spürte, wie sie ihm sein Leben nahm, wollte sie nicht mehr verlassen.

Es war nur ein winziger Augenblick gewesen und dennoch fühlte er sich an wie eine Ewigkeit in der Hölle. Fast hätte sie den nächsten Angreifer übersehen und für ihre leichtsinnige Gedankenlosigkeit mit dem Leben bezahlt.

Sie grätschte an dem Söldner vorbei, als er mit seiner Waffe nach ihr stieß, und schlug ihm das Schwert in sein Bein. Er brüllte auf vor Schmerz, aber sein Überlebensinstinkt sorgte dafür, dass er erneut nach ihr schlug.

Sein Hieb verfehlte sie um wenige Zentimeter.

Den Oberkörper halb zu ihr gewandt, wurden seine Augen groß vor Überraschung, als sie ihm plötzlich die Klinge bis zum Heft in die Brust rammte.

Lee keuchte auf und starrte fassungslos in dieses Gesicht, aus dem alles Leben wich. Seine Haut erblasste und sein Blick brach. Er war nicht der erste Mensch, den sie sterben sah ... doch es war eine Sache, einen Menschen nach langer Krankheit einschlafen zu sehen, aber etwas Anderes, wenn jemand gewaltsam durch ihre eigene Hand starb.

Wulf hatte recht, es war *kein* gutes Gefühl, einen anderen Menschen zu töten. Obgleich sie instinktiv *funkti-*

onierte und ohne jedes Zaudern ihre Waffe schwang, war ihr Inneres wie erstarrt. Für einen Moment hatte sie das Gefühl, sie würde sich selbst beim Kämpfen zuschauen – als wäre sie gar nicht wirklich beteiligt.

Der tote Körper des Söldners rutschte zu Boden und Lee zog mit einem Ruck das Schwert aus seiner Brust. Dunkelrotes, glänzendes Blut sprudelte aus ihm hervor und verwandelte sein Wams in ein nasses Stück schwerer, dunkler Wolle.

Übelkeit machte sich in ihr breit.

Ein Teil von ihr wollte schreiend davonlaufen, um sich zu übergeben. Doch äußerlich blieb sie weiterhin seltsam ruhig und fast teilnahmslos.

Ihr Blick glitt von der blutbesudelten Schneide in ihrer Hand über die kämpfenden Männer und blieb an Wulf hängen, der sich gleich gegen vier Söldner zur Wehr setzen musste. Ihre Lungen füllten sich mit der kalten Luft des Winters, als sie tief einatmete.

Lee gab sich einen Ruck.

Jetzt war keine Zeit für Gewissensbisse.

Das war der Preis, den dieses Leben ihr abverlangte … und sie war bereit, ihn zu bezahlen.

Entschlossen rannte sie los.

Dem ersten Söldner, der ihr in den Weg trat, schlug sie den Knauf des Schwertes gegen den Kehlkopf. Er brach wie ein gefällter Baum zusammen.

Sie eilte weiter, fest entschlossen, diesen Kampf für sich zu gewinnen.

Ein sich rasch bewegender Schatten im Augenwinkel lenkte sie für den Bruchteil einer Sekunde ab. Dann traf etwas wie ein Vorschlaghammer ihre linke Flanke und riss sie von den Füßen. Sie fühlte sich in die Luft katapultiert und schlug im nächsten Moment so hart auf den Boden auf, dass es ihr allen Atem aus den Lungen trieb.

Royce!

Sie schnappte nach Luft. Das war genau *die* Situation, vor der er sie gewarnt hatte. Der Überraschungseffekt brachte sie nicht nur in eine hilflose Situation, er lähmte sie regelrecht.

Sie musste wieder auf die Beine kommen.

Der wütende Schrei, der ihr Ohr traf, betäubte ihre Sinne und kräftige Arme umklammerten ihren Leib. Lee versuchte, sich auf die Seite zu rollen und dem Gefühl des Erstickens zu entkommen.

Sie musste aufstehen ... jetzt! Sofort!

Ein dunkler Umriss schob sich über sie und sie sah noch die Faust auf sich zurasen, die im nächsten Moment gegen ihre Schläfe hämmerte. Alle Anspannung verließ ihren Körper und sie sackte bewusstlos in sich zusammen.

***

Ihr war kalt ... und sie fühlte sich seltsam.

Müde und ausgelaugt – erschöpft irgendwie.

Ein dunkles Echo umgab sie.

Sie verspürte Furcht. Eine Furcht, die sich merkwürdig anfühlte – da waren Abscheu und Ekel, Zorn und Verachtung. Doch es waren nicht ihre eigenen Empfindungen, es war nicht *in* ihr.

Ein unsichtbares Lächeln zuckte über ihre Lippen.

Sie war in Sicherheit.

Sie fühlte sich warm und geborgen.

Der Gefahr zum Trotz, die sie wie dichter, dunkler Rauch belauerte, war etwas da ... etwas, das sie beschützte. Sie brauchte sich nicht zu fürchten.

Träumte sie?

Nein, sie schlief nicht ... aber sie war auch nicht wach. Sie war irgendwo dazwischen und ihr Körper weigerte sich, in die Realität zurückzukehren.

Was war geschehen?

Etwas rüttelte an ihr und brachte ihre Welt ins Wanken.

Lee runzelte unwillig die Stirn.

Sie wollte nicht aufwachen, sie wollte schlafen und nichts von dem wissen, was da um sie herum vor sich ging. Nur Ruhe und Stille genießen.

Das grobe Schütteln an ihrer Schulter hörte auf.

Endlich!

Erleichterung durchflutete sie und wurde im nächsten Moment durch einen brennenden Schlag beendet, der ihre Wange traf.

Verstört und erzürnt riss sie die Augen auf.

Die Welt explodierte.

Kälte.

Schmerz.

Lärm.

Zurück im Chaos.

Finger umklammerten ihre Arme und jetzt spürte sie die Gefahr, in der sie sich befand, in aller Deutlichkeit. Ihr hektischer Blick huschte über den Hof und zu den beiden Männern, zwischen denen sie gefangen war.

Sie hielten ihre Arme fest, verhinderten, dass sie sich bewegen konnte, vermieden es, ihr in die Augen zu sehen.

Wulf hockte wenige Meter vor ihr, Ketten waren um seinen Hals gelegt. Sie umwickelten seine Arme, seine Beine, seinen ganzen Körper und waren mit Pfählen verbunden, die jemand in den Boden getrieben hatte. Er rang um

Atem, war gefangen und stemmte sich immer wieder gegen die Fesseln. Sie wollte ihm zurufen, er solle sich nicht quälen, doch ihre Kehle war wie zugeschnürt.

Fünf, nein, sechs Highlander lagen neben ihm, verschnürt mit Stricken und geknebelt mit Tüchern. Sie sah unzählige Blicke, in denen Wut, Angst und Hilflosigkeit lagen.

Rechts außen erkannte sie Bragas gewaltige Gestalt. Bewusstlos, aber atmend. Er war verschnürt wie ein Weihnachtsbraten.

Was war passiert?

Wo waren die Anderen?

Sie schloss einen Moment die Augen, um sie im nächsten wieder aufzureißen. Die Erinnerungen bohrten sich schmerzhaft durch ihren Schädel und in ihr Herz.

Gallowain!

Der Verräter.

Eine Hand umfasste ihr Kinn, zwang ihren Kopf zu sich herum und sie sah dem Hauptmann ins Gesicht. Ein hämisches Grinsen lag auf seinen Lippen.

„Du bist wach, wie schön", bemerkte er zufrieden. „Es wäre mehr als betrüblich, wenn du das Beste verschlafen würdest, meine Schöne."

Sein Anblick verursachte Lee Übelkeit und alles in ihr schrie danach, den Dolch aus ihrem Stiefel zu ziehen und ihm damit die Kehle aufzuschlitzen.

Ein sinnloser Wunsch, wie ihr nur allzu deutlich bewusst wurde. Die Männer, die sie festhielten, gaben ihr nicht den geringsten Spielraum.

Lee bemühte sich gar nicht erst, ihre Kräfte in einem Befreiungsversuch zu verschwenden, der ohnehin vergebens gewesen wäre. Dass sie nicht tot war, lag nur daran, dass Gallowain andere Pläne mit ihr hatte.

Ihr Blick huschte abermals über den Hof und die unsichtbaren Eisenringe, die sich um ihre Brust gelegt hatten, schnürten ihr die Luft ab.

Seine Männer hatten gesiegt.

Die Highlander hatten ihnen dennoch einen hohen Preis abverlangt. Vor der Treppe zur Feste entdeckte sie die Toten.

Mindestens zehn von ihnen gehörten zu Gallowains Söldnertruppe ... aber dies machte den Verlust ihrer eigenen Leute nicht geringer.

Trauer übermannte sie.

Sechs erschlagene Krieger und jeder Blick fiel auf ein lebloses Gesicht, das ihr in den letzten Wochen vertraut geworden war.

Die anderen sechs Highlander – der zur Hilfe geeilte Nordmann und auch Wulf, der ihr bislang immer so unbesiegbar erschienen war – lagen in Ketten und Fesseln.

Ihr Herz zog sich zusammen.

Nichtsdestotrotz ... so niederschmetternd ihre Gefangenschaft sein mochte, so dankbar war Lee, ihre Gesichter nicht auch tot neben den Anderen zu entdecken.

Sie lebten ... noch.

Die Frage war nur, wie lang.

Gallowain strich ihr fast zärtlich über das Gesicht und deutete schließlich zu den Gefangenen. Als er seine Hand hob, erkannte sie ihr eigenes Stilett, das sie am Gürtel getragen hatte.

Verflucht sollte er sein!

Hatte er auch den Dolch in ihrem Stiefel gefunden?

„Wen soll ich zuerst töten, meine Schöne? Was würde dir gefallen?"

„Was wollt Ihr?", fragte sie zurück.

Er grinste sie an, ging zu den Highlandern, die am Boden lagen, und schritt an ihren Köpfen vorbei.

Lee schluckte hektisch.

Sie ahnte, was er vorhatte. Sie musste verhindern, dass er sich einen von ihnen als Opfer heraussuchte. Sie wusste, er würde Wulf nicht anrühren … ihn würde er sich bis zum Schluss aufheben, aber sie wollte auf keinen Fall riskieren, dass Braga oder einer der Krieger starb.

In ihrem Clan war genug Blut geflossen.

„Hey, du Trottel!"

Gallowains Kopf ruckte nach oben und er starrte sie einen Moment irritiert an. Sie schenkte ihm ein gelangweiltes Grinsen. Ihre Arme schmerzten von der unnatürlichen Haltung, aber sie würde den Teufel tun und ihm gegenüber Schwäche zeigen. Er konnte sie verletzen und sie misshandeln, aber er würde niemals ihren Stolz brechen.

„Ja, dich mein ich … Hundsfott! Sag, was du willst, und dann wirf dich mitsamt deiner garstigen Visage über die Klippen."

Mit zwei schnellen Schritten war er bei ihr.

Seine Hand schnellte vor, griff nach ihrer linken Brust und drückte durch den Stoff ihres Hemdes brutal zu. Lee unterdrückte einen Schmerzenslaut.

„Was ich will? Ich will, was mir zusteht", gab er zurück. „Du hast mich herausgefordert, Weib. Somit nehme ich mir von dir, was mir beliebt, und ich werde mich daran ergötzen … und wenn ich genug von dir habe, werde ich dich meinen Männern überlassen."

Aus schmalen Augen starrte sie ihn an und schluckte an dem kalten Gefühl aus Angst, das sich in ihrer Kehle sammelte.

Wenn sie ihm ihre Furcht offenbarte, war sie so gut wie tot.

Sie ignorierte seine Hand an ihrem Körper.

Ebenso wie sie Wulf ignorierte, der ihr zu signalisieren versuchte, dass sie ruhig bleiben sollte. Verächtlich musterte sie Gallowain von Kopf bis Fuß.

„Ach … und weil du so ein *starker* Mann bist, müssen mich zwei deiner Söldner festhalten?", fragte sie. „Bist du nicht Manns genug, dich allein um eine einzelne Frau zu kümmern?"

Der Schlag traf ihr Gesicht mit solcher Wucht, dass ihr Kopf zur Seite flog. Sie schmeckte Blut, aber gleichzeitig auch den Triumph, dass sie ihn aus der Fassung gebracht hatte.

Es brannte höllisch.

„Wenn ich deiner überdrüssig bin, wirst du nicht mehr solch große Töne spucken", grollte er.

Lee lachte höhnisch auf.

„Ja, reden kannst du viel … zu mehr bist du auch nicht in der Lage", giftete sie. „Schlappschwanz! Bist du unfähig, mit einem kleinen Mädchen fertig zu werden? Musst du deine Söldner für einen Überfall einsetzen, um meiner habhaft zu werden? Das zeigt wahrlich, was für ein Schwafler und Jammerlappen du bist! Du taugst so wenig zum Manne wie eine tote Ziege."

Der nächste Schlag, der sie traf, hätte sie vornüberkippen lassen, wenn die Männer links und rechts von ihr nicht gewesen wären.

Lee krümmte sich.

Der Schmerz in ihrem Unterleib raubte ihr den Atem, aber ihr entging keineswegs, dass Gallowains Gesicht rot vor Wut war. Sie hatte offenbar einen empfindlichen Punkt getroffen. Leider hielt der eigene Schmerz ihre Schadenfreude in Grenzen.

„Bindet sie an den Pranger", herrschte er die beiden Söldner an.

Resigniert ließ sie sich auf das Podest schleifen.

Die Übelkeit, die sie schon vorhin gequält hatte, war zurückgekehrt und sie war fest davon überzeugt, sich jeden Moment übergeben zu müssen. In ihrem Bauch war ein grauenvolles Stechen, das ihr das Denken schwer machte.

Sie bemühte sich um flache Atemzüge.

Der Schweiß stand ihr auf der Stirn und ihr wurde schwindelig. Irgendwo in der Ferne nahm sie ein schwaches Donnergrollen wahr und für einen flüchtigen Moment glitt ihr Blick zum Himmel hinauf, an dem sich dunkle Wolken bewegten.

Mehr denn je fürchtete sie, die Besinnung zu verlieren.

Geradezu dankbar hielt sie ihr Gesicht dem kühlen Wind entgegen, der über sie hinwegstrich, und versuchte, wach zu bleiben. Nichts wollte sie weniger, als bewusstlos zu werden und nicht zu wissen, was man mit ihr tat.

Blinzelnd sah sie zu Gallowain hinüber.

Während die beiden Männer sie zwischen den armdicken Pfählen in Stellung brachten und ihre Handgelenke mit Seilen festzurrten, wanderte der Hauptmann zornig zwischen den Gefangenen hin und her.

Lee beobachtete ihn aus schmalen Augen.

Er suchte ein Ventil für seine Wut und die Männer, die am Boden lagen, hatten keine Chance, sich gegen ihn zur Wehr zu setzen. Wenn sie nicht wollte, dass einer von ihnen ihretwegen zu leiden hatte, musste sie die Aufmerksamkeit des Hauptmanns wieder auf sich lenken.

Sie bemühte sich, Ruhe zu bewahren, aber wenn sie ehrlich war, hätte sie nichts lieber getan, als in diesem Augenblick mit fliegenden Fahnen davonzurennen. Verbissen ignorierte sie den Schmerz, der in ihr tobte, und richtete sich langsam auf.

„Ist das dein Plan, Hundsfott?", wollte sie wissen. „Du lässt mich zwischen zwei Pfählen anbinden, damit du behaupten kannst, es wäre kein anderer Mann gewesen, der mich festgehalten hat? Bist du tatsächlich nicht in der Lage, allein mit mir fertig zu werden, du Weichling?"

„Halt dein verfluchtes Schandmaul, Weib."

Seine Stimme überschlug sich fast vor Zorn. Lee lachte laut auf und Gallowain war mit wenigen Schritten bei ihr. Die Hand erhoben, blieb er vor ihr stehen. In seinen Augen loderte es gefährlich. Sie richtete sich zu ihrer vollen Größe auf und betrachtete ihn abfällig.

„Schlag zu, Gallowain", forderte sie ihn auf. „Damit zeigst du wieder einmal, was für ein Mann du bist, ein *echter Kerl*, nicht wahr? Offensichtlich kannst du immer nur auf die einprügeln, die nicht in der Lage sind, sich zur Wehr zu setzen. Wie hast du es geschafft, Hauptmann deiner Söldner zu werden? Wo du doch nichts Anderes bist als ein stinkender Haufen feiges Fleisch!"

Er schlug ihr in den Unterleib, einmal, zweimal.

Lee klappte haltlos nach vorn. Sie presste die Lider so fest aufeinander, dass es wehtat … helle Punkte tanzten vor ihren Augen.

Der Geschmack von Kupfer und Eisen füllte ihren Gaumen. Blut sammelte sich auf ihrer Zunge und sie spuckte es aus.

Der Schweiß, der ihr aus jeder Pore trat, war eisig und dennoch lenkte er nicht von dem heißen Schmerz ab, der in ihrem Unterleib explodierte und sich in glühenden, alles versengenden Wellen durch ihren Körper wälzte.

Ihre Beine wurden weich und sie sackte langsam in sich zusammen. Nur die Seile, die in ihre Handgelenke schnitten, brachten sie wieder halbwegs zur Besinnung.

Keuchend schnappte sie nach Luft, krallte ihre Finger in das Hanf, und richtete sich ein Stück weit auf. Vornübergebeugt blieb sie stehen und starrte auf den Boden zu ihren Füßen.

Dunkles Holz, weißer Schnee, rotes Blut.

Ihr Atem ging in kleinen Stößen und ihr Unterleib war ein peinigendes Zentrum weißer Qual. Sie musste wach bleiben – bei Sinnen.

Er würde die schlimmsten Dinge mit ihr tun, wenn sie jetzt ohnmächtig wurde. Sie spürte seinen Atem an ihrem Hals, als er sich vorbeugte.

„Ich treibe dir dein vorlautes Maul aus", versprach er mit bebender Stimme. „Du wirst dir noch wünschen, tot zu sein, wenn ich mit dir fertig bin."

Langsam hob Lee den Kopf.

Sie hatte sich nie zuvor so grauenvoll gefühlt und trotzdem war da auch ein merkwürdiges Echo in ihrem Kopf.

Als flüsterte etwas zu ihr, dass alles gut werden würde.

Sie musste tapfer bleiben.

Sie war nicht allein.

Ihre Stimme war nur noch ein Wispern.

„Du wirst sterben, Söldner", versprach sie. „So oder so."

Er grinste sie an. Überheblich und voller Arroganz hob er die Hände in die Luft und musterte sie mit deutlicher Verachtung im Blick.

„*Wer* von uns beiden steht am Pranger?", fragte er zurück.

Lee schwieg und starrte ihn nur an.

Sein Grinsen verschwand zögerlich und machte einem tiefen Stirnrunzeln Platz. Schließlich gab er einem seiner Männer ein Zeichen. Der Söldner trat hinter sie, zückte ein Messer und schnitt damit die Rückseite ihres Hemdes auf.

Die Zähne fest aufeinandergepresst, erstarrte sie zu völliger Reglosigkeit.

„Ich werde dir zeigen, was für ein Mann ich bin", meinte Gallowain. Ein verbissener Ausdruck trat in sein Gesicht. „Doch zuerst werden wir deinen Kriegern darlegen, was mit denen geschieht, die sich uns gegenüber so respektlos behaupten."

Er nickte dem Söldner zu und Lee glaubte, ein leises Säuseln zu hören, als etwas die Luft durchschnitt.

Dann traf ein Schlag ihren unteren Rücken mit solcher Kraft, dass ihr die Luft wegblieb. Brennende Hitze fraß sich in ihre Haut und ließ sie fast das Gleichgewicht verlieren.

Erschrocken sah sie sich nach ihrem Peiniger um.

In seinen Fingern lag eine lederne Peitsche. Er hob sie, um dem ersten Schlag einen weiteren folgen zu lassen.

Der zweite brannte noch mehr.

Sie spürte warme, klebrige Nässe auf ihrer Haut.

Zähneknirschend starrte sie den Mann an, der ihr mit selbstgefälligem Grinsen gegenüberstand. Gallowain beugte sich ein Stück vor, als der dritte Peitschenhieb eine weitere Strieme auf ihrem Rücken hinterließ.

„Schrei nur, mein Liebling", forderte er sie auf. „Es wird dir Erleichterung verschaffen." Er wog das schmale Messer in seinen Händen. „Und jeder deiner Rufe wird einen deiner Krieger von seinem Leid erlösen."

In ihrem Gesicht zuckte es und kurz fürchtete sie, in Tränen auszubrechen. Dann flammten Trotz und kalter Zorn in ihr empor.

Kein Ton würde ihre Lippen verlassen.

Er würde sie nicht brechen.

Wütend spuckte sie ihm ihre Verachtung ins Gesicht.

Sein Handabdruck brannte auf ihrer Wange und lenkte sie nur leidlich vom Schmerz auf ihrem Rücken und in ihrem Unterleib ab.

Hasserfüllt starrte sie ihn an.

Als der nächste Hieb sie traf, zuckte sie zusammen. Es fühlte sich an, als schälte ihr jemand das Fleisch in breiten Streifen vom Körper ... sie ignorierte die Bilder, die das Gefühl in ihrem Kopf heraufbeschwor.

Sie würde das durchstehen.

Sie würde *nicht* schreien.

Entschlossen fixierte sie den Boden und zählte die Holzdielen zu ihren Füßen. Erneut donnerte es über ihr.

Fünf ... sie würde es aushalten.

Sie würde keinen der Männer gefährden und ganz sicher würde sie Gallowain gegenüber keine Schwäche zeigen. Er sollte seinen Triumph nicht bekommen.

Sechs!

Sie hatte sich verzählt. Waren es dreizehn oder vierzehn Bretter? Wie viele Holznägel?

Sieben ... Flammen brannten sich bis in ihren Schädel.

Ihr Rücken schrie vor Schmerz und sie spürte kaum noch, dass sie erneut die Zähne in die Unterlippe grub. Schleier zogen wie wabernder Nebel an ihren Augen vorbei und schränkten ihre Sicht ein.

Wieder ein Donnern.

Es wurde dunkel um sie herum. Wind kam auf, scharf und kalt. Heftig zerrte er an ihren Kleidern und biss in ihre nackte Haut. Regentropfen, hart wie Stein, prasselten auf sie herab.

Acht!

Die Stricke fraßen sich qualvoll in ihre Handgelenke und schnitten in ihr Fleisch. Ihre Finger krallten sich in das Hanf, während sie versuchte, auf den Beinen zu bleiben.

Ihre Haut war ein einziges Lichtermeer.

Weißglühende Hitze.

Ihre Augen tränten.

Neun!

Sie knickte in den Knien ein, als der Lederriemen ihr in Schultern und Nacken schnitt. Der Schmerz ließ ihren Leib regelrecht explodieren und ihr Rücken verwandelte sich in flüssiges Feuer.

Glühendes Eisen bohrte sich in ihre Haut, brannte Linien in ihr Fleisch und ließ sie den Halt verlieren. Unsichtbare Ketten schnürten sich um ihren Brustkorb.

Keine Luft!

Sie konnte nicht atmen …

Keuchend riss sie die Augen auf und starrte in den schwarzen Himmel hinauf. Über ihnen ballten sich riesige Wolkenberge zusammen, so dunkel und bedrohlich, wie Lee sie noch nie zuvor gesehen hatte.

Blitze zuckten hervor und hinterließen grüne Lichtreflexe auf jedem Stein, jedem Baum, jedem Menschen. Die Erde unter ihr begann zu beben. Fels brach und Holz splitterte.

Dann ertönte ein Grollen, das sie erzittern ließ.

Enger und enger zogen sich die Fesseln um ihre Brust.

Die Stricke gruben sich in ihre Arme, wie ein Tier, das seine Zähne hineinschlug in ihr Fleisch … Feuer strömte durch ihre Adern, Flammen auf ihrer Haut.

Sie brannte.

Ein Donnern so laut, dass es die Welt erschütterte.

Lee gefror zu Eis.

Der Nebel vor ihren Augen zerriss wie ein Vorhang aus taubedeckten Spinnweben, und als sie in den Himmel hinaufsah, war die Welt so klar wie nie zuvor.

Ihr Leib stand in Flammen und sie war gefangen in einem Meer aus Schmerz. Die Erde versank im roten Feuer ihrer Qualen. Und doch … die Ketten um ihre Brust zerbarsten, ihre Lungen füllten sich mit Luft und der scharfe, salzige Geschmack des Meeres benetzte ihre Haut.

Sie war frei!

Ein unmenschlicher Schrei erklang in ihrem Kopf, so alt und vertraut wie nichts Anderes auf dieser Welt. Lee lächelte und schloss die Augen. Dunkelheit stürmte heran, um sie in gnädige Ruhe zu hüllen.

Sie war daheim.

Sie war angekommen.

Ein einzelnes Wort hallte als Echo in ihrem Kopf wider.

Donchuhmuire.

***

Royce trieb seinen Hengst zu einem scharfen Galopp an, bemüht, die Angst in seinem Inneren zu verdrängen. Das Trommeln von Hunderten Pferdehufen folgte ihm.

Seit den frühen Morgenstunden waren sie unterwegs und dennoch fühlte er sich gefangen in einem immer wiederkehrenden Albtraum.

Zum zweiten Mal in seinem Leben befand er sich auf dem Weg zurück aus einer Schlacht und fürchtete das, was ihn in seinem Heim erwartete.

Wie hatte er so blind sein können?

So voll der Narretei?

Sie hatte ihn gewarnt.

Warum hatte er ihr nicht geglaubt?!

Noch in der Nacht war Gallowain mit mehr als zwanzig seiner Männer aufgebrochen. Heimlich und still. Royce verfluchte sich selbst für seine Torheit.

Wie hatte er die Wache den Söldnern überlassen können?

Nach all dem Unbill der Vergangenheit hätte er nicht solches Vertrauen in die Menschen aus Fallcoar setzen dürfen. Sie waren Söldner, käufliche Krieger.

Die Menschen der Lowlands waren schwach und treulos.

Er hätte wissen müssen, wohin das führen würde.

Sie hatten den Highlandern eine Falle gestellt … und waren sehenden Auges in ihren Tod geeilt.

Kein sijrevanischer Krieger war je unbewaffnet gewesen, wenn er außerhalb der Festungsmauern geschlafen hatte. Kein Highlander der McCallahans ließ sich hinterrücks meucheln von Verrätern aus den Lowlands.

In Windeseile hatten sie den Aufruhr niedergeschlagen.

Doch Faing und Briann, zwei von Royces Kriegern, hatten den Sieg mit ihrem Leben bezahlt. Leid und Trauer waren ihren Familien gewiss.

Dem letzten Söldner hatte Royce noch Gallowains Pläne entlocken können, ehe Graeman ihm den Garaus gemacht hatte. Aber der Vorsprung der Abtrünnigen war bereits zu groß.

Von Sorge getrieben, drückte Royce Caroen die Fersen in die Flanken, um ihn zu einem noch schnelleren Galopp anzutreiben. Der Hengst griff weit aus und legte ein letztes Mal an Tempo zu.

In der Ferne kamen die Umrisse der Feste in Sicht.

Schwarze Wolken zogen vom Meer herauf, Blitze zuckten über einen grüngefärbten Himmel und Donnergrollen schien die Erde erbeben zu lassen.

Ein Sturm kam auf.

Gewaltig und unheilvoll.

Das Herz hämmerte schmerzhaft in Royces Brust.

Sie würden Callahan-Castle niemals rechtzeitig erreichen.

Was hatte er nur getan?

Tagelang hatten sie patrouilliert, ohne auf einen der angekündigten östlichen Soldaten zu stoßen. Erst vor drei Tagen war ihnen eine versprengte Gruppe von Kämpfern begegnet, die Fitards Zeichen getragen hatte.

Im Grenzgebiet hatten sie ein altes Gut geplündert und gebrandschatzt. Glücklicherweise waren die Menschen dort schon vor langer Zeit geflohen.

Es hätte Royce zu denken geben müssen. Scharmützel in der Nähe der östlichen Lande waren nicht ungewöhnlich ... doch er hatte sich einlullen lassen von Gallowains Erzählungen und er hatte danach gelechzt, seine Klinge mit Fitard zu kreuzen.

Sie hatten die Männer des Feindes zur Rechenschaft gezogen und Royce selbst war so verblendet gewesen von dieser uralten Fehde, dass er darüber das Offensichtliche verdrängt hatte.

Fitards schwarze Horde war längst nicht so weit in das Gebiet der McCallahans vorgedrungen, wie der Hauptmann vorgegeben hatte.

Sie befanden sich nicht in Gefahr.

Es gab keine unmittelbare Bedrohung und auch keine Aussicht auf eine weitere Schlacht.

Stattessen hatte Gallowain sein eigentliches Ziel erreicht … er hatte Royce fortgelockt und ihm eine Ablenkung verschafft.

Während er sich noch an seinem Sieg über eine Handvoll östlicher Krieger ergötzt hatte, war Gallowain zurückgeritten nach Callahan-Castle.

Wulf, der mit einem Dutzend Krieger die Feste bewachte, würde den Feind mit offenen Armen empfangen … unwissend, dass dieser nur darauf wartete, ihm sein Messer ins Herz zu stoßen.

Royce fürchtete sich vor dem, was ihn dort erwarten mochte – was bereits geschehen war.

In seiner blinden Eifersucht hatte er außer Acht gelassen, dass Lee recht haben könnte mit ihren Behauptungen.

Er hatte nicht glauben wollen, dass ein Mann wie Gallowain alles tun würde, um Rache zu üben … Rache an einer Frau, die mit ihrem Mut, sich gegen ihn zu stellen, seinen Stolz verletzt hatte.

Wütend hatte Royce sich den Gedanken verweigert, was ihr bevorstand, wenn Gallowain auf sie treffen würde. Nicht zum ersten Mal bedauerte er zutiefst, dass sie im Streit auseinandergegangen waren und er sich von den Gerüchten hatte blenden lassen.

Er hatte ihr das Vertrauen abgesprochen.

Wie sollte er das jemals wiedergutmachen?

Er würde sich nicht verzeihen, wenn ihr etwas zustieß.

Kaum, dass die Feste in Rufweite kam, buckelten und bockten die Pferde plötzlich. Keines der Tiere wollte weitergehen.

Es war, als läge eine unsichtbare Wand vor ihnen.

Caroen stemmte die Hufe in den Boden und weigerte sich voranzuschreiten.

Royce sprang aus dem Sattel und griff in die Mähne des gewaltigen Kaltbluts. Die Augen des Pferdes rollten und Schaum bildete sich auf seinen Lippen.

Etwas war anders.

Sie spürten es alle.

Etwas lag in der Luft wie ein böses Omen und ließ sie schwerer atmen. Royce schluckte hart und wandte sich zur Burg um. Auf seinen Armen richteten sich die Haare auf und ein Kribbeln überzog seinen ganzen Körper.

Dann brach das Chaos herein.

Blitz um Blitz zuckte über den Himmel, tauchte die Wolken in unnatürliche Gelb- und Grüntöne und ein grauenvoller Schrei fuhr ihnen durch die Glieder.

Regentropfen fielen auf sie herab, die sich anfühlten wie scharfe Steine, und eine Sturmböe zerrte mit solcher Kraft an ihm, dass es ihn fast von den Füßen riss.

Die Pferde bäumten sich auf.

Reiter stürzten.

Wer noch im Sattel saß, sprang zu Boden und bemühte sich, sein Tier zu beruhigen. Doch die Pferde rannten nicht kopflos davon. Sie waren wie geblendet, mit irrem Blick tänzelten sie nervös auf der Stelle.

Royce starrte zur Feste hinüber.

Die Wolken über Callahan-Castle schienen zu brodeln und sich immer wieder neu zu bilden, als kochte der Himmel. Zahllose Blitze entluden sich in einem gefährlichen Leuchten.

Ein solches Naturschauspiel hatte noch nie jemand von ihnen gesehen und es ließ sie alle bis in die Tiefen ihrer Seele erzittern.

Ein Grollen erklang, so unheilvoll und dunkel, dass selbst die starken, kampferprobten Krieger um Royce zusammenzuckten.

Entschlossen wollte er seinen Weg zu Fuß zu Ende bringen, als ein gewaltiges Beben die Erde erschütterte und ihn ins Straucheln brachte.

Nie hatte er etwas Derartiges erlebt.

Die Welt schien sich zu drehen und zu winden, als bäumte das Land selbst sich auf.

Männer riss es von den Füßen und selbst ein Teil der Pferde stürzte. Rufe und Schreie kamen auf, das panische Wiehern der Tiere traf ihn bis ins Mark.

Der Wind griff nach ihren Kleidern.

Er riss an ihren Haaren und Bärten, als wollte er sie hinüberzerren zur Feste. Donner und Blitz wechselten einander im Takt eines Lidschlages ab und Royce war überzeugt, dies wäre ihr aller Ende.

Mit geballten Fäusten und weit aufgerissenen Augen stand er da und war unfähig, sich zu rühren.

Dann war es vorbei.

Ruhe.

Von einem Moment auf den anderen legte sich eine geradezu unnatürliche Stille über das Land. Beklemmend und voller Angst. Niemand wagte zu sprechen, niemand wagte, sich zu rühren … selbst das Atmen fiel ihnen schwer.

In die Schweigsamkeit des Augenblicks drängte sich ein Schrei.

So unmenschlich und qualvoll, dass es ausnahmslos jedem von ihnen die Haare zu Berge stehen ließ. Furcht machte sich breit.

Dem Schrei folgte ein Grollen.

Ein dröhnendes Echo.

Tief und mächtig, als antwortete es auf die Angst und den Schmerz, als dränge es mitten aus der Erde – aus dem Herzen ihrer Welt.

Es schwoll an, wurde lauter und lauter … und mit ihm kam das Beben.

Das Grollen entlud sich in einem solch grauenvollen Kreischen, dass Royce in die Knie ging, die Hände auf seine Ohren presste und sich krümmte vor Schmerz.

Aus den Augenwinkeln erkannte er, dass Mensch und Tier um ihn herum sich ebenso gepeinigt beugten.

Es war wie der Schrei eines gewaltigen Tieres, das Höllenqualen litt und sich voller Angst und Zorn wand, bereit, alles und jeden zu vernichten, der in seinen Weg trat.

Dann brach es ab.

Abermals kehrte Stille ein.

Endgültiger, friedlicher … die Erde beruhigte sich und auch um ihn herum schienen Krieger und Rösser wieder ihre sieben Sinne beisammen zu haben.

Aus der Ferne konnten sie erkennen, wie ein gutes Dutzend Männer die Feste verließ. Zu Fuß und zu Pferde flohen sie in alle Himmelsrichtungen.

Sie waren in Panik und voller Angst.

Royce fluchte, richtete sich auf und gab der Hälfte seiner Männer ein Zeichen. Wortlos schwangen diese sich auf die tänzelnden Pferde und folgten den Flüchtenden.

Das schmerzhafte Pfeifen in seinen Ohren ignorierend, stieg er selbst wieder in Caroens Sattel und ritt mit den restlichen Kriegern auf die Feste zu.

Die Tore der Burgmauern standen sperrangelweit offen.

Wie erwartet, war von Gallowain und seinen Söldnern nichts mehr zu sehen. Stattdessen lagen mehrere Highlander gefesselt und geknebelt mitten im Hof und Royce erblickte ein gutes Dutzend Gefallener vor den Stufen, die zur Burg hinaufführten.

Sechs von ihnen trugen die Farben der McCallahans, doch Lee war nicht unter ihnen. Er verspürte einen Anflug von Erleichterung.

Wo war sie?

Die Doppelflügel der Eingangspforte schwangen auf und Malissa hastete gemeinsam mit einigen anderen Frauen die Stufen hinab. Weinen und Wehklagen erklangen, als sie die Toten entdeckten und erkannten, dass auch ihre eigenen Krieger darunter waren.

Das Herz wurde ihm schwer.

Jeder gefallene Krieger war ein Verlust, der nicht gutzumachen war ... weder für den Clan noch für die Familie.

Hastig sprang er aus dem Sattel, ließ Caroen laufen und rannte zu den am Boden liegenden Highlandern. Seine Krieger eilten ihm zur Seite.

Fesseln wurden gelöst, Knebel ausgespuckt und Stallmeister Bragas kräftiger Bariton schickte den geflohenen Söldnern eine geräuschvolle Verwünschung hinterher.

Royce lief zu Wulf, der auf allen Vieren auf dem Boden hockte. Ketten lagen um seine Arme, seine Beine, seinen ganzen Körper. Man hatte ihm eine Halsfessel angelegt und sämtliche Ketten mit Pfählen in den Boden getrieben. Er konnte sich kaum rühren und die Kälte ließ das Eisen auf seiner Haut festfrieren.

Sorgsam befreite Royce seinen Waffenbruder von den starren Banden, während er sich immer noch hektisch nach Lee umsah. Wulf kam nur schwer auf die Beine. Ein seltsamer Ausdruck lag auf seinem Gesicht.

Selbst nach den schlimmsten Schlachten, die sie geschlagen hatten, hatte der alte Krieger niemals so verstört ausgesehen. Royce nahm sein Gesicht in die Hände und versuchte, seinen herumirrenden Blick aufzufangen.

Kalte Angst machte sich in ihm breit.

„Wulf, sieh mich an", bat er. „Was ist passiert?"

Ein Krächzen kam aus der Kehle des Älteren.

„Gallowain ... er ... es war eine Falle ... Lee!"

Die braunen Augen irrten zu einem Punkt hinter Royce, ehe sie sich wieder auf ihn hefteten.

„Wo ist sie?", fragte Royce. Die Angst ließ ihn lauter werden, als er wollte. *„Wo ist Lee?"*

Wulf schüttelte den Kopf und schob seine Hände fort.

„Kümmere dich nicht um mich", krächzte er mit heiserer Stimme. Er sah wieder zu einem Punkt hinter Royce und hob den Arm, um auf etwas zu deuten. „Kümmere dich um *sie.*"

Royce ließ die Arme sinken und drehte sich um.

Sein Herz setzte aus.

Auf dem alten Pranger, zwischen den Pfählen mit Seilen angebunden, war Lee bewusstlos in sich zusammengesackt. Ihr Kopf hing nach unten, und obgleich sie ihm die Vorderseite zuwandte, sah er, dass das Hemd in Fetzen von ihrem Rücken hing.

Seine Kehle war wie zugeschnürt, als er mit ausgreifenden Schritten zu ihr hinüberrannte und auf das Podest sprang. Wie leblos hing sie dort, und als er sie an sich zog, spürte er kaum den Atem, der ihre Brust füllte. Vorsichtig hielt er sie fest, durchtrennte die Fesseln, die in ihre Handgelenke schnitten, und versuchte, die blutigen Wunden auf ihrem Rücken mit dem Stoff ihres Hemdes zu bedecken.

Als er sie auf die Arme hob, sank ihr Kopf nach hinten und ihr Gesicht offenbarte ihm in aller Grausamkeit, was Gallowain ihr hatte angedeihen lassen. Nur mühsam unterdrückte er den zornigen Aufschrei.

Wut und Angst vermischten sich in ihm zu einem Gefühl, das er noch nie zuvor verspürt hatte.

Die rechte Augenbraue war seitlich aufgeplatzt, das Auge darunter vollkommen zugeschwollen. Ihre linke Schläfe verfärbte sich bereits zu einem dunklen Violett.

Blut bedeckte ihr halbes Gesicht. Es klebte ihr unter der Nase und in den Mundwinkeln. Ihre Lippen waren immer noch angeschwollen von den Schlägen, die sie hatte einstecken müssen. Ihr Kiefer war auf einer Seite deutlich verfärbt.

Es gab keine Stelle in ihrem hübschen Gesicht, die nicht zerschunden war. Überall Blutergüsse, Prellungen und Platzwunden. Zeugnisse der Gewalt, die ein grausamer Mann einer wehrlosen Frau gegenüber bewiesen hatte.

Hass kochte wie flüssiges Feuer in Royce empor und schnürte ihm die Kehle zu.

Sie so zu sehen.

Zu wissen, welches Leid sie hatte ertragen müssen.

Er knirschte mit den Zähnen.

Gallowain konnte von Glück reden, wenn keiner der Highlander seiner habhaft wurde, um ihn hierher zurückzubringen.

Er würde ihm die Haut in Streifen von seinem Körper schälen und ihn in einen Raum voller Ratten sperren, um dabei zuzusehen, wie sie ihn bei lebendigem Leibe auffraßen.

Für das, was er getan hatte, würde er bezahlen … auf die eine oder andere Art.

Vorsichtig drückte er Lee an sich, stieg von dem Podest herunter und gab Graeman ein Zeichen.

„Nimm Finnegan oder Ryoan mit, holt Vates für die Verletzten. Bring die alte Edda zu mir. Danach verbrennt unsere Toten und werft die Leichen der Söldner die Klippen hinab – sollen die Möwen ihnen die Augen auspicken, damit sie den Weg in die Ewigkeit niemals finden mögen."

Wortlos nickte der Hauptmann und eilte davon.

Royce wandte sich der Burg zu und sah Wulf schwerfällig humpelnd auf sich zukommen.

„Ist sie tot?", wollte der alte Hauptmann wissen.

In dem Blick, mit dem er Lee bedachte, lag tausendfacher Schmerz.

„Nein", erwiderte Royce leise. „Sie atmet noch."

Er musterte seinen Waffenbruder kurz. Wulf blutete aus zahlreichen Wunden, doch keine schien so schwer, dass sie nicht heilen würde. Ein langer Schnitt verunzierte seine rechte Gesichtshälfte.

Das würde eine weitere Narbe geben.

Mit Lee auf den Armen, ging Royce zur Burg hinüber, während Wulf ihm folgte.

Er warf ihm einen prüfenden Blick zu.

„Wie schwer bist du verletzt?"

„Ich habe schon Schlimmeres überlebt", erwiderte der humpelnde Krieger. „Sag mir, dass sie wieder gesund wird."

Royce spürte, dass die Antwort, die er Wulf geben musste, ihm selbst Angst machte.

„Ich weiß es nicht", erwiderte er aufrichtig. „Erzähl mir, was geschehen ist."

Der Hauptmann fuhr sich mit einer Hand über das Gesicht und wischte das Blut an seinem Kilt ab.

„Gallowain traf nach der Mittagsstunde mit seinen Söldnern hier ein. Er faselte unsinniges Zeug und erzählte, du hättest ihn zu uns entsandt, damit wir an ihrer statt zu euch aufschließen sollten. Wir weigerten uns. Wir wussten, wenn dem tatsächlich so gewesen wäre, hättest du einen unserer eigenen Krieger geschickt." Wütend schüttelte er den Kopf. „Die Verräter haben uns angegriffen. Kaum, dass die ersten Schwertklingen sich kreuzten, kam Lee aus der Burg gerannt."

Sie passierten das Tor und traten in die Halle.

Die junge Calaen stand mit blassem Gesicht und großen, angstvoll geweiteten Augen in der Tür zur Küche. Sie wagte sich nicht hinaus zu den Anderen.

Royce sah es ihr nach.

Der Verlust ihrer eigenen Familie lag erst wenige Monate zurück. Sie fürchtete sich zu Recht vor dem, was sie dort draußen erwarten würde.

„Bring uns saubere Tücher und heißes Wasser, Calaen."

Mit einem eifrigen Nicken hastete sie in die Küche zurück, um zu tun, wonach er verlangte.

11. Kapitel

Callahan-Castle, Sijrevan
Im Hartung, Anno 1586

Er wandte sich der Treppe zu.

Wulf ging an ihm vorüber und humpelte vor ihnen die Stufen hinauf. Über die Schulter sah er zu Royce zurück.

„Du hättest sie sehen sollen … wie sie gekämpft hat! Sie ist wahrlich eine Kriegerin. Ihre Hiebe waren präzise und tödlich, als hätte sie nie etwas Anderes getan. Der erste Söldner hatte sie kaum erreicht, da parierte sie seinen Schlag und nahm ihm, ohne zu zögern, das Leben. Drei Männer hat sie getötet, ehe ein vierter sie überwältigte und bewusstlos schlug."

Die Worte seines Freundes erfüllten ihn mit Stolz.

Er hatte gewusst, dass Lee eine natürlich Begabung besaß.

Es war gut zu wissen, dass sie in der Lage war, sich zu verteidigen. Dafür, dass sie erst seit wenigen Wochen im Kampf trainiert wurde, hatte sie sich hervorragend geschlagen.

Tief durchatmend wappnete er sich für das, was Wulf noch zu erzählen hatte.

„Was geschah danach?"

„Wir verloren sechs Männer, und obgleich wir zehn Leben forderten, gelang es ihnen doch, uns zu überwältigen. Braga kam noch aus den Stallungen gehastet, um uns beizustehen, doch jemand traf ihn mit einer Keule und er stürzte wie ein gefällter Baum zu Boden. Als sie Lee in ihre Gewalt brachten, drohten sie damit, sie zu töten ... wir streckten die Waffen und sie legten uns in Ketten und Fesseln. Niemand von uns rechnete damit, diesen Tag zu überleben."

Sie erreichten das Ende der Treppe.

Wulf öffnete die Tür zum herrschaftlichen Schlafgemach.

Royce trat hinein und legte seine kostbare Fracht auf dem Bett ab. Nachdem er sich vergewissert hatte, dass sie immer noch atmete, drehte er sie auf die Seite, um ihren blutverschmierten Rücken zu entblößen.

Fast ein Dutzend tiefer Schnitte verunzierte ihre Haut.

Die Kehle schnürte sich ihm zu.

„Was für eine Peitsche haben sie benutzt?", wollte er wissen.

Als Wulf nicht antwortete, wandte Royce den Kopf und sah den Hauptmann mit bleichem Gesicht und zusammengepressten Lippen an der Tür stehen. Sein Blick war auf Lees zerschundenen Rücken gerichtet und in seinen Augen lag ein unergründlicher Ausdruck.

„*Wulf!*"

Der Krieger zuckte zusammen und sah ihn an.

„Es ist meine Schuld", stammelte er mit rauer Stimme.

Royce schüttelte verwirrt den Kopf.

„Wovon sprichst du?"

„Ich habe ihr keinen Glauben geschenkt, als sie mir gegenüber ihre Bedenken über Gallowain äußerte. Sie erzählte von der Modraniht, und dass er ihr gedroht hatte, sie zu schänden, wenn er ihrer habhaft würde." Er schluckte schwer. „Ich habe ihr nicht geglaubt. Ich war sicher, dass sie log, um ihre wahren Absichten zu verschleiern... ich habe ihr all die Dinge unterstellt, die Araenna sich hat zuschulden kommen lassen."

Wütend ballte er die Hände zu Fäusten.

„Gallowain stolzierte herum wie ein selbstverliebter Pfau und prahlte. Er prahlte mit seinen Täuschungen und Intrigen und er protzte mit dem, was er Lee antun wollte. Doch auch da zweifelte ich weiterhin, ob sie die Wahrheit über ihn gesagt hatte, ob er all diese Dinge nicht nur erzählte, um uns weiter zu täuschen." Er atmete schwer, ging in die Knie und ließ den Kopf sinken. „Dann wurde sie wach und ich sah, wie sie sich umschaute. Die Trauer auf ihren Zügen, als sie die Toten entdeckte... die Wut in ihrem Blick, als sie uns am Boden sah... und dann schaute sie Gallowain an und in ihren Augen war keine Zuneigung, nicht einmal Angst. Da waren Wut und Hass und eine so tiefe Abneigung, dass es mich beschämte, jemals an ihren Gefühlen für dich gezweifelt zu haben."

Royce schluckte schwer an der Enge, die seine Kehle umklammerte. Wulf war nicht der Einzige, der ihre Ehre in Zweifel gezogen hatte.

„Somit bin auch ich schuldig", warf er ein. „Ich hätte ihr vertrauen müssen. Sie hat mir gesagt, dass sie mich liebe, und ich habe ihr nicht geglaubt. Stattdessen habe ich sie der Lüge bezichtigt und ihr Gefühle für Gallowain unterstellt."

Calaen trat mit einem Eimer durch die Tür und blieb wie angewurzelt stehen. Ihr Blick war starr auf Lees Rücken gerichtet.

„Gib mir die Tücher", bat Royce.

Ihre Hände zitterten wie Espenlaub, als sie ihm das saubere Leinen reichte. Wulf richtete sich auf, nahm ihr das heiße Wasser ab und schickte sie zurück in die Küche. Calaen floh geradezu aus dem Zimmer.

„Sie hat mir davon erzählt", murmelte der Hauptmann und stellte den Eimer zu Royces Füßen ab. „Malissa hatte ihr von deiner Ehe mit Araenna berichtet und Lee ..." Er schüttelte den Kopf. „Sie zeigte sich verständnisvoll ... darüber, warum du wütend auf sie warst und es zum Streit zwischen euch kam. Nach ihrer Täuschung ... nachdem sie sich als Mann verkleidet hatte und du sie nach eurer Rückkehr zu deiner Frau gemacht hast ... ich sah in ihr nichts Anderes als eine Lügnerin, eine Intrigantin."

Wulf trat einen Schritt zurück und schaute dabei zu, wie Royce eines der Tücher in das heiße Wasser tauchte und vorsichtig begann, das Blut von Lees Rücken zu waschen.

„Zu keiner Zeit habe ich ihr vertraut. Ich habe ihr niedere Beweggründe unterstellt. Heute früh, im Morgengrauen, fand ich die alten Kerker unverschlossen. Als ich hinabging, um zu sehen, wer sie geöffnet hatte, fand ich Lee dort unten. Wir stritten – und schließlich warf ich ihr vor, sie gehöre nicht zu unserem Clan ... ich sagte ihr, sie sei keine von uns. Ich habe den Schmerz in ihrem Blick gesehen und war dennoch voller Wut."

Er schüttelte den Kopf.

„Was habe ich nur getan? Als Gallowain sie gefangen hielt, hat sie ihn unentwegt gereizt. Mit jedem Wort, das aus ihrem Mund kam, hat sie seinen Zorn auf sich gelenkt ... jedes Mal, wenn er zwischen uns hindurchschritt und überlegte, wem er die Kehle aufschneiden sollte, beleidigte sie ihn aufs Neue. Immer wieder kehrte er zu ihr zurück, um sie zu quälen ... und ließ dabei von uns ab. Ich glaubte, sie wäre von allen guten Geistern verlassen, doch sie hat seine Wut auf sich gelenkt, damit *wir* unversehrt blieben. Er hat sie geschlagen. Immer wieder... ins Gesicht, in ihren Leib. Sie spuckte Blut und jeder von uns erkannte die Qual in ihren Zügen, doch sie gab keine Ruhe. Sie beschimpfte und verhöhnte ihn in einem fort."

Royce sah ihn kurz an, ehe er sich über Lee beugte und ihr vorsichtig über das malträtierte Gesicht strich. Er schwankte zwischen ehrlicher Bewunderung und blankem Entsetzen.

„Ich wusste, dass sie sich mit ihrer spitzen Zunge irgendwann in Schwierigkeiten bringt", bemerkte er.

„Sie hat uns das Leben gerettet", stellte Wulf leise fest. „Sie hat ihn zur Weißglut getrieben, bis er sie schließlich an den Pranger binden ließ. Obwohl sie sich kaum noch auf den Beinen halten konnte vor Schmerz, gab sie nicht nach. Der Söldner, der sie vor unserer aller Augen züchtigte... er trug eine Peitsche bei sich, an deren Ende ein Stück Eisen eingeflochten war. Er hat ihr das Fleisch regelrecht vom Leib geschnitten, und dennoch hat sie jeden Schlag stumm hingenommen."

Sie war so leichtsinnig.

Sie war so dickköpfig... und sie war so überaus mutig!

Mutiger, als es mancher Krieger in ihrer Situation gewesen wäre.

Royce verspürte unbändigen Zorn. Nicht nur auf Gallowain und dessen Männer, sondern vor allem auf sich selbst.

Er hätte ihr vertrauen müssen, er hätte ihr glauben müssen.

Er hätte ihr die Möglichkeit einräumen müssen, sich zu beweisen... wobei sie eben *das* nun getan hatte.

Ihr zerschundener Körper war Nachweis genug für die Qual und den Schmerz, welche sie still ertragen hatte.

Sie hatte das Leben der Krieger gerettet und dafür ihr eigenes riskiert.

Sie war bereit gewesen, für diesen Clan zu sterben.

Sie *alle* standen nun in ihrer Schuld.

Wulf räusperte sich umständlich.

„Ich weiß nicht, wie ich beschreiben soll, was danach geschah."

Royce warf ihm einen fragenden Blick zu.

„Was meinst du?"

Wulf kratzte sich umständlich am Kopf.

„Es war … *seltsam*. Wolken ballten sich über uns und Regen peitschte auf uns nieder. Fürwahr, ich hielt diesen Sturm für einen Zufall … zu Beginn. Doch nie zuvor sah ich solch einen Himmel, solche Blitze. Die Erde begann zu beben und sich aufzubäumen, als die Peitsche ihre erste Furche in Lees Rücken riss."

Er machte einen Schritt nach hinten, stieß gegen die Wand und fuhr sich mit beiden Händen gleichzeitig durch das Haar. Sein Blick war abwesend, als sähe er wieder das vor sich, was in der Vergangenheit ruhte.

„Mit jedem Schlag tobte der Sturm schlimmer um uns herum. Er riss einen Teil der Söldner von den Füßen. Es war, als griffe eine unsichtbare Klaue hinab und schleuderte sie gegen die Mauern. Als der letzte Schlag Lee traf, stand sie aufrecht und starrte in den Himmel hinauf. Es wurde still. Von einem Augenblick auf den anderen war der Sturm fort … und dann entrang sich ihr dieser Schrei."

Wulf sackte an der Wand nach unten und schlug die Hände vor das Gesicht.

„Ich habe in meinem Leben so viele Krieger sterben sehen. Ich habe getötet und dem Tod selbst ins Auge geblickt.

Doch ich habe nie zuvor solche Qualen im Gesicht eines Menschen gesehen, Royce. Ich habe nie zuvor jemanden so schreien hören wie sie ... und ... und dann ... die Beine knickten ihr weg und sie sackte in sich zusammen. Aber da war ein Grollen, das tief aus der Erde kam, als wäre es eine Antwort auf ihre Pein. Es wurde immer lauter und gewaltiger, wie das zornige Brüllen eines übermächtigen Wesens, das erwachte."

Blass und deutlich mitgenommen strich er sich mit den Händen über das Gesicht und schaute Royce an. Es war ihm anzusehen, wie schwer ihm die nächsten Worte fielen.

„Ich weiß nicht, was es war ... oder ob es Wirklichkeit war ... doch da zeigte sich etwas. Dieser Nebel, der zuvor um uns herum gewesen war, schien sich zu bewegen ... er wurde beständiger, undurchlässiger und formte ein Wesen, das nur aus Zähnen und Krallen bestand. Ich kann nicht beschreiben, was es war, zu grausam traf mich dieser Anblick ... doch es brüllte und tobte und sein Schrei schmerzte in unseren Ohren. Es versetzte Gallowain und seine Männer in Angst und Schrecken und ließ sie wie die Hasen fliehen, zu Fuß und zu Pferde."

„Ich weiß, wir sahen sie davonrennen. Die Hälfte von uns ist ihnen gefolgt ... nicht alle werden entkommen."

Wulf nickte.

„Das ist gut ... das ist wirklich gut." Sein Blick legte sich auf Lee. „Denkst du, sie ... sie wird wieder?"

Resignation machte sich in Royce breit.

„Ich weiß es nicht", erwiderte er leise. „Ich weiß es wirklich nicht." Er warf Wulf einen ernsten Blick zu. „Geh zu Calaen und lass deine Wunden versorgen, Wulf. Ich kümmere mich um Lee. Wenn Edda eintrifft, schick sie herauf."

Nur widerwillig ging sein väterlicher Freund.

Es war offensichtlich, wie sehr es ihm widerstrebte, Lee allein zu lassen, nachdem sie sich für den Clan auf diese Weise geopfert hatte. Doch Wulf musste einsehen, dass er für den Moment keine Hilfe war.

Royce hatte ihr Gesicht von Schmutz und Blut befreit, ehe er sich wieder ihren anderen Verletzungen zuwandte.

Es schmerzte ihn, sie so zu sehen.

Die tiefen Schnitte und Risse auf ihrem Rücken zu säubern, erwies sich als schwierig.

Unter dem teilweise getrockneten Blut und zerteilt von den Furchen, die die eisenbewehrte Peitsche hinterlassen hatte, erschienen weitere Linien auf Lees Rücken.

Doch es waren keine Peitschenhiebe ... vielmehr hatte sich etwas in ihre Haut gebrannt.

Mit all dem Blut und Schmutz, den Royce von ihr herunterwusch, erkannte er verkohlte Striche und Konturen auf ihrem Leib, die nach und nach ein Bild erschufen.

Linien, die noch gerötet waren von der Hitze, mit der sie sich in ihre Haut gewühlt hatten ... Linien, die niemals wieder verblassen würden.

Das Atmen wurde ihm schwer, während er dasaß und sie betrachtete. Ihren geschundenen Körper, die Schwellungen, die Verletzungen.

Vor einer Woche war er von hier fortgegangen und hatte sie in Sicherheit geglaubt. Er war ein Narr gewesen.

Das letzte Mal, als sie entblößt an seiner Seite gelegen hatte, war ihre Haut unversehrt und makellos gewesen.

Trotz der Wunden, die die Schnitte und Risse in ihr Fleisch gegraben hatten, war das, was ihren Rücken ferner schmückte, nicht zu ignorieren.

Die Verbrennungen auf ihrer Haut bildeten unverkennbar einen gewaltigen Drachen, der mit weit ausgebreiteten Schwingen auf den Klippen von Glenchalls saß.

Royce schnappte nach Luft.

Er kannte dieses Abbild.

Er selbst trug ein ähnliches Zeichen auf seiner Schulter. Es war verschwommen und kaum noch zu erkennen nach all der Zeit, begleitete es ihn doch schon seit Kindertagen.

Er kannte es staubig und verblichen, schon lange verborgen unter einem dicken Wandteppich, der über dem Kamin in der Halle hing.

Er kannte es aus alten Legenden und Märchen.

Auf Lees Rücken zeigte sich der Drache, der den Mittelpunkt eines Wappens bildete ... des einstigen Familienwappens der McCallahans.

***

„Die Wunden sind tief ... sie wird schlimme Narben zurückbehalten", stellte Edda fest.

Sie hatte das Zimmer betreten, als er den Drachen auf Lees Rücken entdeckt hatte. Wortlos hatte sie einen Moment neben ihm gestanden, ihren Korb abgestellt und eine Hand auf seine Schulter gelegt.

Er hatte sich augenblicklich besser gefühlt.

Sie galt nicht grundlos als Hexe, obgleich Royce sie in erster Linie als ausgesprochen heilkundige Frau schätzte. Edda kannte ein Kraut für jedes Wehwehchen und wusste fast jede Krankheit zu heilen.

Sie war anders, manchen war sie zu Recht unheimlich ... doch ihr feines Gespür für die Gefühle und Gebrechen der Menschen machte sie auch zu jemand Besonderem.

Er warf ihr einen nachdenklichen Blick zu.

Sie war klug und weise.

Royce achtete sie für ihre Ehrlichkeit, auch wenn es nicht immer angenehm war, Antworten aus ihrem Mund zu hören, die man eigentlich nicht hören wollte.

Sie war schon alt, als er noch ein Kind gewesen war. Sie war seine Amme und die seines Vaters gewesen. Sie hatte als engste Vertraute seines Großvaters gegolten.

Ihr Körper war gebeugt von den Jahren ihres Lebens und der harten Arbeit, die sie verrichtet hatte. Das Gesicht durchzogen von unzähligen Falten und Furchen. Doch in ihren klaren, grünen Augen glomm immer noch dieser lebendige Funke, der einen stets prüfend durchdrang.

„Mach Platz, mein Junge."

Royce stand auf und ließ Edda die Wunden in Augenschein nehmen. Sorgfältig tastete sie hie und da, verzog den Mund und legte schließlich ihre Hände auf Lees Körper.

Ihr faltiges Gesicht schien noch runzliger zu werden, als sie einen Moment lang die Augen schloss und den Kopf schief legte. Fast sah es aus, als würde sie lauschen. Ihre linke Hand rutschte hinab zu Lees Unterleib, dort wo Gallowains Fäuste weitere zahllose Prellungen und Blutergüsse hinterlassen hatten.

Die Alte gab einen tiefen Seufzer von sich.

„Ich kann nicht versprechen, dass sie es behalten wird."

Royce stutzte.

„Was meinst du?"

„Das Kind, das sie unter ihrem Herzen trägt", entgegnete Edda und schlug die Augen auf. „Du hast deinen Samen in sie gepflanzt, kaum dass ihr das erste Mal beieinander gelegen habt. Doch ich kann nicht sagen, ob das Kind diese

Marter überleben wird. Sein Licht ist schwach, seine Kraft schwindet."

Er starrte sie entgeistert an. Dann ließ er sich auf die Truhe sinken, die an der Wand stand, und bemühte sich, das Zittern seiner Hände unter Kontrolle zu bekommen.

Ein Kind!

Das war das Letzte, womit er gerechnet hatte.

Er bezweifelte Eddas Worte nicht.

Sie besaß diese *Gabe* und sie irrte sich nie.

Diese Neuigkeit stürzte ihn in einen Zwiespalt.

In die Freude über dieses unerwartete Glück mischte sich bittere Enttäuschung, die ihm die Kehle zuschnürte. Es war ein Geschenk des Lebens ... ein Kind mit Lee ... *sein* Kind!

Doch wie lang würde dieses Glück halten?

Gallowain hatte Lee so viel Schmerz und Leid zugefügt, dass sie nicht länger nur um ihr eigenes Leben kämpfte.

Royce stützte die Ellbogen auf die Knie, ließ den Kopf nach vorn sinken und schloss einen Moment resigniert die Augen.

Er hätte es wissen müssen, sie hatten sich so oft geliebt!

Natürlich war dies nicht ohne Folgen geblieben.

Sie hatten ein Leben gezeugt.

Ein Kind, das sie miteinander verband.

Er hätte sie nicht allein lassen dürfen.

Kopfschüttelnd barg er das Gesicht in den Händen.

Wie sollte er mit dieser Schuld leben?

„Du musst stark sein, Royce", raunte Edda in sein Ohr. Sie hatte sich erhoben und stand neben ihm. Er spürte ihre Hand auf seinem Rücken. „Wenn sie das überlebt, wird sie dich brauchen ... mehr denn je. Dein Weib ist zäh. Doch nach dem, was sie heute hat durchmachen müssen, wird sie nicht mehr die Gleiche sein."

Ihre Finger glitten von seiner Schulter und kühle Luft strich über ihn hinweg.

„Deine Gemahlin hat ihr Leben schon einmal beendet – sorge dafür, dass sie es nicht wieder tut."

Sein Kopf ruckte hoch und er starrte sie an.

Das konnte nicht sein!

„Wie meinst du das?", wollte er wissen.

Edda machte eine Geste, die alles und nichts hätte bedeuten können. Sie zog sich einen Hocker heran, klaubte eine Schüssel aus ihrem Korb und kramte zwischen ihren Kräutertöpfchen herum.

„Ich sehe und spüre, dass sie anders ist", entgegnete sie. Unter halb gesenkten Lidern warf sie ihm einen langen Blick zu. „Sie stammt nicht aus dieser Welt. Sie wurde nicht in unserer Zeit geboren, und dennoch gehört sie hierher. Ihr Blut bezeugt, dass sie ein Teil deiner Familie ist, Royce … dass sie es schon immer war." Ihre stechenden Augen schienen direkt in ihn hineinzusehen, während sie Kräuter und Körner in die Schüssel auf ihrem Schoß rieseln ließ. „Dieses Bildnis, das ihre Haut schmückt … es zeichnet sie aus. Du *weißt*, was das ist."

„Gewiss", gab er mit belegter Stimme zurück.

Edda nickte und konzentrierte sich darauf, die Zutaten auf ihrem Schoß miteinander zu vermengen.

„Nebel umgibt sie", fuhr sie fort. „Sie hat ihr einstiges Leben freiwillig beendet. Diese Entscheidung begleitet sie wie ein unsichtbarer Schatten." Kundig begann sie, Kräuter und Körner zu mörsern. „Warum auch immer das Schicksal sie auserwählte, es führte sie hierher. *Nichts* ge-

379

schieht ohne Grund – obgleich es oft seine Zeit braucht, bis wir Menschen ihn verstehen."

Royce atmete zitternd aus.

Lee hatte es ihm gesagt und er hatte ihr nicht geglaubt – wieder einmal. Er war sicher gewesen, sie wäre verwirrt und durcheinander, sie hätte sich den Kopf angestoßen und würde sich diese Hirngespinste einbilden. Die Dinge, von denen sie erzählt hatte, waren zu verrückt gewesen, um wahr zu sein.

„All die Fragen, auf die ich bislang keine Antwort erhalten habe … plötzlich erscheinen sie in einem völlig neuen Licht", bemerkte er. „Als Wulf sie damals herbrachte, fragte sie, welches Jahr wir hätten." Er unterdrückte ein bitteres Auflachen. „Sie hat mir gesagt, sie käme aus einer anderen Welt, einer anderen Zeit. Als ich ihr das Jahr nannte, in dem wir uns befinden, nickte sie und lächelte … und ich habe *sie* belächelt, weil ich glaubte, sie wäre verrückt. Es erschien mir zu toll, zu närrisch, zu unmöglich, als dass ich wirklich glauben konnte, sie wäre durch die *Zeit* gereist."

Edda hörte ihm aufmerksam zu und nickte.

„Niemand weiß, wohin unser Geist geht, wenn unser Körper stirbt. Niemand weiß, wohin das Schicksal uns führt, wenn der Tod uns ereilt", bemerkte sie. „Vielleicht wechselt unsere Seele lediglich den Körper. Wenn die Götter es vorgesehen haben, wird uns vermutlich mehr als ein Leben zuteil. Doch ich bezweifle, dass es jedem von uns – so wie Lee – gegeben ist, uns an dieses alte, dieses vergangene Leben zu erinnern." Sie sah zu der Verletzten hinüber und zerrieb weiter die Kräuter in ihrer Schüssel. „Vielleicht war es ihr bestimmt, hierherzukommen. Etwas ist *mit* ihr, das ich nicht beschreiben kann. Neben dem Schatten, der auf ihrer Seele liegt, ist da auch Licht ... ein Licht, wie ich es noch nie gesehen habe."

„Das hat Vates auch gesagt. Er sprach von Leben und Tod in ihrer Nähe. Ebenso wie diese Zigeunerin."

Edda goss Öl in die Schüssel und begann, die Flüssigkeit langsam mit der Kräutermischung zu verrühren.

Sie hob nur kurz den Blick, als Malissa erschien, einen eisernen, kleinen Topf mit Henkel brachte und diesen wortlos zu Eddas Füßen abstellte, ehe sie wieder verschwand.

Edda sah zu Royce hinüber.

„Sie haben recht – beide." Eindringlich musterte sie ihn. „Ich weiß, dass du gerade Vates nicht immer Glauben schenkst. Doch in diesem Fall hat er vielleicht mehr gesehen, als er selbst verstehen mag. Leben und Tod begleiten deine Frau auf eine Weise, wie ich es nur selten gesehen habe. Sie wird richten und es wird dir nicht gefallen. Doch da ist noch mehr: etwas Uraltes und Gewaltiges. Sie trägt diesen Drachen auf ihrem Rücken nicht ohne Grund. So wenig grundlos, wie er einst das Wappen deiner Familie war."

Auf ihr Zeichen hin, stand er auf, hängte den Topf, der zur Hälfte mit Wasser gefüllt war, an den Haken im Kamin und warf schließlich die Nadel aus Knochen hinein, die die Kräuterfrau ihm reichte.

„Das sind nichts weiter als Legenden, Edda."

Zerstreut trat er an das Fußende des Bettes und sah auf Lee hinab. Ihr Anblick erschreckte ihn immer noch und mehr denn je wünschte er sich, Gallowain in seine Finger zu bekommen, um ihn für das, was er getan hatte, bezahlen zu lassen. Es gab keine Folter, die schlimm genug war, es ihm zu vergelten.

„Es sind Mythen und Märchen, an die heute niemand mehr glaubt."

Tief durchatmend nahm er auf seiner Seite des Bettes Platz, rutschte näher an seine Frau heran und strich ihr mit den Fingerknöcheln sanft über die Stirn. Er hasste es, sie so zu sehen.

„Nur weil man nicht an etwas glaubt, das in Vergessenheit geraten ist, bedeutet es keineswegs, dass es niemals wirklich war", wandte Edda ein.

Zufrieden mit der Konsistenz ihrer öligen Mischung, stellte sie die Schüssel auf dem Tisch neben dem Bett ab und ging zum Kamin hinüber. Anschließend fischte sie die Nadel aus dem Wasser und fädelte etwas Zwirn durch das Öhr.

Vorsichtig ließ sie sich neben Lee auf dem Bett nieder. Aufmerksam beugte sich Edda über den nackten Rücken.

„Ich versuche, ihr so wenig Schmerz wie möglich zu bereiten", bemerkte sie und warf Royce einen strengen Blick zu, „aber du wirst sie dennoch festhalten müssen."

Er nickte nur und griff nach Lees Hand, die ihm am nächsten lag. Ihre Finger schlossen sich sacht um seine eigenen.

Obwohl Eddas Hände an manchen Tagen zitterten wie die Blätter einer Espe, begann sie nun mit ruhigen Bewegungen und unglaublichem Geschick, die Wundränder zu vernähen.

Royce verzog das Gesicht.

Er hatte wahrhaft schon viele furchtbare Wunden gesehen, wesentlich Schlimmere als die auf Lees Rücken. Er wusste, es würde verheilen. Auch wenn Narben blieben, konnte sie überleben.

An dem Unwohlsein, das sich in ihm ausbreitete, während Edda die Verletzungen mit einem Faden schloss, änderte dieses Wissen jedoch nichts.

Sein Blick wurde abwesend.

Das Gefühl der Schuld, das ihn seit dem Morgengrauen zusätzlich plagte, tat sein Übriges. Er hatte geahnt, dass Gallowain ihr etwas Furchtbares antun würde. Er hatte sogar damit gerechnet, Lee tot vorzufinden, auf grausame Weise gedemütigt.

Sie so zu sehen, war fast noch schlimmer und gleichzeitig spürte er eine geradezu unangemessene Erleichterung, dass Gallowain sie nicht vor den Augen aller gebrandmarkt hatte. Der Gedanke, der Hauptmann hätte ihren Körper berührt und sich an ihr vergangen, wäre für ihn unerträglich gewesen.

Royces Kinn sank auf die Brust und er schüttelte den Kopf. Das alles hätte nicht passieren dürfen.

Wenn er sie nicht allein gelassen hätte … wenn er ihr nicht das Vertrauen abgesprochen hätte. Er war so töricht und blind, so voller Wut gewesen, als er sie vor einer Woche verlassen hatte.

Dieses Bild, als sie mit Gallowain vor dem Kamin stand und er ihre Hand auf seiner Wange festhielt, hatte sich tief in Royces Seele gebrannt.

Er war voller Wut gewesen, voller Eifersucht.

Er hätte zu ihnen treten müssen. Er hätte Lee Gehör schenken und dem Hauptmann ein Messer in sein schwarzes Herz stoßen sollen.

Stattdessen hatte er sich an die Vergangenheit erinnert.

Er hatte sich in dem Schmerz gesuhlt, den Araennas Verrat in ihm hinterlassen hatte … und er hatte die Wahrheit von sich geschoben – die Wahrheit, dass Lee anders war.

Bei ihrem Streit an jenem letzten Abend vor seiner Abreise hatten ihre Augen vor Zorn geradezu geglüht. In die Wut und Eifersucht, die in ihm getobt hatten, hatte sich das Verlangen gemischt, sie an sich zu ziehen und ihre Auseinandersetzung auf angenehmere Weise zu beenden.

Als sie ärgerlich ihre Lagerstatt vor dem Kamin aufgeschlagen hatte, war er einen Moment versucht gewesen, sie sich einfach über die Schulter zu werfen und ihr auf seine Art zu zeigen, dass sie ihm gehörte.

Doch das Fehlverhalten, das er diesbezüglich bereits einmal an den Tag gelegt hatte, hielt ihn davon ab.

Seine Nacht war unruhig gewesen und er hatte mehrfach überlegt, sie doch noch zu sich ins Bett zu holen, um diesen Gedanken dann wieder zu verwerfen. Als es Zeit zum Aufbruch gewesen war, hatte er sich erbost auf den Weg zu seinen Kriegern begeben.

Er hatte nicht damit gerechnet, sie kurz darauf auf den obersten Stufen vor dem Portal zu erblicken. Selbst, als sie Gallowain so harsch und unhöflich abgewiesen und ihn mit ihrem Dolch bedroht hatte, war Royce immer noch nicht zur Vernunft gekommen.

Selbst zu diesem Zeitpunkt hatte er sich von ihr distanziert.

Er hatte nicht wahrhaben wollen, was er in ihrem Blick gelesen hatte. In ihren Augen war etwas gewesen, das er nicht an sich hatte heranlassen wollen.

Keine Lüge, keine Reue... nicht einmal die erwartete Wut oder die Enttäuschung... stattdessen hatte er den Schmerz in ihren Augen gesehen und dieses Gefühl, zu dem er selbst schon lange nicht mehr fähig war.

Sein Stolz hatte ihm verboten, sich mit ihr auszusöhnen, bevor er gegangen war – und so hatte er sich abgewandt und war vor dem geflohen, was ihm das Atmen schwer gemacht hatte. Tatsächlich hatte er sich sogar eingebildet, sie seinen Namen rufen zu hören, als er schon weit entfernt gewesen war.

Gallowain hatte seine Ziele erreicht.

Er hatte Zwietracht gesät und sich den Weg geebnet, um seine Pläne umzusetzen. Royce war blind in die Falle hineingerannt, die ihm gestellt worden war.

Nun saß er hier … neben seiner Frau, die mehr tot als lebendig war und sein Kind unter ihrem Herzen trug, dessen Leben an einem seidenen Faden hing.

Er fühlte sich entsetzlich machtlos.

Bekümmert hob er den Blick und erkannte, dass Edda fast fertig war. Als sie den ersten Schnitt zu nähen begann, der die Brust des Drachen zerteilte, zuckte Lee sichtlich zusammen. Obgleich sie immer noch bewusstlos war, verzog sich ihr Gesicht voller Pein.

Es war unbestreitbar, dass sie jeden Stich spürte.

Royce beugte sich vor und flüsterte ihr leise zu, dass er bei ihr sei. Ihre Finger schlossen sich fester um seine Hand und zwischen ihren Augenbrauen bildeten sich zwei Falten.

Leise stöhnend begann sie, sich zu winden, als versuchte sie, den Stichen von Eddas Nadel zu entkommen. Ihre Lippen teilten sich und ein leiser, gequälter Laut entrang sich ihrer Kehle.

„Ganz gleich, *wie* du es anstellst, aber beruhige sie!" Edda legte eine Hand auf Lees unteren Rücken und bemühte sich, die junge Frau auf diese Weise daran zu hindern, sich aufzulehnen. „Wenn sie um sich schlägt, werden die Wunden wieder aufreißen."

Royce versuchte, Lee die Hände auf die Schultern zu legen, um sie tiefer in die Felle zu drücken. Doch der Widerstand, der sich augenblicklich in ihr regte, machte das Unterfangen schwierig bis unmöglich und für einen Moment befürchtete er sogar, sie würde wach werden.

Instinktiv ließ er von ihr ab, legte sich neben sie und rutschte so nah an sie heran, dass er sie von den Schultern bis zu den Füßen mit seinem Körper berührte. Vorsichtig drückte er seine Lippen gegen ihre Stirn und küsste sanft ihre lädierte Haut.

„Ich bin hier, schlaf weiter, Lee." Er musterte ihr zugeschwollenes Gesicht, strich über ihre Wangen und brachte sich nah an ihr Ohr. „Wir wollen dir nur helfen. Niemand wird dir wehtun."

Sie gab einen zitternden Seufzer von sich, ehe sie wieder entspannt in die Felle sank und ihre Züge sich glätteten. Der Druck um seine Finger ließ nach und sie glitt zurück in die Bewusstlosigkeit, aus der es sie fast gerissen hätte.

„Gut gemacht", flüsterte Edda und nickte ihm zu.

Sie beendete die letzten Stiche, ehe sie mit einem scharfen Messer den Faden durchtrennte und Royce sich auf einem Ellenbogen hochstemmte. Zehn sauber genähte Schnitte zierten Lees Rücken ... zwei davon hatten das Bildnis des Drachen getroffen.

Bedrückt musterte er sie.

Obwohl Edda sich alle Mühe gegeben hatte, die Stiche klein und die Wundränder schmal zu halten, würde es Narben geben. Lee würde künftig Probleme mit ihren Bewegungen haben ... wenn sie überlebte.

Die Kräuterfrau nahm die Schüssel mit ihrer öligen Kräutermixtur an sich und tauchte ihre Finger hinein, ehe sie das Gemisch auf den Verletzungen verteilte. Ein scharfer Geruch nach diversen Gräsern und Moosen breitete sich im Zimmer aus.

„Es wird ihr die Schmerzen nehmen und die Heilung vorantreiben", murmelte sie.

Royce nickte und setzte sich auf. Er sparte sich die Frage, welche Kräuter sich darin befanden ... Edda würde ihm ohnehin keine Antwort geben.

Er war nicht würdig, ihre Geheimnisse zu erfahren, und er wusste, dass sie bereits seit Jahren verzweifelt auf der Suche nach jemandem war, der ihre Position im Clan eines Tages übernehmen würde. Doch bislang schien niemand geeignet, sich in ihrer Kunst der Heilung und der Kräuter unterweisen zu lassen.

Nachdem sie alle Wunden mit dem Öl beträufelt und es vorsichtig in Lees Haut einmassiert hatte, stellte sie die Schüssel zurück auf den Tisch und bedeckte die Verletzungen mit sauberem Leinen.

Gemeinsam schälten sie die Bewusstlose aus den Resten ihrer Kleidung, verbanden sie und drehten sie schließlich vorsichtig auf den Rücken.

In Royces Magen bildete sich ein eisiger Klumpen.

Während Edda begann, die Schwellungen, Kratzer und Risse in Lees Gesicht mit dem Öl zu bestreichen, starrte er den nackten Leib seiner Frau an.

Ihr Oberkörper war zur Hälfte bedeckt von den Bandagen, die ihren Rücken schützten. Dennoch waren deutlich die dunklen Flecken auf ihrer linken Brust zu sehen, wo Gallowain offenbar seine schmutzigen Finger in ihr Fleisch gegraben hatte.

Schlimmer jedoch waren die riesigen, dunkel verfärbten Blutergüsse, die sich oberhalb des Schambeins auf ihrem Bauch ausbreiteten. Zeugnisse der Schläge, von denen Wulf erzählt hatte.

Ihm schnürte sich die Kehle zu.

Eddas runzlige Hände verteilten auch dort das Öl.

„Die nächsten Tage werden zeigen, ob Lee stark genug ist", raunte sie. Ihre Finger blieben auf Lees Bauch liegen und die Kräuterfrau schloss einen Moment konzentriert die Augen.

Royce ertrug ihr Schweigen nicht länger.

„Was ist mit dem Kind?", wollte er wissen.

Schmerz machte sich in Eddas Gesicht breit, als sie ihn ansah.

„Es ist sehr schwach. Ich hege keine großen Hoffnungen."

Er nickte.

„Und Lee?"

„Sie kann ohne das Kind leben, aber das Kind niemals ohne sie."

„Ich flehe dich an, Edda, tu, was dir möglich ist!"

Sie presste die Lippen aufeinander, reichte ihm weitere Tücher, mit denen er Lees Bauch bedecken sollte, und kramte in ihrem Korb herum.

„Ich werde einen Heiltrank brauen. Er sollte ihr und dem Kind Erleichterung verschaffen. Doch ich kann keine Wunder wirken, Royce. Es wird nur Heilung für beide geben, wenn die Götter es zulassen." Sie griff nach seinem Arm und warf ihm einen strengen Blick zu. „Wenn das Kind stirbt, müssen wir es aus ihr herausholen."

***

Alle Blicke waren auf den Mann gerichtet, der in der Mitte der Halle auf seinen Knien lag. Das Gesicht des Söldners war voller dunkel verfärbter Prellungen, ein Auge war zugeschwollen.

Seine Schultern zuckten.

Blut tropfte von einem tiefen Schnitt in seinem Arm auf den Stein, auf dem er hockte. Er konnte höchstens zwanzig Lenze zählen. Tallum ... das war sein Name.

Royce musterte ihn ohne jede Regung.

Vor weniger als einer Woche noch hatten sie gemeinsam am Feuer gesessen und miteinander gescherzt. Am Tag darauf hatten sie einige von Fitards Männern zur Strecke gebracht. Sie hatten gefeiert wie Kameraden ... und heute Nacht hatte Tallum sich dem Verräter Gallowain angeschlossen, um hierherzukommen und Tod und Leid über den Clan zu bringen.

Royce trat einen Schritt auf ihn zu und der Bursche hob den Kopf. Reue lag in seinem Blick und die Bitte um Barmherzigkeit.

Sein Gesicht war nass von Tränen.

„Ich flehe Euch an, Mylord."

Die Stimme des Burschen war so jung wie seine Züge. Er war noch ein halbes Kind ... dennoch würde ihm all sein Heulen und Wehklagen nicht helfen. Royce hatte den Punkt längst überschritten, an dem Mitleid noch eine Rolle spielte.

Er wog den Dolch in seiner Hand, den er aus Lees Stiefel gezogen hatte. Immer noch sah er ihren zerschundenen Körper vor sich.

Alles, was ihn bislang davon abgehalten hatte, den jungen Söldner einfach zu töten, war die Tatsache, dass Lee nicht vergewaltigt worden war.

„Wo ist Gallowain?", wiederholte er seine letzte Frage.

Vor zwanzig Minuten hatte Graeman an die Tür zu seinem Schlafzimmer geklopft und Royce davon berichtet, dass die Krieger einen der Söldner lebendig hergebracht hatten.

Da er bei Lee und Edda für den Moment nichts weiter ausrichten konnte, war er seinem zweiten Hauptmann in die Halle hinabgefolgt, während dieser ihn über den Stand der Dinge unterrichtet hatte.

Gallowain und zwei weitere Männer waren ihnen entwischt. Ein halbes Dutzend Söldner war von den Highlandern jedoch umzingelt worden und die Männer, die für ihre Dienste als Kämpfer entlohnt worden waren, hatten allen Ernstes versucht, sich den wütenden Kriegern entgegenzustellen.

Diese Torheit hatte sie das Leben gekostet.

Tallum war der Einzige gewesen, der begriff, dass es keinen Ausweg mehr gab. Er hatte seine Waffe gestreckt, war in die Knie gegangen und hatte sich ergeben. Vor den Schlägen hatte ihn seine freiwillige Niederlage allerdings nicht geschützt. Er konnte von Glück reden, dass er noch auf einem Augen sehen konnte.

Die Frage nach Gallowain hatte er Royce auch schon vor fünf Minuten nicht beantwortet. Stattdessen hatte er immer wieder gestammelt, er habe von alldem nichts gewusst, – auch nicht, wo der Hauptmann war.

Royce glaubte ihm kein Wort.

Mehr als einmal hatte er gesehen, wie Tallum und Gallowain beisammengestanden und sich leise unterhalten hatten. Tallum hatte an den Lippen des Hauptmanns gehangen wie ein Ertrinkender. Er hatte Gallowain angebetet und hätte alles für seinen Anführer getan.

Nun war er offenbar auch bereit, für ihn zu sterben.

Royce ging vor ihm in die Knie, packte den Jungen im Nacken und drehte seinen Kopf so, dass er ihn mit seinem gesunden Auge ansehen musste. Angst stand in Tallums Blick.

„Du weißt, dass du diese Mauern nicht mehr lebend verlassen wirst", stellte Royce mit kalter Stimme fest.

Das Messer in seinen Fingern hüpfte ein Stück in die Höhe, wirbelte durch die Luft und landete mit einem leisen Klatschen in seiner Hand. Die Klinge warf den Schein des Feuers als helles Echo auf Tallums malträtiertes Gesicht.

„Es ist *deine* Entscheidung, wie es zu Ende gehen wird. Du hast die Wahl ... du sagst mir, was ich wissen will, und ich gewähre dir einen schnellen, schmerzlosen Tod." Seine Finger gruben sich in das Fleisch des Burschen und drückten seinen Kopf nach vorn. Royce sah die Panik in Tallums Miene. „Oder du verweigerst mir weiterhin eine Antwort und ich werde mir Zeit lassen."

Er strich mit der Messerklinge an Tallums Wange entlang.

„Ich werde dir ein Ohr abtrennen." Die Dolchspitze zeichnete eine sichtbare Linie auf schwitzende Haut und bohrte sich schmerzhaft in das Schlüsselbein des Burschen. „Aus deiner Schulter werde ich Fleisch herausschneiden, um meine Hunde von dir kosten zu lassen."

Tallum zitterte mittlerweile am ganzen Leib und wimmerte leise. Royce packte seine Haare, zog seinen Kopf nach hinten und drückte dem Knaben die Messerspitze gegen ein Bein.

„Ich werde dir nicht nur ein Stück aus deinem Bein herausschneiden ... ich werde dich verletzen und Magath wird das Fleisch aus dir herausreißen." Wie zur Bestätigung gab der große, schwarze Wolfshund, der die ganze Zeit über bereits an seiner Seite gelegen hatte, ein grollendes Knurren von sich. „Ich trenne deine Finger und Zehen von deinem Körper, und dennoch wirst du nicht sterben. Wir werden deine Wunden ausbrennen, die Blutung stillen und dich am Leben erhalten." Er starrte auf Tallum hinab. „Entscheide dich, Söldner. Sag mir, wo er ist, oder ich schwöre dir bei den Göttern, ich werde dir hier und jetzt die Hölle auf Erden bereiten und es wird nichts geben, das deine Seele retten kann."

„*Fallcoar!*"

Tallums Ruf hallte durch die Burg.

„Fallcoar... er ist zurück nach Fallcoar", stammelte er unter Tränen. „Aber ich weiß, er wird dort nicht bleiben. Er plante, in die östlichen Lande zu gehen."

Stirnrunzelnd sah Royce ihn an.

„Er wird sich Fitard anschließen", mutmaßte er.

Tallum sackte schluchzend in sich zusammen.

„Ich weiß es nicht... ich weiß es wirklich nicht, Herr. Er hat erzählt, es gebe ein Dorf, ganz in der Nähe von Fitards Feste. Seine Schwester wohne dort mit ihrem Mann und dessen Brüdern. Er wolle zu ihr gehen, wenn er in den Lowlands nicht mehr sicher wäre."

Den Kopf schief gelegt, klopfte Royce ihm fast väterlich auf die Schulter.

„Du hättest dir viel Leid ersparen können, wenn du schon früher geredet hättest, Tallum."

Der Blick des Burschen brach und das Licht in seinem Auge erstarb, als der Dolch seine Brust durchbohrte und sich in sein Herz wühlte. Royce wischte die Schneide an der Kleidung des Söldners ab, ehe er sich aufrichtete und Graeman ansah.

„Schick drei Späher los. Sie sollen nach Gallowain Ausschau halten und ihm folgen. Sie sollen ihm kein Haar krümmen. Ich will nur wissen, wo er ist … sein Kopf gehört mir."

✳✳✳

Durch das gebrochene Glas der Fenster erkannte er, dass der Morgen graute.

Zwei Knechte schleppten Eimer mit kaltem Wasser in das Bad, während Edda, Malissa und Calaen um das Bett herumstanden und Lees zuckenden, fiebrigen Körper mit nassen Tüchern zu kühlen versuchten.

Royce fühlte sich nicht zum ersten Mal unnütz und fehl am Platz, während er die Männer anwies, den Badezuber zu befüllen. Besorgt sah er zu der Szenerie rund um sein Ehebett hinüber.

Lee bewegte sich unruhig unter den Händen der drei Frauen. Ihr nackter Körper war in feuchte, kalte Tücher gehüllt und bei jeder Berührung fuhr sie zusammen, als bestünde ihre Haut aus trockenem Pergament, das unter den Fingern der Frauen zerriss.

Zum wiederholten Mal versuchte Edda vergeblich, ihr etwas von dem Heiltrank einzuflößen, der über dem Feuer im Kamin gebrodelt hatte. Lees Hand schnellte nach oben, schlug gegen die kleine Schüssel und Edda konnte gerade noch den Kopf wegziehen, ohne getroffen zu werden.

„Nein!"

Er zuckte zusammen, als die Stimme seiner Frau erklang, und trat aufgewühlt näher. Ihre Lider waren fest aufeinandergepresst und ihr Gesicht kalkweiß. Der Kopf flog von einer Seite zur anderen, während sie von fiebrigen Albträumen geplagt wurde. Schweißtropfen bedeckten ihre Haut.

Edda griff unsanft in das kurze Haar, legte eine Hand auf Lees Stirn und ihre Lippen wurden zu einem schma-

393

len Strich. Ihre Miene verfinsterte sich zusehends, als sie Royce ansah.

„Lass die Burschen gehen. Du musst sie ins Wasser legen. Sie verbrennt uns."

Er nickte wortlos und schickte die beiden Gehilfen hinaus. Nachdem er den letzten Eimer selbst in den Zuber geleert hatte, trat er an das Bett, hob Lee auf seine Arme und trug sie ins Bad hinüber.

Langsam und bedächtig senkten sie ihren glühenden Körper in das kühle Nass hinab. Lee erstarrte regelrecht und jeder Muskel in ihrem Leib schien zu versteinern, als sie in die Tiefe rutschte. Royce wollte sie schon wieder herausheben, da schlug Edda ihm wütend auf den Arm.

„Nein, lass sie hinab!", befahl sie.

Widerstrebend tat er, was sie sagte, und es schnürte ihm die Kehle zu, zu sehen, wie Lee stocksteif und mit verzerrten Zügen versuchte, sich gegen Kälte und Nässe zu wehren.

Dann plötzlich gaben die Muskeln nach.

Ihre Züge glätteten sich, der gequälte Ausdruck wich erschöpfter Erleichterung und ihr Körper begann, sich zu entspannen. Während die Frauen sie vorsichtig wuschen, versiegten die Schweißtropfen auf ihrer Stirn und ihr Atem ging gleichmäßiger, bis schließlich sogar ihr Kopf zur Seite rutschte und sie offenbar zurückglitt in die tiefe Bewusstlosigkeit, in der sie schon seit Stunden vor sich hindämmerte.

Royce starrte auf sie hinab. Er machte sich Sorgen und Eddas finstere Blicke trugen nicht dazu bei, diese zu zerstreuen.

Ganz gleich, wie oft er sich selbst zu beteuern versuchte, dass Lee stark war und es schaffen konnte, die Angst kehrte immer wieder zu ihm zurück.

Die Nacht war unruhig gewesen.

Sie hatten sich abwechselnd um Lee gekümmert. Während zwei Wache gehalten und den Schweiß von ihrem Körper getrocknet hatten, hatte einer auf dem Stuhl gedöst, den sie neben den Kamin gezogen hatten.

Dann war das Fieber gekommen.

Edda hatte gesagt, ihr Körper kämpfe und dieser Kampf sei wichtig für Lees weiteres Überleben. Doch Royce sorgte sich zunehmend darum, dass sie diese Schlacht verlor.

Eine ungesunde, wächserne Bleiche hatte sich auf ihre Züge gelegt und abgesehen von den Augenblicken, in denen sie von Albträumen geplagt worden war, hatte sie die ganze Zeit nur apathisch dagelegen und sich so gut wie gar nicht gerührt.

Ihr wütendes „Nein!" war das erste Wort gewesen, das er in den vergangenen Stunden aus ihrem Mund gehört hatte.

Ungeduldig sah er dabei zu, wie Edda erneut eine Hand auf Lees Stirn legte, sich erhob und ihm zunickte.

„Zurück ins Bett mit ihr."

Er zog Lee aus dem Wasser, drückte sie an sich und trug sie zurück in das Bett, wo er sie ablegte und rasch abtrocknete.

Nachdem Edda ihre Wunden erneut versorgt und verbunden hatte, wurde Lee sorgfältig in die Felle gehüllt. Sie schlief tief und fest.

Edda schickte die gähnende Calaen zu Bett und bat Malissa, ihnen etwas von ihrer guten Suppe zu bringen, ehe auch sie sich zu Bett begeben sollte. Die Köchin ging mit einem Nicken und Royce hockte sich zu Lee.

Eine Weile hing jeder von ihnen seinen Gedanken nach.

Malissa brachte zwei Schüsseln Suppe, stellte sie ab und ging wortlos. Edda reichte ihm eine davon und nahm sich selbst die andere.

Sie aßen schweigend.

„Hat sie es überstanden?", wollte er wissen.

Seine Stimme klang unnatürlich laut in der Stille, die nach der ganzen Aufregung Einzug gehalten hatte.

Eine Weile saß Edda nur da, starrte vor sich hin und sah schließlich zu Lee hinüber. Ihr Blick blieb abwesend.

„Ich weiß es nicht", erwiderte sie leise. „Ich weiß es wirklich nicht. Wenn ich sie ansehe, erkenne ich, wie Licht und Schatten in ihr toben. Etwas versucht, sie ihrer Seele zu berauben, doch sie ist stark ... viel stärker als sie selbst sich im Klaren ist, viel stärker als wir alle erahnen. Doch das Kind schwächt sie, weil es stirbt und weil alles in ihr versucht, es zu beschützen."

Schweigend fixierte er in seine Suppenschüssel.

Malissas gutes Mahl schmeckte plötzlich fad. Übelkeit breitete sich in ihm aus.

Edda nickte zu Lee und stellte die Schale beiseite.

„Leg dich zu ihr und versuch, Schlaf zu finden. Deine Nähe wird sie beruhigen und es ihr leichter machen, sich zu entscheiden."

***

Jemand schlug gegen seinen Arm und sein Bein. Unruhe breitete sich in ihm aus und von einem Augenblick auf den anderen war er wach. Alarmiert riss er die Augen auf, starrte einen Moment an die Decke und versuchte, seine Gedanken zu sortieren.

Dann nahm er das leise, gequälte Stöhnen wahr.

Sofort richtete er sich auf, beugte sich über Lee und musterte ihr verzerrtes Gesicht. Schweißtropfen liefen ihr über die Schläfen. Die Lider fest aufeinandergepresst, wälzte sie sich unruhig hin und her. Zwischen ihren halbgeöffneten Lippen erkannte er, wie heftig sie mit den Zähnen knirschte.

Sein Blick flog durch das Schlafzimmer, doch Edda war nicht da.

Wo war sie?

Voller Angst strich er Lee das feuchte Haar aus der Stirn, sprang aus dem Bett und rannte zur Schlafzimmertür. Er riss sie auf, fiel fast über die Hunde, die davorlagen, und erhaschte einen flüchtigen Blick in die Halle.

„EDDA!"

Sein Brüllen scholl als mehrfaches Echo durch die Burg.

Sie stand am Kamin und rührte bedächtig in einem Kessel, der über dem Feuer hing. An ihrer Seite stand Wulf, schwer auf einen Knüppel gestützt.

„Ich bin gleich wieder bei dir", rief sie zurück.

„Sie fiebert!" Es fiel ihm schwer, die Angst aus seiner Stimme zu verdrängen. „Sie hat Schmerzen."

Eddas Seufzen war leise und doch so klar und deutlich, als stünde sie direkt neben ihm.

„Ich weiß ... ich komme."

Nervös wandte er sich ab, betrat wieder sein Schlafzimmer und verharrte auf der Stelle. Lee krümmte sich und keuchte. Sie hatte die Felle, die ihren Körper bedeckten, von sich geworfen und die Tücher, die teilweise um ihren nackten Leib drapiert worden waren, klebten nass und schwer auf ihren Schenkeln ... durchtränkt von dunklem Blut.

Etwas würgte seinen Hals und riss ihm ein Loch in die Brust. Verzweifelt schrie er Eddas Namen, lief zu seiner Frau hinüber und hielt ihr Gesicht zwischen seinen Händen fest.

Auf einem Schlachtfeld wusste er zu kämpfen.

Er hatte hunderte Männer in den Tod geschickt und hatte sich nie gescheut, sich seinem Feind entgegenzustellen. Doch nun fühlte er sich so hilflos wie nie zuvor in seinem Leben.

Schritte kamen näher, Stimmen wurden laut.

Kräftige Hände griffen nach ihm.

Er wehrte sich mit Leibeskräften, bis Eddas Gesicht vor ihm erschien. Er verstand nicht, was sie zu ihm sagte.

Sein Blick war unnachgiebig auf Lee gerichtet, die sich in dem Bett, das sie miteinander geteilt hatten, aufbäumte und um ihr Leben rang.

Nur verschwommen nahm er Notiz von Malissa und Calaen, die das Schlafzimmer betraten. Gemeinsam mit Wulf drängten sie ihn hinaus. Der beunruhigende Ausdruck in Eddas Augen ließ sein Inneres zu Eis erstarren, auch lange nachdem sich die Eichentür vor ihm geschlossen hatte und ihn von dem, was in seinem Schlafzimmer geschah, ausschloss.

Unruhig wanderte er auf der Galerie auf und ab.

Er hörte nicht auf Wulf, der leise mit ihm sprach, und nicht auf Graeman, der auf der Treppe zur Halle verharrte und ihm besorgte Blicke zuwarf.

Vor seinen Augen sah er immer nur Lee. Nackt und blutüberströmt, den Leib voller Wunden und die einst so schönen blauen Augen aufgerissen und ohne jedes Leben.

Die Stunden vergingen.

Gespenstische Stille senkte sich über die Feste, als würden plötzlich alle Bewohner die Luft anhalten. Selbst die sonst so lauten Krieger schlichen auf Zehenspitzen durch die meterdicken Mauern.

Je mehr Zeit verstrich, desto nervöser lief Royce vor der verschlossenen Tür auf und ab. Das Rudel Hunde lag auf den Steinen zu seinen Füßen und rührte sich kaum. Nur hie und da wurde ein leises Winseln von den Wänden zurückgeworfen.

Plötzlich setzte sich der große, schwarze Magath auf, legte den Kopf in den Nacken und begann jammervoll zu heulen. Die anderen vier taten es ihm nach.

Ihr Geheul war grauenhaft und furchteinflößend. Ein sanftes Grollen der Erde ließ die Mauern erbeben und Royce und Wulf warfen einander überraschte Blicke zu.

Noch ehe er die Hunde zur Ruhe rufen konnte, trat Edda aus der Tür. Sie wischte ihre blutverschmierten Hände an einem Tuch ab. Ihre runzeligen Züge waren grau vor Kummer und der Blick, der sich auf das Clanoberhaupt legte, war voller Trauer.

Er spürte, wie das Loch in seiner Brust sich in ein flammendes Inferno verwandelte.

„Sie lebt!"

Erleichterung breitete sich in ihm aus und seine Brust wurde eng. Immer noch heulten die Hunde.

„Kann ich zu ihr?"

„Ja ... doch wisse: sie hat euer totes Kind geboren. Du wirst deinen eigenen Kummer über diesen Verlust zurückstellen müssen."

Er spürte, wie sich Hoffnung und Glück in Trauer verwandelten. Der Schmerz, der sich in seine Brust bohrte, war mit nichts zu vergleichen, was er je empfunden hatte.

Wie sehr er sich dieses gemeinsam erschaffene Leben gewünscht hatte, wurde ihm erst bewusst, da er es verloren hatte.

Die Hunde verstummten.

„Ihr werdet wieder ein Kind haben, Royce", versicherte Edda. „Doch das, was Lee nun erfüllt, wird sie nur dann nicht zerreißen, wenn *du* ihr zur Seite stehst. Sei ihr der Mann, den sie verdient hat, und der Gefährte, den sie braucht."

12. Kapitel

Callahan-Castle, Sijrevan
Im Hartung, Anno 1586

Ihr Verstand weigerte sich hartnäckig, in die Realität zurückzukehren.

Ein Teil von ihr wollte nichts mehr, als dieser kalten Traumwelt zu entfliehen, in der sie gefangen war.

Doch ein weit größerer Teil fürchtete sich vor dem, was wohl auf der anderen Seite warten mochte.

Stirnrunzelnd presste sie die Lider aufeinander.

Das Hämmern, das ihren Schädel erfüllte, wurde zunehmend unbehaglicher. Etwas brannte … sie hörte leises Plätschern und ein gewaltiges Atmen, das von hohen Felswänden zurückgeworfen wurde … sie keuchte, ihre Brust war zu eng, als säße irgendetwas auf ihr … Kälte, Nässe, der Geschmack von Salz auf ihrer Zunge.

Mühsam öffnete sie ihre Augen einen Spaltbreit.

Wo war sie?

Zwielicht umgab sie und es fiel ihr schwer, scharf zu sehen. Lee blinzelte, hob eine Hand und fuhr sich mit den Fingern über das Gesicht.

Verwirrt schaute sie sich um.

Verwaschene Konturen wurden zu scharfen Linien, ein sanfter Lichtschein erhellte ihre Welt.

Wände aus grauen Steinquadern, ein Kamin, in dem ein kleiner, eiserner Topf über dem Feuer hing. Über ihr spannte sich dunkler Stoff... ein Himmelbett?

An der Wand links von ihr stand eine Truhe. Sie wusste, darin lagen Kleider... *ihre* Kleider. Auf dem Tisch neben dem Bett stand eine Kerze, zur Hälfte heruntergebrannt. Wachs klebte auf dem Holz.

Bewegungen im Halbdunkel. Vier Hunde, die auf dem Boden lagen und schliefen ... Wolfshunde, groß und zottelig, gutmütig und doch nicht ungefährlich ... sie spürte das Gewicht des Fünften an ihren Beinen.

Ein schwaches Lächeln zuckte um ihre Lippen.

Sie war zu Hause.

Geborgenheit machte sich in ihr breit, obwohl ihr Körper Signale sandte, die ihr nicht behagten.

Wie lang hatte sie geschlafen?

Erinnerungsfetzen und Bilder. Sie war in den Kerkern gewesen, Wulf hatte sie überrascht. Er war wütend gewesen. Vermutlich würde er sie die nächste Zeit wieder behandeln, als wäre sie nicht vorhanden.

Sie schluckte.

Ihr Mund war trocken und ihre Lippen spröde, als hätte sie sie lange nicht mehr benutzt. Vorsichtig hob sie den Kopf und sah zu dem Kamin hinüber. Ein köstlicher Duft, der von dem kleinen Kessel über dem Feuer ausging, erfüllte den Raum und ließ ihren Magen knurren.

Lee runzelte die Stirn.

Sie war verwirrt.

Warum kochte Malissa hier?

Erschöpft ließ sie sich zurück in die Felle sinken und wandte ihren Blick nach rechts.

Royce!

Ihr Herz machte einen aufgeregten, freudigen Hüpfer.

Er lag neben ihr.

Er war zurück!

Seine Augen waren geschlossen und seine breite Brust hob und senkte sich im Takt seines ruhigen Atems.

Erleichtert, weil er unversehrt und wieder bei ihr war, drehte sie sich auf die Seite, um ihn zu berühren.

Sie stöhnte auf.

Schmerz wälzte sich wie glühende Lava durch ihren Leib. Ihr Brustkorb war wie zugeschnürt und jeder Muskel in ihr protestierte.

Was war hier los?

Warum fühlte sie sich, als wäre sie mit Ketten ans Bett gefesselt?

Sie sank zurück in die Felle und versuchte, ihre Lungen mit Luft zu füllen. Der Schmerz verwandelte sich in ein dumpfes, unangenehmes Pochen.

Sie fühlte sich ... schwach.

Warum?

Was war geschehen?

„Lee.“

Eine Hand legte sich sanft auf ihre Wange und ihr Mann beugte sich über sie. Ein Lächeln lag auf seinem Gesicht und es löste eine wahre Flut an Endorphinen in ihr aus. Glücklich musterte sie sein Gesicht.

Er war nicht mehr wütend.

„Du bist endlich wach“, flüsterte er.

Sie versuchte zu sprechen, doch die Stimme versagte ihr den Dienst. Wortlos griff er nach einem Becher, der auf dem Tisch an seiner Seite stand, und legte ihn an ihre Lippen.

„Trink einen Schluck."

Dankbar ließ sie das Wasser durch ihre Kehle laufen, verschluckte sich prompt und hustete. Erneut machte sich Schmerz in ihr breit.

Er stellte den Becher beiseite und schüttelte vehement den Kopf, als sie versuchen wollte, sich aufzusetzen. Seine warme Hand auf ihrer Brust hinderte sie daran, sich zu bewegen.

Lee runzelte die Stirn.

Wo war ihre Kraft hin?

„Bleib liegen", bat er.

„Du bist wieder da", krächzte sie und versuchte sich an einem Lächeln. Ihr Körper fühlte sich seltsam an, als müsste sie sich erst wieder an ihn gewöhnen.

„Ja, ich bin hier."

Royce legte sich wieder neben sie und küsste flüchtig ihre Stirn.

Erleichterung durchflutete sie.

Es war so schön, seine Nähe zu spüren.

„Wie lange habe ich geschlafen?", fragte sie.

„Du warst fast fünf Tage bewusstlos", gab er zurück.

Überrascht hob sie den Blick.

Fünf Tage?!

„Bewusstlos?", wiederholte sie.

Er strich ihr über die Stirn.

„Du hattest hohes Fieber." Er betrachtete sie mit seltsamem Ausdruck. „Wie fühlst du dich?"

„Nicht so gut. Mir tut alles weh."

„Es hat dich viel Kraft gekostet, gesund zu werden."

Lee musterte ihn fragend.

„Was ist passiert?"

Er erwiderte ihren Blick mit deutlichem Zögern, tief durchatmend stützte er sich auf einem Ellenbogen ab.

„Woran erinnerst du dich noch?", wollte er wissen.

Sie runzelte die Stirn und bemühte sich um Konzentration.

„Ich weiß nicht... ich... ich habe die Kerker gefunden. Ich war unten. Wulf hat mich überrascht und... ich glaube, er ist sauer auf mich. Ich wollte nicht, dass er wieder wütend ist."

Ein schwaches Schmunzeln legte sich auf Royces Lippen.

„Glaub mir, Wulf ist alles andere als verärgert über deine Taten."

Seine Fingerknöchel strichen über ihre Wange.

„An was erinnerst du dich noch?"

Sie schloss die Augen und versuchte, die verwirrenden Bilder in ihrem Kopf zu ordnen. Es hatte einen Kampf gegeben, draußen vor der Burg.

Männer waren gefallen... Eisen und Blut.

Ein Gesicht tauchte aus dem Dunkel auf.

Schmal und kalt, mit finsterem Blick.

Lee riss die Augen auf.

„Gallowain!"

Alarmiert sah sie Royce an.

„Wulf... Braga... was ist mit den Anderen? Leben sie noch?"

Er hob beschwichtigend die Hand.

„Ja. Sie sind verletzt, aber ihre Wunden heilen."

„Es gab Tote."

Royce nickte.

„Ich weiß. Wir haben unsere Gefallenen dem Feuer übergeben."

„Er... wir haben gekämpft... ich habe jemanden getötet."

„Du hast getan, was du tun musstest, Lee."

Die Erinnerungen stürmten unerwartet heftig auf sie ein.

„Er kam mit seinen Männern und dann haben sie plötzlich Wulf und die Anderen angegriffen." Unruhig fuhr sie sich mit einer Hand über das Gesicht. „Ich bin zu ihnen gelaufen ... ich glaube, jemand hat mich niedergeschlagen. Gallowain hat gedroht, die Männer zu töten. Er hat mich geschlagen und anbinden lassen und ... er wollte ..." Sie sah ihn an. Angst flackerte in ihr empor. „Er hat es nicht getan, oder? Sag mir, dass er mich nicht vergewaltigt ... nicht geschändet hat."

Royce schüttelte den Kopf.

„Er hat dich nicht angerührt ... nicht auf diese Weise."

„Was hat er dann getan?"

„Sie haben dich ausgepeitscht." Royce zögerte einen Moment, ehe er weitersprach. „Du hast schwere Verletzungen davongetragen."

Das erklärte die Schmerzen, die sie bislang nicht hatte deuten können. Sie atmete tief ein.

„Aber ich habe überlebt", flüsterte sie, „und du bist wieder bei mir." Ohne auf seine Proteste zu achten, drehte sie sich mühsam auf die Seite. „Hast du mir verziehen?"

Mit einem Seufzer legte er ihr eine Hand auf die Wange.

Warum war er so vorsichtig?

Lee versuchte, näher an ihn heranzurücken. Er hatte ihr so sehr gefehlt und sie wollte nichts mehr, als dass er sie endlich wieder in die Arme nahm und an sich zog.

„Ich bin schon lange nicht mehr wütend auf dich", gab er zurück, „nur auf mich selbst. Es tut mir leid, dass ich dir nicht vertraut habe und dass ich nicht hier war, um dich zu beschützen."

„Du bist *jetzt* hier, das allein ist wichtig für mich."

Er rückte ein Stück von ihr ab.

Für einen flüchtigen Moment hatte sie den Eindruck, er hätte Angst, ihr wehzutun, wenn er ihr zu nahe kam.

„Die Anderen werden froh sein zu hören, dass du wach bist. Wir haben um dich gebangt."

„Um mich gebangt?" Sie schüttelte den Kopf. „Ich war doch nur bewusstlos." Lee musterte ihn und bemerkte plötzlich die Veränderungen in seinem Gesicht. Bildete sie sich das nur ein oder war er tatsächlich schmaler geworden? Zum ersten Mal spürte sie seine Verunsicherung und das deutliche Zögern, ihr zu erzählen, was außerdem geschehen war.

„Sag mir, was passiert ist."

Er schluckte sichtlich.

„Dein Rücken war zerfetzt von der Peitsche, die sie benutzt haben. Du hast mehr als ein halbes Dutzend tiefer Fleischwunden davongetragen, die von unserer Heilerin verschlossen wurden. Du hast viel Blut verloren." Royce griff nach ihrer Hand. „Es ist gut verheilt bisher, doch die Narben werden dich stets daran erinnern. Du hast um dein Leben gekämpft, während Fieberträume dich plagten. Gallowains Schläge haben zu weiteren Blutungen geführt." Er stockte. „Es tut mir leid ..."

Lee musterte ihn irritiert, als er nicht weitersprach.

„Was tut dir leid?", fragte sie.

Seine Augen waren dunkel vor Kummer.

„Du hast das Kind verloren."

Die Welt um sie herum wurde grau.

„Welches Kind?"

„Unseres."

Lee starrte Royce an und verstand für einen langen Moment die Bedeutung seiner Worte nicht. Nur nach und nach sickerte in ihr Bewusstsein, was er da sagte.

Das Atmen fiel ihr schwer.

„Ich bin schwanger?"

Ihre Stimme bebte.

Er senkte für einen Moment den Blick, ehe er sich aufsetzte und ihr wieder in die Augen sah.

„Du *warst* es", entgegnete er. „Du hattest eine Fehlgeburt." Seine Lippen pressten sich aufeinander. „Wir haben auch *dich* fast verloren."

Sie erkannte Enttäuschung und Trauer in seinem Blick und fühlte sich so elend wie noch nie zuvor. Der körperliche Schmerz war nicht annähernd so schlimm wie die namenlose Qual, die plötzlich über sie hinwegrollte.

Dieser winzige Augenblick aus Euphorie und Glück, der sie übermannt hatte, fiel in sich zusammen und riss ein klaffendes Loch in sie hinein.

Die Hunde begannen leise zu winseln.

Kälte kroch durch ihre Finger und Zehen. Sie schlich sich durch jede Ader ihres Körpers und schien sie innerlich zu Eis erstarren zu lassen. Aus Kälte wurde Hitze, unerträglich und schmerzhaft loderte sie in ihr empor und verwandelte ihre Seele in einen schwarzen, glühenden Fleck.

Bekümmert schlang sie die Arme um den Oberkörper und schloss ihre Augen.

Sie wollte schreien, so laut sie konnte, und doch kam kein Ton über ihre Lippen.

Sie wollte den Schmerz aus ihrer Brust zerren, der sie niederpresste und ihr Herz zwischen gewaltigen Klauen zerquetschte.

Etwas wütete in ihr.

Etwas mit spitzen Zähnen und scharfen Krallen, das ihr Inneres zerfetzte und blutige Stücke aus ihrem Fleisch riss. Feuriger Atem verbrannte ihre Haut und verdunkelte ihre Welt.

Gequält rollte sie sich zusammen und spürte kaum, wie die ersten Tränen ihr über die Wangen liefen. So wenig, wie sie noch Royces Hand auf ihrer Schulter spürte oder seine tröstenden Worte wahrnahm.

Das Wehklagen der Hunde wurde lauter und vereinte sich mit einem Grollen, das die Mauern der Feste erzittern ließ. Sie war taub und stumm und verbrannte inmitten des Feuers, das sie verzehrte, zu heißer Asche.

Hände griffen nach ihr, groß und kräftig. Sie zogen Lee an einen warmen Körper und wiegten sie wie ein Kind hin und her. Sie war geborgen und beschützt, und doch tat sich die Hölle vor ihr auf, als sie die Augen schloss.

***

Ihre Lider fühlten sich unangenehm geschwollen an.

Sie hatte die ganze Nacht hindurch geweint, bis irgendwann keine Tränen mehr da gewesen waren. Doch sosehr der Verlust sie auch schmerzte, so dankbar war sie Royce, der neben ihr gelegen und sie schweigend festgehalten hatte.

Nun lag sie in der Dämmerung des Morgens und starrte gegen den Betthimmel. Sie fühlte sich ausgelaugt und müde, aber an Schlaf war nicht zu denken.

Obgleich sie von dem Kind nichts gewusst hatte, traf sein Tod sie mit einer Wucht, als hätte sie es selbst in ihren Armen gehalten. Sie hatte nicht geahnt, wie sehr der Verlust eines Lebens, das zwischen Royce und ihr entstanden war, sie treffen konnte.

Der Mann an ihrer Seite war vor einer Stunde eingenickt und sein warmer Atem streifte ihr Haar. Sie war trotz all der Trauer in ein wohliges Gefühl aus Geborgenheit eingehüllt, weil er sie in seinen Armen hielt und an sich drückte. Die gemeinsame Trauer hatte sie einander näher gebracht ... näher, als jede Leidenschaft es vermutlich geschafft hätte.

Sie hob den Kopf und warf ihm einen prüfenden Blick zu.

Er schien fest eingeschlafen zu sein.

Vorsichtig schob sie seinen Arm beiseite und drehte sich der Bettkante zu. Ihr Rücken protestierte und jeder Muskel in ihrem Leib schien aufzuschreien, aber sie musste dringend zur Toilette und wollte dafür gewiss nicht Royce wecken.

Geräuschlos setzte sie sich auf, presste die Zähne aufeinander und bemühte sich, dass kein Ton über ihre Lippen kam.

Sie fröstelte.

Das Feuer im Kamin war längst heruntergebrannt und Kälte breitete sich im Zimmer aus. Da half nur Bewegung. Beide Füße auf dem Boden, hielt sie sich am Bettpfosten fest und stemmte sich hoch.

Ihr schwindelte und die Welt brauchte einen Moment, ehe sie aufhörte, sich zu drehen. Sie fühlte sich so schwach wie noch nie zuvor in ihrem Leben ... als hätte jegliche Kraft sie verlassen.

Den Kopf zur Seite gewandt, sah sie zur Badezimmertür hinüber. Die wenigen Meter schienen sich plötzlich in Meilen zu verwandeln. Entschlossen ballte sie die Hände zu Fäusten und schob sich vorsichtig um die Ecke des Bettes herum.

Das war ein rein psychologisches Problem. Vielleicht war sie noch nicht wieder ganz fit, aber sie war diese paar Meter schon so oft gelaufen, sie würde sie auch nun überwinden.

Offensichtlich hatte sie eine ziemliche üble Zeit überlebt, da würde sie nun nicht an ein paar Schritten Richtung Bad scheitern.

Mit weichen Knien tippelte sie unsicher neben dem Bett entlang, umrundete es und blieb auf Royces Seite stehen. Zwei letzte Meter lagen vor ihr, auf denen sie sich an nichts festhalten konnte.

Lee atmete tief durch.

Sie würde jetzt einen Fuß vor den anderen setzen, ihr Gleichgewicht halten und die Badezimmertür erreichen. Da war doch nichts bei.

Nach dem ersten Schritt spürte sie, wie ihre Beine sich in Pudding verwandelten und jegliche Energie sie zu verlassen schien. Vergeblich versuchte sie, sich an der glatten Wand festzuhalten, dann schlug sie der Länge nach auf den Boden.

Royces Hände schlossen sich um ihre Arme, drehten sie vorsichtig um und er beugte sich über sie.

„Hast du dich verletzt?", wollte er wissen.

Sein Blick glitt tastend über ihren bloßen Körper und sie spürte Verlegenheit in sich aufsteigen. Er hatte sie schon früher nackt gesehen, doch zum ersten Mal empfand sie tatsächlich Scham. Hastig würgte sie den Kloß in ihrem Hals herunter.

„Nein, nur meinen Stolz", erwiderte sie leise. Er lächelte schwach.

„Gib dir Zeit, Lee. Die letzten Tage haben dich viel Kraft gekostet, mit ein wenig Übung bist du rasch wieder

411

auf den Beinen." Er schob ihr die Arme in die Kniekehlen und unter den Rücken und hob sie mühelos hoch. „In der Zwischenzeit bin ich dafür da, dir in allen Lebenslagen zur Seite zu stehen." Ein sachtes Grinsen erschien auf seinem Gesicht. „Welches Ziel hatte Mylady ins Auge gefasst?"

Sie verzog den Mund.

„Ich muss mich erleichtern."

„Wie Mylady wünschen."

Kichernd lehnte sie den Kopf an seine Schulter, während er sie die wenigen Meter ins Bad trug und schließlich vor der Toilette absetzte. Als er neben ihr stehen blieb, musterte sie ihn argwöhnisch.

„Den Rest schaffe ich allein", bemerkte sie. Langsam wurde das Bedürfnis, die Blase zu leeren, ziemlich dringend, aber sie wollte sich nicht setzen, solang er neben ihr stand.

„Denkst du nicht, deine Schamhaftigkeit ist ein wenig unangebracht, nachdem ich dich die letzten fünf Tage versorgt habe?", fragte er.

Ihre Wangen loderten heiß auf, als ihr bewusst wurde, was seine Worte bedeuteten. Zu schwach, um sich länger als nötig auf den Beinen zu halten, ergab sie sich resigniert der Situation.

Dennoch war sie froh, als er sich rücksichtsvoll abwandte, nachdem er ihr, wie einer alten Frau, auf die Toilette geholfen hatte.

Tatsächlich schob er zu ihrer Verwunderung sogar den Wandschirm so vor sie, dass sie vor möglichen Blicken verborgen blieb. Dann ging er hinaus, um heißes Wasser zu ordern. Sie hätte protestiert, doch wenn sie ehrlich war, sehnte sie sich nach einem Bad und dem Gefühl von ein wenig mehr Sauberkeit.

Während sie wartete, hörte sie Stimmen, unzählige Schritte und das plätschernde Geräusch von Wasser, das in den Badezuber geschüttet wurde. Erleichtert atmete sie auf, als der Lärm verklang und Royce den Wandschirm beiseitedrückte.

„Ich dachte mir, dass dir ein Bad gefallen würde", bemerkte er. Sie nickte verschämt.

„Ja, sehr."

Erneut hob er sie hoch und trug sie zu der Wanne hinüber, wo er sie langsam ins Wasser sinken ließ. Sie biss die Zähne aufeinander, als die heiße Nässe sie umspülte. Zum ersten Mal wurde sie sich deutlich der Wunden auf ihrem Rücken bewusst, die die Peitsche hinterlassen hatte.

„Hast du Schmerzen?", wollte er wissen.

„Es brennt", gab sie zurück, „aber ich glaube, es wird gehen."

Ohne auf ihren halbherzigen Protest zu achten, begann er, sie zu waschen.

„Du musst das nicht tun", murmelte sie verlegen.

„Was denkst du, was ich die letzten Tage getan habe?"

Er zwinkerte ihr zu, während er mit dem nassen Schwamm über ihre Schultern fuhr.

„Ich habe mich mit den Frauen darin abgewechselt, dich zu waschen, dich zu umsorgen und dir diesen fürchterlich stinkenden Heiltrank einzuflößen." Seine Hand glitt über ihren Arm und das Lächeln auf Royces Gesicht verschwand. „Wir mussten dich sogar in Eiswasser legen, um dein Fieber zu senken."

Lee griff nach seinen Fingern und hielt sie fest. Ihre Blicke tauchten ineinander.

„Danke – für alles, was du getan hast. Ich weiß das zu schätzen … aber ich kann mich jetzt selber waschen."

Das Grinsen kehrte auf seine Lippen zurück und er griff nach ihrem anderen Arm.

„Schenk mir den Moment", bat er. „Es ist lang her, seit du mich angesehen und angelächelt hast, während ich dich berühre."

„Du beschämst mich."

Seine Finger strichen über ihre Wange und er wurde augenblicklich ernst.

„Nein, Lee. Keine Scham soll zwischen dir und mir stehen. Es tut mir leid, dass ich dich so im Stich gelassen habe. Ich schwöre, ich werde künftig besser auf dich Acht geben."

Sie hielt seine Hand fest und seinen Blick gefangen.

„Das war nicht deine Schuld, Royce, und du wirst mich niemals vor allem beschützen können. Alles, was du tun kannst, ist, mich zu lehren, mich selbst zu verteidigen."

„Du hast drei Männer getötet", erwiderte er belustigt. „Du bist bereits jetzt in der Lage, dich zu verteidigen."

„Trotzdem hat man mich überwältigt."

Kopfschüttelnd nahm er wieder den Schwamm zur Hand und wusch sie weiter. Sie ließ ihn gewähren.

„Das ist schon anderen Kriegern widerfahren."

„Dann muss ich besser werden als sie."

Sein Lachen klang noch in ihren Ohren, als er ihr aufhalf. Er hob sie aus der Wanne und hielt sie fest, bis sie ihr Gleichgewicht wiederfand.

Nachdem er sich mit solcher Selbstverständlichkeit um sie gekümmert und sie gewaschen hatte, war ihre unerwartete Scham langsam gewichen. Tatsächlich hatte sie es genossen, sich wieder sauber und erfrischt zu fühlen.

Seine Hände waren ebenso zärtlich wie vertraut über ihren Körper geglitten, und dennoch hatte es nichts Anrüchiges gehabt. So wenig, wie es jetzt irgendwelche amourösen Gedanken in einem von ihnen auszulösen schien, während er sie abtrocknete.

Stattdessen empfand sie eine tiefe Dankbarkeit.

Lee bezweifelte, dass sie diese Grenzüberschreitung ihrer Intimsphäre in ihrer eigenen Welt akzeptiert hätte. Sie hatte nur zu gut in Erinnerung, wie viel Überwindung es sie damals gekostet hatte, sich auf ähnliche Weise um ihre pflegebedürftigen Eltern zu kümmern. Daran war nichts einfach oder angenehm gewesen – im Gegenteil.

Mit einem ihrer Kleider in der Hand trat Royce vor sie und lächelte auf sie hinab.

„Arme hoch", befahl er.

Sie spürte die Spannung in ihrem Rücken, kaum dass sie seine Worte befolgte. Es fühlte sich seltsam an, als wäre ihr die eigene Haut zu klein geworden – wie eine Bluse, die zu heiß gewaschen worden war.

Unwillkürlich fragte sie sich, wie schlimm die Verletzungen auf ihrem Rücken wohl waren. Fand Royce sie überhaupt noch attraktiv?

Lee sah, wie sein Blick über ihren nackten Körper glitt. Fürsorglich und bedacht. Von der Gier und dem Hunger, den sie vor nicht allzu langer Zeit noch geteilt hatten, war nichts mehr zu spüren.

Verbitterung machte sich unvermittelt in ihr breit.

Vielleicht entstellten die Narben sie so sehr, dass sie ihre Anziehungskraft auf ihn eingebüßt hatte. Sie verzog die Lippen.

Es war sein gutes Recht, sie nicht mehr zu wollen.

Sie war verunstaltet und hatte das gemeinsame Kind verloren. Vermutlich grenzte es an ein Wunder, wenn er sie je wieder berührte.

Ernüchtert ließ die Arme sinken, ehe er ihr das Kleid überstreifen konnte. Sie musste sich vergewissern.

„Ich will es sehen!"

Überrascht hoben sich seine Augenbrauen.

„Was willst du sehen?"

„Meinen Rücken."

Sie spürte sein Zögern fast körperlich.

„Ich halte das für keine gute Idee", bemerkte er.

„Mag sein." Sie verzog das Gesicht. „Aber es ist *meine* Entscheidung, oder?"

Er rümpfte die Nase und zwischen seinen Augenbrauen entstand eine steile Falte.

„Es *ist* deine Entscheidung."

Widerwillig drückte er ihr das Kleid in die Finger und begleitete sie hinter den Wandschirm, ehe er sich der Tür zuwandte.

„Bleib hier."

Sie war schon fast so weit, sich selbst das Kleid über den Kopf zu ziehen, als sie Geräusche hörte und den Stoff hastig an ihre nackte Brust drückte. Im nächsten Augenblick betraten zwei Menschen schnaufend das Bad und sie hörte, wie etwas mit einem dumpfen Laut zu Boden gelassen wurde.

„Wie fühlst du dich?"

Es war Wulfs Stimme, die hinter dem Paravent erklang, und sie war überrascht, dass er wieder mit ihr sprach.

„Es wird besser", gab sie leise zurück und versuchte, sich ihre Freude über seinen Sinneswandel nicht zu sehr anmerken zu lassen, „danke der Nachfrage."

„Es tut mir leid, was passiert ist."

Sie unterdrückte einen Seufzer. Wie gern hätte sie ihm jetzt in die Augen gesehen. Stattdessen starrte sie auf dunkles Holz und staubiges Leinen.

„Das war nicht deine Schuld, Wulf."

„Wir haben uns überrumpeln lassen. Dieser Fehler hat sechs von uns das Leben gekostet."

Mühsam stand sie auf und tastete sich an dem Wandschirm entlang. Sie hörte ihn auf der anderen Seite atmen. Er klang, als hätte er etwas Schweres geschleppt. Lee lehnte den Kopf gegen das Holz.

„Es tut mir leid, dass wir Männer verloren haben", erwiderte sie aufrichtig. „Ich wünschte, ich hätte helfen können."

„Das hast du, Lee!" Er räusperte sich umständlich und senkte seine Stimme. „Ohne dich wären noch mehr von uns gestorben. Wir sind dir zu ewigem Dank verpflichtet."

Irritiert schüttelte sie den Kopf.

„Was? Nein ... ich habe doch nichts getan."

„Du hast mehr getan als ..."

„WULF!"

Royces Stimme unterbrach ihre Unterhaltung und sie hörte weitere Schritte, die das Badezimmer betraten. Holz schleifte über Stein.

Was ging da vor sich?

Gemurmel von mehreren Männern entfernte sich, dann schloss sich die Tür zum Schlafzimmer. Das Gesicht ihres Mannes schob sich an dem Paravent vorbei.

Sein Blick war zwar nicht so finster wie in früheren Zeiten, aber Fröhlichkeit sah auch anders aus.

„Bist du bereit?", wollte er wissen.

„So bereit, wie ich sein kann", erwiderte sie.

Er kam zu ihr, hob sie entgegen ihrer Proteste hoch und trug sie in die Mitte des Bades.

An der Wand hinter dem Zuber befand sich eine Nische, in der bislang immer eine Bank gestanden hatte. Diese hatte zwei monströsen und wirklich hässlichen Spiegeln Platz gemacht, die dort einander gegenüberstanden.

Das Herz pochte plötzlich heftig in ihrer Brust, und als sie Royces fragenden Blick auffing, nickte sie stumm. Er ließ sie zu Boden.

Mit wackeligen Knien überwand sie diesen letzten Schritt, atmete tief durch und hob den Kopf. Sie musterte einen Moment lang ihre nackte Vorderseite.

Sie hatte deutlich an Gewicht verloren, obwohl sie nur wenige Tage bewusstlos gewesen war. Zahlreiche Prellungen zierten ihr Gesicht und ihren Bauch. Nachdenklich ließ sie ihre Finger darüberstreichen und drängte die dumpfe Trauer zurück, die sich erneut in ihr breitmachen wollte.

Langsam hob sie den Blick, drehte sich ein Stück zur Seite und betrachtete ihre Rückseite. Zehn sorgfältig genähte Schnitte, lang, rot und frisch verheilend, verteilten sich auf ihrem Rücken.

Zwei von ihnen zerteilten das Bildnis eines Drachen, der mit ausgebreiteten Flügeln auf einer Klippe saß.

Fassungslos schnappte sie nach Luft.

Ein Zittern überlief sie und Lee drückte ihre Finger gegen die Wand, um den Halt nicht zu verlieren.

Sie hatte mit den Peitschenhieben gerechnet, aber das?

Träumte sie?

Hatte man sie tätowiert?

Die schwarzen Linien waren an den Rändern gerötet und verkrustet, als hätten sie sich in ihre Haut gebrannt.

Was hatten sie mit ihr gemacht?

War das Teil von Gallowains Plan gewesen?

Hatte er sie auf *seine* Weise *gebrandmarkt*?

Bleierne Schwere machte sich in ihr breit und sie spürte kaum noch, wie ihre Beine nachgaben.

Er hatte sie für alle Zeit entstellt.

Royces Arme legten sich um sie und Lee schloss die Augen.

Sie wollte schlafen… einfach nur schlafen und nicht wieder aufwachen. Vielleicht war dies das letzte Mal, dass er sie festhielt.

Wie konnte er darüber hinwegsehen?

Der Söldner hatte auf eine Weise Anspruch auf sie erhoben, die auf ewig zwischen ihnen stehen würde.

Nun würde nichts mehr sein wie zuvor.

***

Widerstrebend hob sie den Kopf und sah sich um.

Es war dunkel.

Dunkel und kalt.

Irgendwo hörte sie das Plätschern von Wasser, das auf Felsen tropfte. Das Tosen der Brandung, die gegen die Klippen schlug.

Es war ungemütlich und feucht.

In der Düsternis konnte sie kaum einen Umriss ausmachen, geschweige denn Details erkennen. Ihre Augen gewöhnten sich nur langsam an diese Welt weit jenseits des Lichts.

Ihr Atem ging schwer und gleichmäßig.

Ein seltsames Rauschen erfüllte die Luft und wurde von den umliegenden Felswänden zurückgeworfen.

Sie war müde, müde und allein.

Resigniert ließ sie den Kopf wieder sinken.

SCHMERZ!

Weißer, blendender Schmerz, der ihre Brust durchdrang und sich in ihr Fleisch fraß. Sie zuckte zusammen und wich zurück.

Warum?

Woher kam er?

Sie sah sich um und konnte doch nichts erkennen.

SCHMERZ!!!

Ihr Rücken brannte lichterloh und ihr Leib verglühte im Höllenfeuer – sie riss die Augen auf und durch den Nebel der beginnenden Ohnmacht erkannte sie Männer, die am Boden lagen – gefesselt und geknebelt.

Söldner, die lachend dastanden, auf ihre Waffen gelehnt und sie mit Blicken auszuziehen schienen. Sie warteten auf ihre Schwäche, auf ihr Scheitern.

Feuer und Zorn wogten in ihr empor.

Ein Hass, der so alt war wie sie selbst.

Der Nebel zog sich zurück, legte sich auf ihre Haut und formte ihren Schädel nach. Während der Schrei ihres menschlichen Körpers verklang, brüllte ihre Seele all die Wut und den Schmerz hinaus in diese kalte, von Menschen regierte Welt.

Wäre es ihr möglich gewesen, hätte sie diese fleischlichen Wesen, die nach nichts Anderem als Macht und Reichtum strebten, zu Asche verbrannt und ihre Seelen auf ewig vernichtet.

Sie sah Männer, deren Gesichter grau wurden vor Angst und die in Panik davonrannten, während jene, die am Boden lagen, ihre Augen schlossen und nicht glauben wollten, was sie sahen.

Und dann sah sie sich selbst ... zwischen zwei Holzpflöcken angebunden, halb entblößt und bewusstlos, der Körper zerschunden von den Schlägen einer von Menschen erschaffenen Waffe.

Dem Tode näher als dem Leben.

Der Nebel löste sich auf, umschmeichelte sie, tröstend, behütend … er durchdrang sie und streifte ihre Seele.

Zu all dem Hass und der Kälte gesellte sich ein lang vergessenes Gefühl von Liebe.

Er würde kommen.

***

Lee lächelte.

Sie wusste, sie hatte geträumt und lag in ihrem Bett. Sie spürte Royces Nähe, seinen Atem, der ihren Nacken streifte, seine Arme, die sie umfangen hielten.

Fast widerwillig öffnete sie die Augen und sah sich um.

Es war dunkel im Zimmer. Das Feuer im Kamin war heruntergebrannt und sie fror nur deshalb nicht, weil der Mann hinter ihr sie wärmte und die Hunde ihr zusätzlichen Schutz boten.

Irritiert hob sie eine Augenbraue.

Warum lächelte sie?

Sie fühlte sich … *merkwürdig*.

Schlief sie noch oder war sie wirklich wach?

Nachdenklich hob sie den Kopf und schaute sich um. Der Raum sah aus wie immer, auch Royce wirkte unverändert.

Der große, schwarze Magath hob kurz den Kopf, blinzelte sie an und schlief weiter.

Sanft schob sie Royces Hände von ihrem Körper, glitt aus dem Bett und griff nach dem Kleid, das über dem Fußende hing. Sie blickte zu den schmalen Fenstern hinüber. Draußen musste tiefe Nacht herrschen.

Wie lang hatte sie geschlafen?

Sie streifte das Kleid über und musterte einen Moment verblüfft ihre Hände im matten Feuerschein. So schwach sie bei ihrem letzten Erwachen gewesen war, so energiegeladen und kräftig fühlte sie sich nun. Ihre Knie wackelten nicht länger, das Zittern in ihren Fingern hatte aufgehört und auch der Schwindel war verschwunden.

Sie spürte die Wunden auf ihrem Rücken, und wie ihre Haut sich spannte. Die Narben, die zurückbleiben würden, könnten sie irgendwann in große Schwierigkeiten bringen. Also musste sie einen Weg finden, um etwas dagegen zu tun.

Lautlos schlüpfte sie in die weichen Pantoffeln, die neben dem Bett standen, und schlich zur Tür hinüber. Mit einem letzten Blick auf Royce vergewisserte sie sich, dass er immer noch schlief, schob die Tür einen Spaltbreit auf und schlängelte sich hindurch.

Sekunden später stand sie auf der oberen Treppenstufe und starrte in die Halle hinab. Dunkelheit und Stille lagen über der Burg. Kein Laut durchdrang die Ruhe der Nacht.

Auf Zehenspitzen schlich sie die Treppe hinab und begab sich Richtung Küche. Sie brauchte dringend etwas von Malissas gutem Essen.

Als sie an der Nische vorbeikam, in der sie die erste Nacht in dieser Burg verbracht hatte, erkannte sie die Umrisse eines Nachtlagers. Die Tür, die dahinter in die Verliese hinabführte, war wieder verschlossen und durch eine Kette gesichert.

Sie verkniff sich ein Grinsen.

Wulf hatte es offenbar ziemlich ernst gemeint, als er gesagt hatte, das Betreten der Kerker sei verboten.

„Du kommst wieder zu Kräften."

Erschrocken zuckte sie zusammen und starrte in die Finsternis, aus der die Stimme gekommen war. Funken stoben, als ein Holzscheit in die Glut des Kamins fiel. Flammen züngelten empor und der wieder auflodernde Feuerschein tauchte die Halle in schwaches Licht.

Neben dem großen Eichentisch stand eine alte Frau.

Sie war mehr als einen Kopf kleiner als Lee. Das graue Haar war von weißen Strähnen durchzogen und im Nacken zu einem dicken Zopf geflochten. Die unzähligen Falten in ihrem Gesicht zeugten von einem langen Leben. Länger vielleicht, als es den meisten Menschen in dieser Zeit vergönnt war.

Eigentlich fehlte ihr nur noch eine schwarze Katze auf der Schulter und sie sähe aus wie die Hexen in Lees alten Kinderbüchern.

Klare, grüne Augen musterten sie aufmerksam.

Wer war das?

Dem Blick nach zu urteilen, mit dem Lee gemustert wurde, war sie dieser Fremden durchaus vertraut … nur sie selbst konnte sich an nichts erinnern.

Sie legte den Kopf schief

„Entschuldigung? Kennen wir uns?"

Die Alte schmunzelte.

„Ich kenne *dich* … aber du mich noch nicht." Sie setzte sich an den Tisch und deutete mit dem Kopf auf den Platz gegenüber. „Setz dich einen Moment zu mir, Lee. Ich möchte mit dir reden."

Okay, gegen reden war nichts einzuwenden.

Was hatte sie schon zu verlieren?

Außerdem war sie neugierig, wer diese Fremde war.

„Wie fühlst du dich?"

Lee rutschte auf ihrem Platz zurecht und zuckte mit den Schultern.

„Ganz gut bisher", erwiderte sie leise.

„Was machen deine Wunden?"

Lee straffte die Schultern.

„Sie heilen", entgegnete sie knapp. Das Lächeln der Alten wurde ein wenig breiter.

„Er hat gesagt, dass du dickköpfig seist."

„Wer?"

„Royce."

Ungeduldig musterte Lee ihr Gegenüber.

„Wer bist du?", wollte sie wissen.

„Ich bin Edda", gab die ältere Frau zurück, „ich kümmere mich um unsere Kranken und Verletzten. Ich bin Kräuterfrau und Heilerin … manch einer nennt mich auch Hexe."

Lees Augenbraue zuckte nach oben.

„Eine Hexe?", wiederholte sie skeptisch.

Edda grinste und zuckte mit den Schultern.

„Du scheinst dem Aberglauben unserer Zeit nicht viel abgewinnen zu können", bemerkte sie.

Lee runzelte die Stirn.

Wieso sagte die Alte das?

„Ich bin im Allgemeinen nicht sehr gläubig", erwiderte sie ausweichend.

Ein leises, meckerndes Lachen erklang und Edda lehnte sich kichernd auf der Bank zurück.

Unschlüssig starrte Lee sie an. Sie wollte auf Eddas Äußerung nicht weiter eingehen und versuchte, das Thema zu wechseln.

„Hast *du* meine Wunden genäht?"

Die Alte wurde wieder ernst.

„Das habe ich."

„Danke." Lee nickte ihr zu. „Gute Arbeit."

Edda legte den Kopf schief.

„Du bist auch eine Heilerin?"

„Nein, aber mein Vater war dir sehr ähnlich, er hat auch die Wunden anderer Menschen versorgt ... als er es noch konnte."

Die Alte starrte sie sekundenlang stumm an.

„Warum hast du sie verlassen?"

Irritiert schüttelte Lee den Kopf.

„Wen verlassen?"

„Deine Welt."

Sie spürte Ärger in sich aufsteigen.

Verdammt! Royce hatte ihr nicht geglaubt.

Warum sprach er nun mit Edda darüber?

„Hat Royce dir davon erzählt? Willst du dich deshalb auch über mich lustig machen?", wollte sie wissen.

„Nein." Edda erhob sich, ging zum Kamin und hängte einen kleinen Topf auf den Haken, der über dem Feuer angebracht war. „Es gibt keinen Grund, sich über den selbstgewählten Tod eines Menschen zu amüsieren. Ich möchte es nur verstehen."

„Warum? Royce hat mir bislang keinen Glauben geschenkt, wenn ich ihm davon erzählte."

„Ich bin nicht Royce", entgegnete Edda und wandte sich zu Lee um. Das Feuer warf unregelmäßige Schatten auf ihr Gesicht. „Die Götter haben mir eine Gabe zum Geschenk gemacht. Ich kann Dinge sehen, die Anderen verborgen bleiben ... und ich habe den Schatten bemerkt, der dich begleitet."

Lee fühlte sich plötzlich unwohl.

„Was für ein Schatten?"

„Dein Körper ist nicht in dieser Welt geboren, Lee. Dich umgeben Licht und Dunkelheit, doch sind sie nur für wenige sichtbar. Obgleich dein Blut bezeugt, dass du schon lange ein Teil von uns bist und deine Seele heimkehrte, so hast du dein einstiges Leben in dieser anderen Welt doch beendet." Sie musterte Lee eindringlich. „Verrätst du mir, warum?"

Einen Moment lang betrachtete sie die alte Frau ungläubig.

Meinte Edda wirklich ernst, was sie da sagte?

Lee gab sich einen Ruck.

„Ich war allein." Achselzuckend betrachtete sie ihre ineinander verflochtenen Finger. „Meine Eltern sind gestorben. Nach dem Tod meiner Mutter gab es dort niemanden mehr, der mir etwas bedeutete ... oder dem *ich* etwas bedeutet hätte."

„Also hast du deiner Heimat den Rücken gekehrt."

Nachdenklich hob Lee den Kopf.

„Nein", erwiderte sie leise. „Es war nie meine Heimat."

„Wie meinst du das?"

„Ich weiß nicht ... aber ich bin *hier* zu Hause. Schon am ersten Tag hier spürte ich, dass ich *angekommen* war. Ich konnte mir das nie erklären, also habe ich mich einfach damit abgefunden."

„Es ist in dir", bemerkte Edda mit einem milden Lächeln.

„In mir?"

Die Alte nahm ihr gegenüber wieder Platz und sah ihr fest in die Augen.

„Dein Leib ist in dieser anderen Welt geboren." Sie griff nach Lees Fingern. „Doch deine Seele ist viel älter als die der Meisten von uns. Nur Royce trägt ein Licht in sich, das deinem gleicht. Ihr seid füreinander bestimmt und miteinander verbunden, mehr als ihr beide es zu diesem Zeitpunkt auch nur ahnt."

„Bist du von allen guten Geistern verlassen?"

Wütend blieb er auf der oberen Stufe zum Hof stehen und musterte Lee, die vor einem der Holzpfähle stand und mit einem Schwert darauf einschlug. Das Kleid klebte ihr am Körper und der Schweiß lief ihr über das Gesicht. Nur zögernd ließ sie die Waffe sinken.

„Ich darf nicht zu lange warten mit dem Training", entgegnete sie. „Je früher ich wieder damit beginne, desto besser."

Zornig eilte er die beiden Stufen hinab und blieb vor ihr stehen. Er konnte einfach nicht glauben, was er hier sah. Als er vor wenigen Augenblicken wach geworden war und ihre Seite des Bettes leer vorgefunden hatte, war er davon überzeugt gewesen, sie hätte sich ins Bad zurückgezogen.

Er war hinabgegangen in die Halle, um ein kleines Frühstück bei Malissa zu beschaffen. Stattdessen hatte ihn der Lärm im Hof angelockt und er glaubte zu träumen, als er seine Frau wütend mit einem Schwert auf den Holzpflock einhacken sah.

„Du konntest dich gestern kaum auf den Beinen halten, Lee. Was denkst du, was geschieht, wenn deine Kräfte plötzlich nachlassen, während du ein Schwert schwingst?"

Deutlich genervt stemmte sie eine Hand in die Hüfte.

„Keine Ahnung. Aber ich bin sicher, du wirst es mir gleich erzählen", entgegnete sie ungehalten.

Wütend starrte er auf sie hinab.

Hatte sie noch nicht genug Leid erlebt?

Musste sie sich auch noch selbst in Gefahr bringen?

Er wurde nicht schlau aus diesem Weib.

„Du wirst dich und Andere verletzen", knurrte er. „Ist das dein Ziel?"

Sie runzelte die Stirn.

„Natürlich nicht, aber …"

Er unterbrach sie mit einer unwirschen Handbewegung.

„Es gibt kein *Aber*, Lee. Es gibt Zeiten, in denen man kämpft, und Zeiten, in denen man ruht." Verärgert deutete er zu dem Pranger hinüber. „Vor weniger als einer Woche wärst du dort drüben fast gestorben. Dein Körper ist noch nicht so gesund, wie dein Geist es dir vorzugaukeln scheint."

„Es geht mir gut", erwiderte sie gereizt. „Ich fühle mich stark genug für ein paar kleine Übungen. Ich hatte nicht vor, es zu übertreiben oder mich mit jemand Anderem zu messen."

„Ich verstehe es nicht, Lee. Ist dir noch nicht genug Gewalt widerfahren?", wollte er wissen.

„Warum bist du so wütend auf mich?", brüllte sie.

„Du hast unser Kind verloren!", schrie er zurück. „Willst du alles hinwerfen, wofür du gekämpft hast? Willst du dieses Leben ebenso leichtsinnig beenden wie dein altes? Bist du dir selbst so wenig wert?"

Ihr Kinn zitterte, dann rammte sie das Schwert in den Boden, raffte ihren Rock und rannte wortlos an ihm vorbei.

Den Kopf in den Nacken gelegt, starrte er einen Moment zum Himmel hinauf und atmete tief ein. Er hatte sie nicht anschreien wollen, aber die Angst um sie zerquetschte seine Brust.

„Du musst lernen loszulassen."

Wütend fuhr er auf dem Absatz zu Edda herum. Sie stand im Portal zur Burg und musterte ihn unbeeindruckt.

„Wenn du sie einengst, wirst du sie verlieren."

„Ich enge sie nicht ein", gab er zurück. „Ich sorge mich nur um sie."

„Dann gib ihr Luft zum Atmen."

„Ich soll was?"

Verärgert überwand er die wenigen Schritte und blieb vor ihr stehen.

„Du hast neben mir gesessen, Edda. Du weißt, was mit ihr war. *Du* hast ihre Wunden vernäht. *Du* hast ihr totes Kind auf die Welt gebracht. *Sie wäre fast gestorben!*"

Unbeeindruckt erwiderte sie seinen aufgebrachten Blick.

„Ja, aber sie hat überlebt. *Daran* solltest du denken, Royce. Sie ist hier und ihre Kräfte kehren zurück." Ihre Augen wurden schmal, während sie ihn betrachtete. „Wäre sie einer deiner Krieger, würdest du sie gewähren lassen."

„Sie ist aber keiner meiner Krieger", grollte er. „Sie ist meine *Frau* und die Herrin dieses Clans."

„Du hast sie gelehrt zu kämpfen!"

„Ja, aber nicht, damit sie stirbt!"

Edda betrachtete ihn einen Moment lang stumm.

„Wovor hast du Angst?"

Die Schultern gestrafft, trat er einen Schritt zurück und schüttelte den Kopf.

„Ich habe keine Angst."

Ihr Blick durchdrang ihn.

„Du liebst sie."

Fast wütend wandte er sich ab und starrte zu dem Schwert hinab, das immer noch im Boden neben dem Holzpfahl steckte.

„Ich liebe niemanden. Ich bin verantwortlich für sie und natürlich will ich nicht, dass ihr etwas zustößt ... Liebe ist etwas für Schwächlinge."

Edda trat lautlos neben ihn.

„Gut ... dann musst du lernen, ihr zu vertrauen. Sie ist stärker, als du denkst." Vorsichtig schlossen sich ihre Finger um seinen Arm. Royce schob unwillig das Kinn vor. „Sie wird Ablenkung brauchen, um sich von dem Verlust des Kindes zu erholen. Verwehre es ihr nicht."

Unschlüssig blieb er vor der Tür zu seinem Schlafzimmer stehen. Eddas Worte klangen immer noch in ihm nach. Vielleicht war er wirklich zu überbesorgt.

Sie hatte recht, wenn sie sagte, dass er mit seinen Kriegern anders verfahren wäre.

Dennoch fiel es ihm schwer, diese Tatsache zu akzeptieren.

Er mochte es Edda gegenüber nicht zugeben, aber Lee trainieren zu sehen, hatte tatsächlich Angst in ihm ausgelöst. Er wusste, sie würde ohne Zögern erneut hinausrennen, um sich in einen Kampf zu stürzen, und er wollte nichts weniger, als sie abermals verletzt am Boden zu sehen. Sie musste lernen, sich zurückzuhalten, die Schlacht den Kriegern zu überlassen.

Er musste mit ihr reden.

Entschlossen öffnete er die Tür und verharrte wie angewurzelt auf der Schwelle.

Lee lag nackt auf dem Bett und starrte teilnahmslos gegen den Betthimmel.

Ihr Anblick irritierte ihn.

Natürlich hatte er sie auch die letzten Tage nackt gesehen. Vermutlich war ihm ihr Körper so vertraut wie nie zuvor … aber da war er beschäftigt gewesen mit der Versorgung ihrer Wunden oder dem Kühlen des Fiebers.

Verflucht, vor einem Tag noch hatte er sie in den Zuber gesetzt und sie gewaschen.

„Findest du mich hässlich?"

Ihre Frage traf ihn unvorbereitet.

Verwirrt trat er in das Zimmer und schloss die Tür hinter sich.

Seine Augen huschten über ihren Leib, die weichen Brüste, die blauen Flecken, ihre einladenden Hüften, den Flaum ihrer Scham und die schönen Beine.

Wie sollte er sich nicht von ihr angezogen fühlen?

Obgleich er sie umsorgt und ihr beigestanden hatte, war er sich ihrer Wirkung auf ihn immer bewusst gewesen. Doch in den letzten Tagen hatte das nicht gezählt. Es war nur wichtig gewesen, dass sie überleben und gesund werden würde.

„Wie kommst du auf eine solche Idee?", fragte er zurück.

Sie wandte ihm den Kopf zu und er bemerkte, wie ihre blauen Augen verdächtig glänzten. In seiner Brust zog sich etwas zusammen. Er wollte sie nicht wieder weinen sehen.

Es war die Hölle gewesen, sie nach der Nachricht über den Tod des Kindes festzuhalten und ihr den Schmerz nicht nehmen zu können.

„Er hat mich entstellt." Ihre Unterlippe zitterte. „Das auf meinem Rücken wird immer zwischen uns stehen."

Der letzte Hauch von Ärger verflüchtigte sich und Royce setzte sich neben ihr aufs Bett.

Er griff nach ihrer Hand und versuchte, nicht ihre schönen, nackten Brüste anzustarren.

„Die Narben werden ein Teil von dir sein", erwiderte er leise. „Sie sind Zeugnisse einer Schlacht, in der du dich tapfer geschlagen hast."

„Aber was ist mit dem Drachen?"

Er stutzte.

„Was soll damit sein?"

„Gallowain ... er hat mich für alle Zeit gebrandmarkt."

Einen Moment lang musterte er sie überrascht, dann ließ er nervös ihre Hand los, erhob sich und ging zum Kamin hinüber.

Natürlich, wie sollte sie die Wahrheit auch kennen? ... Er hatte ihr nicht gesagt, was es damit auf sich hatte.

„Gallowain hat dich nicht gebrandmarkt."

Sie bewegte sich auf dem Bett.

„Aber er hat meine Haut verbrannt mit diesem Bild." Verzweiflung lag in ihrer Stimme. „Er hat mir sein Zeichen aufgedrückt."

„Es ist nicht *sein* Zeichen."

„Wessen dann?"

„Es ist deins."

„Was redest du da?"

Über die Schulter sah er sie an. Lee hatte sich aufgesetzt und die Arme um die Knie geschlungen.

„Gallowain hat nichts mit dem Drachen zu tun. Der Drache ist Teil von dir."

Sie schüttelte verständnislos den Kopf.

„Hast du nicht bemerkt, dass die Wunden auf deinem Rücken auch das Bildnis verletzt haben? Der Drache war bereits da, als man dich schlug ... er war nur nicht sichtbar."

„Was? Ich verstehe nicht."

„Er ist nicht von in deine Haut hineingebrannt worden, Lee. Ich weiß nicht, wie ich es dir anders erklären soll ... es ist aus deinem Inneren gekommen. Es hat sich durch deine Haut nach außen gebrannt."

Ihr Blick war fassungslos.

„Was? Was redest du da? Nein. Aber ... wie ... wie kann so etwas möglich sein?"

Tief durchatmend ging er zu seiner Seite des Bettes, setzte sich und sah sie an.

„Es gibt eine alte Legende in der Geschichte meiner Familie. Etwas, das ich bislang immer für ein Märchen hielt." Er schüttelte den Kopf. „Ich bin kein leichtgläubiger Mensch, dennoch weiß ich, dass unsere Edda Dinge sieht, die Anderen verborgen bleiben. Die letzten Tage haben auch mir eine andere Sicht auf das Leben geschenkt ... und darauf, dass es zwischen Himmel und Erde Dinge gibt, für die wir nicht immer eine Erklärung finden."

Aufmerksam musterte er sie.

Ihre schönen, blauen Augen wirkten riesig in dem schmalen Gesicht und unzählige unausgesprochene Fragen lagen in ihrem Blick.

„Das, was dir widerfahren ist – dieses Bildnis, das sich in deine Haut gebrannt hat – das gab es vor vielen Jahrhunderten schon einmal. Es heißt, damals sei die letzte Tochter der McCallahans hinaus aufs Schlachtfeld geritten, um ihren einzigen überlebenden Bruder zu retten. Als der Feind angriff, um auch sie zu töten, begann die Erde zu beben. Sie sank auf die Knie hinab, ihre Kleider zerrissen, wie von unsichtbaren Peitschenhieben getroffen, und auf ihrem Rücken erschien wie von Zauberhand das Bildnis eines Drachen. Sie kämpfte und wütete unter ihren Feinden, sie war unbesiegbar und ebenso war sie gezeichnet für alle Zeit ... als Drachenkriegerin."

„Das ist verrückt", flüsterte Lee tonlos.

Ihre Wangen waren so blass wie der frisch gefallene Schnee auf den Gipfeln der Rough Hills, die im Süden die Highlands von den Lowlands trennten.

„Das habe ich auch immer geglaubt", erwiderte er leise.

„Warum tust du es jetzt nicht mehr?", wollte sie wissen. Der Ton in ihrer Stimme war schon fast wütend. „Als Vates am Tag unserer Hochzeit diese Visionen hatte, hast du gesagt, du seist nicht abergläubisch."

Sie wirkte geradezu verzweifelt, während sie ihn ansah.

„Ich bin es immer noch nicht", entgegnete er ruhig.

„Aber du denkst, ich trage diesen Drachen auf mir, wie es in diesem Märchen erwähnt wurde? Du denkst, ich bin eine *Drachenkriegerin?*"

„Ich weiß, als was es dich auszeichnet … und ich weiß, dass es das Bildnis des gleichen Drachen ist."

„Warum?"

„Weil ich ihn erkannt habe."

„Erkannt?"

„Er ist Teil unseres einstigen Familienwappens. Der Drache von Glenchalls ist das Symbol der McCallahans."

13. Kapitel

Callahan-Castle, Sijrevan,
   Im Hornung (Februar), Anno 1586

Stirnrunzelnd stand Royce zwischen seinen Männern und lauschte ihren Gesprächen, ohne etwas zu verstehen.

Seit der Nachricht, dass Gallowain auf dem Weg zu ihnen war, kreisten seine Gedanken nur noch um Lee.

Fünf Wochen waren vergangen, seit sie aus ihrer Bewusstlosigkeit erwacht war. Fünf Wochen, in denen sie sich verändert hatte. Sie war stiller geworden, in sich gekehrter.

Er hörte sie viel zu oft des Nachts heimlich weinen und wusste, sie trauerte immer noch um das verlorene Kind. Doch die Schwäche, die sie in der Dunkelheit zuließ, verbarg sie bei Licht. Ein einziges Mal hatte er es gewagt, sie in ihrer Trauer trösten zu wollen … daraufhin hatte sie das Zimmer verlassen und die halbe Nacht kämpfend im Hof verbracht.

Ihre äußerlichen Wunden waren gut verheilt.

Sie war wieder kräftiger geworden und stärker als zuvor. Sie hatte das Training trotz seiner halbherzigen Proteste wieder aufgenommen. Anfangs noch langsam, doch mittlerweile kämpfte sie verbissen und wurde immer besser.

Sie schwang ihr Schwert mit solcher Schnelligkeit und Präzision, dass selbst Royce sich nicht mehr sicher war, im Ernstfall gegen sie bestehen zu können.

Er mochte stärker und größer sein. Sein Zweihänder hatte eine beträchtliche Reichweite, doch Lee war behend und wendig. In der vergangenen Woche hatte sie Wulf beim Training zweimal zu Boden geschickt. Die meisten anderen Krieger lehnten bereits ab, gegen sie anzutreten.

Er hätte stolz auf sie sein müssen.

Stattdessen erfüllte es ihn mit Trauer, sie so zu sehen.

Er hatte sie zur Kriegerin machen wollen, damit sie sich selbst beschützen konnte ... doch mehr und mehr hatte er das Gefühl, dass sie zu jemandem wurde, der ihm entglitt.

Obwohl sie ihn jeden Abend bat, ihren Rücken mit der Kräutertinktur einzureiben, die Edda ihr zusammengemischt hatte, spürte er, wie sie sich voneinander entfernten.

Es kostete ihn stets aufs Neue ein Stück seiner Selbstbeherrschung, sie nicht an sich zu ziehen, nur um sie zu berühren. Obgleich es ihn schmerzhaft nach ihr verlangte, hatte er sich ihr nicht mehr genähert.

Es war eine Tortur, jede Nacht neben ihr zu liegen, ohne sie in die Arme schließen zu dürfen. Zu hören, wie sie weinte, ohne ihr Trost spenden zu dürfen.

Sie war hart und ablehnend geworden.

Lee war nicht mehr die Frau, die er vor mehr als einem Monat zurückgelassen hatte. Die Schuld, die er sich durch sein Handeln auferlegt hatte, war durch nichts zu tilgen.

Oft sah er sie nach dem Training im Hof stehen und zu der Stelle hinüberstarren, wo der Pranger gestanden hatte. Royce selbst hatte ihn kurz nach ihrem ersten Streit dort draußen abgerissen.

Er wollte nicht, dass Lee dieses Ding jedes Mal sehen musste, wenn sie den Hof betrat ... doch die Abwesenheit der Folterinstrumente änderte nichts an ihren Erinnerungen.

Ihr Blick war in jenen Momenten in weite Ferne gerichtet und ihre Miene geradezu undurchdringlich.

Fragen wich sie aus.

Selbst mit Edda, mit der sie mittlerweile ein freundschaftliches Verhältnis verband, wollte sie nicht über das reden, was sie bewegte.

Lee war schweigsam geworden und schreckhaft.

Laute Geräusche und plötzliche Bewegungen sorgten oft genug dafür, dass sie zusammenzuckte und ihre Hand im gleichen Moment zu dem Dolch glitt, den sie nun immer an einem Gürtel mit sich trug.

Manchmal fragte er sich, wann sie ihn in irgendjemanden hineinrammen würde, der zur falschen Zeit am falschen Ort wäre.

„Was denkst du, Royce?"

Wulfs Frage riss ihn aus seinen Gedanken. Sein Hauptmann deutete auf die Karte, die ausgebreitet auf dem großen Eichentisch lag. Aus den knapp zwei Dutzend Kriegern waren längst neunzig geworden, die sich in der Halle um sie versammelt hatten und Royce nun aufmerksam musterten.

Wulf hatte offenbar bemerkt, dass Royce nicht bei der Sache gewesen war.

„Warten wir ab, bis sie uns belagern, oder reiten wir ihnen entgegen?"

Ihr Späher hatte die Kunde erst vor wenigen Augenblicken gebracht.

Wochenlang hatten sie den verräterischen Söldner verfolgt. Tatsächlich war Gallowain nach einem längeren Aufenthalt in Fallcoar, der Hauptstadt in den Lowlands, auf eine Reise in die östlichen Lande aufgebrochen.

Auf Umwegen, vermutlich um möglichen Kriegern der McCallahans zu entwischen, war er schließlich in dem Dorf angekommen, in dem seine Schwester mit ihrem Mann und dessen Familie lebte.

Tagelang hatte er dort herumgelungert, ehe er sich schließlich auf den Weg in den Norden gemacht hatte. Er war geradewegs zu Fitard geritten und hatte ihm offenbar seine Dienste angeboten ... denn nun befand er sich mit einer Delegation von Fitards Männern auf dem Weg nach Callahan-Castle.

Spätestens in zwei Tagen würden sie hier sein.

Aber solang wollte Royce nicht mehr warten, um diesem Sohn einer Chimäre sein Schwert ins Herz zu stoßen.

„Ich war noch nie fürs Warten", gab er Wulf zur Antwort.

Die Krieger murrten zustimmend und bekundeten ihr Einverständnis. Ihnen ging es nicht anders.

Im nächsten Augenblick verstummten alle.

Eine nahezu greifbare Stille legte sich über die versammelten Menschen und wie von Zauberhand bildete sich eine schmale Gasse zwischen den großgewachsenen Männern.

Lee trat zwischen ihnen hindurch.

Ihre Augen waren hell wie gefrorenes Eis und in ihrer Hand lag der Dolch, den sie sonst immer am Gürtel getragen hatte. Sie zitterte am ganzen Körper und ihm wurde mit aller Deutlichkeit bewusst, dass sie die Meldung über Gallowains Anreise gehört hatte.

Sie rammte das Messer mit Wucht in die Karte auf dem Tisch und fixierte Royce aus kalten Augen.

„Ich verlange einen Zweikampf mit ihm."

Sie sprach leise. Dennoch klang ihre Stimme unnatürlich laut in das Schweigen hinein und wurde von den Wänden zurückgeworfen.

Royce knirschte mit den Zähnen.

Er selbst hatte sich an ihrem Krankenbett geschworen, dem Hauptmann der Söldner den Garaus zu machen, und nun war es ausgerechnet Lee, die ihm diese Forderung streitig machte.

„Du weißt, dass er größer und stärker ist als du", wandte er ein.

„Ich bin schneller", entgegnete sie kühl.

„Er will dich töten … und er wird alles tun, um sein Ziel zu erreichen."

Ein Lächeln stahl sich auf ihre Lippen, aber es war nicht *das* Lächeln, das er so sehr an ihr gemocht hatte. Es war berechnend und ohne jedes Gefühl.

Vor ihm stand nicht länger die Frau, die er geheiratet hatte. Die Unbeschwertheit und Herzlichkeit, die Lee einst ausgezeichnet hatten, waren verflogen.

„Das wird er nicht", gab sie leise zurück. „Ich will seinen Kopf und ich werde ihn bekommen."

Wenn er nicht gewusst hätte, wie unverdrossen sie auf genau dieses Ziel seit Wochen hinarbeitete, hätte er behauptet, sie würde sich etwas vormachen. Doch ihre Chancen, Gallowain zu töten, waren vermutlich größer als seine eigenen … der Söldner würde sie unterschätzen.

Er hatte keine Ahnung, wie gut Lee wirklich mit dem Schwert war, und er ahnte nicht einmal, dass sie zum Bersten gefüllt war mit Rachegedanken und der blanke Hass in ihren Augen loderte.

Royce gab sich einen Ruck.

„Ich gewähre dir den Wunsch", bemerkte er widerwillig.

Sein fragender Blick traf Wulf.

„Drei Tage ... spätestens", sagte dieser. „Dann erreichen sie die Ebene vor der Feste."

Royce musterte seine Frau aufmerksam.

„Wir werden uns ihnen offen stellen und deinen Zweikampf fordern. Bereite dich darauf vor, dass er es dir nicht leicht machen wird."

Sie nickte wortlos, wandte sich ab und lief die Treppe hinauf. Die Blicke der Krieger folgten ihr, ehe respektvolles Gemurmel laut wurde.

Tief durchatmend gab Royce Wulf ein Zeichen. Der alte Hauptmann löste die Versammlung auf, zog den Dolch aus dem Tisch und rollte die Karte zusammen.

Royce ging zur Treppe hinüber.

Es war Zeit, ein ernstes Wort mit Lee zu reden.

Als er das Schlafzimmer betrat, stand sie vor dem Kamin.

Sie hatte ihre Kleider abgestreift und starrte in die Flammen. Er hatte eine ganz ähnliche Szene schon vor fünf Wochen erlebt, da hatte sie nackt auf dem Bett gelegen.

Diesmal fiel es ihm ungleich schwerer, seine Sehnsucht nach ihr zu zügeln. Ihre nackten Umrisse wurden vom Feuerschein eingerahmt und er spürte, wie viel es ihm abverlangte, nicht zu ihr zu gehen und sie an sich zu ziehen.

Royce atmete bedrückt ein und schloss die Tür hinter sich. Er konnte sich gar nicht sattsehen an ihr.

„Findest du mich hässlich?"

Selbst ihre Frage war genau die gleiche wie damals.

Ihre Stimme war dünn und leise, kein Vergleich mehr zu den starken Worten, die sie noch wenige Augenblicke zuvor in der Halle gesprochen hatte.

Kopfschüttelnd blieb Royce stehen, wo er war, und betrachtete ihre Kehrseite, während er über ihre Frage nachdachte. Trotz der nach wie vor geröteten Narben auf ihrem Rücken hatte sie nichts von ihrer Sinnlichkeit und Anziehung eingebüßt.

Sein eigener Körper reagierte mit einer deutlichen Antwort auf ihren Anblick und er räusperte sich umständlich, ehe er schließlich sprach.

„Nein, das bist du nicht", entgegnete er rau.

Sie wandte sich um und sah ihn an.

In ihren Augen lag bittere Enttäuschung.

„Warum fasst du mich dann nicht mehr an?", wollte sie wissen.

Verblüfft und ernüchtert machte er einen Schritt in ihre Richtung.

„Ich dachte, du erträgst es nicht, wenn ich dich berühre."

„Warum denkst du das?"

„Du lässt es nicht einmal zu, dass ich dich in die Arme schließe, wenn du nachts neben mir liegst und weinst."

Sie wich seinem Blick aus.

„Ich hatte gehofft, du würdest es nicht merken."

„Dafür müsste ich schon blind und taub sein", erwiderte er. Zögernd musterte sie ihn, ihre Augen glänzten verdächtig.

„Ich will nicht, dass du mich verachtest", flüsterte sie erstickt.

„Warum sollte ich das tun?"

„Ich habe unser Kind verloren. Ich war nicht fähig, ihm das Leben zu schenken, das es verdient hätte."

Bestürzt schüttelte er den Kopf, überwand die letzten Meter mit wenigen Schritten und zog sie an seine Brust. Sie klammerte sich zitternd an ihn.

„Wie kannst du das nur denken, Lee? Dich trifft nicht die geringste Schuld. Wenn jemand dafür Verachtung verdient hat, dann ist es dieser Sohn einer räudigen Hündin."

Lee rückte ein Stück von ihm ab.

Ihre Blicke trafen sich.

„Ich will nicht über ihn reden ... ich will nicht mal an ihn denken. Er hat keinen Platz in diesen Wänden, und wenn du mich nicht hasst und mich nicht verachtest, dann halt mich fest und bring mich ins Bett."

„Ich möchte dir nicht wehtun", murmelte er. „Du hast Schreckliches durchstehen müssen."

Sie schlang die Arme um ihn, stemmte sich auf die Zehenspitzen und drückte ihre Lippen auf seinen Mund. Für einen Moment gab er sich ganz dem Gefühl hin, ihren Körper an seinem zu spüren und von ihrem Geschmack zu kosten. Nur widerwillig ließ er ein letztes Mal von ihr ab und musterte sie aufmerksam.

„Bist du wirklich sicher, dass du mich willst?", fragte er.

„Ich habe immer nur dich gewollt", flüsterte sie.

Seine Brust wurde eng, und als ihre Lippen sich erneut auf seine drückten, warf er seine letzten Bedenken über Bord. Rasch streifte er das Hemd ab, zog sie wieder an sich und genoss das Gefühl ihrer weichen Brüste an seiner Haut.

Entschlossen drängte er sie zum Bett hinüber.

***

Als Lee die Augen aufschlug, war sie allein und die euphorische Stimmung, in der sie sich befunden hatte, war verflogen.

Sie hatte wenig Schlaf bekommen während der letzten Nacht.

Sie hatten sich lange geliebt, mit verzweifelter Intensität und einem Gefühl, als wäre es nur ein kurzes Aufflackern von Glück.

Ein Teil von ihr wünschte sich nichts sehnlicher, als ihm zu sagen, wie sehr sie ihn liebte, wie sehr sie sich wünschte, dass er ihre Gefühle erwiderte.

Doch sie wagte es nicht.

Die Angst, abgelehnt zu werden, war größer als je zuvor. Es gab eine Seite in ihr, die sie zuvor nie so bewusst wahrgenommen hatte. Eine Seite, die dunkel war und jede Enttäuschung, jeden Verlust noch zu verstärken schien.

Mit einem Seufzer richtete sie sich auf, verzog das Gesicht, als die Haut auf ihrem Rücken unangenehm spannte, und schwang die Beine aus dem Bett. Genug gegrübelt, der Morgen war längst angebrochen und sie musste trainieren … ihr stand nur noch eine Frist von einem Tag bevor, ehe sie dem Mann gegenübertreten würde, der ihr Leben zerstört hatte.

Nachdem sie sich erleichtert hatte, sah sie zu den beiden einander gegenüberstehenden Spiegeln hinüber, die immer noch im Badezimmer an den Wänden lehnten.

Nach ihrem Zusammenbruch vor fünf Wochen hatte sie sich nicht mehr darin betrachtet. Vielleicht war es Zeit, sich ihren Dämonen endlich zu stellen.

Sie brachte die wenigen Schritte hinter sich und blieb dazwischen stehen. Langsam hob sie den Blick und musterte ihr Spiegelbild.

Sie war nicht mehr so hager wie vor fünf Wochen, die herausstehenden Knochen waren wieder ihren weiblichen Rundungen und deutlich mehr Muskeln gewichen.

Lee spannte ihre Arme an. Tatsächlich hatte sich das Training offenbar bezahlt gemacht. Sie verzog die Lippen. Zumindest körperlich schien sie zu heilen.

Ein Stück zur Seite gewandt, musterte sie ihren Rücken im Spiegel. Die Wunden hatten sich gänzlich geschlossen und die Fäden waren schon vor einer Weile von Edda entfernt worden. Dennoch würden die Narben sie stets an das erinnern, was geschehen war.

Der Drache sah wütend aus. Sie langte mit dem rechten Arm über ihre Schulter und berührte das Bild mit den Fingerspitzen. Tatsächlich war nichts mehr zu spüren von den Wunden, die es in ihre Haut gebrannt hatte.

Hätte sie es nicht besser gewusst, hätte sie geglaubt, vor langer Zeit tätowiert worden zu sein.

Umso deutlicher waren allerdings die Narben zu spüren, die die Peitsche hinterlassen hatte. Sie waren immer noch rot, und wenn sie mit den Fingern darüberfuhr, konnte sie die verwachsene Haut fühlen. Edda hatte gute Arbeit geleistet und es waren zehn schmale Narben, die ihren Rücken zierten.

Aber es änderte nichts daran, dass sich Lee von ihnen gehemmt fühlte. Sie würde künftig immer das Gefühl haben, in ihren Bewegungen eingeschränkt zu sein, ganz gleich, wie sehr sie trainierte, um genau das zu verhindern.

Mit einem Seufzer ließ sie die Hand sinken und musterte ihren Bauch. Die Prellungen und blauen Flecke waren verschwunden, nur die Leere in ihr war immer noch da. Sie wusste, dies war ein psychologisches Problem, kein körperliches … dennoch war es vorhanden.

Edda hatte gesagt, sie wäre wieder völlig gesund und könnte auch wieder Kinder bekommen. Lee fragte sich allerdings nicht zum ersten Mal, ob sie das auch wollte.

Resigniert schloss sie die Augen und schluckte. Der Gedanke, vielleicht erneut ein Kind zu verlieren, machte ihr Angst. Einen weiteren Verlust dieser Art würde sie nicht ertragen.

Doch selbst, wenn alles gutgehen würde, änderte das nichts an den Selbstvorwürfen, mit denen sie leben musste. Sie hatte es nicht sehen wollen, die ersten Anzeichen, die morgendliche Übelkeit. Sie war unachtsam gewesen, blind gegenüber sich selbst.

Hätte sie sich nicht kopflos in den Kampf gestürzt, könnte ihr Kind vielleicht noch leben.

Möglicherweise wären sie auch beide tot.

Sie wünschte sich nichts mehr als eine zweite Chance, doch das Schicksal hatte ihr bereits so viele Gelegenheiten eingeräumt … wie konnte sie da auf noch mehr hoffen?

Wütend schlug sie mit der Faust gegen die Wand und starrte blicklos vor sich hin. Der Drache auf ihrem Rücken hatte sich längst in ihrer Brust eingenistet, um dort feuerspeiend seine Klauen in ihr Herz zu graben.

Körperliche Schmerzen vergingen, Wunden verheilten. Doch das Loch, das Gallowain in sie hineingerissen hatte, würde sich erst schließen, wenn ihr Dolch seinen Hals durchbohrt hatte.

Er würde für das bezahlen, was er ihr angetan hatte, und er würde langsam sterben.

Sie drängte den Zorn zurück, der sich in ihr ausbreiten wollte. Blinde Wut war jetzt alles andere als hilfreich. Wichtig war nun, einen kühlen Kopf zu bewahren und sich auf den Zweikampf vorzubereiten. Nichts Anderes zählte.

Gefasst hob sie den Blick und sah Royce im Spiegel hinter sich stehen. Sie hatte nicht gehört, wie er ins Zimmer getreten war, und fühlte sich ertappt.

Verschämt ließ sie die Hände sinken.

Er kam näher, legte seine Arme um sie und zog sie an seine Brust. Sie ließ ihre Finger über seine Haut gleiten.

„Woran denkst du?", wollte er wissen.

Lee zuckte mit den Achseln und lehnte sich mit dem Rücken an ihn.

„An alles und nichts", erwiderte sie ausweichend.

Seine Rechte legte sich auf ihren Bauch und Lee musterte ihr gemeinsames Spiegelbild. Er trug Stiefel, seinen Kilt und ein Hemd, während sie sich nackt an ihn lehnte. Sie fühlte sich merkwürdig.

„Grübelst du darüber, was war oder was sein wird?"

Sie verzog das Gesicht. Offenbar kannte er sie besser, als sie geglaubt hatte.

„Beides", gab sie zurück.

„Wünschst du dir ein Kind?"

Vielleicht war es Zeit für ein wenig mehr Ehrlichkeit in ihrer Beziehung. Sie erwiderte seinen Blick im Spiegel.

„Ein Teil von mir wünscht es sich … aber ich habe auch Angst davor."

„Angst, es wieder zu verlieren", mutmaßte er.

Sie deutete auf die Stelle, wo ihr Herz saß.

„Es tut immer noch weh", wisperte sie.

„Ich weiß", flüsterte er zurück.

Zum ersten Mal sah sie die gleiche Trauer in seinen Augen, die auch sie empfand.

Seit jener furchtbaren Nacht, in der er ihr von der Fehlgeburt erzählt hatte, war sie davon überzeugt gewesen, dass es ihn nicht so sehr berührte wie sie selbst. Er war so distanziert und stark gewesen. Er hatte nicht geweint, er war nicht voller Verzweiflung gewesen.

Also hatte sie die Schwäche auch nicht zugelassen.

Über Wochen hatte sie die Qual, die schweigend in ihr tobte, ignoriert und verdrängt. Sie hatte sich mit dem Training und ihrer Wut betäubt. Dass Royce vielleicht genauso litt wie sie und den gleichen Verlust zu beklagen hatte, hatte sie nicht für möglich gehalten.

Plötzlich waren Trauer und Schmerz wieder da. Sie bohrten sich auf direktem Weg in ihr Herz und erfüllten es mit nahtloser Schwärze.

Wortlos drehte er sie zu sich herum und zog sie in seine Arme. Mit einem Schluchzer drängte sie sich an ihn, drückte ihr Gesicht an seine Brust und ließ den Tränen ihren Lauf.

Stark zu sein war nicht so einfach, wie sie sich einzureden versucht hatte. Dass er ebenso litt wie sie, machte es nicht besser, stattdessen fühlte sie sich schuldig, weil sie ihm insgeheim unterstellt hatte, nichts zu empfinden.

„Es tut mir leid", murmelte sie, „ich war so gefangen in meinem Selbstmitleid, dass ich nicht gesehen habe, dass auch *du* dieses Kind verloren hast."

„Hör auf, dich zu entschuldigen." Sie spürte seine Lippen auf ihrem Haar und die Wärme seines schönen, großen Körpers. „Ich bin nicht der Mann, der seine Gefühle anpreist, aber ich verstehe, was in dir vorgeht."

Darum liebe ich dich so sehr, dachte sie und sprach es doch nicht laut aus.

Stattdessen schob sie ihre Hände unter sein Hemd, um seine glatte Haut unter ihren Fingern zu spüren. Sie küsste seine Brust durch den weiten Ausschnitt und schloss die Augen.

Es schenkte ihr Trost, ihn zu spüren – Geborgenheit und Wärme. Sie wollte nichts mehr, als mit ihm das Leben zu genießen und nicht den Tod zu sehen.

Tief durchatmend hob sie das Kinn und schaute ihm in die Augen.

„Schlaf mit mir."

„Hier?"

„Ja."

Er betrachtete sie einen Moment unschlüssig, dann streifte er sein Hemd über den Kopf, öffnete den Gürtel, der seinen Kilt hielt, und ließ beides zu Boden fallen.

Der Anblick seines nackten Körpers schickte warme Wellen durch ihre Adern und sie spürte die Hitze, die sich in ihrem Schoß sammelte. Sie fuhr sich mit der Zunge über die Lippen.

Die Muskeln spielten unter seiner Haut, als er sich bewegte, und sie trat einen Schritt auf ihn zu. Sie wollte ihn spüren, ihm nahe sein, von Kopf bis Fuß. Seine Haut an ihrer. Seine Wärme, die sie einhüllte, die wachsende Erregung.

Seine Arme schlossen sich um sie und zogen sie an seine breite Brust, die Haare kitzelten ihren Busen.

Seine Lippen auf ihrer Stirn, ihrer Schläfe, ihrer Wange, ihrem Mund. Seine Zunge bahnte sich einen Weg zwischen ihren Zähnen hindurch. Hungrig begegnete sie ihr mit der eigenen zu einem erotischen Tanz, während ihre Hände nach ihm griffen und ihn zu liebkosen begannen.

Sie spürte seine Erregung, die Lust, die sich zwischen ihren Fingern formte und wuchs.

Er drängte sich warm und fest gegen ihren Bauch.

Seine Lippen lösten sich von ihrem Mund, küssten ihre Kehle, ihr Dekolleté, die Stelle an ihrem Hals.

Mit einer Hand griff er nach ihrer rechten Brust, hob sie an und senkte den Kopf, um seine Lippen um die Spitze zu schließen. Er leckte und saugte, bis sie zu einer perfekten, festen Perle geworden war.

„Royce."

Ihre Stimme war rau vor Erregung. Als er den Blick hob, schüttelte er stumm den Kopf, legte ihr kurz einen Finger auf die Lippen und widmete sich ihrer anderen Brust.

Erschaudernd genoss sie seine Zärtlichkeit, wie seine Zähne sich sacht in ihr weiches Fleisch gruben. Ein fast schmerzhaftes Ziehen breitete sich in ihrem Körper aus, als er auch sanft an der linken Brustwarze saugte.

Den Kopf in den Nacken gelegt und sich an seine Schultern klammernd, gab sie sich seinen sinnlichen Liebkosungen hin. Seine Hände wanderten über ihren Rücken hinab, und als sie die Narben berührten, zuckte Lee merklich zusammen.

Er hob den Kopf.

„Tue ich dir weh?", flüsterte er fragend.

Sie sah ihn an.

„Nein, das ist es nicht", gab sie zurück.

„Was ist es dann?"

Er küsste sie auf die Kehle und ließ seine Lippen zu der Stelle unter ihrem Ohr wandern. Die Augen halb geschlossen, hatte Lee Mühe, sich auf den Beinen zu halten, und war dankbar, als Royces Hände sich um ihre Pobacken schlossen und sie ein Stück vom Boden hochhoben.

Sie spürte die kalte Steinwand in ihrem Rücken und keuchte überrascht auf. Verwirrt sah sie ihn an und begegnete dem Blick seiner Augen, die sie forschend musterten und auf eine Antwort warteten.

„Ich bin entstellt", gab sie schließlich zu.

Er schüttelte den Kopf, als hätte sie etwas ziemlich Dummes gesagt, küsste sie sanft auf den Mund und drängte sich zwischen ihre Beine.

An die Mauer gepresst, ließ er sie ein Stück hinabrutschen und sie spürte, wie sein erigiertes Glied sich einen Weg in die warme Nässe ihrer Weiblichkeit suchte.

Die Augen geweitet, nahm sie ihn ganz in sich auf und starrte Royce an. An seiner Schläfe trat deutlich eine Ader hervor, und als er begann, sich in ihr zu bewegen, brachte er seine Lippen nah an ihr Ohr.

„Sieh mich an, Lee", raunte er. „Ich bin ebenso gezeichnet von Kämpfen und Kriegen wie du."

Sie hob den Kopf und betrachtete den Mann zwischen ihren Schenkeln mit fiebrigem Blick. Ihre Finger glitten über die Narben, die seinen Körper bedeckten. Seine Hände strichen über ihre Arme und ihren Rücken.

„Du bist wunderschön und begehrenswert. Es vergeht kein Tag, an dem ich dich nicht will. Dich und das Kind, das wir irgendwann haben werden."

Ihre Stimme versagte ihr den Dienst.

Das Chaos an Gefühlen in ihr war zu viel. Stumm schlang sie die Arme um ihn und nickte nur.

Die kalten Steine in ihrem Rücken und sein heißer Körper, der sie dagegendrückte, waren eine erregende Kombination. Bereitwillig überließ sie sich der Begierde und Royces starken Händen.

***

Royce steckte das Schwert in die Scheide, die an einem Gürtel um seine Taille hing, und warf sich ein Fell über die Schultern.

Laut Meldung seiner Späher waren Gallowain und Fitards Truppen nicht einmal mehr einen halben Tagesritt von der Feste entfernt.

Die gut neunzig Krieger, die noch zum Clan der McCallahans gehörten, hatten sich bereits vor den Toren der Burg gesammelt und warteten in voller Kriegsmontur darauf, dass die Söldner eintrafen.

Sie wussten, dass Gallowain und Fitard ihnen überlegen waren. Vierhundert gegen einhundert ... dennoch würden sie ihnen in einem Kampf die Stirn bieten. Kein Mann seines Volkes würde sich einem schwarzen Krieger Fitards ergeben. Sie würden kämpfen bis zum Letzten.

Royces Blick flog hoch, als Lee die Burg verließ und das Tor sich krachend hinter ihr schloss. Sie war in Hemd und Hosen gekleidet.

Der Schmied der Feste hatte sich in den wenigen Tagen, seit die Nachricht eingetroffen war, dass Gallowain und Fitard sich auf sie zubewegten, wahrlich ins Zeug gelegt. Lee trug einen leichten und dennoch robusten Harnisch, der zumindest ihren Oberkörper gegen Gallowains Attacken schützen würde.

Besser wäre sie nur dann geschützt gewesen, wenn man sie im obersten Turm der Burg eingesperrt und mit Ketten gefesselt hätte. Aber Royce war sich im Klaren darüber, dass sie keine Ruhe finden würde, solange ihr Blutdurst nicht gestillt war. Sie hatte ein Recht darauf, diesen Kampf zu fordern ... gleichgültig, wie unwohl *er* sich dabei fühlte.

Die letzten zwei Tage waren unruhig gewesen.

Sie hatten geredet, sich geliebt und Lee hatte mehr geweint als je zuvor.

Ihm war klar geworden, wie schwer der Verlust ihres ersten Kindes wirklich wog. Welche Vorwürfe sie sich selbst machte, nicht in der Lage gewesen zu sein, ihm das Leben zu schenken, das es verdient hätte. Er hatte sie beschworen, sich das nicht einzureden, aber es fiel ihr schwer, das Schicksal in all seiner Grausamkeit zu akzeptieren.

Obgleich sie einander wieder nahe gekommen waren, waren sie doch ebenso weit voneinander entfernt wie zuvor. Ihm fehlten ihr unbeschwertes Lachen und ihre Zuversicht.

Als sie ihm damals gesagt hatte, dass sie ihn liebe, hatte er ihr nicht glauben wollen. Nun hätte er alles dafür gegeben, die Worte wieder aus ihrem Mund zu hören. Doch es war, als wären auch ihre Gefühle gestorben. In ihren Augen waren ständige Traurigkeit und ein Zorn, der unstillbar schien.

Er hatte mit Edda darüber geredet, doch sie hatte ihm nur zu Geduld geraten und gemeint, alles werde sich klären und richten.

„Ich bin so weit", meinte Lee und blieb vor Royce stehen.

Er wandte sich ihr zu, prüfte den Sitz ihres Harnisches und untersuchte Schwert und Dolch, die an ihrem Gürtel hingen. Alles war an seinem Platz und schnell greifbar.

Er spürte den eigenen Herzschlag in seiner Kehle.

Noch nie war er mit diesem Gefühl der Angst in einen Kampf geritten. Obgleich er sich ihrer Fähigkeiten bewusst war, erfüllte ihn die Furcht, ihr könnte dennoch etwas zustoßen.

„Und du bist dir absolut sicher, das tun zu wollen?", fragte er. Sie nickte nur stumm und er atmete tief durch. „In Ordnung, machen wir uns auf den Weg."

Er schwang sich auf seinen Hengst und sah zu, wie sie gewandt auf die kleine Osla kletterte. Die Stute trippelte nervös hin und her, doch Lee ließ sich nicht aus der Ruhe bringen und setzte sich im Sattel zurecht.

Seine Gedanken schweiften ab, zurück zu jenen Tagen des vergangenen Jahres, als sie gemeinsam in das Jagdgebiet gereist waren. Wie unverfälscht und arglos war sie gewesen. So rein und unschuldig.

Er war wütend gewesen über die Gefühle, die sie als Bursche in ihm ausgelöst hatte … und wie erleichtert war er zu sehen, dass sich Brüste unter ihrem Hemd verborgen hatten und seine Triebe noch die seinen waren.

Er hatte einen Krieger aus ihr machen wollen und das war ihm gelungen. Keiner seiner Highlander schwang sein Schwert in diesem Tempo. Sie hatte rasch gelernt und sie war zu einer nicht zu unterschätzenden, tödlichen Gefahr geworden. Als wäre sie mit dem Messer in der Hand zur Welt gekommen.

Nichts erinnerte mehr an den vermeintlichen Jungen, der so ungeschickt gewesen war, dass er fast vom Pferd fiel. Royce seufzte lautlos. Er hatte kein gutes Gefühl dabei, auf Gallowain zu treffen.

Ein Zittern lief durch die Erde zu ihren Füßen und er zügelte seinen nervös tänzelnden Hengst.

Vermaledeite Beben.

Seit jenem Tag, als Lee ausgepeitscht und ihre Welt von einem schweren Erdbeben erschüttert worden war, waren mehr als sechs Wochen vergangen. Seither hatten sie keine Ruhe mehr gehabt. Täglich war es zu mehr oder weniger kleinen Erdstößen gekommen. Erschütterungen, an die sie sich nach und nach gewöhnt hatten.

Edda hatte geunkt, etwas krieche durch die Erde und suche sich seinen Weg nach draußen. Er hatte ihr zornig verboten, solche Geschichten in die Welt zu setzen. Zumal die Bewohner der Burg ohnehin schon ängstlich genug waren und vor jedem Schatten erschraken.

Ebenso wie die Menschen hatten sich auch die Tiere an die veränderte Natur gewöhnt. Dass sie ausgerechnet heute besonders nervös darauf reagierten, lag vermutlich daran, dass sie die unterschwellige Unruhe ihrer Reiter spürten.

***

Lee folgte Royce aus dem Hof hinaus.

Hinter ihnen schlossen sich die Tore und auf der Balustrade postierten sich die Männer der Burg und der kleinen Siedlung, die sich normalerweise um die umliegenden Felder und das Vieh kümmerten.

Lee sah Braga auf der Mauerkrone stehen.

Bewaffnet mit Armbrüsten und Bolzen, Pfeilen und Bögen, waren die zurückbleibenden Clanmitglieder nicht so wehrlos, wie Gallowains Männer vielleicht hofften. Mochte der Großteil von ihnen auch kein Schwert schwingen können, sie würden es niemandem einfach machen.

Nach wenigen hundert Metern hatten Royce und Lee die breit gefächerte Kampflinie der Krieger erreicht. Sie ritten zwischen ihnen hindurch und setzten sich neben Wulf an die Spitze des Reitertrupps.

Lee kämpfte ihre Aufregung nieder und rutschte im Sattel in eine bequemere Position. Sie spürte ihren Puls, der gegen ihre Schläfen hämmerte, und das Rauschen in ihren Ohren, das die Geräusche dämpfte.

Erfolglos suchte sie den Horizont mit den Augen ab. Es fiel ihr schwer, geduldig zu bleiben, und das Grummeln in ihrem Magen stand dem Grollen der Erde in nichts nach.

Sie hatte keine Angst, doch sie war nervös und ein Teil von ihr fürchtete das Zusammentreffen mit Gallowain.

Es würde die Wunden wieder aufreißen, die er ihr geschlagen hatte, und sie hoffte, dass sie ihre Wut weit genug im Zaum halten konnte, um nicht unüberlegt zu handeln.

Royce hatte ihr in den vergangenen Wochen immer wieder eingebläut, dass jeder Krieger am anfälligsten für Fehler war, wenn er voller Zorn auf seinen Gegner losging. Sie wollte nichts weniger, als dem Söldner einen Sieg zu schenken, den er nicht verdiente.

Gedankenverloren spielte sie mit der Mähne ihrer Stute und flocht ein paar vereinzelte Strähnen zusammen. Sie hatte sich vorgenommen, umsichtig zu bleiben und Gallowain stattdessen zu provozieren, damit *er* einen Fehler machte.

Beim letzten Mal war sie mit dieser Taktik gut gefahren und sie hoffte, dass er sich auch diesmal nicht unter Kontrolle haben würde. Sie brannte darauf, ihm ohne Fesseln gegenüberzutreten.

Falls er überhaupt kam und sich nicht wieder hinter seinen Männern versteckte, um sie die Drecksarbeit machen zu lassen.

Royce gab ein Zeichen und ließ die Reiter anhalten.

Lee warf einen Blick über die Schulter zurück. Sie waren erst wenige hundert Meter von der Burg entfernt.

Warum ließ er seine Männer halten?

Sie waren viel zu nah an ihrem Heim.

„Sie kommen", sagte Wulf leise.

Ihr Kinn ruckte nach oben und sie sah eine Linie dunkler Punkte am Horizont, die sich ihnen rasch näherte und mehr und mehr an Gestalt annahm.

Ihr Herz machte einen Satz.

Das waren *mehr* als vierhundert Söldner.

Auf jeden Krieger des Callahan-Clans kamen fünf Männer Fitards. Die Magenschmerzen, die sie seit dem frühen Morgen plagten, vervielfältigten sich.

Lee drückte den Rücken durch und holte tief Luft.

Es zuckte in ihren Fingern.

Zu gern wäre sie mit lautem Gebrüll und gezogenem Schwert hinübergeritten und hätte den erstbesten Söldnern die Klinge in den Leib gerammt. Zorn und Hass überschwemmten sie mit solcher Gewalt, dass ihr das Atmen schwer wurde.

Verflixt, woher kamen diese Gedanken?

Sie war noch nie für Gewalt gewesen.

Fitards Männer hatten überhaupt nichts mit ihrem Hass auf Gallowain zu schaffen.

Warum gingen ihr plötzlich Dinge durch den Kopf, an die sie früher nie einen Gedanken verschwendet hätte?

Ihre Wut auf diesen feigen Söldner war eine Sache, aber diese alte Fehde hatte nichts mit ihr zu tun. Dennoch fühlte sie sich allein durch die Masse an feindlichen Kriegern provoziert.

Von der Gelassenheit, die sie sich gewünscht hatte, war sie jedenfalls weit entfernt.

Ihre Augen suchten die Reihen der Männer ab, die auf sie zugeritten kamen, und entdeckten Gallowain zu ihrem Erstaunen an der Spitze des Heeres.

Diesmal zeigte er also tatsächlich Rückgrat.

Ihr Mund trocknete von einer Sekunde auf die andere aus und die Narben auf ihrem Rücken spannten auf unangenehme Weise. Sich zur Ruhe zwingend, starrte sie zu ihm hinüber. Nur beiläufig nahm sie Royces Seitenblick wahr, der etwas zu ihr sagte, das sie nicht verstand.

Das Blut rauschte tosend durch ihren Schädel. Nur langsam begriff sie, dass ihre Finger sich so heftig in Oslas Zügel gekrallt hatten, dass es wehtat.

Mühsam drängte sie den Groll zurück und rief sich selbst zur Ruhe. Das Rauschen in ihren Ohren wurde nur zögernd schwächer.

„Reiß dich zusammen", raunte Royce neben ihr. „Du weißt, was ich dir gesagt habe. Er wird jede deiner Schwächen zu seinem Vorteil auslegen, du musst das verhindern."

Sie nickte nur, wohlwissend, dass sie nichts als ein heiseres Krächzen zustande bringen würde, wenn sie ihm hätte antworten wollen.

Als Royce sich mit seinem Hengst langsam in Bewegung setzte, folgten Wulf und sie in kurzem Abstand.

Die Linie der feindlichen Söldner kam ins Stocken und hielt. Eine endlos scheinende Reihe schwarzer Reiter, die eine undurchdringliche Wand bildeten.

Für einen Moment fragte sie sich, wie sie dieser Übermacht gegenübertreten sollten. Ihre Chancen, diesen ungleichen Kampf zu gewinnen, waren gleich Null.

Ein Trupp aus drei Kriegern löste sich aus der Mitte des Heeres, um ihnen entgegenzureiten.

Lee hatte nur Augen für den schwarzhaarigen Mann, der mit arroganter Miene auf seinem Pferd saß und dessen Züge einen winzigen Moment an Halt verloren, als er sie erkannte.

Ein falsches Lächeln breitete sich auf seinem Gesicht aus.

„McCallahan", rief er an Royce gewandt aus. „Führen die Highlander nun ihre Weiber in die Schlacht? Ist es nicht genug, dass Ihr Röcke tragt? Vermutlich bekämpft Ihr uns bald mit Stickrahmen und wallenden Kleidern."

Aus den Reihen hinter ihm erklang leises Gelächter.

Royce ignorierte Gallowain, zügelte seinen Hengst und musterte den Mann, der neben dem Söldner auf einem riesigen weißen Schlachtross saß, das unter der Last der Rüstung fast zusammenzubrechen schien.

Lee spürte, wie Royce sich anspannte und aus jeder Pore seines Körpers der Hass strömte.

Ihre Wut auf Gallowain war enorm, doch nicht zu vergleichen mit dem Zorn, den Royce für diesen Menschen empfand. Diese Wut war alt und voller Bitterkeit. Sie zeugte von jahrelangen Kämpfen, endlosen Verlusten und einer Fehde, die nie die seine gewesen war.

Lee betrachtete den Fremden.

Das also war Fitard.

Ein großer, bärtiger Mann mit dunklen Augen, in denen kein Funken Leben zu sein schien.

Ein Schaudern überlief sie.

Etwas an ihm war falsch ... als gehörte er nicht in diese Welt.

Gallowain wollte gerade zu einer weiteren verbalen Attacke ansetzen, als ein kaum wahrnehmbarer Wink seines neuen Herrn ihn verstummen ließ.

„Wollt Ihr Euch ergeben?"

Fitards Stimme war kalt.

Sie war so fern jeder menschlichen Regung und Wärme, dass es Lee erneut fröstelte. Die Frage klang so unbeteiligt und belanglos, als hätte er sich nach der Uhrzeit erkundigt.

Royce ignorierte seine Worte und streckte das Kinn vor.

„Ihr führt diesen Söldner namens Gallowain mit Euch, Fitard", gab er zurück. „Er war in den Diensten meines

Clans und hat sein Wort gebrochen. Für seine Taten fordert meine Gemahlin einen Zweikampf mit ihm."

Das überraschte Zucken dunkler Brauen war das erste echte Lebenszeichen im Gesicht des Kriegsherrn. Seine leblosen Augen wanderten an Royce vorbei und blieben an Lee hängen.

Sie fühlte sich ausgesprochen unwohl unter seinem Blick.

Eine seltsame Ahnung machte sich in ihr breit, die sich auf sehr unangenehme Art vertraut anfühlte. Als gäbe es eine verborgene Erinnerung tief in ihrem Unterbewusstsein, die sich weigerte, zu ihr zurückzukehren.

„Euer Weib verlangt den Kampf mit Gallowain", sinnierte Fitard. Ein kurzes, lebloses Lachen brach aus ihm heraus. Er nickte. „So soll es sein."

„Was?"

Gallowains Stimme überschlug sich fast, doch Fitard brachte ihn mit einer knappen, herrischen Handbewegung zum Schweigen.

„Du hast gehört, was sie fordert. Sei Manns genug, ihr gegenüberzutreten. Du wirst doch wohl in der Lage sein, gegen sein Weib zu kämpfen und zu gewinnen?"

Die letzte Frage machte unmissverständlich klar, was ihm blühte, wenn Gallowain es nicht tat. Fitard riss seinem Ross den Kopf herum und trieb es zurück in die Schlachtreihen seiner Söldner.

Royce warf Lee einen beschwörenden Blick zu, ehe er gemeinsam mit Wulf den Rückzug antrat.

Sie blieb allein und fühlte sich durchbohrt von Gallowains gehässigen Blicken. Langsam stieg sie von der Stute und rückte ihre Waffen zurecht. Dann löste sie die Schnallen ihres Harnisch und streifte ihn ab.

Sie wusste, Royce würde Zeter und Mordio schreien, doch dieser eiserne Korb um ihren Oberkörper behinderte sie nur unnötig.

„Bedauerlich", bemerkte Gallowain.

Er gab sich einen sichtlichen Ruck und sprang behände von seinem Pferd.

„Ich hatte gehofft, wenn du dich erholst, wirst du endlich klug, Weib. Ich hätte dich lieber bestiegen, als dich zu töten. Doch wenn dies dein Wunsch ist, werde ich ihn erfüllen."

„Bisher habt Ihr noch auf keine Weise irgendeine Form von Männlichkeit bewiesen", entgegnete Lee mit einem tückischen Lächeln. Sie gab Osla einen Klaps und ließ sie in die eigenen Reihen zurücklaufen.

Gallowains Augen verengten sich und er zog ein riesiges Schwert aus der Scheide, die am Sattel seines Pferdes hing. Ein Schwert so groß, dass er es mit beiden Händen schwang.

Beeindruckend, dennoch ließ es sie auch Hoffnung schöpfen. Soweit ein Zweihänder auch reichen mochte, so war Gallowain doch langsamer mit dieser Waffe als Lee mit ihrem eigenen Schwert.

„Dein vorlautes Maul werde ich dir schon noch stopfen", grollte er. „Und wenn ich dich nicht töte, dann nur, weil ich deinen Mund nicht mit meinem Schwert füllen werde."

Sie legte den Kopf schief und musterte ihn verächtlich.

„Zumindest eines muss man Euch lassen, Gallowain. Darin, große Reden zu schwingen, die nichts als heiße Luft beinhalten, seid Ihr wirklich gut."

Mit einem wütenden Grunzen rannte er auf sie zu, schwang sein Schwert über den Kopf und stieß ein furcht-erregendes Kampfgebrüll aus. Lee lief ihm entgegen und zog den Dolch aus dem Gürtel. Als sie an ihm vorbeiflankte, hinterließ die Klinge einen tiefen Schnitt in seiner Hüfte.

Er brüllte zornig auf und Lee ließ sich hastig hinter ihm auf die Knie hinabsinken. Sein Schwert zeichnete einen Kreis in der Luft, wo eben noch ihr Kopf gewesen war.

Sie wirbelte herum und stach zu.

Der Dolch bohrte sich in seine Wade. Gallowains gequältes Aufheulen war Balsam für ihre Seele.

Abermals stieß sein Schwert nach ihr.

Rasch ließ sie sich nach hinten fallen, rollte von ihm weg und war mit einer fließenden Bewegung wieder auf den Beinen. Dennoch spürte sie die kühle Luft auf ihrer Haut, wo sein Schwert den Stoff ihres Hemdes durchtrennt hatte.

Das war knapp gewesen.

Sie zog ihre Waffe und sah zu, wie Gallowain sich fluchend den Dolch aus dem Bein zog und zu Boden warf.

Als er den Kopf hob, lag der blanke Hass in seinem Blick.

„Du bist tot, Weib", schrie er.

Mit leicht gespreizten Beinen blieb Lee stehen, wo sie war, und sah zu, wie er losstürmte. Erneut schwang er die zweihändige Waffe und diesmal schlug diese mit solcher Kraft auf Lees Verteidigungsarm ein, dass das Schwert in ihrer Hand vibrierte und sie von dem Aufprall nach hinten geschleudert wurde. Sie fiel und rollte sich seitwärts, als er nach ihr hackte.

Auf ihrem Rücken machte sich brennender Schmerz breit.

Verflucht!!!

Vielleicht hätte sie den Harnisch doch tragen sollen.

Ein gewaltiges Grollen durchdrang die Erde und ließ den Söldner zwei Schritte zurückweichen. Lee kam ebenfalls stolpernd auf die Füße. Sie sah zu Gallowain hinüber.

Sein Pferd rollte wild mit den Augen, ehe es mit einem angstvollen Wiehern lospreschte und zwischen ihnen hindurchrannte. Der Vorfall gab ihr die Gelegenheit, sich zu sammeln und auf seine nächste Attacke vorzubereiten.

Sie knirschte mit den Zähnen.

Verdammt, er hatte sie erwischt!

Sicher nur ein Kratzer.

Leider brannte dieser Kratzer höllisch und er kreuzte die gerade erst verheilten Wunden auf ihrem Rücken, was die Sache nicht besser machte. Sie spürte, wie die Wut von vorhin in sie zurückkehrte und ihr langsam die Kontrolle entglitt. Sie durfte nicht unaufmerksam werden, sie musste bei Verstand bleiben!

„Getroffen", triumphierte Gallowain. „Was sagst du jetzt, Weib?"

„Ich sage, dass Ihr zu viel redet", entgegnete sie kalt und zwang sich zur Ruhe.

Sie spürte, wie das Blut ihren Rücken herunterlief. Offenbar war der Kratzer schlimmer, als sie gedacht hatte. Sein Bild verschwamm kurz vor ihren Augen und die Tatsache, dass die Verletzung sie offensichtlich schwächte, machte sie noch wütender.

Verdammt, warum fühlte sie sich so seltsam?

Sie hatte ihn auch erwischt, mehrfach und viel schlimmer … aber er zeigte nicht den Hauch von Erschöpfung.

Das Beben unter ihren Füßen nahm an Heftigkeit zu und das Grollen schwoll zu einem unangenehmen Brüllen an.

Als Gallowain zum nächsten Schlag ausholte, fegte unerwartet heftig eine Windböe über sie hinweg, begleitet von einem dröhnenden Donnerschlag, der die Erde abermals zum Beben brachte.

Der Söldner stolperte rückwärts und verlor fast das Schwert aus seinen Fingern.

Lee hob den Kopf.

Eine schwarze Wolkenwand zog in unnatürlich raschem Tempo am Himmel auf, Blitze zuckten und das Grollen steigerte sich zu einem quälenden, ekstatischen Kreischen.

Sie schüttelte den Kopf und versuchte, die Schmerzen in ihrem Schädel zu ignorieren, die das Brüllen in ihr verursachte.

Was war das?

Aus dem Augenwinkel konnte sie erkennen, wie sich Männer auf beiden Seiten die Hände auf die Ohren pressten und sich krümmten.

Gallowain strauchelte, ließ sein Schwert endgültig fallen und hielt sich die Ohren zu. Mit schmerzverzerrtem Gesicht brach er in die Knie und rollte sich am Boden zu einer Kugel zusammen. Das Kreischen endete so abrupt, wie es gekommen war. Das Geräusch knirschender, zerberstender Felsen klang vom Meer herüber, als gewaltige Steinbrocken sich aus den Klippen lösten und in die Tiefe stürzten.

Erschrocken wandte Lee den Kopf.

Für eine Sekunde befürchtete sie, die Burg würde in sich zusammenstürzen. Stattdessen sah sie, wie unruhige Bewegung in ihre eigenen Krieger kam.

Die Pferde tänzelten nicht länger nur nervös hin und her, sie waren eindeutig in Panik. Es war unmöglich, sie noch länger zu beruhigen. Ein gutes Dutzend von ihnen riss sich plötzlich los und raste blindlings davon.

Rufe wurden laut.

Dann erklang ein gigantisches Knurren, das ausnahmslos jeden erschrocken zusammenfahren ließ.

Felsen barst, Geröll fiel in die Tiefe, und obwohl sie ihren Augen kaum traute, beobachtete sie, wie sich neben den Burgmauern eine gigantische Klaue über den Rand der Klippen schob. Krallen gruben sich in die Erde von Sijrevan und hievten einen riesigen Schädel auf einem gigantischen Leib mit vier kräftigen Beinen empor.

Lees Augen weiteten sich ungläubig.

Was war das?

Eine Art überdimensionale Echse?

Ihr Verstand setzte einen Moment aus.

Unter den dunklen Schuppen bewegten sich gewaltige Muskeln, während der Koloss sich auf die Ebene hinaufschob und abwartend neben der Burgmauer sitzen blieb.

Lee sah Menschen auf der Mauer umherhasten und fürchtete, dass die Männer, die zurückgeblieben waren, das Tier mit ihren Pfeilen und Bolzen beschießen würden. Doch sie schienen sich eines Besseren zu besinnen und versteckten sich hinter den Zinnen.

In ihrem Rücken hörte sie Gallowain aufschreien.

Als ihr Kopf herumflog, sah sie, wie er auf sie zugerannt kam und sein Schwert schwang. Offenbar hatte er sich rascher erholt als der Rest der Männer und war immer noch wild entschlossen, ihr endlich den Garaus zu machen.

Den Giganten, der in wenigen hundert Metern Entfernung seine Glieder streckte, hatte er entweder noch nicht bemerkt oder er verkannte diese neue Gefahr mit Absicht.

Lee hastete zur Seite und parierte den wuchtigen Schlag.

Der Schmerz schoss bis tief in ihre Schulter. Wütend biss sie die Zähne aufeinander, drehte sich einmal um sich selbst und zog Gallowain ein Bein weg, als er sich zu ihr umwandte. Er knallte mit einem wütenden Aufschrei zu Boden und blieb benommen liegen, als er mit dem Hinterkopf aufschlug.

Sie entfernte sich hastig einige Schritte und ging in Verteidigungsstellung. Das Schwert in ihrer Hand schien plötzlich Tonnen zu wiegen.

Der Schlag, der sie getroffen hatte, hatte ihr einen großen Teil ihrer Kraft geraubt, zusätzlich zu dem Schwindel, der sie immer noch behinderte.

Ausgerechnet jetzt rappelte Gallowain sich hoch und der Ausdruck in seinem Gesicht war nur noch als völlig verrückt zu bezeichnen.

Offenbar hatte er nun gänzlich den Verstand verloren.

Sie spürte den Blick fast körperlich.

Roter Nebel zog an ihr vorbei und verschleierte ihre Sicht. Wind zerrte an ihrem Hemd und ihren Hosenbeinen. Sie spürte das Vibrieren der Erde unter den schweren Schritten, die näher kamen.

Als sie den Kopf hob und zu dem Giganten auf den Klippen hinübersehen wollte, stand er nur noch wenige Meter von ihr entfernt, direkt hinter Gallowain.

Das Grollen aus seiner Kehle, die glänzenden, braunen Schuppen. Ihre Arme sanken hinab ... sie fühlte sich merkwürdig schwach und gleichzeitig voller Energie – gefangen in luftleerem Raum.

Abgeschirmt von der Außenwelt.

Das Licht des kalten Februartages zauberte grüne Reflexe auf die schimmernde Oberfläche seiner Panzerung.

Lee erstarrte.

Für einen Moment schien die Zeit stillzustehen.

Über seinen halben Schädel, den Hals und die Brust zog sich eine frisch verheilte Narbe, die in Richtung seines Bauches verschwand.

Lees Lippen öffneten sich staunend einen Spalt und doch kam kein Laut aus ihrer Kehle. Aus weit aufgerissenen Augen glotzte sie ihn an und registrierte fast beiläufig, wie sich die zwei Flügel, die er eng an den Körper gedrückt hatte, langsam entfalteten und die riesigen Schwingen sich über seinem Rücken ausbreiteten.

Sie waren blutig, getroffen von einem unsichtbaren Hieb, der die gerade verheilten Narben auf seinem Leib kreuzte.

Narben, die seinen Körper an den gleichen Stellen verletzten wie den Drachen auf Lees Rücken.

Er fixierte Lee aus alten, dunklen Augen.

Sie konnte nicht anders, als seinen Blick zu erwidern. Er schien das letzte Geheimnis in den Tiefen ihrer Seele zu erkennen, das sich nicht einmal ihr selbst erschloss.

Das Atmen fiel ihr plötzlich schwer.

Unsichtbare Ketten schnürten ihre Brust ein, zogen sich zusammen und beklemmende Enge erfüllte ihr Herz ... tief in ihr erklang ein stiller Ruf ... uralt und vertraut.

Donchuhmuire.

Ihr Arm mit dem Schwert in der Hand sank endgültig zu Boden und sie machte einen Schritt auf ihn zu. Die Welt war von einer tiefen Sehnsucht erfüllt und versank in sanfter Dunkelheit. All der Schmerz der letzten Wochen wich von ihr. Warmes Licht breitete sich in ihr aus und füllte ihre Lungen mit Luft.

Rein und unverfälscht.

Keine Trauer, keine Qual, keine Angst.

Sie erkannte sich selbst in seinen Augen.

Sie sah sich auf eine Weise, auf die sie sich schon einmal gesehen hatte. Jahrhunderte zuvor, auf diesem Schlachtfeld, mit den Knien im Dreck und den Händen voller Blut und Schlamm.

Leandra.

Er hatte sie gefunden.

Sie fühlte sich umarmt, voller Liebe und Dankbarkeit.

Sie war geborgen und beschützt.

Sie war angekommen.

Es gab nichts mehr, wovor sie sich fürchten musste.

Nichts, das ihr noch Angst machte.

Donchuhmuire.

Sein Name schien unaussprechlich.

Alt wie die Welt selbst ... ein Flüstern in ihrem Kopf, in ihrem Herzen, in ihrer Seele.

Sein Atem füllte ihre Lungen und streifte ihre Haut. Der Drache auf ihrem Rücken brannte lichterloh, als würde sich glühendes Eisen in ihr Fleisch bohren.

Er war wieder bei ihr.

Sie waren eins.

***

Sich vom Boden hochrappelnd, achtete Gallowain nicht auf das, was um ihn war. Hasserfüllt sah er zu Lee hinüber.

Mit hängenden Schultern stand sie da, den Arm mit der Waffe hatte sie zu Boden sinken lassen. Nebelfetzen waberten um ihre Gestalt, während sie einfach an ihm vorbei in das Nichts starrte.

Sein Stolz schrie auf.

Wie konnte sie es wagen, ihn mit Missachtung zu strafen?

Er hätte sie damals schon töten sollen.

467

Er hätte sie benutzen und ihren toten Leib über die Klippen von Glenchalls werfen sollen.

Dieses Weib hatte kein Leben verdient.

Mit einem Schrei hob er sein Schwert.

Wenige Schritte nur trennten ihn von ihr.

Diesmal würde er sie endgültig vernichten und Genugtuung erlangen. Zornerfüllt rannte er los.

Ein gewaltiger Schlag erschütterte die Welt und riss ihn von den Füßen. Ein wütendes, ohrenbetäubendes Brüllen presste den Söldnerhauptmann zu Boden und er schloss starr vor Schreck die Augen, als ein Schwall unerträglich heißer Luft über ihn hinwegfegte.

Gallowain schrie.

Die Hände vor dem Gesicht hochgerissen, krümmte er sich unter dem Ansturm der Naturgewalten.

Dann war es vorbei.

Ebenso rasch, wie es gekommen war.

Zögernd schlug er die Augen auf, ließ die Arme sinken und setzte sich auf. Lee stand drei, vier Schritte von ihm entfernt und betrachtete ihn ohne jede Gefühlsregung.

Sie steckte das Schwert in die Scheide und sah ihn nur an. Abwartend, als wäre er unwürdig.

Wut wallte erneut in ihm empor und ließ ihn nach seiner Waffe greifen.

Als seine Finger den Lederknauf berührten, erklang ein bedrohliches Knurren hinter ihm.

Gallowain verharrte in der Bewegung und wandte den Blick.

Er spürte, wie ihm das Blut in den Adern gefror.

Träumte er?

Das konnte nicht Wirklichkeit sein!

Ein Drache?

Obgleich ihm der Koloss gegenüberstand, weigerte sein Verstand sich zu glauben, was er sah. Gallowain schüttelte den Kopf.

Das war unmöglich.

Der Riese senkte seinen Schädel. Dunkle Augen starrten direkt in Gallowains Seele. Brennend und voller Schmerz.

Eine der Klauen bewegte sich nach vorn und grub sich tief in die Erde. Geifer tropfte von Zähnen, die so lang wie sein ganzer Arm waren.

Plötzlich wurde sich Gallowain mit unangenehmer Deutlichkeit der Situation bewusst, in der er sich befand.

Selbst wenn es ihm gelang, sein Schwert zu ergreifen, konnte dieses Ding immer noch seine Zähne in ihn schlagen … er wäre nichts weiter als ein kleiner Happen für dieses Ungetüm.

Langsam ging er rückwärts, fort von dem Monstrum, das vor ihm stand – fort von dem Albtraum, der Gestalt angenommen hatte.

Das Grollen, das er schon an jenem Tag gehört hatte, als die Hure des Highlanders ihm das erste Mal entkommen war, klang auf grauenhafte Weise vertraut.

Düstere, alte Augen verfolgten jede seiner Bewegungen.

Er hatte diese Augen schon einmal gesehen, wie einen Geist, der sich manifestierte.

Es war Zeit zu gehen.

14. Kapitel

Das Land der McCallahans, Sijrevan
   Im Hornung, Anno 1586

Lee trat beiseite, als Gallowain rückwärts in ihre Richtung gestolpert kam. Seine Augen waren schreckgeweitet und sein Gesicht hatte alle Farbe verloren. Als er offenbar meinte, genug Entfernung zwischen sich und den Drachen gebracht zu haben, fuhr er herum und stürzte an ihr vorbei.

Nachdenklich sah sie ihm hinterher und bemerkte gleichzeitig, dass sich die Linie der Söldner, die Fitard mit sich geführt hatte, auflöste.

Die Männer trieben ihre Pferde in wildem Galopp davon.

Stirnrunzelnd klaubte sie ihren Dolch vom Boden und steckte ihn wieder an den Gürtel.

Das war es?

Gallowain flüchtete wie ein feiger Hund und die Männer Fitards taten es ihm gleich?

Der Kriegsherr selbst saß hoch aufgerichtet auf seinem Schlachtross, umringt von seiner Leibgarde, wie sie annahm, und starrte zu ihnen herüber. Sie spürte den bohrenden Blick seiner toten Augen fast körperlich.

Unwillkürlich bewegte sie sich näher auf den Drachen zu.

Irgendetwas an diesem Mann war ihr zutiefst zuwider und bereitete ihr eine unerklärliche Angst.

Sie hörte Royces Rufe.

470

Irritiert wandte sie den Blick zu ihm.

Er gestikulierte ärgerlich und bedeutete ihr, zu ihm zu kommen, während seine Krieger die Schwerter zogen und sich offensichtlich zum Kampf bereitmachten.

Wollten sie Fitards Söldnern folgen?

Wollten sie ihn selbst angreifen?

Sie sah, wie Wulf und Royce einander etwas zuriefen und dabei in Richtung des Drachen deuteten. Ihr wurde schmerzhaft bewusst, dass sie keineswegs planten, hinter Fitards feigem Mob herzuhetzen. Stattdessen machten sie sich bereit, gegen den Drachen in die Schlacht zu ziehen.

Wie konnte Royce das tun?

Er hatte doch selbst gesagt, dass das Bild auf ihrem Rücken eine Bedeutung haben musste. Er konnte doch nicht so blind sein!

„Lee, komm her!"

Seine laute Stimme schallte über die Ebene.

Er trieb den Hengst drei Schritte vor, woraufhin der Drache ein warnendes Knurren von sich gab. Unruhe kam in die sich formierenden Reihen der Krieger.

Lee zog ihr Schwert.

Wütend lief sie ihnen ein paar Schritte entgegen und rammte ihre Waffe in den harten Boden.

„Wenn ihr ihn wollt, müsst ihr mich töten", rief sie.

Sie sah, wie Royces Gesichtsausdruck von Entschlossenheit zu Unglauben wechselte. Ihr war klar, dass er ihre Entscheidung nicht verstand, vielleicht nicht einmal verstehen wollte.

Sie begriff selbst nicht, was sie da tat.

Sie war ein Mensch des einundzwanzigsten Jahrhunderts!

Drachen waren Fabelgestalten, Erfindungen von Literaten.

Aber er war hier.

Sie spürte seinen Atem, seine Nähe, sie spürte ihn bis tief in ihre Seele. Er war ebenso wirklich wie ihre unerklärliche Reise durch Zeit und Raum ... er war einer der Gründe, warum sie zurückgekommen war.

Verstört verdrängte sie diesen letzten Gedanken.

Zurückgekommen ... was dachte sie da?

Sie war nie zuvor hier gewesen.

Entschlossen zog sie ihren Dolch und konzentrierte ihre Gedanken wieder auf die Wirklichkeit.

Ihr Mann zügelte sein Pferd und schüttelte wütend den Kopf, während er sie ungläubig anstarrte.

Sie deutete auf den Drachen.

„Sieh hin, Royce. Sieh ihn an und sag mir, was du erkennst, wenn du ihn anblickst."

„Bist du von Sinnen?", brüllte er. „Das ist keiner deiner Schoßhunde, Lee. Das ist ein leibhaftiger Drache."

„Schau ihn an", schrie sie aufgebracht zurück. „Sieh, welche Wunden er trägt, und sag mir noch einmal, dass ich beiseitetreten soll, damit ihr ihn töten könnt

***

Zornig lenkte er Caroen ein Stück näher an sie heran.

War Lee jetzt von allen guten Geistern verlassen?

Unwillig musterte er das Ungetüm, das hinter seiner Frau stand und ihm entgegensah.

Was war es, das sie von ihm verlangte?

Er sah ein Monster auf vier Beinen.

Die Manifestierung eines Albtraums mit Flügeln.

Eine Legende, die Wirklichkeit geworden war.

Sie hatte diesem Ungetüm einen Platz eingeräumt und den Mann gehen lassen, der für all ihr Leid und Elend verantwortlich war.

Warum hatte sie das getan?

Caroen tänzelte unter ihm nervös hin und her.

Er starrte den Drachen an.

Zornig und voller Bitterkeit.

Schau ihn an, hatte sie gesagt.

Er sah Augen, groß wie Wagenräder und dunkel wie die Nacht über den Highlands von Sijrevan. Augen, die in ihn hineinblickten.

Er sah glänzende, braune Schuppen, die im Licht des Tages grün schillerten. Schwingen von unfassbarem Ausmaß, an denen Blut klebte. Narben, die einen gigantischen Körper schmückten.

Narben, die … die Erkenntnis traf ihn wie ein Hammerschlag.

Wie konnte das sein?

Der Hengst unter ihm scheute plötzlich und machte einen Satz zur Seite. Royce konnte sich gerade noch mit einem beherzten Griff in die Mähne festhalten. Er fing sich knapp und gab seinen Männern ein Zeichen, dass sie bleiben sollten, wo sie waren.

Bei den Göttern!

Was bedeutete das?

Royce hatte geglaubt, die Zeichnung auf ihrem Rücken wäre nichts weiter als ein Symbol. Etwas, das sie als Kriegerin von ihren Mitstreitern unterschied.

Er hätte niemals für möglich gehalten, dass *dieser* Teil des Märchens der Wirklichkeit entsprach. Selbst, als der Drache über die Klippe gekommen war, hatte er nicht geglaubt, dass sein Erscheinen etwas mit ihr zu tun hatte.

Wenn er ehrlich war, hatte er es nicht glauben *wollen*!

Mehrstimmiges Kampfgeschrei ließ ihn den Blick von dem Drachen abwenden. Über die Anhöhe kam Fitards Söldnertrupp geritten. Sie hatten ihre Waffen gezückt und hielten in vollem Galopp auf Lee zu.

Royce fluchte und versuchte, den tänzelnden Caroen unter Kontrolle zu bekommen. Er hatte geahnt, dass dieser vermeintliche Rückzug nichts Anderes als ein findiges Ablenkungsmanöver gewesen war.

Fitard mochte Vieles sein, doch dumm war er gewiss nicht.

Was als Ritt auf Callahan-Castle geplant gewesen war, hatte sich schon in jenem Moment gewandelt, da Royce Lees Ansinnen auf einen Zweikampf vorgetragen hatte. Dass eine Frau den Söldner zum Duell forderte, hatte Fitards Interesse geweckt ... und Royce fürchtete die Konsequenzen, die diese Aufmerksamkeit mit sich brachte.

Über viele Jahre schon existierte zwischen ihren Familien diese Fehde, die er nie gewollt hatte. Sein Anliegen an Fitard, den Streit endlich zu beenden, hatte dieser damals mit neuerlichen Raubzügen beantwortet, bei denen auch Araenna gestorben war.

Das Auftauchen des Drachen war für den Herrn der östlichen Lande eine willkommene Abwechslung und es lenkte ihn für kurze Zeit von seinem Verlangen ab, den Clan der McCallahans auslöschen zu wollen.

Er galt nicht grundlos als seelenloser Tyrann.

Mochte er selbst auch kein Mann sein, der sich noch offen in einen Kampf stürzte, so waren seine Söldner doch treu ergeben und von der gleichen Dunkelheit erfüllt wie Fitard.

Sie würden alles tun, um dieses Wesens habhaft zu werden, das so unerwartet auf Seiten der Highlander aufgetaucht war ... und aus genau diesem Grund hielten die Reiter nun auf die Flanke des Drachen zu.

Ihre kleine Finte hatte funktioniert und sie waren bereit, hohe Verluste zu akzeptieren, nur, um den Koloss in ihre Fänge zu bekommen.

Koste es, was es wolle.

Lee war entweder gut genug als Köder oder würde aus dem Weg geräumt werden. Noch ehe er Caroen wieder beruhigt hatte, wurde ihm klar, dass er sie niemals rechtzeitig erreichen würde, um sie vor der herannahenden Meute aus dunklen Reitern beschützen zu können.

Wie sollte er ihr zur Seite stehen, wenn sie einem Ansturm von fast fünfhundert Reitern gegenüberstand?

Der Drache nahm ihm die Entscheidung ab.

Mit einem kraftvollen Schritt trat er über die Frau am Boden hinweg und stellte sich der heranrasenden Meute entgegen. Die gewaltigen Schwingen erhoben sich über seinen Rücken, schoben sich in drohender Geste an seinen Schultern vorbei nach vorn und stellten sich auf.

Selbst Royce fühlte sich plötzlich unwohl in seiner Haut.

Mit geblähten Nüstern holte der Drache geräuschvoll Luft und schleuderte der heranrasenden Wand aus Pferden und Reitern einen grauenvollen Schrei entgegen. Die Hälfte der Söldner riss es mitsamt ihren Gäulen von den Füßen.

Wer sich nicht auf dem Boden wiederfand, suchte sein Heil in der Flucht oder trieb sein Ross zu vollem Galopp an, um sich dem Drachen entgegenzustürzen.

Sie waren zu allem entschlossen, und wer sich wieder aufrappelte, würde sich dem Drachen ebenfalls in den Weg stellen.

Ob der Koloss nun das Hauptziel war oder nicht, die Männer würden vor Lee nicht Halt machen. Gegen so viele Söldner konnte auch sie nicht bestehen, ganz gleich, wie schnell und hervorragend sie kämpfen konnte.

Royce schrie ihren Namen.

Ihr Blick streifte ihn nur, ehe sie das Schwert mit einem Ruck aus dem Boden zog und sich den heraneilenden Söldnern entgegenstellte.

Wahnsinniges Weib!

„Was tut sie da?", brüllte Wulf hinter ihm.

„Sie rennt sich ihren verdammten Dickkopf ein", gab er zurück. Royce war zu leise, als dass sein Hauptmann ihn hätte hören können. Wütend trieb er Caroen die Fersen in die Flanken und der Hengst machte einen Satz nach vorn.

Seine Krieger sollten ihre eigene Entscheidung treffen.

Er würde nicht von ihnen verlangen, an der Seite dieses Monstrums zu kämpfen, doch er wusste, wo *sein* Platz nun war. Aufgebracht trieb er sein Pferd voran und sah mit Besorgnis, wie sich die Reiter Lee und dem Drachen näherten.

Hinter ihm wurde Lärm laut und er spürte das Beben der donnernden Hufe, als die Krieger zu ihm aufschlossen. Trotz des Ärgers über Lees Widerborstigkeit und Leichtsinn empfand er auch Dankbarkeit und Stolz.

Am Tag von Gallowains Überfall hatte sie für ihren Clan gekämpft. Sie hatte den Männern mit ihrem Starrsinn das Leben gerettet ... und jeder Einzelne – ob er bei ihr oder mit Royce auf dem Heimweg gewesen war – war nun bereit, an ihrer Seite zu kämpfen.

Wenn die Herrin der McCallahans sich dem Drachen anschloss, dann würde es auch der Rest ihres Clans tun.

Es war Zeit, eine Schlacht zu schlagen.

Unterhalb des Drachenschädels trafen die Gegner mit klirrenden Schwertern aufeinander.

Reiter fielen, Pferde galoppierten panisch davon.

Tote Körper stürzten zu Boden.

Ein heilloses Durcheinander entstand.

Kampfgeschrei vermischte sich mit dem Wehklagen der Verletzten. Royce sah, wie Lee inmitten des Chaos' stand und sich gegen zwei Söldner wehrte, die gemeinsam versuchten, sie zu Fall zu bringen.

Direkt neben ihr schoss der Kopf des Drachen in die Tiefe und die riesigen Zähne schlugen in den Körper des Mannes, der gerade zu einem Schlag gegen sie ausholte.

Royce sprang von seinem Pferd, als der Koloss den Schädel hob und der tote Krieger in seinem Rachen verschwand. Zumindest eines war an diesem Tag sicher, und das würde auch Fitard nicht verborgen bleiben: der Drache würde Lee um jeden Preis beschützen.

Die aufkommenden Sorgen, die diese Überlegung mit sich brachte, verbannte er aus seinem Kopf. Er musste sich später damit auseinandersetzen, welche Bedeutung all diese Dinge künftig für ihr Leben hatten.

Nun galt es, sich auf die Gegner zu konzentrieren, die ihm entgegenströmten und ihn daran hinderten, zu Lee zu kommen. Wütend streckte er einen von ihnen mit dem Schwert nieder und parierte den Schlag des nächsten.

Irgendwo hinter sich hörte er Wulfs zorniges Gebrüll und das charakteristische Geräusch der scharfen Axt, die er gegen die feindlichen Krieger schwang.

Verbissen kämpfte Royce sich durch eine Linie zorniger Söldner. Furcht stahl sich in die Wut, mit der er zwischen seine Gegner fuhr und zwei Männer fällte.

Wo war Lee?

Er versuchte, über die Köpfe der Kämpfenden hinweg seine Frau auszumachen, doch inmitten des Trubels und der aufeinanderprallenden Schwerter war nicht zu erkennen, wo sie sich befand.

***

Orientierungslos drehte sich Lee einmal um ihre eigene Achse. Überall um sie herum kämpfte Mann gegen Mann. Sijrevanische Krieger kreuzten ihre Klingen mit den Söldnern Fitards und sie sah, wie mehrere dunkle Kämpfer versuchten, den Drachen vom Boden aus zu attackieren, indem sie sich unter ihm positionierten.

Einer von Fitards Söldnern rannte plötzlich auf sie zu, schlug in schnellem Tempo auf sie ein und trieb Lee rückwärts, fort von dem Drachen.

Man wollte sie voneinander trennen!

Offenbar waren Fitards Krieger nicht so dumm, wie sie geglaubt hatte.

Wie hätte ihnen auch entgehen können, was Donchuhmuire getan hatte?

Vermutlich hatte der Anblick des toten Mannes, der in seinem Rachen verschwunden war, jedem einen Schauer über den Rücken getrieben.

Die Schläge des Söldners, der ihr gegenüberstand, prasselten nur so auf sie hinab und sie hatte Mühe, ihr Schwert gegen die Wucht seines Ansturms oben zu halten. Sie spürte, wie ihre Kraft schwand.

Der Schwindel, den sie vorhin schon gefühlt hatte, war längst zu einem unangenehmen Strudel geworden, der ihre Welt verzerrte.

Nur ihr Verstand funktionierte noch einwandfrei und sie war sich zunehmend sicherer, dass Gallowains Klinge vergiftet gewesen war. Dieser feige Hund hatte sie damit außer Gefecht setzen wollen, um einen leichteren Sieg zu erringen ... vermutlich tat er das mit all seinen Gegnern. Es war lediglich der Anwesenheit des Drachen und der Kraft, die seine Nähe in ihr auslöste, zu verdanken, dass sie noch nicht einfach umgefallen war.

Wie lange?

Wie lange würde sie den Arm noch oben halten und sich gegen die Schläge verteidigen können?

Ihre Kraft verging und jeder Hieb trieb ihr den Schmerz bis in die Schulter. Sie war unfähig, ihr Schwert zu schwingen, um ihren Gegner zurückzutreiben, geschweige denn ihn zu besiegen.

Was gestern noch ein Kinderspiel zu sein schien, stellte sich heute als unmögliches Unterfangen heraus. Royce hatte recht gehabt, als er meinte, sie würde ihr Ziel aus den Augen verlieren.

Lee stolperte und wäre fast gestürzt.

Ihr Herz machte einen erschrockenen Hüpfer, als der Krieger mit solcher Wucht auf sie einhieb, dass sie in den Knien einknickte.

Sie hätte gelacht, wenn ihr nicht alles so wehgetan hätte. Vielleicht war es Ironie des Schicksals, dass es nicht Gallowain war, der sie töten würde. Er war feige geflohen und überließ wieder einmal die Drecksarbeit jemand Anderem. Offenbar blieb ihr nur die Hoffnung, dass Fitard seine Drohung wahrmachen und ihn persönlich für seine Feigheit bestrafen würde.

Noch bevor sie mit dem Fuß an einem Toten hängen blieb und zu Boden stürzte, spürte sie, wie die letzte Kraftreserve aus ihr wich und sie wie ein nasser Sack in den blutigen, zertrampelten Schnee hinabfiel.

Lee ließ den tauben Arm zur Seite fallen und das Schwert entglitt ihren gefühllosen Fingern. Aus weit aufgerissenen Augen sah sie zu dem Krieger hinauf. Sein Gesicht war hinter einer Maske verborgen, fremd und unbekannt. Er stellte sich breitbeinig über sie und hob sein Schwert.

Gleich würde die Spitze ihre Brust durchbohren.

Lee schloss die Augen.

Sie wünschte, Royce wäre hier.

Sie wollte sich verabschieden. Sie wollte ihm sagen, wie viel er ihr bedeutete und dass er ihrem Leben einen neuen Sinn gegeben hatte.

Sie wünschte, er würde seine Enttäuschung über ihren Tod verkraften … offenbar war sie doch nicht die Kriegerin, die er sich erhofft hatte.

Als sie die Augen öffnete, sah sie, wie das Schwert durch die Luft fuhr.

Zeit zu sterben.

Metall traf auf Metall und Lee brüllte auf, als die Schwertschneide die Haut an ihrer Schulter zerteilte und eine tiefe, glühende Wunde hinterließ.

Warum brachte er sie nicht einfach um?

Ihre Welt drehte sich.

Ein Schatten schob sich über sie und ein gewaltiger Arm rammte dem gegnerischen Söldner ein Messer in seinen Schädel. Dann verschwand Fitards Kämpfer aus ihrem Sichtfeld und stattdessen erhaschte sie den Blick auf eine riesige zweischneidige Axt, an deren scharf geschliffenen Kanten Blut klebte.

Viel Blut.

Sie fühlte sich in die Luft katapultiert und von einer großen Hand festgehalten. Jemand schlug ihr unsanft ins Gesicht, ehe der Schwindel einen Moment von ihr abließ.

„Komm zu dir, Mädchen!"

Wulf?

Sie zwang ihre flatternden Lider zur Ruhe und starrte den Mann an, der ihr gegenüberstand. Sein graumeliertes Haar stand ihm wild vom Kopf ab und Blut bedeckte sein Gesicht – sie war sicher, es war nicht seins. Die braunen Augen musterten sie hektisch.

„Bist du verletzt?", wollte er wissen.

Verwirrt schüttelte sie den Kopf. Sie spürte, wie die Ohnmacht sich näherte, und den Schmerz, als der Drache über ihr von den Schwertern der dunklen Krieger getroffen wurde.

„Gallowain", krächzte sie. Ihre Zunge fühlte sich an wie ein alter, wollener Lappen. „Gift!"

Wulf stieß einen Ruf aus und ein gutes Dutzend sijrevanischer Krieger versammelte sich um sie, Schulter an Schulter einen Kreis bildend, während sie Lee und den Hauptmann vor möglichen Attacken schützten.

Als sie in die Knie ging, ließ Wulf sie langsam zur Erde sinken. Er rammte seine Axt in den Boden, löste einen Beutel von seinem Gürtel und hockte sich neben Lee.

„Edda hat geahnt, dass er nicht mit fairen Mitteln kämpfen würde", raunte er neben ihr und öffnete den kleinen Ledersack.

Lee rollte mit den Augen.

Die Welt drehte sich auf unangenehme Art und Weise.

Sie wollte nicht über Edda reden, sie wollte keine Kämpfe mehr sehen, sie wollte nichts spüren. Sie wollte nur noch schlafen und diesem Albtraum ein Ende bereiten.

Etwas berührte ihre Lippen und bittere Flüssigkeit tropfte auf ihre Zunge. Als ihre Hände sich abwehrend nach oben bewegten, wurden sie festgehalten und ihre schwindenden Kräfte reichten nicht, um sich dem zu entziehen. Ein Trunk aus widerlichen, übelschmeckenden Zutaten durchflutete ihre Mundhöhle und lief ihre Kehle hinab.

Sie sackte in sich zusammen.

***

Blitze zuckten über samtene Schwärze.

Sie sah das Pulsieren eines sachten, warmen Lichts, das in der Dunkelheit kaum wahrnehmbar schien. Schwach erleuchtete Wege, die sich teilten, dünner wurden und in viele Richtungen verschwanden … ähnlich den Ästen eines Baumes oder den Adern im Körper eines Menschen.

Ein schemenhaftes Gesicht in der Finsternis.

Schmal und blass, mit dunklen Augen und schwarzem Haar … vertraut irgendwie. Abneigung war zu Liebe geworden, Wut hatte sich in Leben verwandelt.

Ein Kind … winzig und hilflos.

Sie drückte es an sich, spürte den Atem, den Herzschlag. Ein Junge.

Er schrie. Das typische Wehklagen eines Babys.

Sie spürte den Tod nahen.

Silbriges Aufblitzen in tiefster Nacht.

Stille.

Ein Schatten, der sich verflüchtigte.

Jemand trug ein Kind ... fort von einem ihm fremden Volk, hin zu den Wurzeln seines Blutes. Der gleiche Junge, der an ihrer Brust gelegen hatte ... er lag gewickelt in Decken in einem Korb und ein weiterer Mann hob ihn hoch.

Sein Blick war streng.

Er musterte den Knaben lange.

Das Wispern einer Frau.

„Seine Augen haben bereits mehr gesehen, als sie sehen sollten."

Wärme durchflutete sie.

Ihr Sohn.

Er war in Sicherheit.

Erneut glühte ein Licht in der Dunkelheit.

So hell, dass es in den Augen schmerzte, und doch konnte sie ihren Blick nicht abwenden.

Sie spürte, wie die Welt sich sacht erhob.

Sie sah das verräterische Glitzern des Schnees, das Atmen der Bäume.

Sanftes Licht pulsierte durch ihre Blätter, ihr Geäst und den Stamm.

Sie sah die Wurzeln, die sich in der Erde ausdehnten. Wie ein riesiges Geflecht aus Adern, das unter der Oberfläche verweilte und mit jeder Pflanze, jedem Grashalm verbunden zu sein schien.

Das Leuchten wurde heller, rastloser.

Wie durch dunklen Nebel erblickte sie sich selbst mitten im Hof von Callahan-Castle, kniend und verzweifelt.

Ein sanftes Glühen floss durch jenes riesige Geflecht aus Adern und Wurzeln, das sich direkt unter der Erdoberfläche befand. Ein Glühen, das stärker und leuchtender wurde und auf sie zuströmte, als befände sie sich im Zentrum eines gewaltigen Spinnennetzes.

Sie spürte Verbundenheit und Liebe.

Stärke und Kraft.

Mut und Entschlossenheit.

Sie spürte, wie ihre Seele aufatmete, wie ihre Lungen sich mit der Luft ihrer Welt füllten und die Wurzeln ihres Seins sich mit ihrer Heimat verwoben.

Sie sah Royce hinaustreten in die Dunkelheit.

Sie sah sein Licht, das hell aufglühte und sich mit ihrem vereinte.

Sie konnte fühlen, wie etwas geschah.

Die Welt um sie herum drängte die Finsternis zurück.

Konturen wurden schärfer und ihre Umgebung heller.

Sie sah die Landschaft unter sich vorbeifliegen.

Die Ebenen der Lowlands.

Sijrevans Berge im Süden, die Rough Hills.

Die Wälder und Hügelketten, die das Hochland prägten.

Weite, grüne Ebenen unter einem endlosen, blauen Himmel.

Die gefährlichen Klippen von Glenchalls.

Das raue Nordmeer mit seinen tückischen Felsenriffen.

Der sehnsüchtige Blick in die Ferne des Horizontes.

Callahan-Castle ... die Burg, die über Jahrhunderte hinweg den Gewalten der Natur und ihren Feinden trotzte.

Sijrevan.

Das Land ihrer Ahnen.

Der Quell ihres Blutes, ihres Herzens und ihrer Seele.

Ihre Bestimmung.

Sie schlug die Augen auf.

***

Mit einem Wutschrei rammte Lee dem Krieger, der ihr gegenüberstand, das Schwert bis zum Anschlag in den Hals und ignorierte das warme Blut, das ihr dabei ins Gesicht spritzte.

Sie hatte keine Ahnung, was Wulf ihr gegeben hatte.

Doch es hatte sie nach einem kurzen Moment der Besinnungslosigkeit zurück in die Realität geholt und ihr die Kraft zurückgegeben, die Gallowains niederträchtiger Anschlag ihr geraubt hatte.

Der tote Körper des Feindes fiel zu Boden.

Sie hatte sich gefühlt, als hätte sie stundenlang geschlafen. Sie war ausgeruht und voller Tatkraft vom Boden aufgestanden, hatte ihr Schwert genommen und sich zwischen ihren eigenen Kriegern hindurchgedrängt, um ihren Platz unter den Kämpfern wieder einzunehmen.

Ganz gleich, was Fitard mit diesem Angriff plante, er würde weder *sie* zu Fall bringen noch den Drachen. Der heutige Tag würde ihm keinen weiteren Sieg über den Clan der McCallahans bescheren.

Der nächste Krieger, der ihr in den Weg trat, hieb mit seinem Schwert nach ihr. Lee tauchte unter ihm hinweg, zog mit der Linken den Dolch aus ihrem Gürtel und stieß ihm die Klinge in den Bauch.

Seine Hände griffen nach dem Knauf, aber sie hatte die Waffe schon wieder aus ihm herausgezogen und sah ungerührt zu, wie er vornüberkippte.

Für einen Augenblick hatte sie das Gefühl, sich selbst zu beobachten. Sie war entsetzt von der Kaltblütigkeit, mit der sie funktionierte, und gleichzeitig fasziniert von ihrer eigenen Kriegskunst.

Um sie herum kämpften ihre Highlander gegen Fitards Männer und hatten keine Augen für etwas Anderes als ihre Feinde. Niemand beachtete das halbe Dutzend Söldner, das sich immer noch unter Donchuhmuires Bauch befand und bislang erfolglos versuchte, seine geschuppten Beine mit ihren Waffen zu verletzen.

Es waren allenfalls Kratzer, die sie ihm beibrachten.

Doch sie spürte jeden der Angriffe, als schlügen sie auf Lee selbst ein. Sie wusste, dass es durchaus die eine oder andere Stelle gab, an der sie dem Drachen eine tödliche Verletzung würden zufügen können. Wenn sie diese auch nur zufällig fanden, würde Donchuhmuire sie alle unter sich begraben.

Zornig rannte sie an dem axtschwingenden Wulf vorbei.

Der Groll, den sie auf Gallowain und seinen Herrn verspürte, konzentrierte sich nun auf die sechs Männer unter dem Leib des Drachen.

Die Hälfte von ihnen wandte sich zu Lee um, als sie bei ihnen eintraf. Hohn und Spott standen in den von Dreck und Blut verschmierten Gesichtern. Der Größte von ihnen gab ihr mit dem Schwert das Zeichen zu gehen, sein Blick war ernst.

„Verschwinde, Weib, wenn du dein Leben behalten willst", rief er. „Geh zurück an deinen Stickrahmen."

Einer seiner Mitstreiter lachte und musterte Lee von oben bis unten. Sein Blick war eindeutig.

„Oder warte am Rand des Feldes, bis wir kommen, um dich zu beglücken."

Lee blieb stehen und starrte die Männer an.

Sie kämpften alle für eine Sache, die sie vermutlich nicht einmal verstanden. Für einen Krieg, dessen Grund niemand hier mehr kannte. Sie waren die Marionetten ihres Herrn und eines Hauptmanns, der sich rücksichtslos davongemacht hatte.

Die Chance auf Rache war ihr verwehrt geblieben und der Blutdurst, den sie über Wochen geschürt und mit ihrem Hass auf Gallowain genährt hatte, war nach wie vor ungestillt.

Ihre Welt erstickte unter einem Schleier roter Wut.

***

Den Mann, der ihr am nächsten stand und sich abwandte, fällte sie mit einem Hieb in seine Kniekehlen, während der Dolch in ihrer Hand mit einem schnellen, tiefen Schnitt über seinen Hals glitt. Zwischen seinen Fingern quoll das Blut hervor, als er die Hände verzweifelt an die durchtrennte Kehle legte.

Als der zweite Krieger sich mit dem Schwert in der Hand zu ihr umdrehte, verlor er seinen Kopf, als sie mit einem energischen Schlag ihre Klinge durch die Luft rauschen ließ und seinen Hals durchtrennte.

Er würde keine Frau mehr gegen ihren Willen *beglücken*.

Die Kämpfer erkannten zu spät die Gefahr, in die sie sich in ihrer Ignoranz begeben hatten, und zu spät reagierten sie auf die bewaffnete Frau, die nun wie im Rausch das Metall in ihren Fingern führte.

Dem Dritten stieß Lee ihren Dolch seitlich in den Hals. Er brach in die Knie und starb qualvoll röchelnd, während er in seinem eigenen Blut ertrank. Obgleich die Männer kräftiger und erfahrener waren, hatten sie nicht mit der Stärke und Bestimmtheit gerechnet, mit der sie sich zwischen sie stürzte.

Den Vierten tötete sie mit einem Hieb in die Brust. Als der fünfte Mann sich zu ihr umdrehte, schlug sie das Schwert so heftig in seine Schulter, dass es seinen halben Oberkörper spaltete.

Der Krieger, der ihr gesagt hatte, sie solle an ihren Stickrahmen zurückkehren, war kreideweiß geworden. Er ließ seine Waffe fallen, machte wilde Zeichen mit der Hand und rannte zwischen den letzten kämpfenden Männern davon.

Sie stieß einen unmenschlichen Schrei aus, der sich mit dem Brüllen des Drachen vermischte. Dann zog sie den zweiten Doch aus der Lederschlaufe an ihrer Wade, warf ihn hinter dem Flüchtenden her und traf ihn genau zwischen die Schulterblätter. Im Laufen stürzte er zu Boden und kroch ein gutes Stück davon, ehe sie ihn mit wenigen Schritten erreicht hatte.

Erbarmungslos rammte sie ihm das Schwert in den Leib und drehte es mit einem Schrei herum.

Es war still geworden und auch die Kampfgeräusche verklangen. Unzählige Söldner waren gefallen. Die Meisten jedoch standen kampflos zwischen den Kriegern ihres Clans und gafften die Clanherrin fassungslos an. Manche rannten, erfolgreicher als Lees letzter Gegner, davon.

Dutzende Augenpaare musterten sie, teils entsetzt, teils angewidert und dennoch im Großen und Ganzen mit stiller Anerkennung.

Royce bahnte sich einen Weg durch die Reihen aus siegreichen Highlandern und im Schlamm knienden Gefangenen. Er hatte aus der Ferne gesehen, was geschehen war, und konnte immer noch nicht glauben, dass dies die gleiche Frau war, die seit weniger als zwei Monden sein Leben durcheinanderbrachte.

Langsam ging er auf sie zu und musterte sie.

Vermutlich ahnte sie nicht einmal, wie erschreckend sie auf Freund und Feind wirken musste.

Von den Haarspitzen bis zu den Schuhsohlen war sie über und über mit dem Lebenssaft der Männer bespritzt, die sie getötet hatte. Ihre blauen Augen starrten wild und zornig aus dem schmalen, blutverschmierten Gesicht und das Schwert in ihrer Hand zuckte immer noch, als verlangte es nach weiteren Opfern.

„Wir haben gesiegt", sagte Royce und blieb vor ihr stehen.

Sie spürten den Luftzug, als der Drache über ihnen sich bewegte. Mit langen, gewaltigen Schritten ging er zu den Klippen hinüber und ließ sich neben der Burgmauer auf die Erde sinken, als müsste er sich von dem Kampf erholen.

Lee senkte den Blick und starrte auf die toten Körper, die um sie herum lagen. Zitternd rang sie nach Luft und zwinkerte nervös.

Sie wirkte, als kehrte sie aus einem Traum zurück.

Royce betrachtete das halbe Dutzend toter Männer, das sie mit unglaublicher Geschwindigkeit geradezu hingerichtet hatte.

Ein ziemlich blutiger Traum, wenn man es genau nahm.

„Wir sollten die Toten verbrennen", bemerkte sie leise.

Als er Lee ansah, wechselte ihre kaum noch erkennbare Gesichtsfarbe zu einem blassen Grau. Sie schluckte mehrmals und wandte sich ab. Ihre Augen huschten über Highlander und Gefangene, über Dutzende Leichen und noch mehr Verletzte.

Von der wütenden Kriegerin, die vor wenigen Momenten ohne Zögern und ohne Skrupel sechs Männer getötet hatte, war nichts mehr übrig.

Plötzlich war sie wieder die Lee, die er kannte.

Verwirrt und verletzlich.

Sie steckte ihr Schwert weg und sah über die Schulter zu der Anhöhe hinüber, auf der Fitard mit seinen Mannen gestanden hatte.

Royce ahnte, was ihr durch den Kopf ging.

„Sie sind verschwunden, kaum dass der Kampf ausbrach", stellte er fest. Er säuberte sein Schwert, schob es in die Scheide und beugte sich hinab, um dem am Boden liegenden Toten Lees Dolch aus dem Rücken zu ziehen. „Fitard war noch nie ein Mann, der sich selbst in eine Schlacht begibt, deren Ende er nicht vorausplanen kann."

Seine Miene blieb unbeweglich, während er den Dolch säuberte und ihn seiner Frau hinhielt. Ihre Finger zitterten deutlich, als sie ihn entgegennahm und ihre Lippen ein tonloses „Danke" formten.

Entschlossen gab er den Männern ein Zeichen, nahm Lees Arm und führte sie fort vom Schlachtfeld.

Krieg war ein grausames Geschäft.

Lee hatte sich gut geschlagen, besser als er erwartet und – zugegeben – auch erhofft hatte. Er hatte sich gewünscht, dass sie gegen Gallowain siegreich sein würde … er hatte sie als Kriegerin sehen wollen.

Allerdings hatte er nicht damit gerechnet, dass sie sich im Töten so gut verstand, als hätte sie nie etwas Anderes getan. Es war nicht nur für ihn befremdlich gewesen, sie wie eine wildgewordene Furie unter ihren Feinden mit den Messern tanzen zu sehen.

Doch nun, da ihr Blutrausch abgeebbt und der Zorn sich verflüchtigt hatte, war sie wieder *seine* Lee. Die Frau, die in seinen Armen fast gestorben war und bitterliche Tränen um ihr verstorbenes Kind geweint hatte. Die Frau, die sich nachts an ihn schmiegte und deren schlechte Träume er nur auf eine Art zu zerstreuen wusste.

Jetzt, in diesem Augenblick, war sie nicht mehr die Kriegerin – und aus genau diesem Grund brachte er sie fort vom Schlachtfeld und zurück zur Burg.

Hinaus aus den Reihen derer, die siegreich waren.

Sie sollte nicht sehen, wie seine Highlander die feindlichen Überlebenden töteten und die eigenen Männer bargen ... oder das, was von ihnen übrig war.

Die Verletzten ihres Clans würden in der Burg versorgt und ihre Toten dem Feuer anheimgegeben werden.

Sie würden feiern.

Sie würden mit metgefüllten Trinkhörnern anstoßen.

Auf jeden Highlander, der mutig und mit dem Schwert in der Hand gestorben war. Jeden Highlander, der ein ehrenvolles Ende gewählt hatte, um sein Land und seine Herrin zu schützen.

Fitards Söldner jedoch würden sie mit einem Wagen zu den Klippen schaffen und ins Meer hinabwerfen.

Sijrevan sollte entscheiden, was mit ihren Überresten geschah.

***

„Er ist unheimlich", stellte Lee fest. Royce sah zu dem Drachen hinüber und sie drückte seinen Arm. „Fitard meine ich."

Er nickte wortlos und wirkte so angespannt wie zuvor.

Als sie über die Schulter zurückblickte und beobachtete, was die Highlander taten, wurde ihr Blick glasig. Sie hatte vermutet, dass das der Grund war, warum Royce sie so rasch von dort weggebracht hatte, und sie begriff, warum der Kerker schon seit Jahren nicht mehr in Benutzung war.

Doch obgleich sie selbst getötet hatte, machte es die ganze Sache nicht besser. Gleichgültig, wie oft sie sich zu sagen versuchte, dass es keine andere Wahl gab ... es war barbarisch.

Nur wer war sie, dass sie sich anmaßte, ein Urteil darüber abzugeben? Sie hatte sechs Männer getötet, in wenigen Augenblicken war sie zwischen sie gestürmt und hatte sie niedergemetzelt.

„Sieh nicht hin." Seine warme Stimme war wie Balsam für ihre wunde Seele, die sich unter den Eindrücken wand, die ihr Bewusstsein nur langsam akzeptierte. Als sie sich zu Royce umdrehte, nahm er ihr Gesicht in beide Hände. Das Lächeln auf seinen Lippen erreichte nicht seine Augen. Vielleicht war er ebenso entsetzt und angewidert von ihr wie sie selbst. „Du hast dich wahrlich tapfer geschlagen. Ich muss gestehen, dass du sogar mich beinahe hast erstarren lassen, als du wie eine Furie unter die Söldner gefahren bist. Du bist erschreckend gut im Töten."

Es fiel ihr schwer, sich auf ihn zu konzentrieren, während sie im Hintergrund ersticktes Gurgeln und den deutlichen Klang von schartigem Metall hörte, das durch Fleisch und Knochen getrieben wurde. Dieser Tag hatte sie endgültig verändert und nicht unbedingt zum Besseren.

Was war aus der Lee geworden, die nicht einmal ein Feuer hatte entzünden können?

Sie schloss die Augen und drängte die Übelkeit zurück, die in ihr rumorte. Ein Gedanke machte sich in ihr breit und wurde zunehmend lauter.

Gesteh es dir doch wenigstens selbst ein.

Sie konnte nicht verleugnen, dass es ihre Wut gestillt und ihren Hass besänftigt hatte. Auch wenn sie die Zeit hätte zurückdrehen können, hätte sie alles genauso gemacht und wieder wären diese sechs Männer durch ihre Hand gefallen.

Würde sie jetzt auf ewig so bleiben?

Kalt und gefühllos?

Sie starrte ihn an, ohne ihn wirklich zu sehen.

„Ich weiß nicht mehr, wer ich bin."

Dankbarkeit durchflutete sie, als Royce ihre Hand nahm und sie fortführte von den unangenehmen Geräuschen. Der Wind, der vom Meer herüberstrich, trug den Geruch nach Blut und Schweiß fort und ersetzte das wilde Rauschen in ihrem Kopf durch das Tosen der Brandung, die gegen die Klippen schlug.

Als sie sich fast auf Höhe des Drachen befanden, blieb sie stehen und starrte zu Donchuhmuire hinüber, der mit geschlossenen Lidern dalag und sich zusammengerollt hatte wie ein riesiger Hund.

Ihre Schultern sackten hinab und ihre Augen brannten.

Vorhin war sie so voller Sicherheit gewesen. Sie hatte sich stark gefühlt und unbesiegbar ... und nun holte die Wirklichkeit sie ein.

„Ich habe versagt."

Royce trat vor sie, packte ihre Schultern und zwang sie, ihn anzusehen.

„Du hast nicht versagt", erwiderte er mit Strenge in der Stimme. „Du hast deinen Clan verteidigt", er warf einen flüchtigen Blick auf den ruhenden Koloss, „und deinen Drachen."

Lee schüttelte den Kopf.

Ihre Hand hob sich und ihre Finger zeichneten die Konturen seines Gesichtes nach.

„Ich habe Gallowain gehen lassen."

Royce versteifte sich kurz und sie spürte die sachte Enttäuschung, die er vor ihr zu verbergen versuchte.

„Es wird sich eine neue Gelegenheit ergeben", bemerkte er ausweichend und deutete mit dem Kopf zur Burg. „Wir sollten hineingehen und uns erholen."

Sie krallte ihre Finger in den Kragen seines Hemdes.

„Du bist wütend auf mich", stellte sie fest.

Royce zögerte merklich, dann schüttelte er den Kopf, löste ihre Hände von seiner Kleidung und hielt sie fest.

„Nein, ich bin nicht wütend", gab er leise zurück. „Aber es fällt mir schwer zu verstehen, warum du ihn nicht einfach getötet hast, als du die Gelegenheit dazu hattest. Niemand hätte dich unehrenhaft genannt, wenn du ihm den Dolch in seinen schmutzigen Hals gerammt hättest. Er hätte an deiner Stelle nicht einen Moment gezögert, dir das Leben zu nehmen."

„Ich weiß", gab sie zurück. „Es war nur plötzlich ... keine Ahnung ... ich fühlte mich so ruhig und friedlich. Ein Teil von mir war sich sicher, dass es nicht der richtige Tag war, ihn zu töten." Sie zuckte mit den Schultern. „Aber dann war er fort und Fitards Truppen kamen. All der Hass, der verschwunden war, kehrte in mich zurück und ...", ihr Kinn zitterte, „du hast gesehen, was ich getan habe ... *alle* haben es gesehen."

Sie hob ihre Hände vor das Gesicht und betrachtete das getrocknete Blut, das daran klebte.

„Ich werde nie wieder sein, wer ich war."

„Du bist, wer du sein sollst", erwiderte er leise und bestimmt. „Seit heute ist mir klar, dass all die Märchen meiner Kindheit offenbar der Wahrheit entsprechen."

Mit dem Kinn deutete er auf den Drachen.

„Obgleich ich ihn leibhaftig vor mir sehe, fällt es mir immer noch schwer, diese neue Wirklichkeit zu akzeptieren." Tief durchatmend griff er nach Lees Händen. „Du bist eine *Drachenkriegerin*. Ich habe das immer für einen Mythos gehalten, verrückte Fabeln meiner Kindheit. Niemand hat weniger als ich daran geglaubt, dass auch nur ein Funken Wahrheit in diesen Geschichten stecken könnte." Er zuckte mit den Schultern. „Du wirst das akzeptieren müssen, ebenso wie ich."

Ihre Augenbrauen zogen sich zusammen und sie starrte ihn an.

„Willst du mir damit sagen, dass nicht nur dieses Bild auf meinem Rücken mich als das auszeichnet, was du behauptet hast? Sondern der Drache ebenfalls ein Teil dieser Geschichten war, an die du nicht glauben wolltest?"

Sie hörte selbst, wie der Vorwurf in ihren Worten mitklang. Er ließ ihre Hände los und straffte die Schultern. Seine ganze Haltung war plötzlich auf Abwehr.

„Wie hätte ich daran glauben können? Drachen existierten bis zum heutigen Tag nicht in meiner Welt." Er zog sie weiter, fort von dem Drachen und Richtung Feste. „Mein Großvater hat uns oft von den alten Zeiten erzählt, aber wir waren zu klein, um zu verstehen, was es damit auf sich hatte. Für mich waren es Märchen. Geschichten einer abenteuerlichen Zeit, die nur in der Fantasie meines Großvaters existiert hat." Fast schon zornig hob er die Hände. „Wir sind mit Legenden aufgewachsen. Mit Balladen am Lagerfeuer, die von einer Zeit berichteten, als es Drachen, Kobolde und Feen gegeben hat ... wir waren Kinder. Die Erwachsenen lachten, wenn wir uns gruselten. Erst später wurde mir bewusst, dass es nur *Geschichten* waren. Dass nie ein lebender Mensch meiner Zeit solche Kreaturen wirklich gesehen hatte und es Erzählungen waren, die sie sich ausgedacht hatten. Für mich gab es keinen Grund, daran zu zweifeln."

Er blieb stehen, atmete tief durch und wandte sich zu Lee um.

„Mein Großvater hat damals etwas gesagt, das ich als Kind nie verstanden habe. Er meinte, unser Clan habe sich mit Wesen anderer Art verbunden und sei einst mächtig und groß gewesen."

Sein Lächeln war voller Bitterkeit.

„Wir sind schon lange nicht mehr mächtig und groß, Lee. Auch der Reichtum, den mein Großvater uns einst durch Handel und Tausch geschenkt hat, ist längst vergangen. Wir liegen in einer Jahrzehnte andauernden Fehde, an deren Ursprung ich mich kaum noch erinnere. Wir können nicht einmal auf Verbündete aus dem Westen zählen, weil ich mit meiner ersten Hochzeit viel Leid über jenen Clan brachte, den ich mir als Waffenbruder erhoffte."

Verärgert schüttelte er den Kopf.

„Nichts hier ist so, wie es sein sollte oder wie ich es mir vor langer Zeit erträumte. Mein Volk lebt ständig in Angst. Es sind nicht nur die Menschen, die hier in der Burg oder in den wenigen Hütten vor der Feste hausen. Es sind auch die Bauern und Landbesteller, die ihre Äcker pflügen und tagtäglich dem Wagnis ausgesetzt sind, von den meuchelnden Spähern Fitards überrascht zu werden. Die Grenzen unseres Landes reichen bis hinter die Hügelketten der Rough Hills, angrenzend an die Lowlands des Südens. In der Hauptstadt Fallcoar gibt es einen Rat, der uns nicht wohlgesonnen ist. Im Osten liegen die Dunkelheit und die Gefahr, die Fitard über sein Volk gebracht hat. Im

Westen herrschen die Alben, die uns mit Kälte und Verachtung begegnen. Wir sind umringt von Widersachern und Rivalen ... und wenigstens einer von ihnen will nichts mehr, als unser Ende erleben."

Er musterte sie einen Moment lang eindringlich.

„Vielleicht war es deine Bestimmung, aus dieser anderen Welt hierherzukommen. In den alten Legenden war von unheimlichen Begebenheiten die Rede, aber auch, dass die Drachenkriegerin nach einer langen Zeit des Kampfes endlich den ersehnten Frieden brachte. Vielleicht bist *du* die Hoffnung für unser Volk, nach der es sich schon so lange verzehrt."

***

Das Feuer im Kamin war fast heruntergebrannt, als Lee die Augen aufschlug. Sie starrte den Betthimmel an und lauschte Royces ruhigen Atemzügen. Ein Blick zu dem schmalen Fenster zeigte ihr, dass der neue Tag noch nicht angebrochen war.

Nervös fuhr sie sich mit einer Hand über das Gesicht.

Ihr Schlaf war unruhig gewesen und die Träume wirr.

Sie war froh, endlich wach zu sein.

Zu viel war gestern geschehen.

Nach all den Ereignissen auf dem Schlachtfeld musste sie sich mit einer neuen Realität ihres ohnehin schon seltsamen Lebens abfinden. Offenbar war es tatsächlich ihre Bestimmung, sich in einer ganz anderen Welt zurechtzufinden.

Sie war eine *Drachenkriegerin* ... nicht nur aufgrund der Tätowierung auf ihrem Rücken, sondern vor allem wegen des riesigen, geschuppten Wesens, das irgendwann über die Klippen gen Meer verschwunden war. Ein Teil von ihr hatte befürchtet, er würde gehen, doch Royce hatte gemutmaßt, dass der Drache das alte Höhlensystem unter Callahan-Castle nutzte.

Für ihn war das die einzig logische Erklärung.

Tatsächlich schien er Recht zu behalten, denn ihre Besorgnis hatte sich nicht bestätigt.

Sie spürte, dass der Drache immer noch in der Nähe war.

So seltsam sie das alles fand, so sicher war sie sich ihrer Gefühle. Auf irgendeine Art war sie mit diesem Wesen verbunden, was auch der Grund war, warum sie in ihrem Duell mit Gallowain plötzlich so ruhig und voller Frieden gewesen war. All der Hass, den sie für diesen Mann empfand, war für einige wenige Augenblicke wie fortgefegt gewesen.

Es hatte keine Stunde gedauert, bis sowohl Edda als auch Vates auf der Burg eingetroffen waren. Lee hatte gerade noch Zeit gefunden, sich zu säubern.

Während sie mit einem Leibchen und Hosen bekleidet in der Halle gesessen und Royce die Wunde auf ihrem Rücken versorgt hatte, war sie von den beiden vor ihr mit Fragen bestürmt worden.

Ihre Enttäuschung war fast greifbar gewesen, als sie Vates' geäußerten Vermutungen widersprach, ob sie mit dem Drachen reden könnte. Umso aufgeregter waren beide, als sie ihnen im nächsten Atemzug bestätigte, dass es eine Verbindung gebe. Auch wenn sie nicht im herkömmlichen Sinne miteinander kommunizierten, spürte Lee seine Anwesenheit und teilte seine Empfindungen.

Wenn er voller Ruhe und Frieden war, erging es ihr ähnlich. Spürte er Schmerz, empfand sie diesen ebenfalls. Die Narben auf ihrem Rücken, die seinen Körper auf die gleiche Weise entstellten, waren ein deutlicher Beweis, dass es ihm umgekehrt nicht anders widerfuhr... vielleicht sogar schlimmer.

Sie fröstelte, schlüpfte aus dem Bett und warf zwei Holzscheite in den Kamin. Hastig lief sie über den eiskalten Steinboden zurück, kroch in die Felle und schmiegte sich an Royces warmen Körper.

Er murmelte etwas im Schlaf, legte seine Arme um sie und zog sie an sich. Mit einem Lächeln kuschelte sie sich an ihn und schloss die Augen.

Sie fühlte sich geborgen und beschützt in seiner Nähe.

Wenn es nach ihr gegangen wäre, hätten sie dieses Leben in Ruhe weiterführen und miteinander alt werden können. Doch sie ahnte, dass der gestrige Tag nur der Auftakt zu neuen Kämpfen gewesen war.

Royce hatte ihre Sorge geteilt, dass Fitard zurückkehren würde, um den Drachen in seine Gewalt zu bekommen.

Dieser Sieg, den sie gegen seine Söldner hatten erringen können, war seiner Ansicht nach nur ein sachtes Aufflackern gewesen. Ihre Zuversicht, erneut gegen Fitards Häscher zu gewinnen, hatte er mit einem resignierten Kopfschütteln abgetan.

Seine salbungsvollen Worte, sie wäre die Hoffnung für sein Volk, schien er offenbar selbst nicht so recht zu glauben.

Als sie ihm gesagt hatte, dass er die Kraft des Drachen unterschätze, hatte Royce lediglich mit den Schultern gezuckt.

Ihr war bewusst geworden, dass die Menschen seines Clans sich vielleicht an die Hoffnung auf ein anderes Leben klammern würden ... aber *er* nicht.

Nicht zum ersten Mal, doch deutlicher als je zuvor, war sie sich im Klaren darüber, dass sie nicht einmal einen Bruchteil dessen kannte, was ihn ausmachte.

Sie hatte keine Ahnung von seiner Vergangenheit.

Obgleich sie so oft geredet und ihm von ihrem Leben dort drüben erzählt hatte, hatte er es stets vermieden, mehr als nötig von seiner eigenen Vergangenheit preiszugeben.

Er sprach so gut wie nie über seine verstorbenen Brüder oder seine Eltern. Auch die Erwähnungen in Bezug auf seine erste Frau und das Kind blieben meist belanglos.

Er hatte nie über das gesprochen, was wirklich passiert war. Sie hatte die Wahrheit nur von Malissa erfahren. In den wenigen Momenten, in denen sein Blick sich in die Vergangenheit richtete und er die Erinnerungen zuließ, spürte sie die Veränderungen, die in ihm vorgingen. Er wurde hart und unnachgiebig. Seine Miene versteinerte und es war, als würde sich um ihn herum eine unsichtbare Mauer erheben.

Es war wie mit dem Verlust ihres gemeinsamen Kindes. Obwohl er sie im Arm gehalten hatte, hatte Lee das Gefühl gehabt, allein zu trauern.

Emotionen waren etwas, das er nur selten oder nie zuließ.

Vielleicht lag es daran, dass er in den vergangenen Jahren so viel Leid und Elend gesehen und erlebt hatte. Es hatte ihn hart werden lassen und möglicherweise hatte ihm genau das die Chance genommen, ihr die gleichen Gefühle entgegenzubringen, die sie für ihn hegte.

Den Kopf in den Nacken gelegt, musterte sie im Halbdunkel seine schlafenden Züge. Sorgenfalten hatten sich darin eingegraben und zogen sich von den Nasenflügeln bis zu den Mundwinkeln hinab, wo sie in seinem Bart verschwanden.

Sie schob ihre linke Hand auf seine nackte Brust und strich sanft über seine Haut. Ihre Finger wanderten höher, sein Kinn und seine Wange entlang.

Ihr Daumen legte sich sanft auf seine Unterlippe.

Er hatte einen sehr schön geformten Mund, gleichmäßig und perfekt. Sie liebte es, wenn er aus vollem Herzen lachte und dabei die Zähne in seinem Gesicht aufblitzten ... und sie war dankbar dafür, dass er seine noch hatte und sie nicht in seinem Mund verfaulten, wie bei so vielen seiner Krieger.

In den letzten Wochen hatte es nur wenig zu lachen gegeben. Allenfalls ein schwaches Lächeln war auf seinem Gesicht erschienen.

Sie wusste, dass sie daran nicht ganz unschuldig war. Ihr eigener Starrsinn hatte dafür gesorgt, dass die Leichtigkeit, die ihre Beziehung zueinander früher geprägt hatte, vollends verschwunden war.

Sanft strich sie über die leicht gebogene, fast schon aristokratisch wirkende Nase, zwischen den Augenbrauen hinauf und über seine Stirn.

„Was tust du?"

Sein Flüstern inmitten der Stille der Nacht bescherte ihr eine unerwartete Gänsehaut. Sie sah, wie seine Lider sich hoben und diese wunderschönen graugrünen Augen sie musterten.

Ich liebe dich, ging es ihr durch den Kopf.

„Ich betrachte dich", wisperte sie. „Du bist ein schöner Mann."

Ein Runzeln flog über seine Stirn, dann zuckte es um seine Mundwinkel.

„Vielen Dank", meinte er amüsiert. „Ich bin sehr froh, dass ich dir gefalle."

Lee rutschte ein Stück näher an ihn heran. Sein linker Arm glitt unter ihr durch und seine Hand legte sich auf ihren vernarbten Rücken.

Mit einem leisen Brummen rollte er sich halb über sie und Lee genoss das Gefühl seines Gewichtes, das sie in die Felle hinabdrückte.

Seine Augen funkelten im Licht des Feuers.

Warme Zuneigung sprach aus seinem Blick und sie spürte, wie ihr heiß wurde. Wenn er sie so ansah, dann hätte sie schwören können, dass er mehr für sie empfand als nur Verantwortung und Sympathie.

„Möchtest du, dass ich dir auch sage, wie wunderschön *du* bist?", wollte er mit leichter Belustigung in der Stimme wissen. Sie tat, als grübelte sie einen Moment über seine Frage, dann schüttelte sie den Kopf.

„Nein."

Mit den Fingern zeichnete sie erneut die Konturen seiner Züge nach, ließ die Hand über sein Kinn wandern und malte eine unsichtbare Linie an seiner Kehle entlang.

„Ich mag es sehr, dich anzusehen", stellte sie fest.

„Ich teile diese Vorliebe mit dir."

Lee zog in gespielter Überraschung die Augenbrauen hoch.

„Es freut mich, dass du dich selbst auch gern betrachtest", neckte sie ihn.

Ein amüsiertes Lächeln erschien auf seinen Lippen.

„Du weißt sehr wohl, was ich meine", entgegnete er.

Sein Blick verdunkelte sich, als er langsam die Felle beiseiteschob und seine Augen über ihren nackten Körper glitten. Ein Schaudern überlief sie.

Dort, wo seine Haut ihre eigene berührte, steigerte sich das warme Prickeln zu einem angenehm heißen Pulsieren. Sie spürte seinen festen Leib und das krause Brusthaar, die starken Muskeln und den harten Beweis seiner Gier, der sich an ihren Oberschenkel drückte und zunehmend größer wurde.

„Nichts auf dieser Welt ist so bezaubernd wie du", murmelte Royce.

Seine Lippen senkten sich begierig auf ihren Mund.

Bereitwillig öffnete sie sich seiner liebkosenden Zunge. Für einen Moment vergaßen sie sich im erotischen Tanz ihres Kusses.

Ihre Finger suchten sich einen Weg in sein Haar und zogen ihn näher. Mit einem wohligen Seufzer registrierte sie, wie er sich über ihr in Stellung brachte und ihren Körper mit seinem eigenen bedeckte.

Sie spürte ihn überall.

Sein Haar, das ihre empfindlichen Brustwarzen kitzelte. Seine Hände, die über ihre Flanken strichen. Seine pulsierende Männlichkeit, die sich zwischen ihre Schenkel drängte und auf überaus erregende Weise an ihren sensiblen Schamlippen entlangrieb.

Lee stöhnte leise und hob ihm unwillkürlich das Becken entgegen. Zögernd löste er sich von ihrem Mund. Wortlos sah er sie an.

Tief einatmend nahm sie den Geruch seiner Haut in sich auf und erwiderte seinen durchdringenden Blick.

Als sie den Mund öffnete, um ihm zu sagen, was sie sich wünschte, schüttelte er schweigend den Kopf und legte ihr den Zeigefinger auf die Lippen.

Entspannt ließ sie sich zurücksinken. Während er sich auf dem rechten Arm abstützte, suchte seine linke Hand sich einen Weg von ihrem Gesicht zu ihrer Kehle. Seine Finger glitten über ihre Brust und sein Daumen umkreiste die erregt aufgerichtete Knospe.

Ein Zittern ließ Lee erschauern.

Royce lächelte leicht, beugte sich über sie und umschloss die empfindliche Brustwarze mit seinen Lippen. Feuchtigkeit und Wärme umschmeichelten sie. Seine Zunge neckte die sensible Spitze und seine Zähne bereiteten ihr sanften Schmerz.

Flüssige Hitze breitete sich zwischen ihren Schenkeln aus, als seine Hand weiterwanderte und ihren Bauchnabel für einen Moment umkreiste.

Ihr Becken zuckte unkontrolliert nach vorn, während seine Finger ihr Schambein streichelten und sich vorwitzig tiefer schoben, um sich zwischen ihre feuchten Lippen zu drängen.

Sie schloss die Augen und gab sich ganz seinen sinnlichen Zärtlichkeiten hin.

Ihre Lider flatterten.

Er küsste sie zwischen die Brüste, auf den Bauch und versenkte seine Zunge in ihrem Nabel. Gierig und fast ein wenig verschämt bog sie sich seinen warmen Liebkosungen entgegen.

Das Ziehen in ihrem Unterleib wurde mit jeder seiner Berührungen stärker. Sie wollte mehr als Küsse und Liebkosungen. Ihr Körper verzehrte sich nach der Fülle und Kraft seiner Männlichkeit.

Sie war so angespannt und voller Sehnsucht, dass sie erschrocken die Augen aufschlug, als er ihre Beine anhob und auf seinen Schultern ablegte.

Ihr blieb keine Zeit, um zu protestieren oder ihn verlegen an seinem Vorhaben zu hindern. Seine Lippen berührten ihren intimsten, fraulichsten Punkt und seine Zunge glitt sanft um die empfindliche, harte Perle ihrer Weiblichkeit.

Sie zuckte zusammen und schnappte nach Luft.

Bisher hatten sie das nur umgekehrt getan.

Sie hatte nicht gewollt, dass er sie dort unten auf diese Weise liebkoste. Aber es war ... unglaublich. Sie konnte sich nicht mehr erinnern, warum sie es nicht gewollt hatte.

Seine Küsse, das sanfte Saugen.

Das Streicheln seiner Zunge, die langsam ihre feuchten Hautfalten koste und eine Winzigkeit in sie eindrang. Seine Zähne, die sacht und gerade im erträglichen Maß an ihr knabberten.

Pures Feuer wogte durch ihre Adern und die Welt schien sich zu drehen. In ihrem Kopf war kein Platz mehr für Worte oder Bilder. Sie spürte nur noch Royce, der sie in andere Sphären katapultierte. Weißes Licht zerplatzte in kleinen Bläschen in ihrem Kopf wie prickelnder Champagner. Zitternd gab sie sich den Wellen des Höhepunktes hin, der über sie hinwegrollte.

Seine Lippen suchten sich einen Weg über ihren Bauch und zwischen ihren Brüsten hindurch, bis sie seinen Mund wieder auf ihrem begrüßte. Seine Zunge schenkte ihr den Geschmack ihrer eigenen Lust.

Keuchend krallte sie die Finger in sein Haar.

Mit einem Grollen, das tief aus seinem Leib kam, hob er den Kopf, senkte sein Becken zwischen ihre Schenkel und drang ungestüm in sie ein.

Er zog sie an sich. Ihre Bewegungen wurden eins und ihre zuckenden Leiber verschmolzen im Schein des Feuers zu einer untrennbaren Einheit.

15. Kapitel

Callahan-Castle, Sijrevan

Im Hornung, Anno 1586

Aneinander gekuschelt lagen sie in dem großen Bett und Lees Kopf ruhte auf seiner breiten Brust. Sie fühlte sich auf wohlige Weise erschöpft.

In den Momenten, wenn diese angenehme Mattigkeit nach dem Liebesakt auf ihnen lag, fühlte sie sich ihm besonders nah.

Heute war wieder so ein Augenblick, in dem sie sich gern ihren Träumereien hingab.

Davon, dass er sie ebenso liebte wie sie ihn und nicht nur den Sex mit ihr genoss.

Manchmal stellte sie sich heimlich vor, wie es wäre… wenn er sie plötzlich in die Arme ziehen und ihr in die Augen sehen würde… und wenn er ihr die drei Worte zuflüstern würde, die sie so gern hören wollte.

Sie seufzte leise.

„Du bist verändert", stellte Royce fest.

Ein Ohr auf seine Brust gelegt, hatte sie seinen gleichmäßigen Atemzügen gelauscht. Nun hob sie den Kopf, runzelte die Stirn und sah ihn fragend an.

„Wie meinst du das?", wollte sie irritiert wissen.

Er zuckte mit den Achseln.

„Du bist anders als früher", bemerkte er.

Ihre linke Augenbraue hob sich und sie verzog den Mund zu einem schiefen Lächeln.

„Nun ja, das ist der Lauf der Zeit, oder? Wir werden alle nicht jünger."

Kopfschüttelnd setzte er sich auf und Lee tat es ihm nach. Sie fröstelte plötzlich in dem warmen Raum. Die Decke an sich ziehend, blieb sie abwartend neben ihm sitzen und sah ihn an. Die wenigen Zentimeter, die zwischen ihnen lagen, schienen sich plötzlich in einen unüberwindbaren Graben zu verwandeln.

Was war hier los?

„Du bist nicht alt – und das ist es nicht, was mich stört."

Ihre Mundwinkel sackten hinab.

Stören? Was störte ihn?

Die Narben auf ihrem Rücken?

Der Drache?

„Du selbst hast dich verändert ... innerlich. Dein Lachen ist fort und du bist so viel kälter geworden. Ich weiß nicht, wie ich es anders beschreiben soll ... aber die warme, herzliche Frau, die ich geheiratet habe, ist nicht mehr da. Du bist plötzlich zu einer mitleidlosen Kriegerin geworden."

Lee blinzelte und versuchte, das Chaos in ihrem Kopf zu ordnen. Er beschwerte sich über ihre Kälte, nachdem sie miteinander geschlafen hatten?

Warum hatte er das nicht schon früher zur Sprache gebracht, wenn es ihn offenbar so sehr beschäftigte?

Ärger stieg in ihr auf und paarte sich mit einer unangenehmen Bitterkeit.

Wie konnte sie sich nach all den Ereignissen der jüngsten Vergangenheit nicht verändern?

Sie hatte ein Kind verloren!

Sie war fast durch die Hand dieses Söldners gefallen und hatte mit ihrer Wut und Trauer allein klarkommen müssen.

Royce war ihr keine große Hilfe gewesen.

Er nannte *sie* gefühlskalt?

„Verstehe ich das richtig? Du beschwerst dich, weil ich gelernt habe zu kämpfen?", fragte sie. Die Empörung in ihrer Stimme war nicht zu überhören. „*Du* hast darauf bestanden, dass ich lerne, mich zu verteidigen und zu töten."

„Natürlich! Weil ich nicht will, dass man *dich* tötet", entgegnete er. Zwischen seinen Augenbrauen bildete sich eine steile Falte. „Ich weiß, dass die letzten Wochen dich geprägt und verändert haben, und ich verstehe, warum es so ist. Aber muss ich es deshalb gutheißen?"

Zornig warf sie die Decke von sich und sprang aus dem Bett.

Mit welchem Recht machte er ihr plötzlich Vorwürfe?

Ausgerechnet *er*!

„Gutheißen?", wiederholte sie. Wütend stemmte sie die Hände in die Hüften und starrte ihn an „Was soll ich deiner Meinung nach tun, Royce? Auf dem Schlachtfeld weiter feindliche Söldner niedermetzeln, aber in deinem Bett die zaghafte Braut spielen? Bisher hast du es begrüßt, dass ich nie so war. Du hast es genossen, dass ich anders bin, als die Frauen deiner Welt es sonst sind."

„Das tue ich immer noch", entgegnete er.

Sie wandte sich ab und schritt aufgebracht vor dem Kamin auf und ab. Es war nicht fair, dass *er* ihr Vorhaltungen machte. Er war doch nicht einmal in der Lage, mit ihr über seine Vergangenheit zu sprechen.

ER hatte offenbar *nicht* um ihr Kind getrauert!

Ein schmerzhafter Stich bohrte sich in ihre Brust.

Sie wollte nicht darüber nachdenken, dass sie ihm mit diesem Gedanken unrecht tat. Es war so unfair, dass er sie plötzlich auf diese Weise angriff.

Chaos machte sich in ihr breit.

Die ungestillte Wut auf das Leben war plötzlich wieder da und ließ sie vergessen, dass sie vor wenigen Minuten noch glücklich in seinen Armen gelegen hatte.

„Komm wieder ins Bett, Lee. Ich will nicht mit dir streiten."

Seine Stimme klang rau vor Lust.

Mit blitzenden Augen blieb sie stehen und starrte ihn an.

Ihr Körper reagierte wie von selbst auf den Anblick seiner erregten Männlichkeit, aber diesmal gab sie ihrem Trieb nicht nach. Aufgebracht ballte sie die Hände zu Fäusten und schüttelte den Kopf.

„Nein!" Erzürnt hielt sie seinem lüsternen Blick stand. „Ich bin es leid, dass ich dir offensichtlich nur dann genüge, wenn du zwischen meine Schenkel willst. Kannst du mich nicht einfach so akzeptieren, wie ich bin?"

Sichtlich verärgert über ihren plötzlichen Ausbruch starrte er sie an, schüttelte dann zwei-, dreimal den Kopf und stand schließlich ebenfalls aus dem Bett auf.

„Das ist nicht dein Ernst", bemerkte er. „Du bist mein Weib. Ich habe dich *immer* akzeptiert, wie du bist, und in den letzten Wochen schien es dich nicht zu stören, dass wir einander große Lust bereiten."

„Ich will mehr als das", gab sie leise zurück. „Ich will nicht das Gefühl haben, dass ich dir nur *dafür* gut genug bin. Ich will, dass du mich liebst."

Er schluckte deutlich hörbar.

Seine Kiefer mahlten und in seinem Gesicht zuckte es.

„Ich habe dir gesagt, dass du mir nicht gleichgültig bist", entgegnete er rau. „Reicht das nicht?"

Lee ließ die Schultern sinken, biss die Zähne zusammen und zog das Kinn auf ihre Brust. Den Blick gesenkt, funkelte sie ihn an.

Nein, es reichte nicht.

Es reichte schon lange nicht mehr und erst recht nicht nach dem, was er eben zu ihr gesagt hatte. Der schöne Moment, den sie geteilt hatten, war dahin und sie standen sich gegenüber wie Feinde, die sie nie hatten sein sollen. Der Schmerz bohrte sich durch ihren ganzen Körper.

Selbst, wenn es sie umbrachte … aber sie wollte ihm genauso wehtun, wie er ihr wehtat.

Jetzt!

„Nein. Dein Volk ist dir auch nicht gleichgültig, aber ich möchte mehr sein als eine unter Vielen. Das, was ich *dir* bedeute, kann ich auch bei jedem anderen Mann haben."

Er zuckte zusammen.

Zum ersten Mal, seit sie ihn kannte, und abgesehen von den Gelegenheiten, in denen sie sich geliebt oder miteinander gelacht hatten, entdeckte sie echte Emotionen in seinem Blick.

Eifersucht, Kummer und Raserei.

Bebend vor Zorn ballte er die Fäuste und machte einen Schritt in ihre Richtung. Ihr Kopf flog hoch und sie musterte ihn mit nicht weniger Groll.

Seine Zähne knirschten hörbar. Sein Atem ging stoßweise.

Mit einem harten Ruck wandte er ihr den Rücken zu, streifte sich seinen Kilt über und griff nach dem Hemd, das er am Vorabend auf den Boden hatte fallen lassen.

„Wie du wünschst", sagte er und drehte sich um. Ein letzter unversöhnlicher Blick bohrte sich in ihre Augen. „Offensichtlich habe ich mich in dir getäuscht. Du bist nicht anders als alle anderen Frauen. Ich gebe dich frei, wenn du darum bittest. Entscheide dich dafür, dir einen anderen Mann zu suchen."

Ohne ihr noch Gelegenheit zu einer Antwort zu lassen, stürmte er an ihr vorbei aus dem Schlafzimmer und warf krachend die schwere Eichentür hinter sich ins Schloss.

Atemlos und mit weit aufgerissenen Augen starrte Lee auf den Punkt, wo er eben noch gestanden hatte. Eisige Kälte breitete sich in ihrer Brust aus.

Sie schlang die Arme um ihren nackten Körper.

Sie hatte ihn provozieren wollen, ihn nur ein einziges Mal dazu bringen wollen einzugestehen, dass er mehr für sie empfand. Sie hätte sogar eine Lüge akzeptiert. Stattdessen war der Schuss nach hinten losgegangen.

Wie hatte sie auch erwarten können, er würde einlenken?

Er war ein sturer, dickköpfiger, sijrevanischer Highlander. Er würde niemals Gefühle zeigen, ihr niemals sagen, dass er sie liebte, und ihr nie mehr geben als das, wozu er bereit war.

Verdammter McCallahan!

Die Hände zu Fäusten geballt, ging sie in das Bad hinüber.

Gut, dann sollte er gehen und schmollen.

Wenn er glaubte, sie würde ihm bittend und bettelnd hinterherlaufen, hatte er sich geschnitten.

Sie würde nicht mehr klein beigeben.

***

Erst spät am Morgen verließ sie ihr Quartier.

Sie begab sich zu Malissa in die Küche, um zu essen, und trat schließlich hinaus in den Hof. Ein wenig irritiert sah sie sich um. Sie hatte erwartet, Royce beim Training vorzufinden ... wütend auf einen Holzpflock einhackend. Stattdessen kam ihr Wulf entgegen und nickte ihr grüßend zu.

Ihr Blick huschte über die Einfriedung. Zwischen den Männern die hier trainierten oder ihre Waffen schleiften, konnte sie das Clanoberhaupt nicht entdecken.

„Wo ist Royce?", wollte sie wissen.

Für einen winzigen Moment wirkte Wulf verblüfft, dann zuckte er mit den Schultern.

„Er ist auf Patrouille geritten", gab er zurück. „Er ist schon früh am Morgen aufgebrochen, um die Grenzen abzureiten. Er sagte, er wolle nach Spähern Ausschau halten, drum hat er es abgelehnt, einen der Männer mitzunehmen. Ich dachte, du wüsstest das."

Sie ignorierte seinen letzten Satz.

Sorge machte sich in ihr breit.

„Er ist allein geritten?"

„Ja." Wulf musterte sie einen Moment nachdenklich und beeilte sich hinzuzufügen: „Mir behagt der Gedanke auch nicht, aber er hat recht ... ein einzelner Reiter in einfacher Kleidung fällt nicht so sehr auf wie ein Trupp Highlander in den Kilts der McCallahans."

Natürlich hatte er recht. Betont gelassen nickte sie Wulf zu und bedankte sich leise. Äußerlich gefasst, lief sie festen Schrittes an ihm vorbei und verließ den Hof durch das Tor, das ins Freie führte.

Ihre Augen suchten inständig den Horizont ab. Natürlich war er nirgends zu entdecken und sie schwankte zwischen Schuldgefühlen und dem Ärger, dass er sich benahm wie ein kleiner, trotziger Junge.

Fiel es ihm wirklich so schwer, ihr mehr als bloß kameradschaftliche Gefühle entgegenzubringen?

War sie wirklich nur dafür gemacht, dass sie zwar miteinander schliefen, aber eine tiefere Bindung zu ihr unmöglich war?

Ernüchtert wandte sie sich nach rechts und folgte dem Schatten der Burgmauer, bis sie irgendwann an den Rand der Klippen trat.

Vom Nordmeer wehte ihr eisige, salzige Luft ins Gesicht. Fröstelnd schlang sie die Arme um den Oberkörper und zog ihren Mantel enger um die Schultern.

Ein leises Grollen erklang, sie hörte, wie Felsen aus der Steilwand brachen und in die Tiefe stürzten. Dann schob sich der Drache ein Stück von ihr entfernt auf die schneebedeckte Anhöhe hinauf.

Er streckte sich geräuschvoll und seine seltsam wissenden Augen richteten sich auf Lee.

Er sah ebenso niedergedrückt aus, wie sie sich fühlte.

Sie verzog die Lippen zu einem bitteren Lächeln, während ihr Blick verschwamm und sie spürte, wie ihre Augen sich mit Tränen füllten.

Sie wollte nicht, dass Donchuhmuire *diesen* Schmerz ebenfalls wahrnahm. Sie hasste es, so zu sein und zu wissen, dass er die gleiche Trauer empfand und ihn die gleichen Ängste quälten, die auch sie heimsuchten.

Der Drache blickte in sie hinein und konnte doch nichts Anderes sehen als diese endlose Ödnis, die das verlorene Kind und Royces Ablehnung in ihr hinterlassen hatten.

Sie war dazu verdammt, einen Menschen zu lieben, der dieses Gefühl nie erwidern würde. Die unsichtbare, harte

Mauer, die sie in den letzten Wochen um sich selbst er-richtet hatte, brach in sich zusammen und Lee sank in den Schnee hinab.

Aufschluchzend schlug sie die Hände vors Gesicht.

***

Gedankenverloren lenkte Royce die Stute auf das geschlossene Tor der Feste zu.

Es fühlte sich seltsam an, nach dieser langen Zeit zurückzukehren. Das Gras wuchs hier kräftiger als im Rest des Landes, die Bäume zeigten sich in prachtvollem, sattem Grün und obgleich hier stets ein kühler, frischer Wind vom Meer her wehte, war die Luft hier so gut wie nirgends sonst.

Dennoch fühlte er sich plötzlich fremd in seiner Heimat. Er hatte in den letzten Wochen die sijrevanischen Ebenen und die Grenzgebiete besser kennengelernt als in den Jahren zuvor. Es war gut gewesen, die Menschen aufzusuchen und mit ihnen zu reden – für eine Weile. Nachdem er sich endlich zur Heimkehr entschlossene hatte, hatte er sich darauf gefreut … doch nun war es irgendwie *falsch,* hier zu sein.

Eine Stimme klang durch die Dunkelheit des frühen Morgens und fragte nach seinem Begehr. Royce rief zurück und gab sich zu erkennen. Er sah den Kopf von Braga auf der Mauerkrone erscheinen und hob eine Hand zum Gruß.

Das Tor öffnete sich fast lautlos.

Als er langsam in den Hof einritt, kam ihm Wulf bereits entgegen. Sein musternder Blick war finster. Royce verspürte ein unangenehmes Gefühl von Schuld in sich emporsteigen.

„Du warst lange fort", bemerkte der Hauptmann.

In seiner Stimme schwang deutlicher Missklang. Royce sprang vom Pferd und sah Wulf schweigend an, ehe er sich daranmachte, die Stute abzusatteln.

„Wir schreiben den Winnemond, der Frühling ist fast vorbei. Fast *drei* Vollmonde sind vorübergezogen, seit du fortgegangen bist", fuhr Wulf fort. „Wir dachten schon, dir wäre etwas zugestoßen."

„Ich habe einen Boten geschickt", entgegnete Royce verstimmt. Es gefiel ihm gar nicht, dass Wulf ihn zur Rede stellte und er sich dabei fühlte wie ein ungezogener Junge, der weggelaufen war. Um nicht ausfallend zu werden, konzentrierte er sich darauf, Osla trockenzureiben. „Ich habe die letzten Wochen damit verbracht, an den Grenzen zu patrouillieren und Verbündete zu besuchen. Nur Wenige wollen sich uns im Kampf gegen Fitard anschließen. Dennoch habe ich es geschafft, Männer zu mobilisieren. Sie werden sich bald schon auf der Ebene vor Callahan-Castle sammeln. Es wird notwendig sein, denn Fitard stellt ein riesiges Heer zusammen. Trotz der kommenden Unterstützung werden sie uns zahlenmäßig weit überlegen sein. Vielleicht ist das unsere letzte Schlacht."

„Du hättest früher zurückkommen sollen", sagte Wulf leise. Er ignorierte, was sein Herr erzählt hatte, und Royce hob den Blick, um ihn zu mustern. Ärger und Resignation lagen auf Wulfs Zügen.

„Was ist passiert?", wollte Royce wissen.

„Interessiert dich das wirklich noch?" Wulf verzog das Gesicht. „Du bist einfach gegangen und hast dich nicht einmal von ihr verabschiedet."

Zorn wogte in Royce empor.

„Was geht es dich an?", entgegnete er ungehalten. „Was ist mit Lee? Hat sie sich bereits einen neuen Mann genommen?"

Als er sich hinabbeugte, um den Sattel aufzunehmen, packte ihn Wulf an der Schulter und drückte Royce gegen die Mauer. Mit sichtbarer Fassungslosigkeit starrte er seinen Herrn an.

„Du hast sie *freigegeben?*"

Royces Faust schnellte nach oben und traf Wulfs Kinn. Der ältere Krieger ließ von ihm ab und taumelte drei Schritte nach hinten. Ärger spiegelte sich in seinen Zügen, während er Royce betrachtete.

„Wie konntest du das tun?"

Sie wussten beide, dass er nicht den Schlag meinte.

„Ich habe es *ihrer* Entscheidung überlassen", entgegnete Royce.

Die Schuldgefühle, die ihn seit seinem Fortgang plagten, stürmten nun mit doppelter Kraft auf ihn ein. Er wusste nicht, was er tun würde, wenn sie sich tatsächlich einen anderen Mann erwählt hatte. Er hatte sich vorgenommen, einsichtig zu bleiben … aber er befürchtete, er würde diesem Mann den Schädel einschlagen.

„Du kennst deine Frau offenbar schlecht. Obgleich du es nicht verdient hast, hält sie fest an eurer Bindung." Wulf spuckte vor Royce auf den Boden. „Zum ersten Mal in meinem Leben schäme ich mich dafür, dein Hauptmann zu sein."

„Du kannst jederzeit gehen", erwiderte Royce wütend. „Niemand wird dich aufhalten."

Wulf gab nur ein verächtliches Grunzen von sich.

„Ich weiß nicht, warum sie sich nächtelang die Augen wegen dir aus dem Kopf geweint hat. Bisher hast du nicht gezeigt, dass du auch nur eine ihrer Tränen wert gewesen bist."

Royce schluckte und gab sich einen Ruck.

„Wo ist sie?"

„In euren Gemächern. Edda ist bei ihr und kümmert sich um sie."

Zorn und Wut verrauchten so schnell wie das Feuer einer erlöschenden Kerzenflamme im Sturm. Stattdessen machte sich Sorge in Royce breit.

„Warum ist Edda hier?"

„Deinem Weib geht es nicht gut … sie spricht schon seit Wochen kein Wort mehr. Du würdest davon *wissen*, wenn du hiergeblieben wärest."

Brüsk wandte der alte Krieger sich ab und stapfte zurück zu seinem Quartier. Von ihm würde er heute keine Antwort mehr erhalten.

Royce holte tief Luft.

Das ungute Gefühl, das ihn schon seit den frühen Morgenstunden begleitet hatte, verwandelte sich in kalte, harte Furcht, die ihm das Atmen schwer machte.

War das alles seine Schuld?

Er war in jener Nacht so wütend gewesen.

Ihr Gerede davon, er wäre ebenso gut oder schlecht wie jeder andere Mann, hatte ihn erzürnt. Allein die Vorstellung, ein Anderer könnte sie berühren, machte ihn rasend.

Unruhig zwang er sich, die Stute in den Stall zu schaffen und den Sattel in der Kammer abzulegen.

Ein Streit mit Wulf war das Letzte gewesen, was er in seinem Dilemma noch gebraucht hatte. Die Vorwürfe, die sein Hauptmann ihm machte, hatten ihn getroffen … weil sie der Wahrheit entsprachen.

Er *hatte* Lee im Stich gelassen. Er war gegangen, nachdem er ihr nicht lange zuvor hoch und heilig geschworen hatte, von nun an über sie zu wachen und auf sie Acht zu geben.

Eigentlich hätte er es verdient, dass Wulf die Hand gegen *ihn* erhob und nicht umgekehrt.

Mit einem unguten Gefühl im Magen machte er sich auf den Weg zur Burg, lief die Stufen hinauf und drückte einen Flügel des Eingangsportals auf.

Die Halle war leer.

Nicht einmal die Alten oder Kinder waren zu sehen, die hier sonst so oft saßen und ihre Handarbeiten erledigten. Alles war sauber und ordentlich ... und irgendwie leblos.

Er schluckte hart und wandte sich der Treppe zu.

Dass Lee hier oben war, bewiesen die Wolfshunde, die allesamt vor der Tür herumlungerten und leise winselten, als er die letzten Stufen hinaufkam.

Magath drückte ihm auf ungewohnte Weise seinen großen Schädel gegen das Bein. Royce tätschelte geistesabwesend den riesigen Rüden und machte sich auf den Weg zu seinen Gemächern .

Das Herz hämmerte hart und schmerzhaft in seiner Brust. Seine Hand legte sich auf den Türknauf. Auf unangenehme Weise fühlte er sich zurückversetzt an jenen Tag, als seine Frau bei der Fehlgeburt fast gestorben war.

Er öffnete die Tür und trat in sein Schlafzimmer.

Es war wie ein Déjà-vu.

Lee lag schlafend im Bett, während Edda auf einem kleinen Schemel am Kamin saß und nachdenklich in dem eisernen Topf rührte, der über dem Feuer hing. Sie hob nur kurz den Kopf, als sie die Tür hörte. Ihr Blick streifte ihn flüchtig, ehe sie sich wieder ihrem Trank widmete.

Als er an das Bett herantreten und sich über Lee beugen wollte, gab die Alte einen unwilligen Laut von sich.

„Lass sie", flüsterte Edda. „Ich bin froh, dass sie den Schlaftrunk genommen hat und endlich ruht."

Er näherte sich Edda und musterte sie.

„Was ist geschehen?", wollte er leise wissen.

Sie gab ihm ein Zeichen, woraufhin er sich den Stuhl heranzog, Schwert und Felle beiseitelegte und neben ihr Platz nahm.

„Sie erwartet dein Kind", gab sie zurück.

Er spürte, wie sein Herz einen Schlag aussetzte.

Ungläubig schüttelte er den Kopf.

„Ist das wirklich wahr?"

Eddas runzeliges Gesicht wurde noch faltiger, ihr Blick verfinsterte sich.

„Natürlich ist das wahr", giftete sie. „Aber die Schwangerschaft verläuft nicht gut. Lee ist schwach. Die Wochen, in denen du fort warst, haben sie viel Kraft gekostet."

„Ich verstehe nicht ...", begann er.

Sie unterbrach ihn mit einer verärgerten Handbewegung.

„Bedeutet sie dir etwas?", wollte Edda wissen.

Royce stutzte und eine tiefe Falte entstand zwischen seinen Augenbrauen.

„Fängst du jetzt auch an, Dinge von mir zu verlangen, die nicht möglich sind?", fragte er leise zurück.

„Ich habe dich gefragt, ob sie dir etwas bedeutet", entgegnete die Alte bestimmt. „Niemand außer Lee verlangt von dir, dass du dir deine Liebe für sie eingestehst. Dass sie es sich von Herzen wünscht, ist in meinen Augen nicht verwerflich."

Royce starrte sie wortlos an.

„Ist es dir unangenehm, dass sie dich liebt?", wollte Edda wissen.

Er fühlte sich äußerst unwohl und Eddas bohrende Fragen behagten ihm nicht im Geringsten. Über ihre Worte grübelnd, schüttelte er den Kopf.

„Ich weiß nicht, ob sie mich liebt."

„Ich denke, sie hat es dir gesagt."

„Das ist lange her."

Edda hörte auf, in ihrem Kräutersud zu rühren. Ihr faltiges Gesicht verfinsterte sich, während sie ihn betrachtete.

„Denkst du, sie hat einfach damit aufgehört?"

Er zuckte fast schon trotzig mit den Schultern.

Edda schüttelte traurig den Kopf und starrte wieder in ihren Topf.

„Versetz dich in ihre Lage, Royce. Du hast ihr Untreue unterstellt... eine Liebelei mit Gallowain. Sie hat es dir verziehen. Sie hat trotz allem für dich und diesen Clan gekämpft. Sie ist fast gestorben und hat den Verlust eures Kindes verkraften müssen. Du hast ihr vorgeworfen, sie hätte sich verändert, nachdem du sie selbst zu einer Kriegerin ausgebildet hast. Sie hat getötet, weil es ihre Bestimmung ist, für dieses Volk ihr Leben zu riskieren. Du bist gegangen, ohne ein Wort des Abschieds. Du hast nicht gesehen und nicht gehört, wie sie nächtelang weinte... wie sie Tag für Tag versuchte, stark zu wirken, und sich doch nach dir verzehrte. Denkst du wirklich, ihre Gefühle für dich haben sich verändert?"

Ihm ging durch den Kopf, dass in Eddas Aufzählungen die Tatsache fehlte, dass er Lee entehrt hatte... zweimal.

Er hatte ihre Liebe nicht verdient.

„Ich bin dafür nicht gemacht", gab er zurück.

„Wieso versuchst du es nicht einfach, Royce?" Edda griff nach seiner Hand und begegnete seinem Blick. „Wenn es einen Menschen auf dieser Welt gibt, der dich vorbehaltlos und von ganzem Herzen liebt, dann ist es Lee. Sie war voller Kummer. Trotz ihres Ärgers über euren Streit haben Sorge und Angst um dich sie gequält. Sie isst nicht mehr richtig, sie schläft kaum noch, sie wandert wie ein Geist durch dein Haus und findet keine Ruhe. Ihr Körper ist eigentlich zu schwach, um das Kind in ihrem Leib überhaupt noch zu nähren."

Mit einem Seufzer stand sie auf, ging zu Lee hinüber, die unruhig wurde, und legte ihr eine Hand auf die Stirn. Royce trat neben sie und betrachtete seine Frau. Ihr Anblick versetzte ihm einen heftigen Stich.

Ihre Haut war blass geworden, wächsern. Dunkle Ringe lagen unter ihren Augen und die Wangen waren eingefallen. Das war kein dramatisches Gerede von Edda.

Es stand wirklich nicht gut um Lee.

Verzweiflung klammerte sich um sein Herz und eine Angst, die er nicht zu benennen wagte.

„Was soll ich tun?", fragte er.

„Gib ihr eine Chance", entgegnete die Alte. „Gib euch beiden eine Chance. Sie ist *nicht* Araenna. Sie liebt keinen anderen Mann. Sie hat für dein Volk und dich gekämpft. Sie würde für euch sterben, wenn du es verlangst." Traurig musterte sie ihn. „Ich weiß, die Verluste der letzten Jahre haben dich hart gemacht. Du willst niemanden mehr in dein Herz hineinlassen, aber sie hat einen Platz darin verdient. Ich glaube nicht, dass dir so wenig an ihr liegt."

„Das habe ich auch nie behauptet", warf er ein.

„Dann zeig es ihr", flüsterte Edda eindringlich. „Ich sehe die Blicke, mit denen du sie betrachtest. Ich habe in deinen Augen gelesen, dass dort mehr ist als nur Begehren. Du willst es nur nicht zulassen."

Royce blieb stumm und schaute auf Lee hinab.

Sie wirkte so zart und zerbrechlich in dem großen Bett. Unruhig wälzte sie sich im Schlaf hin und her.

Natürlich begehrte er sie.

Selbstverständlich lag ihm etwas an ihr.

Aber wenn er ehrlich war, fürchtete er sich davor, ihr sein Herz zu schenken.

Was, wenn sie ihm genommen wurde?

Wenn sie eines Tages feststellte, dass er nicht genug war?

Er hatte zu Viele verloren, so viele Menschen, die ihm etwas bedeutet hatten und für die er jederzeit sein Leben gegeben hätte. Niemand war ihm geblieben und er wollte diesen Schmerz nie wieder erleben.

Er war kein reicher Mann.

Sein Volk und er kämpften sich von einem Sommer zum anderen. Das Vermögen, das seine Familie einst besessen hatte, war in all den Jahren ihrer Fehde mit Fitard immer geringer geworden.

Mehr und mehr Land hatten sie verloren und mit jedem Mann, der fiel, büßten sie weitere Ernten ein. Eines Tages würden sie auch die Feste nicht mehr halten können. Er konnte sich nicht vorstellen, dass Lee dann immer noch an seiner Seite würde bleiben wollen.

Sie hatte Besseres verdient.

Mit einem tiefen Seufzer wandte er sich um, ging wieder zum Kamin hinüber und starrte in die Flammen.

„Ich weiß nicht, ob ich das kann", murmelte er leise. Edda kam wieder zu ihm herübergeschlurft und griff nach einem Schal, den sie sich um die Schultern legte.

„Niemand weiß schon zu Beginn, wozu er fähig ist", meinte sie. „Wenn du dich nicht dagegen sperrst, wäre es ein Schritt in die richtige Richtung." Sie sah ihn an. „Ich gehe jetzt schlafen. Nun, da du hier bist, überlasse ich sie deiner Obhut. Du kannst ihr zwischendurch etwas von dem Kräutersud einflößen."

Royce nickte stumm und Edda ging.

Er verschwand nervös im Bad, zog sich aus und wusch sich. Als er ins Schlafzimmer zurückkehrte, warf er zwei Holzscheite ins Feuer. Vorsichtig machte er es sich neben Lee bequem, zog die Felle über sich und legte einen Arm um sie.

Sie murmelte leise seinen Namen.

Seine Brust schien wie von Eisenringen umklammert und das Atmen war mühsam wie nie zuvor. Mit einem tiefen Gefühl von Schuld und Mutlosigkeit zog er sie an sich, drückte seine Lippen auf ihre Stirn und schloss die Augen.

Royce erwachte aus einem wenig erholsamen Schlaf, als Lee begann, sich fahrig hin und her zu wälzen. Ihre Stirn glühte, feine Schweißperlen lagen auf ihrem Gesicht.

Beunruhigt stand er auf, trat neben ihre Seite des Bettes und tauchte ein Tuch in die Schale mit kaltem Wasser, die auf dem Tisch stand.

Auf der Bettkante sitzend, tupfte er ihr den Schweiß ab und sprach behutsam auf sie ein. Es zuckte in ihrem Gesicht, ihre Augenbrauen kräuselten sich, ihr Kinn zitterte.

Sie murmelte unverständlich vor sich hin.

Es klang seltsam… eine fremde Sprache, die er nicht kannte. Dann zuckte sie mehrfach zusammen, als würde sie von einem heftigen Schlag getroffen werden.

Royce schluckte hart.

Er hatte sie schon einmal so gesehen.

Beim letzten schweren Fieber hatte sie das Kind verloren. Es war, als würde das Schicksal einen bösen Scherz mit ihnen treiben. Wieder lag sie hier, von Krämpfen geschüttelt, und trug sein Kind unter ihrem Herzen.

Er konnte mit einem Schwert gegen ein Dutzend Männer kämpfen und war siegesgewiss, aber in diesem Augenblick fühlte er sich hilflos und ausgeliefert.

Entschlossen räumte er die Felle beiseite. Er versuchte sich auf das zu besinnen, was Edda beim letzten Mal getan hatte. Sachte trocknete er ihren schweißbedeckten Körper ab, wickelte ihr kalte Tücher um die Waden und betupfte immer wieder ihre Stirn.

Ununterbrochen redete er mit ihr, erzählte ihr von den letzten Wochen und seinen Bemühungen, Verbündete für den bevorstehenden Kampf zu gewinnen.

„Wir werden kämpfen müssen", flüsterte er. „*Du* musst kämpfen – ich wünsche mir, dass du an meiner Seite bist, Lee. Ich hoffe, dein Drache wird uns beistehen. Ohne ihn werden wir verloren sein." Er seufzte und schüttelte den Kopf über das, was er ihr da erzählte. Sanft strich er mit dem Handrücken über ihre Wange. „Du hast mir gefehlt."

Ihr Kopf flog von einer Seite zur anderen, dann schluchzte sie plötzlich auf. Royce beugte sich über sie, zog sie vom Bett hoch und in seine Arme hinein. Sie wie ein Kind wiegend, blieb er auf der Bettkante sitzen, küsste sie auf den Scheitel und strich über ihr Haar.

„Es tut mir leid, Lee", murmelte er in ihr Haar. „Ich weiß nicht, ob ich dir geben kann, was du dir wünschst, aber ich verspreche, dass ich es versuchen werde, wenn du nur wieder gesund wirst."

Er küsste ihre Stirn, drückte sie an sich und legte seine Wange an ihr Gesicht. Ihr Fieber sank nur unwesentlich.

Ein gequältes Stöhnen bohrte sich in seinen Schädel und Royce hob den Kopf. Ihre Miene war schmerzverzerrt.

Bestürzt bettete er sie zurück auf die Felle und sein Blick flog hinab zu ihrem Schoß. Er war in Angst und fast schon Erwartung, erneut ihr Blut wie Wasserfälle über ihre Schenkel stürzen zu sehen.

Nichts davon geschah, dennoch stellte er beunruhigt fest, wie ihre Hände sich verkrampften und auf ihren Unterleib pressten. Aus einem Impuls heraus legte er seine Hand über ihre. Lees Finger lösten sich unter seinen, zogen Royces Hand auf ihren Bauch und hielten sie dort fest.

Ihre Haut war kalt.

Die Hitze, in die ihr Gesicht getaucht schien, erreichte nicht den Rest ihres Körpers. Ein Beben überlief sie.

Bei den Göttern, er musste irgendetwas tun.

Vorsichtig nahm er die kalten Tücher von ihren Waden, kehrte auf seine Seite des Bettes zurück und zog sie an sich, um sie mit seinem eigenen Körper zu wärmen.

Abermals drückte sie seine Hand auf ihren Bauch. Er fühlte sich seltsam, ließ sie jedoch gewähren. Schließlich spürte er, wie Lee sich langsam entspannte und die Hitze in sie zurückzukehren schien.

Er ahnte, ihnen stand eine unruhige Nacht bevor.

***

„Wach auf."

Unwillig murrend öffnete er die Augen. Die Nacht war lang und unruhig gewesen. Wenn Lee gefiebert hatte, hatte er sie mit feuchten Tüchern gekühlt. Wenn sie gefroren hatte, hatte er neben ihr gelegen und sie gewärmt. Erst als der Morgen schon gegraut hatte, war sie endlich in einen friedlichen Schlaf gefallen und er hatte es ihr gleichgetan.

Blinzelnd und ziemlich verwirrt starrte er Edda an, die neben dem Bett stand und auf ihn hinabsah. Er fühlte sich zerschlagen, als hätte er gerade erst die Augen geschlossen. Durch das Fenster fiel kaum Licht.

War sie verrückt geworden, ihn um diese Zeit zu wecken?

Was, wenn sie Lee aus dem Schlaf riss?

Seine Hand tastete nach links und griff ins Leere.

Mit einem Ruck saß er aufrecht im Bett und blickte sich hektisch um.

„Wo ist sie?", fragte er alarmiert.

Edda schüttelte den Kopf und zuckte mit den Schultern.

„Das wollte ich dich fragen", entgegnete sie.

Auf dem Korridor vor dem Schlafzimmer wurde es laut, dann flog die Tür auf und Wulf stand im Rahmen.

„Der Drache ist zurück", platzte es aus ihm heraus. „Der Torwächter sagt, er sei vor weniger als einer halben Stunde über die Klippen emporgekrochen gekommen und Lee gefolgt, die mit Osla gen Süden ritt."

Royce fühlte sich, als hätte Wulf ihm einen Eimer kaltes Wasser über den Kopf geschüttet.

„Was?"

Ohne darauf zu achten, dass er nackt war, sprang er aus dem Bett und rannte zum Fenster hinüber. Er musste sich selbst überzeugen.

Sich die Haare raufend, presste er sein Gesicht an die Scheibe und starrte in das Halbdunkel hinab. Die Türen zu den Stallungen standen offen, ebenso die Pforte.

Den Torwächter, der sie hatte gehen lassen, würde er sich später vorknöpfen. Laut fluchend eilte er zum Bett zurück, warf sich seinen Kilt über und zog das Hemd über den Kopf.

„Warum zum Teufel hat er sie nicht aufgehalten?", fragte Royce. Er hantierte nervös mit seinem Schwertgurt. „Warum hat er keinen Alarm gegeben?"

„Lee hat ihn beschwatzt. Sie meinte, sie wolle lediglich einen kurzen Ausflug machen, nun, da es ihr wieder besser geht. Er dachte, weil du zurück bist, hätte sich ihr Zustand gewandelt. Erst als der Drache erschien, wurde er unruhig", entgegnete Wulf.

Stirnrunzelnd sah er zu, wie Royce in seine Stiefel schlüpfte und aus der Tür stürmte.

„Wo willst du hin?", rief Wulf ihm hinterher.

„Fitard rüstet sich für einen Krieg", brüllte Royce. „Ich fürchte, sie will mit dem Drachen in den Kampf ziehen."

Es brauchte nur einen kurzen Augenblick, ehe Wulf Royce folgte und einen Schrei durch die Stille der Burg schickte.

Innerhalb von Augenblicken sammelten sich die Krieger im Hof der Burg, kaum dass die Nachricht die Runde gemacht hatte. Wortlos stiegen sie auf ihre Pferde, schulterten ihre Waffen und machten sich zum Aufbruch bereit.

Eine Handvoll Boten galoppierte davon und verstreute sich in alle Richtungen, unterwegs zu jenen Verbündeten, deren Wort Royce während seiner Abwesenheit eingefordert hatte.

Er bezweifelte jedoch, dass ihre Verstärkung rechtzeitig eintreffen würde. Fitards Feste lag drei Tagesritte entfernt ... viele ihrer künftigen Waffenbrüder waren nicht einmal Callahan-Castle so nah. Selbst, wenn sie sich auf den Feldern davor zusammenfinden würden, wären sie zu wenige.

Royce hoffte, dass sie Lee früher einholen würden. Wenn sie auf die Idee kam, Osla laufen zu lassen und den Drachen selbst als Reittier zu nutzen, wie er es aus alten Erzählungen kannte, dann war sie verloren.

Zornig schüttelte er den Kopf.

Er war ein Idiot.

Wie hatte er sie so unterschätzen können?

Wie hatte er glauben können, sie würde untätig bleiben?

Verdammtes, dickköpfiges Weib.

Selbst, wenn sie seine Worte nur in ihren Fieberträumen wahrgenommen hatte, mochte es für sie genügen, um Fitard herausfordern zu wollen. Er ahnte, dass sie trotz ihrer Furcht, dieses Kind womöglich auch noch zu verlieren, alles daran setzen würde, ihm eine gesicherte Zukunft zu bieten.

Einen Zweikampf mit Fitard konnte sie nicht gewinnen. Er würde ihr Leben nehmen, als griffe er nach einer Blume, die zwischen seinen Fingern zu Asche zerfiel.

Royce fluchte.

Er hätte ihr nicht davon erzählen dürfen, er hätte seine Bitte um den Beistand des Drachen nicht laut aussprechen sollen.

Es war seine Schuld, wenn ihr etwas zustieß.

Erfüllt von Zorn und kalter Angst, schwang er sich auf den unruhigen Caroen und trieb ihn zum Tor hinaus, ohne darauf zu achten, ob seine Krieger ihm folgten. Die Sorge um Lee war größer als alles, was er je gespürt hatte.

Er hatte sein Wort zu oft gebrochen. Es war Zeit, endlich der Mann zu sein, der geschworen hatte, ihr zur Seite zu stehen.

Es war nicht einmal ein halber Tagesritt nötig, um Lee zu finden. Nachdem sie ihre Pferde zu einem wilden Galopp angetrieben und die Weggabelung mit der alten Eiche hinter sich gelassen hatten, waren sie dem einstigen Handelsweg gefolgt, der in die östlichen Lande führte.

Sie hatten gerade die letzte Anhöhe überwunden, da öffnete sich vor ihnen eine Talsenke und sie zügelten ihre Rösser.

Nur einen Steinwurf entfernt hatte Lee ihre Stute anhalten lassen, während der Drache mit erregt aufgerichteten Schwingen und an den Kopf gelegten Ohren neben ihr stand. Der gewaltige Schwanz peitschte ungeduldig von einer Seite zur anderen.

In Royces erste Erleichterung mischte sich kaltes Grauen.

So erleichtert er war, seine Frau wiederzuhaben, so groß war das Entsetzen, der gewaltigsten Armee gegenüberzustehen, die sie alle je gesehen hatten.

Soweit das Auge reichte, zog sich eine endlos scheinende Linie dunkler Krieger am Horizont entlang. Es war unmöglich abzuschätzen, wie viele es waren ... sechshundert, siebenhundert?

Royce wusste nur eins: es waren zu viele.

Die letzte Schlacht hatte den Clan mehr als zwei Dutzend Leben gekostet. Sie waren nicht einmal mehr siebzig Highlander. Die Hilfe ihrer Verbündeten wäre bitter nötig gewesen und würde nun doch zu spät kommen.

Dies würde ihre letzte Schlacht werden.

Gegen eine solche Übermacht einen Sieg davonzutragen, war schlichtweg undenkbar. Ihm war unerklärlich, wie Fitard es geschafft hatte, derart viele Männer zu mobilisieren.

Ein drohendes Grollen scholl durch das Tal, während das gegnerische Heer im Schritttempo näher kam. Obgleich sie Lee und dem Ungetüm an ihrer Seite nur langsam entgegenmarschierten, war ihre Machtdemonstration unübersehbar.

Sie wussten, welche Stärke sie besaßen, und das warnende Knurren des Drachen beeindruckte sie nicht im Geringsten. Fitard mochte ein schlechter Mensch sein, doch war er auch ein Kriegsfürst, der bereits seit Jahren diese Schlachten kämpfte. Er wusste strategisch vorzugehen und jede Schwäche seines Gegners zu seinem Vorteil zu nutzen.

Während Royces eigener Clan immer kleiner geworden war, hatte Fitard Macht und Gold angehäuft. Er konnte sich so viele Söldner kaufen, wie er wollte. Aus diesem Kampf würde nur noch *ein* Sieger hervorgehen … und der war nicht auf der Seite der McCallahans zu suchen.

Royce straffte die Schultern und drängte Caroen zu einem sanften Trab. Die letzten Meter zu Lee würde er hinter sich bringen, ohne einen Angriff seitens Fitard zu provozieren. Sollte es ihnen bestimmt sein, heute zu fallen, dann würden sie es Schulter an Schulter tun.

Ihm blieb nur die Hoffnung, dass sein Volk rechtzeitig floh, um den Grausamkeiten Fitards und seiner Mannen zu entgehen.

Nach wenigen Metern hatten sie Lee und den Drachen erreicht. Die Highlander fächerten sich zu einer breiten Kampflinie auf.

Ein geradezu lächerliches Unterfangen, ihre Stärke zu demonstrieren.

Aus dem Augenwinkel erkannte Royce, wie seine Krieger ihre Waffen zogen. Jeder von ihnen wusste, dass sie auf verlorenem Posten standen – dennoch würden sie kämpfen bis zum Tod.

Dies war kein faires Kräftemessen, dies war ihr aller Untergang. Sie wussten, sie konnten diesen Kampf nicht gewinnen, und sie waren bereit, mit dem Schwert in der Hand dem Tod entgegenzutreten.

Selbst, wenn die angeworbene Verstärkung früher als erhofft eingetroffen wäre, hätte es nichts an Fitards Überlegenheit geändert.

Sein Einfluss war größer denn je.

Royce lenkte Caroen neben Osla und blickte zu seiner Frau hinüber. Ihre Wangen waren blass und eingefallen. Es war nicht zu übersehen, dass sie immer noch unter Schmerzen litt.

Ihre Haut war grau und wächsern.

„Was tust du da, Lee?"

Der Blick, der ihn traf, berührte etwas tief in seiner Seele. Es war endlose Qual und süße Pein.

Ihr zaghaftes Lächeln schien diesen Tag heller werden zu lassen. Als sie ihren Arm nach ihm ausstreckte, lenkte er den Hengst nahe an sie heran und griff nach ihrer Hand. Ihre Finger waren kalt. Er hielt sie fest zwischen seinen und versuchte, ihr etwas von seiner eigenen Wärme zu schenken.

Sein Herz tat einen schmerzlichen Schlag gegen seine Rippen.

„Ich muss es tun", gab sie zurück. „Ich kann nicht gehen, ohne euch alle in Sicherheit zu wissen."

„Was meinst du damit?"

Verwirrt musterte er sie.

Lee erwiderte seinen Blick, wortlos und sanft... und plötzlich konnte er es sehen.

In ihren Augen, ihrem Lächeln, jedem Zentimeter ihres Gesichts. Sie liebte ihn... und sie tat es mit solcher Inbrunst, dass sie bereit war, für ihn zu sterben.

Sein Atem setzte aus und fast war es, als wären sie mutterseelenallein inmitten einer stillen, friedlichen Einöde.

Da waren kein Drache, keine Krieger, kein vor ihnen liegendes Schlachtfeld... nur Lee und er.

Im gleichen Augenblick, als ihm bewusst wurde, dass er sie ebenfalls liebte, erkannte er, er würde sie hier und heute verlieren.

Es riss ein Loch in seine Brust und ein grauenvoller Schrei wütete in seinem Inneren.

Doch kein Laut entrang sich seiner Kehle. Sie war wie ausgedörrt, als hätte er tagelang keinen Schluck Wasser bekommen. Lee schloss die Augen und der Moment seiner Erkenntnis zerbrach wie splitterndes Glas.

Der Drache an Lees Seite schob die Spitzen seiner Schwingen gen Himmel. Mit einem gewaltigen Schritt trat er vor die Kampflinie der sijrevanischen Krieger.

Die Erde bebte unter seinen Klauen und einige der Pferde in seiner Nähe begannen angstvoll zu wiehern und tänzelten nervös hin und her. Seine Nüstern blähten sich und er pumpte kraftvoll Luft in seine Lungen.

Durch hunderte feindlicher Krieger ging ein unsichtbarer Ruck, dann trieben sie ihre Pferde zu einer schärferen Gangart an. Aus einer ruhig heranwogenden Linie wurde eine brandende Armee, die sich ihnen in hohem Tempo näherte.

Der Abstand zwischen Fitards Söldnern und dem Drachen schmolz dahin wie Schnee in der Sonne. Royce und seine Krieger wappneten sich gegen das herannahende Unheil.

„Lasst ihn!", rief Lee.

Ihre Stimme war leise, und dennoch schien jeder Highlander ihre Worte gehört zu haben. Angespannt und nervös zügelten sie ihre Pferde und taten, worum Lee sie bat ... sie warteten.

Der Drache spannte die Flügel und spreizte sie weit von seinem Körper. Das Grollen in seiner Kehle steigerte sich zu einem unangenehmen Kreischen, während er in den Vorderbeinen einknickte und seinen langen Hals reckte.

Ein unerträglich heißer Feuerschwall schoss aus dem Maul des Monsters und unter die herannahenden Söldner. Unzählige Schmerzensschreie von Mensch und Tier hallten über die Ebene und erstarben im Atemzug eines Wimpernschlages.

Wen die Flammen nicht sofort zu Asche verbrannten, dem fügten sie solch entsetzliche Wunden zu, dass nur wenige Augenblicke sie von ihrem unvermeidlichen Tod trennten.

Dreihundert Krieger vergingen vor den Augen der Highlander, als hätte jemand eine Kerze gelöscht. Selbst die hartgesottenen Kämpfer seines Clans, die schon zu viele grausame Dinge in ihrem Leben gesehen hatten, saßen fassungslos und voller Entsetzen auf den Pferderücken.

Doch es war nicht vorbei.

Der Drache spie Feuer um Feuer, und einen Fuß vor den anderen setzend, glitt er den feindlichen Truppen entgegen wie eine riesige, geschuppte Schlange mit Flügeln und Beinen. Er verbrannte jeden zu Asche und Staub, der seinen Weg kreuzte.

Aus dem Kriegsgebrüll war längst panisches Geschrei voller Angst und Grauen geworden. Lee saß immer noch unbeweglich auf ihrer Stute und wurde mit jedem Schritt, den der Drache machte, fahler im Gesicht.

Royce sprang von seinem Pferd.

Hastig eilte er zu ihr hinüber und hatte schon die Arme nach ihr ausgestreckt, als sie halb bewusstlos zu Boden glitt. Er fing sie auf, ging in die Knie und hielt sie in seinen Armen.

Der Koloss hatte sein letztes Feuer verbraucht.

Eine Schneise aus Tod und Elend hatte sich tief in ihre Feinde und die völlig verkohlte Erde hineingegraben. Während die letzten Überlebenden flohen, kam Aufregung in die Highlander. Mit wildem Geschrei machten sie sich auf die Jagd nach Fitards bezahlten Söldnern.

Der Drache drehte sich zu Lee und Royce herum, fegte einen Teil der noch unschlüssigen Gegner mit dem peitschenden Schwanz von den Füßen und blieb schließlich abwartend über Lee gebeugt stehen.

Royce spürte seinen heißen Atem, doch selbst, wenn dieses Monstrum ihn nun ebenfalls zu Asche verbrannt hätte, wäre es gleichgültig gewesen.

Sein Herz zerbarst in tausend Splitter.

Lees Blick flackerte.

Sie hob die Augenlider und sah Royce an. Für einen Moment waren ihre Augen klar, lebendig und voller Zuneigung.

„Vergiss mich nicht", flüsterte sie.

„Sag so etwas nicht", gab er zurück. „Wie kann ich dich vergessen? Du bist hier bei mir. Du bist meine Frau. Du bist das verrückteste Wesen in meiner Welt ... abgesehen vielleicht von deinem Drachen."

Sie lächelte.

„Ich liebe dich."

Ihre Stimme war nur noch ein Hauch und kaum wahrnehmbar, ihre Haut wirkte durchscheinend. Ihm blieb keine Zeit, ihr zu sagen, dass er ebenso für sie empfand.

Sie schloss die Augen und war fort.

Ebenso wie der heiße Atem, der ihn eben noch gestreift hatte. Entsetzt und ungläubig betrachtete er seine leeren Hände. Fassungslos hob Royce den Kopf und wollte nicht glauben, was gerade geschah.

Die Welt um ihn verging.

***

Es war kalt, eisig kalt.

Lee hörte ein hohles, nerviges Piepen an ihrem Ohr und hektische Stimmen. Sie fühlte sich hin und her geworfen. Sie weigerte sich, ihre Augen zu öffnen.

Sie wollte schlafen.

Schlafen und Royces Arme spüren. Sie wollte, dass er sie an sich zog und ihr Wärme und Trost spendete. Sie wollte fort von diesem Lärm und dem grellen Licht, das durch ihre Lider drängte.

Sie wollte nichts mehr von dem Elend sehen, das sich vor ihren Augen zugetragen hatte. Sie wollte nicht mehr die Schmerzens- und Entsetzensschreie der Männer um sich herum vernehmen und den Geruch von verbranntem Fleisch und verkohlten Haaren riechen.

Übelkeit machte sich in ihr breit.

Blendendes, unangenehmes Licht schlich sich durch einen Spalt ihrer Lider und sie schüttelte unwillig den Kopf.

Jemand schlug ihr ins Gesicht.

Unsanft und mit aller Kraft.

Empört riss sie die Augen auf und kniff sie im gleichen Moment wieder zu. Gleißende Helligkeit ließ sie für den Bruchteil von Sekunden fast blind werden.

Lee blinzelte.

Sie hörte undeutliche Worte an ihren Ohren, unangenehmes, dumpfes Gemurmel. Stirnrunzelnd öffnete sie ihre Augen eine Winzigkeit, um sie langsam an den scheußlichen Lichtschein zu gewöhnen. Nach und nach machten sich auch ihre anderen Sinne wieder bemerkbar.

Sie war klatschnass – von den Haarspitzen bis zu den Fußsohlen – und sie fror furchtbar. Jemand hantierte an ihrem Arm herum und sie spürte einen unangenehmen Stich in ihrer Haut.

Es roch nach brackigem Wasser und Desinfektionsmittel … fassungslos zwang sie ihre Lider auseinander und ignorierte die Tränen, die ihr in die brennenden Augen schossen.

Sie lag festgezurrt auf einer Krankenbahre, während der Notarzt ihr einen Venenzugang legte und sie in dem fahrenden Krankenwagen auf ihrer Liege hin- und herschwankte.

Ungläubig und voller Entsetzen starrte sie den Menschen an, der neben ihr stand und in diesem Moment bemerkte, dass sie wieder bei Sinnen war.

Er leuchtete ihr mit einer schmalen Stablampe in die Augen und stellte ihr eine Frage. Als sie ihm nicht antwortete, schüttelte er nur den Kopf und wandte sich an seinen Sanitäterkollegen.

„Vermutlich Gehirnerschützerung", hörte sie ihn sagen.

Kalte Furcht machte sich in ihr breit und ließ sie erstarren.

Sie war zurück in ihrer eigenen Welt!

… Fortsetzung folgt …